谨以此书

献给伟大的母亲河——长江!

徐春林

　　1981年生，江西修水人。中国作协会员，中国水利作协副秘书长，《大江文艺》执行主编，江西省作协报告文学专业委员会委员，湖北省作协期刊工作委员会委员，鲁迅文学院第三十六届高研班学员。在《人民文学》《诗刊》《当代》《中国作家》《北京文学》《人民日报》《光明日报》等报刊发表300余万字。著有长篇小说《锯板桥》《耳朵》《蛹空》，小说集《该死的见面》《张清楚的爱情宣言》，长篇报告文学《平语札记》《中国宁红》，散文集《山居羊迹》《乌鸦锅庄》《十年书》等20余部。被中国作协授予"深入生活、扎根人民"主题实践优秀作家，入选九江市"浔城英才"首批青年拔尖人才。其作品曾获评江西省谷雨文学奖、中华宝石文学奖、《人民文学》奖、《美文》读者最喜爱的中篇散文、中国小说学会短篇小说奖等奖项。

和平长江

徐春林 著

长江出版社
CHANGJIANG PRESS
江西教育出版社
JIANGXI EDUCATION PUBLISHING HOUSE

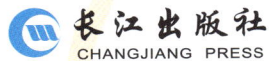

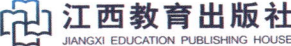

目 | 录

序　章 ……………………………… 002

第一章　母亲的河 ……………… 001
上望修水 …………………………… 002
鄱湖记 ……………………………… 028
泛鄱阳湖 …………………………… 059
江南米市 …………………………… 075

第二章　一卷河山 ……………… 093
长江源 ……………………………… 094
高原上 ……………………………… 116
盛开的青铜 ………………………… 131
治水记 ……………………………… 146

第三章　共饮长江水 …………… 191
去云南 ……………………………… 192
"雾都"重庆 ………………………… 203
浩浩武汉 …………………………… 218
合肥水意 …………………………… 241
南京，南京 ………………………… 253

美丽杭州	262
大上海	274

第四章　长风破浪　　　　　　　　　　**291**
水经歌	292
中国三峡	304
南水北调	330

第五章　一碧万顷　　　　　　　　　　**345**
植物志	346
江豚记	362
泥土消息	372
从猎杀到守护	389
万古长流	409

后　记　追故乡的人　　　　　　　　　**418**

序 | 章

不朽之河

> 长江,是中国大地上长长的行走之书。它深映在中国的文明史上,以独特的脾性气质烙刻于世人心中。
>
> ——笔者记

在众多的河流中,我更爱祖国的河流。

在数千年的中国文化历史长河上,长江、黄河,一南一北,盘桓在中国广袤的疆土上。

我们一眼便能辨识长江,远古生活在长江岸边的先民是这样,今天的人们依然是这样。这不是我们目光锐利的缘故,而是长江一直保持着自己的面庞。长江是我国第一大河。她从"世界屋脊"青藏高原奔流而下,穿过山高谷深的横断山脉,劈开重峦叠嶂的云贵高原;奔腾的江水一出三峡,便一泻千里,在广阔的江汉平原上驰骋奔流,最后注入浩瀚无垠的东海。辽阔的长江流域有我国最丰富的资源、最富饶的沃土,几亿人口在她的怀抱里生息成长。

人类从古至今就爱与大江大河交往。比如,一些有志向的人,就想通过大江大河走向外面的世界。为了实现这个愿望,很多人尝试着朝外走,可要实现这个愿望非常非常艰难,而且得经过多次尝试,经受数不清的曲

折。当一场场的麻烦，包括战争，过去了，走出去的人，成了人们交口称赞的英雄。有些英雄故事，没有刻成碑文，也没有记在书上，可一直在民间流传着。

长江是地球造山运动的产物，是我国第一大河，是世界第三长河。天地一根弦，江河日夜流。长江是时间的刻痕、地球的史记。亿万年前，长江以天崩地裂的节奏和石破天惊的声响横空出世，用古老的涛声谱成奔涌的序曲和前进的旋律，翻过雪山冰川、高原草地，蹚过深沟峡谷、险隘洞涧，一路吸纳飞瀑激流、溪泉川流，连通江河湖海、沼泽湿地，浸润着沃土荒漠、山林草木，以奔腾不息的姿态一往无前。

如果把长江比作一个人，她必定是一个非常有志气的人，时间会让我们明白，长江要做成的事就是让万物生灵得以旺盛，让人类文明更加熠熠生辉。

长江是我们极其崇拜的河流。人类在与长江相处的时间里，一直反反复复地深情怀念着自己的母亲。母亲也常常叹息：啊，你长大做一个有本事的人！

我知道，如果长江是一个人，她必定是一位伟大的母亲，一位非常精致和在意自己仪表的女人。在她身上有着超凡的魅力，需要不少的时间去探究。

我相信，在人类的文明史上，长江具有重大的意义。如果不深入了解长江，就不会理解民族的现在与未来。应该说，人类的躯体上，有着与长江同时跳动的心脏，有着与长江相同的神经脉络和血液循环系统。

写作《和平长江》之前，我沿着长江的源头和流经的重要城市走了一遍，给自己制订了一个必须落实的、严密的计划：我需要抵达长江那个广大的区域内，记录下那些自然人文、民间传说、沧海桑田，等等。我认为，这么一部超长时空中的长江史，跨越久远又如此斑驳。我根本不知道，创作一部这样的巨大著作会遭遇怎样的艰难。果然在后来的写作中，遇到一场难料的"事故"，差点丢掉性命，只好紧急刹车，不得不停下来，这是一个难以补偿的遗憾。

现在重新浸入往昔，我只求自己记忆上不要出错，并尽可能对长江有一个真实的理解，以及保持着对长江的持久热情。或许，这是长江对我的一种召唤，我意识到长江的旅程还没有结束。

最后我想说的是，我在童年时有一个当作家的理想。究竟为什么？我虽然没有长江的豪迈，但我有一个豪志，"占领山河"，确有过无数的浪漫想象。在写作《和平长江》的崎岖山道上，有着太多的苦只能掩入内心。此时此刻，在我的心里有一条河流，可以尽情流淌。

少年时，在九江长江大桥上见到长江后，我就再也忘不了那壮阔的美景，滚滚长江向东流，每次回想起来，都会沉浸在激动和浪漫中。

可是如此的心灵记忆，她一直在呼叫着我，当水利部长江水利委员会、水利作协约我写一部关于长江的作品时，我不假思索地答应了下来，究竟这是我喜欢的一件事。

长江，是我们伟大中华民族的摇篮。在漫长的岁月里，长江用乳汁哺育着中华民族成长，创造了世界上灿烂的文化，体现了中华文化的和平性。她是我们祖国五千多年悠久历史和人民勤劳勇敢性格的象征。

长江之长，不仅在长度，也在她的历史；长江之大，不仅在水量，更在她的力量、胸怀与气势。长江是我们的母亲河，培育了中华文明，养育了中华儿女，浇灌了大半个中国，千回百转地流淌到今天，需要我们以敬畏之心来端详。

我的长江

小时候，我住在赣北修水县的一个小村子里，一个偶然的机会父亲和我说起长江，讲述他所知道的长江生活。那时，我想着，长江是遥远的，和自己没有什么关系，也不会有什么关系。于是，长江在我的脑海里，就是一个虚构的样子，那些与长江有关的英雄与凡人，玫瑰、酒肉与歌声……都与我无关。

从高原回来，一连几个夜晚，心里仍然感到某种恐慌，耳朵在寂静

序章 005

◎ 万里长江

中国第一大河，世界第三大河，干流全长6300余千米，发源于唐古拉山脉主峰各拉丹冬雪山，干流流经青海、四川、西藏、云南、重庆、湖北、湖南、江西、安徽、江苏、上海11个省（自治区、直辖市），最后注入东海，流域面积约180万平方千米。

中捕捉到一种声音。那种声音持续而有力量，广阔中带着渺茫。在深夜，睡梦中，脑子里浮着高原上的白，白中透着的那一抹清亮，怎么也挥之不去。

我打开相机，浏览一遍事先拍摄的照片，将那些遗忘的东西，重新拾起来。一张昏暗的照片跃入我的眼帘：在那一望无边的土地上，有位佝偻着腰的牧民。他是个哑巴，只会吹喇叭。在莽莽苍苍的野地上，每天面对着一个白云深处的世界。那脱离现代都市气息的山河，越来越像是人间的天堂，在云端上飞舞。

长江就是从这里出生的。她一觉醒来，时间已让她脱胎换骨。长江就像一个神话，镶嵌在中华的大地上。

长江究竟是一条怎样的河？我在高原上所见到的牧民，脸上都不见表情，或者说，他们的表情都被风给吹散了。他们就像源头的生态，保持着真实该有的样子。黑黄的脸庞，洁白的牙像是镶在其中。也许在他们的心里流淌着一条波涛汹涌的大河。他们在高原上生活的节奏，使河流不断地涌到岸上又回到原处。好像以一种这样的暗喻，在表现着长江的生生不息。他们看清楚了，这是一条人的河流，波浪里蕴藏着人的宿命，她的声音里布满了人的回声。

长江到底是一条怎样的河？《诗经》云："滔滔江汉，南国之纪。"长江作为中华民族的摇篮，古名"江"，又称"大江"，六朝以后通称"长江"。远古时期，长江流域绝大部分曾是一片汪洋。这条养育了中华民族的大江，究竟经历了哪些地质发展和古地理演化，才最终形成今天呈现在我们眼前这瑰丽秀美又气势磅礴的长江？

对一条河的认识，或者说理解，需要漫长的时间。

在图书馆的阅读室里，我查到一些有关长江的史料，大概知道了长江的诞生。

可以说，长江的诞生是一个漫长的序曲，长江受命于不可抗拒的地质演变和自然规律，包括它的流程与流向。

用科学家的话说，长江的出世，似乎都是为了一个新的纪元——第四

006

纪，人类的来临。

《长江志》《长江流域地图集》《长江400问》《长江大辞典》这几本加在一起就是上千页的长江史，让我足足翻了大半年。从这里，我看到了长江诞生的脉络。

距今2.5亿年前的早三叠纪时期，长江流域绝大部分是一片汪洋。

三叠纪时期（约2亿年前）的印支运动构造阶段，长江流域北部从巴颜喀拉到秦岭—大别山出现大规模造山运动，横亘于华北陆块与扬子陆块之间的古特提斯海封闭，并在流域北沿出现一条北西至东西向的宏伟山系，从而奠定了流域北界的古地理格局。

从侏罗纪到早白垩纪（约1.4亿年前）的燕山运动构造阶段，亚洲东部大陆边缘出现强烈的构造运动和岩浆活动，形成一条宏伟的陆缘山系。其内侧沿武夷山、南岭构成长江流域的东界和南界，而外侧则阻断了太平洋海水的入侵。长江流域西部，中特提斯海出现并侵入唐古拉山一带。这一时期长江流域的地势总体是东高西低，水系向西或西南流出。

从白垩纪晚期至第三纪（约8000万～6500万年前），受喜马拉雅运动影响，长江流域古地理发生显著转变。在流域东部，长江中下游出现大小不一的断陷盆地，其中最著名的有江汉盆地和苏北盆地，陆缘山系逐步解体。在流域西部，青藏高原大幅度隆升。到约3000万年前的晚第三纪，横断山系出现，形成了长江流域的西部边界。这一时期长江流域的总体地势由东高西低转变为西高东低。

晚第三纪（约3000万年前）以来，在逐步增强的新构造运动、冰期与间冰期频繁交替的气候影响下，古长江逐渐由互不相通的内流及外流型河湖体系贯通为一条东流入海的外流型大江，形成今日之长江。

古长江由互不相通的河湖体系逐渐贯通，形成外流型大江的过程又可大致分为以下四个阶段：

（一）从上新世至早更新世中期，三级阶梯形成，四川盆地诸水与江汉—洞庭古湖贯通

及至上新世，青藏高原抬升到海拔2000米左右，我国三大阶梯地形

的轮廓初露端倪。与此同时，中小幅度（数百米级）的断块差异运动，使古长江流向上产生了若干断隆与断陷。它们在地形上表现为断陷谷、断陷湖与断块山相间排列的地貌构造格局，这一古地貌特征为长江东流入海设置了重峦叠嶂。在大凉山隆起以东，古长江虽已切穿鄂西断隆，集四川盆地诸水经三峡地区汇入江汉至古洞庭湖，但尚未形成东流大海的局面，古洞庭湖仍属内陆性湖泊或河湖盆地。

（二）早更新世晚期，长江上游金沙江水系形成

上新世以来逐渐增强的新构造运动，大致在 100 万～120 万年前达到高潮，这时青藏高原海拔已抬升到 2500 米左右。古长江上游河段向源侵蚀能力增强，切穿了大凉山断隆，四川宜宾以上现代金沙江水系雏形已经形成。宜宾以下，流入江汉—洞庭盆地的古川江水道继续保持畅通，但汉江盆地以东的古长江仍无统一水道与东海沟通。这一时期出现的九江—黄梅盆地仍是内流型河湖盆地。

（三）从中更新世至晚更新世早中期，长江全线贯通，经太湖注入东海

中更新世中期（约 50 万年前），全球进入 90 万年以来最高温时期，古长江流域特别是江源高山区的冰川加速融化，中下游低山丘陵区受夏季季风环流的影响，降水量增加，古长江年均流量猛增。下游大体由芜湖向东，穿过低缓的茅山鞍部，经太湖注入东海。至此，古长江经历了漫长的地史演变，终于由若干孤立的内流型河湖体系（部分为外流型）串联为东流入海的浩瀚大江。

（四）从晚更新世晚期至全新世，长江经南京入海，形成今日之局面

晚更新世以来，青藏高原加速隆升，10 万年内上升幅度高达 2000～2500 米，这对长江上游有较大影响，表现为长江及其支流强烈深切，形成壮观的大峡谷及回春性河曲，如玉龙山虎跳峡、嘉陵江深切河曲等。另外由于末次冰期来临，东海海平面大幅度下降，最大下降值达 150～160 米之多。由此，江苏平原上的短程入海河流强烈溯源侵蚀，在切穿南京丘陵后，又于芜湖附近袭夺了长江中上游水流，转经南京入海，芜湖以东的古长江河段废弃。随后江汉平原北的古云梦泽，因长江和汉江

的泥沙淤积、三角洲扩展而逐渐消亡。古洞庭湖随着古云梦泽消亡和长江的南移而逐渐扩大，至元明清进入鼎盛时期，"周极八百里"。清末以后，洞庭湖由于四口分流加速泥沙淤积和人工围垦等原因而日渐萎缩。鄱阳湖曾于晚更新世末期几近消亡，中全新世重新成湖，宋元时期达到鼎盛。太湖基本上形成于中全新世，后经历多次水陆交替，近代也进入收缩期。至此，今日之长江基本形成。

毫无疑问，长江是地球造山运动的产物。长江以天崩地裂的节奏问世，是地球上海陆更替的一个惊心动魄的过程。在她身上，生命产生了绚丽多彩的幻想，长江是地球幻想而成的。

长江敦厚、宽容，不拒溪流，汇纳百川，有容乃大，浩浩荡荡。在劈开千山万壑跋涉6300余千米之后，来到崇明岛以东海域时，以3万多立方米每秒的水量汇入大海。

长江干流从西向东，横卧中华大地的中部，流经青海、四川、西藏、云南、重庆、湖北、湖南、江西、安徽、江苏、上海11个省（自治区、直辖市）。她的几百条支流就似人的毛细血管，南北延伸到贵州、甘肃、陕西、河南、浙江、广西以及福建、广东8个省（自治区）。干支流构成庞大的长江水系，使她的集水面积——流域面积约180万平方千米，几乎占中国土地面积的五分之一。

长江出世，除了她那艰辛的过程，就连她的名字也经历了变迁。

在上古时代，"江"是个专用名词，特指长江。如同"河"指黄河一样。

已经发现称"江"的最早文献是《国风·周南·汉广》："江之永矣，不可方思。"汉魏时期，文人思维活跃，称"江"意犹不足，人们开始称之为"大江"。如西汉司马相如的《子虚赋》中谓："缘以大江，限以巫山。"从此，"大江"之称广为人们接受，一个"大"字既贴切也传神，并且在众多传世的诗歌名篇中出现，苏东坡的《赤壁怀古》，开首便是："大江东去，浪淘尽，千古风流人物。"

随着古人对长江的地理知识逐渐加深，"江"或者"大江"还不能完全表达其源远流长的特征，所以又有了沿用至今更为普遍的名称——"长江"。

◎ 长江黄金水道

　　长江是货运量位居全球内河第一的黄金水道，长江通道是我国国土空间开发最重要的东西轴线，在区域发展总体格局中具有重要战略地位。依托黄金水道推动长江经济带发展，打造中国经济新支撑带，是党中央、国务院作出的重大战略部署。

"长江"之称始于东汉末年,《三国志·周瑜传》写道:"其年(建安十三年,公元208年)九月,曹公入荆州,刘琮举众降……权延见群下,问以计策。议者咸曰:'……将军大势可以拒操者,长江也。'"这是说孙权部署议论军事,认为可以凭长江之险而和曹操抗争。《鲁肃传》《吕蒙传》中也有"长江"的记载,由此推测在东汉末年到三国之初,"长江"之名已经在沿用。

晋朝以后,称"长江"者渐渐多起来,西晋陆机在《辨亡论》中有"东负沧海,西阻险塞,长江制其区宇,峻山带其封域"的传世妙语。

到唐朝,"长江"一词似已家喻户晓,王勃《山中》诗云"长江悲已滞,万里念将归";李白云"孤帆远影碧空尽,唯见长江天际流";杜甫云"无边落木萧萧下,不尽长江滚滚来";宋人李之仪也有词云"我住长江头,君住长江尾。日日思君不见君,共饮长江水",等等。

"长江"这个某种意义上类似于中华民族的称谓,不是哪一代皇帝"钦定"的,而是自然而成的,舞文弄墨的文人在其中起到了广而告之的作用。

湖北省博物馆原党委书记、常务副馆长万全文介绍说,长江的得名,极有可能是一些渔人或猎人,他们沿江而下逐水草而居时，忽然心生感慨道："大哉，江也；长哉，江也。"

是的，谁能比他们更了解长江呢？

后来，从口语的流传到文字的记录，这些无名者便被人们忘记了。

"长江的记录是活生生的，通过考古，在长江岸线找到了大量的线索和证据。"

长江太长，在古代，想依靠当时的交通工具认识长江全貌，是不可能的。于是，某一江段的居住者、劳动者便给此段江取个名字，就形成了很多分段别称。这些别称或取自古时地名，或从这一段的某些特征中得来，极富乡土地理特色。

十年前，我到湖北武汉。第一次登上黄鹤楼鸟瞰长江时，我真的被震惊了。那次，与我小时候在九江长江大桥上见到的江景大相径庭。

一条大江向东流，水面上巨大的渡轮就像一叶小舟在风雨中飘摇。

在世界几条大江大河中，长江有她显赫的位置。

论长度比黄河长 800 多千米，仅次于非洲的尼罗河和南美洲的亚马孙河，排行第三。

论水量是黄河的 20 倍，在世界范围内仅次于热带雨林地区的亚马孙河和刚果河（扎伊尔河），位居第三。

论流域面积，长江虽比不上北美洲密西西比河（流域面积 323 万平方千米）和南美洲的巴拉那—拉普拉塔河（流域面积 414 万平方千米），但水量却远比它们大，前者只占长江的 60%，后者大约是长江的 70%。

长江流域大部分处于亚热带季风气候区，年平均降水量 1100 毫米左右。充沛的雨水给长江干流带来了丰富的地表和地下径流。5400 米的巨大落差和丰沛的径流所蕴藏的丰富水能资源使她成为我国最大的水能宝库。

长江历来被称为黄金水道，水系庞大，水量丰富，是我国南方的水运中心、全国最大的内河运输网，构成南方经济腹地的重要交通动脉。长江干流贯穿东西，横穿我国西南、华中、华东三大地区，支流辐辏于秦岭与南岭之间，横纵交织成巨大的树枝状水网，带给世世代代的人们舟楫之利。

长江干流江阔水深，运输潜力巨大，不亚于数十条铁路。

长江，与四邻和睦相处，相辅相成。

长江流域的北面是黄河和淮河流域，南面是澜沧江、沅江和珠江流域，东南是闽浙水系。

如果细致地勾绘出长江流域的轮廓，它酷似一只两头较窄、中部宽阔的大菱角。

在长江的诸多支流中，流域面积超过1000平方千米的就有437条。其中，超过3000平方千米的就有170条，超过1万平方千米的有49条，超过5万平方千米的大支流有8条，它们是：雅砻江、岷江及其支流大渡河、嘉陵江、乌江、沅江、湘江、汉江、赣江。

长江家族的队伍浩浩荡荡，奔向东方，奔向太阳！

地球给长江以生命，长江给大地以生机。长江把自己的土地装扮得色彩斑斓，婀娜多姿，葱葱绿绿，一派生机。

长江既是神奇的景观，更是深刻的生命。

在高原上，低垂的白云下，一个高傲的剪影站在垭口的大石头上。灰黄的毛发在风中微微颤动，脖子上沾染着新鲜的殷红血液，仿佛一枚胜利的勋章。那是一匹健硕的狼，一匹站在生态系统上游的青藏高原狼。在这片神奇又高远的土地上，我们有幸仍然能够看见狼群奔驰在草原上，上演着惊心动魄又令人叹为观止的猎杀。

对于现今大部分人来说，狼是熟悉又陌生的存在。从20世纪下半叶开始，仅在短短50年内，狼就悄悄地从中国中东部大部分地区销声匿迹了。究其原因，一方面是"打狼英雄"受到大众的拥护、敬仰和媒体的大肆宣传；另一方面则是人类的发展不断蚕食野生动物的栖息地，无数荒山野岭被砍伐开垦成农田、建设成村庄和城市，使得狼和它们的猎物无处栖身。2021年初，狼被列入国家二级野生动物名录，比同属于大型肉食动物的虎、豹、熊晚了几十年。

现如今，在地广人稀的青藏高原和新疆戈壁，狼享受着这"最后一片乐土"。这里有现存中国最大的狼种群，也是最后的大种群。

在狼已经绝迹的地区，人们对狼的态度开始发生有趣的转变。虽然人们对狼仍然心存恐惧，但渐渐地，狼从"会吃人"的凶恶、恐怖形象，转变为野性、团结和智慧的象征。越来越多的人将"狼性"视为一种优良的品质，加以宣传和推崇。有些地区，狼在人们心中更多的是一种符号，一种遥远的想象，而非真实的动物实体。

狼作为生态系统中的捕食者，对维护生态系统功能的完整性起到至关重要的作用。狼一旦消失，其食物链下游的物种将失去必要的种群控制，疯狂繁衍起来。大自然的食物链环环相扣，每一个物种都在其中发挥着不可替代的作用。狼在食物链的位置，是人类难以复刻和取代的。纵然人类已站上了食物链的顶端，但想要在生态系统中发挥同狼一样的作用，维持其他野生动植物和自然系统的平衡，恐怕仍心有余力不足。

长江的出世就像高原狼一样勇猛。

长江是生机的同义语，是包容的标志、博大的象征。在这里所有的生灵都是一滴澎湃的水、一朵跳跃的浪、一条浓缩的浩瀚长江。

长江需要保护，生灵更需要保护。党的十八大以来，习近平总书记走遍了长江经济带的 11 个省（直辖市），明确指出，推动长江经济带发展必须坚持生态优先、绿色发展的战略定位。

长江从雪山走来，酷似天女散花，把一颗颗晶莹的明珠镶嵌在自己的身旁，似满天星斗，似群星伴月，绘就了特异的自然景观，在我国的大江大河乃至世界的大江大河中别具一格。

新发展理念如灯塔指航。一部长江史在一定程度上就是一部人与自然的共生史。长江水能资源富足，总量几乎占全国的三分之一。"共抓大保护、不搞大开发"，同饮一江水，共唱一首歌。把长江经济带建成生态文明建设的先行示范带、引领全国转型发展的创新驱动带、具有全球影响力的内河经济带、东中西互动合作的协调发展带，是新时代赋予长江的新使命。

我站在地图前，看着纸上的长江，思绪飞得很远。想着若干年前肆意覆盖中国大地的水，想着地质的变动、气候的变迁，战天斗地，一条江就

是这样产生的。

　　对于生活在长江边的人们来说，无论长江跨越多少年，在他们的脑海中依然存在某种连接。他们觉得长江更像他们的母亲，给孩子们讲故事时，挑选着那些与长江相关的亲情、见解、经历的事情。感觉长江就在梦中，时间也在梦中，生活却是无比真实。

　　两岸青山相对出，一江清水向东流，只待时日，正在今朝。对于中华大地而言，这个时刻是难以忘记的。唯愿长江浩荡，喜看万物欣荣，古老的长江故事正在翻开新时代的新篇章。

母亲的河

长江啊,我的故乡。

我出生在长江支流,一个叫修水的河岸,这里的空气是甜的。

从修水出发,便能清晰地看到长江在中国的形象。

母亲的河

第一章

上望修水

独自坚守一条河流，成就天涯气象。

2021年夏天。杨梅渡古樟林，一片翡翠的绿意。

不远处裸露的河道小丘上，一群鸭子在水中嬉戏着。春天刚刚过，夏天裹挟着一丝热气掠过附近的村庄，生命顿时壮阔起来，山和水也是如此。天空湛蓝，几个孩童在树下奔跑着，倦了，便躺在林中歇息，挑逗着脚丫，仰着脖子看树叶摇曳的姿势。鸟雀不时从树叶的缝隙间穿过，鸟粪就落在孩童的脸上。

一个早晨，在唐奇汤的带领下，我与县文学社的文友去杨梅渡村的古樟林参加笔会。这是我第三次到古樟林，前两次都是路过。

唐奇汤是我们县文学社的骨干，在附近的中学当老师。她是在村子里长大的，对这片古樟林有着特别的情感，每天带着孩子们放学，经过此地时，除掉阴雨天外，总会到古樟林的深处走走，呼吸这里的空气，或是在林间的石墩上小坐一会儿，听鸟儿在枝头唱歌。

那个秋天的黄昏来得突然，在孩童们的嬉笑声中渐渐降临。太阳慢慢朝着下方移动，似乎是要沉移到河水里去，但天色依然是明亮的，只是略微变得朦胧了一些。孩子们没有顾及这些变化，从地上捡起石子朝河中掷去，一圈圈的涟漪在河的中间向着周围扩散开来。紧接着，几只水鸟从河中腾飞而起。这夜的精灵，总是在人的不经意间扑向天空。

顷刻间，浓黑的暮色从河的对面倦倦地弥漫过来，似乎是要滤去人间所有的噪声。山丘在黑色中急速隐退，又不断涌现。水中倒映着树影，在微风吹拂下，泛起涟漪。

天色暗过一会儿,又明亮了起来。路旁的草一丛丛的,延绵着,摇晃着。月亮在这忽明忽暗间,悄悄地悬挂在树梢上,像面镜子,圆圆的,大得不可思议。

记得那天笔会结束后,在唐奇汤的邀请下,我们十来个文友留在她家吃晚饭。我们就坐在她家门前的地场上聊天,静静地看着又大又圆的月亮,月亮就像是挂在头顶上。

在唐奇汤的童年记忆中,月亮是活在村子里的,月亮能照见村子里的一切,也能照着夜归农人。

夜再深点的时候,月亮更明了。各家各户都亮着灯,灯光是星星点点的。不管是水里的月亮还是天上的星星,和着布满天际与乡间的星,合成一种上下完整的星宇世界,我顿时感觉迷惑而神奇。

我们听唐奇汤说村里的事。说得最多的还是那片古樟林,她似乎对那片林子特别热爱,那是她儿时的娱乐场地。

我朝着那片茂密的树林张望,想着,古樟林里的树就这么年深月久地活着,它们大概忘记了自己的年龄,也忘记了出生的年间。树有些老了,树皮已经分化,不知道脱落了多少次,可能连树自己也没有记忆了。

夜风起时,林间飕飕作响。

那晚之后,我对那片古樟林产生了浓厚的兴趣。

我选择的时间是一周以后,一个人悄悄地来到林子里。那时,树皮脱落在地上,堆积着,被雨水侵蚀后,慢慢地变成黑色的尘土。

一种生命力极强的藤蔓,从树苑绕着树干一圈一圈地朝上爬,一些正要脱落的树皮,被这一来一往的藤蔓牢牢地捆绑在树干上。依然还是绿色的叶片,把古树衬托得格外青春。在秋天,这些藤蔓开始干枯,到了冬天就无力地从树干上脱落下来。在四季里,春天和夏天,这片林子的风景要更好看。当然,秋天和冬天的萧条,不也是人生的另一种景致吗?这里的草木仿佛习惯了这种四季轮回,这也是适应自然的一种态度。唯枯荣方有生命葱翠流转之感,是相互的托举和告白。

树历经千百年沧桑，也是千奇百怪的。各种各样的姿势，让人目不暇接。我以为这些树的表情，是历经岁月洗礼后的真实风貌。有些弯着腰，有些静卧着，当然有些依然挺立着，这种挺立算不算是树的骨气？我以为其中也有各种必然的存在。不乏有天意，所谓的天意就是另一种意外。在千百年的风雨洗礼中，它们相互勉励着，相互照应着，并列地存活在这片土地上，它们见过这一来一往间的长情，自然也饱受着这人间的辛劳。陪伴着它们的自然是这来往间的生灵，以及在脚下穿行的人们。一些熟悉的面孔又慢慢陌生，来过的人都走了，还会有人再来。树已经习惯了这种时光中的告别，在告别中相遇新生。当然，树注定是世间的孤独者，黑夜、白昼，独立地站立，无所选择地坚守。刀劈、电闪、冬雪、夏雨，于人间望见的生死悲欢，喜乐欢畅。

树仅仅有过的热闹，就是见着亮光的时候。这种亮光其实常在，也就是世间的必然亮光。它的必然性，即便受到气候的影响，可还是会以一种必然性，让这些树木见着自己存在的样子。

瞧，树杈中间那个鸟窝。它深陷在一个黑洞里面，那是一个比碗口还要大的树洞，是被雷劈的，距今少说也有上百年了吧！刚劈开的时候，晴天还好，遇上雷雨天，整片林子都没人敢靠近。民间的说法不同，说是有妖精躲在这里，雷光不是劈树，而是劈妖精来着。不管真假，人们还是会害怕。鸟可不懂得这些，见着好安家的地方，就在里做窝。对于鸟儿来说，鸟窝安在树洞里比挂在树杈上安稳得多，躲避了各种各样的风险。本来树洞也不算是安全的地方，一些会爬行的动物半夜会闯进来，可是树上缠着的藤蔓帮了它们，这种藤蔓会散发出一种气味，爬行动物闻着气味就腿软。林子的鸟类特别多，鸟窝大多安在树洞里。有的一个大点的树洞里安着几窝，它们和谐相处，互不侵犯。

那天，我准备回去时，见唐奇汤骑自行车飞奔而来。

"嗨，你怎么在这里？"唐奇汤问。

"我来看看这片林子。"我笑着说，"那天太过匆忙，遗漏了一些东西。"

"什么东西呢？"唐奇汤问。

"鸟窝。"

我见唐奇汤努力地把头扬到最高，望着这一窝窝墨黑色的宛若水墨画的鸟的窝穴。她也不抬头，偶尔若是一团鸟粪下来也并不是一件新鲜的事，农村长大的孩子，自然与它们相互默契谦让，避开这可能发生的跌落。

沿着河边走，脚下的泥土粘着鞋底，会让你的腿感觉格外沉重。河岸植被发达，两岸都是连串着的绿意。青苔长在松软的泥土上，间隙中冒出水来。柳枝从高处垂下来，枝头落在水面上，在微风的吹拂下，左右比画着。

一排排树倒映在水里，有柳树，有乔木，还有一种杂木，始终叫不上名来，混杂地生长在柳树的中间。这种树木的韧劲非常强，不容易断，多大的风雨对它都丝毫不会有影响，只因它把根须深深地扎在水底的泥里。

杨梅渡古樟群的左侧大约不到1000米处，原先有一个渡口，阶梯式的石头砌起来的，现在被形形色色的草木和树藤裹着。几个挑着箩筐的老人从旁边的村级柏油公路上经过，还会用那钩沉的眼睛停留一会儿，太阳斜射在脸上，发出一种金色的灵光。他们仿佛在思考什么深奥的问题，又好像什么也没想。渡口的生活，对于杨梅渡人来说，是一段漫长而久远的历史。在这里发生过多少与生活密切相连的事情，恐怕几天几夜都说不完。但一些鸡毛蒜皮的事，又有谁会记得呢？涨过几次水，就把人们的记忆冲洗得干干净净的。

在修河边住习惯了，住久了，你会发现，修河的色彩、水声都是独特的，又像是亘古不变的。水里像是荡漾着一种神秘的，来自久远年代的力量，一块石头、一株水藻，就会勾起人们的记忆。

都说童年是一首歌谣，童年也是从水中荡漾而来的。在唐奇汤的记忆中，奶奶脸上的皱纹就是河水的波纹，喝着河里的水时间久了，皱纹就慢慢地刻在脸上。奶奶常常用地道的家乡话对她说："我这辈子都是和水过的。"到底是怎样过的呢？像天上自由飞翔的鸟，掠过蓝天白云。一个人全部的生活，实则是一种选择，这种选择来源于一种方式。决定这种方式的因素很多，有些时候是人为决定的，有些时候却是命运决定的。选择也只是相对而言的，没有绝对的选择。唐奇汤的奶奶是个有个性的女人，可她没有抱怨自己一生的命。她似乎是适应了这种生活的环境，迎着每一个与河流相伴的日子。

在唐奇汤的记忆中，奶奶就像是个男人。说一个女人像男人是很鲜见的。但修水一直流传着这样一句话：三都的女人是男人，意思是三都的女人是当男人使的，也说明了修水人用了另一个角度表达了对女人的赞许和心疼。唐奇汤的奶奶印证了这句话，每天起早摸黑，扛着锄头下地。她还学会了男人的嗜好，成天兜着烟枪。由于年轻时受过太多的累，老年落下不少的病痛。现在隔三岔五就得朝医院里跑，一住就是一星期。唐奇汤以为，奶奶的身子是年轻时磨坏的，可奶奶却并不这么认为，说劳动反而能够强壮身体。

> 修水县古号分宁，国史有上望之称，位于江西省西北部，地处幕阜、九岭山脉之间。修河自西向东，经赣江入鄱阳湖，山川秀美，人杰地灵。宋代黄庭坚诗书双绝，与苏轼齐名。桃里陈氏"一门五杰"（陈宝箴、陈三立、陈寅恪、陈衡恪、陈封怀）蜚声海内外。在近现代革命史上，秋收起义首先在修水爆发，修水也是湘鄂赣革命根据地的中心。修水有全国著名的宁红茶、双井绿，还有深厚的地域文化。但修水最大的特点，是山林浓密，是典型的江南丘陵地带，又与湖北、湖南交界，三省通衢，还是江西省农业大县。

太阳升镇在修水应该说有着相当重的分量。太阳升原名叫三都，三都之名始于唐德宗贞元十六年（800年），1958年更名为太阳升公社，被称为"江南第一社"，是修水县的东大门，也是农业大镇、渔业大镇、畜牧业大镇、蚕桑大镇。太阳升镇土地肥沃，盛产小麦、大米、蚕桑等，算得上是江南的鱼米之乡。

太阳升镇"赶集"在古时也称为"赶圩",是当地一道独特的奇观。每年的阴历八月初一,是太阳升镇一年一度的传统圩日。这一天,前来赶集的人如潮涌。令人眼花缭乱的各色生活用品和农民喜爱的竹木器具等物什摆满了街道两旁,吆喝声不绝于耳。据老人们回忆,太阳升镇赶集的习俗,即使在土地革命时期都未停歇过。一个小小乡镇的圩日,吸引了湘鄂赣三省的商客前来赶集。集市上的物品也都是货真价实的,在平日里买不到这等上好的产品。

每到赶集日的头天,唐奇汤的奶奶开始忙乎着,把平日牙缝里省出来的鸡蛋、薯片、汤粉皮装了满满的两箩筐。天还未亮,唐奇汤就会被奶奶叫醒,奶奶挑着两箩筐食品摇摇晃晃地走在前往集市的路上,唐奇汤迈着小步子跟在后头。

天刚刚亮时,集镇的街道两旁摆放着各种物品,可以卖钱,也可以等价交换。篮子、水瓢、桌椅、板凳,这些产品不仅结实,而且好用好看。到了黄昏,可以说是满载而归。

无论是改革开放前,还是改革开放后,太阳升镇一直处于修水县的重要位置。重要的不仅是面积大、人口多,有"鱼米之乡"的美誉,更是有着厚重的人文历史、优越的生态资源。但是,在那个没有工业支撑的年代,在改革开放的浪潮中太阳升镇与沿海的小镇相比一直处于劣势,民风保守、观念落后是太阳升镇人民的基本特点。但是赶集这种传统风俗似乎没有受到半点影响,相反还成为当时经济的一个引爆点。

修河涌流于九岭山和幕阜山两大山系的峡谷之间。有一股山泉在湘鄂赣三省交界处修水的幕阜山、黄龙山东燕龙湫池顶喷薄而出。

黄龙山处于江西省西北最西端,既是幕阜山主峰,又是"一脚踏三省"之地。登临黄龙山,湘鄂赣三省尽收眼底。站在黄龙山顶峰,向北可远眺华中重镇武汉,向东南可遥呼英雄城南昌,向西南可神揽"楚汉名城"长沙。长江远涉川渝到荆楚,像一条腰带一样缠绕于幕阜山。黄龙山像一个神奇的男人左右挑着鄱阳湖和洞庭湖。

修河在太阳升镇延绵数十里,按理来说渔业会是太阳升镇的主导产业。

可从 20 世纪 90 年代开始，当地几乎见不着捕鱼的渔民。造成鱼少的原因，主要是生态遭到了破坏。不要说打鱼卖钱，就连自个吃的都捞不到几条。鱼虽然少了，但还是有一些躲藏在深水中、岩缝里。一些捕鱼人动了歪心思，改变了捕鱼的手段，网不到鱼就用电电鱼，他们拿着一根竹竿子，背着个木箱，竹竿子头上插着铁丝，木箱上还扯着电线，竹竿子朝水的深处、岩缝里插下去，鱼就翻着白肚子浮在水面上。大鱼小鱼，就连虾都没放过。以前撒网，漏网的都是鱼苗，现在电竿子下去，鱼苗也被电死了。这种手段是非常恶劣的，不仅电死了鱼，还破坏了生态，躲藏在深水处的生灵无一幸免。善良的村民很是懊恼，可又想不出阻止的办法。"这河又不是你家的。"山林田土都有界限，各管各的，唯独河流是没有划分的。问题是，水下的生灵可不知道危险，昨天晚上电过的地方，今天晚上还能电到更大的鱼。

有人去镇政府反映，做了登记，镇里也派人到现场察看了。可捕鱼的人一般选在下半夜，那是夜深人静的时候，没有人管这些事情。镇东头有一个林业派出所，一辆警车停在院子里，好像好久没有人使用过，整个派出所只有两个人，挂在墙壁上的照片褪去了颜色。村民也不知道这个事情归不归派出所管，所以也就没有去反映过。

总之，待在家里的村民仅靠几块田地解决不了生活的问题，生活越来越艰难。某日，村子里开始骚动起来，几乎没有去过省城的村民开始向往远方的生活，一波一波的人离开了村庄。

唐奇汤的父母决定随着打工的大潮去广东的时候，唐奇汤还只有三岁。出去前的一个中午，一家人聚在一起吃饭，当时一家子也就四口人，爷爷已经去世了两年多，弟弟还没有出生。一家人吃饭，没有吵闹声，都是安安静静的。在外人看来，这是一种幸福的生活。最起码，人口少，还能够吃上一顿饱饭。可是对于孩子来说，和父母生活在一起才是最大的快乐。不过，父母在离开前并没有给她透露半点消息，他们是偷偷地走的。

两年后，父母回来，唐奇汤已经完全不记得父母的样子了。晚上妈妈让她陪着睡，她却不愿意了。一个寒冬，她一直在寻思着：这两个人怎么

住在家里一直没有走？

"在家里，睡觉会更香，吃饭会更多。"他们坐在火炉前说着话。

唐奇汤上小学的时候，她才意识到父母是去了外地打工，每次只有到过年的时候才回来。她远远地看着两张陌生的面孔，内心的渴望一下就变得烟消云散了。

村里有些人家，没有老人，就连孩子也带走了。庄稼没有了生长，家禽养不养得活也不管了。

日子还在朝前。村子里的留守老人和留守儿童越来越多，乡愁在村子里就变成一轮弯弯的月亮。年轻人在外面打工，想家的时候就看看月亮。老人和孩子在家想念他们的时候，也抬头看看天上的月亮。只有月亮不会被万水千山所阻隔，老人和孩子们看着月亮，心里满是惆怅和牵挂。

相对而言，唐奇汤的童年还算是幸运的。那时吃是成问题的，很多时候想吃饱都难。因此，锅里一般就是几种粮食，可她从不挑食，奶奶做什么她就吃什么，而且总得把好的分一半给奶奶。从那时候开始，她就是奶奶的乖孙女。奶奶也特别喜欢她，总是小心翼翼地呵护着，生怕她受了委屈。奶奶拿出油灯，一根灯芯草插在暗淡的灯油里，亮着泛黄的豆大的灯光。嘴里喃喃地说，伢儿该睡觉了。声音就像是从河里传来的，她慢慢地进入了梦乡。在梦里，一群孩子在河边奔跑着，笑声一阵一阵的。

外出打工是冒险的，有些人在路上出了事，被小偷划破口袋，连车费都被盗走了。有些是打工回来，被硬抢去了一年的积蓄。这样的情况比比皆是。还有些人干的苦力活，被机器截断了手。有些出了意外事故，就像是凭空消失了一样。

村子里消失一个人，想要找回来，那是万万不可能的。有一个男人说是去了广州，广州这个名词在村里是热烘烘的，让人觉得去这里就一定能找到生活。他开始是跟着村里的一群人朝外走的，走着走着就走散了，谁也不知道他去了哪儿，反正是消失了好些年，是死是活没人知道。

男人离开村子前，有一个一起生活的女人。女人结过婚，生育了两个儿子。她和前夫离婚后就来到了村子里，和男人情投意合，就生活在了一起。

女人已经没有生育能力了，但从前夫那边要了个孩子过来。

男人离开村子后的第二年，女人也在村子里消失了。她一个人实在是过不下去了，有人劝她回到前夫那里去，一起养大两个孩子，也算有个完整的家。可她不愿意，非要去找这个男人。

总不会是两个人都死了吧？如果活着又怎么会抛下孩子不管呢？孩子跟着爷爷奶奶过了几年，老人也相继离开了。爷爷奶奶离开时，孩子还不到十岁。这是个可怜的孩子，他得学会一个人料理生活，学会过日子。当然，他也想回去找亲爹，可不知道原来的家在哪里。

一个人的生活是难以想象的。有好心的村民会送些粮食，唐奇汤的奶奶也会送些。

布满青苔的砖墙是湿漉漉的，破旧的窗台上长着两根青蕨，撩着阴郁的光线。村庄的余晖熄灭了，黛青色的山丘在一片淡蓝色的、透明的光中默默无言地躺着。

一次唐奇汤跟着奶奶去他家，发现他在做饭，火炉里烤着两个半生的红薯，锅里烧着白开水。红薯就是饭，白开水就是菜。一床黑色发紫的被褥，几件破旧的衣裳。屋内常年漏水，地面上湿漉漉的。在屋里行走，一不小心就会摔跤。

这是一种怎样的生活？再难的生活，孩子还是会长大的。人有自己独立生存的本能，会打垮面临的各种困难。后来孩子学会了捕鱼，学会了摸鸟蛋。在村民的接济下，还念了几年书。十五六岁的时候，就成了一名汉子了，能挑起百来斤重的担子。

在村里实在生活不下去的时候，他也去了广东，朝着父亲和母亲去的方向，一去就是好些年。刚走的头几年，村民一直唠叨着还有人不时去他家看看，发现墙脚被雨水浸泡，就在旁边挖条水沟，打几个杉木桩，不让屋子倒塌下来。"留着几间房子，他们还可以随时回来住。"

眼看着几间土屋就要坍塌下来的时候，他回来了，一辆白色的小汽车停在村口。"是黑皮。"黑皮是他的小名。再朝车里看，他还带着一个如花似玉的姑娘。"这是小翠，四川人。"在村里可没见过这么漂亮的姑娘，

很多人围着看。黑皮也大变了模样，头发光溜溜的，手指上还戴着一个金光闪闪的戒指。他这次回来捐资20万元，修通了进村的公路。他说，村子里的人都是他的亲人。

夜半修河突然起了风，风像是从西北而来的，穿过村庄，吹得整个村庄发出怪异的声响。冬天就是这样摇摇晃晃地到来的，像是揪着后脑勺渗透着一股神秘气息侵入身体。几个寒战后，背后有些麻。半夜唐奇汤被响声惊醒，裹在被子里，感觉一只大手压在被子上，呼吸不过来。窗户不知道什么时候像是被撕开了一个口子，风一个劲地朝屋里钻，不时会发出"啪啪"的声音。奶奶晃动着手，像是在打怪物。

唐奇汤家的房屋周围是一片茂密的森林，白天的时候，野兽会来地里和人抢夺粮食。奶奶嘴里嘀咕着，不知道在说些什么。她是害怕林中的野兽会趁机作乱，把屋后牛棚里的牛给吃掉了。村民晚上外出时，遇上黄毛狗或者野猪是常有的事。当然还有一些更凶残的动物，很多时候都是人在给野兽让路。要是家里有只狗多好！村里养狗的习惯大概也就是从这个时候开始的。

家里条件并不宽裕，可狗粮是从人的嘴里省下来的。"没有狗可不行。"奶奶用地道的方言说着。语气有些硬，意思很简单，这狗必须得养。狗的确是人们喜欢的家畜，在中国农村狗已成为人们日常生活中的重要伙伴，甚至与人形影不离。农村里也流传着"打狗看主人"的说法，可见狗在人们的心目中是有地位的。

唐奇汤去上学的时候，家里就只剩下奶奶一个人和一条狗。狗就睡在饭桌下面，吃饭的时候，奶奶会朝着桌子下倒饭，丢骨头，狗蜷缩着身子，伸头捡起食物。和狗相处是件快乐的事情，一个人寂寞的时候还可以和它说说话，狗愿意听人话，灵敏的耳朵朝地下压着，不时抬头看看人的眼睛，然后又低着头。

"野兽要是来了，狗会听见的。" 奶奶说。说出这句话时还带着几分自豪。意思是人在不靠谱的时候，狗是靠谱的。村里有专门的猎户，他们搭个棚躲在里面，遇上凶猛的野兽，躲在棚里大气都不敢出，生怕野兽攻击自己。狗很灵敏，它可以听到人听不到的东西，可以看见人看不见的事物。遇上再大的野兽，都会勇敢地扑上去。狗就这样在村子里扎下了根，就这么与修河的水融合在一起。狗的叫声此起彼伏的时候，河里的水也此起彼伏着。这种狗叫的壮观场景，在别处是很少见的。狗的叫声让野兽朝着林子里乱窜，使林间树影骚动。

其实，这些性格都是这条河养成的，每条河都有自己的性格和脾气。总体来说，修河是婉约温柔的。

生活在河岸的农民对河流始终保持着敬意，即便是有过杀戮的心，但很快也被清澈的河水洗净。在灵魂里，每个人都是干净的。人们不难发现，自己的命运绝对与它的水系河流相关。

唐奇汤小的时候得过一场大病，高烧了几天，小脸蛋烧得赤红赤红的。村里的医生束手无策。奶奶听人说要去求河神，虽然将信将疑，但也拿着油灯、香火，跪在河边祭拜。黄昏时分，修河突然咆哮起来，一阵狂风，紧接着就是倾盆大雨。没想到，第二天唐奇汤的病竟然好了，奶奶心里清楚，这完全是一种巧合。不久后，有人在修河的岸边修建了一座道院。院子不高，用四方石头砌成。奶奶隔三岔五就朝着道院跑，唐奇汤悄悄地跟在后头。初一、十五前来祭拜的人特别多。道院里住着几个人，人多的时候他们维持秩序，祷告，闲日里依然扛着锄头种地。

金秋十月，是修河最美的时候。河流倒映着树木，倒映着蓝蓝的天空和白白的云朵。这个季节也是修水人最快活的时候，风吹在人的脸上也是格外清爽。

那天黄昏，唐奇汤踩踏着夕阳从学校里回来，见修河的深水处一群鸭子浮在水面上扑打着翅膀，顿时停住了飞快的脚步。这是一群彩色的鸭子，像是从天上降下来的，在阳光下格外引人注目。"快来看，快来看，有颜色的鸭子。"她轻声地呼唤起来，路过的同学都把目光停留在修河上，一幅妙不可言的图景，令孩子们陶醉了。孩子悄悄地靠近，躲藏在河岸的芦苇丛里，观察鸭子在水里游戏。

对于农村的孩子来说，很多世面是没法见着的。长有颜色的鸭子，

在阳光下扇着五彩缤纷的翅膀，孩子们远远地看着，内心像是有一阵暖风掠过。很快这片水域成了摄影家们的基地。村民们都说，这是天神降下来的圣物。其实，在修河岸边，生长着一种有颜色的竹子，叫紫竹，紫竹浑身上下发紫。它的身材并不高大，可颜色讨人喜欢。这种竹子密密麻麻的，枝叶茂盛。竹笋不能吃，竹子不能派上用场，但能让修河两岸一片青翠。

日子在一来一去间，闪烁着光泽。渐渐地，河岸边人们的生活重新有了起色。大家对未来充满了憧憬，一些在外务工的村民陆续地寄汇款单回来。"百年大计，教育为本。"首先解决孩子上学的问题，接着才是改善伙食。

光靠这点儿钱，肯定是不够的。一些还有劳动能力的老人，习惯着面朝黄土背朝天的日子，每天早早就起床下地，到太阳落山好一阵了才回家。他们懂得孩子出门在外的不易，能动的时候就不闲着，能搭把手就搭把手，尽量给他们减轻负担。然后和孩子们聊聊山外的事情，不过大多数是听来的，山外到底长成啥样子，他们哪里知道呢。修河的水，长年累月生生不息地朝前走着，思念的时候，他们就站在河边，木讷地望着河水流向远方。

唐奇汤家离修河很近，中间只隔着一丛芦苇。她在修河边长大，小的时候就在河边耍水，大点的时候在岸边放鸭子，卷着裤腿在水边摸鱼，奇怪的是她没有学会游泳。她说，她对修河的热爱完全来自一种发自内心的自豪感，这种感觉是从河水里生长出来的，然后一点点地与日俱增，最后终于再也挥之不去。她经常会一个人在河边小坐，想着一些奇奇怪怪的问题。

在她的眼里，这是一条神秘的河流。她总感觉，河里隐藏着一些神秘的东西。就连河水也像是一块磁铁，牢牢地吸引着她，于是观察河流成了她生活中重要的部分，如果离家远了，她需要深记着这条河，否则就像无所依傍。

有些时候，她就像是个孩子，会给自己提一些莫名其妙的问题。水里会不会隐藏着另一个世界呢？

就在她想着这些奇奇怪怪的问题的时候，太阳已经落山了，没有风，河流瞬间像是变成了一幅电影的银幕，树木都静静地屹立在那儿，树叶也是静静的，声音是从河流的上头慢慢靠近的，音乐奏起来了，举着花灯的姑娘们扭起来了。灯光射在她们五颜六色的头饰上，激起一片金碧辉煌的彩霞。这种热闹集中在一年中的某个节日。银幕是随着河水走动的，像是被人抬走了一样。

对于孩子们来说，这样的场景是绝不会放过的，错过了就得一个漫长的等待。那水灵灵的眼睛注视着那幅微微颤抖的银幕。银幕随着水流迁移时，画面也随着跑动起来，孩子们的脚步也跟着跑动起来，唐奇汤也跟着跑在后头。她在追赶着水的时候，水也在追赶着她，像是在体验着生命的追赶，又像是在进行着一场竞赛。在和生命的角逐间，她看到了戏台，看到了村民们手举着花灯，沿着村庄的路来回地跑。在孩子们的追赶中，舞台已经失去了界限，整个河流就是一个庞大的舞台。

这是著名的国家非物质文化遗产——全丰花灯演出的场景。

> 全丰花灯是江西省修水县全丰镇的传统曲艺形式，是一项介于灯、戏、舞之间的艺术表演活动，主要特色是灯队表演，具有浓厚的民俗色彩。春节期间，乡村各路花灯云集，从初一发灯一直唱到元宵，跑东家串西家，通宵演唱。此外，民间节日、做寿、上梁、婚嫁，都会请来花灯热闹一番。

不过，在孩子们漫长的等待中，另一个舞台就这么徐徐地出现在他们的视野中。几个拉着长胡子的演员在舞台上飞舞着大刀，孩子们看得入神的时候，平静的水面陡然膨胀起来。它上面像掀起了一阵暴风雨，孩子们触电似的响起了雷鸣般的掌声。孩子们也跟着唱了起来，圆润的歌喉在夜空中颤动，歌词像一串珠子，滴落在地上，溅到空中，引起了一片深远的回响。这便是著名的国家非物质文化遗产——宁河戏。宁河戏又称"宁州

大戏"或"宁河班"。宁河戏是江西大型传统戏曲剧种之一，它发源于修水县，流行于赣北及湘鄂赣交界一带。宁河戏文武兼备，唱、念、做、打完整成套。传统剧目可查者有4000余种，多系整本，声腔以二凡和西皮为主，兼收徽调、昆曲和民歌小调。

  这些耳熟能详的剧目，唐奇汤不止看过一次，她甚至还参与其中，扮演过一些角色。演员的性情和风格是从内心喷发出来的。不是久居在修河岸边的人们，是不会熟悉这里的民风的，更不明白全丰花灯和宁河戏演出就连时间都是有讲究的。戏曲是晚上八点结束的，那时的河面就会变得鸦雀无声。

  在古代修河水路发达，文人墨客行至此地时，便在旁边的林间歇脚。北宋时期，江西诗派鼻祖黄庭坚从这里往返于京城，苏轼、王安石、欧阳修途经此地往返于修水。

  双井村是黄庭坚的皈依之地，他早年在外为官，总是要回家度岁，每次回来，总要到黄龙山去问禅。因此，黄庭坚与黄龙山禅师的交情十分密切。作为"江西诗派"的开山鼻祖，黄庭坚在黄龙山留下了大量的诗文。岁月斑驳，黄龙山岩石上的字迹依稀可见。

  在修水，黄庭坚有一样东西是割舍不下的，那就是双井绿茶。双井茶以其翠苗润秀、银毫显露、内质香气持久、汤色明亮、滋味鲜醇爽厚的独有性格，赢得了欧阳修、苏轼等一大批文人墨客的喜爱。后来，在修水大地上生长的"中国宁红茶"成为世界名茶。

  修河日夜不息绵延流淌，继黄庭坚之后，到晚清又出现了一位诗坛大家——同光体诗派领袖陈三立。

  陈三立，字伯严，号散原，出生于晚清。太平天国运动进入第三年深秋，距北宋黄庭坚700多年之后，又一个喝修河水长大的修水人将中国诗歌推举到极致——陈三立被誉为中国最后一位传统诗人。

  对于一条河流来说，有着不尽风华的同时，也道尽了人间沧桑。这是一个发生在修河岸边的故事。1942年1月1日，七十二军三十四师在太阳升镇梁口村、杨梅山一带阻击日军。几次战斗都取得了重大胜利。这些胜利都离不开人民群众的大力支持。在强敌入侵面前，广大军民同仇敌忾，积极行动起来，发挥战时支前的作用。他们修筑工事，送水送饭，冒着枪林弹雨运送伤员。在日军盘踞太阳升镇期间，当地群众运用各种办法，配合中国军队打击敌人。荣家（三都中学后面的村子）有一个叫懵子的老百姓，用大石块砸死了两个日本兵，最后被日本鬼子乱枪打死。杨梅渡猎手王洪和、张玉真自制弩箭十余支，并自制毒药装在箭头上，把弩箭装在日军出没处，射死射伤数名日本兵。有的老百姓在日军必经的路上装上铁夹，设下陷阱，上面铺上鲜草皮，晚上安装，天亮又拆去，用这种方法在太阳升镇银山岭一次就捕捉了三个日本兵。在日军第二次入侵太阳升镇期间，当地手工业者组织起来，土法制作土炸弹、发弩车、铁石头发射车和煤油箱炸弹，这些土制武器在战场上杀伤了不少敌人。根据当时的报道，太阳升镇的几次战斗共歼敌 1600 余名，缴获大量枪支弹药及军衣、钢盔、迫击炮、若干马匹。中国军队亦付出了 2000 余名士兵伤亡的代价，为国捐躯的将士有 1000 人左右安葬在太阳升镇杨梅渡村古樟群一带。中华人民共和国成立后，当地老百姓在杨梅渡古樟群建起了一座烈士陵园，并立有一块抗日民族英雄纪念碑。

  那场战争很快就画上了句号。人们的生活变了样子，变得更加从容。天也变得更加从容了，就连天上的飞鸟、水里的鱼儿，生活的姿态都变了模样。河流就这样进入静止的季节。河面被大块的冰封着，在自省的同时，也发出了警示。然而，那些失去孩子、失去情侣的男女，他们日复一日，年复一年，在漫长的岁月中，与修河作伴，慢慢地伴着草木变老。他们内心的悲欢，也许只有明月最懂。

  某日早餐时分，唐奇汤在奶奶的喊声中醒来——每天早晨她睡得正香的时候，奶奶的声音都会快速地撞击着她的耳朵。鸡鸣声一阵阵地叫着，万物也都伸着懒腰。"喂，下地了，太阳都晒屁股了。"奶奶在催着父亲。她是这家里睡得最晚、起得最早的人，在唐奇汤的印象里，奶奶是个不用睡觉的人。不过这种喊声仅持续到小学毕业，她早已养成了早起的习惯，而父亲也离开了家去远方打工。

每天上学的时候，唐奇汤总要带点食物给鸭子吃。不过这时，鸭子还沉浸在梦乡里，河岸还是一片寂静。虫鸟是在人们忙碌的声音中醒来的，粮食撒在水边，鸭子就会来觅食。一开始，鸭子见着人就会惊慌失措，后来慢慢地和这里的人熟悉了起来，见着人还会自由地变换着各种姿势。

"鸭子通人性哩！"村子里人都是这么说的。

鸭子觅食后，河滩上铺着密密麻麻的粪，一坨一坨的，阳光照在上面像一堆鹅卵石发着光。

村子里的老人说，鸭子是八九月间来的，那时附近的棉絮刚刚入仓，河里的鲤鱼晚上会蹦出水面来，不停地蹦蹦跳跳。鸭子像是在水面上捕捉着夕阳，扇动着金黄色的翅膀。

这是秋天，河岸风景最美的季节。附近种着豌豆的土地上，布满了淡紫色和白色的小花。几头老黄牛蜷在树下，不时甩着尾巴。豌豆的清香，夹杂着河水的清凉，一种莫名的香气在空中翻滚。

每次放学回来，路过古樟林时，唐奇汤总要在古樟树下停歇一会儿，这已经成了她日常生活中的一种习惯。不知道为什么，她发现这片林子对她有着无限的魔力。

这里就像是个巨大的矿藏，她用小小的脚步在林间丈量，会被一些树木的形状吸引。古老的树皮张裂着，县文物保护局在树干上挂着重点保护的牌子，标记着树的年龄，最长的1200余年，最短的900多年。在这些老树面前，她只是棵幼苗，所以，在面对老树的时候，她的内心是虔诚的。

她开始有意识地把一些感兴趣的东西小心翼翼地用画笔画下来，用树的叶子装扮着，组合成一幅幅图画。在梦中，她见着那些画都活了起来，画里还有出入的人。她也活在画中，整个村子里的人都在。第二天醒来时，她忽然想起忘了画鸭子，于是跑到学校问老师，鸭子叫啥名字呢？就连老师也不知道。画上鸭子后，她把鸭子的名字空着，想着等到哪天再在空白处填上。

唐奇汤真正意识到她童年所遇见的不是一群普通的鸭子时，她已经出落成了美丽大方的姑娘了。

她是村子里走出去的为数不多的大学生之一。在她的生命里，有一种孜孜不倦的追求。上大学时，她经常到火车站做志愿者，也会参与一些爱心活动。这颗爱心对她的未来产生了深刻的影响。大学毕业后，她毅然响应国家号召去新疆支教。当时，包括家人、同学都反对，认为她的身板很难适应新疆的气候，可她依然选择了去新疆。在新疆的一年半里，她的内心更加明白，此生干着的是一件不平凡的事情。

在新疆的日子里，唐奇汤学会了思念，开始望着月亮写诗，诗情画意就像是雪花从天上洋洋洒洒落下来。随着作品源源不断地出现在江西省内外的各大刊物上，她已成长为一名名副其实的诗人，还被聘为修水县溪流文学社副社长。这个以河流命名的文学社，是20世纪80年代初期成立的全国著名的民间诗社。1982年，著名诗人艾青题写了"溪流"刊名。诗社一直活跃着一批有创作实力的青年诗人，诗社活动延续至今，从未停止。可以说，这也是修水文脉的根须。

中华秋沙鸭到底是一种什么动物呢？唐奇汤很是好奇。其实在大学的时候，教自然科学的老师就给了她准确的答案——中华秋沙鸭是第三纪冰川期后残存下来的物种，距今已有1000多万年，是中国特产稀有鸟类，属国家一级保护动物，数量极其稀少。中华秋沙鸭属于比扬子鳄还稀少的国际濒危动物。

濒危动物出现的地方，找不到最危险的敌人。这里的自然生态会让外来的人兴奋不已。大学把课题开到了古树下，学生们在水边采标本做实验。

修河水质的优越性，让生活在这里的人们有了新的意识。慢慢地，挖沙的、捕鱼的都自觉罢工，再也不以破坏修河生态来谋生。不知道从什么时候开始，他们懂得了尊重河流，懂得了遵循自己的内心。

2020年6月，一场被命名为"古樟"的诗会，让我再次走进了杨梅渡古樟群。

那天，沿着新修的公路，我驾车朝着杨梅渡的方向奔驰，只见新的集镇市场和矗立在两岸的房屋很现代。幸运的是，紧靠着的河岸并没有建筑。

◎ 美丽修河

又名修水、修江，鄱阳湖水系五大河流之一，以其水行修远而得名。修河是江西省九江市境内最大的河流，也是长江中下游重要的水源涵养地和沿岸居民的生产、生活用水取水地。

空寂的道路两旁栽着高高的白杨，风吹来，树叶飒飒地响。从集镇往北走2000米，一群古老的樟木格外夺目。我们在树下吟诗作唱，好像树能够听懂我们的语言。中午的时候，我特意朝古树鞠躬作揖。我想，也许多年前的文人经过这里时，也会在这些树下向它们表达内心的情感。

午饭后，诗会结束。诗友们各自离去。我哼着民歌，在唐奇汤的陪同下，继续朝着村口的北面走。我得到附近的村子里转转，前面不远处，经过一座石拱桥就到了另一个村庄。站在桥上俯瞰，水面风平浪静，见不着一丝波纹，它显然非常地美丽。村庄辽阔，见不着边，上空挂着大而厚实的云朵，像是在凝视着宁静清澈的修河。

村庄四方的田，到处是景色。让我不可思议的是，这时已是阴历五月中旬了，别的地方新竹都成林了，可这里的才拦腰那么高。

人走累了，走不动了，在一棵枣树下歇歇脚，附近的泥土里发出"吱吱"的声音。一些疲惫不堪的人顺势往下一倒，树也就显得无比高大起来，仰头一看，上面全是果子，摘了一颗丢在嘴里，又涩又苦。

几百年来，这里的人们临河而居，过着一种简单而淳朴的生活。他们理解这些鸟儿的生活习性，人和草虫、极细小的枝叶都是亲戚。感觉旁边的树木紧紧地偎依着，一种自由而又自豪的生命力，相互依恋着。

岸边的村庄的确旺盛过，古老的树木遍地是，那时的树种是风吹来的。现在附近的村民在谈论历史的时候，显然有些不愉快，因为那时河岸上有古老的森林，现在这里也到处有树林，只是现在的"树林"是带着形容词的：锯过的、建筑用的、高而直的、劈柴用的，等等。显然，那个郁郁葱葱的家园是被人破坏过的。渡口上堆满了木材，人们谈论的是这些木材，生意人围着转的也是这些木材。围着木材转的生活，从某种程度上好像不是原本的生活。这样的生活持续了一段漫长的时间。尤其是在20世纪80年代，农村还没有用上沼气、天然气，村民都得依靠砍伐林木当柴火。千家万户，长年累月，得烧毁多少森林？这也是人类为了生存所被迫的生计，但更多的人在祷告，他们希望河流健康吧！一片森林想要重新长起来，需要漫长的时间，十年树木，谈何容易呢！但是之后，全国掀起了新农村建设的热潮，这是改进农村文明的重要手段。家家户户都告别了柴火，用上了干净的沼气、天然气。

人类遭遇的灾难，很多是由于森林遭到破坏所致。人类看起来是一切的主宰，但当人类肆无忌惮地破坏生态时，恶劣的环境就会反作用于人类。

森林是天然的蓄水库，有了森林，土就不用怕风吹雨淋，水土就不会流失。森林能大大减弱风力影响；暴雨遇到森林也会被阻挡，雨水沿着树叶枝干慢慢地流到地上，被枯枝、落叶、草根、树皮所堵截，水分渗到地下也不会很快流走。

森林遭到破坏，土地不能有效蓄水。日照时间一长，裸露土地的水分很快就会蒸发，就会导致干旱。因此，洪灾和旱灾都与森林有着密切的关系。

我在杨梅渡修河段行走，发现有些采砂的痕迹，显然有人在这里办过沙厂。我认为，那依然是人们迫于生计所选择的生活出路，也不排除是少数人为了牟取其中的利益故意破坏河道。沙厂的出现，严重地影响到了修河水质，整个河道变得浑浊起来，中华秋沙鸭越来越少。"十年前，这里的挖沙机从早轰鸣到晚，一堆堆沙高过人头，有大型的运输车来回奔忙。不要说中华秋沙鸭，就连盘旋在上空的水鸟也不见了。"

一条有着中华秋沙鸭的河流，瞬间变成了沙丘，不可能不被关注。媒体的大量报道，引起了当地政府的重视。从那以后，修河出现了一条规定：严禁采砂。

在有人破坏河道的同时，也有人在抢救性地保护生态。他们在河两岸设立了保护站，在义务监测中华秋沙鸭的生活起居。他们给鸟搭棚，安放食槽，建立兽医站。

总体来说，对于修水而言，自然生态是一直占上风的，因为自然生态好，修水不仅有国际濒危的中华秋沙鸭在这里越冬，还有 12 万多株国家一级珍稀濒危保护植物红豆杉生长在修河支流的油岭自然村。中华秋沙鸭和红豆杉都是修水的主人，它们都有自己角色的定位，在气质和修养上都是上乘的。它们也因此遭遇了很多危机，如比破坏环境更为严重的直接杀戮。中华秋沙鸭能卖个好价钱，猎人时常躲在暗处，趁它无意识的时候，射出子弹，打捞起来，卖给餐馆，换取一笔不小的收入。在修水越冬的秋沙鸭总共是 30 多只，每天都会有人专门监护它们的衣食起居。太阳升镇一猎户捕杀一只中华秋沙鸭，被判处五年徒刑；油岭村一名叫郑乃员的老师凭着对保护红豆杉的执着，30 多年间自筹经费，东奔西走，默默地守护。这就是人心，这就是善恶。

1998 年，这是一个令人刻骨铭心的年份。那次洪灾几乎淹没了两岸的田土，庄稼是颗粒无收，村民只有望天兴叹，是什么原因让河流如此疯狂肆虐呢？细心的人们很快就寻找到了答案。上游的人们开采矿山，破坏森林资源，造成了大面积的泥石流，河床沉积的泥沙越来越厚，河水猛烈上涨。"人永远是斗不过天的。"这次洪灾过后，人们的生活越来越苦。

治理河流迫在眉睫。与其说是治理河流，不如说是治理矿山。这应该说是一场史无前例的"运动"，当地政府这次花大力气对全县的矿山进行大规模治理，对不合法的小微矿山进行了重拳打击，对有手续但不合格的矿山进行了整顿。实际上，这些挖山的人，也是一些平头百姓，他们想常年在山上挖，结果不仅没有捞到钱，相反还落下了罪。政府在整治矿山的同时，也对河道进行了清理，修建起了防洪堤。客观地说，这只是其中的一个原因，修水本身是山区，长年累月的泥沙过境，河道不可能不淤积。不过，这对修河来说，的确是一次不错的机遇。从这以后，修河变得温顺婉约了。

也就是从这时候开始，人们对生命又有了全新的认识。河流是活着的，就连一块被太阳晒着的石头，它也是活着的。渐渐地，生活中便形成了一种共识，就是格外地小心，不去践踏和伤害自然。这种意识是从小就养成的，在孩子们中像是有着某种血缘的联系。在任何事物的体内，都能听到共同的生命和友爱的气息。

顺便说一下，我在杨梅渡行走的时候见到过一座博物馆，一些古老的

旧什把我带到了一个久远的年代。我发现那些木材在那个年代也是文明的象征，一些生活中的记忆都是依靠那些木材而流传下来的。甚至还有一些文物，但上面的字迹模糊不清了。大概的记载是，村里的人很野蛮，可以用树杈杀死河中的鱼。当然，这种捕鱼的手艺，没有多年的修行，恐怕是难以做到的。现在看来，生活的确是有正面和反面的，只看如何去把握，有效地进行利用，这才是生活应有的原貌。

确切地说，一条大河是有源头的，一条小溪是找不着源头的。当看见某块石头下渗透的水，某棵树下渗透的水，你以为是源头，实际上附近的石头和稍远处的树下也在渗水。我出生的村庄罗家窝村，整片村庄的石头和树木都会渗水，我以为这就是我生命的源头，或者说是我的生命之水。从罗家窝村起始的小溪，后来有个文艺些的名号，叫"溪流"。呜呜，呜呜，水流声从山涧深处往下流，一直朝着山脚下流去。

我从小熟知树木的乳汁是水做的，水便是这潺潺流水的生命。这些看似很小的生命，实际上却会组建一个大家庭。

我时常会沿着河流走。河流所到之处，遍地阴凉处静添着几分悲惨的色彩。在河流边，我会扮演许多种角色。我发现收割的时候，云雀就会急速地消失在沟壑里，但是那些不速之客小麻雀就欢快起来。它们在和人们争抢食物。好久没有大饱一餐了，见着高大成熟的麦穗，它们这里停停，那里落落，不停地吵闹着。

我时常细心地注视草木，注视着草地上的盲蛛和蚂蚁。我就是它们的主人，行走在碧绿色的自然中，每走一步我都是小心翼翼的，生怕一不小心触碰到了它们，唯恐见着它们的伤口流出血来。

日子在修河的水中平静地流过。人们过着一种自然的日子，这里的女人，比男人更加坚强。

离开杨梅渡，唐奇汤送我。河水像是恢复了往日的平静。我划着小舟，穿行在碧绿的山水间，到了一个僻静的地点。谁也不知道我在这儿。我的心里喜不自胜，陪伴着我的只有几只秋沙鸭和它们在水中的倒影。在满是青草的河岸上，不时有各种各样的水鸟飞来飞去，它们显得很温顺，毫不惊慌，它们一点儿也不担心人们是否会去惊扰它们。

美国自然文学作家亨利·贝斯顿在散文集《遥远的房屋》里写道，"无论你本人对人类生存持何种态度，都要懂得唯有对大自然持亲近的态度才是立身之本。常常被比作舞台之壮观场景的人类生活不仅仅只是一种仪式。支撑人类生活的那些诸如尊严、美丽及诗意的古老价值观就是出自大自然的灵感。它们产生于自然世界的神秘与美丽。羞辱大地就是羞辱人类的精神。以崇敬的姿态将你的双手像举过火焰那样举过大地。对于所有热爱大自然的人，那些对她敞开心扉的人，大地都会付出她的力量，用她自身原始生活中的勃勃生机来支撑他们。"是的，人与自然之间的关系是无比神奇的。只有与自然融合在一起，人类的生命价值才能体现出来。

在修河源头附近，有一片至今仍布满沼泽和一丛丛林木的荒野，像数千年前的新石器时代一样。那时的人害怕穿过这些荒野，便划着小船在可以捕鱼和野兽出没的地方留住下来。

那是一块干燥的林中空地，也是新石器时代渔人聚居的村落。我们沿着村落走到一处水边，在清澈见底的水下沙土上，可以见到一层黑乎乎的东西，极可能就是文化起源层。这个地方就叫"山背"，2006年8月，江西省文物考古研究所在这里发掘出新石器晚期文化遗址群。在遗址中发现有相当数量的石骸和陶网坠，反映了当时的原始居民还进行着一定的辅助性劳动——渔猎和采集活动。

说起修水的源头不可绕过一座山，一座纵深于历史的有深意的山，其名黄龙山。它是我国禅宗五宗七派之一的黄龙宗的发祥地。

黄龙宗是禅宗的最后一宗，产生于北宋中期，由临济八世宗师普觉慧南禅师开创，是禅宗的收山宗派，其后一直没有出现新的宗派，因为这个缘故，黄龙宗已然成为禅宗划时代的里程碑。

黄龙山东西绵亘百里，头尾牵着吴楚大地，宛如一条巨龙，在龙王峰高傲地昂起了巨头，巨头朝东一扬，流泻出一条修水之河，汇入了鄱阳湖；往西一张，就吞吐成了汨罗江，浩浩汤汤，汇入洞庭湖。黄龙山是修水和汨罗江的自然分水岭，常被人简述为"一山连两河"。

一个地方，你没有去过，你对那里的印象只能留在浅表。作家刘醒龙在沿着长江行走时，从山水间获得了自豪。

于陌生的山水间行走，并突如其来地遇见先贤，那是一种怎么样的体验？那滋味也许并非只是兴奋或震撼，也许还会有在另一个时空里猛然遇见了前世的自己时那种错愕不安与大恩之情，一切的骄傲在瞬间崩塌。

汨罗江上游的平江县，安葬着伟大的诗人杜甫。

中华文化中更有一种备受尊崇的传说，凡是天造地设由东向西流动的河流，命中注定不会平凡。汨罗江是一条由东往西流淌的河，仅仅屈原投江就足以流芳于历史，再加上死于斯葬于斯的诗圣杜甫，不要说汨罗江将居何等地位，这天空的雀鸟、地上的禽兽、水里的鱼虾，都会平添许多文气。特别是屈原《离骚》中的一句"路漫漫其修远兮，吾将上下而求索"，照鉴了诗人于困苦中的丹心。

刘醒龙的《坪上书院》中对汨罗江岸有着这样的描写：长草荒荒，小路弯弯，田舍重重，苔藓满满。不是秋风茅草，也非寒士草堂，一心一意尽是与苍生相关的苍茫。

汨罗江的水，倒流进洞庭湖。

东经 110°，北纬 30°，是洞庭湖的主坐标。一到冬天，湖水退去，广袤的湖洲湿地齐整裸露，草苇疯长，坑洼与水沟交错。

据史料记载，近几百年来，洞庭湖一直在做着"瘦身"运动。《水经注·湘水》中是"广圆五百里，日月若出没其中"，唐宋诗文中频繁出现的是"八百里""洞庭天下水"，也是"浩浩汤汤，横无际涯""水尽南天不见云"，它已经是一个无与伦比的大湖了。但到了明代嘉靖、隆庆年间还在长大，原因是长江北岸分江穴口基本堵塞，水沙分泄，湖面扩张，往西、南延展出了后来的西洞庭和南洞庭。清道光年间《洞庭湖志》中记载，全盛时期面积有 6000 余平方千米，差不多是现在的 3 倍。

水去了哪里？水又是从哪里来的？有水来才有水去。早已在郦道元记载的"同注洞庭，北会长江"和范仲淹吟诵的"北通巫峡，南极潇湘"中予以印证。美丽的洞庭湖，同样会使湖区的百姓胆战心惊。洪水之灾，会让人措手不及。清光绪十六年（1890年）湖广总督张之洞曾在奏折中写道：

> 江水入湖，挟泥带沙以南趋，西湖一带淤地成洲，土人名曰南洲，地广土沃，土客互争，草泽啸聚，实为湖南隐患。且淤洲日宽，湖面愈狭，内水阻遏不消，滨湖州县，胥受其害。

入湖泥沙淤积量大于湖盆构造下沉量，日积月累，平衡状态被打破，湖泊变洲滩，洲滩变垸土和稻田，人进水退，与水争地，插秧插到水中央，大湖萎缩加速。那些水中小岛或者成了半岛，或者早化身为一片田野。

自然与人之间的矛盾一直在发生着，在这个"浴血"的年代，谁也没有解开这个"结"，还有各式的伤害、遗忘与抛弃，湖变得越来越脆弱。

候鸟中毒是经常发生的事。几年前，一位朋友见过天鹅、雁鸭集体中毒的情形。因为预测不到意外，候鸟的南渡北归既是生死契约的相守，又何尝不是一场生死离别的演出。

夜晚于候鸟而言，有着另一种存在的意义。鸟会在夜间迁徙，也会在夜晚辨析方向，躲避猛禽的袭击。

《坪上书院》写道：杜甫灵寝处，冷清得有些过分，正好印证除了杜甫只有天地的那种地位。四周是专属于原野的清净，看不见俗不可耐的故意展览，也没有发现无意遗落的诗词文章。目光所能读到的唯有"唐左拾遗工部员外郎杜文贞公"等文字。虽是初夏时节，四周充满暑气，脚下青砖的缝隙里，仍在冒着直达骨子的阴凉，宛如杜甫一生的阴郁。

但那也许只是旁人的解读，对于一位满含诚意、心系国家及百姓的人，应对此已毫不介意，他的心已不在形式上，而在状态里。

我想，杜甫的一生，与这座山，与山下长江的支流源头，有着某种难以诠释的关联。

767年，杜甫从瞿塘峡乘船而下时，书写下了"无边落木萧萧下，不尽长江滚滚来"，这一来一往便是看穿了世界。

一山出两水，两个方向，最终汇聚在两省的两个大湖中。中游的屈原、杜甫，中下游的黄庭坚、陈寅恪，无论是时间还是空间的顺序，都蕴藏着某种自然的契合。

桃李春风一杯酒，江湖夜雨十年灯。

修河，满荡清冽，不染尘灰，掬起可饮，直击水底。修河，是我赖以呼吸滋生感情的憩息之地。上上修河是我心灵的源头，也是大地的生命之河，我自豪有这么一条河流作伴，可亲可敬的河流，映照出天地万物的倒影。

鄱湖记

如果把长江比作是一根粗壮而坚韧的瓜藤，那么鄱阳湖就是挂在这根藤上的葫芦。

地处江西省北部、长江中下游南岸的鄱阳湖是中国最大的淡水湖，也是国际重要湿地、亚洲最大的越冬候鸟栖息地之一。

一

那还是10年前的寒假，我到鄱阳湖水岸的都昌县去学画画，那是我第一次结识鄱阳湖。在都昌县大树乡村子西头有一处平瓦房，一个不大的院落，一圈泥墙上部已经发白，西沉的太阳照亮了院子内的一片茂盛的菊芋花，使这里显得那么的静谧。莲，教我画画的师傅，一个二十出头的姑娘，十三岁那年父母早逝，靠着邻里乡亲过日子，相处得十分融洽，村民都把她当成家里的成员。

在很长的一段时间，我在这里进进出出。夜里醒来，站在窗台上眺望，一望无际的水面浩浩荡荡，万籁俱寂，这就是黎明前的时刻。我前额贴着窗户，静静地观察着夜间的湖，独自与湖水待了一段时间。湖就是那时刻进我的生命里，以一种无与伦比的方式，恰如久别重逢。

我又想起了那片林子。那是白桦树把自己最后一点像金子一般的黄叶撒在灌丛和沉睡的蚂蚁窝上的时节。风似乎还不那么冷。地面上的叶子簌簌作响，像是在作着永别。它们永远是这样的，一旦脱离了生养的母体，就诀别了，消亡了。

在落日余晖中我注意到湖岸小径那针叶上的闪光，那片丛林就像海洋一样，在不大的岛屿上拥挤着。我坐在树下休息，原来这灌丛充满生机。

长江 母亲的河

◎ 鄱阳湖

位于江西省北部，地处九江、南昌、上饶三市，是一个季节性变化巨大的吞吐型湖泊，也是中国第一大淡水湖、中国第二大湖，国际重要湿地、亚洲最大的越冬候鸟栖息地之一。

在果实累累的地方，当家的是松鼠、凫、雁、天鹅、䴔、鸥、鹭，还有许多我不知道的鸟儿。在灌丛下阴暗的地方，水貂、河狸、麝香鼠等就隐居在这里。

歌德曾明确说过，观察自然的时候，人会把他所说的一切美好的话都从心里掏出来。但是，在你怀着一种小心思，走近浩瀚的水边，望一眼广阔的水面，你的心眼往往就会变大了，能豁达大度地原谅一切。

莲是方圆数十里最漂亮的姑娘，我幸运地成为她带的第一个徒弟。说起来我很幸运，我还目睹了在这个院子里降临的一件大喜事——她和一个深圳来的男孩子的婚礼。那天，莲格外美，美得出乎意料，美得让人措手不及。她站在那里，亭亭玉立，像是一朵出淤泥而不染的莲。说实在的，多年以后，我想莲时，便会想起她那天喜气洋洋的神情和溢满幸福的眼神，整个人像是沉醉在鄱阳湖的美景中不愿意醒来。

我结束学画离开鄱阳湖的前夜，莲神情有些恍惚地和我说："大鸟出事了。"我见她两眼充满血丝，神色凝重。我和莲跑到湖边时，我提着灯站在旁边，莲抱起大鸟，一下下地拍打着鸟的背部，偶尔转脸看着我。她似乎相信我能给她支招。为了救活那只大鸟，她一宿都没有睡，将鸟送到了都昌县野保站。

第二天早晨，我乘坐班车离开了都昌。路上我一直忐忑不安，甚至有些恍惚，我当然相信那只鸟不会有什么事情。

鸟和人一样，随时可能会患病。有些病症无法判断，这一切都与自然环境有关。都昌县濒临鄱阳湖，有众多河流水汊，沼泽湿地极多，再加上分布着大大小小的岛屿，各种水鸟飞禽多到目不暇接的地步。这里人们的生活自古以来与各种鸟类的关系极为密切，因此莲与大鸟成了朋友。

这是一种名叫"鹏"的大鸟，身体很大，能够飞行几千千米，奋力高飞时，翅膀像天边垂下的云彩，气魄和力量非我们可以想象。大鸟比起人来，一个显著的优势是会飞，来去自由，所以自古以来，就存在着人对鸟的崇拜和模仿。

鄱阳湖的人与鸟是有着不可分割的关系的。人即鸟，鸟即人——人和鸟如果互相换形以至于换灵，不但不是丢人的事，反而令人艳羡。

几年之后，我听说莲为了救活一只中毒的鸟，自己住进医院，整个人消瘦了一圈，大大地憔悴了。

我再去看莲是前年。我惊异于一个少女10年间发生的变化——体重较之前增加了10公斤，虽然算不上那么臃肿，但先前那样的苗条活泼却不见了，像水一样清脆的声音不见了。脸上涂了很多化妆品——她以前是不施脂粉的。不过那张脸还是那么明媚，稍稍不同的是，这双眉目如此舒放，浑身透着一种逼人的美艳。

在莲的记忆中，父母都是爱鸟之人。她小的时候，经常会捡到一些鸟蛋，母亲见着鸟蛋就会着急了："在哪捡到的？从哪里来的，就得送回哪里去。这里面可是生命。"

父亲是个吹牧笛的高手，这可能也是他简单生活的一部分，也是他热爱生活、不断追求真正幸福的表现。

莲记得在大树乡的鄱阳湖的西头有个小山丘，在那片丛林中有个观鸟台，有段时间连续几天雨水不断。一天晚上七八点时，父亲接到电话，说观鸟台的老张被阻拦在那片丛林中，莲的父亲慌了，他熟悉那片水域，如果不及时把他救出来，一个晚上的大雨，就连观鸟台都会被淹没。他穿着雨衣，上车点着油门，莲的母亲赶了出来："我跟你一起去。"

第二天，莲从睡梦中醒来。她得知父母失踪的消息，没有哭，傻傻地站立在门口，她怎么都没有想到父母会同时离开她。从那天开始，她就变成了孤儿。很长一段时间，她不再说话。

莲就像是交嘴雀和松鼠脱果壳时往下掉落的籽，掉落在鄱阳湖裸露的泥土上，迎接着阳光的炙烤和严寒的侵袭，就开始生长，她的根不断地朝着鄱阳湖的深处延伸，能看见延展的新根。

现在，莲已是非常有名的画家，带了不少的学徒，开了一个不小的画室。除了画画她还会酿酒，她的酒从冬天一直酿到春天，鸟回来的时候，她的酒也就熟透了。

这些时间她在实施一件大事，一切还算顺利。她想把更多的时间用在护鸟上，于是成立了一个野保医院，对受伤的鸟儿进行救治。这项工作可以说是劳神辛苦，可她觉得快乐。她建立了一个驿站，自己用山泉水酿酒，向全国发邀请函，许多爱鸟的人慕名来到这里观鸟、喝酒，同时也加入到保护鸟的活动中。"喝醉了酒，会不会对鸟是一种伤害？"我笑着问。"酒只是一种交友的方式，凡是来这儿的护鸟之人，他们都得遵循一个规矩，酒只是闲暇时打发时间的，绝不可借酒放肆。"

莲说，她很崇拜父亲。父亲死后很久，她常常会想起父亲做过的一些保护鸟的事情、讲过的一些关于鸟的故事，而这些故事像是父亲留给她的遗言。实际上父母去世的时候正处于青壮年，却什么也没有给她留下。但后来她以为，父母给她留下的东西特别多，每到冬天她就能看到特别多的鸟飞回来，有些时候，她甚至相信，在这成千上万的鸟里，说不定就有她的父亲和母亲，他们会不会变成鸟了呢？

我在灯光下听她说话，她指着村子外东边的一片地方说，那里是鸟夜宿的地方，一宿过后，去林子中会发现一些受伤的鸟在挣扎着。健康的鸟见着人就会惊飞，受伤的鸟却只能等待着人来施救。当然，鸟受的伤是各种原因造成的，不一定都与人有关。"姐夫支持你吗？"我问。"唉，这些年，多亏他的理解和支持……"

她正说着，一个男人从屋子里走了出来。"咱们有十来年没有见了吧？"

"差不多吧！"我说。

"我这辈子最大的错误就是爱上她，所以今天我受什么苦都是幸福的。"男人大咧着嘴笑着说。

我大概明白其中的话意。

那个帅气的小伙子，现在也变得胖乎乎的。

大学毕业到深圳自己创业，建有自己的工厂，正当企业经营得风生水起时，他通过网络认识了莲。当然，他不仅喜欢莲画作中的各种鸟儿，还喜欢碧波万顷的鄱阳湖。

"还没认识莲之前，我就有个计划，到鄱阳湖去看看，那是我心中向往的湖。"

在经验里，一个孩子如果缺少父母的爱那是非常危险的。对于莲来说，她和这个比自己大八岁的广西男人不可思议的奇遇，就是非常完美的结合，也恰恰是他给了她生活的勇气。

莲的画作，已经卖到 8000 元一平方尺。她丈夫是野保协会的会长，实际上还是一名义工，没有一分钱的工资。

二

英国菲利普亲王称鄱阳湖为"中国的第二长城"。世界上的候鸟种群汇集于此，可谓飞时不见云和日，落时不见湖边草。

正值候鸟来鄱阳湖越冬前后，我再次来到鄱阳县，这次我是要去一个叫饶埠镇坝头村的地方。去这个地方的路不算太好，要去村里找个人按理说并不容易，可一路上只要问起老饶，还真是没有人不知道。

老饶是村里的候鸟守护人，我去时正是午后，老饶已经午休了，就躺在屋内的沙发椅上熟睡，我没有喊醒他，直到他醒来。

他又老又瘦，打着哈欠坐起来时，连说自己酒量太小，中午村里几个老友来家玩，高兴就喝了两杯，喝着喝着就醉了。为了给他醒酒，老伴给他泡好了桑叶水。

我问起他一些关于鸟的事情，他抨抨嘴巴说："鄱阳湖深处有你不知道的鸟。"他从屋里的破旧柜子里掏出一堆照片："你看，这些鸟你大多数是没见过的。有些鸟去年来过的，今年还会来，有些鸟来过好些年。你看这只鸟，这是 1998 年的照片，这是 2009 年的照片。"

"鸟的寿命有这么长吗？""那你不知道，有的鸟寿命长得很哩！"

"鄱阳湖的鸟类品种很多，大概有 100 多种，国家保护的就有 20 多种。"老伴在旁边接着说，"有些鸟的寿命很长的。"

"鄱阳湖自建立保护区以后，通过开展保护管理，各种鸟类还在增加，数量每年也都在增加。每年冬春季，鄱阳湖非常热闹。"老饶说。

老饶聊着聊着就聊到老伴身上了："我们年轻的时候都爱鸟，都是义务护鸟员，我们是在护鸟时认识的，后来就一起在鄱阳湖边溜达。"老人

◎ 鄱阳湖候鸟

　　在每年秋末冬初（10月），从各地飞来成千上万只候鸟，直到翌年春（4月）逐渐离去。保护区内鸟类达300多种，近百万只，其中珍禽50多种，已是世界上最大的鸟类保护区。

咳了一声："哎,那时我还不到20岁呢!"老伴还比他大两岁,"我现在还叫她珍姐。"珍姐本来都计划着嫁人的,他一眼就看上了珍姐,把她之前的那门亲事就给搅黄了。

"那你不是抢了别人的媳妇?"

"我年龄也有点大了,本打算找个人家凑合着过。没想着,遇到了他。我和父亲商量,决定退了那门亲事,父亲也非常支持我。"

"要是不结成夫妻,这辈子就白过了。"老饶又接着说。

护鸟这门子事是有风险性的。

有一年冬天,外面刮着大风,半夜三更,有人敲门:"老哥,你睡着了吗?"老饶听到声音就坐了起来。来人是村里的小田,也是义务护鸟员:"我见着几个人在捉白琵鹭。"

老饶一听立马清醒过来。"我得出去一趟。"老饶对老伴说,"这可不得了,我得去阻止他们。"

"你的腰痛病还没有好,还是我去吧!"老伴说。

"你就留在家里照顾孩子吧!"老饶拍拍腰说,"你就放心吧!"

"我让小李在那儿盯着呢!"小田说。

"捕了几只?"老饶问。

"两三只吧!"小田说。

"这些天杀的!"

白琵鹭是大型涉禽。全身羽毛白色,眼先、眼周、颏、上喉裸皮黄色;嘴长直,扁阔似琵琶;胸及头部冠羽黄色(冬羽纯白);颈、腿均长,腿下部裸露呈黑色。白琵鹭栖息于沼泽地、河滩、苇塘等处,涉水啄食小型动物,有时也食水生植物;飞行时颈和脚伸直,交替地拍动翅膀和滑翔。

不远处有手电筒的灯光忽隐忽现。

"真是罪过啊!"老饶见着芦苇边的几个黑影轻声喊着。

听见老饶的声音,那几个人知道自己被发现了,借着鄱阳湖冬天的大风朝着荒野上跑。

"你们这些兔崽子,要再让我看见你们,我必定打断你们的腿。"

老饶的话音还未落,一个石子不知道从哪里飞来,在他的脖子上弹跳了一下,一股钻心的疼痛向四围扩散,像是被一虫蚁咬去了一坨肉。

他未顾得上疼痛,朝着地上的白琵鹭奔去。

白琵鹭是被自制的猎枪击中的,总共射中了三只,两只已经死亡,另一只已经奄奄一息。

黑夜里,老远听见咯咯的笑声。那声音带着无知。

老饶将两只死去的白琵鹭埋在湖滩上,另外一只带回了家,可无论他怎么饲养,它还是没能熬过那个冬天。

鸟死的那天,老饶沉着脸,不再说话。

白琵鹭死后的数日,他无意触摸脖子时才发现隆起一个很大的包块,而且越积越硬。医生劝他切掉,说说不定哪天就长大了,可他不愿意,他知道这个包块是怎么来的。

从这之后,他变得有些急躁。那段时间,不光是一些调皮的孩子,还有很多猎人,他们时刻隐藏在鄱阳湖的岸边,这对于鄱阳湖的候鸟来说是致命的打击。仅凭一群热血青年,可能解决不了这个问题。当然,政府是重视的,可政府不可能派员时刻来守候这些鸟儿。20 世纪 50 年代初期,老饶就是从那时开始组建候鸟保护队的,由开始的 3 个人发展到后来有 100 余人。

老饶觉得,护鸟这事不是一个人的事情,也不是一支队伍的事情,应该是全民的事情,居住在鄱阳湖水岸的人们应该都要树立起保护鄱阳湖、爱护生态、爱护鸟类的责任和意识。

从那以后,老饶经常会在梦中遇见那只白琵鹭。那只白琵鹭死前的眼神他至今还记得,单纯而苍白。"如果人鸟能够和谐相处,那该有多好!"

老饶还跟我讲了另外一个故事。他说,护鸟的确是人类应有的责任,村里的一个小姑娘去湖边玩水,掉入水中差点淹死,一群鸟围着孩子落水的地方不停地叫,这才引起人们的注意,将失足的孩子救上岸来。当地人把它编成了故事,说孩子是鸟救上来的。老饶说,有些鸟的确会通人性,但也没有那么神奇。当然,也不能排除鸟会救人。

老饶始终相信,那些不能理解他的人,总有一天一定会理解他的。

一晃，老饶在护鸟的路上走了几十年，村民们都说他是"护鸟英雄"。可他并非一个英雄，从来也没想过当一个英雄。

这几年，老饶又像是变了一个人，性格脾气好了很多。"政府这些年在保护管理上下的力气越来越大，相关部门的宣传力度也越来越大，出台的措施越来越多，鄱阳湖岸边的县通力协作，成立了好几个民间保护协会，很多青年加入了这支队伍。"

这个时候，老饶的时间也空闲了些。关键是他队伍里的那些年轻人也不愿意让他到处跑，因为老饶的脚趾变形了，相互交织在一起，走路非常吃力。所以他只好和几个村民一起喝喝酒，吹吹牛，说说年轻时的事情。

他说，这些年他已经离不开这份事业了。在护鸟的路上，一个人可以独处，寂寞时可以和鸟说说话，欣赏欣赏鄱阳湖的美景。

他指着鄱阳湖的另一边说，你看那个地方，赣江、抚河、信江、饶河、修河的水都是在那里汇聚进入鄱阳湖的，"众河归一湖"。"不瞒你说，我今天下午还想去湖边转悠转悠，我已经好多个日子没有去看鸟了。你来得正好，咱们坐木船去看看鄱阳湖。"

听得我的心里有些激动。

不过，去之前他还得去趟镇上。

鄱阳县饶埠镇的"铺老渔"是出了名的，这里的大鱼都是从鄱阳湖捕捞上来的。这里捕捉的鱼大多数是深水鱼，一年四季都是新鲜的。"这里的鱼可好吃了！"

"老哥多日不见了，你是管鸟的啊！这鱼关你什么事呢！""铺老渔"的老板老蔡比老饶小了十来岁。

"你若是关门了，就不关我的事了。"老饶皱着眉头说。

老蔡站起来，踱了几步。他的个子太高，老饶站他面前还不到他胸部。

"老哥，我不干这个，你让我去干吗呢？"

老饶沉着个脸，"我管不了你去干吗！"

"你这不是明摆着要砸我的饭碗吗？"

"我问你，你糟蹋鄱阳湖里的鱼，那鄱阳湖天上飞的鸟吃什么来着？

你这么捕下去，国家还要禁渔干什么？禁渔就是保护生态，保护生态就是保护这些候鸟，保护鱼，你懂吗？"

老蔡并非不懂，他也挺敬佩老饶的，可他家几口人靠这个"铺老渔"养活，现在要让他"下岗"，他还真不知道去干啥。他的确是有些急了，几次剑拔弩张还是忍住了怒火。

如果失去了这个支点，说不定就失业了。

老饶的话里咄咄逼人，那干瘦铁青的脸绷得更紧。

"你让我到哪儿去，你帮我找一个可以收留我的地方。"

入夜了，老饶睡不着。他想着，老蔡说的话不无道理，他已经是这个岁数的人了，要让他收起渔网，金盆洗手，恐怕很难做到。

不管怎么说，接下来他得谨慎。他总感觉不解决老蔡的日常生活问题，他是不会上岸的。

我在老饶的带领下，坐上木船，决定去鄱阳湖水面上看看。我拍到了水面上飞的鸟、水下的鱼，除了鱼还有很多别的生灵。

老饶在木船上指着不远处的一块空地说，有一年，他表哥在外面发了财，回到村里要在那里盖栋别墅，老饶听说此事后，上门去劝阻，可表哥意已决，老饶去镇里实名举报，说表哥是村霸。"表哥选的地方大树葱郁，草坪绿得发蓝，这样的地方是候鸟的栖息地，如果盖成房子，必定会对候鸟产生影响。"老饶说。

表哥找上门胁迫他，让他退缩，可他说，如果镇上不管，他就去县里。就因这个事情，兄弟反目成仇，从此再也不相往来。

慢慢地，村里人发现老饶变得寡言少语。为了这些鸟儿，他真的得罪了不少的人。只有老伴能理解他，知道他的心里倔强，不畏艰难。

有很多村民对他并不满，说天上飞的鸟儿不是他的，水里的鱼也不是他的，问他凭什么要管，他又不是国家干部，只是一个地地道道的农民。可他说："我是一名有良心的农民。谁要捕杀这些鸟，我就和谁过不去，我就去举报他，让他受到法律的制裁。"

老饶说，不禁渔不行，春季是鱼类的主要繁殖期，随着气温上升，母鱼开始甩籽产卵，时间集中在后半夜到第二天上午十点前。一条五斤重的母鱼，能产出一斤半左右的籽。整个甩籽过程可持续一周，母鱼甩籽时，身后往往跟着几条甚至一群公鱼。母鱼把籽撒在水草上，啪啪有声，紧跟其后的公鱼立即跟上，把白色稀薄的精子像烟雾一样覆盖在卵子上完成受精。在夜里，常常能听到啪啪击水声。清明节前后是鱼类一年中最集中的产卵期，这时候鱼不活泼，活动受限，不禁渔怕是什么鱼都会被捉光。

老饶的倔强，的确让很多贪吃鸟肉、鱼肉的人产生了畏惧，不会明目张胆去捕鱼、捉鸟、杀鸟，可暗地里还是会捕杀。

有一次，老饶去餐馆吃饭，听见旁边一桌子人说："野生的鸭肉，味道确实鲜美。"他随即问老板，店里有什么上好野味。老板小心翼翼地问他是哪里人，为啥要吃这么贵的菜，他说就想尝尝。"下次来吧，现在想吃也没有了。"老板的神秘倒是让他越发警觉。他通过背后调查得知，这家店专门收购候鸟，而且卖出的价格不菲，主要是卖给老客户。在餐馆的后面，有个专门的冷冻冰柜来存放。听完这些，老饶的汗毛都竖起来了。那天，他一直在小镇上徘徊。夜深的时候，一辆警车停在了餐馆的门口。那次，店老板供出了幕后的5个猎手，总共抓获17人，其中9人因此获刑，这个案子对那些捕杀候鸟的人敲响了警钟。

"我爸暗中和人结成一伙，他为了钱财，把自己送进了监狱。"餐馆老板的女儿西西说这话时声音放得很低。"希望你能好好读书，有需要我会帮助你的。"老饶说。看着小女孩离去的背影，老饶的心里酸酸的。

现在捕杀鸟的现象几乎没有了。他表哥也对他有了新的认识和理解。老饶也为"铺老渔"的老板老蔡想到了就业的办法，打算将自己家里的田免费租给他，建立一个人工养鱼场，在鄱阳湖边养鱼，必定也能卖到好价钱。

"以前湖面上布满了渔船，即便是风大的时候，也是船来船往，现在变得风平浪静了。"渔船不见了，风也静息了下来。

良好的生态环境是社会经济可持续发展的重要条件，也是人类生存和发展的重要基础，"我还是希望有更多的人能够走进鄱阳湖，贴近鄱阳湖，尊重鄱阳湖，保护鄱阳湖。"

三

夜晚的吴城镇安静极了。

天空是真正的紫蓝，星星闪烁得非常厉害。我站在吴城镇的望湖亭上，望了一会儿天空，心里念着几个人，苏轼、文天祥、解缙等，他们都来过这里。我似乎产生了一种穿越时空的感觉，仿佛这些人就站立在我的身边。

> 吴城镇是江西四大名镇之一，中国千年古镇之一，位于永修县东北部、赣江下游、鄱阳湖西汊，距永修县33千米，距南昌市90千米，距九江市120千米，是赣江、修河汇入鄱阳湖的地点。

去之前，我给舒国雷打电话，才知道他今天去了鄱阳湖的深水处，说得晚些时间才能回来，我只好一个人先走走看看。

我围着望湖亭走了几圈，忽然看见一个像泥塑一样的人走了过来，星光下根本看不清脸。我差点喊出来，对方却示意我不要出声，他浑身已经被泥污糊起来了。我打算打开手机的电筒，他同样制止了。"走吧，跟我去小镇上转转。"

"先回去休息吧！"我说。

"还是先转转吧，晚上的感受不一样。"因为满身的泥污，所以尽管累极了，舒国雷还是坚决带着我到处走走。

吴城镇的街道是仿古风格的，夜晚走动的人不多，大街上听不到狗叫声，这是极度喧嚣之后的寂静，是一天里的两极。

在镇上走了两圈，舒国雷身上的泥污干结了，紧绷在皮肤上。

舒国雷是鄱阳湖国家级自然保护区管理局吴城保护管理站的站长，他已经在鄱阳湖畔工作了十多年，也是这片水域的候鸟"守护者"。

舒国雷说，在越冬的过程中，总有一些候鸟会遭遇意外。

"你先在这里住下吧，歇歇身子。"舒国雷带着我走到小镇的旅馆前

停住了脚步,"明天你去保护站看看我们救治的鸟。"

第二天,我去保护站,见着两只正被救助的鸟。舒国雷给它们各自取了个名字——"卡卡"和"冻冻"。这两只鸟都是东方白鹳,这是我第一次近距离看到鹳。在史料中,关于鹳的记录是这样写的:鹳已经在地球上生存了4000万年。鹳,行必依洲渚,身体经常洗涤,相当洁净;鹳栖于陆,高脚疏节故有力,擅奔跑;鹳足有四趾,三趾前,一趾后,后趾小而不能触及地面,故鹳不能栖于树;轻前重后则善舞,鹳舞是亘古少见的美景;鹳翔于云,毛丰而肉疏;鹳鸣,高远豁亮,宛转悠扬;鹳嘴是武器,眼神精准,看准了,水里的鱼蚌一嘴制服;鹳没有天敌,鹰、鸠等都从不找鹳的麻烦……

东方白鹳主要在水边或草地与沼泽地上觅食,繁殖期在有稀疏树木或小块丛林的开阔草原和农田沼泽地带活动。以鱼类和一些动物性食物为主,也吃少量植物。"卡卡"在觅食时被鱼卡住了喉咙,而"冻冻"则是在冰雪天气里一只脚被冻住了,均因为无法自行生存而被义务护鸟员发现并送来接受救助。

舒国雷说到救助"卡卡"的故事时有些兴奋,流露出一种可爱的表情。"卡卡"被救助时已经很虚弱了,他发现仅凭自己的经验没法救活,得依靠鄱阳湖岸边的一些民间中医用草药来救治。为此他四处奔走,一户一户上门询问。最后打听到住在镇子西边村落的一个老头可以治好这个伤,于是他在镇上买了一只鸡直奔老头家。老人一点儿都不慌,先问"卡卡"的病情,然后才一拐一拐地随舒国雷去保护站。老人专注动刀,说光靠草药无法从根子上解决问题,舒国雷担心"卡卡"太过虚弱,一刀下去一命呜呼。老人说,不手术也是死。舒国雷只好狠下心,给卡卡下了点止痛的蒙药,然后动刀。因为蒙药下少了些,割了一半,"卡卡"就痛得龇牙瞪眼。老人专注用刀,顾不得它的疼痛。手术结束后,老人大汗淋漓,取出止血药粉,给"卡卡"止血包扎。我见到"卡卡"时,它已恢复得很好,舒国雷说,过段时间"卡卡"就可以放飞了。

舒国雷说,每年都有六七十只候鸟来保护站"养伤",一旦达到"可以自主进食""自主飞行"这两个条件后,便代表候鸟已经痊愈,可以"出院"放飞了。

舒国雷的工作除了救治候鸟,还有开展日常巡护以及打击查处非法捕猎、收缴捕猎工具、拆除天网,从源头上控制猎杀候鸟的行为。建立湿地补偿机制、发动周边村民开展候鸟保护也是他的工作内容。

第二天下午,天气晴好,我们决定到湖畔走走。

"以前世界上什么都没有,水永远波涛滚滚,喧嚣不停。后来惊扰了天神。天神大发雷霆,对着波涛大喝一声,它们就变硬了,变成了群山,而一些飞溅的浪花就变成了到处遍布的石头。在群山之间的地方则充满了水,这样就构成了今天的湖泊、长江、大海。"舒国雷说。

在这个传说中,艺术创作抢在了科学考证之前。现在科学也证明,起先这里只有水。

在新石器时代,这里便有人居住。他们用湖草蔽体,栖茅而居,日出而作,日落而息,过着刀耕火种的农耕生活。

1998年,在都昌县万护镇塘美村委会段家咀自然村凤凰寨对面,鄱阳湖中的"乌山岛"上出土的一大批新石器时代的石斧、石刀、石镰以及一些陶罐、陶片等文物,证明很久以前就有人类在鄱阳湖平原活动,开始磨制和使用石器,烧制陶器,帮助生产,改变生活。

当然,现在除了考古的发掘,还能找到一些古人生活的痕迹,只是许多这样的生活原貌都被微微的旋风扫得一干二净。

随着天气越来越暖,湖边的草开始长高,灌木上的枝叶也渐渐变大了。各种各样的鸟从远处飞来,在空中展翅翱翔。湖岸有些水沟早已断流了,长着一些蓼科、香蒲科植物,水蓼、长鬃蓼、小香蒲和长苞香蒲等在渠岸上长了几寸高。渠底有一层焦黑的东西,原来是一些干腐的浮叶。可见以前这儿的水有多深。酸模和窄叶泽泻一块儿钻出地表,长得非常茁壮。岸上有柳树、长成了灌木丛的小叶毛柳等,还有一棵株树大约20米高,灰褐色的树皮在春天里变得簇新,贴近了似能感到微微的脉动。

到了五六月间,鄱阳湖的水位就逐渐上升了,但一些水沟如果天不下雨时依然会是干涸的。此时，到处盛开着各色的花朵，比如金针菜，一口气就可以采上一箩筐。如果有更好看的花，还可以移栽到盆里。舒国雷一边低头在地上寻找，一边指着一株刚出土不久的草叶给我看，原来那是一株吉祥草。

舒国雷说，现在鄱阳湖湿地的环境越来越好，人们想着法子改善候鸟的生存环境，这不仅需要付出体力，还需要具备科学知识。比如，有些鸟由于水深原因，就吃不到水中的鱼。这些问题，目前相关部门也是在想着法子解决。以前，鸟见着人就飞走，现在各种野鸭、天鹅几乎都不怕人，人们也不再猎杀它们。

"我们干吗要去打死它们呢，它们没有给我们带来危害。"谈论起这个话题，附近的村民说。

我在离开吴城镇回来的路上，见着三三两两的农人已经开始农作。舒国雷说："这里的田埂上都有白鹭栖息。"

人们农作，白鹭就在旁边栖息，好一幅美丽的乡村图景。

四

2022年5月，我再访鄱阳湖。我去的地方是南昌新建区的象山镇。

头天晚上，我赶到象山镇住下。一家不大的旅店，到处洁净、整齐。墙上挂着一幅图画，一只飞翔的鸟儿活灵活现。桌子上放着一本大书，书上有一副眼镜。

早晨醒来，听见浓密的鸟鸣声声，像是就在屋外响起。

"你是来看白鹭的吧？"

我打着背包下楼时，在楼梯上碰到一个年轻的服务员。

"是哩。"

刚刚走到门口，熊超就迎了上来。"睡得还好吧！"

一个晚上睡得特别香甜，什么疲劳都没有了。

熊超是在鄱阳湖畔出生的，他有着听声辨鸟的本领。他说，搁在过去，他经常听到的鸟声就感觉是"报警声"，而现在，这些栖息在村头树林的鸟儿成了一道亮丽的风景线，引来了大批游客。熊超也多了一个新职业——鸟导游。

熊超其实是新建区象山镇永丰村村民，鸟来的时候他是导游，鸟走后他就是农民。熊超说，鸟多的时候，每天有三四辆大巴的游客来看，有的是上海来的，有的是东北来的，还有广东、香港那边的。"我在我家的楼顶上搭了个棚子，可以让他们近距离拍摄到鹭鸟的一些漂亮画面。"

对于以前捕鱼、捕杀鸟类的村民来说，这回他们彻底地改变了"人鸟相争"的局面。

以前，数十万只来这里越冬的候鸟和生活在这里的人们因为"人鸟争食"矛盾不断。当地政府为了解决这一生态难题，持续对沿湖村民推进湿地生态补偿，为候鸟的口粮买单。人们对候鸟的态度也在悄然改变，从驱鸟赶鸟到爱鸟护鸟，渔民"洗脚上岸"，腾出候鸟生存的空间。

这些天，候鸟前脚刚走，当地的五星白鹤保护区就忙着在1000多亩地里种上候鸟爱吃的莲藕等作物，为今年下半年来此越冬的鸟儿备好口粮。

南昌高新区鲤鱼洲管理处副主任王卫说："我们这里每年都是白鹤、天鹅等冬候鸟的重要栖息地，2021年最多的时候有2000多只白鹤。今年春天，我们会加大藕田的种植面积，同时，在藕田周边预留了1000余亩不收割的稻田，为鸿雁、灰鹤等候鸟准备充足的食物来源。"

越来越多的珍稀候鸟飞临鄱阳湖，在这里与人类共享鄱阳湖湿地的温润和美好。一年又一年，它们不知疲倦地从世界各地迁徙到鄱阳湖，站在湖岸线上，或昂首，或低头觅食，或展翅飞翔。

候鸟为了生存而艰难迁徙的历程，也许并没有大开大阖的戏剧性情节、跌宕起伏的个体命运，有的只是鸟的悲切与顽强，欢乐与不幸。飞翔，飞翔，飞翔。鸟的羽翼在风中闪动，我们似乎能够触摸到风的颗粒了。然而，看得越清楚，内心便越是凄凉了。

在鄱阳湖跟随着候鸟飞翔的翅膀，我渐渐发现，与自然的接触，与动物的感情，其实对人类来说始终是一种需要。它让我们感受到生命存在的

奇迹，感受到生物之间奇妙的感应和联系。

五

鄱阳湖代表站——星子站水位一直在下降。

原本烟波浩渺的湖面，如今露出整片湖床，靠近岸边的土地被晒得龟裂，一起风就扬起一阵沙土。

往湖中心走，大片野草在风中摇曳，形成起伏不定的草海。从天空俯瞰，裸露的滩涂中出现数棵主干、分权和枝丫一应俱全的大树，仿佛大地的画作。不少人专程前往，寻找摄像视角，只为拍下这震撼的画面。

一碧万顷的水去了哪里？似乎每个人都在惊叹这个问题。

这种现象在很多的文字里都有记录，应该说是有据可查，这也是一种独特的自然现象。

水在退去，人却在络绎不绝而来。"好看"的背后是湖区老百姓的胆战心惊，部分车主在湖滩上竞速飙车，肆意碾压湿地，导致大片草地枯萎变黄，裸露出泥土，对鄱阳湖湿地造成了严重损害。

为此，沿鄱阳湖的庐山市、湖口县等地开展湿地保护专项行动，向市民发出了《保护鄱阳湖湿地倡议书》，倡议市民"不驾驶机动车进入鄱阳湖湿地，不开车碾压湿地"，确保即将迁徙到来的越冬候鸟安全。

我肯定不是为争夺风景而来的。站在河床的最低处，仔细地打量着脚下的泥土，我想起了那些默默保护鄱阳湖的斗士，对他们产生了崇敬之情。

"希望人类不要为了一时的功利，伤害大自然，乱挖乱采，无序地拦河筑坝，那样，最好的山水也会变得千疮百孔，难以卒读。"鄱阳湖国家级自然保护区管理局局长徐志文说。

幸运的是，水干涸后，两旁的芦苇却生长得无边无际。

芦苇一丛连着一丛，一片连着一片，似水，如竹，朴素洁净，坦荡高贵。芦叶是温暖的黄，芦花是轻柔的白。太阳光洒下来，一群水鸟从芦苇丛中扑向天空，整个湿地泛起一种生命的明亮之美。

围绕鄱阳湖水"干涸"的现象从来没有停止过讨论,有工业污染、人进水退、与水争地等因素的影响,但主要的原因还是全球气温的变化,加上副热带高压集中影响中国南方地区,包括鄱阳湖在内的多个湖泊水域面积减少、水位线下降,动物和植物的生长环境受到影响,出现了大量干死的鱼类和河蚌。当然,由于形形色色的利益博弈,各式各样的桎梏、伤害、遗忘和抛弃,鄱阳湖所承载的那些美好的万千气象,伴随候鸟的漂泊、流浪、冒险而变得破碎与脆弱。

千百年来,鄱阳湖活跃在长江水系之中,给江西乃至华东地区带来盎然生机。保护鄱阳湖就是保护鸟与人类的共同家园。

大自然将一个完整的湖镶嵌在江西的土地上,这是上天对江西人的恩赐。

"生态要好,低碳先行。"这是鄱阳湖生态经济区奉行的主旨。低碳经济时代的到来不可逆转,低碳经济将催生新的经济增长点,将与全球化、信息技术一样,成为重塑世界经济版图的强大力量。继农业化、工业化、信息化浪潮之后,世界将迎来第四次浪潮,即低碳化浪潮。走向低碳化时代是大势所趋。

鄱阳湖生态经济区将"生态"二字视为灵魂。

被称为"水中大熊猫"的长江江豚种群数量在鄱阳湖骤增,近百万只鸟齐聚鄱阳湖,绝迹20余年的颌针鱼在鄱阳湖上游的乐安河重现。

"应该说通过生态保护,鄱阳湖的水质发生了巨大的变化。"徐志文说。

余干是鄱阳湖区观赏国家一级保护动物——江豚出没的地方。被称为"水中大熊猫"的江豚,2003年列入《世界自然保护联盟濒危物种红色名录》。据说,江豚是由一种古老物种进化而来。有史料记载:早在2000多万年前的中新世,江豚的近亲就在长江中生存繁衍。从东汉许慎的《说文解字》到清代王念孙的《广雅疏证》,历史记录江豚的名称达十多种。

◎ 鄱阳湖湿地

中国第一大淡水湖生态湿地,位于江西省北部,距南昌市东北部50千米。落日余晖下的鄱阳湖湿地与远处鞋山仙岛形成一幅天然的美丽画卷。

> 江豚全身多呈灰白色，头部钝圆，体形流畅，在水中翻腾跳跃，多是三五成群，不时地伸出头，喷水呼吸，像是玩耍嬉戏，逗人喜爱。有诗文称其为"水中舞者，水中精灵"。

鄱阳湖中的江豚占全国数量近半。"我们将用自己毕生的精力，致力于唤醒人类应有的善心和爱心，保护这个与我们命运相连、唇齿相依的生灵。"余干江豚保护站的志愿者说。坚定的话语，激昂的情怀，也就是对那些有灵性的动物的召唤，每到春和景明时，江豚都要在这里游弋，他们"保护一湖清水，让江豚留住微笑"。

那天，细雨飘飞。我在康郎山下车，到江豚湾看到了难得一见的江豚。那份喜悦，至今想来都是幸福的。

江豚湾这个美丽的名字，传遍四面八方。这里严打非法捕捞非法采砂，遏制电鱼，禁止"迷魂阵"，大力推广绿色环保，引导科学种植养殖，全面推行人放天养，封洲禁牧。这些做法，对于江豚家族来说都是大事。

在这里，我看到了江豚的血脉传承。你将手贴在江豚湾的任何一处，手心都能感到江豚的经脉。

在康郎山的大堤上，蓼花正在盛开。蓼花，赤红赤紫，蕊心透了点儿白，若染了喜庆的米粒。低垂的紫红花穗，以谦逊又桀骜的姿态，一路向北，怒放着心中的壮美。仿佛一匹匹灿若云霞般的锦绣，又宛如从地心深处长出的一片熠熠生辉的星河。

一位老人坐在大堤上，抽着烟，与我们聊了一会儿话。

他说："你看那只鸟，我们说话时它也叽叽喳喳叫，抬头看它一眼，突然就停了下来。"老人和我说了几句话，又自言自语："江豚多了，水就好喽！"然后对着我笑笑，又抽起了烟。

老人是附近的村民，就住在不远处的一个用松木盖成的木屋里，屋子看上去又旧又黑，可他仍然很珍惜。"冬天暖和，夏天清凉，再大的雨都不漏水。"

说起这房子，老人谈论起他哥哥，他哥哥活着时，本来是打算拆掉重建的，建两层，可他哥哥出去打鱼就再也没有回来。他哥哥走的那年他才八岁，也是坐在这个地方，后来他有事没事就来这里坐坐。脱贫攻坚期间，上面来找他，让他搬迁到镇上去，可他不愿意，他说自己这把岁数了，想留下来照看江豚。

我还想问点什么，老人站了起来，摆着手说："不说喽，不说喽。"

那天晚上，我留宿在鹭鸶港乡，计划着天明坐船去鄱阳湖上看看。

早晨，我被闹钟叫醒。外面下起了雨，落在外头的石板上滴滴答答地响。

原计划只能是暂时取消，一直到晌午，湖上的雾才渐渐收起，两岸的柳树已经清楚地看得见了。

我乘坐着一叶低碳之舟，翩然游弋在鄱阳湖水域。

鄱阳湖的每一处水域都有着不同的风景。船慢慢地朝前走着，导游用长镜头拍到一只满身蓝色花纹的水鸟，从河岸的石峰上扑向水中，一条鱼被拦腰夹在它的嘴上，动弹不得。水鸟不停地挪动着，鱼的身体也开始弹跳起来，鱼头很快就靠近了水鸟的嘴边，鱼被直接咽了下去。

水面越来越宽，水流却很缓，全凭看水色、波纹，很难找着流水的方向。

周围的野鸭群飞、啼鸣，小野鸭叽叽叫着，潜水鸟在空中盘旋。

水面越来越阔，盛大又温婉，像是一张圣洁的床。雨与每一个毛孔亲近，丝一般，温润如玉。

舟轻盈前行，如鱼入海。浪，腾起碎碎的温柔。人立其间，看白鸟翩跹，看水花归隐，宛若乘时光之马驶向风平浪静日子里的海。水珠亲吻人的脸，再密密匝匝润湿着喉腔。湖区管理局的邓由信自豪地说："且喝着，常年一类水质。"当水润喉的那一刻，我已然真切地领略到它的纯净甘甜。

远处的岸边是一片密密麻麻的黑影，月亮也不知道什么时候出来了。

鸟是天堂撒下的花籽，微风过处，它们隐身在很低的草间。在这绿色的宫殿中，精灵们在错杂的阶梯间弹跳，孩子一样天真。

我在想，生态到底是什么？生态有时就是陶渊明笔下的桃花源，良田、美池、桑竹以及黄发垂髫；有时却是万物共存、人水共生、和平相处。

在鄱阳湖水系里，到处是有特殊习性、有诗意象征、有现实意义、有文化传承的生灵。

低碳模式在鄱阳湖大地蔓延。希望通过大自然的演化与人工的治理，鄱阳湖上空总会有大雁与天鹅，在水天相连、碧草依依的世界里翩翩起舞……

六

这是一个初秋。这个季节对我来说有着特别的记忆。我又去了一次鄱阳湖，我不记得这是第几次来了。

我站在时光之驹的脊梁上，耳畔悠扬着起伏的琴声。风从我额头轻轻拂过，令人徘徊悱恻。

每一个古窑址，每一段古城址，每一座古村落都孕育着鄱阳湖的文明。我得在那些碎片中，慢慢地寻找，一点一滴地寻找。

古墓塔、古战场、古寺庙等等，屏声静气地谛听着祖先的声音。战场的硝烟远去，但厮杀声犹在。古庙已成废墟，可经卷的吟诵声还在。

历史向前追溯，可以探测到人类在漫漫长夜或黎明曙光中求索的身影；向后涌流，历史又像一架穿越时光隧道的马车在不断抵达新的时空。

鄱阳湖上一个内陆湖，诞生了世界著名的"丝瓷文明"。无论是丝织品还是陶瓷，都曾诞生在这里。富饶的鄱阳湖地区，以它独特的地理、交通、物产等优势，加入"丝绸之路"的大合唱中。

"丝绸之路"是人类创造的一个曼妙的词语，也是当今世界的热词。"丝绸之路"在贸易往来、思想沟通、文明交往和文化融合等方面起到了巨大的作用。

时代的发展就像是一场接力赛，在一次次积累与变革中完成交接。就拿衣服来说吧，回溯历史，衣服的形态在不断改变，一定程度上得益于生产工具的进步、生产原料的丰富。但无论物质如何改变，关键因素始终是人类。在每一次服装的革新中，人们都在不断地打破常规，追求自由，努力成为自己渴望的模样。

最早的服饰形制是从新石器时代才开始出现,《史记》卷一《五帝本纪》中记载,"黄帝之前,未有衣裳屋宇。及黄帝造屋宇,制衣服,营殡葬。"在当时的世界里,人们对于生的渴望远远高于对美的关注。随着生产力的发展,人们开始有更多的闲暇时间去思考生存之外的事物。

从春秋战国开始,服饰的工艺、材质、颜色等不断丰富。衣服开始走向精细化,精致可人。秦朝时期,深衣袍服成主要衣服款式,衣服面料基本以丝绸为主。汉朝时,礼服褒衣博带,常服多短宽袖。此时的西方已经开始用胸甲和裙撑勾勒女性曲线,而我们的祖先在宽大的汉服里寻求身体的舒展与自由。

丝绸则是一种时尚的表现,传统的丝绸在新一代国人眼里,就是一架桥,一扇窗,一座宝库,与现代生活和思想恰如其分地碰撞交融。

丝绸之路是强大国家的贸易路、外交路,也是民生路。政府贸易带动民间贸易,国家往来激发民间往来。丝绸之路的起点是政治,但落脚点是民生。

丝绸之路是与人为善的和平路。这条路上往来的是丝绸、瓷器、茶叶、葡萄、苜蓿。

1978 年在中国崖墓文化发源地贵溪龙虎山"仙棺"中出土了 2600 多年前的斜织机、印花织物和华丽的绢绸等,将我国成熟的纺织机械史向前推进了 500 年。

2007 年,几名盗墓贼挖掘了埋藏 2500 多年的东周古墓,其中的染色织锦服饰是我国发现的最早服装,改写了中国纺织的历史和文化史。

2011 年鄱阳湖西岸发掘的南昌西汉海昏侯墓,也是一座蕴藏丝绸的大墓,刘贺亲自撰写的《筑墓赋》中,有"厚费数百万兮,治冢广大。长绘锦周塘中兮,悬璧饰庐堂"等语句。

考古学家在这些文化土层里小心翼翼地摸索着,一层层地将那些被时间掩埋的物什寻找出来,标记上时代的印记。

文明的发展离不开交通。以鄱阳湖为核心的水运系统,与江西五河构成完整的内循环水运网络,通过湖口与长江水系对接,形成内外连通的大水运格局。"水上京广线"的线段组合是：京都（政治中心）—大运河—长江—鄱阳湖—赣江—章江—大庾岭（长江、珠江水系连接点）—浈江—北江—珠江—广州（国际贸易进出港）。这条"水上京广线"将海河、黄河、淮河、长江和珠江五大水系串联成一个整体，形成一股势不可当的合力。全程2000余千米的"水上京广线"中，江西段约600千米，占全程的四分之一，是整个"水上京广线"的黄金段。

"水上京广线"形成后，鄱阳湖依托其丰饶的自然和人文资源，逐步形成"丝瓷之源"的核心区域。

世界本来就是一个共同体，每个个体都不可能独立存在，而是相互依存、命运共担的。鄱阳湖与长江连接，是长江的一个分支。长江与东海连接，是东海的一个支流。地球上海洋彼此相连，东海是太平洋的一个局部。

人类要生存，首先要吃饭。偌大的鄱阳湖平原成为人类聚居之所，他们围绕鄱阳湖欢快地劳作，农耕、织布、渔猎。渴了，就捧起湖水喝上一口；累了，就徜徉在湖水中洗去一身的疲倦；饿了，用湖水炖湖鱼吃得喷香津甜。

在鄱阳湖东侧，从饶河绕进去一段路程，万年县大源乡境内，20世纪60年代就发现了一处远古人类遗址——仙人洞遗址。在直线距离不到1000米的地方，还有一座吊桶环遗址。这是远古先民在太阳落山前聚会、论功行赏、分享每天狩猎成果的营地。每到傍晚，所有人都聚集在这里，开始享受屠宰猎物、烹饪烧烤的乐趣。劳动一天的人们只有在此刻是最快乐的。人们在月光下生起篝火，男女老幼围坐着进食。

人们在饭食之后，开始载歌载舞，整个篝火晚会喜气腾腾。

远古人类的生活并不是现代人想象的茹毛饮血那么恐怖，否则人类何以将欢乐的基因遗传到今天。月亮古色苍郁，覆盖着莽莽山林，那些被人类围猎后失去伴侣的兽类却在悲鸣。世间万物总是伴随着此消彼长而发展的，与远古人类同时出现的动物又有多少基因延续到了今天？

透过一丛茂盛芦苇的苍茫，远见山坳上矗立着两块巨大的岩山。两块石头相互依靠，像是共赴一场亿万年的相会。

走近岩石，才发现吊桶环并非两块岩石组合而成，而是一块整体的石头，像拱形的桥梁。一群用麻片遮盖身体的人散坐在四周，孩童们在岩石上嬉闹。几个人在屠宰生擒来的野兽，野兽发出凄惨的叫声。女人们忙碌着烧火，将剁成块的肉架在大火上烧烤，猎物香味随着烟火飞扬，飘散到了四野之中。

历史就像那飘散的烟云，早已不见踪迹。岩石上是密密实实的柴草，彼岸花从红艳的柴草中跳跃出来，令人欢喜。彼岸花是一种极阴之花，长得极为艳丽。

洞体是石灰岩自然形成的，远古先民发现并利用它为生存的居所。洞穴入口呈仰状张开，与地面持平，不须攀越就能直接进入。洞穴内大洞套小洞，类似今天的套房一样。走进深处，还有自然光从洞穴深处透出，一旦洞口出现险情，这里就是理想的逃生通道。洞穴有自然排水系统，冬暖夏凉。

洞穴前是一块平整的草地，洞穴两旁树木葱茏。现代人用铁栅栏做的围墙有效地保护着遗址，里面各种草木繁茂，给人安宁和祥和。

透过历史的时空，点燃那堆篝火，我仿佛见到了一个灿烂而温暖的世界，充满期待和幻想。篝火寂静后，长老们在商议部落第二天的事情，大小事情都需要操办落实。一个部落群体，吃喝拉撒都要他们分派照管。还有部落之外的联络，狩猎地界的划定，这是他们关心的大事。当然，一切以和为贵。但部落之间的战争也是时有发生。部落的危机意识像一根紧绷的弦，谁也不想战争，但一旦关乎生存，触及部落利益，战争也就不可避免了。

青铜器代表着古老、古朴，代表着文明，它有着别具一格的造型、精美的纹饰、铭文。千万年荡漾的水体浇筑了青铜器的形态，塑造了风范。世界上没有两片相同的叶子，自然在青铜器身上占据着主导位置，制作者凭借着自身的经验和智慧制成至雅之美和自然的辽阔之境。

鄱阳湖流域是最早掌握铜冶炼技术和制造青铜器的地区之一。郭沫若先生在20世纪50年代就曾揣想，铜的冶炼技术从长江流域输入黄河流域

"是比较有更大的可能性，因为古来相传江南是金锡的名产地"。

江西奉新人宋应星在《天工开物》中记载："凡铜供世用，出山与出炉，止有赤铜。以炉甘石或倭铅掺和，转色为黄铜；以砒霜等药制炼为白铜；矾、硝等药制炼为青铜；广锡掺和为响铜；倭铅和泻为铸铜。初质则一味红铜而已。"

红铜传入中原后，又加以改进产生了青铜冶金这一新技术，而中原的青铜冶金技术对南方各地产生了较大的影响，共同铸造了中国灿烂的青铜文明。

鄱阳湖流域有自己完备的体系，内部能够完整地勾画出从矿山实体——瑞昌市铜岭铜矿遗址，到冶金技术的成熟——九江市柴桑区荞麦岭商代遗址，再到铜制产品——以新干大洋洲商代大墓为主体的青铜器的呈现。

13世纪至14世纪前半叶，中国进入元代时期，全球商贸形成井喷现象。继马可·波罗之后，中国涌现了汪大渊式的航海家，他从大湖走向大海，将亲历海上"丝瓷之路"的实践记录下来，为中国打开了一扇世界之窗。

元代因为开放，海外贸易频繁，"陆上丝绸之路"和"海上丝绸之路"成为中国与世界连通的桥梁。

汪大渊是古代"海上丝绸之路"的践行者。他生活的时代，是中国商品远销海外的黄金时期，也是"海上丝绸之路"最为繁盛之时。

当时的鄱阳湖与长江水系是世界上最繁忙的内陆江、湖。先于汪大渊出生57年的马可·波罗曾游九江，惊叹"它的船舶非常之多"，"不下一万五千艘"。意大利传教士利玛窦明末数次经过鄱阳湖，在其著作《利玛窦中国札记》中描述过鄱阳湖的盛况："……环绕它的整个沿岸，极目瞭望，只见无穷无尽的层层城镇村寨。从这里可以由水路到福建省，再从那里东至大海……从这里，河水的潮流对于向南京进发的人很有利，在这地方它流得那么缓慢，你简直注意不到它，这使得在这一广阔的水域里，处处都可航行顺利。"汪大渊从中国内陆水运中心来到世界上最繁忙的港口泉州，他雄心勃勃，开始了远洋航海的旅程。

鄱阳湖朝向长江的水口，既是江西人走出去闯荡天下的出口，又是接纳中原各地战乱难民的天然救生通道。

在中国历史上，每逢中原战乱，朝代更替，就要遭逢人口大迁徙——战区的人民四处突围的状况。承载大量移民的帆船在长江遮天蔽日，或从两淮皖江逆水而来，或从汉水顺江而下，还有很多移民在陆路上跋涉。船只进入了鄱阳湖，就进入了环山四合的赣鄱大地，似乎是身体四周罩上了透明的山水盔甲，生命获得了前所未有的安全感。这是一片保存民族薪火的圣地，是战乱中难民的沃土。

"丝瓷"的摇篮不只指丝瓷，还指荡涤中的人心。

七

写鄱阳湖是绕不过九江的。

> 万里长江，一路奔腾至九江段。九江，最早见于《尚书·禹贡》中"九江孔殷""过九江至东陵"等记载。九江称谓的来历有两种，一是"九"为数字之最，"九江"的意思是"众水汇集的地方"，"九"是虚指；二是"以为湖汉九水（即赣江水、鄱水、余水、修水、淦水、盱水、蜀水、南水、彭水）入彭蠡泽也"，即九条江河汇集的地方，"九"是实指。长江流经九江水域境内，与鄱阳湖和赣、鄂、皖三省毗连的河流汇集，百川归海，水势浩渺，江面壮阔。长江九江段，古代称为浔阳江，县治就在浔水之阳（长江以北）。

九江是一座厚重的历史文化名城。陶渊明、白居易、陆游、黄庭坚、苏轼、朱熹等人仰慕而来，书写出震古烁今的大作。

九江，还是一座水城。到处是水，到处是湖。城市就在水中浮动，一些光线创造了城市的明媚。

陶渊明解甲归隐田园，便在这里过着自由、淡泊和宁静的日子，写出了《归去来兮》《归园田居》等经典传世作品。

由此可见，人的物质追求远低于精神。可人们又难免与物质打交道，因为缺乏物质就无法正常生活。当人们满足物质的需求后，基本上都渴求摆脱尘世的束缚。陶渊明笔下的桃花源，飞鸟鸣啭，菊花散淡。

可是谁能想到，在1500多年前，正是凭着这份散淡，陶渊明开创了中国文学史上的"田园诗派"。

紧接着，1200多年前，白居易也被贬到了这里。他和朋友坐船来到浔阳江头，举起了手中的酒杯，浩瀚的江水发出悠扬的声音。明月漂浮在水面上，变幻着渺茫的光影。秋风起，荻花和枫叶舞动着，水面上漂来了犹如大小珍珠落玉盘的琵琶声。琵琶声在江水的伴奏中，忽高忽低，节奏与水浪一致。声音里带着对人间细腻的哀怨，琴弦在颤抖。琵琶女所奏的《霓裳》和《六幺》，不仅是为了送客，更是用琴声倾诉自己的故事。琴声里既有悲伤，又有无限的激情。

白居易顿时内心惆怅、悲愤，离别的哀伤和被抛弃的绝望油然而生。人间混乱中的杀伐，战马嘶鸣中的刀枪交接，死亡与重生，还有无数不可抗拒的宿命，不得不让人黯然泪下。他不知道在这里送过多少客人，在这里有欢乐，也有悲伤和寂寞。

在浔阳江头，白居易写下了流传千古的《琵琶行》。

这里也是陆游、黄庭坚、苏轼、朱熹的九江。陆游曾夜宿东林寺，黄庭坚曾在这里成长，苏轼与黄庭坚相交，朱熹在这里修建书院。

历史的一幕一幕在眼前回闪。

哦，冬日里，阳光却是暖和的，清风徐徐而来。当我来到琵琶亭时，看到熙熙攘攘的人群在亭子里穿梭往来。琵琶亭不远处的长江上，隐约闪现出陶渊明、白居易、陆游、黄庭坚、苏轼、朱熹等人的面孔，以及那些叹息、吟唱、忧思和微笑。

那天天空湛蓝，浓郁的植物蓥盖着山冈，溪水从巨石中逶迤流开。这里是桃花源，一个叫康王谷的地方。虽然已经是冬天，目光所到之处，一片片的红叶在林中爬升。村舍藏于翠绿色的古木深处，整条小溪在庐山主峰的背面。我想，东晋的陶渊明该是涨水时撑着小舟从这条小溪出入的吧！

◎ 浔阳江边

果然，前路豁然开朗，如长烟无尽入梦：土地平旷，屋舍俨然，美池桑竹，鸡犬相闻，芳草鲜美，落英缤纷。

陶渊明归隐的故事被后人不断美化和颂扬。梁启超却说："不过庐山底下一位赤贫的农民……真是穷到彻骨，常常没有饭吃。"一个光鲜的县令，竟有一首披露自己生活不堪的《乞食》诗："饥来驱我去，不知竟何之。行行至斯里，叩门拙言辞。主人解余意，遗赠岂虚来。谈谐终日夕，觞至辄倾杯。情欣新知欢，言咏遂赋诗……"在陶渊明的诗里，有一种浩荡浑醉的豪气，也有一种万事皆空的悲郁。但无论如何，山川的松风菊丛，萋萋草木，却成了陶渊明精神与肉体的性灵。

陶渊明的另一首《四时》却是另一道风景："春水满四泽，夏云多奇峰。秋月扬明晖，冬岭秀寒松。"可见，一个人在不同时间，心情与所见的景致是密切关联的。浔阳柴桑，这个与长江相印的城市，气势和文化在陶渊明的笔下变得无比高洁。

  天黑透后，我再次想起浔阳江头的夜景。江面零星的渔火，给人把盏话别的离愁。江风刮着，确有些冷。白居易的《题浔阳楼》就这样浮现在我的脑海中：大江寒见底，匡山青倚天。深夜溢浦月，平旦炉峰烟。清辉与灵气，日夕供文篇。我无二人才，孰为来其间？

  一个人终究是伴着江水远去，刹那间的浪花，却像是一个徐徐铺陈的梦，和着天上的星辰，闪烁着人间的光亮。那些忿恨、沮丧，最终都与长江和解。水的力量浇灌着生命的光彩，白居易这个名字让后世人反复追寻。

  "要把长江文化保护好、传承好、弘扬好，延续历史文脉，坚定文化自信。"2023年10月10日下午，习近平总书记冒着绵绵细雨，来到长江之畔，了解长江国家文化公园九江城区段建设等情况。

  "深入发掘长江文化的时代价值，推出更多体现新时代长江文化的文艺精品。"10月12日下午，习近平总书记在江西省南昌市主持召开进一步推动长江经济带高质量发展座谈会，再一次强调"长江文化"。

  （摘自人民日报客户端2023年10月14日《一见·总书记再提"长江文化"，有何深意？》）

  南方的初冬，站立在浔阳江畔，可见长江船影点点，一望无际的壮阔。火红耀眼的枫林，四溢芬芳的桂花，青翠滴绿的茶园在尽情地向人们展示着神奇与美妙。

泛鄱阳湖

四顾无边鸟不飞，大波惊隔楚山微。
纷纷雨外灵均过，瑟瑟云中帝子归。
逆鲤似梭投远浪，小舟如叶傍斜晖。
鸱夷去后何人到，爱者虽多见者稀。

——唐·韦庄

滕王阁

那个早晨的气温有些异常。风呼啸着，霜冻还未化开。四周是一片寂静，只有偶尔能听见冰落到地面上的声响。

一连几日，我在永修县的吴城镇做水鸟调查，了解和掌握鄱阳湖区域水鸟的种类、数量及分布情况等。

那天陪同我的是一支水鸟调查小队。队长是鄱阳湖国家级自然保护区管理局科研科科长曾南京，副队长是水鸟调查员文思标。

曾南京指着前方的一处旷野说："你看！"只见一只看不清模样的飞鸟像刺眼的光扫过，沿着湖岸飞过一道堤，隐匿在水边无垠的田野中。

这次调查，我取得了很大的收获。以前，没有出现或出现频率较低的水鸟，比如赤嘴潜鸭、半蹼鹬、大红鹳、彩鹮、彩鹬等，频频出现在人们的视野中。

在调查中发现，一对极危候鸟青头潜鸭成鸟带着七只幼鸟在鄱阳湖一处水域自由自在地游玩。

上午十点，我们决意到鄱阳湖水面上去看看。坐在快艇上，只见四周是一片苍茫的湿地，齐整裸露，草苇疯长。

船行半天后，我们又回到原来的地方，文思标指着一条稍微宽点的河汊说，"这是赣江，从这里直到南昌，可见滕王阁。"我们决定沿江而上，一路上，文思标不停地向我介绍。他说，从水上看南昌、看滕王阁视角是不同的。古人多半是走的水路，所以建筑的设计也会考虑这个视角。

风飕飕的，薄雾还没有完全散尽。

在抚河和赣江的交汇处，滕王阁就像是一位从初唐穿越而来的古典美人，历经1000多年的岁月，依然顾盼生辉、楚楚动人地伫立着。

> 史料记载，滕王阁始建于初唐。唐高祖李渊第二十二子、李世民之弟李元婴封地山东滕州，号滕王，在南昌任都督时修建此阁。滕王"工书画、妙音律、喜蝴蝶"，沉溺于声色犬马，骄纵失度，屡遭训斥和贬谪，唯修建滕王阁为不朽之功。

后来滕王阁因火灾战乱等原因多次被毁，迄今共建29次。而今的建筑于1989年重阳节落成。阁有六层，题匾甚多，最著名的有两块，一楼草书"瑰伟绝特"，乃初唐湖南零陵僧人怀素所撰，取自韩愈为该阁写的赞文。六楼"滕王阁"三字乃宋代大文豪苏轼所书。

慢慢地，滕王阁享誉天下，有"西江第一楼"之称，与岳阳楼、黄鹤楼并称"江南三大名楼"。最重要的原因在于初唐四杰之首的王勃为该阁留下了千古绝唱《滕王阁序》。

据说，滕王阁是滕王李元婴的生命符号。因在滕州大兴土木造亭台楼阁，李元婴被贬至苏州，仍旧习不改，大造楼阁；再贬洪州（今南昌），仍我行我素，在赣江边打造重阁一座，高插云天。

有确凿的史料记载，李元婴在不断遭贬的路上，执拗地建造了多座滕王阁。其中南昌的这座最响亮，虽然这座滕王阁从体量上却不是最大的，但王勃到此一游，写下了《滕王阁序》，从此这座楼阁便与王勃此序一道名垂青史。

可见，决定历史上楼宇名气的，不是大小高矮，而是文化的境界。

王勃作为当时唐王朝颇负盛名的才子，年纪轻轻就做了朝中沛王的侍读，因沛王与英王斗鸡，王勃戏作《檄英王鸡》赋，触怒高宗，被赶出京城而出游巴蜀。自此，王勃的霉运接踵而至。由此可见，古代的文人大多是历尽寒霜。

王勃路经长江进入鄱阳湖时，滕王李元婴已经建好了一座楼阁。虽然有些年月，显出了陈旧之色，但洪州都督阎伯屿又对滕王阁进行了翻修。这一切似乎是在等王勃的到来。

来到南昌，恰逢新修成滕王阁的洪州都督阎伯屿在滕王阁大宴宾客。其实，阎都督此番宴饮，本意是向大家夸耀女婿孟学士的才学。孟学士早已准备好一篇序文，欲在众多宾客面前当作即兴之作书写出来，以博得赞叹。阎都督拿出笔假意请参加宴会的文人学士为这次宴会作序。本地文人都知道阎都督的用意，都夸孟学士的文采好，自己不能胜任。只有王勃不知道底细，加上满肚子的文采正等待井喷，所以丝毫不加谦让，接过笔挥毫泼墨。

一开始，阎都督脸上挂不住，借故起身，转入帐后，吩咐下人去看王勃写什么。当王勃开篇写道："豫章故郡，洪都新府"，阎都督便说："不过是老生常谈。"又闻"星分翼轸，地接衡庐"，阎都督沉吟不语。当听到"落霞与孤鹜齐飞，秋水共长天一色"时，阎都督不得不叹服道："此真天才，当垂不朽！"

"勃欣然对客操觚，顷刻而就，文不加点，满座大惊。"这是《唐才子传》记录的王勃笔下绝作诞生的情景。

《新唐书》说王勃在写文章前有个习惯：先磨墨数升，然后酣畅淋漓地饮酒，之后躺在床上睡一觉。等到睡醒，提笔开写，一气呵成，不改一字。这种写作习性似有神灵相助。《滕王阁序》一挥而就，临场发挥到了极致。

王勃写下了最后一个字，与围观的"高朋"拱手，随即告别，踏上了通往交趾的路途。等候在赣江边的船只载着他溯江而去。

阎都督拿起散发着新墨余香的纸幅，越读越喜欢，也忘记了对女婿的承诺。读到最后一行诗时，他发现王勃留了个空当，少写了一个字，这是何意呢？凭王勃的才学，不可能有差错。于是向茫茫人群中寻找王勃，有人禀报，王勃早已走远了。

阎都督命人快马加鞭追赶，终于在长风拂柳的岸边追到了王勃溯江而上的船只。船工正挥汗划动着桨板，王勃举目观望两岸的风光。层层鳞浪随风而起，伴着跳跃的阳光，柳树、翠竹、石板桥，清澈见底。

岸上的快马嘚嘚有声。官差一边打马，一边高呼，且不停地朝他招手。王勃知道这是阎都督的官差，也自然知道所为何事。未及船靠岸，官差问，大人何故在最末一句落下一个字未写？

王勃回答，你回去禀告阎都督，就说那里本来为空，并未落字。

船没有停歇，逆水行舟，不进则退，王勃要赶尚远的路程。岸上的人掉转马头，赶紧回去复命。

阎都督和众人等到日落，马蹄声终于踏入他们的耳鼓。官差向阎都督报告空字缘故，再读这行诗时，恍然大悟——槛外长江（空）自流。

绝！妙！众人一齐喝彩。

这道喝彩声，为赣江上的一艘帆船鼓了一道劲风，王勃感觉到航速加快了。

阎都督吩咐属下，赶紧安排工匠打磨碑石，将《滕王阁序》刻写在碑石上，置于阁中最耀目处。他管辖的洪州大地，有滕王阁，又有天下第一才子的《滕王阁序》，谁人能够藐视？

王勃才情冲天，后人将他列为"初唐四杰"之首。世人对《滕王阁序》的赞赏与诵读声，经久不绝……

"空"让人遐想。"空"表达的是滔滔江水空自向远方奔流。

到底去哪儿呢？

文思标笑着说："与旅行者一道去长江沿岸的城市，与水鸟一起迁徙，与长江水一起奔向大海。"

文化的魅力就像是一支强力黏合剂，将赣江、鄱阳湖、长江凝聚在一起。

一个民族无论多么古老还是年轻，都在始终不渝地做着一件事情，那就是创造自己的文化。文化是人树立起来的，它也必将会影响后人。

滕王阁在气势磅礴的赣江岸边昂然伫立，如一位久历风雨的老者，有着还魂草般的魔力，越千年而不衰。一次次重建，挺立，遭遇劫难；又一次次重建，挺立，周而复始。

　　如今的滕王阁在岁月的风雨中洗刷得干干净净。门前石头上长出了苔藓，文人踏过的石阶落满了树叶。

　　一些读书人借着假日时光，来这里休闲、消遣。有的坐上游船，在江中来回穿梭。

白鹿洞书院

　　我家离白鹿洞书院仅两个小时车程。

　　我第一次去白鹿洞书院前，先去的是白鹿镇。白鹿镇因"白鹿洞书院"而得名，背倚庐山，面临鄱阳湖，森林覆盖率近80%，到处是一片郁郁葱葱的宜人景象。

　　那是秋天，萧瑟的风吹进车窗，一路上掺杂着浓浓的泥土气息。轻轻地吸一口，似乎还带着点儿太阳的味道，令人十分惬意。偶尔还能见着几个悠闲的农民，优哉游哉的样子倒更像隐居之士。白鹿洞书院古木参天，台榭楼宇，青砖院墙，历史的印记犹然在目。

> 　　白鹿洞书院位于庐山东南五老峰下，有"海内书院第一""天下书院之首"之美誉。

　　书院自始于唐朝以来，在中华文化史和中国教育史上始终有独特的魅力。一扇门开在河边上，一边是白色的墙，另一边是河。看似墙与河彼此不相关，其实都在关着的门内。

　　我去的时候，书院正在整修，门前屋后都是维修工人的身影，也有一些慕名来的游客。

　　我只好在展览柜里借了两本书来翻读。一本是《新纂白鹿洞书院志》，另一本是《江右书院文化》。从这两本书中，我看到了书院鼎盛时的样子，李渤的白鹿便在脑海中徐徐而来。传说中那只通人性、常随主人左右的白鹿在哪儿呢？我在书院的一处找到了化身石雕的白鹿。此时，它仰着头。

在1000多年的古代书院历史中，江西一直是全国书院发展的中心地区，并且数度"独领风骚"，成为中国的一个文化重地，拥有独特的历史地位。

在九江，白鹿洞书院可谓是文人向往之地。随同我参观的文友何明生，还在上学的时候就来过白鹿洞书院瞻仰。应该说，白鹿洞是九江长江水岸的文化记忆，也成了九江人的文化标记。它是从滚滚东逝的长江水中孕育出来的，在漫长的时空中形成了自己的文化现象。

书院有些旧了，一排排看似旧时的民居，沾满了灰尘。门前左右的两排树木，高过屋面时就变得自由了，相互交错在一起。

我伫立在书院门前，看着溪水穿越石门涧，流向远方。那高耸入云的松柏和翠竹掩埋下的白墙灰瓦，像是在讲述着白鹿洞的神奇往事。

我抱着一棵松柏，黄色的树叶落在河里，不愿意随着水流走。松柏旁边是一棵杉木，高挺直立云霄。两棵树的命运不同，一棵悲愁，另一棵却是喜乐。

"何年白鹿洞，正傍五老峰。"白鹿洞书院的气脉来自长江，来自庐山下的五老峰。仰望五老峰，白色的山体就像是一幅油画，云雾在山体间流动，似万马驰骋而归。约略二十里，崛起一山，被四山环绕，这就是后屏山。山之阳，一派屋宇井然，"白鹿洞书院"五个草书的大字就挂在一个不太高的牌坊上。

清朝乾隆写过一首《白鹿洞诗》：

李渤结庐后，绛帐开紫阳。
经纶归性命，道德焕文章。
剖析危微旨，从容礼法场。
祗今传鹿洞，几席有余香。

在白鹿洞书院的一道书院门头上挂着"天下书院之首"六个大字。这是清代学者王昶在《天下书院总志》中对白鹿洞书院作出的评价。著名学者胡适在1928年游览庐山时也曾游历这座书院，他在《庐山游记》中说："白鹿洞，代表中国近世七百年的宋学大趋势。"

> 《新纂白鹿洞书院志》描述，白鹿洞书院的地理环境绝佳，背岭临溪，前有卓尔山（案山），左有左翼山（青龙），两山揽结，一水中流。水自犀牛塘、圣泽源而来，经鹿鸣、钓台、贯道，一路岩石竞相让道，先贤巉刻醒神悦目。从后屏山东侧、左翼山西侧有溪汇入，一石如堰，枕水而流。涧水之上为枕流桥，此谓书院关锁。峡石峻嶒，溪流踊跃前行。

站在书院面前，东南边的勘书台十分醒目，台如平砥，粗粝的台面早已被磨光；左边的山中有"闻泉亭"，亭与五老峰遥望相对。朝着空旷的山野张望，可见六合亭歇息于林间。山中的亭子居多，每个亭子都让人着迷，充满令人想象的空间，均是读书歇息的好去处。

流芳桥这个带着诗意的名字，蕴含着书院的独特文化气息。路过流芳桥，可见平畴数十亩。层层叠叠的山峦，名为罗汉岭。据史料记载：明代李应升主持白鹿洞书院，曾重修《白鹿洞书院志》，其"形胜"实为地理描绘，曰："去回流二里许，为书院石坊。曲折至梅溪湖，入彭蠡，有二曜星扼其水口，而阳储诸奇岫，隔江入照，此鹿洞山水之全胜也。去书院十里，而遥有水帘三级，飞雪悬崖，则文公所谓新瀑是也。他若栖贤，为李渤读书处……"此处点到"彭蠡"（即鄱阳湖），书院之水通过"有二曜星扼其水口"处汇入鄱阳湖。"阳储"为鄱阳湖东岸都昌县山脉，是谓"隔江入照"。这里说到"水帘三级"，自是三叠泉不谬尔。而"李渤读书处"，正是白鹿洞书院之缘起。

白鹿洞四周遍植云松。云松高大，树皮带着微弱的红色，十分抢眼。据史书记载，李渤曾在此地独居，借着这里的山幽水静，偶尔松涛作琴声。

传说他养了一只白鹿，出访游览，常常由白鹿引路行走于山水间。栖贤寺与白鹿洞东西遥隔五六里，是他与白鹿隐现出没的一条主道。一路上遇见他的人都喊他"白鹿先生"，他含笑领受。后来，李渤出任江州刺史，在当年自己的隐居处白鹿洞广植花木，筑造亭台楼阁、宅舍、书院，作为自己公务之余静养读书之所。

据《白鹿洞书院学规》记载，五代十国时期，南唐政权在李渤读书处白鹿洞旧址创办"庐山国学"，又称"白鹿国学"，成为南唐一所正规的高等学堂，与金陵国子监齐名。此时，距南唐中主李璟即位仅三年时间。李璟即位前也在庐山南麓秀峰筑台读书。李璟读书台离白鹿洞约十里，他闲来无事也常到白鹿洞游览。李璟即位后，将自己的读书台改建为庞大的开元寺，庐山（白鹿）国学也当在盛时。

到了北宋，国力渐渐显示盛大气象，白鹿洞书院自然得到大力扶助。宋太宗（976—997年在位）对书院教育十分重视，御赐《九经》等书于白鹿洞书院，白鹿洞因此得以发展。

在尔后的180余年，时序由北宋跨越到南宋，中间经由"靖康之变"，白鹿洞书院被毁弃，书院的琅琅读书声也由此沉寂。在被毁弃后的书院废墟中，石头上长满了青苔。

说起来非常奇怪，自从书院形式的教育体系形成，江西在书院数量和教育质量上都是全国的榜样。

晚唐为书院萌芽阶段，江西、湖南、陕西、福建、四川、浙江的书院数量相差不大，全国总共有书院48所，上述省份都维持在5~8所之间。到五代时，江西增加了8所书院，其他省份除福建、广东各增1所，河南增2所外，均处于停顿状态。进入两宋时期，全国书院陡增711所，江西增至224所，位居第二的浙江为156所，其后依次为福建85所，湖南70所，广东39所，四川31所，而河南、河北、山东、陕西、山西等几个省相加还不到20所。从这一点来看，中国文化重心已经由北向南迁移，江南逐渐成为教育与学术的中心。（《江西古代书院研究》）

元代统治者虽然为金戈铁马的蒙古贵族，但对儒家文化给予了应有的

尊重，并确立程朱理学的官方正统地位。他们对书院大力扶持，使全国各地书院新增296所，加上修复的唐宋旧院部分，书院总数达到408所。就新增数而言，排列前四位的为江西94所，浙江49所，山东23所，湖南21所。（《苏州书院》）

明朝是中国书院发展的黄金时期，全国25个省区共建有书院1699所，远远超过唐、宋、元三朝的总和，而大多数都是在这一时期新增。查看前五位：江西287所，浙江199所，广东156所，河南112所，福建107所。

到了清代，江西书院仍然居全国第一。

数据是枯燥的，但足以说明问题。江西书院始于唐末五代，是中国古代书院最为集中的区域之一，自此一直到明代，书院建设数目位列各省前列，其影响的深度和广度领冠中华。江西尊儒重教风气弥远，被称为"理学名区"。

学者穆涛在《"儒"这个字》里这样解释"儒"的含义。"儒"这个字的结构，一边是人，一边是需，内涵有两层意思：首先是自己需要，再是被旁人需要。

在孔子的观念里，儒是综合的，既有书本知识，更要有责任担当，且能做成事。儒家是思想学派，注重"人道大伦"，希望推行"爱与敬"。

> 江西钟灵毓秀，人杰地灵，为鸿儒巨哲的产生提供了先天土壤，其代表人物如陶渊明、欧阳修、王安石、曾巩、黄庭坚、陆九渊等，每一个人物提起来都有千钧之重；也为外来先贤圣哲在江西这块土地汲取营养提供了天然养分，这类代表人物有张道陵、慧远、陆修静、马祖道一、周敦颐、程颢、程颐、王阳明等。有鉴于此，江西成为"人杰地灵"的象征。

这白鹿洞书院显然是古老的了，历经的时间太过久远，再也见不到穿着长衣甩着衣袖的读书人，可学人的风范就像是刻在了书院的每个角落。

白鹿洞书院作为儒家书院，从古至今，具有广泛的研学文化影响力，它一直遵循围绕着中华优秀传统文化，尤其是儒家文化的高地，不断在发扬，不断在觉悟。自宋代理学家朱熹重建讲学后，声名大振，成为宋末至清初数百年中国一个重要的文化摇篮。

　　在白鹿洞书院内，有个很大的课堂，四周都是石碑，上面刻着一些文字。我们静默在孔子像前追思先贤，尊师重道，寓志于学，效仿古人，齐诵《朱子白鹿洞教条》。一些学校的老师带着学生们来这里，教导他们在学习和生活中应"学、问、思、辨"，及感悟修身处世之道。学生们轮流击鼓鸣志，随着响亮的鼓声，孩子们大声说出自己的志向。

　　"额点朱砂启智慧"。老师手持毛笔，蘸上朱砂，在孩子额头眉心位置点一个红点，鼓励孩子们眼明心明，好读书，读好书。

　　文化是鲜活的，文化也是有血有肉的。有生命力的文化，正如梁漱溟先生所说："吾人生活所依靠之一切。"意思是文化是人生的依靠。

　　我在《重返白鹿洞书院》一文中，读到这样一段话："文化与自然相互生长，一代代哲儒和学子们在山水意境中铸造着自己的理想，搭建着自然赋予他们的信仰，书院也由此在超逸中追求着社会美誉度和感召力。""白鹿"这个特定的书院符号，让那苍老的石雕重新复活。李渤的白鹿已成为遥远的传说，那些竖排着不见标点的碑文，却向后人诉说着一座书院的兴废与存亡。

落星墩

　　候鸟钟情的落星墩，在庐山市（原星子县）紫阳堤南二里湖中心。

　　从修水出发，走永武高速、京九高速，到庐山市下车，两个小时的车程。到了地头，保护站"老将"谢晋等在路口，他皮肤黝黑，个子瘦小。他以前是当地保护站的站长，早几年退了下来。

　　"这个季节看落星墩，我只能告诉你大概的位置。"谢晋指着湖的中央说，"我建议你秋天再来，那时可以登上落星墩观湖光山色。"

　　落星墩是庐山市地标性建筑和象征性文物古迹，原先的星子县县名也由此而来。

"鄱阳湖的水流经这里，忽然凹进十里，形成一个很大的天然湖湾，就是囤积在这个地方，进行过滤后再流向长江。"

这里也是鄱阳湖湿地保护的核心，随着枯水期的到来，湖底裸露，湿地天成，恰好成为北方候鸟的最佳迁徙越冬地。

围着落星墩的一面是县城，两面环水，一面是山。住在县城里的人有很多是候鸟的守护者，在他们的窗台上都有最佳观鸟的地方，配有望远镜等设备。

老远我见着稀疏的几只大鸟在水面上飞，有些时候飞得很低，与水面近在咫尺。

我带了一本《中国鸟类图鉴》，里面有 1200 多种鸟的图片，我从背包里掏出来，慢慢地比对。我似乎见过这种鸟，但在图片里反复寻找，始终没能比对上。谢晋熟悉图鉴，给我讲述一些鸟的特征。候鸟与普通的鸟是不同的，"体表被覆羽毛，有翼，恒温，卵生，候鸟的一切生存之道都在这些特征下展开。毫无疑问，这些迁徙的候鸟都是有冒险精神的勇士"。

每年世界上有几十亿只候鸟在秋天离开繁殖地迁徙往更为适宜的栖息地，人类的目光很早就尾随鸟的迁徙之途。2000 多年前，古希腊动物学家亚里士多德说过，秋分以后一些鸟类由寒冷的国家飞向邻近或更多的温暖地区。而我国先秦时期，《吕氏春秋》曰：孟春之月鸿雁北，孟秋之月鸿雁来。

观鸟是件非常愉悦的事情，我的家乡修水县的溪口镇也吸引过候鸟的停留。我小的时候，田埂上会停留一些白鹤，它们一会儿直扑云霄，一会儿在低处捕捉泥鳅。有的鸟飞得很轻，像是风吹起的一片落叶。候鸟能感受到微妙的空气变化，阳光普照，温度上升，田野上的湿露变成一股股热气流，能托起候鸟的欢愉。它们的飞行、滑翔和振翅，会没有规则地改变方向。有时候会左右盘旋，有时朝一个方向顺时针转圈，就像是自由的舞蹈表演者。

我还是个不懂事的孩童时，就和伙伴们用石头偷袭鸟儿，值得庆幸的是一次都没有打中。鸟"哦耶，哦耶"地惊飞了。母亲不让我打鸟，说鸟

◎ 落星墩

　　位于江西省九江市庐山市（原星子县）紫阳堤南二里鄱阳湖中心，于宋代开始修建建筑，明代加建亭台楼阁，由于历尽沧桑残存无几。现岛上仅有一座牌坊、一间禅院、一个观景台以及一座古塔，是鄱阳湖区著名的地质奇观和旅游景点。

是天上的仙人，来到凡间是保佑我们的，绝不许伤害它们。

我慢慢地对候鸟有了深刻的理解，它们在迁徙时，说不定就像是古人笔下的告别诗，很难预料途中的凶险，生存的本能让它们屡屡流浪他乡苟且生存。

忘记故乡不也是拥有另一个故乡吗？

天气预报提到下午会有一场大雨。

突然听见有汽笛声传来。在古代，水运是鄱阳湖的重要交通方式，从鄱阳湖可以走水路到达湖区的所有县城，这里船来船往，货物吞吐，像是一个流动的集市。

大雨刚停，天空被乌云笼罩着，矮小的山头上，一片完整的黑云像是裂开了个口子，一束阳光像电影放映机上的投影照射在湖面上。风紧刮一阵后慢下来，水波粼粼，每一块水域都变成了一条条发光的鱼。

当声响骤然消失，大地孤寂无语，只留下那杳然消失的翅膀划过的影子。

傍晚，谢晋说星子有一场大戏，想带我去看看。

经过戏院的路上有一条小街，是一条老街，有卖扫帚的、卖烟叶的、卖石磨的。"这些东西还有人用吗？"谢晋笑着说："这里的农村还一直保留着旧时的传统。"我对这些旧时的物什很有兴致，所以就错过了看戏的时间。但那喧闹的声音，却一直在我的耳畔久久不得停歇。

远离县城，我决定和谢晋去蓼南乡看看。蓼南乡是谢晋工作的地方。

在进乡的路口，老远就看到一个管理站。屋后面是一片枝叶稀薄的杉林，表情冷漠地注视着前方。一群棕鸟突然从林中喷雾般飞出，盘旋，又隐蔽于这片栖身的树林。我倒是好奇，这么大的一群鸟，它们晚上是怎么过夜的，应该不会有鸟窝，如果都有鸟窝，那林间得有多少鸟窝呢？

我们的车朝着湖边开去，就停放在湖边。放下车窗，老远我就听见湖水拍打堤岸发出"咚咚"的声音。不远处，几只鸥踏着水面飞着。

河流急速奔跑，到这里居然放缓了流速，让河里的一切，比如雨水、落叶、雪等，在河水的等待中，重新上岸。

黄昏的天色变成了碎片，细雨发出银色的光，河边有一些凋零腐烂的叶子，茂盛的草像是从烂叶间长出来的。

湖边停着几艘船。湖面上的水此起彼伏地撞击着船体，但船丝毫不见动摇。我首先想到生活，想到一些人的利益，想到金钱的奢侈，也想着平民的一日三餐。在内心深处，我知道一条河流穿越大地时，它会俘获这个世界，但也会给人们回报。我们用正常的思维是难以挖掘它的神秘的。在水的哺育下，土地会更加地肥沃。

谢晋说，这一带原先是鸟的天堂，人鸟相争的时候，捕鸟成了这里村民的手艺。在1988年之前，一些村民一辈子就靠捕捉鸟为生。"鸟无主，谁捕谁有""鸟是天子送来的礼"，村民把捕鸟看成如同采野果、采菌子一样寻常。据粗略估算，早年间，每年被捕获的候鸟都数量不菲。年复一年，亘古不变，直至《野生动物保护法》颁布，在这里建起了保护站后，村民像挨了一闷棍，被敲醒了，捕鸟成了犯法的事情，再也不能捕鸟了。政府颁布禁捕令，严禁捕鸟，违者依法惩处。慢慢地，鸟肆意地在灌木丛和芭茅中繁殖或越冬。

雅克·贝汉说："人总是在改变，而鸟却从来不。"鸟的眼睛长在两侧，它们实际看不到前进的方向，但它们飞往目标的信念从未动摇过。人类的眼睛长在前方，但常常处在迷茫中，找不到前进的方向。

后来我才知道，管理站是租的农民的房，站里除了为两名工作人员配了两台摩托和一台电脑外，空空如也。我们的晚饭也是在村民家里吃的。吃完晚饭后我被安排到楼上的客房，谢晋就住在我隔壁，实际是一间房用木板隔成两间，手机的Wi-Fi信号并不稳定。

夜深时，我听见有人说话，是来看鸟的客人。无论是什么季节，都会有人来看鸟，没有鸟的时候就看湖。

候鸟入眠，整个夜晚都没有听到一声候鸟的叫声。

第二天无雨，天气放晴，我们从蓼南乡返回县城。

谢晋说，现在落星墩上有个民间的保护站，每天都有人执勤巡护，他们多数是自愿爱护鸟才加入进来的，没有工资，完全是一份公益的活。

现在落星墩上，政府搭建了观鸟台，鸟就在镜头前飞舞。

通过观鸟活动来拉动生态旅游，县城的一些居民搞起了特色"驿站"，为观鸟者和游客提供食宿服务。还有些大学生来保护站实习，免费给游人讲述候鸟的知识。我遇到的是一位清华大学的学生，他对鸟的飞行非常熟悉，说候鸟能够飞行万里是它的身体决定的，在它的身体末端有道屏障，绒羽的抗湿功能绝无仅有。它们在飞行时会抖动自己的身体来增加热量，这种热量是从脂肪酸氧化中获取的。因此，在飞行前要让身体健壮起来，保证旅途中的消耗。

让全面参与保护和服务的居民在保护和服务中受益。"变被动保护为主动保护。"当保护候鸟能使居民生活更美好时，谁还会冒着触犯法律的风险去捕鸟呢？

鄱阳湖的四季变幻是令人陶醉的。摄影师的镜头是美轮美奂的，捕捉记录了鄱阳湖一小处一小处的景象。

夏天的落星墩落在水里。每年冬春时（当年11月至次年的4—5月）鄱阳湖进入枯水期，落星墩才真正现身。而一年中的其他时节，它都浸泡在水下，到了丰水期时，落星墩基座被淹，观景台、古塔、牌坊、禅院等建筑都浸在水中。

那次，我与落星墩保持着长长的距离。数月后，我从南昌回修水，决定再去落星墩看看。

那时正是8月，观景台、古塔、牌坊、禅院等建筑还露在水面上。这些建筑坚不可摧，历经狂风暴雨，依然完好如初。

落星墩虽为弹丸之地，然竹木清奇，环境秀雅，伫立其上，舟遥遥以轻飏，风飘飘而吹衣，远可眺匡庐诸峰，近可观鄱阳湖胜景。那浑然天成的开阔，吸引着李白、范仲淹、欧阳修、王安石、苏轼、黄庭坚、周敦颐等纷至沓来，端起酒杯，坐见山川吞日月，叹赞天光两奇绝，留下了许多动人篇章。

为什么要建造落星墩呢？最早来源于传说，说落星墩不是人建造的，是天造而成的。

《星子县志》有记载，宋初开始有人在上面建亭院，以后历代都有加建、维修。明代又加建了亭台楼阁，如浮玉楼、玉京轩、岗漪轩、清晖阁等，后来毁于清代咸丰年间的战乱。

落星墩如一个十月怀胎孕育的生命，坚如磐石守着鄱阳湖，或因爱情，或因友情，或与鄱阳湖有一种难以割舍的、不仅限于血脉的感情关系，这种联结是自然慢慢建立起来的。

我在村民的帮助下，乘船登上了落星墩。

候鸟迁徙，不辞万里来到这里，它们的生存与时间、路径，以及天气、地形都有关系。鸟不知道死亡的危险，只有保护了自然，不做自然的破坏者，不打破鸟的生存秩序，自然才是美好的。

庐山市民说，落星墩不仅是个响亮的名字，还是鸟的天堂。世代居住在湖边的人们，待到湖水退去的时候，会结伴登上落星墩走走看看。习惯了这种经常的来往，也就习惯了简单的日常。去落星墩朝拜，不是借口，而是人们无意的履约。

为鸟？为我们人类自己？此时，这种复杂的心境，连我自己也说不清楚了。或许，今日鸟类的命运，就是明日人类的命运。

江南米市

"谷乃国之宝，民以食为天。"这句古话充分彰显了千百年来人们对粮食的珍视。

中国历史上曾因大米集中在某处交易，而形成了"四大米市"，又称"江南四大米市"——无锡、长沙、芜湖、九江米市。

无锡米市

在广袤的龙江大地上，有一种花朵最具济世之心，一直开到人心头，那是粮食结出的花朵。从春到夏，它们迎着煦风，啜饮雨露，沐浴阳光，采山间精气，合着江河的节拍，潜心孕育。直至天高云淡、大雁南飞，它们才吐露芬芳。麦穗、稻穗、谷穗、苞米穗、高粱穗，如花地随风起舞时，一股特别的馨香在空气中弥漫，收割的喜悦挂在农人的脸上。那金黄橙黄赭黄的粮食花儿，润肺腑、滋五脏、舒筋骨、强体魄，是我们生命的动力之源。（迟子建《一粒米的旅程》）

金秋十月，丰收的季节。去无锡。

蔚蓝的天空下，一眼望不到边的稻田，像铺了一地的金子，黄澄澄的。阳光下，有一种金属般的质地，硬，洁净。

成熟的稻子开始收割了，收割机来回奔跑。田间散落着忙碌的身影，也有镰刀挥舞。

> 无锡，简称"锡"，古称梁溪、金匮，被誉为"太湖明珠"。位于长江三角洲平原腹地，江苏南部，太湖流域的交通中枢，京杭大运河从中穿过。

很早以前无锡就是一个稻米产区,也是稻米集散地。

"老伴,你给我烤一个神奇的小圆面包,让它带着我去茂密的森林,去蓝色的大海,去大洋。"

广播里正在读书。

车窗外的一个小村子的场地上,一个老人拿着铲形木勺,铲着稻谷朝箩筐里倒。

乘坐了几个小时,直到夜幕降临时,我才抵达无锡市区。从手机的定位上,找到了事先预订好的旅店。

我得先在这里安顿下来,然后再计划去江边看看。

屋子有点儿矮,有些旧,房间也很小,四壁幽暗,灯光昏暗。这与无锡的城市极不匹配,但我喜欢这种旧色。价格也便宜,住着贴心。

旅店旁边全是特色小吃店,无锡的小笼包和酱排骨是出了名的。

小店里挤得很,只看得见人头,想要坐下来得站在旁边等,客人吃好起身,你才能坐下来。

等了大约半小时,才等到了一个空位。

"老板,小笼包和酱排骨各来一份。"

"来喽!"

无锡小笼包真的一绝,皮很薄,里面的肉巨大一颗,非常实惠,吃起来带着丝丝甜味,一口咬下去汤汁瞬间流到口腔,超级鲜美。无锡酱排骨肉质新鲜喷香,吃起来酥软可口,味道很香甜,一点儿也不腻,一口脱骨的感觉很爽。

那天,不是我夸张,真的是我吃到的最好的味道。

在1999年版的《新编实用中国地图册》上,我找到了无锡的具体位置,北倚长江,南濒太湖,东接苏州,西连常州。

无锡作为地名,是从东汉开始的。

那时候的无锡米市,生意特别兴隆。米市生意带动了其他经济的发展,所以无锡在全国有一定的知名度。

无锡的钱码头、窑码头、丝都、米市等老建筑,反而给今天的无锡增添了许多光彩。无锡也因此冠上了中国国家历史文化名城、中国民族工业和乡镇工业的摇篮等诸多头衔，这些头衔成为无锡对外宣传的名片。

无锡的地理位置与长江密切关联，无锡的山水可以说是名副其实的好山好水。在无锡的水岸，沼泽在脚下晃动，周围的野鸭群飞，啼鸣，小野鸭嘎嘎地叫着，潜水鸟在空中盘旋，而女人们收起裙子，穿着高筒靴，整天站在水中砍草。对于未去过无锡的人来说，这种景象是让人惊讶的。

把沼泽地处理干净，主要是为了秋天好网鱼。禁渔期还没来临前，这里的农人主要是干两种活：种稻谷，网鱼。

无锡是"鱼米之乡"，鱼和米可谓丰盛。一网撒下去，收起来的鱼可以吃上一年。

文天祥写过一首《无锡》：

金山冉冉波涛雨，锡水泯泯草木春。
二十年前曾去路，三千里外作行人。
英雄未死心为碎，父老相逢鼻欲辛。
夜读程婴存赵事，一回惆怅一沾巾。

文天祥在这首诗里，不仅描绘出无锡秀美的自然风光和灵动的气息，还表达了他的赞美之情。

郭沫若说："太湖佳绝处，毕竟在鼋头。"

由此可见，无锡无论是城，还是山水，都是好的。

走近一座城，是需要用心去体会的。无锡给我的印象，不仅安逸，还很婉约。

吃完饭，到街上闲逛，走着走着就走到了古运河边。

古运河是蜿蜒于中华大地上的水龙，凝聚着中华民族智慧的结晶。

据史料载，在古代，陆路长途迁移，只能靠骑马、坐牛车和步行，要翻山涉水，十分艰难和缓慢。人类早就认识到，水是可以利用的，可以坐船过河甚至跨海，既快捷又能载辎重，往往比走旱路要方便许多。从地理上讲，中国地势西高东低，河的流向基本上是自西向东，南北则不行。具有创新意识的隋炀帝决定挖凿南北大运河，将东西南北都用水连起来，把几大自然水系长江、淮河、黄河、海河、钱塘江变成一个大水网。有了大运河，就可以把整个中国大陆国土真正完整地纳入自己的王权范围，宛如揣在自己的怀中。

京杭大运河的中国奇观与万里长城齐名，已有2500多年历史。横贯于无锡市的古运河段以吴桥经西水墩、南门至清名桥这长约6000米的河段最具江南水乡风情。清名桥位于南门外的古运河与伯渎港交汇处，河上座座飞虹林立，河边杨柳依依，河里桨声隆隆。大运河像一位慈祥的母亲，深情孕育着中华大地。

"实在不好意思，来晚了。"到无锡前，我联系了冉灵，一名无锡土生土长的小说家。她说，如果到无锡，定当为我当向导。

不知道什么时候下起雨来，一阵一阵的，我们在街边躲雨，顺便去集市上逛逛，逛完回来，再去运河边继续散步。

麻石路面的罅缝里积聚着碎银般的雨水。稀疏的路灯突然一齐亮了，昏黄的灯光剪出某些房屋和树木的轮廓。水面上到处闪烁着彩色的光，不远处的一座拱桥横亘在河面上。现在，我静静地听冉灵说话，河水发出汩汩的声音。河边的树篱在薄薄的光里更加晶亮。

我们沿着环城古运河走了一圈，一路上都是繁星，一路弥漫久远的香味。

冉灵指着前方不远处说："看古运河，不得不看这古运河畔的风光与繁华的三里桥，这是曾经的米码头。"码头已看不见昔日的生意兴隆，但繁华却传承着原有的秩序。

我们刚走近桥，看见路灯下侧卧着一个男人。那个男人40多岁的样子，头枕着麻袋包睡着了。他疲乏得走不动了，也许这是个歇脚的好地方。我们走过去，倚着墙坐下来，那个男人仍然睡着，他的脸在路灯下发出一种淡蓝色的光。

《无锡县志》记载，无锡自明清起，南来北往的运粮之船，沿着大运河远道而来，汇聚在三里桥一带。

明代王士性《广志绎》云："天下马（码）头，物所出所聚处。苏杭之币，淮阴之粮，维扬之盐，临清、济宁之货，徐州之车骡，京师城隍、灯市之骨董，无锡之米……"

史载，清乾隆年间此处"米豆之业甲于省会"，光绪年间有大小米行80多家，吞吐量七八百万石，三里桥也因此成为无锡米市的代名词。不过，很少有人知道，三里桥的出现其实远远早于大运河。这座小桥在静观运河历史沧桑的同时，也见证了无锡文脉1000多年的延续。

说到三里桥，当地人更清楚，在无锡北塘，可不止一座三里桥，这一带一直有"三名四桥"的说法。新中国成立前，从无锡北城门出来，沿着古运河，由南向北共有四座桥，分别为莲蓉桥、三里桥和吴桥。明明是"四桥"，却只有三个桥名，这是因为在一里之内有"老三里桥"和"新三里桥"两座"三里桥"。如果把时光再回溯到1600多年前的东晋，这里其实还有一座规模更小的"小三里桥"，而建造这座桥的是大画家顾恺之。

小三里桥原名"顾港桥"，康熙《无锡县志》载："三里桥在北门塘，邑绅顾可学建。工人掘地得碑，上书顾港桥，为顾长康造。"

《晋书》载："顾恺之，字长康，晋陵无锡人也。父悦之，尚书右丞。"

无锡曾有这样一段民谣："米市出名三里桥，三里桥街有两条，先小后大桥三座，三里三桥里程标。"

走累了。冉灵与我约好，明天再去逛旧时的米市。

回到旅馆，已是深夜，服务员见我进门，将泡好的茶送到房间，道了晚安，就关上了门。只剩下我和茶，旅途中的这种孤独让我愉快又激动。刚躺下，就听见隔壁有人在吟诗，像是一首千年之久的诗，声音也像是从千年前传来的。明天还要去几个地方，肯定会有新的东西吸引我。

天花板上，一只蜘蛛没有睡，还在爬来爬去。本来打算朝下爬的，大概是受到了人的惊吓，又爬了回去。

无锡有几条知名的街，比如长街、南京街、棚下街。这些街道大多是明末清初建的，街道宽仅两米多，里面砖头铺地，两边的店铺是一二层的建筑，木裙板、木格玻璃窗，有的雕有云纹图案。

棚下街是三条街中最有气魄的了，鼎盛、立丰、永丰是无锡响当当的米行。除这三家大米行外,还有福来和、源来洽、大昌祥等,真可谓是星罗棋布,日进斗金。

无锡的米行、米店,一般都选址在靠河的下岸,其主要原因是方便水上搬运。鼎盛时共有十间临河店铺,河埠上可同时泊船四五十艘,店内设有牵砻加工大米,街上还有三四十间米仓,雇有固定的牵砻者。磨下来的大米装袋入库,砻糠(即谷壳)出售给豆腐店、茶店等作燃料。

大的米行一般都设有米仓,先辈们对大米的储藏,也有一套古老有效的方法。先在仓库下面铺垫一层很厚的砻糠,在上面放一层竹片编成的竹帘,然后将一袋袋大米叠上去,既可通风防潮,又可隔年储存。

一些讲究的大米行在门上或柱上还贴上了"谷黄米白饭如霜,炭黑火红灰似雪""一心经营供人口,万家饥饱系心头"等高雅对联。

这些米行、米店,在经营服务上,也是坚守质量、讲究信誉,热情好客、服务周到。有的墙上还贴上了"按质论价、公平交易""心口如一,童叟无欺"等经商守则。熟客是能赊能欠。很多老板都很慈善,很厚道,碰到乞丐总会抓一把白米相送。因此,至今还留下了较好的口碑。

"从规模和交易量上来说,无锡皆占首位。"无锡市委农办主任吴立刚说。

当时的无锡米市,不仅经营稻米买卖,还经营麦、豆类和其他杂粮,实际上是个粮食市场,由于经营稻米为主,"米市"之称也就沿袭下来了。

近几年,在无锡大地上,又成功培育出了新的"无锡好米",如南粳、苏香粳和宁粳,颗粒饱满、晶莹剔透,煮熟后口感清香松软、营养丰富,在民间有良好的口碑。

长沙米市

如果你去长沙,哪怕是短暂停留,潮宗街也是值得一去的。

潮宗街是一条历史文化名街,也是古代有名的"米街"。对于生活在长沙的人来说,潮宗街的红红火火、吉祥富贵,满载着人们对未来的美好希望。因此,深受长沙人喜爱。

潮宗街跨越千百年时光,驻足于长沙市的中央。对于长沙来说,米市的兴旺除了特殊的地理、经济地位等原因外，更主要的是湖南粮食生产发达。

> 长沙是一座有着3000多年历史的名城，城址一直未变，有着"屈贾之乡""楚汉名城""潇湘洙泗"之称。长沙"陆有玉璞，水有珠胎"，岳麓为屏，湘江为带，水陆洲浮碧江心，浏阳河曲绕郊外，湖泊星布，岗峦交替，城郭错落其间，唐代就已形成山水城市的风格。

在湘江下游和湘浏盆地西缘，清朝时期，湘江上运米之船"千艘云集"，直销汉口，再抵江浙，盛极一时。

史料记载，潮宗街是出潮宗门达湘江河运码头的必经之道。潮宗街因临城门潮宗门而名，又名草场门正街，地处开福区，是迄今长沙市仅存的四条麻石大街之一，长500多米，宽9米。潮宗街是当时长沙较大的一条"米街"，聚集有德安、益华、恒丰、太丰、顺丰、义丰、友和、邓春生等10多家粮栈、米厂。

旧时街口聚居着许多挑河水卖的脚夫，终日街头淌满河水，"朝"遂演化成"潮"。

潮宗街是历史文化街区，北到营盘路、南到中山路、西至湘江大道、东至黄兴北路，宋、元、明三朝都在此处砌有城墙，是老长沙核心区。有时务学堂、九如里公馆、金九活动旧址等。

"好韵味。"我在潮宗街行走时，经常会听到长沙人蹦出这三个字。

说这三个字的时候，前两个字声调高而悠长，最后一个字音则发第三声。"韵味"本是个书面语，却活跃于长沙人市井味极浓的日常生活中。

我与长住在潮宗街的老人聊天，故意找些米市的话头来聊，没一会儿就混熟了。说起米市，老人就像个话痨，滔滔不绝的。当然，其中也有些是沉默的，可能对米市不是很了解，所以说起话来显得很谨慎。从老人的话中，我感觉到长沙人的热情，以及对生活的态度。

"这条街卖米的不多了啊！"我说。

"小吃不少，你看那边。卖米的还真的少见了。"老人说。

那天恰逢周末，我就约上几个同学，怀着轻松愉快的心情去长沙逛了两天，清早出发，中午到的长沙。

长沙的小吃很多，口味虾、臭豆腐、糖油粑粑、黄鸭叫、德园包子、麻辣子鸡、杨裕兴等令人垂涎欲滴。

中午我们就在潮宗街口吃饭，我们挑了几种小吃，一根筷子串起两个包子，一碗米饭，还有一杯热气腾腾的茶，就算是一顿美味佳肴。茶泡得很浓，如果不需要赶时间，可以稳稳地坐一个下午。吃过饭，已经过了中午，可还是有很多人意犹未尽，不肯离开。

"你们是外地来的吧？"老板问。

"我是修水人。"我说。

"江西老表啊！"

我笑着说，是。

老板一边说着，一边搬凳子坐了过来，"今天不用买单，算我的。"

"那不行。"我说。

"有什么不行的，我的祖辈是江西来的。"老板一边说，一边扭着从柜子上取下来的酒。

"来，来，咱们喝一杯。"

"我不喝酒的。"我说。

"男人不喝酒可不行。"老板端起酒碗塞到我的双唇之间。

我喝了一口，连咳了起来。老板看着，"你还真不喝的啊！没关系，不喝酒吃肉。"我仅喝了一小口，醉酒的感觉突如其来，头脑一片空白，身子像干草似的飘浮起来。

老板说啥，我也听不太清楚了。

"来，扶兄弟到里头休息。"

我很快就睡着了，在梦里，我居然见着了茫茫的大江，江边码头上很是忙碌。有许多船停靠在码头上。有许多人，或站在船上，或站在码头的货堆上，叫喊着什么。我慢慢地坐起来，想着中午的事情，嘴里还喷出酒肉混杂后的气味。

"你醒了？"老板笑眯眯地看着我，颇带歉意地说，"要知道你真不会喝酒我就不让你喝了，这酒很猛，不会喝的，哪怕只是喝一点点也能睡上大半天。"

后来我知道老板和我同姓，名家宝，他的祖籍是江西奉新，是清朝时期来这边做米生意定居下来的。

长沙米市历史久远，据《长沙志》记载，长沙米市可以追溯到北宋晚期。当时的潭州（今长沙）已能制造载米万斛的大船，往来湘江，运送大米。到清雍正初年，湘江上运米之船千艘云集，直销汉口，再抵江浙，盛极一时。20世纪二三十年代，长沙因为其不断增加的稻米输出，在全国粮食贸易中的地位日益突出，得以与无锡、芜湖、九江并誉，成为当时广为流传的江南四大米市。

酒醒后，老板决定带我去码头看看，他开玩笑说，说不定待会儿你见着的就是刚刚梦见的码头。

岁月早已改变了历史的样子。潮宗门的因草码头，旧长沙米市码头，早已无昔日痕迹。在潮宗街的老街口，取而代之的是湘江风光带上的一座现代门雕塑——潮宗门。

凭栏远眺，湘江江水奔流，连绵不绝，橘子洲大桥飞跨东西，雄伟壮观，岳麓山重峦叠嶂，翠色欲滴。

傍晚，迎着淅淅沥沥的雨，裹着微凉的风，我们漫步在橘子洲。

橘子洲形成于晋惠帝永兴二年（305年），距今已有1700多年的历史。四面环水，好像一片漂浮在湘江里的绿叶。

在回来的路上，我看见一栋古旧的建筑，墙体微微发蓝，门前竖立着省保单位的石碑，有鸟群在上面飞来飞去，风铃清脆的响声传进耳中。我仰望着问家宝，"那上面刻的是什么呢？""那是工匠为织云刻下的。"

"织云又是谁？"我问。"是这家米店的老板。她倒是一个有气魄的女人，生意做得挺好，还救济了不少乡邻。"

"织云是晚清时期的吧？"我问。

"我祖辈和她做过生意，有着非常不错的口碑。"家宝说。

我趴在那锈迹斑斑的窗台上朝里张望，只见织云穿着一件翠绿色的旗袍，坐在柜台旁一边嗑葵花子，一边斜眼瞟着米店的门外，高跟皮鞋拖在脚上，踢哒踢哒敲打柜台，那种声音听来有点烦躁。在不远的米仓前，织云又帮着店员在过秤卖米，她的一条长辫子在肩后轻盈地甩来甩去。

拉车的汉子们吆喝着排队买米的人："闪开，闪开，米来啦！卸米啦！"

潮宗街作为老街，依然繁荣，日益受到重视与保护，依然是老长沙的精髓所在。

芜湖米市

米捐局巷是一条以米命名的古老巷子，也是芜湖米市起源的地方。

我从江西修水县出发，驾车到芜湖，路上的行程是六小时。相对去长江沿岸的其他城市，去芜湖的路并不算远。

> 芜湖是一座古老的城市，位于青弋江、漳河、运漕河三条支流与长江的交汇处，是皖南重镇与门户。芜湖，平原丘陵皆备、河湖水网密布，历史上水稻种植业发达；同时，又得水运便利，从皖南山区一路迤逦300千米，穿山谷汇河湖，携两岸自然风貌、人文基因，涵养了7000多平方千米江南水乡。

据孙晓村、林熙春1935年撰写的《芜湖米市调查》记述：芜湖全市人口，计一十七万人，其中多皆直接或间接依米业为生，芜湖市面之荣枯，亦视米量交易之旺淡为转移，米业实为芜湖最重要之柱基……

民国八年（1919年）《芜湖县志》记载："嘉道间，本埠砻坊二十余家，在仓前铺地，名大砻坊者居多，大概供本地食米，间有客船装运邻省。"搬运扛米袋的络绎不绝。米行、米店的老板守在门口，嘴里数着，一只手顺势在每个米袋上捏一捏。运走的都是新米，米袋撞击在门框上扬起粉尘。

据记载，芜湖米市兴盛的时候，米行从江堰上一直伸到江心里，从大砻坊到宝塔根，一年365天全是运米的帆船，首尾相接。大清银行、安徽地方银行、美孚洋行和数不清的钱庄银楼在芜湖开展与米相关的金融业务；世界航运巨头，如英国太古、怡和，日本日清等都到芜湖运米。

1898年，安徽在芜湖设立了米捐局。

米捐，是当时官府征收的苛捐杂税中的一种。芜湖既成米市，米捐自不可免。据档案记载，当时政府规定，所有运输米粮的船只，出安徽境内必须停靠于芜湖缴纳米捐。这就使得安徽米粮必须在芜湖集散。

让人不解的是，芜湖除了有安徽米捐局外，江苏米捐局也设在了这里。这是为什么呢？光绪二十八年（1902年），署理两江总督张之洞要在江苏境内设置米厘卡，立即遭到芜湖米商的强烈反对，因米船过江苏境内还需要重复缴税，必将导致米商设法逃避芜湖而直接运销江苏，分散芜湖粮源。后经两省协议，决定在芜湖另附设江苏米捐局，预征米船过大胜关等应缴之捐银。并规定从芜湖出口一石米，需要缴纳捐银一钱一分七厘二毫，江苏捐银七分。通过这种强制手段，从而保证了芜湖米市充裕、稳定的粮食来源。

据档案记载，自从1898年芜湖设立米捐局后，芜湖米市也进入了繁荣发展时期，芜湖成为当时我国长江中下游最大的米粮集散地。20世纪初的《芜湖县志》中记载：米粮输出量多时达五百多万石，少时也有三四百万石。1919年连续两年大丰收，经芜湖输出的米粮更是突破一千万石。当时曾有"堆则如山，出则如江"的说法，来形容当时芜湖米市的盛况。

米捐局巷因米捐局而得名，虽然气势并不磅礴，却"卧虎藏龙"，因为这里除了设有米捐局，见证了芜湖米市的繁荣外，还发生了不少在历史上有影响的大事。例如这里曾是安徽省革命党人组织的大本营——安徽公学的旧址。

资料记载：1912年10月30日上午8时，孙中山乘坐"联鲸"号兵舰到达芜湖市弋矶山附近的江面，然后，兵舰驶到中江塔附近的接官厅停泊。当天上午，芜湖各界人士聚集在米捐局巷附近欢迎孙中山。孙中山下船后乘坐马车到达米捐局巷附近的会场。

当时孙中山在这里做了一场演讲，受到在场安徽公学、皖江中学等广大师生和广大市民的热烈欢迎，掌声和口号声接连不断，整个会场十分隆重。中途，孙中山到米捐局歇息。

我们知道，历史上芜湖的农业、手工业、商业一直颇为发达。据史料记载，南唐时就呈现出"楼台森列""烟火万家"的景象；南宋以后，特别是到了元朝，芜湖已是一个相当繁荣的市镇，境内大工山古铜矿遗址就是春秋和汉唐时期中国最大的铜生产基地；从明代开始，芜湖逐渐成为长江下游地区的重要商埠。浆染等手工业已闻名遐迩，《天工开物》中就有"织造尚淞江，浆染尚芜湖"之说，形成号称"芜湖巨店"的大型浆染工场。清光绪二年（1876年）签订《烟台条约》后，芜湖成为对外通商口岸，大米贸易日渐兴旺，并发展为中国四大米市之首，每年出口大米达800万担之多。

第二天傍晚时分，我再次到米捐局，风从四面八方吹来，街道上影影绰绰的一些挑着担子的人，与蒸汽和暮色融合在一起。

距米捐局不远处，一栋古老的青砖黑瓦的房屋引人注目，这就是早期的米行。门是开着的，屋内完全按照米行来设计。东西侧屋是贮放粮食的仓房，朝南的三间是居室，门洞很大，门檐上挂着一块黑底烫金的牌匾，有四个字，一般人只认识其中一个"米"字。搬运工知道米店在瓦匠街占据一角，世代相袭，也已经有200多年的历史了，但是没人去留意匾上另外三个字。

"那个年代，芜湖的米就是出名。"旁边走过的一位老大爷说。

附近还有几家米店，老大爷走上前去，解开袋口，掏了一把塞进嘴里嚼咽着，发出很脆的声音。

细细地嚼了一番说："好米，好米。这是严家桥出产的糙米。"

米市的形成，与农作物的种植有着不可分割的关系，尤其是和水稻、黍类等粮食作物的种植关系更为密切。

芜湖是长江中下游地带，浩渺的长江水滋养了芜湖的水稻，也滋养了芜湖人的生命，孕育了丰富的水文化。

然而米市在发展的路上所遇见的艰难也众所周知。

"铠甲生虮虱，万姓以死亡。白骨露于野，千里无鸡鸣。"这是曹操在《蒿

里行》中对东汉末年战乱频仍、百姓流离、经济凋零图景的真实描绘。当时，人们大批脱离土地，流落四方；大量土地荒芜，无人耕种，"农人废南亩之务，女工停机杼之业"，社会生产受到了严重破坏。因此，当时粮食极端匮乏，谷一斛20万钱，有的军阀因没有粮食而饿散了伙。谁有粮食意味着谁就能胜利，反之就失败。

三国时，孙策、孙权、周瑜、刘备、陆逊、曹操等众多重要历史人物都有在芜湖一带活动的事迹。

当时，吴国地处江东，以长江为天堑，北抗曹操，西拒刘备，而长江在芜湖城地段急转向北，直通建业（今南京）。芜湖不但濒临长江，而且境内又有青弋江穿城而过，南有漳河，北有运漕河，因此成为内陆水运沟通长江航道的咽喉之地，军事地位十分重要，有"江东形势，先有建业，次有芜湖"之称。当时安徽长江两岸和巢湖流域，经济已相当发达。芜湖是重镇，孙权曾派陆逊屯驻芜湖。面对当时的客观现实，曹操根据谋士的建议，于建安元年（196年）宣布实行屯田，以解决军粮短缺问题。建安十一年（206年），曹操"遣朱先为庐州太守屯皖，大开稻田"，开垦巢湖流域作为粮食供应基地。

在古代，为了筹备军粮，就会开垦田地。芜湖米市的兴起，这必然是其中一个主要的因素。

如今，芜湖米捐局早已不复存在，但不可否认的是，芜湖米市的形成与繁荣，带动了芜湖经济的全面发展，如金融业、运输业、饮食服务业等。同时，米粮大批量、长距离的运销，促进了芜湖工商业和埠际贸易的发展。

1949年，新中国成立。国家对资本主义工商业实行社会主义改造。第一个五年计划时期，芜湖也对米粮工商业实行彻底的社会主义改造，国家统一经营粮食，并将粮食的分配完全纳入社会主义的计划轨道，实行统购统销。

援引《芜湖米市》原文："至此，这个曾经闻名旧中国的米粮集散市场所遗留下来的残余——私营米粮工商业，在解放后，也走完了它的旅程，退出历史舞台，消亡了。"

九江米市

> 九江东枕鄱阳湖，北濒长江，是江西的北大门。秦始皇统一中国后，设九江为三十六郡之一，有江到浔阳九派分之说。"襟江带湖，据三江之口，当四达之衢，七省通连……"

《九江志》记载：九江最早出现在夏、商时期，九江境地分属荆州、扬州；春秋时，分别属于吴国、楚国，有"吴头楚尾"之称。

九江之美，美在水。长江江西段全部在九江境内，岸线长152千米。九江得长江天时地利，地势平坦，依水建街，傍水设市，随水而形，汲水而生，家家有临河楼阁，户户是枕水人家。

从制高点看九江，高楼林林总总，挤挤密密，老街高高低低，曲曲折折，满眼尽是紧凑与生动，像一张丰富多彩的自然图画。

粮食来到世间，就是为了彰显天意，广施福泽。

如果把粮食看作是一位慈悲为怀、乐善好施的慈善家，他就从不喜大忘小，不分贵贱，庇护和养育着弱小者。长江与米市是有着密切关系的，即使是可怜的乞丐和逃荒的穷人，只要来到河边，总能找到吃的，岸边林子里的桑葚、猕猴桃，沙地里的萝卜、野燕麦，都是长江为那些被命运遗弃的生灵储备的救济粮。若是渴了，满江的水就随便喝吧。

走在九江大中路步行街，有一组以"买卖""称米""运米"为主题的铜像雕塑，栩栩如生地再现了明清时期九江码头的漕运盛景。这是九江最繁华的街，黄昏会充满远客的喧嚣。

从这些雕塑上可以看出九江米市人的情态。

晋代《地道记》记载："浔阳南开六道，途通五岭，北导长江，远行岷汉，来商纳贾，亦一都会也。"可见，在晋代，九江便是商业繁盛的港埠。

《九江府志》记载：宋代，朝廷在九江设置"转搬仓"（接受漕粮转搬的粮仓）和"茶运司"，使九江成为当时江南粮食储存转运的集散地。至元代，为监管九江地区的茶叶贸易，朝廷又设立了榷茶都转运使司，船只往来因此更为频繁。

因地理位置得天独厚，九江自古漕运便十分发达。漕运作为古代一项重要的经济制度，将征自田赋的部分粮食转运至京师或指定地点，以供朝廷消费、百官俸禄、军饷支付和民食调剂。

南宋吴自牧曾在《梦粱录》中写道："九江贮粮实仓，酿酒盈缸，行商坐贾，积贮倍息。"

自古以来九江还是一个军事交通要地，兵家必争之重镇。从魏晋开始，中国历代政府就在九江设都督镇守；至唐以后，或设节度使，或设招讨使，或设总管，或设镇守使等地方军事长官，总揽本地的军机和民政事务。作为古代兵家必争之地，历代在九江发生的征战举不胜举。

> 运河水，万里长，
> 千船万船运皇粮；
> 漕米堆满舱，
> 漕夫饿断肠；
> 有姑娘谁也不嫁漕船郎……

从秦汉至晚清，漕运制度贯穿于我国漫长的封建社会约2000年之久。至清光绪二十七年（1901年），帝国列强大举入侵，封建社会解体，中国走向半殖民地半封建社会，漕运失去了赖以生存的基础，清王朝不得不取消漕运，改为折合钱币征税。

明朝廷在当地设立"九江卫"开荒屯田，负责漕粮运输，为九江米市的形成提供了有利条件。"转谷之舟络绎不绝，即俭岁亦橹声相闻。"九江米市雏形已形成。每年保持几十万担到几百万担的吞吐量，有充足的稻谷来源和广阔的销路。

2020年4月，我去九江学习。借着空闲的时间，决定去浔阳看看米市的旧址。这个地方，我来过好几次，每次来的感受都不一样。

经过一条小巷子时，由于喜欢院子中的几棵白玉兰树，便冒昧走了进去。此时白玉兰长得是何等的旺盛，开的花又大又好。满院子都弥漫着香气，让人有一种深深的幸福感和某种莫名其妙的冲动。里面住着的是两名老人，土生土长的浔阳人。老爷子穿着中山装，铜扣熠熠生辉。老太太手里拿着热水袋，瞥着窗外，心情好极了。说起米市，老太太的脸沉了下来，说老爷子做了一辈子的米生意还住在这个破地方。"做米生意有什么不好？"老爷子反问老太太。

老太太的父亲也是做米生意的，是从安徽过来的，早期邻近九江的安徽很穷，所以很多人来九江。说是来做生意，实际上就是干些苦力活，只要混口饭吃就足够了。大多数民工，自己肩头上成天扛着米，到头来却无米下锅。

老太太虽是个女儿身，年轻的时候，也是米市的搬运工。她长得又瘦又小，可能是小时候营养不良的关系，没有长个头。

老太太给我沏了壶茶，然后就去忙活了。

天气明朗的时候，老两口坐在摇椅上，带着满意自得的表情凝视着一条街，阳光从屋檐上倾泻下来，柔软得像水一样波动。

这样的生活，看来也是米市最好的景观。

2022年的冬天，我再去九江时，住在小巷附近。一大早，我随九江市文保局的专家去码头。天上刮着凛冽的北风，石头路上的水在夜里结成了冰，尤其是清晨，湿冷的寒气刺入骨髓。"那时的米市，不分日夜的，早晨先将米装上船，待太阳出来，江上的雾气散尽时，货物也就装好了。"

我在九江史志上，翻到了一些搬运货物的绘图。从早晨到夜晚的场景，栩栩如生。

夜晚比早晨还冷，去老人家探访，门已经紧闭，旁边的人说，老爷子走了，老太太也被儿子接走了。我忽然有点辛酸，看着那条漫长的巷子，想着时光，想着许多年前，江风吹打着米店的布幌，还有单脚踩踏石板的声音，米店和整个米市就像是一节巨大的车厢，拖拽着他，摇撼着。米市里汇集着商贩，也有种粮户，他们离乡背井，经常要走又黑又长的路。那时老爷子和老太太还年轻，巷子里也是热闹的。

在米市街道的入口处,"九江米市"四个大字苍劲有力。往深处走去,狭窄的老街两侧,或古朴或破败的建筑,透露出一种历史沧桑感,石碑或古楼的犄角旮旯内,千年的脉搏在此隐隐跳动。

"曾经这里沿河都是米市,往来船只众多。米不能受潮,于是人们便沿河建廊,廊上有棚遮雨,主要是为了方便米的交易。""对于文物保护单位的修缮,不能只是把门拴上锁,定期找人打扫卫生,进行'标本化保护',而是应该充分利用建筑文化痕迹,让文物继续'活'下去。"

梅雨时节,撑一把油纸伞,漫步在浔阳街头,两边是青砖黛瓦的老宅子,脚下踏着石板路发出嗒嗒响声;坐在临河的窗前,看轻舟来往,人行匆匆……

十里莺啼,红绿相映,园林相接,旗亭酒肆。侧耳倾听,放眼张望,江南随风起舞。

晚秋时节,我从九江乘坐班车回修水县城,一路上,经庐山西海,过武宁,所路过的村庄升起的炊烟和夜晚的灯火,犹如春插秋收的季节轮转和草的岁岁枯荣。

好水出好米,如今的九江,借助先进农业科技培植的"富硒大米",外表油光十足,吃起来香糯松软,每一粒稻米的胚芽都像小太阳一般饱满。搭配天气转凉后日益甜糯的本地青菜,以及被太阳晒得鲜香扑鼻的腌制咸肉,可谓是对"江南胃"最温润的滋养。

米从胚芽到成熟,要历经风雨雷电的洗礼,历经旱涝和霜冻的考验,所以每粒米都是天赐之物,要格外珍惜。外祖母是饥荒年代的过来人,我小时候吃完饭,若是碗里剩几粒米,她就会责备我,给我讲不同版本的濒危的人只要含着一粒米,就可以起死回生的故事,听得我再不敢浪费一粒米,因为一粒米就是一束生命的火焰。

都说一花一世界,一叶一菩提,一粒米又何尝不是一个世界呢?只有我们永远不背弃这个世界,人间烟火才会生生不息。

粮食养育了万民。我们应该像先人一样,从内心尊重粮食,对粮食产生敬畏。

和平长江

一卷河山

　　高原上耸起的都是洁白的雪山冰川，圣洁到冰冷，庄严到沉重，当冰川融水点点滴滴淌下时，一条大江诞生了。

第二卷 河山

第二章

长江源

青藏高原是中国最大、世界海拔最高的高原。

长江的源头诞生在这里。

要去高原寻找长江的源头，得有足够的勇气。

有人问，去长江的源头要走多远的路？我不知道如何回答。如果是跟着科考队走，可以是数月，或者更长的时间。如果是自己乘车，结伴同行，那要看从哪里出发的，计划多少时间，或者多久的行程。所以我给不出确切的时间，也给不出确切的答案。

如果是去长江的源头，还得在时间上做一些选择，有些季节即便是去了，也没法观察得到真实的情景。再者，高原的气候过于寒冷，身体也吃不消。因此，只有找一个适宜的时间，找个好的向导，才可能完成这项艰巨的任务，对我来说，一个人是很难实现的。

那是2022年春天，南方的气候接近夏天了。白天和夜晚的温差较大，白天太阳出来气温骤然上升，夜晚陡然间回落。

我作出了决定——去青藏高原，一个被称为"世界屋脊"的地方。

这是一个令我产生好奇，又向往的地方。

在去之前，我做了一些准备。比如查阅地图，了解半个月以内的天气、温差，还准备了电筒、电池、小刀、指南针等。后来，到了目的地之后，我才发现，我所做的准备还是遗漏了重要的东西，比如氧气包。

我初次出行的路线是，修水至武汉，武汉至青岛，青岛经西安到拉萨。

这个行程相对是简单的，也是直接的，我以为，我寻找的是一条比较便捷的路线。选择的交通工具是汽车和飞机。后来我才知道，如果选择从青海去，路程可能还会更近一些。那样，路途的风景也就不一样。

◎ 长江源纪念碑

　　蓝天白云与它作伴，皑皑雪山是它的背景。纪念碑高2.5米，重14吨，选取了7块优质花岗石材。碑石正面雕刻着江泽民主席题写的"长江源"三个大字，背面刻着碑文。

听说我要去拉萨，我的同学尼玛潘多很高兴，说拉萨有很多值得去看的地方，有着深厚的人文底蕴。我说，除了看看拉萨，我还要去青藏高原，寻找长江的源头。

我把抵达拉萨的初步时间告诉了尼玛潘多，她说会来机场接我。

那天早晨，我带着事先准备的行装出门了。我是带着一颗虔诚的心而来的，没有半点的抱怨，反而内心特别兴奋。这是我第一次坐这么长时间的飞机，说心里话，难免有一些胆怯。但是从飞机上鸟瞰江河大地，却是一种难以言喻的幸福。

在天上飞了近四个小时，飞机落在了拉萨的贡嘎机场。在机场的出口处，我见到了尼玛潘多。她举着一块牌子，上面写着我的名字。

"欢迎来到拉萨！"然后将一条一米多长的白色哈达挂在我的脖子上。

"这边天气有点冷，你穿少了衣服吧？"

我摸着身上的羽绒服说："看起来不厚，其实挺暖和的，雪天我也就穿这么多。"

拉萨5月份已进入春季，大地回暖，天气以晴朗为主，是一年中最好的季节。但与我生活的南方比起来，却要冷很多。在修水，这个时节只需要穿两件单薄的衣服，而在拉萨还得穿着厚厚的羽绒服。

"饿坏了吧？我先带你去吃点东西。"尼玛潘多说。

"不用了，我在飞机上吃过了！"我说。

贡嘎机场离拉萨市区近70千米的距离，开车还得一个多小时。

走出机场，尼玛潘多指着前面一辆打着双闪的车说："我阿爸陪我来接你。"

"啊，那怎么好意思呢？"

我们朝着车走去，尼玛潘多大声地喊着："阿爸。"一个留着粗糙胡子的男人打开车门迎了上来，"一路上辛苦了。"一边说着，一边帮我把背包卸下来，放在后备厢里。"叔叔，真的是麻烦你了。"我说。尼玛潘多说："你跟我阿爸客气啥！"

对了，忘了介绍，尼玛潘多是我在北京编剧班进修时的同学，我们在一起学习了半年。她比我小十来岁，是一个平常话说得很少的姑娘。这次，我发现她的话多了起来，特别开朗。

"阿爸，我同学这次来是要去青藏高原。"尼玛潘多说。

"哦，那有点远哩。"尼玛潘多的阿爸说。

"叔叔，去青藏高原需要多少时间呢？"我问。

"你现在别问，晚上先去吃点东西，明天咱们再做规划。"尼玛潘多的阿爸说。

"你别急，等我阿爸做了规划，再带你去高原看看。"尼玛潘多笑着说。

汽车在公路上奔驰，夜晚的天空格外空灵。

我夜宿在拉萨布达拉宫酒店。

尼玛潘多特意给我买了一大包食物，有烤羊肉、啤酒，还有汤。但我实在太累，什么都吃不下。来不及洗漱，躺在床上就睡着了。

第二天，外面还是黑漆漆的，尼玛潘多就给我打来电话，说她和她阿爸、阿哥在楼下的大厅等我。我一看时间，已经七点。

"阿爸绘了一张图，咱们的行程，从布达拉宫开始。"尼玛潘多说。

布达拉宫是目前世界上海拔最高的古代宫殿，被称为"世界屋脊上的明珠"，也是拉萨乃至青藏高原的标志。"大昭寺、哲蚌寺、南迦巴瓦雪山、雅鲁藏布大峡谷，这些地方都是值得去的。"尼玛潘多的阿爸接着话说。

"先去沱沱河吧！"我说。

尼玛潘多知道我此次出行的意图，和她阿爸阿哥商量了一会儿，然后说："今天先去布达拉宫吧！去沱沱河，我们的准备工作不够。"

第一站只好先去布达拉宫。一路上，目光所到之处，都是五颜六色的经幡。经幡在风中纷纷扬扬，像是迎宾的彩旗。

布达拉宫是著名的佛教圣地，西藏的象征，也是西藏人民的财富。站在它的面前抬头仰视，眼前是一片炫目的灿烂。布达拉宫建在山顶上，这使得它的雄伟与高大，多了一层无与伦比的意义。太阳斜射过来，巍峨的宫殿沐浴在一片辉煌之中，闪闪发光，通体透亮。

布达拉宫最早建于公元7世纪，一直是历代吐蕃王的王宫所在地。那时宫内没有佛像佛塔，更没有信徒焚香叩拜。17世纪，五世达赖被清政府册封为藏王，从哲蚌寺迁居布达拉宫，布达拉宫才成了活佛所在地，成了人们顶礼膜拜的地方。

可以说，布达拉宫的历史，就是一部藏传佛教的发展史。藏族同胞世世代代朝拜它，敬仰它。我想，也是人类对自身的一种省悟，一种审视，一种认同。

这天，我们在下午就回到了拉萨市区。尼玛潘多的阿爸说，在出发前得做足准备，所以让我先回酒店休息，他还得去准备一些东西。

按照我的意愿，我们准备第二天早晨去青藏高原，去的第一站是沱沱河，从拉萨到沱沱河约800千米。这是一次漫长的跋涉，仅路上就用了15个小时，从早晨一直到晚上12点钟才到。尼玛潘多和她阿哥都没有到过沱沱河，可他们到过青藏高原的其他地方，尼玛潘多的阿爸已是第七次上高原了。

暖季的开始，相对气候温润，植被也较好。每当看到一丛丛新绿萌发，不仅感觉到心的悸动，还有旺盛分泌的唾液。

中午在路上歇息的时候，奇迹般地发现午餐的农家院子里萌发的竟然是苜蓿芽。哈，很好吃呀。那些不知名的野菜，苦苦菜、弯弯菜和茴茴菜，也成了美味。

抵达沱沱河小镇时已经是深夜。"哇，天这么近啊！"尼玛潘多的脸色有些惨白，可还是高兴地跳了起来，此刻她像个无忧无虑的孩子。

沱沱河小镇是万里长江上的第一个集镇。小镇周围是广阔的牧区，全镇常住人口只有1000多，镇虽然不大，但是设施齐全，商业繁华。镇上有沱沱河火车站，附近是长江源村，有万里长江上的第一座大桥——沱沱河长江源特大桥。大桥上还有驻守的士兵，他们是青藏高原的守护者！

我感觉头痛得厉害，风吹在额头上晕乎乎的。蹲在地上歇了一会儿，站起来，发现肚子翻江倒海地疼。

我自带了一些药，吃下去两片，好一会儿才感觉好了些。

尼玛潘多事先预订好了食宿。"畔野奢小院，在那儿。"

我们总共订了三间房，尼玛潘多的阿爸和阿哥一间，我和尼玛潘多各

一间。

虽然整个人都很疲惫，有很多的不适应，可心里还是充满好奇和快乐。尤其是高原上见着一个不大的火车站感觉特别神奇。

在没到过沱沱河之前，我仅仅在课本上认识过它，感觉是那么的神秘，那么的遥远，我以为，我永远也到达不了这天之尽头的沱沱河。现在，沱沱河就在眼前，就在脚下，有一种隔世童话般的虚幻，让我难以置信。

"高原的夜真静啊！"尼玛潘多说。

那个夜晚，我和尼玛潘多说了很多话。她阿爸、阿哥在旁边听着，特别安静，很少插话。

> 沱沱河发源于各拉丹冬雪山群姜根迪如冰川的西南侧，它的东西两支汇合后叫纳钦曲，这是一股冰川融水汇聚而成的小溪流。沱沱河，亦作托托河，藏语又称玛尔曲，意为红色的河，蒙古语称为托克托乃乌兰木伦，意为平静的河或缓慢的红水河。

沱沱河流经河沿时，河床宽阔，流速缓慢，多散流、慢流、岔流，为宽谷流淌型河流，又因沙洲随起、汊道时分时合而被称为"辫状水系"。

半夜时分，沱沱河突然下起大雪，这是我没有预料到的。气候无常，空气稀薄，条件恶劣。我整晚头都晕乎乎的，很不适应，被子上压着厚厚的棉袄，还是感觉冷冰冰的。

第二天醒来，山像是一整块的冰，水像面镜子。

汩汩流出的泉水未及远行就被冻结，后续的水流不断奔涌，如同精美浮雕。天空、山和水联系在一起，都是白色的，寒冷一眼就能够看出来。

在沱沱河上有一个传说，因为气候太过恶劣，大雁飞过时，被冻成冰块掉下来，砸成了一块小平地，那块小平地叫雁石坪。不过，我们没有去雁石坪，雁石坪的传说，也只是在我们的想象之中。

"你看那儿，沱沱河。"尼玛潘多指着前面不远处的一条小河说。

"这就是沱沱河吗？"我立马问店主。

"那就是沱沱河了。"店主回答说。

> 在长江三大源流中，沱沱河位居中间。沱沱河的源头最初都只是一些冰川、冰斗融水交织成的小溪流，那些长了犄角的藏羚羊一蹬腿就能跳过去。当这些小溪流淌到巴冬山下，又汇集了尕恰迪如岗雪山的冰川融水，流经一条谷地，继续向北，逐渐形成了两条小河，小河两边的谷地中还有许多密如蛛网的水流，汇聚在一起，那便是沱沱河的上源。

我们所见的便是沱沱河的上源。

"这就是三江源，这也是长江。"尼玛潘多说。

我点了点头，这确实是长江。

雅斯贝斯在《历史的起源与目标》中这样写道："……轴心期潜力的苏醒和对轴心期潜力的回归，或者说复兴，总是提供了精神的动力。"这是雅斯贝斯对江河之源的一个构想。《人民文学》2022年第9期刊发的刘东黎的散文中，用雅斯贝斯的话作为文章的引子，进一步将古人对三江源的形态进行了概述。

三江源已被时间的风雨塑造成湿润苍茫的形态。只有这样的地方才能形成冰川，才能留存住足够的水分。"孟冬之月，水始冰，地始冻。仲冬之月，冰益坚，地始坼。"（《礼记·月令》）唐玄奘取经路遇雪山冰川，在《大慈恩寺三藏法师传》中，描述得极为生动："其山险峭，峻极于天。自开辟以来，冰雪所聚，积而为凌，春夏不解。"高古混沌之地才能涵养住冰霜雪水，并使得冰川大规模发育。

有关长江源头，一直争议不休。

自古以来，人类一直在追溯长江之源。早在先秦时期，《尚书·禹贡》中便有"岷山导江，东别为沱"之说。不过这里的岷山不是四川岷山，而是甘肃天水西南的嶓冢山，又名汉王山，呈东西走向。后来经科学考证，这座山只是长江支流嘉陵江的源头，这就意味着，亘古以来，我们的祖先一直误将嘉陵江视为长江的源头，如果以嘉陵江为长江之源，万里长江的长度也就缩短了一大半。

《尚书·禹贡》中有"嶓冢导漾，东流为汉"之说。嶓冢所导之漾既是岷江的支流，也是汉水的支流，而汉水为长江中游支流，离长江源头更远了。

郦道元在《水经注·江水》中所谓"岷山在蜀郡氐道县，大江所出"更是一错再错。

明朝万历年间，江右四君子章潢在其《图书编》中提出了自己的河源观："水必有源，而源必有远近大小不同。或远近各有源也，则必主夫远；或远近不甚相悬，而大小之殊也，则必主夫大；纵使近大远微，而源远流长，犹必以远为主也。"他在这本书里推考长江的正源应该是金沙江，"江水出岷山东南至天彭山，又东南过成都县，然岷山在今茂州汶山县，发源不一，而亦甚微，所谓发源滥觞者也。及阅《云南志》则谓金沙江源出吐蕃异域，南流渐广……况金沙江源自吐蕃，则其远且大也，明矣。何为言江源者止于蜀之岷山，而不及吐蕃之犁石，是舍夫远且大者。"他推出了一个接近正确的答案，但他的论据是错的。

一条源远流长的长江，从大禹治水的时代流到明朝，其源流史才被徐霞客所改写，这个像苦行僧一样的旅行家和地理学家，以脚踏实地的踏勘，把长江的源头一直推到了金沙江，在其《溯江源记》中，明确提出金沙江为长江正源："余按岷江经成都至叙，不及千里，金沙江经丽江、云南、乌蒙至叙，共两千余里。舍远而宗近，岂其源独与河异乎？"徐霞客并未探索到金沙江往上的长江源头，但为探索源头指明了方向。

然而，徐霞客的金沙江说一直未得到主流的认可，"岷山导江"曾一直是正统主流的观点。从清初开始，清廷便屡遣使臣，往穷河源，对于长江源头开始有了官方组织的实地考察活动。康熙皇帝在绘制《皇舆全览图》的过程中，于康熙五十六年（1717年）派遣楚儿沁藏布、兰木占巴、胜住等三人前往西海（青海湖）测绘西藏舆图，"使臣测量地形，逾河源，涉万里，如履阶闼，一山一水，悉入图志"，当时实地勘查绘制的地图中已绘出了

◎ 江源第一滴水

　　我国曾在1976年、1978年两次派出江源考察队至长江源头考察。1978年，长江水利委员会提出将长江源头的位置定在各拉丹冬雪山的分水岭上，并将姜根迪如冰川作为沱沱河的一部分。1979年国家正式确认沱沱河上游的姜根迪如冰川为长江正源。

通天河、木鲁乌苏河等河流，这表明清初已大体摸索出了长江源区的水流脉络，对长江上游的山系有了大致的认知，还绘制出了在当时说来很具水准的地图，但楚儿沁藏布等人对江源的认识还是不清楚。他们抵达了巴颜喀拉山东麓，但见河流众多，密如蛛网，却无法肯定哪一条河流是长江正源，只好以"江源如寻，分散甚阔"来笼统记述。

到了雍正、乾隆年间，"幼有神童之称，精于舆地之学"的地理学家齐召南，于乾隆二十六年（1761年）完成了他一生最重要的著作，多达28卷的《水道提纲》，其中述及金沙江的上源木鲁乌苏河（即通天河）是长江的上源，还兼及木鲁乌苏河的上源托克托奈乌鲁木伦河（即沱沱河）的情况。但未见他本人亲赴江源踏勘的记载，他的记录是依据前人考察的记载间接完成的，尽管他已认定沱沱河为长江源头，对于长江最上游的众多水流的细节却没有厘清，这恰恰是决定长江源头的关键所在。其后，又有一些外国探险家曾探查长江源，但一无所获。

当历史进入共和国时代，1956年由水利部长江水利委员会组织人员到长江源头的曲麻莱县等地实地查勘，这也是新中国的首次江源考察，发现长江有两个源头，南源为木鲁乌苏河，发源于唐古拉山北麓；北源为楚玛尔河，发源于可可西里山南麓，但真正的发源地还是没有找到。1977年，由长江流域规划办公室等单位组织的江源考察队，经过一个多月实地考察，得出的结论是长江源头五大河流中沱沱河最长。据此，长江流域规划办公室确定长江正源为沱沱河的姜根迪如冰川，这是有史以来第一次查明长江的真正源头。1978年1月13日，新华社向世界发出通稿："长江源头……在唐古拉山脉主峰各拉丹冬雪山西南侧的沱沱河……长江源头地区主要有五条较大的水流，……其中沱沱河最长，计375千米，当曲第二，其余较短。按照河源唯远的原则，沱沱河应为长江正源。"（《长江正源沱沱河》）

对于长江之源，谁也没法下铁板钉钉的结论。无论多么权威的部门和科学家，最终给出的数据都是会发生变化的。江河一直处于变化中，依靠科考队员的腿很难作出准确的判断。

"你从雪山走来，春潮是你的风采。你向东海奔去，惊涛是你的气概。你用甘甜的乳汁，哺育各族儿女。你用健美的臂膀，挽起高山大海……"

这首脍炙人口的《长江之歌》，让人们百唱不厌。在沱沱河，我听着这动人的旋律，思绪随着奔流不息的长江潮起潮落，似乎成了流入骨子里的诗意真情。

"对于一个简单而健全的心灵，一条河，尤其陌生的河，就是一种神力……滔滔无尽而有规律的流水，使人体会到一种平静雄伟、丰富、超然的生命。"（丹纳《艺术哲学》）

我们离开沱沱河时，天空澄蓝，风飕飕地吹在脸上，有一种刺痛的感觉，太阳不知不觉从东边溜到了头顶。

第二站是昆仑山。

昆仑山是青海与西藏的分界线，海拔5000多米。

早晨七点从沱沱河出发，一直到接近黄昏才到界碑处，全程近300千米。

一路上山峦错落，绵延起伏。黑色的山，石头裸露在外面，若明若暗。地质和地貌的改变，似乎在提醒人们开始注意大自然与大地走势之间的呼应关系。朝前走，只见遍布着蜿蜒的河流和大大小小的水洼，湿润的风带着冰山的寒意从古老的水面上掠过。阳光照射下来，感觉那光芒来自地平线，把一切都照得通体透亮。

在高原上行走，虽然裹着厚厚的冬装，可还是冷得瑟瑟发抖。头顶棉花般的云朵镶嵌在深不见底的蓝色中，远处的天边却有乌云在聚拢。随着距离的拉近，逐渐看清乌云的正下方生出许多丝丝缕缕的黑色絮状物，那是雨，雨下得特别快，说来就来，闪电、雷、雨、冰雹一齐劈下来，让人猝不及防，顿时被刺骨的寒意裹挟。

傍晚时分，我们艰难地到达海拔3200多米的昆仑峡谷流出的一条河边。

我出现胸闷、心慌等高原反应。平均心率达到了每分钟130次。尼玛潘多的阿爸把事先备好的氧气瓶给我吸了几分钟，感觉身心好了很多。

"昆仑山！"我听见有人喊叫。

"横空出世，莽昆仑，阅尽人间春色。"

莽莽昆仑山，被誉为中华民族的"龙祖之脉"，昆仑文化被称为中华民族的精神之源。苍茫浩大的昆仑山横跨长空，犹如一条玉带将无数江河湖海揽入怀中。传说中的"千山之宗""万水之源"、中原先民眼中的"百神居所"，无论是《山海经》《禹本纪》等上古文献，还是气势磅礴的古今诗词，都处处可见昆仑山的奇绝雄浑。

> 昆仑山是古老的褶皱山脉，全长达2500余千米，位于青藏高原腹地昆仑山脉和唐古拉山脉之间的长江源地区，平均海拔4500多米，分为西、中、东三段，西起帕米尔高原，横贯新疆维吾尔自治区与西藏自治区，向东延入青海省西部，抵四川省西北部。其西段沿塔里木盆地南缘作西北—东南走向，这里山体巍峨，山势陡峭，高大的山体上分布着面积极为广大的冰川，风光绮丽，景象壮观。

我们的车停在昆仑山口标记碑旁。

在山下，用望远镜眺望着壮阔雄浑的自然风光，内心犹如那高低的山脉起伏着。

尼玛潘多从地上捡起一个石头给我看，石头很光滑，上面还带着一种黑色，然后又将石头装进背包里。"来过昆仑山，这就是纪念。"

公路上，车依旧川流不息。沿路环保志愿者在这里建立了多个自然保护站。这里曾经是非法偷猎者的场地，野生动物的数量急剧减少。

1994年1月18日，治多县西部工委书记杰桑·索南达杰为保护藏羚羊，一人同18名偷猎者枪战，英勇牺牲。为了纪念他，在昆仑山路口立有环保卫士杰桑·索南达杰纪念碑，缅怀这位为保护可可西里野生动物而捐躯的藏族优秀儿子。可可西里还建立了首个以索南达杰的名字命名的自然生态环境保护站，也是中国民间第一个自然生态保护站。

现在的青藏高原广袤辽阔，青藏公路和青藏铁路相互依傍南北纵深，但天路依然危机四伏。这里的天空紧贴着地面，云朵仿佛触手可及。澄澈的蓝天下是白花花的盐碱地和艰难生存的几株高原植物，雪山背后正酝酿着变幻莫测的天象，未知的风险在不远处随时可能降临。

从昆仑山口，我们驱车一个多小时，来到了一个叫不冻泉的地方。这里有一座迄今为止世界上海拔最高、穿越冻土层最厚、科技含量最充分、施工难度最大、空气最稀薄、条件最恶劣的青藏公路不冻泉高原特大桥。

穿过昆仑山，心就飘向了可可西里。

可可西里在藏语里意为"青色的山梁"，还有一种说法是"美丽的少女"，还有人说："可可西里是月亮背面最神秘的地方。"见着又高又忧郁又遥远而且神秘的可可西里，我们兴奋不已。

可可西里实际上是一片450多万公顷的无人之境，气候环境极端恶劣，被称为"人类的禁区"。有意思的是这里虽是人类的禁地，却是野生动物的天堂。天边舒展的白云里攒动着成群的羚羊，可可西里就像是骑在羚羊的背上。

这里是青藏高原特有物种藏羚羊的最主要栖息地、产仔地，是原始生态环境和高海拔自然景观保存最原真、最完整的地区，展现出地球第三极特有的生物多样性和生态景观。藏野驴常常从跟前跑过，藏羚羊偶然闯入视野里随即又消失在远方，鼠兔从密密麻麻的洞口钻出钻进。脚下时常看到散落的动物骸骨，或是依稀可见的撕咬打斗过的痕迹，这都是狼、熊等肉食动物出没过的迹象。

汽车一路颠簸前行，我的高原反应越来越明显，于是赶快打开随身携带的葡萄糖喝了两支，感觉好了一些。

白云在轻轻地飘，把天空打扫得干干净净。宽广的大地上，卓乃湖、太阳湖、可可西里湖、库赛湖、西金乌兰湖如珍珠洒落，如群星荟萃，在散发着异香的大地上轻轻荡漾。

我们将车停靠在路旁。放慢了脚步，调整了呼吸，没有别的奢望，只想细细品味这独有的魅力，那属于人类沉思默想、心潮翻滚的东西。

其实，可可西里自然保护区早已实施全封闭保护。2017年11月，青

海可可西里、新疆阿尔金山和西藏羌塘自然保护区联合发布禁令，禁止一切单位和个人随意进入保护区开展活动。2020年9月，青海格尔木市公安局再次发布通告，禁止一切社会团体和个人，随意从格尔木市前往玉树州可可西里自然保护区开展旅游、探险、非法穿越等活动。

这次溯源之旅，留下了太多遗憾。原因是我们得遵守国家的相关管理规定，只能在允许的地域行走。

夜晚席卷而来，我们在一处"无路可走"的自然保护区外搭帐篷。这是一个晴朗的夜晚，夜空格外迷人，这里所见的星星与江南的星星不一样，耳边是呼呼的风声，旁边紧挨着的帐篷里的人打着呼噜。渐渐地，天边发白，两边的山寂静无声，大地上闪烁着若隐若现的光。慢慢地，一轮红日升起，阳光洒满金色的高原。我们的车颠簸着，晃扭着，依依不舍地离开了可可西里。

这次行程，我们计划再去一个地方，唐古拉山。

导航显示，从可可西里到唐古拉山需要5个小时。一路的劳顿，我们几个人已经脸色发白了。说到去唐古拉山，大伙儿又兴奋了起来。尼玛潘多拿出了看家本领，给我们唱歌，虽然我听不懂少数民族语言，可还是从她的歌声里感受到了不一样的风情和快乐。

唐古拉山是长江和怒江的分水岭，海拔已经到了5600余米。

大约快到唐古拉山口时，车里的人都有高原反应了。我看了看尼玛潘多，只见她的脸色已然没有先前的红润，逐渐开始变灰。我问："你是不是不舒服了？"尼玛潘多说："心慌。"阿哥连忙把她的手拉过来，用手指点压她的虎口穴。过了两三分钟，见尼玛潘多没有好转，索性把氧气管从我的鼻下拔掉，直接放到她的鼻孔里。尼玛潘多用力地呼吸着，很快脸色开始红润起来。

车停了下来。尼玛潘多阿爸身体也出现了反应，让她阿哥来替换开车。由于气候原因，我们商量后，决定返回拉萨。约定两个月后再来，去几个还没有去的地方。

七月间，天气炎热起来。我决定再去高原。

这次出行，完全是依着一个方向。我的第一站是青海。与我同行的是青海的一名作家，他有野外生存的经验，而且去过几次高原。

这次的行程比前一次更足，除了考虑长江源外，我还要考察高原上的一些生灵。主要的地点是各拉丹冬和玉树州。

青海西宁到各拉丹冬有2000多千米。各拉丹冬位于格尔木市唐古拉山乡境内，是唐古拉山脉最高峰。

> 各拉丹冬藏语意为"高高尖尖的山峰"，或者是"被哈达包裹的矛"。它海拔6621米，是唐古拉山脉绝对的主峰，为天地山河注入了源源不断的生命力。

我们是中午抵达各拉丹冬雪山的。在路上，结识了一个叫阿克火仁的藏族同胞，他的皮肤晒成了黑紫色，人很壮实，说话声音低沉浑厚，加上留着大胡子，让人不免产生一种敬畏感，或者说安全感。后来我才知道，阿克火仁是专门的向导，他的车是皮卡车，可以装载路上的一应物品，包括睡袋、被褥、氧气包和其他救援工具。

我们和阿克火仁聊起来，阿克火仁懂汉语，我们决定租他的车并请他为我们做向导。阿克火仁是治多县人，我们从他口中了解了很多高原的特性。

我问阿克火仁，有没有人去长江源呢？阿克火仁摇了摇头说，很少有人去这个地方，除非是远处看看，一般也不会走近。

我说，前不久我来过一次高原，去的地方也都是车可以去的。

"那你只能算是到过地头，这里可大了，去哪儿都得花上一两天，如果是步行，半个月恐怕都走不了几个地方。"阿克火仁摇着头说，"即便是有人想去，我也会劝他们，主要是费用高，路上车烧油就得花不少钱，如果车坏了，那更麻烦了，小问题还好，如果遇上大问题，不仅不能赶路，还得在路上露宿，也会耽误行程。"

那天晚上，我们果真在半路上搭帐篷。我们三人睡在一个帐篷里，头

对头，可我怎么也睡不着，半夜里阿克火仁打起了呼噜，草原的寂静让我感到害怕，总觉得有东西朝着帐篷里挤压。

第二天醒来，阿克火仁见我一晚上没有睡好，开玩笑地说："你是害怕狼吧！其实什么都没有。"

我们继续前行，阿克火仁给我们轻描淡写地讲起了雪，说他经历过一次雪崩，差点就被掩埋。不过在高原上，这样的经历是快乐的，也是有趣的。

突然就听见河的水声，说是河又没有见着河，只有水，随意流动的水，就像旷野的风，就像天上的云。

"这也是长江的源头。"阿克火仁走到水边蹲下来，掬起水朝着脸上洒。

"对，这也算源头。"我也跟着上去，水并不算太冷，还有丝丝暖意。

半轮明月升了起来，天空似乎很低，低得连月亮的经脉都能够看见。

阿克火仁在地上捡起一块石头朝着远处掷去，石头出手就看不到了，只听见远处传来落水的响声，旷野里的声音很清脆。

我从阿克火仁那儿了解到很多野外生活的常识，阿克火仁说，在高原上安营扎寨，要找个既可以避风，又可以避水，还要避塌方的地方。

我们趁着天气放晴决定朝着各拉丹冬雪山进发。越往深处，远远地看见山头上到处是雪。路也越来越松软，前面的车子碾压过去，会将带着雪的泥点子甩在后面的车上。

"看天气，今天晚上会下一场大雪。"阿克火仁说。我们尽量赶在下午四点钟返回来，找个开阔的地方搭帐篷，说不定明天路就冰冻了，如果车滑进了坑里，还得请救援。以前这样的事情出现过不止一次。所以，只能跟着车辙走，绝不可盲目地跑。

前面有一个陡峭的坡，阿克火仁加足油门冲了几次又滑了下来。我们只好下来帮他推着走。我发现自己头重脚轻，脚下无力，每走一步都感觉软绵绵的。

我们想到长江源，可怎么也找不到地方。

阿克火仁说："这里到处都是长江的源头，只有等冰雪融化了，才能见到一条稍微大点的河。"

来这里的人大多是凭着感觉走，怎么好走就怎么走，怎么安全就怎么走。他们多数都会有向导，或是结伴而行，带着指南针，即便是没有路标，也不会迷失方向。

"你看，长江源。"那是一块石碑。这就是我魂牵梦萦的长江源吗？我把脖子上的哈达取了下来，以藏族的礼仪，给石碑献上了崇高的敬意。在各拉丹冬的雪山西侧，有两大冰川，这里是"人越不过去的冰峰"，也是"狼群出没的地方"。

冰雪的创造就是水的创造。当冰雪融化后，涓涓滴滴的水流出，慢慢地汇聚成了长江的水源，长成了长江精神，孕育着万物。

当我们朝着另一个方向走的时候，意外地发现，就在这海拔5000米左右的大山的脚下，居然还住着一户人家，家中有一个老牧人带着一个孩子在那里过着放牧的生活。

门前一条通向远方的小路分开了所有这些斑块，白色的、蓝色的、黄色的。大自然里不可能有这样的直线，你看到的话，马上会猜到，这是人在雪地里走的路。但是在天上也可以看到这样的路，一些云朵把另一些云朵分开，你几乎迷信地望着这样的直线，只有人能弄出这样的直线，云朵上是哪来的人呢？

大江大河最初都是冰川形成的。据冰川学家分析，近30年来，长江源冰川的退缩速度是过去300年平均速度的10倍，这是个可怕的数据。资料显示，近年来青藏高原呈暖湿化方向发展。

这个晚上，我头痛得厉害，睡不着就爬起来。阿克火仁也睡不着，随同的作家却是睡得很香。

天上的云很低，月亮倒是见不着踪影了。风贴着地皮刮着，没有刮起一丝灰尘。

"这样的天气，大山里必定大雪纷飞，下一个晚上，明天说不定就会雪崩。"阿克火仁说。

我们往回走的路上，看见一群野牦牛在地上啃着草。"那些牦牛都是野生的，高原就是它们的家。"

高原的自然生态保护，一直受到国家的重视。

格尔木市唐古拉山镇的长江源村，是一个有着100多名草原生态管护员的村庄。长江源村之名寓意着长江源头和饮水思源，不忘党的恩情。村庄整洁，水、电、天然气、道路等基础设施建设完善，各项基本公共服务功能齐全。从雪山到城镇，从游牧到定居，放下牧鞭的牧民逐步从草原受益者转变为生态保护者与红利共享者，全面管护好501.1万亩禁牧区，人与自然在这里和谐共生。

几天下来，我们已经是疲惫不堪。

我们决定在格尔木市休整两天，再去玉树州。

从格尔木到玉树州有150千米。听到这个数字，我以为很近，可我们还是花了足足6个小时的时间。

到了玉树州后，当地政府给我们安排了专门的科考队员，还配了医生，找了有经验的向导和后勤。出发前，还举行了一个简单的仪式。

一路上，车上有人一直在介绍玉树的基本信息。

> 玉树，藏语意为"遗址"。玉树藏族自治州，是青海省第一个、全国第二个成立的少数民族自治州，位于青海省西南青藏高原腹地的三江源头，平均海拔在4200米。

据《山海经》记载，在昆仑山上，开明神兽的北面生长着文玉树，它是神话中的仙树，树上生长着五彩美玉。郭璞注曰："五彩玉树。"

正值高原上难得的温暖季节，草地碧绿，百花盛开。

中午实在累了，就在草地上搭起帐篷，外出野餐。

肚子饿得作响，大伙忙着吃饭的时候，有歌声从低处响起，好像是从有水声的地方传来的。声音越来越高，一直朝着高处上升，慢慢地升到了石峰的顶上。

太阳有点大，河岸上，那些草地与绿树被太阳晒得闪闪发光。

吃完饭，向导带着我们去看一处摩崖石刻。在一处向河的石壁上，浅浅的线条勾勒出一尊说法的佛。佛头上有一轮月晕般的浑圆光圈。佛像的风格与镌刻方式透露出久远年代的气息。更加显出年代特征的是，说法佛侧下方有位戴着吐蕃时代高筒帽的男子，以及一位留着与阎立本画中女子一样发髻的面孔浑如满月的女子，她的手中还持着一枝开放的莲花。

史志记载，唐贞观十五年（641年），文成公主远嫁松赞干布。

据说，文成公主从唐蕃古道入藏时，曾在玉树的结古镇一带作较长的休整。传说这壁说法图就是她留下的。那么，那个顶着唐式发髻者，是她为自己所做的造像吗？佛法从印度兴起，绕过青藏高原，东渐汉地，所谓"佛法西来"。这时，佛法又从东土向西而去，并在西去途中，在此留下了清晰的印迹。

有关文成公主的故事，还有很多，也很详细。我们一边听向导说着，一边溯汇入通天河的飞珠溅玉的肋巴沟溪流而上。沿途，满溢着碧绿草木的馨香。1000多年前，文成公主也是走在这条路上。而这条路的历史显然比1000多年更古老了。前些天的雨水在泥路上留下清晰的冲刷的痕迹，裸露的石头干干净净。路边开满了野花：鲜卑花、唐松草、锡金报春。

我们朝前走，地势渐渐升高，溪谷也越来越开阔。随着海拔升高，植被也迅速变化。一丛丛的硬枝灌木出现在高山草甸上：开粉色花的高山小叶杜鹃，开黄色花的金露梅。这些开花的灌丛，从眼前一直铺展到天际线上。更宽广的草甸上，是紫色紫菀的天下，是白色圆穗蓼的天下。

在玉树的第三天，我们驱车去一个叫杂多县的地方。这里素有"澜沧江源第一县、中国冬虫夏草之乡、中国雪豹之乡"等美誉。进入杂多县境内，到处是三五成群觅食的黄羊，欢快奔跑的藏野驴，一幅人与自然和谐共生的诗意图景格外夺目。

近年来，一种被列为国家一级保护动物、素有"雪山之王"美誉的雪豹在杂多县被红外监测设备拍摄到。雪豹是青藏高原的旗舰物种，是高海拔生态系统健康与否的"气压计"，全世界仅有4000~7000只，它的发现证明这里的生态健康、物种丰富、食物链非常完整。

> 资料显示，澜沧江源园区有野生脊椎动物78种，其中鸟类22种，兽类40种，鱼类10种，两栖爬行类6种，是藏羚羊、野牦牛、藏野驴、盘羊、岩羊、白唇鹿、马鹿、麝、棕熊、狼、雕、藏马鸡等珍稀保护野生动物的家园。

东南亚第一巨川，亚洲第六大河，奔流向前的4909千米的澜沧江源头在山脉阴坡处高低起伏着。

第三次到高原时，已经是深秋。头一场霜已敷白了世界。山脚的溪河边，好看的臭菊花凋零萎伏，尽成枯草败絮，任由白霜潦草掩埋。山寒水瘦，溪河眨眼浅了一大截，嗓门却大了起来，如千军万马，目的不明地啸叫而行。

这次，我住在青海省玉树藏族自治州称多县通天河畔的一个牧民家里。牧民叫尼玛，42岁，他的父亲是当地有名的传统藏式建筑工匠，尼玛自小受父亲熏陶，对传统藏式建筑充满兴趣。尼玛的童年在放牧、种地、帮助父亲盖房中度过。

尼玛有着一副柔软的心肠，特别能体恤人，善解人意，也乐于帮助乡邻。

2010年玉树地震后，尼玛看到家乡不少房屋在震中受损，他意识到保护传统藏式村落建筑迫在眉睫。灾后重建启动后，尼玛将事业重心放在传统藏式建筑和古村落保护上。他从头学习建筑行业基础知识，遍访玉树州境内的古老村落和传统藏式建筑，并前往西藏、四川、云南、甘肃等地寻访传统藏式建筑。尼玛对传统藏式建筑文化体系的了解不断深入，并积极参与保护通天河流域藏族传统村落的行动。

2015年，尼玛在玉树州成立玉树古建筑保护协会，自费组织团队为分布在三江源地区的100多个古村落建立档案，基本信息涉及村落选址与空间布局、街巷空间与单体建筑、装饰特征与民风民俗等方面。

近年来，当地政府出台相关扶持措施，鼓励村民利用乡土建筑发展民宿、古村落生活体验区及观光旅游。尼玛积极参与古建筑修复，并帮助当地村民打造古村落生活体验区，吸引众多游客在传统村落中体验独特的民风民俗，传统藏式建筑和古老村落的巨大价值逐渐显现。

"房子是有生命的，但房子里没有人了，它的生命也就结束了。"尼玛最大的愿望是让传统藏式建筑工艺在保护中发展，留住古村落的印记，传承传统藏式建筑工艺，为每一个传统村落赋予新的生命。（《长江源头的传统村落守护者》）

住在通天河脚下，保护通天河也是尼玛的责任。尼玛的家里养着一只藏獒，藏獒在青藏高原一直具有神一般的地位。藏獒不仅是家兽，还是一种高素质的存在，是游牧民族借以张扬游牧精神的一种形式。如果不能让它们奔驰在缺氧至少50%的高海拔原野，不能让它们啸鸣于零下40℃的冰天雪地，不能让它们时刻警惕十里二十里之外的狼情和豹情，不能让它们把牧家的全部生活担子扛压在自己的肩膀上，它们的敏捷、速度、力量和品行方面的退化，都将不可避免。

"狼已经不多了。"是的，狼已经少了，虎豹熊罴也都少了，少了敌人的藏獒，其天性又岂能不少？

秋天的高原不只是单纯的金色，更像是雨后彩虹，给人带来心灵的洗涤。在蓝天的映衬下，金色的树林显得格外美丽。大自然正用画笔勾勒浓墨重彩的世界，远山近水，等我们赴一场难以抗拒的秋色诱惑。

2022年的冬天，我再去昆仑山。那是我第四次上高原，这次我是乘车路过。那个黄昏，我眺望着被余晖染成金色的昆仑山。山体已被一种雾气笼罩着，山和天黏合着，中间见不着分界线，山体被照得特别透明，河流像是块状的，各种分布式流动，不会有明显的沟壑，裸露的部分见着生命。面对着这样的一幅图景，很快就会沉醉。

天气潮湿，温度大约到零下10℃。群山里只闪烁着一点点空隙，仅够水流穿过。我被风雪包裹着，从山的那边，雪的那边，林的那边，传来几声乌鸦的叫声。我觉得那叫声是来自岁月之外的，在我童年的时光里经常会听到这个声音，最终这个声音钻进了我的灵魂。

我看到葎草抱紧了一株赤杨，脑子里便想，这株树因何干枯，是葎草使树枯死，还是因为树已经枯干葎草才出现呢？

◎ 高原雪山

　　一整夜睡得不好，骨头像散架了，照这样子明天再也走不动了。支气管炎越来越严重，我只能坐着过夜。湿漉漉的空气钻进来，感觉就像是要穿透身体。身体实在是受不了，我想得找条近路返程了。

　　第二天，太阳出来了。昆仑的西段山脉就像是一幅油画。只有简单的两种颜色，黑色和白色，山体的白就像是涂料堆积着，黑相对自然一些，显然白色是昆仑山的象征。白色的雾就像是浓烟，围绕着山体。那一层颜色里，历经着时间的轮回，让荒凉变得更有力量。

　　然而，让人惊叹的是另一幅图景：在大大小小的沼泽旁，几只藏羚羊低着头在地上吃着草，一些高原植物在寒冷的环境中顽强生长，为生活在此地的动物提供了充足的粮食。于是一个又一个关于生命、关于力量、关于野性的故事在这片广袤荒野上流传。

高原上

这是一个被称为世界屋脊的高处。

在沉睡着海洋生物化石的地层上，高峻的群山间，上万条冰川蓬勃发育，数千个高山湖泊错落有致。

青藏高原唐古拉山脉主峰各拉丹冬雪山西南侧的两条冰川，似腾跃出山的玉龙，粼光闪烁，霞光万道，这里就是长江奔腾万里最初的出发地，也是长江的故乡。

在这个年均气温不到3℃的地方，两岸的气候却适宜放牧。9世纪，西藏赞普朗达玛毁寺灭僧，一些高僧纷纷逃到这里，佛教在这里延续着。

10年前，通天河北岸形成了长达40千米的沙化带，上百米高的山丘变成了沙山。大量泥沙被流水和大风带入通天河，冲向了长江。所以我看到的通天河已是一条仿如黄河的大河，连大桥边都可以看得见大片的沙地。只有两边山谷中汇入的小支流还是绿色的。

从高原回来，我时常会在梦里见到那条传说中的河流。我需要静下来，以一颗虔诚的心，来感受高原的安详。年少的时候，我读过不少长江的书便不愿意再读，那时怎么能明白书里的千种叮咛。那些耀眼的词语，经常会进入我的梦中。

我一直在想着几次去高原所遗漏的部分，那是非常珍贵的部分。在我的脑海里，经常会出现高原的画面，那些在天空飞翔的鸟，变幻莫测的天气，目光所及之处便能感受到丰富、细致和深深的爱意。在高原，大自然和人类是合二为一的，无论你本着怎样的态度，都要懂得唯有爱护自然才是立身之本。

有一个深夜，我突然醒来，想起狼，想起那些野羚羊，想着它们的领地，是不是人去的地方，会留下痕迹，它们会因这种痕迹受到影响。又想着，它们的领地像是被圈了起来，越圈越小，它们的生活空间变小了，内心会不会和人一样感到压抑，见着自己的伙伴越来越少，会不会对它们的生命产生威胁。

我总是被这些问题缠绕着，我爬了起来，在书房一个人静静地坐到天亮。

我在睡梦中见过一种被人忽视的花，它长在人们看不见的地方，那是一个更高寒的地方，它开花的时候，是气温最低的时候，那个时候没有人来，即便是有人来它也掩埋在雪里。它一直默不作声地开在冰雪里，用顽强的生命向雪表达敬意。它还是高原上的特务，会给狼群传递信息，风是它们沟通的语言。花被风带着从雪里飞舞起来的时候，这个地方就会有猎枪的出现，狼是见着花会逃跑的。

我得再去高原。去哪儿呢？我得担心那些生灵。高原之行不是我依靠想象能完成的，花就开在高原上，也许它在等待着寒冷，那才是它需要的生活。

这已经是我走过的一条熟悉的路，但无论多么熟悉，再来的时候，气候不同，时间不同，所见所闻也是不一样的。

朝着长江往下，有一个诗意的地名——玉树。

玉树草原被雪山包孕，草原上牧草肥美，鲜花盛开，牛羊遍地。那些牛羊和野生的动物都长着一双美丽的大眼睛，它们用这双眼睛眺望着草原，眺望着玛尼堆，叫声悠扬而慈祥。

对于高原来说，随时变化的天气，恰恰是一种特殊的自然生态。

7月，长江中下游笼罩在滂沱大雨中时，沱沱河却下着鹅毛大雪。长江源头地区还具有风大、沙尘暴多的特点，每年11月到翌年3月是可怕的风季，风吼沙走声震荒野形成沙暴。风大天寒，树木难以生长，仍有流连在源头的小鸟不得不改变在树上筑巢的习惯，而寄居于老鼠的洞穴中，因为环境所迫，鼠鸟同穴居然相安无事。

对于外来人而言气候恶劣的地方，却是动物的世外桃源。它们适宜这里的环境，遇到再大的风沙都不畏惧。也许，在地底下有它们生活的场地。那是一个极其安静，又适宜繁衍的温暖家园。

其实，在遥远的年代，人和这里的动物一样，他们面对着各种自然的挑战，依然安好地生活在高原。选择一个这样的地方生存，有我们猜测不到的理由。

在青海柴达木盆地小柴旦湖的湖滨砾石层中，在海拔4000米以上的沱沱河沿（是格尔木市唐古拉山镇的驻地，青藏公路上的司机俗称它为沱沱河镇）及可可西里地区，采集发掘出一批打制石器，被确认为距今2.3万年的旧石器时代生活在这里的原始人的遗物，他们被称为"小柴旦人"，属中国远古文化的新人阶段。

我很好奇，沱沱河沿的"小柴旦人"是怎样生活的呢？

在无休止的风雪中，他们怎样避风、御寒以取得食物而生存下来呢？

狩猎，是"小柴旦人"生存下来的唯一机会。

> 牦牛全身是宝。
> 《山海经·北山经》中说："又北二百里，曰潘侯之山……有兽焉，其状如牛，而四节生毛，名曰旄牛。"

他们要用原始的石器去猎杀那些野生动物，以获得皮毛和肉食。

野牦牛是最适合的捕猎对象，它动作缓慢，皮毛是极好的御寒之物。但野牦牛又是体重达几百公斤的庞然大物，围攻并捕杀它的艰难可想而知。据当地的老人说，野牦牛的特性是集群生活，少则几头，多则几百头，在雄野牦牛的带领下出没于海拔4000余米的高山草甸觅食。它们看似笨拙，其实警惕性极高，两只粗壮的犄角可以随时发起进攻，对雌性配偶及幼年的野牦牛关怀备至，一遇险情便将它们围在圈子里，以作保护。人们有机会攻击野牦牛的时节是秋季，野牦牛发情交配，雄野牦牛之间展开激烈的你死我活的角斗，流血致伤致残均会发生。败者十分狼狈地逃窜，不敢再回到牦牛群中，独自流浪。这个时候，捕杀一头或几头受伤、孤独出走的野牦牛是有可能的。

从这里看出一个问题，牦牛的流浪和捕杀，从某种意义上来说养活了人口。对于牦牛来说，在相互排斥背离的同时，也就意味着命运的彼此牵连，最终相互地消失。这种消失是相对消失，对于个体生命的消失，人们把它看作是命运。实际上一个生命的长度，取决于各自的生存宽度，只有在相互包容和保护的前提下，生命才会有它特殊的终极意义。

只要捕获一头，便有吃有做了。

先是宰割，把皮小心翼翼地剥下来铺开晾干，然后是切肉，大块的留下作为储备，先吃零碎的。孩子们趴在骨头上舔血的时候，妇人已经生好了火，燃料是牛的粪便加上一些柴草，把野牦牛肉扔到火堆里，很快就会飘出香味。老人和捕获者先吃，然后是妇人和孩子，满手都是油，满脸都是灰。吃饱了就捧一把雪放进嘴里，好凉快的雪啊！

将整张晒干的皮作为取暖物，铺在洞穴中，在高原寒冷的夜晚拥挤在一起，做着不同的梦。如果他们捕获了藏羚羊，会试着把皮披在身上。这也是"小柴旦人"服装史的开始。

藏族同胞认为山是神山，湖是圣湖，一草一木皆有生命。时至今日，牦牛仍旧是游牧生活不可或缺的交通工具，牧民需要家养的牦牛完成四季的牧场迁徙；游牧生活必不可少的黑帐篷则由牦牛毛编织而成，给了牧民一个个可移动的家。此外，人们的衣着、家中储存粮食的口袋乃至生活里的装饰用具，均取自牦牛的皮毛。饮食方面，肉、牛奶和以此为原料的奶茶、奶渣、酥油亦依赖于牦牛。几千年的漫长时光里，牦牛与牧民的生活息息相关。就连它的粪便，都转化成了生火的原料。他们用最简单的方式维持着自己的生活，用泥土和石块盖房子，用自己的信仰与生存之道维系了高原生态的和谐与平衡。

到了7月，气候暖和多了。有阳光的日子，"小柴旦人"一边晒太阳，一边捉身上的虱子之类的小虫，一张巨大的野牦牛皮也会被拖出洞穴吹晒。孩子们钻到牦牛皮下玩耍，由此有了帐篷的最初构想，把野牦牛皮用树干撑起来，边沿用石头压着固定。有些日子，"小柴旦人"便从地下住到了地面。为了方便生活，又从沱沱河捡来一些石头、木条，用以存放或晾晒食物，这便是沱沱河人最初的家具物什。

在长江源头，老鼠和藏羚羊、野牦牛、野骆驼、野马、狼和狐狸一样，都是资格最老的居住者之一。它们在这里居住久了，也就适应了这里的一切。老鼠对于先民们的贡献是，启发他们挖穴而居。在源头生态链中，老鼠是其中的一个环节，它们挖土打洞吃野生的果实，友好地让鸟雀在穴中占有一席之地。

在长江源头，有一片布满沼泽和一丛丛林木的荒野，现在也几乎没有村落。那时的人们害怕穿过荒野，只从小河里划船过去，在可以捕鱼和野兽出没的地方长期留住下来。

在干燥的河岸，可以放脚的地方，在清澈见底的水下沙土上，可见一层黑乎乎的东西。寻觅着人手加工痕迹的燧石、箭头和凿子。

为了追踪牦牛，"小柴旦人"还来到了玉树草原。

昆仑山及其支脉巴颜喀拉山呈东西向屹立于玉树以南。这里是大山之源、冰雪之源、江河之源，海拔5000米以上的山峰多达2000多座，举目便是高山，视野中除了荒凉就是冰封雪域的宁静。

一日犹如一年，一日映射四季。一时明媚阳光，一时大雨倾盆，一时冰雹突袭。到过玉树的人，都会深切地感受到，玉树不仅是一个地名，更是一片无空无界的天。

青南重镇结古是玉树的重要组成部分。

> 结古是旧镇名，结古镇在很早以前是青海西宁、四川康定、西藏拉萨三地之间的重要贸易集散地。"结古"在藏语中是"货物集散地"的意思，长江从它身边流过，它也成了长江流域中第一个人口聚集的地方。

史料记载，民国初年，川西雅安每年发九万驮茶叶到结古，然后再由结古发五万驮至拉萨，其余四万驮在青海南部蒙藏族聚居地销售。其实，玉树商业兴旺发达，结古镇有商号200多家，经营的货物中还有从印度经拉萨转运而来的英国、德国、日本的货物。

现在的结古镇被现代建筑熏染，影剧院、电视塔、酒楼、宾馆在"T"字形大街上展开，镇面积由原来的不足1平方千米扩展到20平方千米，人口也由原来的千余人骤增至几万人。腰间挂着藏刀的小伙子，带着几分粗犷与彪悍，和玉树草原在更大区域内的荒凉呼应着。奔跑的野马和野驴，在雪山下偶尔回首。

在高原，我时常会见到一种无垠的白。似乎山体到处是白色的，一开始我以为那就是高原的雪山。当走近山体时，我忽然明白，我所见到的山体白色，不完全是雪山，还有一部分是灰色的石灰岩和深褐色的火山岩。

由于这里人迹罕至，内部草地几乎没有放牧活动干扰，特殊的岩石地貌又将降水蓄积到峡谷内部，更有利于牧草的发育，因而能为食草动物提供足够的食物。此外沟壑纵横的峡谷内植被类型丰富，草原、草甸、谷坡灌丛，满足了不同动物的食物需求。黄昏之后，这块稀缺的生态之地，便成为狼、赤狐、藏狐、雪豹等肉食动物的乐园。

远远地看见，裸露的陡峭岩石上岩羊们在上面跳来跳去。

从高处俯瞰，峡谷内的草地、近处的河道、远处的河滩尽收眼底。这种特殊的生态环境，却是岩羊理想的栖息地。不得不承认，地球上任何一块土地，无论它以何种形式存在，可能都是为了生命能够安身。

可可西里是青海最富有神秘色彩的一片高原极地。

由于高寒、干冷、强风和昼夜温差大、太阳辐射过于强烈的生态环境，植被稀疏、矮小、类型简单，紫花针茅型、垫状驼绒藜型、垫状蒿草型、羽状针茅型与西藏亚菊型等植物顽强地生长在这里。可可西里有高等植物102属、202种，其中青藏高原特有种84种。让人无法理解的是，这些植物是怎样在这里生存的。为适应可可西里严酷的自然环境，它们无不具有抗低温耐干旱的极强生命力，叶面收缩成刺，植株矮小，丛生，近似莲座状或垫状，在最柔弱的形态中展现着难以言说的生存艰难，以及艰难中的平和、愉悦。

在江南，一般是过完冬天，第二年春天，也就是二三月间，到处是一片生机勃勃。而在可可西里，冬天过后，得等到六月至九月万物才会复苏。

唐古拉点地梅是适应高海拔流石坡环境的佼佼者。唐古拉点地梅的植株就像是平摊在地表上的一块垫子，垫子表面由无数致密的莲座状叶丛拼合在一起，其间还有绒毛填充，密不透风。若不在花季，单从外表很难看出这是一种植物，反而更像是海里的珊瑚或海绵。如果用手去拍一拍，垫子的感觉并不柔软，而是如冻土一样坚实。由垫状植物的独特构造而创造出来的小环境，为其自身和其他物种的生存提供了更有利的条件，所以在垫状植物周边经常能看到其他茁壮生长的植物，有些植物更是直接扎根在垫状植物之中。

源头是干旱的，长江似乎对这一大片造就自己的源区，稍显疏忽，这也许就是命运中的一种安排。对于可可西里的植被和野生动物，是不会缺水的，这一切似乎又早已做好了合理的安排。

应该说，垫状植物作为高原的"生态工程师"，是高原环境中相当重要的角色。

荒野在未来的岁月里，是家园的代名词。可可西里的高寒、荒漠、冷寂，从某种意义上，正是为着长江源头的宁静和安全严阵以待。

辽阔无垠的可可西里从来就不是死寂之地。这里动物种群的繁多，生命能力的旺盛，实际上远远超过了人类聚居的喧喧嚷嚷的世界。

> 可可西里地势高亢，雪线以上有零星冰川分布，在青海与新疆交界处的山峰上汇集了众多冰川，成为这一地区河流与湖泊水源的补给来源。这里有大大小小50条河流，以湖盆为中心，呈辐聚式向心水系。主要河流有曾松曲、库赛河、等马河、跑牛河、陷车河、天水河、还东河、流沙河等。它们流量小、流程短，属季节性河流，最终全部汇入湖泊。

万里长江是大河流，十里百里的小河也是河流，当长江浩浩东去时，可可西里的河流却以湖泊为宿命，这告诉我们：不是所有的河流都能奔向大海，伟大和渺小有时缘以使命，有时限以方式，有时得以时机。人何尝又不是这样呢？生活表面上看不出痕迹，可背地里却是受到各种东西的影响，最终影响毕生的路。

在可可西里，密集的高原湖泊既是当地人精神生活的寄托，也是长江的水源，更隐匿珍奇的动植物种。身处这样的原始，但又天赐富足的山川间，我们重新陷入思索：自然对人类意味着什么？

可可西里的冰峰雪山、河湖广布、草原荒野的复杂多样的地理环境，使之成了野生动物的天然乐土。它们的野性、它们对自由自在的酷爱、它们喜欢阔大苍茫的习性，使它们得以在这广阔的高原上悠然自得。这里没有风吹草低见牛羊的茂盛的草原，因为日照长、温差大有利于有机质的积累，牧草虽然稀疏却富含营养。它们从来不积累财富，吃饱了就走，走到哪里都有吃的。一岁一枯荣，不必为来年担心，灿烂的阳光与低温寒冷，成功地抑制了病菌的繁殖和传播，降低了野生动物的发病率。多种多样的镶嵌地形为它们提供了各种天然的避难场所、安居之地。当严重的风灾、雪灾来临，可可西里高原上就找不见它们的影子了。它们躲在避风处，在断陷盆地的洞穴中，等待着灾难的过去。

当你驱车草原时，黄羊会好奇地歪着脑袋侧目而视，它一定觉得陌生、新奇。当你企图接近时，它们马上意识到你是一种威胁，对生命的威胁，便撒腿飞奔，几十只、几百只的黄羊飞速逃逸，这个时候可可西里的动物世界里便传播着一个消息：人来了。

驰骋的藏羚羊，是高原的一道靓丽风景。

藏羚羊是国家一级保护动物。它们曾是青藏高原上最庞大的兽群。20世纪90年代初期，超过百万只藏羚羊漫步在高原之上。

藏羚羊喜欢集群湖滨，有时会注视着湖水，不知道在想什么。当藏羚羊高速飞跑时，在平缓的荒原山坡，时速可达80千米。

每年的冬季之末，是藏羚羊发情交配的季节，也是它们比武大会召开之时，它们不约而同地来到荒原草甸集结，目光里有某些迫切，走来走去。然后公羚羊之间便开始角斗，施展的是全部本领和各种招数，绝对不会谦让，母羚羊在一旁围观，虚位以待强者的胜出。力挫对手之后的一只公羚羊，会带走6~10只母藏羚羊，到一个湖畔另觅住处，组成一个临时家庭。母藏羚羊妊娠的日子，刚好是可可西里最温暖的六七月间，这时曾经为了爱情作生死搏斗的公藏羚羊们，却团结组织起来前呼后拥地护送临产的母藏羚羊，至深山、峡谷隐蔽处生产。

乔治·夏勒，一位杰出的野生动物研究者，他曾多次造访青藏高原调查野生动物，并发出了保护藏羚羊的呼喊，向世界讲述了这个不忍耳闻的故事。

剥夺与保护，在人们的相互斗争中共存。杰桑·索南达杰就是因为保护藏羚羊而献出了宝贵生命，后来他儿子也成了一名警察，算是继承了父亲的事业。

《中华人民共和国刑法》明确规定，对非法猎捕、杀害国家重点保护的珍贵、濒危野生动物的，或者非法收购、运输、出售国家重点保护的珍贵、濒危野生动物及其制品的，根据情节轻重，分别处五年、五年以上十年以下、十年以上有期徒刑，并处罚金或者没收财产。2021年3月1日，《中华人民共和国刑法》修订再度介入野生动物保护："违反野生动物保护管理法规，以食用为目的非法猎捕、收购、运输、出售第一款规定以外的在野外环境自然生长繁殖的陆生野生动物，情节严重的，依照前款的规定处罚。"

2016年9月4日，世界自然保护联盟宣布，将藏羚羊的受威胁程度由濒危降为易危。

2021年3月21日，护林员图丹东珠和格江在代曲村纳宗山下巡逻时，目击到一只全身披着土黄色长毛，拖着灰色长尾巴，像狼或者狐狸的动物在山坡上活动。格江介绍说，这只动物头宽、耳短而圆，面部鼓鼓的。格江随即按下相机快门。后经比对分析，确认该动物为豺，而这也是长江源头——通天河流域豺的首次正式记录。

在长江流域，豺仅在长江源以及川西的甘孜及邛崃山还能安然度日。豺和其他野生动物一样，本身就有生存的权利，且对人类而言，豺具有较高的文化及科研等价值。此外，豺是长江流域陆生生态系统的旗舰物种之一。豺在我国并未彻底灭绝，国家已将豺由国家二级保护动物升为一级。随着三江源国家公园、大熊猫国家公园等保护地的建立，豺及其仅存的栖

◎ 高原生灵——藏羚羊

是我国独有的一种动物，主要生活在青藏高原和新疆阿尔金山一带的高海拔草甸和草原之上。藏羚羊是我国动物保护最成功的案例之一，从20世纪末的不足7万头，到了如今的接近30万头，其保护级别从"濒危"下调至"易危"。

息地都得到了更好的保护。

天下大同，万物同生。

这是一片冷酷的土地。高原的阳光穿透稀薄的空气，凛风在冰雪上呼啸，冻土、冰川和雪山构成了严酷的生存环境，然而，生命依然在这里蓬勃繁衍。

青藏高原像一本博大的书，浓缩着地球和人类的秘密，那些飞禽走兽自由地演示着人类已经退化的生存秘密和技能，它们比人类更懂得如何阅读大自然。

河岸上风光如梦如幻，藏羚羊、藏野驴似惊魂闪电般奔跑起来。

远处牧民的帐篷升起袅袅炊烟，牦牛已经到了对岸的牧场。

放眼看去，两岸的沼泽在退化，沿途很多小支流干涸得露出河床，一些小水洼干涸见底，沙化出现，旱象渐重。目测不少小型湖泊和水网已经同长江失去联系。

我用相机拍摄到右岸有一只狐狸在喝水，却被一群守卫领地的赤麻鸭群起而攻之，左突右窜，最终被赶下河去。狐狸在水里狼狈地游着，后面一群赤麻鸭拍着翅膀追逐，嘴里发出快乐的嘎嘎声，可怜的狐狸失去了一个捕猎者在禽类面前的尊严，令人捧腹。

在这里我还见着一只体形圆粗、尾长的鼢鼠，它与我近在咫尺，我见着它那细小的眼睛里，布着一层银灰略带淡赭的颜色。它一点也不害怕我，就像是见着一个熟悉的人。

两岸草场有少量呈斑秃状，显出退化迹象。由于找不到合适的水源，我们只好靠岸。

天空还是一片阴霾，显得有些诡异。源区的许多地方，夏天是沼泽陷阱，不能进。

资料显示，可可西里由于受高寒强劲西风的影响，是全国的大风区之一。在风力较弱的季节，严重的高山缺氧以及多变的高原气候，使这里成了人类生存的禁区。

那天，我们走到了一个峡谷间的半山腰，阳光涂抹在峡谷的山头，慢慢由一线变成嫣红。与大山浑然一体的村庄里还住着很多人，见到外来的人，村里的老少像见到了外星人一样围了上来，但都不上来说话，一说话却又听不懂。正在着急，来了一个精瘦的汉子，说着一口地道的四川话，队伍里的四川人立即接腔，分外亲切。原来他叫陈来进，四川南充人，16年前入赘到这里，是这里唯一的汉人。

原来 10 多年前，陈来进和他十几个南充老乡一起来到青海修公路，拐着弯认识了现在的老婆。听说这里没有计划生育，抱着多生几个娃的动机，陈来进就独自留了下来，生了 5 个孩子。

他在这里没有见到一个外人，没有听到一句乡音，也没有完全听懂妻子莫尼的藏语。

10 多年的时间里，他攒下了土坯房子几大间，牦牛 40 只，羊 70 只；他用内地的技术教会了村里的藏族同胞种马铃薯，教他们给青稞除草，带头盖温室种蔬菜。如今，他每年能收获青稞 2000 多斤，马铃薯 4000 多斤，是村里第一个买了卫星电视机的人家。

夜里，我们一起看星星。"你不想家吗？"

我的一句问话，陈来进半响没有回答。他默默地看着星星，星星在我们上空静静地闪烁，仿佛在呼吸一样，仿佛发现了地上的我们，便微笑着，窃窃低语着，整个银河系，从星星到星星都洋溢着莫大的家庭欢乐。

"我不光是为了这个家庭，我还得守着这片高原。"陈来进说。

第三天，我和陈来进道别，他像个孩子一样紧抱着我，他的妻子莫尼带着孩子就站在不远处，我向他们挥手，此刻我把自己当作了陈来进的亲人，他的眼里布满了泪水，但没有流下来。

在返回的路上，我见雪地上留着一串狐狸的足迹。在弥漫着暴风雪的高原，狐狸在这里生活得悠然自得。我试着沿狐狸的足迹绕圈，一边数着进去和出来的足迹，直至数到与圆圈结合的最后一步，我还不知道，狐狸在这里是如何不见了踪迹。

黄昏时分，我们在半路停歇时见着远处有一个亮着灯光的小屋子。听说这里面住着的是位守羚羊的人，我们决定上门去看看。

房间整洁干净，我走进屋子，老人用冷峻的眼神看着我，一只手兜着烟斗，另一只手擦了下嘴巴。墙上挂着废弃的猎枪，旁边还有些没有用完的火药。他是一个老猎人，在不该打猎的时间，打死了一只羚羊，原本他是要坐牢的。案件处理得简单，做了违法记录后，他成了羚羊守护者。我们再次谈论他的问题时，渐渐地转移到"法外容情"上。我从那个隐秘的故事里，还是感到了内心的酸痛。老人的老伴那时已经活不久了，他要做的事情就是想着给她吃一口羚羊肉，所以他铤而走险。这看似荒谬，却是温暖的。要知道，人与动物较之，我们多么希望人是高贵的。"请原谅我。"老人说。他承认，多少年以后，他的内心十分不安。受过这等折磨的人，我相信他的内心是清新的、纯洁的、诚挚的，也是有力量的。在老人视力衰退的时候，他把自己简单的生活，用一种严峻的方式刻在地上。在高原的某一处，听见老人的声音时，他在呼唤着羚羊。老远会看见黑压压的羊群在奔跑，向前或向着远处的山川奔跑，直到消失。到这，突然就变得好理解了，人的本身是在平静中向前的。即便是一个老人，他依然需要向前。

在高原上，各种各样的故事无时无刻不在上演。这里面也是善与恶的较量。大自然里弱肉强食是一种自然规律，而人与人却不同，人有道德和法律约束，就算弱者也有生存空间。自然界的弱肉强食通常是一种动物残杀另外一种动物，就算是同类，相互吃肉的也是极少。这和动物本身的智商和天性是有关联的。

我突然想起，我还遗漏了一座叫色吾沟的废城。

这是1952年10月青海省玉树藏族自治州曲麻莱县成立时的县府所在地。1980年10月，色吾沟因环境恶化而被废弃，新县城迁至70千米外的通天河更下游的约改滩。

这个有着"长江源头第一县"美称的县城，曾经的繁华和喧嚣、车水马龙在水源干涸面前消失，残壁上"为人民服务"的字迹在风雨侵蚀下更加斑驳。在大自然的淘汰中，没有任何例外可以逃掉。在生态灾难面前，人终于无可奈何地退却了。

沿着牙曲村的小路向着索加乡驶去。索加乡有着良好的湿地和草场，众多的野生动物在这里栖息繁衍。这个青海省玉树藏族自治州治多县辖乡，

有着1万多平方千米的土地。

> 湿地是江源的重要组成部分，它像海绵一样，为江河涵养着大量水分，同时又是物种的基因库。在索加的沼泽地里可以发现一条弯弯曲曲的沟，这条沟宽不过半米，但底部的泥沙结实，被人们称为野驴河。

从20世纪80年代开始，政府禁止猎杀藏野驴后，除了索加的君曲附近的藏野驴有所增加外，其他地方很难见到成群的藏野驴。这几年，由于气候原因，草场不断退化。同时，因沼泽干涸，昔日藏野驴的迁徙之路，已经显露无遗。这些因素导致藏野驴的活动区域也在缩小，藏野驴与家畜共处一个草场的情景已不是新鲜事。

高原的阳光强烈地照射在充满水分的高原湿地。热气流裹着水汽猛烈上升，缕缕的白色水汽从大地直接升腾到云端，云层承接了大量水分后不堪重负，又变化为雨水和冰雹倾泻在湿地、冰川和草场上。如此循环往复，是中华水塔源源不断的生命所在。

我在一则文艺电视节目里看到这样的故事：

达瓦卓玛来自四川省甘孜藏族自治州德格县的麦宿地区，这里与西藏的拉萨、甘肃的夏河并称为"藏族三大古文化中心"。2017年，她从美国贝佩丝大学（Bay Path University）毕业后，回到家乡主理家族传承几百年的铸铜工艺"钦乐"，并创立了与该工艺同名的品牌。

在外求学，为的是造福家乡。达瓦卓玛说，尽管自己学的是市场营销与企业管理，但是内心最感兴趣的还是人类学与文化研究。大学时期，她拍摄了多部聚焦于藏族文化与艺术的纪录片，其中《善意的谎言》便是从寻找自家丢失的牦牛小牛崽开始，讲述了牧人与家畜的故事。她说，即便是她们这样不靠放牧为生的手艺人家庭，也会养几头牦牛，为的就是供自家吃喝。藏族人没有不喝牦牛奶和酥油茶的。

出生于拉萨，后在尼泊尔等地长大的四郎曲珍也表示如此。尽管自己小时候并没有长期生活在藏族聚集区，但同样是喝着牦牛奶、酥油茶，吃着奶渣子长大的，所以对牦牛有着很强烈的敬重之心。饮食，是藏族人走到哪里都"戒"不掉的文化烙印。她形容："我觉得藏族文化归根结底是牦牛文化。"

荒野的冷峻和神秘，充满着人们无法摆脱的诱惑，它原始的空间里含蓄着大自然无尽的威严。人们在它面前会自然地放弃世俗的追求，重新寻找自己野性的生命力。

高原苦寒，在无法解释变化莫测的自然现象却又必须观察、适应和依靠自然的年代，动物养育了人类，因此动物是有灵性的。同样，一山一水、一草一木也是有灵性的，人作为自然界的寻常一员生存于众生之中，与万物和谐相处，尊重包括自己在内的一切生命。由此，衍生出万物一体、万物有灵、万物为神的原始信仰。

站在海拔五六千米的广阔高原上，层层冰雪风雨，却不能阻隔万物成长的生命。我从萧瑟的北风中，看到傲立雪中的生灵，在万丈阳光下迎接春天。

环顾苍穹，天空一碧万里，白云触手可及。可可西里大漠孤烟的地方，奔跑的野牛卷起漫天烟尘，蹄声敲动着洪荒的鼓点，这是一首宁静和狂野的交响，你可以聆听到原野律动的脉搏。

这必然是一片充满野性的疆土，这里是生灵最后的家园。

我庆幸来过。

盛开的青铜

说到中华文明，长江是一块厚实的沃土。

长江从高原的溪谷中冲出来，像是这大地上摄魂夺魄的刺绣，镶嵌在浓绿壅盖的山冈间。

我在某个乌桕燃烧的秋日，来到三星堆博物馆。

> 三星堆博物馆位于四川德阳市广汉市。这是一个文化相当发达的地方，三星堆的辉煌发现就是明证。

此刻，我立于博物馆的阶前，举目四望。

一直以来学术界以金属工具、文字和城市的出现作为人类步入文明门槛的标志。

我在博物馆内，目测着那方形面部、镂空大眼、三角鼻梁、宽大耳朵、硕大夺目的黄金面具残片，或整体雄浑大气，肩部饰兽首、鸟首的大口尊，或保存完好、纹饰精美、形制稀罕的方尊，还有玉质细腻、磨制光滑、质地坚硬，却没有纹饰的玉琮……

感觉有一种光辉从时光的深处沐浴而来。

漫长的时光，让中华文明的星空充满了饱和力。

那些从灰烬堆积之中发掘的3000多年前的"麻花状"纺织品痕迹，见证了古代人们的生活场景、价值追求。不光是如此，还充分呈现出阶级的制度。

文献记载及出土文物分析，中国最早的服饰制度初步建立于夏商时期，到了周代逐步完善，春秋战国之交被纳入礼制。西周的社会生产力比商代有了长足的进步，等级制度逐步确立，产生了与此相适应的冠服制度，表现在贵贱有等、衣服有别。

人类在文明的征途中，不断创造出各种新的东西，在丰富着生活的同时，也在约束自己。"等级"也可视为一种高约束于低的存在。

河流在地球上也并非肆意流淌，它们的涌动是有方向的，河流也有自己的行动规矩。

世界之大，千品万俦，繁然杂陈。地球自太阳系分散出来以后，不知经历多少年代，才产生了生命。但生命的起源究竟在哪里，还是从别的星球中飘落来的，抑或在此地球上，由于某种因缘际会，慢慢酝酿衍生而来？这在今日，还是一个未获解答的问题。但先有物质，后有生命，则似已有明证，无须怀疑了。而且生命必须寄托于物质，也无可置疑。到目前为止，我们还没有发现能离开物质而自行独存的生命，这也是常识了。

那么，河流是怎样形成的呢？科学家认为，地球起源时，形成地球的物质里面就含有水。在地球形成时温度很高，水或在高压下存在于地壳、地幔中，或以气态存在于地球大气中。后来随着温度的降低，地球大气中的水冷凝落到了地面。岩浆中的水也随着火山爆发和地质活动不断释放到大气，降落到地表，汇集到地表低洼处的水就形成了河流、湖泊、海洋。

那么，人与河流又保持着怎样的关系呢？水是生命的源泉。自古以来，人类与水和谐相处，水的诗意充满灵性与神性，水与人类的精神相通而升华出审美的境界。

水给我们留下了太多的记忆。面对一条河流时，我们的内心很多时候会有一种悲壮的酸楚。河流的命运，在很多时候会和人的命运契合。我们始终被河流牵系着，像一个从未离开母体的婴儿，河流给了我们养分，成就了我们的名声，供养着我们的日子。

那么，人到底从何而来？当我思考着长江文明的起源时，很快地又与先人联系了起来。在考古学家的资料里，我看到了这样的文字：发现人类的直接祖先——腊玛古猿的头骨，也是世界上到现今为止所发现的从早上新世到晚上新世各类古猿中第一个头骨，出现在中国，在长江流域。

◎ 三星堆博物馆

　　于1992年8月奠基，1997年10月建成开放，位于三星堆遗址东北角，地处广汉城西鸭子河畔，南距成都40千米，北距德阳26千米，是我国一座现代化的专题性遗址博物馆，被评为"中国最值得外国人去的50个地方"之一。

我开始领会造化对长江的偏爱。据史料记载，世界上这类古猿的化石只在肯尼亚、匈牙利、希腊、印度、巴基斯坦发现过。

这个骨头非常有价值，它上面连有部分上颌骨和牙齿，还有一个保存着中门牙以外全部牙齿的完整下颌骨。骨上的眼眶、架状孔都清晰可见。

科学家们细心鉴定，这具头骨具有从猿到人进化过程中一些重要特征，是"正在形成中的人"的化石代表。

在这次考古中，同时发现的还有9个下颌骨、1000多颗牙齿和少量肢骨化石。如此丰富、完整的发现，被西方学者誉为"人类起源的新光芒"。

关于猿人，我从湖北省考古研究所的一些古籍中，寻找到了一些与近代考古相对应的答案。考古让一些神秘而且不可知的想象，从历史的深处活跃起来。

1932年，由美国耶鲁大学发掘队在印度发现的腊玛古猿，被认为是从猿到人的中间代表，一种"正在形成中的人"。它被世界考古界认为是人类最早的祖先——猿型祖先，也被学术界普遍认为是人类的直接祖先。它们生活在800万～1000万年前，还不会使用工具。

1965—1975年，我国学者从金沙江畔云南省元谋县上那蚌村发现了距今170万年的猿人化石，定名为元谋猿人。这个村位于金沙江畔一小盆地内，海拔1100米左右，龙川江流贯其间，适宜古人类生活。

元谋人已能开始制造和使用原始的工具，遗址上发掘出石器17件，有刮削器、砍砸器等。

1973年，云南元谋大那乌村出土的3件较好的刮削器，无疑也是元谋人制造和使用的。在元谋人化石层中，还出土了不少哺乳动物的肢骨碎片，共29种。炭屑数量很多，长径一般为4～8毫米，含炭层厚达3米左右，有两处比较密集，同时还伴随有经过燃烧变黑的骨头。这是元谋猿人用火的证据——他们是长江流域第一批懂得用火的人，也是世界上第一批懂得用火的人。

1986年10月，由中国科学院古脊椎动物与古人类研究所、重庆自然博物管、巫山县文物管理所等单位组成的长江三峡考察队，在四川省一处洞穴堆积里首次发现了距今200万年前古老人类的右上侧门齿及一段下颌骨化石。

这是一个石破天惊的大发现。有系统，有结构，有历史和研究的发现。

多少年来，无论是中国的还是外国的古人类学者、人类遗传研究者，都认为现代人的祖先起源于非洲。

但是，从1984—1986年，在三峡地区巫山县发现的古人类化石，尽管只是一片下颌骨和几枚牙齿，但这闪着釉质光泽的牙齿是上门齿，从其齿冠尚未磨蚀，推测是一个待字闺中的"巫山少女"。同时还出土了两件石器：一件是砸击石锤，一件是凸面砍砸器。"巫山少女"的出现，动摇了关于早期直立人生活在非洲的概念。

除了元谋人，考古专家还在长江上游地区发现了巫山人，在中游地区发现了长阳人、郧县人，他们都已经制造出石斧、石锛、石犁、石铲等工具，以及石矛、石镞、石刀等武器，学会钻木取火，揖别茹毛饮血，高举人类文明的烛火，走过漫长的旧石器时代。

"中华文明实际是在黄河、长江和西辽河流域等地理范围内展开并结成的一个巨大丛体。"北京大学考古文博学院教授赵辉说，"这个丛体内部，各地方文明都在各自发展。在彼此竞争、相对独立的发展过程中，又相互交流、借鉴，逐渐显现出'一体化'趋势，并于中原地区出现了一个兼收并蓄的核心，我们将之概括为'中华文明的多元一体'。"

> 河流是文明的发源地。在那悠悠的漫长岁月里，河流从未在文明的跑道上停歇过。河姆渡、良渚等新石器文化，阳刚之巴蜀、浪漫之荆楚、婉约之吴越，儒释道三教，等等，从岁月的河流中流淌而来。千年的中华文脉，呈现出丰盈多姿的万千气象。

距今3000年前左右，中国的气候发生变化，平均气温降低，长江流域温暖湿润、降水适宜，吸引了更多的人去开发。西汉晚期，中国人口开始自发向南迁移；东汉时期，长江中下游的人口增长率已高于全国平均水平。自两汉开始，每每中原动荡、天灾交织之际，北方人口都会大规模向南迁移。

人口迁移，亦是文化的迁移。从南北朝的"暮春三月，江南草长"，到唐朝"江南好，能不忆江南"，再到北宋"苏常熟，天下足"和南宋"上有天堂，下有苏杭"，至于明朝已是"湖广熟，天下足""松江衣被天下"，文化和经济中心已经逐渐延伸至长江流域。

作为中国人的母亲河，长江常常被比作巨龙，而长江源头就是那高昂的龙头，长江源头文化在中华民族的精神图谱中自然也扮演着重要的角色。

考古学家认为，地球北纬30°附近，是一个奇特而神秘的地带，一道人类文明之谜。

尼罗河、幼发拉底河、底格里斯河、恒河、密西西比河、雅鲁藏布江和长江等大江大河都横跨这一地带。

古埃及文明、古巴比伦文明、古印度文明、玛雅文明、长江文明都聚集在这一带。

同纬度的三星堆遗址、珠穆朗玛峰等世界七大高峰，以及至今无人登顶的梅里雪山在这一带列阵，神秘的百慕大群岛等在附近隐现，最深的马里亚纳海沟在不远处潜伏。

长江像一条彩线，串联起无数的文明珍珠；又像是一根脐带，一头深深地扎进中华腹地，汲取能量后奔向浩荡东海。

一切文明的形成都有各自独具的历史，其成因由多种元素汇聚而得。各地劳动人民的创造汇成了灿烂的文明，在如今的熙熙攘攘的市集中不也让人充分感觉到这一点吗！

长江诞生了自己的文化，上中游地区的巫山大溪文化、枝城城背溪文化、京山屈家岭文化，下游地区的河姆渡文化、马家浜文化、良渚文化像花儿朵朵，次第盛开在新石器时代的晨光里。

在这些文化遗址中，有着大量的稻壳遗迹。这些遗迹表明，在素有"鱼米之乡"之称的长江流域，早在7000～10000年前，我国先民们就已经开始种植水稻。水稻，伴随着中华民族文明史，亘古流长。

上古，神农尝百草，驯化了野生稻种，为古代先民们培育了水稻，繁育和壮大了华夏民族。中国最早的文字甲骨文中，就有稻字，由簸箕、扬糠、舂米三个动作组成。

关于水稻的起源，争论很多。西方学者始终认为，水稻的两个亚种——细而长的籼稻和短而圆的粳稻，分别来源于印度和日本。20世纪初，中国科学院院士丁颖根据古籍记载，以考古发现一万年前的栽培稻为依据，以稻壳中稳定存在的植硅体为解码，从社会学和生物遗传学两个角度，论证了稻作文化在中国的系统演变，验证了种源关系，从学术上确立了水稻起源于中国野生稻。经过驯化的中国稻种，向东传入日本，向南传入东南亚，转道印度，最终传遍全世界。

在良渚文化时期，社会生产力有了长足的进步。稻作农业支撑起规模巨大的早期中心城市建设，催生了日益增多的手工业门类，玉器的制作也更加专业。良渚玉器不仅种类繁多、制作精美，而且已经超出了原始宗教信仰的范畴，与政权建设和大型礼制活动紧密联系在一起，出现成组的玉礼器，标识着拥有者的身份、等级和地位，彰显了聚落的等级和规模。

> 良渚文化的玉器种类繁多，有玉斧、钺、纺轮、璧、琮、璜、瑗、环、玦、珠、管、觽、锥、笄、坠、带钩、镯及玉鸟、玉蝉、玉蛙、玉鱼等象生器，类别多达二三十种。其中，琮、冠形器、杖首饰等为良渚文化首创，镯、锥形器、冠形器和三叉形器这四种玉器的数量较多。另外，璜、管、锥形坠、玦及各种串饰、端饰等较为常见。

良渚古城是目前国内发现的同时代最大的城址。证实良渚古城是宫殿区、城墙、外郭三重同心的完整都城结构，这是中国历史时期都城的宫城、王城、外郭三重结构的滥觞。2019年7月6日，中国良渚古城遗址在阿塞拜疆巴库举行的世界遗产大会上获准列入《世界遗产名录》。这一刻，全世界的目光都投向良渚五千多年前，中华文明的璀璨正是从这个时候开始的。

漫步良渚古城，四野是古色，草木石瓦上生长着弯弯曲曲的蔓藤，空长的巷子像是隐藏着先人们的语言。浙江省文物考古研究所原所长刘斌，这个儒雅的西北汉子，通过一大片石头找到了与良渚文化对话的纽带。刘斌和他的考古团队不仅发现和确认了良渚古城外郭城，证实了良渚古城由内而外具有宫城、内城、外郭的完整结构，还发现和确认了良渚外围水利系统，它比都江堰还要早两千多年，是世界上最早的水利系统。发现了广阔的古城，有四个故宫大小功能复杂的水利系统，等级严明的墓地，具有信仰与制度象征的玉器，还从河道里发现了大量陶器、植物和动物骨头。早在五千年前，我们的先民便已开始养猪，种水稻、菱角，吃芡实、杨梅、桃子和杏……这些"石破天惊"的发现，无不展现着中国新石器时代晚期良渚先民高超的智慧与诗意。

五千多年前，良渚君王俯瞰着自己的城池。五千多年后的今天，刘斌与他的考古团队穿过宋代酒肆的残垣断壁，望见了那片熊熊燃烧的篝火。"很高兴能够申遗成功，能够发挥遗产价值，能够让更多的人了解我们五千年前也不落后，也会觉得是我们考古人的一种贡献。但对工作还是没有改变，我们还是会根据学术研究目标去做。"

"从1994年起，国家文物局首次将良渚遗址群推荐列入《世界遗产名录》预备清单，到2018年正式递交材料，中国四代考古人近百年的坚守都浓缩在了5300多页的申遗文本中。"良渚申遗总顾问陈同滨说。申遗成功的这一刻，一切都是值得的。"良渚古城遗址历经考古界、史学界，八十三年、四代人的艰苦努力，非常不容易，我们中华文明起源已经坐实了五千年，填补了长江文明、大河文明的空白。"

据学者统计，"良渚遗址群和寺墩遗址就占有良渚文化目前发现的三分之二的玉器，其他地区的众多遗址仅占约三分之一的玉器。"良渚遗址群出土的玉器数量最多，器型也最为齐全，这表明其文明中心的地位，玉器无疑体现着良渚文化的文明模式。

> 长江广纳百川，文化葱茏葳蕤。长江流域诞生的羌藏文化、巴蜀文化、湖湘文化、荆楚文化、徽赣文化、吴越文化、海派文化，各呈芬芳，和而不同，相映生辉。长江流域的农耕文明与游牧文明、渔猎文明走向交融，长江文化与中原文化、岭南文化、燕赵文化、齐鲁文化、西域文化，甚至异域文化煮酒论道、交流互鉴。

巴蜀文化由逐渐迁徙至四川盆地东部的巴人和长期居住在川西平原的蜀人共同创造，是中国先秦时期长江上游的一种区域文化共同体。巴、蜀两大族群渊源有自，文化各具特色却又相互联系，呈现出多姿多彩的文化面貌，并通过交通建设（修建栈道）打破四川盆地的地形限制，与外界进行沟通交流，在吸纳外来文化和散播本地文化的过程中，不断丰富着巴蜀和中华文化的内涵。至战国后期，秦并巴蜀，巴蜀与中原的经济文化交流更加通畅，巴蜀文化遂成中华文化的核心主体之一。

巴蜀文化的分布范围以今天的四川省和重庆市为中心，包括陕南、鄂西及云贵的部分地区。这一地区生活着众多的部族，他们大致属于两大族团——川东一带的苴、奭、獽、夷、蜑、巴，川西一带的僰、邛都、筰、徙、冉、駹、蜀。巴、蜀分别为两大族团中的主体民族。（《长江文明》）

三星堆，被认为是"长江文明之源"，揭示出灿烂的古蜀文明。

三星堆博物馆的镇馆之宝是青铜纵目人面像、青铜立人像与金沙文化的象征太阳神鸟金饰。面对着祖先留下的远古之谜，在那个无论是酷烈的太阳、肆虐的风雨、狂暴的江河、冷漠的崇山峻岭，还是凶残的猛兽、无情的烈火、骤然而至的疾病和中毒以及想象中的种种厉鬼，都对先民构成伤害，使得他们恐惧、担忧和日夜不宁的时代里，我们的先民依然试图通过人神交往，请求无所不在的神灵的同情、宽恕、息怒、悲悯、关爱、庇护和恩赐。

一位民俗学者对我说，铸造这些面像、人像、金饰，一样需要非凡的功力。有些属于独门绝技，绝不外传。应该说，这属于民间文化的一部分。

我在商代晚期的戴金面罩青铜人头像前伫立了很久。这是一件国家一级文物，它的大小、形状、面部特征跟普通的青铜人头像没有什么差别，但是因为脸上多了一层金光闪闪的金面罩，就显得格外珍贵。像这种戴着黄金面罩的青铜人头像，在整个三星堆遗址一共出土了四件，不同于战国后常见的鎏金工艺，这种金面罩是用黏合剂粘到人头像上的。

在它们被发现前，一般认为早期的黄金面具主要出产于中亚以西地区，比如在古埃及和古希腊的墓葬里，就曾经发现过覆盖在死者面部的黄金面罩。三星堆这几件戴黄金面罩青铜人头像的出土，则说明了这种现象在早期文明中的广泛性。也有学者认为，这些青铜人头像面部的黄金表现的并不是戴在脸上的面罩，应该是一种类似于彩绘的装饰，是对特殊身份人物肤色的一种修饰。

商代晚期的铜太阳形器，也是国家一级文物。1986年三星堆出土的太阳形器全部被砸碎并经火焚烧，但从残件中能识别出六个个体，经有关部门修复，终于复原了其中的两件。关于该器物的用途，学界争论不断，主流观点认为，这是一种祭祀用的太阳图腾，也有研究者认为，它是车轮或是军事作战的盾牌上的盾饰。

在博物馆的二楼，有一个气度与格局令人精神一振的板块。这里立着一排排的树，这便是来自东汉的青铜铸造的树，是一件神物。

青铜器、玉器、金器，数量多，体形大，充满了异域情调，它们刚健、自信、雄奇、精湛、神秘，隐隐有一种理性与思辨的光芒，一种强大的逻辑，一种对世界整体的诠释。

作家熊育群在《青铜岁月》里这样描述：

"青铜神树呈现了一个奇异的世界，它如此高大，四米的高度让人举头仰望。"它把人带入了一个诡秘的时空——它们是通天神树，是宇宙树、生命树，是祭祀天地的神器，是天人感应场。它们接通了中国古典神话——东方的扶桑、中央的建木、西方的若木——这些流传千古的神树，扶桑树上升起太阳,若木承接落日,而建木则可通天,神树构筑了一个宇宙。《山海经·海外东经》有"汤谷上有扶桑,十日所浴,在黑齿北。居水中,有大木,九日居下枝,一日居上枝"。建木、若木在《淮南子·地形训》中被描述成:"建木在都广,众帝所自上下。日中无影,呼而无响,盖天地之中也。""若木在建木西,末有十日,其华照下地。"在《蜀王本纪》中,"都广"说的正是今日的成都。

因为玉器的稀少,所以在古代社会中玉显得尤为尊贵。古人以玉通神、以玉礼神、以玉祭神,玉器都是尊贵的礼器。在三星堆遗址中出土的玉器,玉料中包含了硅质岩、石英岩、蛇纹石、透闪石、阳起石等。

"玉石器是典型的中华器类,但是青铜器的确比较特殊,一是它反映时代和技术水平,世界范围都有一个青铜时代,是人类进入文明时代的标志之一,而中国的青铜时代虽然不是世界最早的,但却是最辉煌的之一,因为它与中华传统礼制紧密结合,超出了日常生活用品的范畴,代表了当时的最高技术水平和典型文化特征,所以中国青铜器是中华文明的重要象征。"上海大学党委副书记、上海博物馆理事会理事长、资深文博专家段勇阐释说,三星堆文化与中原文化的联系与差异,在很大程度上也直观体现在其青铜器上。

> 据《楚文化史》记载,长江流域的荆楚文化,可上溯到上古传说时代的祝融、三苗。春秋战国时期是楚文化的鼎盛期,宏妙的哲思、奇瑰的文学、精美的手工工艺和独特的民俗领异标新,与其他区域文化交相辉映。随着楚国势力的扩张,开拓创新、兼容并包的荆楚文化不断从四周吸收文化养料,丰富自身并向外播散。春秋中期以降,荆楚文化强势东扩,深刻影响了江淮间蔡、徐、舒及江东吴越的文化面貌,长江中下游文化由此得到初步整合与提升,初奠后世文化重心南移之根基。

楚地是道家的发祥地。道家的始祖老子即"楚苦县厉乡曲仁里人也，姓李氏，名耳，字聃，周守藏室之史也"。从地理环境看，"楚有江汉川泽山林之饶，……食物常足。故呰窳偷生，而亡积聚。饮食还给，不忧冻饿，亦无千金之家"。老子出身史官，知天下之变，又生活在不忧冻饿的楚地，故其学不汲汲于实际人生，而有兴致去探究宇宙之"道"。《庄子·天下》说："以本为精，以物为粗，以有积为不足，澹然独与神明居。古之道术有在于是者，关尹、老聃闻其风而悦之。建之以常无有，主之以太一。"这个"太一"理念化，便是楚辞《九歌》所称的"东皇太一"，是楚人尊崇的神灵。

楚文化瑰丽神奇，成就了庄子的散文、屈原的诗歌。《庄子》33篇，恰如多彩的画卷。鲲鹏击水，扶摇而上九万里；神人"乘云气，御飞龙，而游乎四海之外"。其幽远的意境、奇特的想象、变幻莫测的章法、汪洋恣肆的文笔，实为中国文学浪漫主义经典之作。屈原的诗歌，品格高洁、情感炽烈、想象驰骋、结构宏阔，和一咏三叹的节奏，开创了独领风骚的"楚辞"文体。（《长江文明》）

绚丽的楚文化到哪里去了呢？在作家周国平和韩少功的文学作品里都有着这样一个问题，说明楚文化一直受到广大作家的深切关注。细察当地的风俗，或多或少还会有与《离骚》中的"欲远集而无所止"吻合的地方。在湖南屈子祠附近，当地人们口中的方言，将"站立"或"栖立"说为"集"，还是能与楚辞挂上钩的。从洞庭湖沿着湘江而上，一路上有很多与楚辞相关的地名：君山、白水、祝融峰、九嶷山……

几年前，我随朋友去湘西。见到那里的少数民族披兰戴芷、佩饰纷繁、萦茅以占、结苣以信、能歌善舞、呼鬼呼神。史料记载：在公元3世纪以前，苗族人民就已劳动生息在洞庭湖附近（即苗歌中传说的"东海"附近，为古之楚地），后来，由于受天灾人祸所逼，才沿五溪而上，向西南迁移（苗族传说中是蚩尤为黄帝所败，蚩尤的子孙撤退到山中）。苗族迁徙史歌《跋山涉水》，就隐约反映了这段西迁的悲壮历史。

提起吴越文化，则更加有气韵。

> 吴越文化是一种区域文化。这个区域的主要范围大概是北至今江苏，南到今浙东山地丘陵。

学者们对吴越文化的认识，主要从三个层面概括：从地理意义上，吴越文化是指有人类活动以来存在于先秦时代吴、越立国地区的一切文化现象；从历史事件来说，吴越文化是指春秋、战国时期吴、越立国所创造的文化；从文化层面来说，吴越国是五代十国时期的十国之一，由钱镠在907年所建，国都杭州。

浙江省社会科学界联合会党组成员、副主席陈先春说：吴越国存在的时间虽然不足百年，却与源远流长的吴越文化一脉相承。

首先，吴越文化的第一个特征就是向海而生，勇于进取。吴越文化生存的地区具有"水乡泽国"的地理特征，由此造成了"饭稻羹鱼"的经济结构和饮食习惯，并形成了善驾舟、鸟崇拜、干栏式建筑、"文身断发"习俗、尚绿、灵动、情感细腻等文化特征。

吴越文化的特征之二，是敢于开放。吴越文化的开放性体现在它具有对外扩展的开放型冒险性格和恢宏的"拓边精神"。早在四五千年前，吴越人就已驾船航行到太平洋各岛屿。春秋战国时期，在吴国出现了来自西方国家的器皿。秦汉以后，与西北丝绸之路相比肩的就是海上丝绸之路和海上陶瓷之路。无论是异域文化的传入还是中国民众的海外移民或丝绸、陶瓷制品的输出，吴越地区都不甘人后，更多的时候则是开风气之先。

从两汉开始，原始的吴越国开始受到中原文化的影响而产生文化转型，大批中原精英移居吴越，使得吴越文化突飞猛进。至明清，则在中国各地域文化中遥遥领先：明清两朝状元共203名，而江苏浙江即有105名，占全国的51.7%。明清文学众文体的著名作家都出现于吴越地区。以陶瓷为例，中国是世界上著名的瓷器之国，瓷器对于人类餐饮生活的改善无疑具有划时代的意义，而瓷器的最早发生地恰恰是在吴越地区。

960年，宋朝建立，统一中国的大势已来。同样面对这一形势，南唐与吴越采取了不同的态度，最后迎来了不同的结局。

南唐李煜虽然表面服从，主动去国号，称"江南国主"，但内心依然希望维持属国地位，保持割据，幻想求得赵匡胤的怜悯而幸存。而赵匡胤坚持统一目标。"李煜无罪，陛下师出无名。煜以小事大，如子事父，未有过失，奈何见伐？""尔谓父子为两家，可乎？""不须多言，江南亦有何罪？但天下一家，卧榻之侧，岂容他人鼾睡乎？"

直到江宁城破，李煜才出城投降，在屈辱中抑郁而逝，只留下"问君能有几多愁，恰似一江春水向东流"的名句，而李氏家族也湮灭在历史的洪流中。

吴越政权自钱镠至钱俶一直服从中原王朝，保境安民。他的后人钱俶识时务，知天命，主动迎合，不惜代价。一旦发现无法抗拒，就完全接受，交出权力。不顾唇亡齿寒，出兵攻南唐；携带妻子入朝，入住礼贤宅；归国时留下儿子；两年后再次入朝，看到陈洪进献出漳、泉二州，而自己恳求回国却被拒，便主动表示献出全部辖境，并把直系亲属与境内官吏全部迁至开封。被封淮海郡王，享受十年荣华富贵。钱氏列《百家姓》第二，繁衍而成江南第一大族。钱氏后代中诞生的杰出人物及其对中华民族的贡献，世人皆知，就不必列举了。

吴越时期，杭州应该是全国佛教中心。在钱镠统治吴越国之前，前代始建但保留到吴越国时期寺院，总计106所。而钱镠统治吴越国时期兴建的寺院，总计为355所，加上前代建设的106所，吴越国时期总共有461所寺院。

虽然杭州寺院规模大的不多。不过在五代十国时期，杭州的佛教之盛恐怕没有一个都市可以与之相提并论，应该是这一历史时期全国的佛教中心了。

除了发展佛寺外，吴越还大力抄写刻印佛经，一部《金银字大藏经》要早于北宋开宝刻印的《大藏经》，卷数与开宝《大藏经》相当，由于其以金银书写，故更加珍贵。

此外，吴越国王还广造佛塔，著名的有南高峰塔、六和塔、雷峰塔、释迦真身舍利塔等。

钱镠是吴越开国国君，在其统治年间，曾三次兴修杭州城，在原城基础上先后加筑了夹城、罗城、子城。而吴越时期杭州城市水治理的实施与这三次建城紧密相关，其中最重要的水利工程当数西湖的疏浚、捍海塘的兴筑以及龙山、浙江二闸的兴建。

首先是西湖的疏浚。钱镠在扩大杭州城规模的同时，规划了杭州城市格局的主轴线，自南向北沿着被称为"大河"的盐桥河拓宽主干道，使大河和干道成为贯穿全城的命脉。同时，从西湖引水入河，源源不断的活水保证了水质纯净。为了保护西湖等湖泊免受淤塞，钱镠还建立了撩湖兵制度，定期挖掘淤泥，芟除葑草，建闸造堰，蓄水泄洪，水边植树，美化西湖。后来西湖湖光潋滟、山色空蒙，也让钱镠收获了"留得西湖翠浪翻"的赞美。

回望古史，长江流域多元的共生、和而不同的文化特征，正是中华文明博大包容力的写照，也是中华文化面对全球化挑战的策略抉择，不同文化之间的相互交流、整合、吸纳，不断为中华文化的发展注入新的活力。

治水记

大禹记

那天从高原回来，直到天黑透我才到家。走在楼下就闻见炖汤的气味。那晚，天上好多星星。

回到家，妻子捧着一本儿童书，正在给儿子讲"大禹治水"的故事。

见着我回来，笑着说："啥时候带儿子去大禹治水的地方看看。"我笑着说："出去一趟可不容易，孩子的事要你操心了。""关心下一代的事就交给我吧，你只管着你的事情。"

这几年，我一直在长江岸边奔走，家里的事情一概不知，倒是没有听到妻子半句怨言。

2023年的春天，我决定去河南。那时，正是儿子上学的时间，妻子也因上班脱不开身，我只好邀约两个文友同行，一是旅途换着开车，消除一些疲劳；二来途中聊聊天，省得一个人寂寞。

我此行的目的地是禹州，从修水到河南禹州导航显示7个小时。

在此之前，我没有去过河南，我的两个学生一个毕业于郑州大学，另一个毕业于南阳师范学院。他们经常会给我讲一些在河南的生活，禹州这个名字，我也是从他们的口中听说的。

我觉得禹州很是特别，一问才知道名字的含义与大禹相关，于是又多问了几句。

> 禹州称"夏邑"或"夏国"。夏禹始封于此。《水经注》载："河南阳翟县有夏亭城，夏禹始封于此，为夏国。"《竹书纪年》载："夏禹之子夏启，即位夏邑，大享诸侯于钧台，诸侯从之。"

早晨，太阳还没有出来，我们就出发了。一路上到处是绿，到处是高耸粗壮的树，风拂过，远远望去，像是一片绿色的汪洋。绿的是树木，树木长在江岸上，长在高坡上。绿的是蔬菜，葱蒜萝卜水芹菜。绿的还是冬旺的麦。比麦地偏远的是岗地、沟地、垄地、梯地，那里长着粉青色的豌豆。有豌豆长的地界儿越发气象不凡，成块的，成坡的，成沟的，成趟的，野地里的，房前屋后的，浅黄中有了这豌豆的色彩衬着，看它的人就联想到农家的灶头，脑子里蹦出"丰衣足食"这四个字。

本来7个小时的车程，却花去了8个多小时。抵达禹州地界时，已是下午3点。我们寻找就近的路口下了高速，附近是一户烧柴火的人家。正厅堂上挂着两张画像，一位老人介绍道："这是我的爷爷，那是大禹。"相框却是新的，银色的边，背后写着几行字。

老人是个耕地的人，平常喜欢读书写作，几个笔记本上的字迹漫漶不清了，看得出他还会作"田园诗"。

"这就是禹州了，骆驼岭东端骆驼峰顶离这不远，过前面一座山丘就能看见大禹像了。"老人一边抽着烟一边说。烟雾从他的鼻孔中慢慢地溜出来，很快就不见了。

骆驼岭东端骆驼峰上竖立着大禹的像。

"就在这附近吗？"我问。

"不远哩，不远哩。"老人又吸了口烟说。

我计划在禹州待两天，临时决定回程时祭拜大禹。

做了片刻休整，我们朝着禹州市奔去。

禹州市是个县级市，由许昌市代管。常住人口约130万。

禹州因大禹治水而得名，古称阳翟、钧州、颍川，别称夏都、钧都、药都，

◎ 大禹治水

我国古代的神话传说故事。大禹治水的精神是中华民族精神的源头和象征,也是当代社会主义核心价值观的根脉。

据《大禹志》记载，禹州还是黄帝部落活动的中心区域之一。

禹州是个文化厚重的地方，境内有神垕古镇、钧官窑址博物馆、大鸿寨、中国钧瓷文化园等旅游景点，拥有大量的历史文化遗存和深厚的历史底蕴，孕育出韩非、吕不韦、张良、吴道子、晁错、褚遂良、郭嘉、司马徽等历史名人。

禹州城市整洁干净，美丽的湖岸上，偶尔有种声音，像是从历史深处传来的。

在禹州，我们事先去的是村庄、田野。

那是一片绿色的田野，长满了泛喜草。我在想，也许在大禹时代，依然会有整片的田野，田野上长满了泛喜草。田野上飞翔的青鸟仿佛是从遥远的国度里飞来的。

我被这片青色迷住了，一个劲地听着花丛中生命的奏鸣。

我没法说出停留的时间，与青鸟在一起待了多久。我的心灵与蜜蜂一起飞舞着，我看见田里的农民在栽种着禾苗。我意外地发现，一个陌生人正在观察着我，"为什么要停留？"他问我。

"我想听听蜜蜂的嗡鸣。"我说。

他又瞥了我一眼，我明白了，这个极其务实的农民也在思考着什么，大概因为我领会到花盛开的神奇力量。

他沉默了起来，反而使我很不自在。我问起一些无关紧要的问题，但他对我的问题毫不理会。

"知道大禹吗？"我问。

他沉默了一会儿，专注地凝视着，按他的理解作出结论："是一种精神吧！"

显然，"大禹治水"不单单是个神奇的传说。

与其说大禹治水是帝王的伟业，倒不如说是人民创造的治水精神。

一个传说就像是一粒种子，这粒种子从入土、发芽到长叶、开花，没有人留意到那些漫长的光阴。

我怀着对历史的尊重，对大禹这个人产生了无比的好奇。

我发现，在伟大的汉字中，一直在记录或流传着的"大禹治水"，是平民与帝王之间搭起的一座桥梁。

"大禹治水"应该说是一个时代铸就的精神，这也是帝王心系子民的象征。由此推断，在那个古老的时期，已经存在治水的方略。

那时一定不会有像如今工程开工时盛大的庆典仪式。那是一种最为安静又最为热闹的劳动场面，是从肉眼看不见的灵魂深处开始的。

我在今天寻找"大禹治水"时，感觉那些在时空中消逝的部分，就像磁力一样闯入了今天我们的生活中，实际上也是在"唤醒"沉睡的我们。

长江便是通往昨日的曲线，"浩荡空前"的长江上，那些消逝的故事我们依然能够娓娓道来。

大禹治水有很多的神话故事。其中与长江流域的传说更为精彩。

位于湖北省武汉市的大禹神话园，是坐落于汉阳江滩上的古迹，也是大禹治水的功成之地。神话传说与历史相融合，引得人们传颂千年。

传说在尧的时代，中原洪水泛滥，惊涛骇浪，沧海横流。洪水来势汹汹，遍野哀嚎，直接淹没了庄稼，盖过了丘陵，人们的房屋也皆淹于滔滔洪水之下。

洪水给黎民百姓带来了无穷无尽毁灭性的灾难，导致很多人不得不背井离乡。在这种紧急情势之下，尧四处访求能治理洪水之人。

他忧心忡忡地对大臣们说："今水患当头，天下黎民百姓正处于水深火热之中，谁愿意担此治理水患大任，为民解难、为我解忧呢？"

群臣和各部落的首领一听，纷纷推举鲧。

鲧治理了整整九年，大水仍未得消退，鲧无可奈何，最终放弃治水，消极怠工。

后来舜上位，因鲧办事不力，他将鲧的职务革去，并将之放逐于羽山，鲧就在羽山度过了自己的余生。

焦头烂额的舜也来征求大臣们的意见，这一次，很多大臣都力荐鲧的儿子禹，他们认为，禹能力突出，品行端正，做事认真谨慎，为人谦逊有礼，可担大任。

听闻此，舜很快就把治水的大任交给了禹。

大禹的妻子是一位善解人意、贤良淑德的女人，她同意丈夫前去为百姓解决灾难，即使他们才新婚四天。

大禹更是下定决心要治理水患，他知道，自己身上肩负了一个重大的使命，所以丝毫不敢懈怠。

于是，大禹与妻子执手相望，然后洒泪告别，踏上了一段崭新却未知的漫长征程。

禹为了完成父亲未完成的夙愿，为其弥补遗憾，他带领一众助手走遍了中原大地的千山万水，每一段旅途都是幕天席地，餐风饮露，风尘仆仆，但是他从未想过放弃。

在沿途，他亲眼见证了无数人在面对洪水时的奋力挣扎和无可奈何，他在流离失所的百姓面前一次次流下了清泪。

大禹带着规尺，拿着量绳，走到哪就计量到哪。他在经历无数次失败后，总结和研发出了新的疏通水道的治水方法。

在实践中，大禹发现这套方法很实用。于是，在每一个穷山恶水、人迹罕至的不毛之地，他和团队都亲自涉险，解决水患。

百姓也为之动容，这让他感受到人民最真切的情谊，也更增加了他要治水的决心和信心。

于是，禹每到一处需要治理的地方，就征集群众一起施工。他不舍昼夜，无时无刻不和人民在一起劳动，一起吃，一起睡。每日挖山掘石，披荆斩棘，披星戴月。

夜间，我的心里涌现出一个不太清晰的念头。我便走到室外，想厘清自己的思路。

昨天这条江在晴空下与星星、与整个世界交相呼应。今天天空被乌云遮蔽，河流躺在乌云下，就像是躺在被子里，再不与世界呼应了。就在这时，我厘清了有关自己的思路。在黑黑的乌云笼罩下，河流无法与一切交相呼应，但它依然是河流，在黑暗中闪着光，奔腾着。而乌云笼罩的黑暗中，鱼儿感觉到大自然的温暖，在水中游动，拍溅起水花，比有星星闪烁和寒意陡峭的昨天更有力，更有声响。

可自然正在演变，长江在瞬间就会咆哮起来，一切将失去支柱……

治水，成为中国河流的现象。不单指黄河与长江，其他的水域也将面临这一考验。

《山海经·海内经》记载，"洪水滔天，鲧窃帝之息壤以堙洪水，不待帝命，帝令祝融杀鲧于羽郊。鲧腹生禹，帝乃命禹卒布土以定九州。"

晋郭璞《山海经注》："息壤者，言土自长息无限，故可以塞洪水也。"鲧是大禹的父亲，承担着治理洪水的重任。为了达到治水的目的，鲧从天帝那里偷偷地拿了息壤这样一块可以自己成长的土壤。没想到，就在鲧用息壤治水已经取得了明显效果的时候，这个秘密却被天帝发现了。恼怒异常的天帝，很快派祝融诛杀了鲧。所幸的是，鲧的儿子大禹，子承父业，不仅继续承担治水的重要使命，而且还改"堵"的方法为"疏"，最终完成了治水的神圣使命。

这是其中一种传说，另外一种传说是：

黄帝的后代，三皇五帝时期，黄河泛滥，鲧、禹父子二人受命于尧、舜二帝，任崇伯和夏伯，负责治水。尧帝派禹的父亲鲧治水，但没有成效，鲧被处死；舜帝则继续任命禹治水，大禹率领民众，与自然灾害中的洪水斗争。面对滔滔洪水，大禹从鲧治水的失败中汲取教训，改变了"堵"的办法，对洪水进行疏导，体现出他具有带领人民战胜困难的聪明才智。大禹为了治理洪水，长年在外与民众一起奋战，置个人利益于不顾，《庄子·天下》篇记载："昔者禹之湮洪水，决江河，而通四夷九州也，名山三百……"《尚书》所述的，是禹娶涂山氏之女为妻，新婚仅几天，便出发治水，儿子夏启呱呱坠地，他没有见过一面。孟子说，禹八年于外，三过其门而不入。《史记》中所载，是居外十三年，过家门不敢入。大禹治水十三年，无暇顾及家庭，顾及儿女私情，耗尽心血与体力，不仅治理了水患，还开辟了黄河和长江流域的陆路与水路交通网，划出了九州行政区。

后人无法从这两个故事中看到锣鼓鲜花，或者从孕育到出生。在那漫长的时光里后人所能看见的并非它的存在，不可能看到人类历史上与洪水斗争的壮阔场景，那也是极其残酷的场景。

大自然的内心不可能永远贞洁，生长的大自然会存在着执念。它那升腾的强烈情感会让人类陷入黑暗，那是一种力量，也是惩罚青春时代无果的理想，它偷换了人的爱情。

"我马上就治愈您。"我听见一个声音。蜜蜂在开着鲜花的长江岸边嗡嗡地叫。

我第一次注意到，大自然一直在创造着自身的规律。这些规律在大自然里也发生着变化。

一场洪灾过去的第二年，那些被洪水掠夺过的地方像是被装扮过，有的地方梳过，有的地方剪过。但是太阳很快就破坏了它在清晨做的活儿，使一切都动了起来。

此刻对于我来说，春天成了一种情感。

早春在大自然中依然是变化无常的，因此只有短暂的时刻令人感到欢乐。对于这个季节来说，尤其是南方，那是泥泞、刮风、严寒和小雨，而对于有的人来说，早春是全年中难得的时节。

人也像河流一样，有时候坚强的人会从精神创伤中产生诗意。

洪水是早春过后暴涨的。发大水时，老鼠在水中游了很久，寻找着陆地。它筋疲力尽，终于看到水中冒出的一株灌木，便爬上了它的树梢。在这之前，这只老鼠像所有的老鼠一样生活，像它们一样做着一切，可现在得独立思考接下来该如何生活。

居住在南方的人，经常会有这样的遭遇。这是一种自然力，它支配着人们的生活。

现代学术产生后，防洪有了各种办法，有学者开始质疑《山海经》里的大禹传说的真实性，比如开创"古史辨"学派的顾颉刚，他就认为大禹的事迹是战国时的人虚构的。

历史文献在流传的过程中往往会被后人加工或改造，甚至被塞进更晚的篇章。现存关于大禹最早的文献，是《尚书》开头的几篇。近年，一件流散海外的青铜器"遂公盨"被发现，其铭文中有这样的叙述："天命禹敷土，随山浚川。"

但从工程的可能性看，这都不现实。即便是现代国家也不太可能实施这种完全改变大江大河的工程，更何况在4000多年前还没有出现地跨黄河和长江流域的大型国家，其人口规模和技术水平根本不足以改造大江大河。

难道，大禹治水只是西周或春秋时期的人创造的神话？考古发现能提供解答，虽然它有时会离人们最初想象的"答案"很遥远。

《史记·夏本纪》中有一处很特殊的记载，说大禹在治水期间曾经让他的助手"益"给民众散发稻种，在低洼多水的地方种植：

以开九州，通九道，陂九泽，度九山。令益予众庶稻，可种卑湿。

大禹推广稻作在其他古书中都没有相关记载，但在《史记》中却出现过两次。这应当不是司马迁的笔误，而且，在新砦和二里头考古中也得到了验证。

在大禹的治水传说中，治水的背景是大洪水泛滥，所以有学者认为，龙山时代，冶金术已较为成熟，文字也创制成功，精美的玉器成为沟通天地人的神器，黄河、长江中下游已是城堡林立，文明与野蛮正在交织对抗。这就是我们过去所不知晓的夏商周文明历史之前的"龙山时代"，它在中华文明史中占据了600年之久。华北曾出现过一些古国，但在4000年前陷入萧条，原因就是那场传说中的大洪水。在新石器时代，华北以粟、黍等旱作农业为主，基本不需要农业灌溉，从而聚落也就可以远离河谷低地。龙山时代最显赫的古国，如陕西陶寺、清凉寺和陕西石峁，都坐落在山前和梁峁地带，比临近的河谷高出数十米，不太会遭受洪水威胁。总之，它们的衰落可能各有原因。

传说是经过诸多流变、改造的历史记忆，其最初的"内核"会被层层包裹，甚至改头换面，难以识别。但参照考古成果，发现"大禹治水"的最初内核：一场龙山末期部分古人改造湿地、开发平原的活动。（《翦商》）

我端详着这段文字，历史是复杂的，不怀疑学者的论断是一种误解，我觉得大禹治水的真实性和故事的流传没有任何的冲突。而在人们心里，大禹就是治水之神，赋予我们今天的是一种精神。这种精神，通过时光的洗礼一直流传至今。

需要强调说明的是，从历史时期直到现在，江河下游的平原地带都是人口最为密集的地区，如华北平原、黄淮海平原、长江中下游平原。但上古的石器时代则截然相反，在没有人为筑堤干预的情况下，江河在平地上容易呈漫流状态，而湿地沼泽并不适合农业。

《尚书·禹贡》这样描写黄河下游的景观："又北，播为九河，同为逆河，入于海。"这里的"九河"不是确切数字，是泛称，指下游黄河形成多条扇状分汊，泛滥成为广阔湿地，与海滩相连。这是上古时代未经治理的下游平原面貌，而内陆的平原地区，其环境也与此类似。比如，关中的仰韶文化遗址就有大量和水有关的元素，捕鱼的鱼钩、网坠，用蚌壳制作的各种工具，乃至陶器上面有大量鱼类图案等。这些遗址大多分布在台地，远离湿地水滨，看来古人也会到湿地渔猎。

而在华北地区龙山时代的遗址中，普遍有少量稻谷，虽然占比很小，但说明黄河流域的人们已经开始尝试利用湿地边缘种植水稻。新砦—二里头人则走得更远，他们已把水稻作为主粮，而这就需要开发湿地，排干沼泽，将其改造成拥有灌排水系统的稻田。简而言之，在龙山时代结束后的"大萧条"中，位于新砦—二里头人之所以能够异军突起，甚至建立华夏第一王朝，水稻是重要原因。

我坐下来休息的时候，听见松鼠、交嘴雀，大概还有许多我不知道的鸟，在河流上空的树丫上交头接耳，大概是对人间的理解和对一切造物怀有同情。某一天，肉身就落在泥土里，落在溅起浪花的水中，消逝得不见踪迹。

大禹的形象早已凝固在时间的砧板上。

我们尽管知道有些讲述有可能会变形，远离了事件本身，在表述的时候，我依然能从那古老的方块字里捕捉到已逝的时间里的心跳声。然而，心灵与真正的自然恰好相反，当心灵在活跃的冥想中枯竭时，自然却突然爆发出神秘的活力。让人吃惊的是，虚空的想象和真实的世界完全无关。我们的立场和角度，从来不是事物本身的立场和角度，这也是我们在叙述时会有偏差和谬误的原因之一。

我一直醉心于寻找事物的本源，试图把自己纳入大禹治水的年代，试图从本体论的角度认识时间和抽象形式之谜。实际上，无论是哪种方式都不可能。

我们能从中认识到大禹治水对后人的影响。这个人物的出现，无论是对于历史深处的先人，还是现在的我们，都提供了某种信仰上的滋养和支撑。在河南，很多地方还有"大禹王庙"，由此可见人们出于对大禹这样的历史人物的崇拜而立庙祭祀，并命名当地地理或者风物，而并非指他们一定曾经来过这里或有所作为。说到底，这依旧是人们借地理命名表达一种神往。

乾隆《高邮州志》记载："夏禹王庙，在临泽镇，以大禹排淮注江道出于邮，故立庙祀之。"民间有些传说则更为神奇，说大禹治水途经临泽一带，一天在野外支锅做饭，突然发现旁边地下冒水，水流很急，周围很快变成一片汪洋，老百姓无计可施，纷纷逃命。这时大禹"运起神功"，将做饭的铁锅反扣于洞口，堵住水流，免除了一场灾难。老百姓为了纪念这位救命恩人，便建起禹王庙。很显然，这是比传说更虚幻的"神话"。不难理解，这是人们因为对水患的畏惧或者对风调雨顺的向往，所以"强行"将大禹治水的故事嫁接到现实中来。为了证实和增强这种传说的可信性，人们修建了寄托崇拜和信仰的现实庙宇。

长江一如既往地滚滚向前，并且在不断地遗忘和产生各种事实。这样的河流充满了神性，是因为河水中流淌着乡土世界对一切本源的期待和神往。与水抗争，成了人们生活的课题。

2020年12月8日，国际灌排委员会第七十一届执行理事会公布了

2020年世界灌溉工程遗产名录，我国申报的四项水利工程——福建福清天宝陂、陕西龙首渠引洛古灌区、浙江金华白沙溪三十六堰、广东佛山桑园围全部成功入选。

陕西龙首渠引洛古灌区地处秦东平原渭洛河阶地，有2100多年的历史。《史记·河渠书》记载，汉武帝采纳临晋郡守庄熊罴建议修筑龙首渠，因在3500米隧洞施工中首创了"井渠法"，被誉为中国历史上第一条地下渠。其后，引洛灌溉代有传承，各具特色。

位于浙江金华的白沙溪三十六堰，则是浙江省现存最古老的堰坝引水灌溉工程。东汉建武三年（27年）首筑白沙堰，此后百余年的时间里，横跨45千米、水位落差168米的30多座堰相继建成。

始建于北宋徽宗年间的桑园围，由北江、西江大堤合围而成，是我国古代最大的基围水利工程。

面对古代哲人长久不懈的思想，我怀着敬畏之情，站在了大禹的铜像前，默默地朝着大禹像跪拜，感谢先人为今天的我们创造的幸福生活。

大运河

2019年，我在鲁院高研班学习时，我的导师徐则臣以大运河作为背景创作的长篇小说《北上》获得第十届茅盾文学奖。

"大概有20年的时间我一直在写京杭大运河，它一直是我小说中故事发生的背景。随着对这条河的了解越来越多，觉得到了可以把这条河作为主角来写的时候，就开始动手创作《北上》。"

那段时间，则臣老师给我们讲运河，讲《北上》，后来，《北上》也就成了我的枕边书，我也由此而爱上了大运河。

我是从《北上》的书中读到，运河与其他河流是不同的，不同就在于运河是人工开凿的河流，其他河流多先于人类存在，而运河不是。

从鲁院回来后的两年，去江苏，就像埋在我心里的草根，时时有着钻出地面的欲望。

在某个夜晚的梦境中，我乘舟漂流在江苏的大运河上。我不得不惊叹，大运河是自然中最堪观赏的奇观之一。

2022年的中秋，我去江苏的苏州，正巧赶上了一轮圆月。

苏州的美有太多的诗意。闲云出岫，琴声铮铮。在运河边行走，我便想起了《北上》里的景致。仿佛看见了一个专心致志的读书人，就立在河边。运河在文人的笔下，无与伦比，自然成了他们精神上的故乡。

到苏州，我首先想着的是运河。

这是我心中一条神奇的大河。苏州的古运河带着古色，带着历史的韵味，从历史中走来。

南方的建筑恍恍惚惚地倒映在水里，看不清的行人和动物也在水里走动，仿佛运河里另有一个人间。

在河流史上，凡是大江大河它们都有着密切的联系。北宋文学家王安石《泊船瓜洲》写道："京口瓜洲一水间，钟山只隔数重山。"诗中的京口指的便是江苏镇江。这里是长江和京杭运河的"十"字交汇口。

此刻，我临时起意，决定从苏州去镇江。

在去镇江前，我得在苏州小住几日。

在苏州古运河畔漫步，你可以感受到浓郁的江南水乡文化氛围，你可以欣赏到许多精美的园林建筑和传统民居，如拙政园、狮子林、平江路，等等。这些建筑都有着深厚的历史背景和独特的文化内涵，让你领略到不同于其他地方的江南风情。

我在鲁院的同学高梓是个地道的苏州人，他大学读的是建筑学专业，现在在建筑设计院工作。他曾沿着大运河的源头一直到北京。

我到苏州，高梓特地从外地赶回来，热情地接待了我。

"大运河是世界上里程最长、工程最大的运河，换作是现在，修一条这样的大河，那也是世界瞩目的大工程。"高梓说。

"要了解这条河，得和她相处，否则，你就不知道她的性格和脾气。"高梓又说。

运河可以说是一条伟大的河流。与长城、坎儿井并称为中国古代的三

项伟大工程,并且使用至今,都是中国古代劳动人民创造的伟大工程,也是中国文化地位的象征之一。

> 史料记载,大运河南起余杭(今杭州),北到涿郡(今北京),途经今浙江、江苏、山东、河北四省及天津、北京两市,贯通海河、黄河、淮河、长江、钱塘江五大水系,大运河全长1700多千米。

苏州古运河是大运河的组成部分,犹如玉带一般环绕着美丽的苏州古城。

在苏州古运河上乘坐游船是一种非常惬意的体验。你可以欣赏到桥梁错落有致、民居古朴典雅的美景,还可以听到导游讲解沿途的历史和文化。同时,你也可以看到一些特别的景点,如拱桥、白塔、虎丘,等等。

大运河不仅承载着南来北往的船只,而且孕育、滋润着沿岸的运河儿女、运河城市,还是解决文明奥秘的钥匙,是活在生活中的历史。

那是一个夜晚,我在大运河边寻觅着,细细观察周边地理形势及物产、遗迹、民风。遥望着那微弱的光色里的运河水,月亮一下就升起来了,姑苏城像是浸泡在水中。

"嗬哟——嗬哟——嗬——"地叫起来。"一声号子我一身汗,一声号子我一身胆。"人们在河边锻炼的时候,不忘唱起民歌。那错落有致、韵味悠长的歌声,在运河上荡漾开来。好像又有船只拔锚起航或歇锚靠岸了。

在运河边,劳动人民在生产过程中创造了许多与生产相关的艺术,船工号子就是纤夫们为了在拉纤中步调一致、提高劳动效率而自然创作的一种传统民歌。

船工号子多种多样,丰富多彩,它与河道上的万家渔火、笙歌管弦一起,成为运河的一种特色文化。船工号子是船工们在劳作时的即兴创作,与劳作紧密伴随,其相关器具众多,包括漕运船及船上桅杆、篷布、橹、篙、铁锚、纤绳、定船石等。可以说,船上有多少道操作工序,便有多少种船工号子。

夜半更深的时候，姑苏城便安静了下来。运河边的生灵大概也都睡着了。不远处的小桥边，一对恋人紧紧地相拥着。多么好的一轮月亮啊！

"君到姑苏见，人家尽枕河。古宫闲地少，水港小桥多。"苏州是一座与水紧密相连的古城。穿城而过的大运河，形成"三横四直"的水系格局，孕育了姑苏人家的特色风貌和生活方式，也为当地留下了丰富的文化遗产。在流淌千年的运河时光里，在纵横千里的繁华盛景中，苏州古城毫无疑问有着特殊的印记。

"士女倾城而往，笙歌笑语，填山沸林，终夜不绝。"400多年前姑苏中秋虎丘曲会的盛况，惊艳神州。伴随着昆曲评弹的浅吟低唱，"苏式中秋晚会"经由中央广播电视总台的舞台，与全球共赏。我有幸在现场观看了这场晚会。

一曲出云霄，一梦入江南。江南，是中国人的诗意，姑苏，是江南文化的精髓。

秋日，对于苏州来说，写尽了江南的水意。

唐代诗人张继独自漂泊在苏州城外枫桥边的一艘小船上。江南水乡迷人的景色和远处传来的幽幽钟声，让这位怀着旅愁的游子，诗情满满，写下了那首传唱中外的"月落乌啼霜满天，江枫渔火对愁眠。姑苏城外寒山寺，夜半钟声到客船"。

还是在唐代。后来，杜荀鹤来了苏州，将苏州的精致浓缩成了"人家尽枕河""水巷小桥多"的优美诗句。

宋代的诗人贺铸到苏州后，留恋的是姑苏的暮春初夏："一川烟草，满城风絮，梅子黄时雨。"

"上有天堂，下有苏杭"。姑苏城，以她江南水乡的钟灵毓秀、以她千古沉淀的人文气息，强烈地吸引着历代的文人墨客，在这里留下了无数歌咏。

暮烟秋雨、绿杨白鹭、近水远山、细雨垂杨，这些意象，仿佛天然就只属于苏州。

"古城有姑苏，姑苏看平江。"走完姑苏城，"平江"就像是道菜，不吃怕是会遗憾。我们朝着"平江"走去。

"平江古巷见江南。""一条平江路，半部苏州史。"小桥流水，粉墙黛瓦，窄巷青石，吴侬软语。与苏州最热闹的观前街一巷之隔，就是清静古朴的平江路。行走其间，仍能清晰触摸千年江南的脉动。

春秋时期，伍子胥建造吴国都城阖闾大城，也就是现在的苏州古城。宋元时苏州又名"平江"，平江路由此得名，与其相邻的就是平江河。

> 平江路所在的平江历史文化街区，距今已有2500多年历史，集中了城内最密集的河道、桥梁和水巷，是古城迄今保存最典型、最完整的历史文化保护区。

在苏州段的运河遗产中，平江历史文化街区享有独特的地位，更是常有"一条平江路，半座姑苏城""不到平江路，就永远读不懂苏州"的说法。那么，平江历史文化街区与苏州古城以及大运河之间又有着什么样的渊源呢？

"平江"取自苏州古称。据《苏州志》载：宋政和三年（1113年）正月，敕升苏州为平江府。元至元十二年（1275年），以苏州为平江路治所。直到至正二十七年（1367年），朱元璋攻克平江之后，才将其改设为苏州府。因而，在250多年里，苏州城作为平江府、路所管辖若干县的统治中心，有"平江城"之称，谓之"水势至此渐平"，平江路便是得名于此。

步入平江路，首先映入眼帘的是著名的碑刻地图——《平江图》。"看过《平江图》，方懂苏州城。"苏州碑刻博物馆馆长陆雪梅说。

石碑刻于南宋，当时苏州面临着重建工作，正值李寿朋任苏州知府，他命人实地测量和绘制后将重建苏州城的地貌刻于石碑之上，这也是目前世界上最古老的城市石刻平面图。

在《宋史》卷四二《理宗本纪》中查到李寿朋寥寥几字的平生简历。宋理宗绍定元年（1228年）十二月，李寿朋官平江府。绍定二年（1229年）

十月，迁荆湖北路转运判官。嘉熙元年（1237年）三四月间，知黄州，兼淮西安抚使，本路提刑。因被命三月，还家而不赴任，于六月诏削秩三级，押送建昌军。

《苏州志》载，石碑刻成，当李寿朋轻抚着《平江图》的碑刻时，心里感慨万千。这个被他挚爱的平江府，如今已用万古久存的方式，被镌刻在时间的长河里。他心里一直明白，生命终将消退，历史起伏跌宕，个体渺如烟尘，要让一座城市永恒，何其之难！

南宋绍定二年（1229年），离金国夷灭苏州城已经过去了一百年。这百年的记忆很痛，苏州人几乎是从废墟中根据记忆重建这座城市。正因为李寿朋一直都知道，繁华三千再盛世，也会因为乱世突来尽相毁。留碑刻于当世，是怀念从前，亦为后人留存。

"倘若再有乱世灭我平江，此碑可供后人重建。"李寿朋默默地对自己说。

让李寿朋意想不到的是，他的《平江图》成为苏州地图的祖本，也成为世界上现存最久、最完整的城市石刻平面图。从他之后，苏州古城即便经历无数的乱世，格局也没有大变。1945年，美国飞行员在空中拍摄苏州全景，惊讶地发现，就城址与水道而言，苏州城与《平江图》几乎没有变化。

是的，李寿朋当初的心愿完成了。

如今，当我们再看《平江图》，也不得不惊艳于其中的细节。

5个城门，阊门、盘门、葑门、娄门、齐门，均分别由水陆两座城门守护。

南北直河6条，东西横河14条。桥梁密布，共395座，白居易诗中有云：红栏三百九十桥。

茶场、盐仓、酒库、米行、丝行、果子行、金银行、药市、绣坊、石匠铺、乐鼓铺等，兴盛姑苏，跃然其中。

有南园府学、长洲县学、鹤山书院、和靖书院等，自古人文在其间。

也有牌坊园林宅第，有儒学坊、状元坊、沧浪亭、南园、杨园、乐圃等，所谓："不出城郭，旷若郊野"。还有道观67座、佛塔9座，史书云："东南寺观之胜，莫盛于吴郡。"（《看过〈平江图〉，方懂苏州城》）

一卷河山

◎ 苏州平江路

　　苏州的一条历史老街，是一条沿河的小路，其河名为平江河。平江历史街区是苏州古城保存最为完整的一个区域，堪称古城缩影。

对照石碑上的街巷、河道分布状况可以发现，彼时的苏州城区水陆并行、河街相邻，呈现"双棋盘"格局，而今平江路依然延续了800多年前的古城格局，街区面积约8.1公顷，包括胡厢使巷河、大柳枝巷河、大新桥巷河、中张家巷河等多条河流，以及全晋会馆等多处建筑遗产，并保持着原有的居住、商业等城市功能。正因如此，平江历史文化街区被誉为"苏州古代独特城市规划的典范""水城苏州的缩影"。

置身平江路，轻易便能欣赏到"小桥、流水、人家"的江南水乡风貌，傍河而走的千年古道，狭窄的河道中偶尔有摇橹船驶过。然而，这样一条看似静谧古朴的街道，在200多年前曾是神州大地上最为繁华的街道之一。

自宋代起，苏州城就已是富甲一方，有着"苏湖熟，天下足"的民谚传颂。平江河作为当时苏州城的主干道之一，也早已是行人如织，商贸繁荣。

平江河系苏州城主干河道"三横四直"中的第四直河，也是城内最古老的河道之一。依托纵横交错的河道，明清时期，这里成为重要的粮食仓储中心、重要的漕运集散地和起运地。当时，苏州官府把原先分散在各县农村的粮仓，移建到古城内娄门和阊门一带城脚下，平江路东侧的仓街因此而得名。仅平江历史街区就有苏巷仓、席墟仓、狄溪仓等大小粮仓百余处。

自此，一条条船舶，将大量漕粮不断输往北方。16世纪末，苏州府提供的漕粮达69.7万石，约占全国总数的五分之一。在平江路段的石家角，至今还保存着一个官府粮仓——丰备义仓，现存粮仓30多间。

与平江历史街区内小桥流水相依的，是鳞次栉比的传统建筑，它们是苏州古城风貌最集中的体现。在粉墙黛瓦构成纵横交错的幽深街巷中，河道、小桥、民居、寺观等与世界文化遗产耦园交相辉映，彰显着街区数百年濡养出的温润气质。

斑驳的围墙内还庇荫着不少深宅大院、名人故居，堪称中国古代民居建筑珍品。

在明清两代，平江路曾是门阀世代生活的"富人区"。清代中晚期，苏州两大望族"贵潘"和"富潘"分居于平江路两侧。他们的宅邸无一不是重金打造，相传共有六进的礼耕堂，由"富潘"第九代人潘麟兆于乾隆四年（1739年）耗资30万两白银，历经12年才完全建成。名门望族将这里视为理想地段，平江路的地位和繁华程度可见一斑。

不仅如此，平江路还是一众文化名流与知识分子们心目中的理想栖息之所。明清时期，曾有申时行、潘世恩、吴廷琛、洪钧，4位状元生活在平江路一带，其中洪钧的宅邸就位于悬桥巷中。这条全长不到400米的小巷看似不起眼，却出了不少高门大户，清代著名目录学家黄丕烈、清末名医钱伯煊都曾居住于此，说这里是旧时苏州的文化中心也不为过。

纵横的街巷，布满历史痕迹的古桥，还有众多带着人文记忆的古宅、古井、古树、古牌坊……星星点点散落在平江各条古巷之中。平江古巷就像一座没有围墙的江南文化博物馆，展现着水乡古城风貌，诉说着千余年的平江故事、苏州故事与运河故事。（《"古城有姑苏，姑苏看平江"，为何说一条平江路就是半座姑苏城？》）

> 2014年，中国大运河成功列入世界文化遗产名录。作为中国大运河重要的文化古城，苏州共有4条运河故道（山塘河、上塘河、胥江、环古城河）和7个点段（虎丘云岩寺塔、山塘历史街区、盘门、平江历史文化街区、全晋会馆、宝带桥、吴江运河古纤道等）列入申遗名录，苏州也因此成为运河沿线城市中唯一以古城概念进行"申遗"的城市。

当然，诗意在苏州的江南文化大家庭中，绝对不孤单。苏州现有人类非遗代表作项目6个，国家级非遗项目33个。

不仅如此，在对江南文化的挖掘与研究方面，苏州也走得很远很深。三山岛旧石器时代遗址环境整治、草鞋山遗址500平方米考古挖掘……苏州大力推进"江南文化研究工程"。

"良玉虽集京师，工巧首推吴郡"，御窑金砖、香山营造、宋锦、缂丝、苏绣，千年流淌的大运河，载着苏州良匠的巧思，从苏州到京城，实现了空间上的转移，让江南文化的"风物"滋养了百姓的生活，繁荣了姑苏的市井。

古老的建筑，有着高贵的灵魂。夜晚来临，整个星空都落在运河的水中。

自然风物与运河奇观构成了前现代的中国。不同的风景，不仅是地方性的奇观，同时也是中国地大物博、历史深远的明证。

位于苏州吴中区东山镇太湖之中的三山岛，离苏州50千米的距离。三山岛有着"太湖小蓬莱"之美称，为一大二小的山岛，一大为主岛三山，二小名泽山、厥山。相传因春秋末期有吴妃姊妹三人各居一峰而名。唐咸通十三年（872年）建有三峰寺。明曹熙《三峰寺庄田记》云："三峰古刹也，四面皆平湖……是山屹乎其中，孤绝而巧，世人呼为小蓬莱，胜概甲吴中。"

山上的每一处风景都有一段故事，三山岛虽无高峻巍峨之态，却有层峦叠嶂之姿，逶迤铺展，舒起缓伏。登高可望远，三山岛上没有太多高楼，一眼望去，太湖尽收眼底。

镇江是一定要去的。滚滚东流的长江、贯穿南北的运河，一横一纵，在江苏大地上交相融汇，共同孕育出江苏的锦绣繁华。

一路上，河堤上的青草开始败黄，可树和水却是绿色的，一直绿到镇江。早晨雾气升腾，空间水汽氤氲的河面上错落行走的几艘船，如同穿行在仙境。

站在平政桥眺望，昔日大江虽碧波荡漾，气势依旧，但水面上早已没有一舟一船，岸边几位当地人正在悠然自得地钓着长江鱼。"以前这里都是船，装煤炭的，那时候去扬州都靠船，小时候都在河边玩，掏鱼抓虾。"

虽然"小京口"这个百年前的著名商埠已不再是曾经的繁华景象，但在镇江这座千年古城，还是有很多运河遗迹像化石一般存留了下来。

历史上的西津古渡，处长江与京杭大运河的交汇处，自三国以来一直是兵家必争之地，千百年来这里发生的战争更是数不胜数，有"江南第一渡"的美誉。如今尽管古渡不再，但换貌成古街后，变得更加熠熠生辉。在西津渡历史文化街区，依旧人气不减，生意兴隆，中午12点，李嫂镇江锅盖面门前，食客络绎不绝。

李嫂是一个忠厚的生意人，做锅盖面30多年了，手艺都是祖传的。来这里吃面的特别多，像是逢年过节的时候，一天能卖1000多碗。

我禁不住诱惑，也来了碗长鱼锅盖面，长鱼肉鲜，面条筋道，真香！

除了古街，西津渡历史文化街区还有云台阁、观音洞等许多历史遗迹，基本上一步一景，处处是文化，满眼皆历史。这里也是镇江文物古迹保存最多、最集中、最完好的地区，是镇江历史文化名城的文脉所在。

都江堰

提起都江堰，绝大多数人耳熟能详。

如果让你列举古代最著名的水利工程，你或许会轻车熟路指向位于四川的都江堰。

都江堰是世界文化遗产。

中国当代学者余秋雨在他的《文化苦旅》中谈道：中国历史上最激动人心的工程不是长城，而是都江堰。

余秋雨认为，长城虽然也非常伟大，不管孟姜女如何痛哭流涕，站远了看，这个苦难的民族竟用人力在野山荒漠间修了一条万里屏障，为我们生存的星球留下了一种人类意志力的骄傲。长城到了八达岭一带已经没有什么味道，而在甘肃、陕西、山西、内蒙古一带，劲厉的寒风在时断时续的颓壁残垣间呼啸，淡淡的夕照、荒凉的旷野融成一气，让人全身心地投入对历史、对岁月、对民族的巨大惊悸，感觉就深厚得多了。但是，就在秦始皇下令修长城的数十年前，四川平原上已经完成了一个了不起的工程。它的规模从表面上看远不如长城宏大，却注定要稳稳当当地造福千年。如果说，长城占据了辽阔的空间，那么，它却实实在在地占据了邈远的时间。长城的社会功用早已废弃，而都江堰至今还在为无数民众输送汩汩清流。

那是2022年的冬日，亲眼见到了都江堰。经历了数千年的变迁，虽几经整修，如今灰暗的堤体、剥蚀的外表以及旧的河道，伴随着缓缓流动的渠水，依然日日夜夜向世人诉说着都江堰千年的烽烟与传奇。

都江堰的历史，可以追溯到新石器时代晚期。大禹曾于此"岷山导江，东别为沱"。

公元前256年，秦蜀郡守李冰率众修建大型水利工程都江堰。为了便于管理，这里设置行政机构——湔氐道，汉时升为县，明时易名为灌县。1988年，灌县改制为都江堰市。

《水经注》记载："江至都安（今都江堰市），堰其右，检其左，其正流遂东，郫江之右也。""检其左"就是有限度地控制内江的水流。"堰其右"是根据洪水冲毁右岸堤防所经路线修建的溢洪堰，洪水经过这些设施分流至平原各处。

早年，我只是在书本里看到过号称"天府之国"的四川。说这里山清水秀、人杰地灵，可读到的只是一些概念。后又读到了"蜀道难，难于上青天"的诗句，可该有多难呢？也仍是概念。后来知道都江堰时，不觉奇怪，这样的一个地方怎么会是"江水初荡潏，蜀人几为鱼"呢？

不到地头，仅凭着想象是很难明白过来的。

我在李佩甫的《神秘的东方女儿国》里也寻找到了一些蛛丝马迹。"在车上，听金川的导游小姑娘介绍，当年乾隆皇帝派兵打金川，7万人两线出击，就得有4万民伕往前方背米，来时背100斤，路上要吃掉30斤，回去还要带30斤路上吃，这一趟下来，只能留下40斤。"所以，据说乾隆皇帝征伐一个小小的金川，这一仗竟打了28年。可见四川是一个怎样的地貌了。

从成都到都江堰乘车大约一小时，道路非常畅通。一路上，听导游小姑娘说着说着，不觉间，都江堰就在眼前了。

水渠清澈透明，天蓝得就像水洗过一样，白云悠然地在天上飘，空气湿湿润润的。

都江堰，是一道风景线，也是一段文化历史的见证。

在四川一带，至今仍流传着李冰伏龙、二郎担山的动人故事，故事歌颂的就是都江堰的设计和建造者李冰父子。

在都江堰附近的村庄眺望，目光所到之处，银装素裹，峰峦如画。冰雪消融，涓流汇川，激荡澎湃的岷江水在崇山峻岭之间穿行，然后从宝瓶口奔涌而出。万顷江水穿过都江堰市，惠泽沿河而居的住户和良田。江水继续分流西去，流向广袤的成都平原，甚至穿过龙泉山，流经更广阔的土地。

一幅大美画卷在一江水中徐徐展开。

"我们要感谢一个人,他叫李冰,正是他修建的都江堰带给了灌区人民 2000 多年富足的生活。"山下农庄的主人说。

我开始以为,都江堰仅是一个水堰。当我走遍整个都江堰灌区后,我才豁然明白:都江堰的水流到哪里,哪里就是都江堰!

从秦开始,蜀地就有了"秦并六国,自蜀始"的战略意义。作为中国版图上最大的外流盆地,封而不闭是她的特点;岷、沱二江宏大的治水体系奠定了农耕的基础,湿润多雨的气候条件使得蜀地成为人民宜居的乐土。

公元前316年,秦国开始为统一天下做准备。是先伐蜀?还是先攻韩?

秦大夫司马错与张仪对这个关键问题进行了精彩的辩论。张仪主张先攻韩,劫持周天子以令天下。而司马错则认为先取蜀地,并且攻巴蜀可从水道通楚,"得蜀则得楚,楚亡则天下并矣"。

秦惠文王最终采纳了司马错的伐蜀之计,并"借蜀地立国",这一成功经验也为后世所效仿。建立西汉的刘邦,东汉末年的刘备,皆以巴蜀为根基成大业。

"成都平原位于四川盆地的西部。四川盆地底部并不平坦,丘陵和低山占90%。成都平原的总面积只占四川盆地的9%,但这弹丸大小的平阔之地,却成为四川盆地最为富庶的地方,以及古蜀文明起源与发展的中心。"四川省地质调查研究院高级工程师李忠东说。

成都平原处在青藏高原与龙泉山之间,呈不规则的长条形,四周皆为山地、丘陵,是我国西南地区最大的平原。

从青藏高原注入成都平原的河流,既给成都平原带来洪泛之灾,同时也滋养了这里的繁华。成都平原的富庶很大程度得益于岷、沱二江的滋养以及都江堰工程对岷、沱二江的治理和科学利用。

而都江堰治水之所以取得成功,除先民的聪明智慧之外,还得益于成都平原微微倾斜的独特地理条件。成都平原由西北向东南微微倾斜,这样的天然坡度,为岷、沱二江宏大的治水体系和自流灌溉体系的形成奠定了

◎ 都江堰

　　位于四川省成都市都江堰市城西，坐落在成都平原西部的岷江上，是当今世界年代久远、唯一留存、以无坝引水为特征的宏大水利工程。建堰2250多年来经久不衰，而且发挥着愈来愈大的效益。

地理基础。

李冰之后，又有西汉时期的文翁、三国时期的诸葛亮、唐朝的高俭、明朝的卢翊，以及近现代的无数治水者的扩建和完善，最终才形成今天我们见到的岷江、沱江宏大的灌溉系统。

如今的成都平原，无数的总干渠、支渠以及无数的堤、堰、闸组成了网罗平原的大网，使得每一个隐微之处都能得到江水的滋养。

可以说，都江堰的建设对成都平原起到非常大的作用。

史料记载，到了清代，在前人经验之上，总结出治水三字经，全文仅60字。中间三句系统描述了岁修的施工流程，首尾两句则谆谆告诫，必须以李冰的教诲防患未然，拳拳之心天地可鉴。

深淘滩，低作堰，六字旨，千秋鉴；
挖河沙，堆堤岸，砌鱼嘴，安羊圈；
立湃阙，凿漏罐，笼编密，石装健；
分四六，平潦旱，水画符，铁桩见；
岁勤修，预防患，遵旧制，勿擅变。

正是依靠这些秘诀，都江堰水利工程经受住了时间的考验。历经2000多年，仍发挥着巨大作用，被赞为中国水利工程史上的伟大奇迹、世界水利工程的璀璨明珠。

在国家危难时期，巴蜀之地还扮演了避难所、大后方的角色。蜀地之所以取得"国之宝，可以兼济天下"的地位，自然是得益于她"水旱从人，不知饥馑"的富庶，这富庶就是成都平原所给予的地理机会。

成都平原因为都江堰的灌溉，不仅五谷杂粮丰茂，还是个出产诗歌的地方。

"七里诗乡"位于四川省都江堰市柳街镇七里村和金龙村，被誉为中国民间文化艺术之乡——诗歌之乡、中国田园诗歌小镇，也是首届"中国农民丰收节"全国6个分会场之一。

"七里诗乡"因山，因水，因树，因道，更因为诗歌而闻名八方。可谁能想到，这里却也曾是凋敝破败的模样。乡村文化如何助力乡村全面振兴？"七里诗乡"通过一首诗歌、一把扫把、一条绿道，把农耕文明的基因解析运用到乡村振兴实践中，以诗意栖居的美学价值理念，对乡土元素、传统文化、地方特色进行深入挖掘，书写了新时代乡村振兴战略在成都平原的生动实践。

七里人的血液里一直流淌着诗歌的元素。据当地史料记载，800多年前，诗人陆游来到柳街镇布金寺，写下了《夜宿布金寺》一诗，点燃了当地农民诗情的火种。300多年前，发源于柳街镇的"薅秧歌"吟为诗、唱为歌，信手拈来、现编现唱、老少咸宜、口口相传、代代相授。

实际上，在四川大地，到处是诗情画意。唐代诗人李商隐写的那首七言律诗《锦瑟》，一句"此情可待成追忆，只是当时已惘然"，让那些没有生成眷属的有情人无限惆怅，遂成千古名句。还有"庄生晓梦迷蝴蝶，望帝春心托杜鹃"的佳句，说的是"庄周梦蝶"和"杜鹃啼血"两个典故。这里的"望帝"是指古蜀国的君王杜宇，他在将王位禅让给一个叫开明的治水功臣后，自己化成了一只杜鹃鸟隐藏山林。但是，杜宇留恋这片多情的土地，每逢春天都要飞回来盘桓啼叫，久久不肯离去。

在这片有着诗意传说的土地上，幼年时期的李白和苏东坡，在春日杜鹃的啼叫声里，想来也是催生出了一片诗情。这两位从夔门走出巴山蜀水的好少年，无疑是中国诗坛两颗明亮的星星。

一条古巷，一个诗人，一个酒吧，一双哀婉的眼睛，这就是白夜酒吧在我脑海里的意象。这个意象有着李白那个时代成都的影子："九天开出一成都，万户千门入画图。"宽巷子，窄巷子，还有一条井巷子，像一位历尽沧桑的老者，细心地护佑着老成都的风物。

成都是诗意的城市，打开窗子可以看到西岭雪山，走出家门可以看到来自东吴的航船。有了这样诗意的环境，杜甫也是舍不得走的，难怪当年他要在锦江边搭建草堂。哪怕是一夜大风卷走了房子上的茅草，也抵消不了他喜悦的心情：晓看红湿处，花重锦官城。无论如何，这样的景象也是够人享受的。

都江堰之所以能够长久保留，是因为它始终发挥着水利功能。有了它，旱涝无常的四川平原成了天府之国，每当我们民族有了重大灾难，天府之国总是沉着地提供庇护和濡养。因此，可以毫不夸张地说，它永久性地灌溉了中华民族。有了它，才有诸葛亮、刘备的雄才大略，才有李白、杜甫、陆游的川行华章。说得近一点，有了它，抗日战争中的中国才有一个比较安定的后方。它的水流不像万里长城那样突兀在外，而是细细浸润、节节延伸，延伸的距离并不比长城短。长城的文明是一种僵硬的雕塑，它的文明始终活着，血脉通畅，呼吸均匀。

在都江堰，我意外听说，都江堰居然有个熊猫谷。我决定第二天去熊猫谷。

熊猫谷是中国首个以大熊猫"野生放归"为目的的研究基地。这里环境清幽，溪水潺潺，从一出生起就被人们悉心照料的大熊猫将在这里被唤醒野性、重回自然。

大熊猫已在地球上生存了至少 800 多万年，被誉为"活化石"，是世界生物多样性保护的旗舰物种。大熊猫生活在岷山、邛崃山等几大山系，种群数量约 1600 只，其中 80% 以上分布于四川境内。中华人民共和国成立后，都江堰建起大熊猫保护实验站，后来逐渐发展成为大熊猫保护中心，成为享誉全球的保护、科研、教育基地。从初期的"熊猫外交"到 20 世纪 80 年代开始的熊猫科研和文化交流，多只大熊猫从都江堰走向海外，也从海外回到都江堰。截至目前，位于都江堰市的中国大熊猫保护研究中心先后与美国、英国、奥地利、澳大利亚、日本、泰国、新加坡、马来西亚、比利时等国家动物园建立了大熊猫科研合作关系。

都江堰与大熊猫的文化渊源历来深厚，早在 1953 年，一只野外大熊猫在都江堰市玉堂镇被发现，那只大熊猫也是中华人民共和国成立后第一只被救护的活体大熊猫，开启了我国野外大熊猫救护之路。位于都江堰市龙池镇的大熊猫保护实验站是中国第一个大熊猫实验站，曾多次观测到野生大熊猫出入踪迹。2000 年，一只饥饿的野生大熊猫闯进当地农户家中，恰逢都江堰市申遗年，因而被命名为"遗宝"，成为都江堰、青城山申报世界文化双遗产的形象代言。2005年7月16日，有记载以来首个进城的野外大熊猫"盛林一号"在都江堰市区内引起众人围观，它被成功救护并放归至都江堰市龙溪—虹口国家级自然保护区，开启了我国大熊猫野化放归监测之路。

我在大熊猫保护研究中心看到了许多可爱的大熊猫，它们在竹林中悠闲地吃竹子、打闹。每当它们拿起竹子吃的时候，那慵懒的模样让人不禁发笑。这些温顺的动物无疑是大自然的杰作，也是我们应该珍惜和保护的珍稀物种。

我跟随专业的导游深入保护区，寻找大熊猫的踪迹。在一片竹林中，我发现了一只懒洋洋地趴在树上的大熊猫。它的样子憨态可掬，宛如一个可爱的小玩偶。那一刻，我被它的可爱深深吸引。

夜晚，我留宿在一个可以观望都江堰的农家，端详着都江堰的睡姿，看着它睡着了，也没什么奇特，低低的，静静的，与别处的河湖一样。

第二天一早，我又投入人流，去听故事、探历史、寻文化。我还到了一处奇峰竞秀、美不胜收的山峰。在山下的小馆子里吃活杀的鱼，红烧，微微麻辣，很是可口，清蒸恐怕就不行。

外面还没有完全黑下来，我离开了都江堰。我在想，下次再来时会是什么时间。

金沙江上

半夜，我听见金沙江上风起，浪花滔滔。

醒来的早晨，看着被金黄泼过的浪花，朝着一个方向，被阳光刺得耀眼。

那是一年前的黄昏，我去四川回来的路上，想起金沙江，想看看那条气势磅礴的河流，于是抄近路去云南。有多少个黄昏在金沙江灿灿闪光，那是我梦中的一条大江，也是长江绕不过去的路程。那是一份千年的邀约，那是长江半路的相会，却是永久的旅程。

金沙江位于长江的上游。

时值金秋，热浪退去。我乘坐飞机抵达昆明，在昆明逗留一天，决定乘坐朋友的越野车去金沙江。

这是一个事先预设好的旅程。几百千米的车程，一路上都是金秋的景色。白桦树正在变黄，摇曳的白杨絮语着。诗意正失去支柱，露珠将干涸，鸟儿将飞逝。

在这种渴求飞行的日子，一切都是美好的。

我第一次见着金沙江时，热泪滚滚，金沙江就像是我前世的恋人，她的脸庞那么亲切，她的微笑直抵达我的心境，水流平缓，就像是一个柔软的手，把我的手攥紧，落日的黄昏，洒在江面上像是一地的金子。

> 金沙江，因江中沙土呈黄色得名。早在2000多年前的战国时期，《禹贡》中将其称为黑水，随后的《山海经》中称之为绳水。金沙江，这条长江上游的河段，在长江史上从此有了重要的位置。

长江，从青藏高原南下，流入横断山区，在玉龙纳西族自治县境，忽然被峭绝的山崖拦阻，猛地掉头，折向东北。急转之际，江身旋出一个宽展的弧形，缎带般缠绕着山脚的繁茂林麓、平缓的冲积河谷。

快下午的时候，我们到达了云南省迪庆州德钦县奔子栏镇。在金沙江第一弯观景台，可以看到由北向南纵贯全境的定曲河，在先后接纳了玛伊河和硕曲河之后，携三江之水投入到了金沙江的怀抱，在即将冲出这川滇要塞之时，好像是想先舒缓一下疲劳，脚步放慢，围绕着金字塔般的日锥峰潇洒地画上了一个"U"字形的大拐弯，就这样不经意间形成了如此壮美的景色。

这段大江，叫金沙江。水色净蓝，不见沙金的灿黄。眼底的莹澈江流，正与明翠的群峰相映衬。

夕阳西下时分，阳光给这条河镀上了一层耀眼的金光。

> 金沙江，被称为绳水、淹水、泸水，是川藏两省区的界河。它的发源地（即长江的发源地）位于青海省唐古拉山主峰各拉丹冬雪山。"黄金生于丽水，白银出自朱提。"沿着金沙江河流，存在丰富的沙金资源。据说，因为宋代发现了大量沙金，所以这条河流才被改称为金沙江。

长江还在青藏高原的通天河段时，水流清澈，荡漾着，集结着，平缓和顺，仿佛是一个高原上的漫步者，为伸手可及的蓝天白云所诱惑，不忍骤然离去；也是思想者，流程既然刚刚开始，生命的另外一种形态将要轰轰烈烈地闪现，此时此地的平静便因之而不同寻常了。当长江改名金沙江进入川、藏之间的山原地带后，突然变得狂放不羁，在群山的桎梏间震怒，即便粉身碎骨也在所不惜地下切、寻觅，在深山峡谷中曲曲折折地流动，在自由与束放之间奔行。或者说对这一流程的长江而言，它需要的也只是这样的有束有放的自由，绝对的自由意味着绝对的漫流，不再有风情和动力，长江便不再是长江。

长江面对的山和我们通常所说的山，是大异其趣的。

严格地说，人视野所及的是一个或几个山峰，而远远不是山的整体——山脉。山总是连着山，峰总是接着峰，孤峰插天其实是以山脉为根基的，孤而不独，广而不平，高大则一起高大，绵延时一起绵延。青藏高原便成了中国一系列高大山脉的大本营，地质学上称之为"山原"，山之原。山之原，也是冰雪之源、江河之源。

中国地形的气势磅礴，便是从地球最高的青藏高原开始的，自西向东逐级下降，由宽广的大陆架把中国大陆和太平洋相连接。

中国的山脉大多呈东西走向，而横断山脉则是由一系列南北走向的高大山岭组成，海拔在4000米乃至6000米以上，绵亘不绝。广及金沙江流经的川、藏、滇交界地区，这些山岭曾经使中国和外国的地理学家惊讶，其排列独特的众山齐骧、纵贯横切，不知何以名之。"横断"一词，源自我国早期地理教科书，其含义未见专门解释，可想而知是对东西走向的山脉而言——这是中国乃至亚洲山脉的一般特点——它无疑是横而断之了。

横断山区的范围及地理形势大致如下：在怒江、澜沧江和长江上游金沙江之间，山系平行绵延于一狭窄地带，高山峡谷相间，形势十分险要，处处皆是危途，属于地质学上的"三江褶皱带"，这便是一般所指的狭义的横断山区。广义的横断山区还包括以下两个部分：东北部，自金沙江以东至大渡河、岷江之间；东南部，自怒江以东至元江之间，并行山脉有向南散开之势。无论东北部还是东南部，南北走向之势仍相当明显。在这一范围内，主要有六大山系和六大河流：

伯舒拉岭—高黎贡山，怒江（萨尔温江）；
他念他翁山—怒山，澜沧江（湄公河）；
宁静山—云岭—无量山—哀牢山，金沙江、把边江、元江；
沙鲁里山，雅砻江；
大雪山—贡嘎山，大渡河；
岷山—邛崃山—大凉山，岷江。

金沙江是自然的大峡谷，属深切峡谷，相对高度达 1000 ~ 3000 米，只是在某些地段出现宽谷。金沙江从北向南流至云南石鼓，突然向东北拐，形成万里长江第一湾。这一河段支沟众多，呈羽毛状排列；支沟下游切割也很深刻，为峡谷或嶂谷，沿江地貌陡峻而破碎。

这陡峻与破碎是金沙江一路切割的过程残迹，以天下之至柔驰骋天下之至坚后的默默回想。无意间的散落零碎并不想说明什么，而只是为大地留下一点痕迹，这里曾经发生了什么。

金沙江跨越中国地形的两个阶段。曲麻莱与宜宾之间，是第一至第二阶梯的过渡地段。地形的突变，使大江顿时爆发出无法比拟的激情，激活了每一个水分子的想象力，飞跃、奔突、坠落、切割，面对着横断山脉竟毫无惧色，如斧如锯如齿如刀，把山岩劈开、锯裂、咬碎，然后奔流，嵌进深沉幽暗的山谷石壁，闪烁着流动的光。横断山北高南低，急骤倾斜，金沙江在仅仅650千米的距离内下跌了1400米之多，平均每千米跌落2米多。

金沙江的千钧之力，便来自这巨大的落差，涛声裂石，浪花怒放，震撼着周围的山野，落差恰恰是生活的原貌，落差也是大地的构想，落差是赋予世界的景色。

玉龙雪山西麓的石鼓镇，深偎于半月似的江湾。

水浪激溅的渡口，一座碑——中国工农红军第二方面军长征渡江纪念碑，将人们的视线引向高处。毛主席题了词，"英勇奋斗的红军万岁"。九个热烈的字，镌于坚挺的碑身，像霞光一样亮。

纪念碑是一棵意志的树，朝蓝天生长着希望。战士心中也有这样的树：主干是信仰，花叶是梦想，迎着太阳升起的方向，挺立着，要在解放的天空下歌唱，欢庆人民世纪的诞生。他们坚信，第一缕曙色把寥廓天宇染红的时候，阳光会穿破雨霾风障，将人间照得一派明耀。

勇毅的先驱，高擎理想的火炬，朝着光明疾行。燃烧的炽焰，红透大江之滨。英雄的形象，也永远留在石鼓渡口，勋章般凝重、壮美。

此时的我，在雕塑前凝眸：一个是红军，一个是船工。他们，眼睛对着眼睛，手握手，心碰心，在怒涛的吼声中立下战斗的誓愿。蓦地，我读懂了目光深处的一切。

80多年前的暮春，山风裹着峭寒，扑向金沙江畔。红军来了，开进石鼓镇，是贺龙、任弼时、关向应带的队伍——红二方面军。离开湘鄂川黔苏区开始战略转移后，这支部队穿过乌蒙山区的莽莽深林，踏入云岭山脉的巍巍峦嶂，转战于黔西和滇西北。

薄暮时分，江水在夕照中闪动粼粼波光，渡江先锋团抢占对岸。紧跟着，东起石鼓镇，西至巨甸镇的百里江面上，大部队的夜渡开始了。（《像雪山一样高峻》）

人们记住了这一天——1936年4月25日。

船橹在江中飞快摇动，满载战士的船只破浪疾进，火把的亮光在漆黑的江天灼灼闪耀，浩荡大江，掀舞着红色的波涛。血液在周身沸腾，全体战士一条心：渡过江去，北上抗日！四天三夜，18000多名将士登上大江彼岸。摆渡这浩荡人马的，是七条船和几十只木筏。横在征途上的天险，被英勇的红军征服。长长的江岸上，到处都是报捷的欢腾。

渡江成功，站在金沙江北岸的红六军团军团长萧克望着滔滔江水、熊熊篝火，吟出了战斗诗篇：

盘江三月燧烽飚，铁马西驰调敌忙。
炮火横飞普渡水，红旗直指金沙江。
后闻鼙鼓诚为虑，前得轻舟喜欲狂。
遥望玉龙舒鳞甲，会师康藏飞北缰。

丽江是金沙江上的一个人类文化与自然遗产有机结合的城镇，丽江大研镇内小溪淙淙，小桥木屋瓦房，纳西文化的气息将这个城市演绎得既有中原古代文化的气韵，更有高原大江的少数民族风味。古镇的产生，得益于金沙江的天险交通枢纽。

今天的丽江成了中国著名的旅游城镇，但历史上这座城市留给我们更多的是风烟战火和马帮铃声。穿梭在峡谷之间的声声余音犹在，人喊马嘶，商队络绎，使者往来，一派繁荣景象，让人感觉哀而不伤，别有韵味。

丽江城市附近石鼓的万里长江展示出自然的冲击力量，由东南折向东北，至水落河口（三江口）再转向东南，直到金沙江附近才又向东流去。长达370千米的弯曲，便是著名的"万里长江第一湾"，其直接距离36千米。因为弯得奇特，弯得奇妙，也就有了各种推测。我国地质学家丁文江、李春昱认为：万里长江第一湾是河流袭夺作用的结果。他们认为金沙江曾经自石鼓经漾濞江而汇入澜沧江，后因长江的袭夺而成为长江上游，漾濞江从此元气大伤一蹶不振，成为一条畏畏缩缩的小溪。地质学家袁复礼反对袭夺说，认为这一大弯曲可以用嵌入河曲予以解释。沈玉昌则从构造地貌的研究上否定袭夺之说，认为大弯的形成与地质构造线有关。曾昭璇在1984年考察石鼓袭夺地形时发现，古河床卵石层及古谷地的倾斜度说明，古长江确实存在，从而有力地支持了丁文江的袭夺说。

这是河流与河流的袭夺，是流水的交融与聚集，这也是长江统治的必然。

在玉龙雪山与哈巴雪山之间，有一罕见的大峡谷，为虎跳峡。峡长约15千米，最窄处30米，从江面到两岸山峰，相对高差达2500~3000米，有连续的七处跌水陡坎，巨石露出江面，相传有猛虎一跃而过，因此得名。

走在虎跳峡的山道上，悬崖峭壁不禁令人眩晕，仿佛行进在一个巨大而深不可测的隧道中，两三个小时过去，走完整个漫长而狭窄的大峡谷，仍不见生活的村庄。

走得实在走不动的时候，峰回路转绕过一道山梁，天地间突然开阔。山坡麦苗青青，房舍炊烟袅袅，有些山野田园景致，这与对面玉龙雪山撼人心魄、挺向天空巨大的森森石峰，形成强烈反差，构成一幅田园牧歌与粗犷磅礴的和谐画面。

在一条清清山溪环绕的新式木楞房前，我看到用英文和中文写着的醒目广告牌：山泉旅馆。旅馆的男主人和一位洋女士正在埋头盖着一个鸡圈，见到我，问是住店还是工作的。我说：你看呢？像是工作吧！男主人一边和我说着话，一边吃力地撬一块沉重的钢板，浑身透出一种顽强。

早在中外地质学家为长江第一湾争论不休之前很久，世世代代与金沙江为伴的纳西族人群中，便流传着一个机智美妙的神话故事：金沙江、怒江、澜沧江是三姐妹，她们漂亮、活泼、爱唱歌，舞姿也很优美，同气相求同声相应，几乎是齐头并进向南奔赴大海。忽然有一天金沙江姑娘做了个梦，梦见东海波澜壮阔地向她招手，便在石鼓改变了方向。不料刚离开石鼓不远，便有玉龙、哈巴兄弟俩挡住去路，决意不让金沙江姑娘远赴东海。他们约定早晚轮班看守，堵住去路。金沙江姑娘想起哈巴有爱打瞌睡的毛病，便唱歌，专门在哈巴轮值时唱，又唱又跳，唱得轻柔之极，舞得优美之极。哈巴一时陶醉竟然蒙胧入睡，金沙江姑娘趁机冲了出去。如今依然可见的虎跳峡中的陡坎，就是金沙江姑娘唱歌时留下的音符；而虎跳峡尾部的三个大滩，则是金沙江姑娘得计后的三声大笑。玉龙一觉醒来，见哈巴已经放走了金沙江姑娘，自个儿还在昏睡之中，一怒之下挥刀砍下了哈巴的脑袋。

◎ 长江第一湾

　　万里长江从巴塘县城境内进入云南，与澜沧江、怒江一起在高山深谷中穿行形成了"三江并流"的壮丽景观。到了丽江石鼓镇与香格里拉市的沙松碧村之间，突然转向东北，形成了"U"字形大弯，被称为"长江第一湾"。

如今的哈巴雪山似乎是没有顶峰的，光秃秃地兀立着，海拔5396米，在虎跳峡西岸。东岸是玉龙雪山，海拔5596米。这就是纳西族神话传说中的两兄弟，如今对峙高耸，各自沉默，看不出有多少手足之情。也许人本性就是对抗，两种存在的东西，最终变成了对手，这也是无可奈何的自然法则。

金沙江的传说源自自然环境，想象力让后人惊讶，在自由挥洒中蕴含了科学。

绕过玉龙雪山，金沙江南下受鸡足山之阻而折向东去。使人不解的是，金沙江为什么不再在鸡足山劈开一条峡谷来呢？自然在各种不同条件下，具有形形色色的目的和各种不同的命运。在各种变故中，构成了某种自由。

鸡足山雄踞于滇西北宾川县西北隅，西与大理、洱源毗邻，北距金沙江20多千米。因其山势顶耸西北，尾迤东南，前列三支，后伸一岭，形似鸡足而得名。传说释迦牟尼大弟子饮光迦叶曾经风尘仆仆来到这里，感慨良多：一是鸡足山的地理位置，背西北而面东南，山外有山有水，山中有洞有泉，实在是修行礼佛的好去处；二是鸡足山的形状奇特，饮光迦叶称此山极像鸡足。饮光迦叶在山中修行传扬佛法。后来，鸡足山成为中国著名的佛教名山之一，是国家风景名胜区大理景区的重要景点，有"鸡足奇秀甲天下""灵山佛都""旅游胜地""天开佛国""华夏第一佛山"等美誉。

> 据记载，唐朝时佛教已传入山中，至明清佛事香火大盛，有36寺72庵5000名和尚尼姑。徐霞客曾先后两次到鸡足山览胜，编有《鸡足山志》。

继续东流的金沙江，在四川攀枝花的三堆子接纳了雅砻江后急转南下，至云南元谋县北才又转而东流。

沙鲁里山是金沙江与雅砻江的分水岭，主脉起自邓柯以南的雀儿山，自东南至甘孜附近素称龙山，继而向南称沙鲁里山。沙鲁里山是山顶面起伏缓和的山体，在横断山区山脉形势中，颇有不争的况味，可以看作是高原的延伸，有完整的夷平面，使人想起巨大冰川曾经缓慢而庄严地移动，所过之处扫荡夷平一目了然。

相对于高耸触天，起伏缓和是另一种大地构造，过渡于天地之间，在这一过渡地带会有更多的生命故事，可惜已经失传，但会留下湖泊与"海子"，让人去猜想。

是猜想而不是追问。

沙鲁里山的山顶面上有成群的小湖泊，当地老乡称为"海子"的积水凹地，星罗棋布，大小不等，大的可达5平方千米，小的只有10多平方米。传说中的这些"海子"，既是天神擦脸洗尘的所在，也是人群、飞鸟与野兽的饮水之地，飘浮在"海子"里的每一朵云彩，都在静静地浸润洗涤，天神便隐身其中，是一种大安详、大宁静。

"海子"之间有许多垄岗状岩屑堆积，人称"流石滩"，高20～200米。这是古冰川及寒冻风化的遗存，是冰碛垄、冰川湖、积雪盆在岁月揉搓之后的别样形态。当更新世时，这里曾经为一个面积达3000多平方千米的巨大冰帽覆盖，是青藏高原已知范围明确的冰帽之最大者。

大地戴上了冰帽，冷乎？热乎？

雅砻江是金沙江的最大支流，源出巴颜喀拉山南麓，在青海省境内称清水河，又称扎曲，流到四川省内后始称雅砻江，于攀枝花市注入金沙江，全长1571千米。雅砻江与金沙江并行南下，穿行于川西山地的纵谷之间。在很多方面，雅砻江与金沙江有着相似之处：落差大，水流湍急，多深切峡谷，其水资源蕴藏量达3000多万千瓦，仅次于岷江。雅砻江至洼里河道有一个拐弯，形状酷似长江第一湾。可见，古长江的溯源之袭夺，并不是孤立的事件，而是一连串的行动，在地质运动的一定阶段，它不失时机地发动了一次又一次袭夺，谁知道这是使命使然，还是偶然巧合？

雅砻江深切河谷的谷坡坡度大多为30°～50°，也有壁立的陡崖，谷坡上部有多级剥蚀面，以谷肩形态出现，有村落与农田分布。

山的剥蚀告诉我们：凡存在之物均处于磨损消耗之中。没有山的剥蚀就没有土壤，人无立足之地。壁立的崖上只有飞鸟可以立足，还有几丛荒草、荆棘，伸出其中的一枝两枝，抖动着风，面对太阳，开小黄花。

大雪山是雅砻江与大渡河的分水岭，连绵300千米，海拔5000米以上，贡嘎山为最高，也是横断山区的最高峰，海拔7556米，位于康定之南。贡嘎山附近海拔6000米以上的山峰有45座之多，有大小冰川110多条，集中在主峰而向四周放射。较大的冰川有：大贡巴长10.6千米，小贡巴7.6千米，海螺沟14.7千米，磨子沟13.8千米，燕子沟9.65千米。海螺沟冰川的尾端一直下伸到海拔2830米，伸入森林带达5千米之长。贡嘎山高谷深削，相对高差在2000米以上。森林线以上为冰缘地形，分布着石河、石海、雪野和冻胀丘，均是天工开物，造化之作。

冰缘与绿色为邻。

森林和高寒同在。

我发现一个令人奇怪的桦树皮管。春天时桦树皮是潮的，有人割下一块树皮，于是周围剩下的树皮就开始卷成管子。后来随着天气暖和，桦树皮就变干，卷得越来越紧，到第二年春天桦树身上就挂着很多管子。管子里结满了蜘蛛网，给蜘蛛创造了安稳的家。

在林带以下的干热河谷中，却反而显得凄凉了。这里植被稀少，侵蚀强烈，时有轰然作响的滑坡、塌方、泥石流发生。

金沙江过元谋县，在东川区接纳了小江后，又奔腾北去。

> 小江，金沙江右岸支流，上段称响水河，中间称大白河，下游河段称小江，源出云南寻甸东湖，在东川区汇入金沙江，全长134.4千米。长江数以千计的大小支流中，它却以泥石流著称于世。

小江东侧的昆明市东川区向有"天南铜都"之称。出产铜矿的牛牯寨山区地处北纬26°，相对高度大，十里不同天，一山有四季，适宜多种乔木与灌木生长，曾经是林深叶茂绿茵如潮的山里洞天。清朝初年开发铜矿以来，四面八方的采铜者竞相来到牛牯寨办厂炼铜，因为没有煤矿，就只能砍山上的树木为燃料。年长日久，至20世纪90年代，寨上荒芜，山无长木。铜矿挖尽了，炼铜的人发财了；树木砍光了，小江山川凋敝了，泥石流滚滚而来。有专家算过这样一笔账，若以平均炼1斤铜需10斤干柴计，自清雍正至民国两百年间共产粗铜91万吨，烧掉的木炭至少900万吨。牛牯寨山区砍伐殆尽之后，代之而起的便是一连串烟熏火燎的地名：炭棚、白炭山、薪炭窑、双仓窑、百马窑、大窑、小窑、中窑、官窑、公窑、平窑、凹窑、炼山坡等。

这些地名是人类破坏自然的明证。在绿色环境毁灭之后，我们已经看见了，就连这些地名也都是丑陋不堪的。中国文字所特有的想象和诗情，便也就荡然无存了。

如同生态灾难从来就不是孤独地发生一样，在种种窑名之后，又出现了另外一些与之相应的地名：滑脚坡、光头坡、秃龙角、乱石岗、旱龙潭、乱山、荒村，等等。

小江环境被破坏后引起世人注目的是泥石流。小江流经牛牯寨山区，这是一种何等的恩赐与荣耀啊！小江小则小矣，然而对牛牯寨来说，却也是足够享用了。牛牯寨的先人可以追溯到几千、几万年前，就是这一条小江，水总是清的，波也不惊，浪也不大，滋润着、渗透着牛牯寨的满山草木、四时庄稼。两百多年的炼铜砍树之后，小江已经从根本上受到了毁坏，从20世纪50年代50多条泥石流冲沟，发展到今天的100多条。小江作为泥石流频繁暴发地区而震惊国人，"闻名"世界，被称为"地球上罕见的、可怕的泥石流"！泥石流最频繁的一年暴发30多次，平均一个月发生差不多3次。人怎样生活？家园怎样稳固？从清初挖铜挖到现在，砍树砍到现在，灾难近了，报复的日子到了。

据《金沙江志》记载，规模最大的一次泥石流总量达137万立方米，瞬间"龙头"最大流量高达每秒钟2400立方米，截断小江，堵塞河道，然后是洪水泛滥，家园淹没。在失去森林植被的保护之后，小江已经不再美丽。

金沙江藏语称"布垒河"或"布列楚河"，因产金而得名。《汉书·沟洫志》与《汉书·地理志》中，都有金沙江水系的记述。横断山区的高远险峻，使金沙江一直深藏不露，人们对长江源的认识与金沙江毫不相干。它只是流动着，凿通着，开辟着，在坚硬中、落差中、弯曲中汇合积聚。如果长江缺少了这样的上游，怎么会有中游以下直向东海的雷霆万钧之力呢？

这是一条江的上游，这是一个民族的上游，这里也是原始森林广布、生物多样化的上游。

上游当然是一番胜境，却又绵延着严寒乃至冰雪的环境，在一般人视为畏途之地蛰伏、孕育。

1000多年前，先人对横断山区及金沙江的认识，远不如今天我们对青藏地区的了解，直到1635年，徐霞客开始历时四年的"万里遐征"，从故乡江阴出发，经江西、湖南、广西、贵州到云南。然后两次穿越横断山区中南部，自金沙江跨澜沧江、怒江到达横断山区南端的腾冲。芒鞋竹杖，跋山涉水，其艰难困苦可想而知。徐霞客不仅是游山玩水者，他更喜欢探幽发现，他似乎有着这样的信念：在人群之外的荒僻处才是生命有可能显示本源之地。

从宏阔的画卷《徐霞客游记》中可以看出，他在考察了云南境内的金沙江之后，纠正了相沿已久的江源认识。徐霞客还对横断山区的各种地形、水系、喀斯特地貌、植被、地热、动物群落等，有细致生动的记述和描写。面对腾冲境内一座已经死去的火山——打鹰山，他记载道："山顶之石，色赭赤而质轻浮，状如蜂房，为浮沫结成者，虽大至合抱，而两指可携，然其质仍坚，真劫灰之余也。"徐霞客对点苍山植被的描述，已经深入到了大环境中对小地形的影响："顶皆烧茅流土，无复棘翳，惟顶坳间，时丛木一区，棘翳随之。"徐霞客还告诉我们，其时"顺宁（今凤庆）以南多象"，"鹤庆以北多牦牛"。

金沙江对于长江来说是非比寻常的。

长江的雄壮博大、气概非凡、伟力无穷，是在金沙江河段孕育的。横断山区的磨砺，使长江之水面对任何阻挡都无所畏惧，坠落、下切、以柔克刚的水之道，不仅仅从河流的意义上，而且更在文化的意义上，深刻于大地之上了。

金沙江还是古战场，这里进可以攻、退可以守的复杂地形，同样为战争提供了大舞台，也是杀富济贫、啸聚山林者的好去处。诸葛亮在《出师表》中谓"五月渡泸，深入不毛"，所指的就是渡口以下宜宾以上的金沙江。

对于生长在金沙江岸的人们来说，金沙江是美丽的，他们将对金沙江的依恋寄寓于山水之间。

这条来自雪域高原的黄龙，最终被川江替代继续向大海奔去。

金沙江的水从未清澈见底，每年5月至11月是江水上涨的时期，水流量是平时的3倍，水变得浑浊不清。

金沙江的水有它的独特之处，夏季刺骨的寒冷，冬季则暖融融的。

在没有电风扇的年代，江边成了大人和孩子纳凉避暑的好去处。大人们涉着水，而十几岁的孩子们赤裸裸的，一丝不挂，或在水中，或躺在沙滩上，没有半点遮掩和羞涩。少男的胴体写真，就像是一幅尘封的油画。

有岸的地方就有沙，平坦的地方就是沙滩。经过涨水期几个月的冲洗，沙没有半点儿的尘土，阳光灿烂的冬日，你尽管打着赤脚在沙滩上翻滚，轻轻一拍，绝对不会沾上丁点儿尘埃。还有落差几米高的砂岩，你闭上眼睛只管往下跳，绝不会伤你秋毫，让你体验一下超越凡尘的瞬间。

金沙江的美在于它的沙，细细的，软绵绵的。阳光照在水面，江水轻拂着岸边，银光闪闪的，江水里不时点缀着黄色耀眼的颗粒，那就是金沙，至今偶尔还能见到有人在河边立一把筛子，沿袭着那古老的淘金术。

金沙江的美还在于它的石。沙是随处都有的，但石滩总会固定在某一处，金沙江石星星点点地点缀其中：红的像玛瑙，绿的像翡翠，白的像玉石，更有奇石爱好者们，成天在石滩上转悠，祈盼能有所收获。金沙江石几百年来无人问津，也许是两年后库区淹没，物以稀为贵的缘故吧，越来越珍贵起来，居然形成了市场；经过打磨，成了大家珍藏的抢手货，听说有人还发了一笔小财呢！

石和沙都是建筑的好材料，枯水季节取之，第二年洪水过后照样有之。像尼罗河的定期泛滥带来肥沃的土壤一样，金沙江每年的涨落，也为两岸带来取之不尽的建筑原料。

金沙江的美还有它带来的亚热带湿润的河谷气候。显著的海拔落差、独特的气候条件成就了各种植被。时令水果四季不绝：从春天玛瑙般的樱桃、黄澄澄的枇杷、白里透红的蟠桃、翡翠般的李子；到夏秋剥开浑圆的外壳露出像炼乳般的龙眼、身着大红袍的柑橘，各种着装、不同身段、清脆可口的梨，撕开毛茸茸的外套露出青翠果肉的野生猕猴桃，红灯笼般清甜爽口的柿子，到板栗、核桃之类的干果；就连冬天也有沁人心脾、甜得心醉的甘蔗，那正是春节解酒的上品。

金沙江的美还在于它是中华鲟的新房和摇篮。每年冬季的时候，鲟鱼都会从大海溯长江而上，最后到达金沙江的这个地段繁衍后代，产卵后又回归大海，它的子孙们然后经过漫长、艰辛、危险的行程，顺江而下又回到赖以生存的大海。千万年来，周而复始，生生不息。

可能是因为冬暖夏凉的缘故吧，金沙江就成了中华鲟最好的繁衍基地，而且有以它命名的地段，叫腊子窝。

> 鲟鱼是现存起源最早的脊椎动物之一，因地域或品种不同又有中华鲟、中国鲟、鳇鱼、苦腊子、鳣等名称。我国是世界上鲟鱼品种最多、分布最广、资源最为丰富的国家之一。

溪洛渡、向家坝水电站的修建，对于金沙江的人们来说，是一次长久的告别故乡。尽管家谱里有记载，居住在这里的人们，祖上也不是地道的金沙江边人，是几百年前明末清初从湖广填四川而至的，至今还保留着一些方言。

提到中华鲟，原先河里可多了。葛洲坝和三峡大坝的建设，阻止了它们往金沙江段的洄游路线。人们为了拯救它们的生命，在宜昌建设了中华鲟养殖场，每年都会往江里投放大量的鲟鱼鱼苗，让鲟鱼陆续回到它们的出生地，仍然保持着精诚团结、勇往直前的信念，捍卫延续自己种族的权利。渔政部门采取封河育鱼、增殖放流和打击盗捕等保护措施以来，金沙江的鲟鱼数量稳步上升。

之前住在金沙江岸的村民，很多以捕鱼为生，只看到捕鱼带来的经济效益。现在他们慢慢意识到，只有保护生态环境和人文环境才能吸引更多的优质游客，建立观鱼走廊，比捕鱼的效益大得多。

以前河岸上到处是鸟，太阳从河边的沙坡上升起，河面上吹着缓缓的风，一些鸟懒洋洋的，到处是鸟粪，现在很多珍稀的鸟也不见了。

土生土长的老贺对金沙江再熟悉不过了，只要金沙江有半点动静，他都十分清楚。他是一个记忆力和理解力都很强的人，现在他陷在惆怅的记忆里。在他回忆过去的时候，种种情景历历在目。当时的气氛、味道，他都记得很清楚。小时候在江边耍水，大点的时候在水里摸鱼，那时有一种特别的自豪感。

向家坝水电站建设时，很多村民背井离乡，拖着残剩家当，沿着移民路线朝前走。

可是没过多久，还是有些人搬了回来。无论是从安全、生活还是政策执行上，这都是不可行的。广播车里，留守的干部重复着不能滞留的原因和离开的最后期限。"早移民，早安家，早致富。""同饮长江水，永远一家人。"喇叭喊得震耳欲聋。

故土难离呀，搬离金沙江的那天，有人装上一小瓶的江水，一小袋的沙，再放上几粒小小的金沙江石，这算是带着的乡愁。

和平长江

共饮长江水

走过长江边，那些英雄与凡人，那些美食与酒香；

那些壮阔的城市，那些鲜活的日常，让人沉醉……

共饮长江水

/ 第三章 /

去云南

2022年8月，我在横扫整个长江三角洲两个余月后，决定去云南。

云南在我的耳朵里响了好几年，我的同学孙野是云南昆明人，时不时会给我打电话，问我什么时间去云南。

想去得有机会，还得有理由。我是一个不喜欢游玩的人，没有足够的理由是不会无缘无故去一个地方的。

我到过金沙江，其实已经算去过云南了。再去云南，必定是去云南的各地走走。我选择沿着长江的线路走。先是丽江，再是大理和楚雄。本来还计划去昆明看看，但由于时间原因没有成行。

云南的宣传口号是：七彩云南。

七彩可以理解为七种颜色，还可以理解为很多种颜色。在古文中，"三"就可以表示多数了。

车绕在山涧，云绕在山顶。在云南行走，不一定要在省会城市昆明才能感受到云的陪伴。这里的云是飞来飞去的，会飞翔到山涧，迎接各方赶路的客人。

我去丽江走的是一条很窄的山路，一边是山，一边是深渊。本来是可以走高速直达的。听说云南有一条被云雾笼罩的路，所以我决意去看看。

车被云包裹了几个小时，走不快，只能在云里蠕动。纱巾、丝帕一般的白云，紧紧地贴着车子。只要打开车窗，云立刻钻进了车中，钻进了人的呼吸道。手伸出窗外，摸到了云的手，云的脸，云的身体，它们是丝，是纱，是帕，带着一种特有的情感，那是凉爽，凉爽得有点直入心脾。云是被风推进来的，带着寒，带着露，顿时让人感到清凉，清凉到肺心。

绕过数十道弯路，忽然眼前出现一片灿烂，从茫茫云朵里转过目光，才发现山下是白云漫步、阳光照耀下的城市。那时，太阳也走出了云。

丽江古城的夜晚，宁静安逸，褪去了一天的喧闹。安静的街巷，只听得见流水的声音。我跟随脚下的石板路，踏着夜晚的阳光，就这么漫无目的地走着。古城的夜晚，更多了一抹悠然的气息。路边的参天大树生长得郁郁葱葱，走在树下，店铺里的光斑调皮地落到你身上，找一处地方休息片刻，好不安逸。

街边趴在地上的狗有些累了，有人往来也丝毫勾不起它的兴趣。可等它养足了精神，就会帮主人招揽客人。

天已太晚，我也走累了，只好先找个地方住下来。这是一间古色古香的小屋，刚躺下，就听见风的响动，一股咖啡的香气飘来。当我从窗户向下张望，看到两个人影紧拥，一个深蓝，一个浅棕。

第四天，孙野早早地从昆明赶到丽江来，说到了云南他得尽地主之谊。我和他笑着说，我一个人走走该有多好。他给我想好了几个可去的地方，我都没有兴趣。

后来，我们去了一个小镇。这是一个古旧的镇子，镇上全是老宅，坡面屋顶相接，粼粼黑瓦连作一片。深巷里，青石板路狭而长，两边房檐伸出，花窗贴得近，市声一静，可听见对面人家说话。

我朝里走着，静幽幽的。粉白墙头，水墨润开。

巷子通往闹市，粑粑、饵丝、米灌肠和鸡豆凉粉，矮凳上一坐，立马就能来一碗。

镇上有一个亭子，檐下斗拱，设色繁丽。读碑，略知是领兵征伐吐蕃的故事。

再回到丽江古城，两日的时间已过，总觉得还是缺少了点味儿。孙野和我开玩笑说："来丽江，就得放飞心情。"我们走着走着就来到了一家清吧小馆，里面正唱着民谣。

云南是一个多民族的边疆省份，有四季如春的气候条件、多样化的生态环境和丰富的自然资源。自古以来，各民族人民创造了绚丽多姿的民族文化，各个民族、各类风情、各种文化汇聚于此，长期并存，与纷繁复杂的自然元素交相辉映，构成了一幅幅五彩缤纷的生活画卷。

在去大理的路上，我临时改变了方向。"我得去寻找长江，我是为了长江而来的。"我和孙野说。

"要么先去昆明吧，那里的天更蓝。"

我知道，孙野想带我去昆明玩几天，可我是计划好了时间而来的。

见我不答应，孙野感到有些遗憾，说："你跟我去一个地方看看，就在去长江的路上。"

那也不是个大地方，回来后，我居然不记得地名了。但那里的天真的特别蓝，是那种荡漾的蔚蓝，那种润泽历史的蓝。

后来，我想过，那不是一种寻常的蓝。

蓝是一种基调，它是一种世界的元素，也是一个永恒的主题。为了这种蓝调子，世世代代的人们历尽了艰辛，有时候只为看一眼这样的蔚蓝，千里迢迢前去与蔚蓝相遇，记录下相互陪伴的美好时刻，感受世间万物的美好。

我们沿着长江岸线从一座丘陵到另外一座丘陵，我想寻找到自己想要的色彩，努力在云南的五彩斑斓的个性中寻找到世界文明的宁静。

因此，我的脑海里经常会出现一张非常靓丽的画作。

每到一处，我只短暂地停留几分钟。在霞光的映衬下，水面比天更美丽。

夜晚，我就住在一处小支流旁边，搭了个帐篷。河岸泥泞不堪。我好不容易爬上一处裸露在外的盘根错节的树根，生起了篝火过夜，整夜用烟来熏蚊子，免得被它们叮咬。经过这种漫长的斗争，有一刻我竟然睡着了。当然，睡着的是我的理智以及与之并起并坐的意志。但是心脏工作了一夜，没有休息片刻，它还制造了梦境。在这些蜿蜒曲折的林间小道，只有我才能对自己的心脏有些了解，我不能带上别人去一道漫游，也不能把这一点告诉别人，因为我的理智睡着了，没有说话。在黎明前的一刻，雾气笼罩了凌乱的梦境，接着万物就呈现出一个全新的世界，最后，又统统回归本原。拂晓时分，我的躯体也像世界那样，渐渐苏醒过来，对寒意的感觉也愈发明显，我的整个身体犹如初生之日。

◎ 丽江古城

位于云南省丽江市古城区，又名大研镇，坐落在丽江坝中部，始建于宋末元初。丽江是我国以整座古城申报世界文化遗产获得成功的两座古城之一。

一提起黎明，很多人会想到东方的白色，但这是不确切的。因为东方变白相对晚些，要在东方开始脱离整个天空之后。东方有些褐色，就像是黑夜里道路的颜色。也许有人会问：那边莫非是一个灯火通明的城市吧？灯光经常会把城市的天空染成褐色。但是，森林里并不会因此而发生任何的变化，在森林里，即使已经是早晨，也会被当作幽暗的午夜。我常常忍不住想，自己竟然比所有的飞禽和野兽都要早地知道黎明的到来。

我像一个猎人那样，把手掌兜在耳朵上面，聆听远处传来的松鸡的第一声歌唱，仔细地辨别树叶的颤抖。四周万物俱寂，孙野学着我的样子，也把手掌兜在耳朵上。

"你听到了什么？"

"我正在听，有棵山树在摇动。"

一只大鸟突然发出一声尖叫。春天的时候，猎人们往往根据这种鸟儿就知道，马上就是松鸡唱歌的时间了。它一般在春天唱歌，现在只是尖叫。不必聚精会神地聆听山杨树颤动，东方那些红褐色的斑点很快就会变白。天上的星星渐渐黯淡下去，夜晚终于过去了。我看到了前面有一棵白杨树。黑色褪去了所有的衣裳，我开始感觉到寒意，到处都是露珠。这个时候，清晨披上了蓝色的和红色的衣裳。第一个巢穴里的第一只鹤尖叫起来，然后，第二个巢穴和第三个巢穴里的鹤开始接二连三地回应它。我数着我听到的鹤的数量，当太阳升起来的时候都在此起彼伏地高歌。江岸、草滩、土坡、田野、村庄，整个世界都明亮起来，在清晨的湿润清凉的空气中，全都反映出一种华丽，带着金色的光芒，晶莹剔透的露珠趴在草坡上，橙、黄、绿、青、蓝、紫组成的极其绚丽的色彩，在高低起伏的风中闪动。

在半路上，我见到一个鱼铺。月光下老远见着一片灿烂的灯火，灯火跳跃，闪动，那是夜晚打鱼人点的火把。这些火把是用打麦场上的那些铁叉改成的，铁叉上挑着一个灌满煤油的铁桶，铁桶里塞了粗粗的灯芯。火把下，各种鱼在蹦腾。

突然，在人群中就听见一个声音："你们下手也忒狠。"

一群人躁动了一会儿，就不见了人影。夜晚很快就恢复了寂静。

我仔细打量着，一个胖乎乎的年轻人表情严肃地和我说："这一河段都归我爸管，我爸这几日生病了，所以才有人下河捞鱼。"

本来我们是去镇上去的，胖子一再挽留，我们才去了他家。

一栋低矮的房子里面还亮着灯。听见外面的脚步声，里面传来了一个老妇的声音。胖子应着，老妇就走到了门口。她见着胖子领了两个陌生人回来，热情地把我们迎进了屋里。这是胖子的奶奶。他和奶奶住在一起，她一个人得有人来照顾。

胖子说，家中实在没有啥吃的。还有半斤花生米，半斤烈酒，只能这样凑合着。我的背包里还有一盒饼干，肚子实在饿得不行了。村子里看来买不到啥吃的，我们只好凑合着充饥。我平常是不喝酒的，也不知道杯中之物劲道比想象中强烈，没吃上几粒花生米，酒劲就上头了。眼前的一切皆是错乱，颇有一种兴奋。

"如果你想了解长江的秘密，就得在林中找一条小溪，沿它的岸向长江走。"胖子说。

第二天，我们醒来时太阳老高了。胖子为我们准备好了早餐，还在为昨天晚上简单的晚餐挂着满脸愧意。

风暖洋洋的，一片宁静。胖子带我们来到了一条小溪。我看到，在一个小小的地方流水遇上了树根的阻碍，因此而发出潺潺声并生出泡沫，这些泡沫很快奔驰而去并迅速破灭了。

水从略微宽阔的水面急速流向狭窄的深水道，因为这声音的奔流，使人觉得仿佛水在收缩肌肉，而太阳与此相呼应，水流的阴影紧张地在树干上、草上掠过。

遇上一个大障碍，水仿佛在抱怨，远远就能听见它的怨气声和拍溅声，但这不是抱怨，不是软弱，水根本就不知道人的情感，每一条小溪都深信，它能奔流到自由的水域，再远的地方就是长江。

胖子说：他在长江水边生活久了，才渐渐明白，长江就像是一面旗帜，她从高原来的时候只是一条小溪，一路上成千上万的小溪加入了她奔流的队伍,"可见长江有很大的凝聚力和向心力"。溪水还在汩汩地朝前流淌着,不时与不远处的另一条溪相互呼应着,因为许多条小溪正汇合入长江,它们相遇,相汇。

对于动物来说,从小虫到人,最相近的自然性是爱情,而对于植物来说则是水,它们渴求水,而水则从天上来到它们身边,犹如我们有尘世的和上天的爱情。

我们坐在一棵大树下休息,这是一棵死去的大树,连那绿色地衣的长须都发黑了,它枯萎了,掉下了。藤蔓选中了这棵树,顺着它的树干越爬越高,它攀升到高处看到了什么,大自然发生了什么?大概也就只有草知道。

树林里有些老树墩布满了像乳酪似的孔眼,牢牢地保留了自己的形态。然而,假如不得不坐到这样的树墩上,那么孔眼之间的间隔显然就会坍陷,你就会感到自己在树墩上有点下沉。当你感到有点下陷时,要马上站起来,因为下面树墩的每一个孔里会爬出许多蚂蚁来。多孔的树墩原来是个保留了树墩模样的十足的蚂蚁窝。

朝着长江水边走去,那是更低的地方,树木长得更稠密,也更凉爽。我们仰望着天空,云像是挂得更高,挂在很远很远的苍穹上,天空蔚蓝,云就像是油画。

这里的树木基本上是老死的。没有人会来故意砍伐,偶尔能见着一些砍伐的痕迹,那也是为捕鱼寻找的路。

树木有各种死法,有从里面腐烂的,从外面看,树还是那棵树,可里头已烂空了,最后像脱衣服一样掉下来。在树坍塌的地方,会长出很多其他的植物,像是在弥补树的瓦解。

不过,这里与云南其他地方显然是不同的,很少见着珍稀的动物。除了松鼠不时在树干上溜来溜去,再也见不着其他的动物。

轻轻地朝前走时,脚下嚓地飞起不停地唧唧叫的蝈蝈,展开着红色和浅蓝色的翅膀。

太阳快要落山了。一天下来,我已经累得四肢不能动了。夜晚,我们决定再不打扰胖子，去了附近的小镇，选了自己喜欢的菜，鲜花饼、喜洲粑粑、大理砂锅鱼、乳扇等，吃饱喝足好好地睡了一晚上，然后养足精神去大理。

> 大理白族自治州是中国西南边疆开发较早的地区之一。地处低纬高原，四季温差不大，干湿季分明，以亚热带季风气候为主，境内以蝴蝶泉、苍山、洱海、大理古城、崇圣寺三塔等景点最有代表性。

大理历史悠久，是云南最早的文化发祥地之一。据文献记载，四世纪白族祖先就在这里繁衍生息，散布了许多氏族部落，史书中称为"昆明之属"，他们创造了灿烂的新石器文化。

位于云南省大理白族自治州北部的剑川县，与丽江、怒江和香格里拉接壤。是茶马古道的重要节点，是汉藏文化的交会点，更是历史上滇西北地区金沙江文化与澜沧江文化的分界点，历史文化遗存丰富，白族文化特征鲜明。

一路上，孙野给我念起这个地方，说大理石也是值得一看的。"咱们去剑川吧！"我说。

据《大理志》记载，5300多年前，剑川已有先民活动，境内历史文化遗存众多。有被誉为"南天瑰宝"，并被列入第一批全国重点文物保护单位的石宝山石窟，有"茶马古道上唯一幸存的集市"沙溪寺登街，有证实剑川为云南青铜文明开端、稻麦复种农耕之源的海门口遗址，更有风貌古朴、格局完整的剑川古城。

这是一座有着独特的风华与风雅的小城，居住在这里的人们有着独特的气质，这是一种基于地理位置、文化传统以及资源上的优越性所形成的，有一种古典主义意味。

在这里文化的传统如此厚重，建筑也是令人称奇。那些旧色的院子、砖头、里面的结构，都是书写世界的观念。

史料有明确记载的剑川最早筑城是唐代的罗鲁城，位于现在的甸南镇，距今已有1300多年历史。这里初为唐朝治所，为防御南诏的要冲，后为南诏国所并，罗鲁城失去了要冲作用。人们又在现在的剑川县城南三里处新筑望德城，到明初废弃。明洪武二十二年（1389年），当地人重新选址建县城，经百余年终于竣工，从此城址不变，一直是剑川政治、文化和经济中心。

我见到的是一座小城，不过颇为典雅，生活味浓郁，往来的人也多。

夏天的傍晚是漫长的，我们在镇上游荡，观察着一些珍贵遗迹。在长满青苔的砖块上，在栏杆和粉刷得洁白的墙壁之间，有一种草长在角落里，一只蜘蛛生活在这里，一片干叶落在网上，整张网弯成拱形。

我刚刚走过的那座房子的天井角落，有一个大理石的楼梯，那应该是大理的好石材。在那里，在夏天绝对的沉寂中，不远处传来了水的伴奏，我不知道长江离这里会有多远，但我相信她就在不远的地方。

夜晚，屋子里闷，我走到台阶上，坐到小凳上，星空中有云彩斑块，大熊星座没有尾巴，昴星团完全消失了，一切都在移动变化。

孙野从屋里走出来。"在这样的地方生活，也是人间最美的生活。"

我点点头。

这次行程的最后一站是楚雄。

"我有点想家了，明天楚雄待半天，我就回去了。"我对孙野说。

孙野好一会儿没有说话，"本来，我是想你到昆明玩几天的。"

"昆明我是一定要来的，不为昆明的景色而来，就因为你在昆明，我来看看你。"我说。

我和孙野自从毕业后，就没有再见。虽然彼此隔着千山万水，可我还是从长江的源头，一直寻到了云南，我们的见面依然像是在那个开始时间里，我们还说着原先的话，延续的还是那个话题。

由此，我得感谢长江，是长江的水把我们又联系到了一起。

我们开始聊生活，突然，天上混沌成乌云，闪电闪过，下起了温暖的夏雨。房间可以打开窗，因为下雨时蚊子不会飞进来。在不知不觉中便进入了梦乡。

第二天早上，正睡得香甜，听见叫卖声响起，卖什么呢？

"鲭鱼！"

那声音像是从半夜惊醒时一模一样，那种感觉也是模模糊糊的。

叫卖声中像是有一道骤然闪现的金色光芒，就像穿过鱼缸的黑暗而发光的闪电。世界停下了片刻，又重新开始平稳地转动、转动。

"这鱼是从哪来的呢？"我探着头朝窗外问。

"货真价实，河里来的鱼。"

路上没人，只有两侧低压的树影。

中午，我下馆子，在菜单上点了个鱼，可立即又画上了圈，想着鱼在明澈的水里闪光，就想到了许愿池里的银币，现在这些鱼，鳞片就像布满污迹，或被废弃的镍币。

第二天去楚雄在半路上歇息，一个不大的孩子给我们指路，我们从孩子的口中听到一个故事。孩子也不是村里人，是从河南来的，他父母在外头打工的那年暑假，他跟着父母一厂里的工友和他的孩子去玩，回去才知道工厂发生爆炸，父母都不幸遇难。孩子本来是可以回河南老家的，他家里还有爷爷奶奶和叔叔，可他是在外面长大的，和工友的孩子从小就在一起玩。后来，他就跟着他们来到了楚雄。现在他已经初中毕业了，来的时候才小学三年级。"那你叔叔阿姨对你好吗？"我问。

"在我的心里他们就是我的爸爸妈妈。"孩子说。

那天，我们没有见着养育孩子的"爸爸妈妈"。孩子说，他们不让他叫他们爸爸妈妈，说他是有爸爸妈妈的孩子。他们只是尽到做爸爸妈妈的责任，把他抚养长大。孩子的户口一直没有迁移过来，读书大费周折，但最终还是能够办好。

"对，你是有爸爸妈妈的孩子。"我说，"你爸爸妈妈一直都在的。"

我们想给孩子留点钱，可他说啥都不肯收。不远处，另外一个孩子在那喊着。孩子朝着那边奔跑过去。

我们祈祷，孩子活得快乐，自由，高兴。

走近楚雄，仿佛走进一幅山青水碧的天然画卷。葱郁森林，青翠草地，漫山野花……

紫溪山距楚雄市区不到一小时车程，这里是一处远离城市纷扰的地方，幽静，安逸。也没有夏日的闷热，放眼望去一片清脆的绿，绿意间冒着雾气，水沁人心脾，晶莹剔透。

抬头观景时，只见几只苍鹰在蔚蓝的天空下悠然自得地盘旋。这些猛禽，在草原上我见过它们逮捕猎物时的狰狞与狠厉，扑向大地时猎物就在它们的爪上。它们展开的双翼，骑在气流上的英姿，不动声色，缄默如止。我想，它们配得上拥有这如画如梦的蓝天白云。

进入清凉的山林秘境，丛草青青，在灰不溜秋的灌木丛中它们是多么鲜亮！漂亮的木质栈道上一片寂静，目之所及皆是明媚山色，闻森林馨香，吸高山清新空气，听啾啾鸟鸣，感受山野灵气，尽情吐故纳新，让人心旷神怡。

山林间，大片绿茵茵的、毛茸茸的草地，让人忍不住想在上边奔跑、撒野、露营、野餐，告别时间的束缚，尽情享受山间野趣，真是惬意极了。

位于紫溪山脚的紫溪彝村，就像一卷青山绿水掩映下的画卷，到处是一片一片的绿，野草在地面上长得茂盛，根深扎在泥土里。几个孩子在草地上跑。

我判断着时间，已经近下午了。我预订好了从楚雄离开的火车票。

我和孙野告别。内心有很多的留恋和不舍。

车在云南的大地上奔驰着，窗外，碧蓝如洗，山峰般大的云朵，正享受着这灿烂阳光和美妙惬意。

云南，实在太美了。

"雾都"重庆

站在重庆朝天门码头看去，一脉浩荡从左向右，把最为抒情的一笔作为她最优美的收势插入长江的腹中。

——梁平《嘉陵江记》

这是一幅人文的漫长书卷。

长江奔腾到这个地方，又有了一个地域的名字，就像一个人一样，在这里有自己的小名。小名与地域、风物镶嵌在一起，性格也就凸显了出来。

> "川江"，这个名字是从古代走来的。在很多的史料中，都有川江详细的记载。据史料记载，川江，在古代又称江、江水或大江，唐代以来，或称蜀江，或称汉江。上段又称"蜀江"，下段称"峡江"，江津附近河道呈"几"字形，又称"几"江。长江上游因大部分河段处于原四川省境内，人们通常把它叫作"川江"。

我查阅从修水去重庆的路线，从长沙飞往重庆的路线最短，航班次数也比较多。2022年10月，我从湖南长沙黄花机场飞重庆，仅用两个小时。

我是晚上9点抵达重庆市区的。真的很美，到处是美妙绝伦的灯光，仿佛走进了迷人的仙境。

江岸的灯光，一会儿亮，一会儿暗，忽闪忽闪的，像是星星在眨眼。灯光一会儿黄，一会儿蓝，一会儿紫，使人看了眼花缭乱。

路上的行人一边匆匆地朝前走，一边交谈着，彼此交换着表情，他们的话传到寂静的江里，江水静静地听着。

不过，他们不再聊江岸美景，聊的是一些生活琐事，或是一些工作上的事情。从那明快的脚步里，可以看出生活的节奏。年轻人习惯了这种快的步子，说话的语气也是快节奏的。这是他们生活的方式。

我在岸边眺望着眼前的长江，看着那宽阔的江面，想象着一条大江在无数个夜晚的奔跑。

《重庆志》记载，长江贯穿重庆全境，流程961千米，在重庆与嘉陵江、乌江等河流交汇。重庆凭借着长江黄金水道，西连三蜀，北通汉沔，南达滇黔，连接荆襄，控川东、川西、川南、川北之要冲，扼云贵川藏之门户，自古以来便是大西南区位险要的军事重镇。

从飞机上鸟瞰重庆，视角更为独特，两条江从两边相约而来，最终毫无悬念地交汇到一起。一块两河交叉的大沙洲和沙洲两岸的斜坡地，给人们留下了创建家园的念头。我想，最终人们就生活在河的两岸，或者以捕鱼为生。后来，河岸有了船来船往，这里也就成了歇息的码头，也就有了生意的场地，慢慢地变得密集起来，后来便有了商贸。慢慢地在这基础上，便有了今天的重庆。两江中间的沙洲现在高楼林立，长江主流与嘉陵江明显有主次之分，嘉陵江像是从半路而来。两岸的房屋就建在山坡上，桥梁也架在山坡中。山坡上是一片高低的绿，阳光照耀下，绿意更浓。

宋时视给我发送了定位，约在重庆的一家餐厅见面。餐厅不大，里面坐满了人，正播放着一首旧时的乐曲，我挺喜欢的。

宋时视见我走了进来，起身向我招手："这边。"

宋时视和我是鲁院的同学。宋时视现在没有写作了，他是一名私立学校的校长，所以工作起来特别忙。

我们在鲁院时算得上是好朋友，经常在一起聊天，那时聊的多半也都是文学。

"来了重庆，咱们不聊文学，就聊重庆。"宋时视笑着说。

"没想到你这次这么洒脱，说来就真的来了。"宋时视说这话时收起了微笑的表情。

我几次说来重庆都没能成行，这倒是令宋时视有些失望，有一次他都请好了假，我也买好了机票，最后还是没能成行。

"重庆我是一定要来的，不为别的，就为你在重庆，就为重庆这条大江。"我笑着说。

宋时视是在重庆长江岸边长大的，他父亲是四川人，到重庆做生意后就在这儿定居了下来。"实际上以前的重庆也是属于四川管的，我老家是四川泸州。"

"那可是个好地方啊！产酒的。"我说。

"以前我父亲就是做酒生意的，不过现在不做了。"宋时视说。

"为什么呢？酒生意不是很好吗？"我说。

"就比如我以前写作，现在不写了一样。"

我想也是，再好的生意，也可能碰上坎。也许还会有更重要的事情等待去做时，生活时时刻刻都会发生变化。

宋时视从小到大，几乎每天都要在江边走，沐浴着江风，看着两条神奇的大江，思绪会飞得很远。心情不好的时候，他会来到江边疗愈自己的心灵。那时的江水清澈明亮，从岸上可以看到它奇美的水下城市，还有那宽阔的河湾，这是条风光优美的河流。记得小时候，他和母亲一起在江边洗衣服，还会有人钓鱼，那时的鱼就在眼前。现在的江堤，没有人到江边洗衣服，更没有人捕鱼。

生活发生了很大变化，城市也发生着巨大的变化。

夜晚，我和宋时视沿着他小时候走过的路，走了一大圈，仔细探看水下的奇景和在绿色植物间游动的各种鱼。这些植物往往使人觉得是一片凝聚成云朵的绿色的雾。他说，长江还是那样的蜿蜒，脚下的路已经不是当年的那条路了，有的地方改造了几回，有的地方完全是重新修建的。

是的，重庆是一座特大城市。这样的一座城市，每天都会在发生变化。

只有那些古旧的建筑，那些受到保护的建筑，才可能保留着原先的样子。

我们实在是走累了，就坐下来歇息。聊文学，聊过往的生活，也聊重庆那些我不知道的事情。

我对重庆的认识，除了资料给自己的感受外，其他部分都是宋时视讲给我听的。

"重庆这个地方，无论从哪个视角看，都有它的魅力。想要观看这座山城，得选择几个好的视角。"宋时视说，水上观城，看到的是三面临江，三面倚江而立。从高处观城，城则依着山，城内岗峦重叠。如果是在飞机上鸟瞰，城则群山环抱，房屋错落起伏，街道曲折迂回，大江滔滔。如果是站在城中四下张望，仰望是屋，俯瞰是街，涛声拍击，不知是在天上地上还是江上。

在重庆生活过两天，就会发现，重庆是一座长满雾气的城市。

重庆早晨的雾白得透明。第二天早上，我推开窗门，只见窗外雾蒙蒙的一片。茫茫的大雾如烟如涛，浩荡似水，将群峰、岩石覆盖得严严实实，宛如新娘的头巾。

真是太美了！整座城市被大雾笼罩着。远望过去，白雾轻绕着房屋，缥缈中透着神奇，朦胧中含着清秀，给城市增添了许多色彩。

> 重庆属于亚热带湿润季风气候，加之地形以丘陵、山地为主，江水蒸发不易扩散，潮湿的空气处于饱和状态，容易形成大雾，重庆也因此被人誉为"雾都"。

半天，雾气腾腾，看不清外景。我们选择上午去博物馆。

半路上，我才知道，重庆的博物馆有好几座，其中中国三峡博物馆、重庆红岩革命历史博物馆、重庆自然博物馆算是重庆可以并称"三馆"的大馆。要想在短暂的时间里了解重庆，三馆都值得一去。三峡博物馆收藏着有关长江文明的历史遗存，革命博物馆收藏的是重庆革命史上的红色文物，自然博物馆里展现的是生态。

我先去的是中国三峡博物馆。

在一块汉砖前伫立，苍青中沁了一层古朴苍凉的气质。远望，犹如一款绣工精湛的凉枕，分布着菱形纹，似乎有着呼吸与体温；近观，带着年深日久的包浆，质感、气韵好比《汉赋》中的句子，风神俊朗，骨骼端正。隔着一层玻璃，纵然无以触摸，却也予人秋风顿凉之感。这便是时间留下的痕迹。

看馆如翻史书，博物馆可以说是保护和传承人类文明的重要殿堂，是连接过去、现在、未来的桥梁，也是一个城市的文化符号。粗陶、彩陶、汉铜镜、唐俑，历代瓷器，无数货币，一样一样晤面，如切如磋。看见旷世无匹的金缕玉衣一件，遍布幽光。在博物馆里荡漾，像是行走在时光深处。点滴的历史，在眼前浮现，感觉文物活在这里，永远都不会死去。

我去过几个地方的博物馆，我觉得如果要了解长江，三峡博物馆是一定要来的。在这里观看长江，就像是观看一个人的成长，每一个时期都是不一样。

重庆是一座历史悠久的城市。重庆简称巴和渝，别称巴渝、山城、渝都、桥都、雾都。在古代，重庆沿用的名字就多达十种，江州、益州、巴州、楚州、渝州、恭州、重庆、雾都、陪都等。这一长串的名字都有由来，而且在改名的时候，有一定的政治色彩。

江州，我的家乡——九江古时也称为"江州"，"江州司马青衫湿。"这个名字，在重庆的历史上沿用是最久的。江州的称谓，从周武王分封巴族在江北嘴上建国直到魏晋南北朝之前，沿袭了1200多年。至于重庆的称谓，自1189年起，到今天已有800多年的历史。上古时代，重庆是巴国的首府。为什么重庆有如此痴迷"巴"的情结呢？相传嘉陵江水系形成"巴"字，所以这里称"巴"，巴地之人便是巴人，重庆便是巴人的故乡。

史书记载，重庆在古时就是川东的政治中心，又有长江和嘉陵江航运之利，地理位置优越。自建市以来已经历三次建都、三次直辖，这本身就是中华民族对重庆历史地位和巨大贡献的肯定，显示出这座古老名城的作用。四川民谣称"天生的重庆，铁打的泸州"，指的是重庆天生陡险，四

◎ 重庆

    地处我国西南部，是长江上游地区经济、金融、科创、航运和商贸物流中心，全国唯一兼具五种类型的国家物流枢纽、西部大开发重要战略支点、"一带一路"和长江经济带重要联结点及内陆开放高地。

崖绝壁，自古易守难攻。

重庆是险要的军事重镇。历史记载，公元前316年，张仪、司马错领兵伐蜀，然后灭巴国。张仪筑巴城，城不大，包括现在的大梁子、小梁子、小什字一带，为嘉陵江与长江汇合口的山嘴部分。因城近江边，西汉时称江州。蜀汉时，重庆守将李严嫌张仪旧城太小，"更作大城，周围十六里"。《华阳国志·巴志》记载，重庆"地势侧险，皆重屋累居，数有火害又不相容，结舫水居者五百余家。承两江之水，夏水涨盛，坏散颠溺，死者无数"。

兵家必争之地，也是经济发达的地方。资料记载，唐宋以后，长江水运日益发达，重庆已是长江上游和嘉陵江流域的集散地，与长江中下游商业往来尤为密切，生意之盛已不是四川别的城市可以相比的。洪武四年（1371年），戴鼎随明军占领重庆，就任重庆卫指挥使，将重庆城墙改砌石城，"高十八丈，周长十八里"。取九宫八卦之意，筑十七门，九开八闭。朝天、东水、太平、储奇、金紫、南纪、通远、临江、千厮九门大开，其中八门是商业码头，翠微、金汤、人和、凤凰、太安、定远、洪崖、西水八门紧闭。

清光绪二年（1876年），清政府和英国签订《烟台条约》，准许英国派员到重庆筹划通商事宜。光绪十六年（1890年），再订中英《烟台条约续增专条》，将重庆正式辟为商埠。光绪二十一年（1895年），《中日马关条约》又同意日本划重庆南岸王家沱为日本租界，重庆成为通商口岸。

自从开埠通商后，重庆地理区位优势凸显，西方各国在重庆设立领事馆的同时，纷纷在城内开设了洋行、公司、商行、教堂、学校、医院等机构。成渝大道、川东大道客商不断，肩挑驮运，熙熙攘攘，"华洋杂处，商务繁盛，诚吾西隅之一大市场也"。商业的繁荣催生了一批大店、名号，如刘继陶创办的"德生义"商号，黄锡滋开设的"锡生"商号，汤子敬的"德大昌""裕生厚"等字号。民国初年的《重庆乡土志》中有一段话描述了当时市貌及街巷："沿岸结舫水居者千有余家，吴、楚、闽、粤、滇、黔、奉、豫之贸迁来者，九门舟集如蚁。陆则受廛，水则结舫，计城关大小街巷二百四十余道。酒楼茶舍，与市闾铺房，鳞次栉比……每焚动殃及百数十家。"

20世纪中期，在中国人民团结抗御日本侵略的全面抗战时期，重庆成为全中国的战时首都，得天独厚的地理条件仍是一个重要支撑。然而，四川作为民族复兴的重要根据地，重庆作为这一重要根据地的重中之重，亦即抗战中国的政治中心、经济中心、文化中心、军事指挥中心、外交活动中心，国共第二次合作和抗日民族统一战线的政治舞台，其地位和作用是既往种种都不可相提并论的，是其他任何一个地方都不可同日而语的。

到重庆，有一个必去的地方就是解放碑。这个看似像块石头名字的地方，其实是一条步行街。解放碑位于重庆市渝中区，在街的中心竖立着"人民解放碑"。这是一条很特别的街，也是重庆最繁华的商业中心地带。这里有数量众多的百货公司、酒店、饭店等，是重庆购物、品尝美食和逛街的好去处，当然也是重庆著名的地标之一。

解放碑代表着和平与解放，是抗战胜利和重庆解放的历史见证。

我在重庆图书馆内，见到一本1961年出版的《红岩》。

> 在新中国文学史上，"三红一创"占据着极其重要的地位。"三红"指的是《红岩》（罗广斌、杨益言）、《红日》（吴强）、《红旗谱》（梁斌），"一创"指的是《创业史》（柳青）。它们是创作于20世纪五六十年代，对社会产生重大影响的四部长篇小说。其中，《红岩》《红日》《红旗谱》是"革命历史小说"的代表作。它们分别从不同的方面和角度反映了中国共产党发动和领导的伟大革命，在经历曲折过程之后最终走向胜利，建立新中国的光辉历史；以其强烈的史诗性和英雄品格，发挥了深刻的教育功能和强烈的鼓舞作用。

反映解放战争时期重庆地下党革命斗争历史的《红岩》，是其中销量最大、影响最广的一部。1961年12月，《红岩》由中国青年出版社正式出版，迄今总发行量超过1000万册，并被翻译成英、法、德、日、朝等多国文字。

同时，《红岩》被迅速改编为歌剧、电影等多种艺术形式，广为传播，直至形成"红岩热"现象。以江竹筠为代表的革命烈士的英勇事迹，通过各种文学艺术形式的传播，形成了久负盛名的"红岩文化"。

这必定是对"人民解放碑"最好的书写，这段文化必将时刻激励着重庆人民，也激励着整个中华民族。

从解放碑回来，我们决定去万县，也就是重庆市万州区。

万县古称羊渠、浦州、南浦、鱼泉、安乡，北周时置为万川郡，唐贞观八年（634年）改为万州，明洪武六年（1373年）降州为县称万县至今。

群山环抱之中的万县，也是万山之县。而体现着众水之流的却是一条发源于梁平峻岭中的小溪，从北向南汩汩不息纵穿城池，且层层跌落，形成瀑布飞流。三马路外天生桥，瀑悬三重，浪挂石壁，水击古崖，如拨琴弦。青石板上有"石琴响雪"的题刻。

万县西北是天城山，峭壁危立，仅有寨门一线可通，相传是刘备屯兵之地。西山太白岩绿意浓郁，层林叠翠，是读书胜地。万县人说，李白曾在这里饮酒下棋，故称太白岩。翻看《万县县志》，记有李白"大醉西岩一局棋"的逸闻。清代诗人陆矶来游，挥毫题壁："树梢高处露瑶宫，梯石层岩曲折通。一道红栏补新景，春游宛在画屏中。"

让我颇感意外的是，在这里我居然见着了黄庭坚写的碑文。

北宋著名文学家、书法家，江西诗派鼻祖黄庭坚是我家乡人。1101年2月间，黄庭坚路过南浦，太守高仲本慕名相邀作西山之游，并求墨宝以记林泉之胜，他欣然应允写《西山记》，后人勒石，遂有西山碑，21行173字。

距万县港64千米的云阳，与张飞庙隔江相望。听说张飞庙在这儿，我决定前去万县，敬仰张飞庙，拜见英雄。

到地头，才知道云阳最早以制盐出名，县城之北有云安镇，便是曾经驰名全国的云安盐的产地。自秦汉时期始，云安就开始熬盐，秦砖汉瓦云安盐，是那个时代的骄傲。

从云阳回来，已经是半夜。重庆的夜市上，熙熙攘攘的人群，车水马龙，灯红酒绿，一点也不亚于上海的南京路。环顾四周，目光所及之处，尽是各式各样的现代化品牌。

肚子有些饿了，我们便想到了重庆的名小吃。

八一路堪称吃货的天堂。远远地闻着味道就饥肠辘辘，脑海里只闪出一个字"吃"。长长的一条街全是小吃店，每种美味都有其美丽的颜色，犹如贵妇穿着华丽的礼服，诱人不已。

在八一路好吃街一眼望去，美食琳琅满目，让人目不暇接……

麻辣烫、麻辣香锅、串串香、担担面、酸辣粉、毛血旺、麻辣火锅、锅仔饭、卤肉饭、山城汤圆等，叫得出名的，叫不出名的，都在等待与志同道合者来一场亲密的约会。

在没去重庆之前，我在网络上查到一些关于美食的描述。去过好吃街的人们都不会忘记那汹涌的人潮和香气四溢的美食。巴渝美味又酸又辣，非常有地方代表性，其中各个麻辣烫铺位始终都排着长长的队伍，食客们完全不顾及形象，甩开腮帮子使劲地吃。不管是吃的还是看的，都成了这个地方一道独特的风景线。而酸辣粉的店铺也是人满为患，一个个食客流着汗吃着又酸又辣的粉，一边吃一边还不停地加料，生怕不够酸爽。看着他们吃得都很满足，我不禁感叹，原来可以这么享受生活。

好吃街大多数店面都没有座位，大家买了以后都是一边走一边吃，有如猴子摘玉米，吃着碗里的还想着锅里的。街的中间有个地下小吃城，可以一站式吃到很多特色小吃，可惜环境不太好，人一多就显得拥挤，实在懒得寻味的话，可以在这里坐下来安心吃。

走完一条街的感慨是：想吃的太多，好吃的太多，吃不完的太多，吃完仍惦记着下次还要去吃得更多。

那一个晚上，都是火热火热的，火热的不仅是好吃的，还有火热的场面。

"重庆的小面也是非常好吃的。"宋时视说。

第三天早晨，我们去了"重庆小面"馆吃面。重庆小面是百年老字号，是重庆市非物质文化遗产。

重庆小面在经过岁月磨砺和社会变迁的洗礼后，地方风味厚重，麻辣咸鲜醇正，鲜香浓郁突出，臊子特色鲜明，逐步形成因人、因物、因地制宜的特点。

一碗小面上桌，热气扑面而来，花椒和葱花香气盈鼻。下筷将面条拌匀，油辣子的躁烈、芝麻酱的醇厚、熟猪油的润泽合而为一，面条还未入口，客人已经食指大动，胃口大开。挑起裹上红油的面条尝上一口，碗底酱油的醇香、面条劲道的碱香，以及花生碎爽口的酥香裹挟而来，麻与辣、咸与鲜共同作用，最后用一碗面汤熨出满腹暖意，心头宽展，令人连呼"巴适"！

现在，重庆的小面已经红遍全国，在全国任何地方都能吃到。而在重庆，最有名的小吃或许是秦云老太婆摊摊面。老太婆摊摊面总店原来位于重庆建设机床厂的家属区内，随着城市建设和摊摊面名声远播，2015年总店搬迁至杨家坪华润万象城后面的万象美食街上，分店也开到了全国各地，把一碗小面做成了大生意。

老太婆摊摊面作为一种极具特色的重庆小面，通过面条的麻辣鲜香收获了一批批食客的赞誉。虽然已经传承好几代，但其坚持真材实料，坚持传统技艺，就是靠着这一碗面，红遍了大江南北，吃得顾客唇齿留香、魂牵梦绕。

"吃过重庆的小面不算什么，要吃过重庆九园包子，那才算是达到了正宗的吃货境界。"宋时视说。吃完小面，宋时视非要我再去吃包子。"我实在吃不下了。"我说。"少吃点，尝尝。"

吃几个包子，得坐半个小时的地铁。九园包子在中山四路上，从地铁站出来，沿着中山四路一直走到头就能看到。以前包子都是当早餐吃，现在的包子也是主食。还不到中午，九园包子的门口已经人满为患，有前来买包子的，有特意打包带走的，也有慕名而来一探究竟的，但因为刚好饿了来吃饭的还真是少见。

据说九园包子的品牌已有上百年的历史，在民国时期就已成名，和天津的狗不理包子一南一北，闻名遐迩。这里的包子品种不少，有酱肉馅、芝麻白糖馅、红糖馅、豆沙馅、玫瑰馅等，甜咸味适中，包子皮松软有弹性，大小均匀。

九园不仅包子有名，其他的菜品也经得住考验。店里的芋儿蒸四季豆、陈皮兔、烧白等菜品，也深受顾客的喜爱。

有酒的地方就有肉，有爱情，有仇恨，有江湖，重庆人美，江美，不仅有长江，还有个鼎鼎有名的饭江湖。饭江湖面朝长江，看看索道来来回回，品一品巴蜀麻辣诱惑。

饭江湖顾名思义，以江湖菜为主菜系。没到饭江湖之前，不知道江湖菜是何菜系，之前只知道渝菜。江湖菜有着独特的背景，它与渝菜齐名，只是出身不同。饭江湖的老板介绍："江湖菜与渝菜都是巴蜀地区的经典特色，各有优势。渝菜出身名门，服务上阶层，江湖菜源自市井，服务的是劳苦大众；渝菜有百种菜百种味而江湖菜则一道菜一格局；渝菜选料精细，而江湖菜则率性而为；渝菜摆盘考究，江湖菜则随意洒脱。江湖菜以前是长途司机们的最爱，旅途劳顿后来一顿麻辣鲜香的美食可扫清疲劳，令人神清气爽，辣味刺激了脑神经，开车也更安全。辣子鸡、酸菜鱼、辣子田螺、水煮鱼都是江湖菜的精品，在饭江湖一定要尝一尝这些招牌菜，大藏干锅是卖得最好的，深受人们喜爱。"

在饭江湖，不只有特色的江湖菜，还有诗和远方。饭江湖的窗外细雨迷雾，江面雾气升腾，坐在靠窗前的位置，长江美景一览无余。它没有大海的潮汐，却有着内河的秀美，漩涡激流一波接着一波，变换着不同的姿势来彰显它的魅力和性情。你快乐了，江水会陪着你唱歌快乐；你沉默了，滔滔江水会立即淹没你的不快。靠着窗边，吃饭的心情也不断地因为窗外景色的变换而更替，每一种菜品的滋味都会在一定的心情影响下而变得别有风味。大藏干锅，就是各种滋味的汇集，里面食材丰富，小尖椒、肥肠、马铃薯等与各味调料烩一锅，味道甜、咸、鲜、辣，正好应了美景，也美了心情。

一天下来，我是吃遍了重庆美食。我去过的地方，名吃很多，像这样一天吃下来不腻的，也就只有重庆了。

夜幕下的山城，纵横交错的干道蜿蜒分布在山水之中，造型各异的桥梁横卧在两江之上，高楼林立的渝中半岛，被万家灯火和闪烁的霓虹点缀得梦幻又璀璨，倒映在波光荡漾的江水里，错落有致，动静相宜，将豪爽的江湖味与繁华的市井风情完美地融合在一起。

任何一座城市都有自己的标志，任何一个标志性建筑都是一座城市历史的浓缩见证。

"走，咱们去领事巷看看。"我和宋时视坐上了出租车。我住的地方到领事巷十几千米的路程，却要走弯曲的街道十几条，在城中穿来穿去。眼神时常会被街道两旁造型优美，拥有穹顶和繁复花纹的建筑所吸引。

领事巷位于通远门内右上侧，南连山城巷，北靠鼓楼街，是一条有点长又略有点窄的巷子。领事巷的得名与洋人的到来息息相关。到了领事巷，也就不得不说说巷子里的领事馆。重庆的领事馆与北京、上海的不同，独树一帜。重庆的领事馆是全国屹立于山崖之上的使馆区，它既见证过重庆的屈辱史，又见证了重庆人民的顽强抗战史。

1890年，根据中英《烟台条约续增专条》，重庆成为对洋人开放的商埠。从1890年到1900年，为了集中办公，美、英、法、日、德等帝国主义列强相继在重庆渝中区七星岗开设领事馆，于是有了如今的领事巷。进入领事巷，最先看到的是英国领事馆，这座领事馆历史悠久，是列强在重庆设立的第一个领事馆，有着深刻的政治意义。相比之下，法国领事馆、美国领事馆的旧址已破旧不堪，几乎难以辨认。不过，城门之下带着清式风格的建筑，还能让人依稀想象到昔日的辉煌。

经过多少年的风风雨雨，这一带原有的领事馆和一些有着深远政治影响的老建筑基本消失了。旧址上的领事馆年久失修，似乎已没有人管理，直接就可以进入。藤蔓爬满了楼宇，苔藓成了最为亮丽而沧桑的外衣，它们如风烛残年的老人一般，早已被人遗忘，但它们仍坚持每日在日光下沐浴，等待着与它们叙旧的人们。

站在南岸区的长江畔远眺高楼林立的渝中区，一半是江水，一半是火焰。头顶有索道穿梭，江面有货轮游弋，夜晚灯火通明。现代化的机械设备和都市的霓虹令人目不暇接，而转身看去，水泥墙竖起的堡坎上却泛着青苔，生活中的两种状态在同一个时间和空间中存在着。远处若隐若现地带着几许悠然的老南岸背影与拔地而起的高楼的时空交错，永久的过往悠悠地从眼前飘过，让人心里悄然荡起一层失落的愁绪，想要回到匆匆那些年，那些岁月，那些街景。

如果说重庆的时尚外衣下有着古老的传说，那么朝天门码头，就是这个古老传说中最为重要的主角之一。几乎没有人不知道朝天门码头，它是重庆的骄傲，重庆的地标，传说中的"码头王子"。它富贵且古老，吮吸着江水，壁垒三面，气势磅礴。

朝天门码头地处长江和嘉陵江两江交汇地，是渝中半岛水路上的一块小陆地，重庆的船只和渔民百年来都在这水路上行走。19世纪末，重庆还未大兴土木，江边建筑稀少，两岸交通十分不便，文化和经济发展都相对落后，除了浩浩荡荡的江水滚滚流淌之外，重庆更像是被长江围绕着的小山包，灰头土脸。而当时的朝天门已是重庆最为重要的运输港口，承担着大量水上运输的任务，外来人流、物流都要通过朝天门码头进入重庆的大门。码头上人头攒动，聚集了大量的搬运工、拉船的纤夫、抬轿的轿夫等各色人物，他们成为朝天门经久不衰的特有文化，见证了朝天门的变革。

美景对于朝天门码头是不吝啬的。所有的山城美景几乎都汇聚在朝天门码头。远景、近景、灯光、夜景、山景、水景、索道、人流、道路、建筑，只要你想看的，它竭尽所能地展现。张扬而硬朗的朝天门广场修建在码头的上方，象征着朝天门的新生。远观朝天门广场如一艘扬帆起航的巨轮，正欲冲出港口朝天远行，理想之伟大，气势之磅礴在全国都属少见。

走进朝天门，出现在我眼前的是重庆市规划展览馆。这是目前我国最大规模的城市规划展览馆，展馆气势恢宏，异彩纷呈，浓缩了渝州3000多年历史文化名城的厚重沧桑。

沿着重庆市规划展览馆而下就是朝天门广场。朝天门广场融建筑与广场于一体，建筑的底层为码头专用道，中间层为商业、娱乐及办公用房，顶层为观景台广场，形成山、水、城于一体的人文景观，其造型恰似一艘扬帆起航的巨轮。广场上喷泉腾空，喷射出缕缕金丝，飘逸缤纷，婀娜多姿。

广场四周花坛点缀，鲜花怒放，错落别致，芬芳四溢，绿草如茵。

历经历史变迁，朝天门早已不是当年灰头土脸的样子，时代的高速发展为它换上了高科技的新衣。漫步广场，天清气爽，江风习习，千人起舞，心境荡然，满目皆新。改头换面的朝天门如一只丹顶鹤，高耸挺立着守候重庆人的家园，而老重庆人依然记得它当年的朴实无华，重庆人对朝天门码头的一草一木、一朝一夕都有着外人无法理解的眷恋和偏爱。

> 在重庆南山，有一条黄葛都古道，至今已有800多年的历史。据《重庆志》记载，这条古道曾是历代川黔商贾的必经之地，被称为重庆的"丝绸之路"。

学者穆涛在《汉代的政治丰碑和国家隐痛》中做了准确的记载，经由这条物流大通道，中国的丝绸、茶叶、瓷器，包括五谷种植技术被输出。引进的有良种马、苜蓿、葡萄、樱桃、胡麻、胡椒、胡萝卜、芫荽、石榴等。

丝绸之路使重庆的文化、艺术、科技、宗教等各个方面与印度、中亚、西亚、北非和欧洲都有了很好的交流。

夜还未全黑，在丝绸之路的古道上，老远能见着如镜的河湾上闪烁的亮光。岸上驼铃刺的小白花，此起彼伏地呈现出模糊的曲线。河面辽阔，河水温静，像是在思索着一个遥远的传说。岸边，青色蠕动的草滩侵蚀着裸露的芦苇根，色彩和水声都是亘古不变的。

离开重庆后，我总感觉还有很多的东西遗忘了，或者观察得不够仔细。仅此到过一次重庆，就想把这个地方的"宝藏"挖掘出来，肯定是不可能的。我想，这个地方值得来，需要来几回，十来回，或者在这里小住些日子，所看到的东西可能就会不一样。

一个叫"雾都"的重庆，我先记下了。

浩浩武汉

江汉壮阔，百湖多姿；四方贯通，九省通衢。

浩浩长江水，巍巍黄鹤楼，见证武汉的千年荣光。

这里大江腾涌，重义崇礼显英雄；这里弦歌不辍，雅意诚心迎知音。

——小记

正值盛花期，一行人驱车去武汉。

那是个夏天，一路上金灿灿的，路旁尽是无数的矢车菊，金黄色的花朵，犹如一双双明亮的眼睛，骨碌碌于夏风里顾盼流转。山野间的更深处，站着一株株苦楝，紫花累累，构成了一幅美丽的画图。山与山之罅隙处，绿树葱茏。

修水到武汉仅两个半小时，可以说我是常来常往。

我对武汉是熟悉的，这不仅是因为修水离武汉近的原因，还在于我是华中师范大学毕业的，虽然不是土生土长的武汉人，但毕竟在武汉生活过，对这座城市的感情与日俱增。

我曾在武汉三镇一座座、一片片迷宫般的老房子里穿行，寻找和叩访那些隐藏在旧巷和老街深处的小园和楼台。我试着以不同时代进出老屋深院的人事为线索，以一些尘封的文献和亲眼所见为依据，用自己的笔去钩沉这座城市的来龙去脉，发现一些城中人物的命运遭际，探索市井风习的此消彼长。

我觉得一座城市是有灵魂的，也是有记忆的。每次到武汉的时候，无论是走在街上还是江边，我总会感觉到哪些地方我是来过的。就连有些人，也总觉得面熟，一些话以前也听过。

"来，坐下来。我给你说说这一带的故事。"一个老人拉着我的手，让我再坐一会。

我已经来过这好几次了。第一次来的时候，她站在门口，手中的棍立在地上不见挪动，带着一种观察的神情，始终说不上半句话。仿佛，我从门前经过，我想了解什么都与她无关。

第二次来的时候，我们说两三句话。

不记得是第三次，还是第四次，她把我让进了屋里。这是一间很小的屋子，大概是20世纪六七十年代的建筑，楼梯很矮，现在庞大的家用电器是搬不进去的。高个子朝里走，连头都抬不起来。屋里的家电也是很小的，电视机还是老式的，很小的屏幕，小型冰箱放在桌子上。老人给我倒茶，说这一带的屋子都是老式的，好些年代了，"我们搬进来的时候就是老房子"。

"没有想过换个地方？"我问。

"换到哪去？我住的这地方是老汉口，这就是中心地带。"老人坚定的话里带着不愿意离开的口气，"卤鸡蛋，味道好得很，吃一个。"

一个本地住的陌生人，此刻也就变得更加亲切了。

从老人居住的地方走几条小巷子就到了长江边。一片沼泽旁有一条很宽的橡胶路，有人在上面来回跑，大概就是早晨跑步的专用路。路的两旁都是高大的树，密密麻麻地连在一起，看上去就像是一片森林。

老人说，她经常在江边看风景。那就是武汉江滩。只不过我们所看到的江滩，没有沙石，而是一片广袤的绿。

> 武汉素有"中国湖泊之都"的美称。水源丰沛、水域丰满，一直以来保持着"水乡泽国"的容貌。

在人类历史长河中，武汉就像一叶扁舟，划出了一道又一道年轮，一划就是3500年。两江三镇是她的自然身份，白云黄鹤是她的诗意化身，凤舞九天是她的精神图腾，楚风汉韵是她的厚重底色，人才辈出是她的耀世光芒。伴随着长江汉水的潮起潮落，武汉的人文历史亘古流传，恰如穿城而过的两江之水，奔流向东，绵绵不息。

贾船客舫，不可胜计，衔尾不绝者数里，自京口以西皆不及……虽钱塘、建康不能过，隐然一大都会也……盖四方商贾所集，而蜀人为多……楼阁重复，灯火歌呼，夜分乃已。

浩浩江水，滚滚东流。在穿越了坦荡的江汉平原后，亚洲第一大河来到了鄂东丘陵地区。在这里，大江两岸分布着连绵的低矮山峦，与面积广阔的湖泊，共同构成了一幅山水连绵壮阔的图画。

正是在这样一片低山与大泽的天地间，荆楚先民开始留下文明的足迹。在那些滨水的丘陵高地上，新石器时代的文明开始现出曙光。在湖北省博物馆，陈列的曾侯乙编钟、越王勾践剑、曾侯乙尊盘、云梦睡虎地秦简、虎座鸟架鼓、郧县人头骨化石、元青花四爱图梅瓶、彩绘人物车马出行图、石家河玉人像、崇阳铜鼓等"镇馆之宝"，照亮了中华文明浩瀚的星空。

武汉自古以来舟车往返，商贾云集，也曾烽烟连绵，战争频仍。

从历史中，我看到了长江在汉口的历史浪潮中的巨大作用，也从中明白，一座城市的崛起始终离不开一条大河。

每次到武汉，我都居住在老人住的小楼旁边不远的旅馆里，旅馆便宜，相当于我们县城酒店的价格，干净，舒适，就是房间小了点，但离长江近，仅凭这一点，其他的不足就不必在意了。

我们的学校在珞喻路，记得那时我经常会去汉口玩。"不是开玩笑，到了武汉不去汉口，等于是没有来。"我经常和外地的朋友开玩笑说，到武汉，就一定要去汉口。

有关汉口，在很多资料的白纸黑字里，有着详细的记载。所有的史书都忽视了一个重要的情节，那就是长江对后来的汉口有着怎样的作用，这一点也是前人料想不到的。

汉口的茶市是非常出名的。由于修水离武汉距离较近，在晚清时期，

修水的茶商经常挑着担子到汉口贩卖茶叶。

而选择到汉口将茶叶贩卖出去，这与当时的汉口在世界的地位有着密切的关系。我的先人将修水的"宁红"销往欧洲，汉口茶市里的"宁红"品牌，受到世人的喜爱。

如今的"宁红"便是大名鼎鼎的霞森牌"中国宁红"，茶产于江西修水县的大椿，是一种上好的红茶。据《修水县志》记载，这种红茶有"茶盖中华，价甲天下"的美称。

小寰是我在汉口茶馆认识的，那天，我约朋友找地方喝茶，在汉口老市的门口见到这家茶馆。小寰说茶馆里有好茶，问我们要不要喝，我问过后才知道是宁红，你说巧不巧。小寰懂茶，什么茶都能够道出来由。

我有迫切品茶之意，喝了一小口，还真是修水出产的。小寰知道我是修水人，更加滔滔不绝。说茶，也和我说汉口。

> 武汉位于长江中游，长江与汉江在此汇合在一起，把一座城市分为三部分，长江的南岸是武昌，北岸由汉江分隔为汉口和汉阳，形成鼎足之势，世称"武汉三镇"。由于它依长江临汉水，所以又有"江城"之称。

武汉扼守着长江中游的咽喉，西可经三峡入巴蜀，东可下赣皖，通吴越，构成了东西交通枢纽。武汉雄踞华中，北可通豫鲁，达燕晋，南可越洞庭，抵两广，又是南北陆路交通要冲，因此素有"九省通衢"之称。还因为从武汉北至北京，东抵上海，南达广州，西去西安，均在1200千米内的行程，确立了武汉"贯穿东西，连接南北"的中心地位。

当代美国历史学家罗威廉在他的著作《汉口——一个城市的商业与社会》里这样评价汉口得天独厚的地理位置："汉口以其优越的地理位置与封建社会晚期不可阻挡的商业力量相结合，形成并维持着一个卓越的商业都会，一个代表接受欧洲文化模式之前，中国本土城市化所达到的最高水平的城市。"

英国记者戴维·希尔在《中国湖北——它的需求》里写道:"从事业角度看来,汉口是东方最重要的城市之一,这里的国内商人,不仅来自湖北各地,也来自数百里之外的相邻的省份,它处于外国商人与国内商人在华中的汇合处,是一个极好的交易中心,是中国的国际化都市。"汉口的重要性就是它是华中的贸易中心,是各种货物的转运中心,并通过市场机制对国内物资的流通进行宏观调控与管理。美国人称汉口为"东方芝加哥",是中国的大商业中心,所以从这个意义上而言,汉口不仅仅属于湖北、华中,更属于中国和世界。

万古长流的长江与汉水,赋予大汉口这片土地无限生机和繁荣。从古

◎ 武汉

地处江汉平原东部、长江中游,长江及其最大支流汉水在此交汇,形成武汉三镇(武昌、汉口、汉阳)隔江鼎立的格局。武汉素有"九省通衢"之称,是我国内陆最大的水陆空交通枢纽,华中地区唯一可直航全球五大洲的城市。

至今，熙来攘往，商贾云集，是武汉这座城市留给时代永不磨灭的印记。

生生不息，车水马龙，是汉口紧随历史步伐，不断创新、不断进取、不断发展的成果。"江汉朝宗于海"之势从未停歇，持续助力它的迭代更新：世界五百强鼎力入驻，传承与创新并举，历史与现代交错，经典与潮流同行……

无论时代如何变迁，不变的，是滚滚长江对土地不竭的滋养，代表华中区域、长江流域引领世界的城市窗口，依旧还是汉口。

初伏的傍晚，热浪逐渐退去，人们成群结队地走进了汉口江滩。

一弯新月悄然爬上了碧蓝如洗的天空。银色的飞机临月而过，几只风筝摇动着斑斓的翅膀，追着飞机而去。转眼之间，飞机消失在天边如山如絮的云朵里，风筝绝望地跌落在江滩的怀抱里。

我翻看过武汉的历史。在深邃的时光里翻开唐朝，看到的是火树银花，星桥铁锁。虽然那时武汉的城市交通位置在长江上并不十分醒目，但依然能够看到街道深处映射出来的灯火辉煌。也就是从这个时候开始，武汉的地位渐渐地凸显出来，商业贸易开始逐渐繁荣。

> 《武汉志》记载：唐广德年间，鄂州大火，焚烧舟船三十多艘，殃及岸上二千多家，仅烧死就达数千人，可见当时城市人口之多。汉阳南门一带与鹦鹉洲附近，商业十分繁荣，唐代罗隐有诗"汉阳渡口为兰舟，汉阳城下多酒楼"，与张籍描绘成都的"万里桥边多酒家"如出一辙。可见，那时的武汉已是四海名扬。

作为一个在全国有影响的城市，武汉是明清时期随着汉口的兴起而形成的。明代初年的汉口一带还是一片芦苇洲，那时还没有人居住，以后虽有人居住，但人员仍十分少。可以想象，那时的汉口几乎保持着原有的生态，还是一处荒野。

在《汉口竹枝词》中，我找到了这样描写汉口的句子。"石镇街道土填坡，

八码头临一带河。"

自明代以来的汉口镇即为商业巨镇，居人稠密，"烟火数百万家""廛舍栉比"。汉口民居既有简陋的竹篱茅舍，也有红瓦白墙的砖瓦房。"富人多在高堤住，桀栋连云不知数"。到明末形成"万船千艘……衔尾络绎，被岸几里许"，所谓"商船四集，货物纷华，风景颇称繁庶"。汉口商业繁荣，商机无限，因此淮商蜀客云集，南来北往，而"居斯地者，半多商贾致富"。

到了清代，汉口发展成为全国的四大商业都市，称为"天下四聚"之一。康熙年间刘献廷《广阳杂记》载：

汉口不特为楚省咽喉，而云贵、四川、湖南、广西、陕西、江西之货，皆于此焉转输，虽欲不雄于天下，而不可得也。天下四聚，北则京师，南则佛山，东则苏州，西则汉口。

一个城市的繁荣，与它的地理和后来的发展走向密切关联。汉口当时是全国最大的米市，商品贸易中盐、米、木、花布、药材占据重要地位。汉口商业贸易的发展，使武汉整个城市的发展加快。特别是在近代，汉口在1861年开埠，商业贸易紧随上海之后，所谓"廛舍栉比，民事货殖。盖地当天下之中，贸迁有无，互相交易，故四方商贾，辐辏于斯"。

一条沉郁的万里茶道，曾使这里显得忙乱。汉口港从汉口的龙王庙码头绵延至丹水池，长达15千米，沿岸码头林立，码头上下，添加了无数横枝竖杈。那是橹与橹的交错，担子与担子的交错。最终显现的，是茶的叶片。亿万枚叶片激发了这座城市的兴奋点。每天停泊的运茶船达千艘。汉口的茶叶主要来自湘鄂皖赣川五省。汉口聚集了来自全国各地的商帮：徽商控制了盐业与典当行，晋商控制了茶叶与票号，广东商帮经营金融与出口贸易，宁波商人控制了地产业和外贸，湖南商人控制了木材业与药材业。1861年汉口茶市开放之后，茶叶贸易成为汉口最大的国际贸易。

那时俄国是汉口茶叶的最大生意伙伴。当时出口的茶叶主要是红茶、绿茶和砖茶。红茶主要销往英国，绿茶主要销往美国，而砖茶则销往俄国。

大多数人可能知道中国古代有条著名的丝绸之路，却不知在我国北部草原还有一条纵深通向蒙古高原、西伯利亚腹地的驼道，这是一条被历史风尘湮没、被世人遗忘的中欧茶叶通道。这条路的一头，连接起湖北赤壁羊楼洞、湖南安化、福建崇安等中国中南地区的茶区；另一头，则延伸到今天的蒙古国和俄罗斯。这就是曾在历史上辉煌近两千年的欧亚万里茶路。这条道路的崎岖艰难自不必说，俄国人在这条道上用骆驼从中国内地运送茶叶回国，一走就是上百年，把驼道两边的荒郊野地都走出了城镇。直到开埠后，改用水路，驼道方日渐荒芜。

俄国人收购华茶的那段历史，显然是灿烂而辉煌的。鸦片战争后的1850年，俄国茶商取得清政府贸易许可，得以深入到鄂南羊楼洞一带收购茶叶和砖茶。这未尝不是一件好事，俄国人那时便采取抛开省茶商，直接面对茶农的做法，不仅提高了茶农的收入，而且收购到了好茶。无比宏大的茶市，给俄国人带来了无限的商机。随着汉口的开埠，他们在汉口成立了多家洋行，进行贸易往来。顺丰洋行、阜昌洋行以及新泰洋行多是在这段时期建立。茶叶生意的兴隆，使得汉口渐次成为中国的茶市中心。

修水"大椿茶叶世家"的吴章金是双井茶的传承人，19世纪70年代，他的祖辈开通了大椿到羊楼洞的茶道。

2022年的秋天，我到羊楼洞时，迎接我的是一束阳光。古朴淡雅、宁静温婉、朦胧闲适的古街小巷，犹如一幅淡淡的水墨画，"倚楼听风雨，淡看江湖路"，一不小心，便被这里的茶香陶醉。

一个多世纪前，羊楼洞新来了个年轻人。1863年，一位来自俄罗斯喀山的青年李凡诺夫来镇上创办了顺丰砖茶厂，成为最早在羊楼洞投资建厂的外商。湖北省、武汉市近代工业，就发源于当时武昌府下辖的蒲圻，幕阜群山间这个茶叶小镇。

"他们先是在羊楼洞开设茶厂，压制砖茶直销俄国，十年后又将砖茶厂迁往汉口，而将羊楼洞变成了汉口的茶叶供应地。汉口江岸区沿江一带，与赤壁市羊楼洞成了交往密切的产业上下游，长江水系将它们紧紧连在一起。"吴章金说。

每逢茶季，方圆数百里内，舟车往返，水陆如织，茶农们肩挑背负，前后接踵。凭着一个"茶"字，偏僻的羊楼洞迅速发展成一个繁华热闹的小镇子。羊楼洞用当地的观音泉和三条小川的水制茶。当时就有"长盛川""巨盛川""三玉川"等"川"字号茶。在茶砖上压上"川"字，是羊楼洞的标志。直到现在，那里的茶厂依然沿用着这个"川"字标志。

1873年，也就是李凡诺夫在羊楼洞建砖茶厂的十年之后，他将顺丰砖茶厂搬到了汉口，因为这里比羊楼洞更占有地理和贸易上的优势。

著名媒体人李皖先生著译的书中，写到俄国茶商李凡诺夫在武汉开办的第一家砖茶厂——顺丰砖茶厂。厂址选在了英租界下游方向的江滩边，即现在的黎黄陂路口。在这里，俄国人修建了几栋两层砖木结构楼房，围成方阵，耸立三座烟囱。楼房里有当时最新式的蒸汽机、锅炉和多种制茶机械设备，说起来，这也是汉口的第一座近代工厂。为了这个工厂，俄国人还在江滩建立了码头，这也是汉口的第一个工厂专用码头。

顺丰砖茶厂被称为汉口第一家外商工厂，李凡诺夫为武汉史上首位外企老板，并且在很大程度上，现在武汉这个城市的工业发展，最早实际上和俄国实业家们打下的基础有关。二者构成通约性。而李凡诺夫的顺丰砖茶厂曾驻留的羊楼洞，该有多少东西方文明的碰撞，多少西学东渐或东学西渐的故事？

在汉口的茶叶贸易中，俄国人相当厉害。英国人曾经有一段时间与俄国人相争，最终败北。到1894年，由汉口直接装运出口的茶叶为14.7万担，其中俄国人占去了总数的85%。汉口的茶市，几乎被俄商垄断。

《武汉文史资料》记载，俄国皇太子尼古拉1891年到中国游历，曾专门来汉口一趟。虽然他参观了铁厂，对张之洞的实业也颇为关注，但实际上，这位太子对汉口大感兴趣，主要也是俄国茶商在这里十分活跃的缘故。这一年，是新泰砖茶厂25周年庆典，皇太子专程来参加这一庆典活动。

俄皇太子在汉口显然很开心，走前表示要捐一座教堂给这里的俄国侨民。两年后即1893年，这座教堂便建成了。它就是位于鄱阳街83号的俄国东正教堂，原先在英租界内。正像李凡诺夫的红楼一样，这座东正教堂也算是比较典型的俄罗斯式建筑。

我经常在这里游荡，有时候是夜晚，有时候是白天，有时候觉得一条路走起来很漫长，有时候会产生幻觉，总能见到一些俄国人。我的内心总能听到一些声音，那些声音会让我害怕。

再也见不着那些繁华的景象了，"有什么好留恋的呢？"小寰说。当年的茶市吆喝声，早已像烟云一样消失。

时代在变迁，日子皆向美好方向发展。如今，去羊楼洞的路已经改建。

遥望村庄，四面环山，层峦叠嶂，色彩鲜艳的野花，把这缤纷的世间渲染得更加绚丽无比，山涧的溪水，清凉透彻，要是用它洗一下脸颊，会瞬间让你感到心旷神怡；最美不过那金黄色稻田，在徐徐微风下，荡漾着金色波浪，它不仅美丽，也象征着新时代乡村劳动人民辛苦的汗水。

长江在地球上的历史并不短暂，产生了许多童话，长江还很年轻，这条江有着太多的源泉，许多的支流就像人体的血液，源源不断地朝着它奔跑而来。一个大城市，如果没有大江大河怎么行呢？城市再大，没有江河大，你往长江边一站，只要你愿意，你的心就可以一日千里。

这里埋伏着无数人的生活，我们都曾存活于水下，多多少少有些相似。

学者们对大江大河的生命有各种说法。湖泊、海洋、星球全都会死去，似乎没什么好争论的。"保护生态是为了更好地活着，为了让子孙后代可以更好地活着。"这是我在长江岸边行走时一个陌生人和我说的话。我长久地沉默着，感觉那是春天最伟大的一天。这一天，并不能说明什么，江水沉静，微风把水面吹得干干净净的，水上细微的声音很远就能听见。

光绪十五年，也就是1889年，这年10月12日，两广总督张之洞在广州交卸了总督篆，一番简单的打理后，于27日登上了一艘叫"粤秀"的轮船，从此离开了广州。

"粤秀"驶出珠江，进入大海。阳光下的海风湿润而柔和，让人沉醉。船上的张之洞或信步甲板闲看海上景色，或独守舱中阅读荆楚书籍，或是找几个人畅谈在即将赴任的湖广总督的位置上如何施展抱负。轮船经香港停靠上海，再拐入长江，溯流而上。路上总共花去了近一个月，张之洞在这一趟行船走水中几乎没有闲着。

"粤秀"抵达武昌时，已是1889年11月25日，武汉已走进了秋天的深处。江风带着丝丝寒意，冬天就在眼前。张之洞在湖北巡抚奎斌的迎接下，踏上了武汉的土地。

此时的武汉人并没有意识到这个新任总督的到来意味着什么，但历史却向我们展示了它真实的情景：当踌躇满志的张之洞抬腿由司门口踏上岸时，武汉便注定了它命运的改变。

一个普通人对一座城市的影响到底有多大，有时候真很难说。他或许可以使这座城市漂亮洁净，或许可以使这座城市出尽风头。有影响好的一面，也有坏的一面。但若想对一座城市产生深远的文化和经济影响力，以及开创一种可以代代相传的风气，却是尽一个普通人最大的努力也难以企及的。

现在，有运气的武汉人，把河北南皮人张之洞等来了。

1837年秋天出生的张之洞到武昌府做总督时已52岁。这是人生最成熟的岁月。历经了清流党的高谈阔论，历经了山西巡抚的兴革岁月，历经了两广总督的对法作战，张之洞由一个空谈者成为一个实干家。武汉这个潜力无限的场地便成为他的收功之地。张之洞督鄂十九年，成就了武汉，而武汉也成就了张之洞。

张之洞在武汉开办了炼铁厂，为武汉成为中国最大的工业基地作出了最彻底的奠定；张之洞在武汉主持修建了卢汉铁路（即后来的京汉铁路），使武汉成为九省通衢之城；张之洞在武汉开办了中国第一家兵工厂，"汉阳造"曾经是中国最为著名的武器；张之洞在武汉大修堤防，使武汉拥有今天这样的城市规模；张之洞在武汉大办教育，使得武昌的办学之风一时兴起，今天的武昌因当年的雄厚根基而成为大学林立之地。教育带动着科技的发展，科技则给这座城市的发展提供莫大动力。

张之洞所做的这一切，用两个字来形容，就叫作"开放"。在一个人存政兴、人亡政息的年代，张之洞以他个人的能量使得地处内地、经济封闭保守的武汉拥有它生平最大的一次起飞。

可以说，张之洞当年的政绩至今仍影响着武汉。而时间却已经过去了百年，人们只能从简洁凝练的文字里谈论着那段遥远的过往。

1904年，对于汉口来说，那是个历史不能忘记的转折。张之洞，这位有着深远影响的晚清政坛名臣在武汉工作了5年，5年间修好了武昌南北两条长堤之后，决定修建汉口的后湖长堤。

那时的汉口，受后湖水患威胁，汉口堡之外的大片土地，夏天汛期来时白浪滔天，冬季水退之后泥泞没胫，十分让人头疼。说到修堤，张之洞亲自成立了工程处。当时德国领事馆盯上了这个肥差，想让德国商人来承包修堤工程。张之洞听闻后，断然拒绝，提笔写下："此项堤工，极其重要，湖北当自行筹办，毋庸德商干预。"张之洞派江汉关道员桑宝为总办，请了曾经留学日本的监利人张学溪为负责人，着手修堤的相关事宜。

那天，天高气爽。据说在后湖中搭了一个高台，张之洞站在台上，用望远镜向四下张望，然后扬手指定，上到哪里，下达哪里，中间经由何处。大堤的大致走向就这么定了下来。从张之洞的手指之处规划和测量路线，整个工程从开始到结束，只写了四个呈文。一是请款，二是申报开工，三是送决算，四是报告结束。如此干净利落的做法，让后人感到惊讶。

后湖实际上是两道堤。一道长堤，一道横堤。据资料记载：

长堤以牛湖广佛寺即现在的堤角为起点，向西北越过岱家山，在此转一个九十度大弯，折向西南，经姑嫂树，至禁口止，共二十七华里。横堤则以皇经堂为起点，由南而北，经长丰垸旧堤至禁口与长堤相连，长七华里。全堤长三十四华里，高以铁路路基为标准，堤面宽二至三丈，堤根宽六至八丈。除了民工分段承包外，当时驻在汉口的军人也参加了这一工程，这做派跟现在差不多。有意思的是，张之洞因要修建长堤，便觉得汉口堡再留下已然无用，既不挡水，又无利交通，于是便将汉口堡拆除，拿了当年修堡的墙砖作修堤之用，实在是有经济头脑。这道堤，共花银子八十万两，其中法商立兴洋行买办刘歆生捐出五十万两。

堤修好后，涸出大片土地，刘歆生几乎购买了其中四分之一的土地。他因此而暴发起来，成为武汉最大的地皮大王。因为这个，他曾经豪迈地对清亡后第一任都督黎元洪说："都督，你创建了民国，我创造了汉口。"口气是何等之大。

> 后湖大堤不仅挡住了随时威胁汉口的水患，同时也将汉口的面积扩大了几十倍，它将汉口真正变成了一个大汉口。人们后来为了纪念张之洞，在堤边修建一座张公祠，又将长堤称为张公堤，将横堤称为张公横堤。1931年的大水将张公祠冲得无影无踪，但张公堤却一直屹立到今天，历经百年，依然守卫着汉口。

30年前，后湖还是一个以蔬菜种植、渔牧为主的农业乡镇。根据2006年出台的《后湖地区分区规划》，后湖被定义为"和谐生态居住新城"，位列武汉四大居住新城之一。

我在《张之洞传》中，看到了张之洞的傲骨精神。

张之洞在任湖广总督19年后，奉旨进京，离开了武汉。当年以壮年之身来汉赴任的张之洞，以一个风烛残年的老者姿态告别了武汉，也告别了他一生中的辉煌。

此时光绪皇帝和慈禧相继去世，宫廷内部斗争日益激烈，清王朝统治风雨飘摇，崩溃的前景似乎已经可以看到。张之洞满心忧患也满心悲凉，却无能为力。两年后的夏天，他也撒手而去。再一个两年时间到来时，清王朝300多年的江山也成为历史，终结它的第一枪就响在张之洞督鄂的首府武昌。

张之洞离开武汉后，他的门生们出于对他的思慕，纷纷兴建纪念性楼堂，以追忆张之洞在汉之政绩。文界人士筹款在黄鹄山（即现在的蛇山头）修建风度楼，军界人士则集资在蛇山尾部修建抱冰堂。据说远在北京的张之洞闻说此事，立即去信阻止，信中说："……将一切兴作停止。点缀名胜，眺览江山，大是佳事，何必为区区一迂儒病翁乎。"但张之洞的门生幕僚们并未在意张之洞的指示，依然施工，建成了他们想要建的纪念楼。张之洞也只有默认。

据说，风度楼修成后，张之洞觉得楼名不好，便用《晋书·刘弘传》中"恢宏奥略，镇绥南海"的语意，改名为"奥略楼"。以张之洞的意思是"此楼关系全省形势，不可以一人专之，务宜改换匾额，鄙人即当书寄"。张之洞也真有学问，这个楼名显然比先前的风度楼要典雅和意深。不久，由张之洞亲笔书写的匾额"奥略楼"三个字又挂了出来。在相当长的一段时间里，游客都将奥略楼当作了黄鹤楼。1955 年，武汉因修长江大桥，将奥略楼拆除一尽。

谁也无法料到未来的时光会怎样去面对过往的历史，在那个特定时间内被认定为可以改变时间的问题，后来都被时间改变了原来的面目。实际上，长江也在年复一年地发生着变化，只是我们在眺望着它的时候，很难注意到这一点。

没有人会忘记一个史上的好官，更不会忘记他为一座城市所做的贡献。

每一个走到鄱阳街上的人，都会注意到一幢红色的三角形状的房子。它与四周的建筑相比，尤为独特。它满带着异国风情立在道路当中，三角形的锐角部位，像一块大礁石，将一条宽阔的马路，分成了两股。

这幢房子，汉口人都叫它"巴公房子"。

一幢建筑无论好坏，它的那些原本单纯的砖瓦砂石，就像单纯的文字一样，一经合为一体，就不再只有单纯。砖瓦砂石将背景和往事、原因和结果、时间和过程，都砌在了建筑之中，把流动的历史和波动的人生中的一个小小段落或细节，凝了这个固定的时空。

巴公房子所在地是以前的俄租界。

最初的俄国人到汉口来的时候，不知道为什么，总觉得他们有些鬼鬼祟祟的样子。资料上说，英国人在汉口开埠之后，俄国商船在事先不通报的情况下，也陆续来到汉口。他们在这里兑换桐油、白蜡等货物，他们语言不通，也不与官方打招呼，来来去去，只任意地装载些货物。早期的俄国人就是以这样的姿态与汉口人见面的。

1861年7月，俄国驻上海领事夏德尔兼任驻汉口领事的差事。因为在汉口没有领事馆，为此，他们在汉口的通商事务便由美国领事代管。这关系有些莫名其妙。直到1879年，俄国人才在汉阳设立了领事馆。他们想在汉阳划定租界，但未被批准，于是只好将领事馆迁到汉口。1903年，领事馆设在现在的黎黄陂路和洞庭街交汇的武汉市基督教协会处，后来又迁至现在的洞庭街74号湖北俄罗斯城。

从这段记录中，不难发现从前的茶杯和现在不一样，旧时的风雅褪去了。徘徊在新旧之间的空杯，春风得意马蹄疾，落花流水春去也。人间多少事，欲说还休，空杯悄悄把一切尽收杯底，付诸沉默。

汉口是一座繁华的都市。虽然历史已将一些旧的东西终结了，但城市中依然弥漫着那些沧桑的痕迹，一些记忆却在一代又一代人的生命中长大。

百年以来，汉口繁华未改，不断引领潮流，持续缔造传奇。汉口历史风貌区江汉片，"铜人像"屹立近百年，沿江大道、中山大道、汉正街串联起来的百年商脉，迎来历史文化繁荣、商业发展多样化的鼎盛时期。

20多年前，武汉开始启动江滩改造时，这里是率先更新的"武汉外滩"。20多年的建设，两江四岸的江滩已成为武汉向世界展示的最时尚名片。十年间，中山大道不断发展中，以六渡桥、铜人像、民众乐园等为中心的老汉口商业繁华区持续推陈出新，在时尚、潮流瞬息万变的当今，它们跟上了时代的快节奏。全武汉最时尚、最潮流的元素，依旧还是在这里。

初伏的傍晚，热浪散去，汉口江滩上是成群结队的人。月亮悬挂在碧蓝如洗的天空，银色的飞机临月而过，几只风筝摇摆着斑斓的翅膀，小孩子追着飞机，嬉闹声不绝于耳。

"以前我们就在江边游泳，还从江边的船上往江水里跳。"在武汉长大的韩诗说，"江滩上有很多自然的沙滩，我们就爬上高高的沙堆往下滑。现在江滩建设之后，夏天涨水的时候，我也会带我家小孩在亲水平台，站在江水里感受长江。"

现在的汉口江滩，已经成为武汉旅游最值得打卡的地方。

城市的建设者为了方便城市管理，用高高的围墙将沿江大道与江滩隔开。围墙外，红绿灯上不停跳跃的数字时刻提醒着人们时间如何珍贵，每一分钟的消耗都让人倍感惋惜与煎熬，汽车在沿江大道上纷纷鸣叫着喇叭紧张穿梭。围墙内，林木葱葱，曲径通幽，长江浩渺，气势磅礴，这里没有时间，只有空间，这里看不到匆忙的脚步，每个人脸上都洋溢着舒展的笑容。

婉转悠扬的歌声从树缝里荡漾过来，在夜色中泛起阵阵涟漪。循声张望，长廊尽头飞檐黛瓦的亭子下面，一支民间乐队在尽情演绎，笛子姑娘双目低垂，朱唇轻启，二胡老人眯着眼睛，前俯后仰，萨克斯小哥眼神迷离，摇摆着双臂。一曲如泉水叮咚，一曲如惊涛骇浪，仿佛在诉说生活的酸甜苦辣，又好似在感悟人生的悲欢离合。每一个音符随风落在树叶上，浸润在夜色里，这大约是"各得其和以生，各得其养以成"的最高境界吧？

黄鹤楼送孟浩然之广陵

李 白

故人西辞黄鹤楼，烟花三月下扬州。

孤帆远影碧空尽，唯见长江天际流。

写武昌，首先得从黄鹤楼开始。写黄鹤楼，脑海里就开始吟诗了。

黄鹤楼作为长江岸边的一座历史文化名楼，为长江增添了文化的内涵。对于长江沿岸的山川名胜，李白倾注了大量情感去描写。对于武汉来说，黄鹤楼可称得上武汉的文化标志之一。

2022年10月，我第三次登上黄鹤楼。那天，我在黄鹤楼内看楚剧，那是一种高超的艺术，故事展现的是几千年前楚人的生活风貌。从楚剧里我看到了生命的根源，看到了中华文化的精粹。借助于这场剧，我对黄鹤楼又有了新的认识。

大清咸丰八年十一月初七，也就是公元1858年12月11日，和煦的阳光照耀着扬子江中游南岸这座古老的城市——武昌。在城墙下的江岸边，停泊着一艘英国皇家海军舰艇——"迅猛号"。只见船上走下几位洋人，在围观人群好奇与警觉的目光中登上了江岸，想要进城一探究竟。城门口的守卫虽一度对这几位不速之客加以阻拦，但在对方强硬的态度下，很快也对他们予以了放行。

为首的是一个名叫詹姆士·布鲁斯的英国人，此时他的身份是英国对华全权专使，而他更为人熟知的是其封号——额尔金伯爵。两年后在北京，他因下令火烧三山五园，而被中国人永远唾弃在不堪回首的近代屈辱史中。不过，此时的额尔金，心情是轻松而愉悦的。就在刚刚，他在军舰上接待了登船拜访的湖广总督及随行的大清官员，排场甚是威武。在船上，使团中的摄影师还给清朝官员展示了新奇的照相术，并为他们拍了一张合影。在额尔金心目中，威武的大英帝国军舰和时髦的照相机，想必足以令这些官员震撼不已。

事实上，当走进城门之后，额尔金一行在武昌的所见，显然更增添了他的这种自信。这座长江中游历史悠久的古城，此时在刚刚经历了数年战乱的反复蹂躏后，所呈现出的万分破败和萧索之景——尤其在这万物凋零的冬日里，此种萧索之感更显逼人。额尔金在当天的日记中写道："武昌很是可观，大小大概和广州相当，只是到处都很破败……我提一件事，你可大致知道武昌是怎样的一个城市，我们走到这个城墙包围的城市的中心，在一个小山上，竟然抓到了两对雉鸡。"

在过往的一千年的时光里，这座叫过不同名字的城市，曾一再成为中国南部城市中的璀璨明珠。这里江天万里、山水壮阔，其间曾有巍峨华美的王府宫殿、精巧的亭台楼阁，还曾留下数不清的骚人墨客的诗词踪迹。然而在中国历史不断重复的治乱循环中，这些旧日繁华，总如黄粱一梦般，逃脱不了烟消云散的命运。就在额尔金登岸处的附近，曾经是这座城市最醒目的地标黄鹤楼，此时是一片瓦砾。而他所描写的"到处都很破败"的景象，在过往的岁月中，已经多次在这座城市上演过，这位在大清咸丰年间到访的异域之客，似乎也不过是将要目睹这一兴衰循环的再一次重启罢了。

世界已经深刻改变了。额尔金专使在武昌江岸边的军舰上所拍下的这第一张近代影像，已在隐隐提示着这座内陆传统城市，将要开启不同以往循环的新历史了（《城象：武昌的历史景观变迁》）。就在此前数月，英国成功迫使清廷签订了《天津条约》，规定长江中下游沿岸除镇江外，还将再新增不逾三处通商口岸，这支舰队此行的目的，就是为新开口岸而进行实地考察。额尔金一行虽然对眼前古老衰败的景象甚是不屑，但对于这座中国内陆城市的未来发展前景显然是十分看好的。1861年，汉口正式开埠通商，同年汉口英国租界也划设建立。由此，在鸦片战争后20年，武汉真正走入了近代史。

在《武汉年谱》里，我看到了近代城市历史的演进过程，在武汉三镇并不同步。就在汉口开埠通商，开始走向广阔"长江时代"的前一年，与之隔江相望的武昌古城，还在外围扩建了一道新的城墙——这座传统中国政治中心型城市，似乎依旧在延续着往日农耕文明帝国城市的固有面貌和发展轨迹。然而在已然被卷入近代浪潮的晚清帝国中，汉口开埠和城市近代化历程的开启，对武昌古城而言显然已不再是天堑江流和封闭城垣可以绝缘的了。往后的历史，这座有着悠久古代文明史的城市，也同样是一座在近代历史中大放异彩和深刻变革的城市。在武汉迈向近代文明的行程中，古老的武昌城，同样扮演了值得高度关注的角色。

当这场变革来到武昌古城时，便是一股澎湃的巨浪，在短短百年的时间里，彻底颠覆了这座城市的景观。"昔人已乘黄鹤去，此地空余黄鹤楼。"而即使是在近代时空的那个武昌旧城，今天也几乎难觅其踪了。

黄鹤楼几建几毁，至今仍牢固地屹立于长江武昌之地，不可动摇。登上黄鹤楼，聆听江涛之外，还可聆听京广线上贯穿南北的列车呼啸。

天地的茫茫，尘世的沧桑，在长江之上精彩演绎。

东湖是因位于武昌城东而名的湖。

清同治《沙湖志》记载，古时东湖称"沙湖"，此后有一段时间称"郭郑湖"。1948年定名为东湖。东湖面积105平方千米，其中湖面面积33平方千米，平均水深2.21米，最深处达6米，湖岸线长112千米。东湖曾是中国最大的城中湖。2008年，东湖成为全国第二批15个文明风景区之一，2013年成为5A级景区。2015年12月23日，武汉东湖绿道一期正式开工，总长101.98千米，串联起东湖磨山、东湖梅园、东湖樱园等多个景点。

作为东湖风景区生态保护和系统修复的核心工程，东湖绿道在规划设计上，将生态修复作为重点考量。东湖绿道鼓励绿色出行，全线禁行燃油燃气机动车，只允许观光电瓶车、自行车和行人通行，或从湖面坐船游览。东湖绿道开通两年后，接待游客总量近4000万人次，成为游客旅游休闲和当地市民户外活动的首选地，也是武汉生态文明建设的新名片。2016年1月，东湖入围国家旅游生态示范区名单。

20世纪初，东湖岸上一片荒凉，蒿草蓬生。民国初期，随着武汉私家花园的兴起，东湖之滨相继建设了一些别墅和山庄，但多集中在东湖西北岸和珞珈山一带。

1929年，武汉资本家周苍柏出资，先后在东湖边购置了多块小荒地，逐步把东湖开发成"湖北花园"，让市民有一个四季景色优美的旅游休闲去处的计划。日积月累，周苍柏的计划逐渐成形。在三面环水、形同半岛的一大片地方，建设了游泳池、养鱼池、马棚、动物园，植有林木花卉，附设"四顾亭""天鹅池"的游览场所"海光农圃"。1937年8月《湖北南湖余家湖公产清理处关于海光农圃重新丈量补价的报告》显示，海光农圃四区占地面积600亩。1949年初，周苍柏决定把海光农圃无偿献给国家。同年9月，中共中央中南局将此事报请周恩来总理批准后，接收海光农圃，并更名为东湖公园。

东湖山水秀美，景观别致，风光迷人。湖光山色，浑然一体，水碧如蓝，浩如烟海，澈如明镜；山青如黛，秀似柔波，媚若瑶琴。万顷碧波中，水鸟出没，渔舟汇漾，港汊交错，有"九十九湾"之称。湖中筑堤，一条19千米的环湖路，堤岸相连。在长堤绿荫中缓行，呼吸湖面吹来的清风，会有一种如临大海的感觉。阳光下，东湖水面金光四射；东风吹来，湖面洪波涌起，气象浩渺；湖畔松竹与波涛交响，让人神清气爽。

东湖名胜遍布，人文荟萃，寓事于景，情景交融。凤鬵之传承，楚辞光焰；九歌之音韵，离骚绝唱。

著名作家苏雪林晚年曾回忆道："游泳时，浮拍波面，或潜身水底，各有妙趣，难以尽述。每遇夏季，居住珞珈的人固然要把每天一半光阴消磨在东湖里，三镇居民也成群结队而至，在那柔美湖波里，寻觅祛暑的良方。所以湖滨茶寮酒馆，鳞次栉比，热闹的景况抵得北戴河和崇明岛的汇泉浴场。我未到过珞珈之前，孱弱多病，上山以后，日夕呼吸湖光饮山渌，身体日趋强健。"

经常有人将武昌东湖与杭州西湖作比较。1936年，《申报每周增刊》发表了题为"东湖未必逊西湖"的文章。

我去过武昌起义纪念馆，红色色调的外墙，看上去并不高大。但从设计和布局上看，并没有显得多余的东西。纪念馆前正中间立着孙中山先生的铜像。纪念馆内再现了辛亥革命的过程。

讲解员讲解道：

武昌起义是近代重大历史事件，又称辛亥首义、武汉首义，是指1911年10月10日（阴历辛亥年八月十九）在湖北武昌发生的一场旨在推翻清朝统治的兵变，也是辛亥革命的开端。

黄花岗起义失败后，以文学社和共进会为主的革命党人决定把目标转向长江流域，准备在以武汉为中心的两湖地区发动一次新的武装起义。通过革命党人的努力，终于在1911年（清宣统三年）10月10日成功地发动了具有划时代意义的武昌起义。起义的胜利，逐步使清朝走向灭亡，并促

成建立起亚洲第一个民主共和国——中华民国，是中国走向民主共和的开端，在中国历史中具有里程碑意义。

在中华民族的革命史册上，有一批革命党人在梦想和奋斗中度过了悲凉的一生。他们的故事，也是一曲英雄的挽歌。民国先驱们的奉献和牺牲，厥功至伟，本是历史文化中的一层底色，然而，其事甫逾百年，人间不过三代，已将湮没无闻了。后人所知者，也仅孙中山、黄兴等领袖人物，即使对孙、黄等人的了解，亦出自宣传或演义之类。在时空的转换中，带给人的仅是一种苍茫。

> 孙中山早年为《黄花岗七十二烈士事略》作序，就有"黄花岗上一抔土，犹湮没于荒烟蔓草间"的感叹；黄兴撰写的《挽林述庆联》，却多出一层悲悯的意味："风雨无情，落花满地惊春梦；江山如故，何日重生此霸才！"

对于同时代人的死别，如奄然已逝的梦；何况是推移百年的时光，如若割断精神的血脉，一代革命党人的事迹流传至今还有多少影子？

清末多是仁人志士，在近代中国历史的苍穹上，犹如闪耀的繁星，却也会变漫漫黑暗的记忆。历经民国初年的共和，很多人陷入袁世凯治国的凶险泥潭，一些人拼死挣扎，却被北洋军阀所吞噬，只有少数人全身而退，并写下了自己的故事。翻开那些发黄脆裂的书页，后人努力地辨识着那些模糊的面孔，除了孙中山、黄兴、陈炯明、陈独秀几个响当当的风云人物外，其他的名字都已陌生。

在民间，各姓氏素有记载家谱的习俗。从某种意义上，可不可以说，民国的先驱就是应居"本纪""列传"地位的人物？只不过英雄与豪杰的时代，已经恍若隔世；在很多主流的叙述中，冰冷的文字里已消除回忆的一丝生机。

到现在，百年人事已经消亡。好在旧时的山歌风景，可供后来者追忆；

荒草残垣中的墓志铭，多少还保留一些"自将磨洗认前朝"的意境。当我们费力地辨识着那些脱落的字迹时，心中难免汹涌惆怅。钱穆在《国史大纲》引论中提醒人们，国民"对其本国以往历史"，应抱以"一种温情与敬意"。这是一种超凡脱俗的理解，也是一种温情的致敬。

武昌起义产生了中国历史上第一部具有近代意义的宪法草案《鄂州约法》。这是中国第一部具有宪法性质的法令。（《武昌起义》）

武汉辛亥革命军政府旧址现为辛亥革命武昌起义纪念馆。

对了，在武汉龟山脚下，有一处雅致的"古琴台"，是后人为纪念春秋战国时期的俞伯牙、钟子期而建。这两人，一人寄心志于弹奏，一人闻琴音而会心。一曲《高山流水》，演绎出这段千古流传的知音佳话。

2000余年过去，故事发源地武汉形成了知情重义、崇礼守信的"知音文化"，成为武汉对外交往的精神标识。

知音者，志合也。志合者，不以山海为远。

近年来，武汉相继参与承办了《湿地公约》第十四届缔约方大会、中国国际友好城市大会、上海合作组织民间友好论坛等重要外事活动。时任法国总理贝尔纳·卡泽纳夫、时任英国首相特蕾莎·梅、时任德国总理默克尔接连造访，武汉的国际影响力与日俱增。

文化，自古以来就是沟通人类心灵的桥梁。在心息相通、相互认同中，武汉向四海宾朋敞开大门。

无论是"烟波江上使人愁"的黄鹤之景，还是"小舟摇过绿杨汀"的东湖风光，皆属我心中花朵般的故乡——武汉。

合肥水意

早些年去看长江，看的是自然的风景。

懂得把长江看作是精神的旅行时，一个人必定消耗了生命的大把时光。在我童年时，渐渐入冬的时候，我想着河边的浮萍、水草，想着河底的石头，想着《醉翁亭记》，仿佛河流就在自己的脑袋里转过几道弯。水意模糊，韵律却在人的体内。

我认识合肥原本来自一本书。某日我出远门，在一个作品研讨会上认识了合肥一个编书人，将书稿托付于她，与合肥就算是相识了，与合肥也就有了往来。我自认为，这便是合肥的水意。

在合肥的水边走，路旁茂密的林子里，各种鸟窝里正在啼啭的鸟，苍头燕雀，善鸣的鸫，林鸽、布谷鸟也在眼前咕咕叫，黑琴鸡一边喃喃着求偶鸣叫，一边在枝头上踱来踱去。

一丛丛水仙即由水边生出，它们通向深处的根丝很是袅娜，以致让我想象到音乐家弹击钢琴键的纤细手指。把双眼从一边转入整条河流，那时你会觉得，所有这些水下植物及奇妙的小鱼都来自音乐：歌曲是不再唱了，而它们却仍然留在这里。

合肥是长江流域的一座古城，因为东淝河和南淝河在此交汇而得名。

> 合肥古称庐州，西周时有个叫庐子国的国家建都于此，因此它的建城史就有了2000多年。合肥在清康熙六年（1667年）才成为安徽省的省会，因为这一年康熙下旨把江南左布政使司改为安徽布政使司。这道圣旨标志着安徽成为中国一个新的省级行政单位，此前合肥曾归河南、浙江、南直隶等行省管理多年。

之所以选择合肥作为安徽省的省会，是因为它居于全省中心。合肥的辖区也在不断地变化着。安徽省地级市拆分后，合肥就拥有了中国五大淡水湖之一的巢湖。在这之前，合肥只拥有最高海拔 595 米的牛王寨和东淝、南淝两条河，无名山大水，是差了那么点儿意思。有了巢湖，合肥顿时就不一样了。

合肥与邻省的省会城市相比，名气和存在感自不如南京、武汉、杭州，和南昌、郑州、济南。如果没有辖巢湖，似乎也少了点儿名水的加持。南昌、郑州和济南，总还有赣江和黄河这样的大河流过。

因此合肥很低调，是个后发的追赶者。

> 巢湖是安徽省最大的湖泊，与洞庭湖、鄱阳湖、太湖、洪泽湖并称为中国五大淡水湖。如果说巢湖似一个巨大的鸟窝，汇入的条条河流就如同一根根树枝。30 多条入湖大小支流，确也呈辐射状；出湖口纳清溪河、西河等支流来水，经裕溪口注入长江。裕溪河古称濡须河，是条古运漕河，巢湖唯一通江水系。这是为皖之中的合肥，在通江上所具有的先天地理优势。在当下长三角一体化发展格局中，合肥已然成为长三角安徽方面的"排头兵"。

从春秋战国时期发生在巢湖沿岸的吴楚鹊岸之战、吴楚巢城之战，到三国时期曹魏与孙吴在巢湖流域屡屡对阵，均可见此地军事地位突出。在《后出师表》中，诸葛亮称，曹操"四越巢湖不成"，所指正是三国时魏吴在此四次交战情形。濡须口是濡须河上游出水口，居山临水，双方在此拼抢激烈。真实版"草船借箭"于此上演，但借箭之人并非诸葛亮，而是东吴的孙权，并且，发生在赤壁之战后五年。

一个地方的久远与神奇，总会伴生一些故事和传说，这些口耳相传或载入史册的故事和传说又为当地添加一些神秘色彩。汉代以来，广为流传的"陷巢州，长庐州"之说，认为巢湖原本是片陆地，邻近的庐州是水乡

泽国，因为剧烈的地壳变动，两个地方一降一升，"一夕之间"，巢湖成了水国，庐州变为陆地。

现代科学研究表明，巢湖确实因凹陷而成，与合肥所在的大别山余脉江淮分水岭的隆起几乎同时发生。经过亿万年的地壳运动与演变，具有独特构造的巢湖距今约1.5万年前最终形成。无法想象，当初的巢湖流域经历了怎样惊天动地的巨变！

地球内部能量的释放、传递，板块的裂变、漂移与聚合，为人类长期赖以生存的这个星球带来无法计算的沧海桑田的变化。这种变化不仅隐藏于地壳内部，还呈现在地表之上。清康熙年间《巢县志》记载："湖陷于赤乌二年（239年）七月二十三日戌时。"这个时间节点，正是曹操和孙权隔着巢湖对峙的二十年后。如确凿无疑，陷落的当是湖畔的一座古城。今天的人们陆续在巢湖北岸发现大量古陶碎片，巢湖水下陷落的古城遗址也被考古证实存在。有人推测，这可能是当初文明程度较高的古巢国。

从前的湖光山色中，古人类身影忽隐忽现。在巢湖流域，30万年前活跃着"和县猿人"，20万年前进化出现"银屏智人"，到5300多年前，凌家滩先民建起"中国最早的城市"，从茹毛饮血到刀耕火种再到衣冠楚楚，每一步的前行都是环环相扣的。巢湖灿烂的史前文明使得它在人类文明发展谱系上写下浓墨重彩的篇章，更为合肥增添无比厚重的历史内涵。

对于巢湖，《辞海》这样解释：湖呈鸟巢状，故名。有人认为当初是根据巢湖的形状来命名，但也有人认为与远古时期的"有巢氏"，以及后来的居巢国有关。有巢氏受鸟类在树上筑巢的启发，率先用树枝和藤条在树上搭建房子，房屋的四壁和屋顶都用树枝遮挡得严严实实，这就是"巢居"。从原始的山洞居住到建造房子遮风挡雨，这是人类实现家园梦想的一大跨越。人们感念有巢氏之功，推选他为部落酋长乃至部落联盟总首领。有专家推断，凌家滩可能是有巢氏的部落所在，当时的凌家滩每年都要举行规模盛大的祭天祭神活动，各部落首领会聚在这里，用于祭祀的各式玉器摆放在祭坛上，巫师领着部落成员一次次叩拜。

有巢氏后人巢父，曾是巢湖流域的部落首领，此后退隐成为一代贤士。

◎ 巢湖

　　长江中下游的中国五大淡水湖之一，位于安徽省中部，由合肥、巢湖、肥东、肥西、庐江二市三县环抱。巢湖军事地位历来为"兵家必争之地"。

万古如新的湖山之间，流淌着清亮的人文节气，吹拂着醇厚的诗风古韵。乡野里，则回响着传唱不绝的巢湖民歌。湖中有山，山中有水，水天相连，风光旖旎的巢湖，吸引李白、苏东坡、陆游、姜夔、罗隐等往访抒怀。南宋诗人陆游东归途中，经巢湖东南一座小山——巢山，格外有兴致并留下了两首诗。一首是"巢山避世纷，身隐万重云。半谷传樵响，中林过鹿群。虫镂叶成篆，风蹙水生纹。不踏溪桥路，仙凡自此分。"另一首诗是"短发巢山客，人知姓字谁。穿林双不借，取水一军持。渴鹿群窥涧，惊猿独袅枝。何曾蓄笔砚，景物自成诗。"

向先贤致敬，向岁月深处漫溯。这里，不仅流传着有巢氏、巢父的传说，有诗文蕴藉的小小巢山，还有神秘消失、令人感之杳然的居巢国。居巢国，又称巢、南巢、巢伯国等，而巢湖，也被称为南巢、居巢湖等。夏桀被成汤打败后，流放至此。南巢在殷周得以延封，并成为当时一大方国。此地秦汉置居巢县，后改巢州、巢县，今为巢湖市，区位在巢湖东南岸边。但凡人以地名，人以国名，或地以人名，均有彼此关联与沿袭。以特定的"巢"作为姓氏、方国之名或者人文符号，其中的演变轨迹与内在逻辑值得探寻。

合肥因时因地提出"大湖名城"概念，气度越发宏阔，创建环巢湖国家旅游休闲区，打造合肥都市圈、合肥湖科学城，跻身长三角世界级城市群副中心名列，等等，持续释放能量，随之而来的是产业辐射增强，溢出效应明显，口碑之好与日俱增，世界为之瞩目。大城延展，风景越发多姿多彩。长临河古镇、黄麓张家疃"九龙攒珠"、银屏牡丹、半汤温泉、三瓜公社、崔岗艺术村、罍街、中隐于市文化街区、马郢研学基地……自然资源与文化遗存丰厚，文艺之风劲吹，文旅品牌不断涌现，龙虾节、荷花节、草莓节、渔火节、农耕节以及国际马拉松等节庆赛事活动燃爆城市活力，文学笔会、诗会、读书会乃至各类文艺演出涵养城市风雅气质。文态、业态、生态三位一体，乡村与城镇变得更有看头，人居环境更宜人。

新时代以来，环巢湖地区生态建设获得前所未有的重视，"环巢湖文化圈"的概念已广为人知，巢湖地域文化研究方兴未艾。历史学家翁飞认为，按照自然水系来划分，环巢湖文化圈应该泛指整个巢湖流域。按照行政区划，它应该包括合肥、巢湖两地的全部和六安市一部分（老市区及舒城县），约相当于清代安徽行省治下的庐州府（府治合肥，领合肥、庐江、巢县、舒城四县和无为散州）、六安直隶州本州（不含霍山、英山）、和州直隶州（领含山县）的范围。这样一个自然和人文地理上的区划，与目前经济地理上合、六、巢省会经济圈的区划，在很大程度上不谋而合。

三面青山一面湖，巢湖流域错落着低山、丘陵、河谷、湖滩、圩田。生出一种庄严静谧的美，一种慵懒畅快的美，美得与众不同，比春还娇艳三分。

半空中，白鹭的影子悄悄掠过。它享受湖光山色，展翅，慢腾腾地升高，跳舞般轻盈，掠过浩瀚的湖面选择栖息地。早行的雁鹅在迁徙，有清水和青草的地方，灰雁和天鹅才肯落脚。它们对水草茂密而安静的淡水大湖情有独钟，迟迟不愿离开。

深春，阳光浓郁，湖面飘起无边的水雾，让一切沾染了灵气，青翠欲滴。沿湖远行，远观姥山岛从水里拔起，近闻巍峨的中庙晨钟暮鼓。若爬上高耸的银屏山，可一睹"天下第一花"——千年白牡丹的芳姿秀容。

春光里的湖边森林，一片片在树间隐藏的花也轰轰烈烈开放了，深深浅浅，高高低低，万紫千红。还有许多名贵的树，高大而茂密。

这些年，滨海新区建设日新月异，湖四周修筑了环湖大道，平坦，像飘逸的彩带。环湖一路几百里，无限风光尽收，有湿地公园，茂林修竹；有历史悠久的特色小镇，可供玩赏；在起伏的峰峦山洼间，多有汩汩泉水，历代都有移民跋涉而来，择佳地而居，移民古村落因之而成。巢湖流域湿地星罗棋布，忠诚护佑自然生态；巢湖流域物产丰饶，滋养无数生灵。

早晨露水不多，非常安静。在巢湖可以听到黑啄木鸟、松鸦、鸫的啼鸣。

如今，包括引江济巢、江淮沟通、江水北送在内的引江济淮工程，于巢湖，于合肥，于安徽，于"长三角"，于中国，均有千秋之利。纳巢湖入怀，这是合肥追梦腾飞的大手笔大气魄；飞越巢湖之域，乘船过江达海通联世界，这是合肥在打造"长三角"更高质量一体化发展新引擎时所下的先手棋，所呈现的大格局。

开阔的空间潜移默化地影响着人们的安身立命。在水天一色的大幕下

繁衍生息，这座城市的人们可以说是幸运的，也是幸福的。

> 从地图上看，长江、淮河犹如两条玉带、两根银亮弯曲的筷子，巢湖像是怀中抱月。

顺着环湖大道一直往西，八百里湖面在温暖的阳光下，像无边的绸缎。不远处，一只拳头大的野鸭子随波漂荡，不时调皮地屁股一撅，钻进水中，又在前面的水花中露出头来。

出六家畈，走长临河，悠长的黄金湖岸线，仿佛深情的臂弯，美丽迷人。清清的河水，白练一样。2021年6月2日，刊发在人民网上的《清清巢湖》一文用抽象的、美丽的语言讲述一个人在巢湖的感受：红石黑礁，错落有致。甘泉潺潺，竹声滔滔，宝塔巍峨，寺钟悠悠。白云间的鹞鹰、树荫下的斑鸠、芦荻丛里的鸫鸟、浅水中的长腿水鹬、渊涂上的鱼鹰、旋飞的蓝颈丽鹀……或独奏，或合唱，宣示着它们对这片水域无可置疑的主权，热情地歌颂着自己其乐融融的生活。彼岸的沙滩，一群白鹭屏息静立，似乎在入迷地倾听这伟大的乐章；此岸，同行的七八个姑娘，衣裙鲜艳，整齐地坐在红石崖上。湖与城，动物和植物，在这生态堡垒中，都是平等的成员。水与鸟、楼与树、鸟与姑娘，共同构成一道亮丽的风景线。巢湖也由此有了寄于人内心的向往，又有湖的面容。

合肥是一座迥然不同的城市，园林般的街道、广场和住宅小区，世界级的科技新城，簇新的写字楼，恰如久不相见的情人急着要倾诉对你的好；也如久别重逢的老友端出新酿的好酒，热切而又满怀期盼地嚷嚷着，先别絮叨，灌下去再说。

在巢湖北岸，有一座专为科技创新而建的展览馆。

命运 伴随着时间
有沉寂 也有着精彩
心中 渴望无忧的时光

瑰丽 藏进尘埃

在熟悉和平凡之地 盛开

你回头 它都在

展览馆内一直在播放许巍的歌。

展厅以成果转化交易为核心的三座主题场馆，摆满各种实物、模型装置、数字沙盘，是创新合肥的聚集展示，还有最尖端最前沿的国家实验室，和各种大科学装置，包括量子通信和东方小太阳，合肥同步辐射光源与全超导托卡马克以及稳态强磁场、聚变堆实物模拟声光电的全景演示和互动体验。走上一圈，合肥创新发展的历史和文化，科技创新的基因和动力，创新产业的成果和未来，一切仿佛近在咫尺，触手可及。

一座城市离不开人的影响。对于合肥来说，包拯是一个绕不过去的人。

我在图谱上想象着一个鲜活的年代，在那个年代，有一个非常知名的名字包拯。在我幼小的年代，村子还只有黑白电视机，那时播映得非常火的电视剧就是《包青天》。这部电视剧几乎陪伴了我的整个童年，包青天铁面无私的形象也深深地烙印在我的脑海中。

去包公祠是另一个冬天，虽然已过立冬，但从气候意义上说江淮大地仍是深秋。树叶已经彻底枯黄了，金属一般的颜色。阳光的照耀下，到处一片金灿灿的斑斓。"包公祠"已越发地肃飒了。

胡适说，历史上有许多有福之人，一个是黄帝，一个是周公，另一个就是包龙图。他确实有福，"少有孝行，闻于乡里；晚有直节，著在朝廷"。读圣贤书，所学何事？"修身齐家治国平天下"。包公一个不落，完全称得上"而今而后，庶几无愧"。他也理所当然地成为儒家翘楚、全民偶像，以及读书人的典范。

现在包拯和后来者胡适都被时间掩埋，只有翔实记录，至今保存完好。有些人时间是不会有记忆的，有些人一直被记忆且流传。

一个人活着是部传奇，死后是部史记。阅览包公传记，时光的星星点点，俯拾皆是，令人敬仰。

> 包拯（999—1062年），字希仁，庐州合肥人。父包令仪为北宋太平兴国八年（983年）进士，历任惠安县知县、虞部员外郎、应天府（今河南省睢阳区）留守。

包拯幼年勤奋好学，"挺然若成人，不为戏狎，长弥勖厉操守"。仁宗天圣五年（1027年），登进士第，"除大理评事，出知建昌县。以父母皆老，辞不就。得监和州税，父母又不欲行，拯即解官归养"。考中进士可以说是其人生中一个重要的节点，而包拯却为了孝养父母辞官归养。"后数年，亲继亡，拯庐墓终丧，犹徘徊不忍去"。守丧期间包拯身心交瘁，节衣缩食一直坚持了三年。"里中父老数来劝勉，久之，赴调"。

景祐四年（1037年），包拯出任天长知县。到任不久，就有一个农夫来告状，说自家牛的舌头被人给割掉了，请求包大人捉拿凶手，为他申冤。包拯对农夫说："牛被割了舌头，也活不长了，你先把牛杀了，卖牛肉赚回几个钱吧！"农夫听了，不解其意，在宋代私自宰杀耕牛是违法的行为。但既然是县太爷的吩咐，只好照办了。过不多久，便有人跑到县衙告状，说是有人私自屠宰耕牛。包拯立即升堂，喝问："大胆歹徒，为什么割了人家牛舌又来告人私宰耕牛？快快从实招来！"那人一听，非常惊恐，以为事情败露，只好招认了与牛主有积怨而先害其牛又害其人的罪行。一件很棘手的"无头案"，被包拯轻而易举地断决了。今天长市是包拯从政的第一站，善于断案的美名从这里开始名扬天下。康定元年（1040年），包拯徙知端州。端州本地产砚，每年要向朝廷进贡一定数额的石砚。历来郡守常用进贡的名义，向百姓多敛取数十倍，以馈赠权贵。包拯严令按进贡的定额征收，而且他任职期满卸任时，不持一砚归。整个北宋时期，只有余靖和他做到了这一点。

庆历三年（1043年），包拯由端州入朝，任监察御史里行，后迁监察御史。此时的北宋距开国已达半个多世纪，阶级矛盾和民族矛盾均发展到比较尖锐的程度。特别是当时土地兼并加剧，赋税徭役繁重，官僚军事机构庞大、腐败，危机四伏，矛盾重重。北宋御史的地位不算高，却掌握言路。在御史任上，包拯写下许多奏议，不满因循守旧的现实，要求进行改革，并积极推动庆历新政。针对新政中的一些不当做法，包拯亦提出自己的不同意见。如范仲淹提出科举考试不再实行弥封誊录制，代之以荐举制，而包拯却上疏认为，荐举制存在种种弊端，行弥封之法，则"稍协尽公之道"。

包拯任御史期间，论述较多的还有西北边防问题。仁宗时期，居住在西北的党项政权西夏王朝强大起来，连年向宋发动军事侵扰。辽这时也乘隙而起，形成掎角之势。庆历四年（1044年）十月，宋夏议和，宋每年送给西夏银7.2万两、绢15.3万匹、茶叶3万斤。包拯并不反对与夏议和，但鉴于历史经验，他指出"岁赂戎狄非御戎之策"，强调积极加强武备。庆历五年（1045年）八月，包拯以正旦使身份出使辽。辽为戏弄宋臣，竟制造半夜闹鬼，惊吓宋使。包拯指责辽京城不宁，盗贼出没，有损形象。包拯即将返回前，辽使蓄意挑衅，问包拯："你们在雄州城新近开辟了便门，是打算引诱我们的叛人，用来刺探我们的边防情报吗？"包拯回答说："你们在涿州不是也开了便门，刺探边情为什么一定要用开便门的办法呢？"辽使无言以对。包拯返回京师后，又向仁宗皇帝奏上《论契丹事宜》《论边将》等疏，指出河北一带地势平坦，无险可守；沿边地区卒骄将惰，粮匮器朽，朝廷应该尽早选拔将帅，精练士卒，广储粮食，以应付辽国可能的入侵。

包拯上谏不畏权势。张尧佐是仁宗宠幸的张贵妃的伯父，无功却当上了三司使。在北宋前期，三司是主管全国财政经济工作的最高机关，其重要性可想而知。张尧佐不仅大肆贪赃，还玩忽职守，致使国库空虚，万民饥馑。包拯多次上疏弹劾张尧佐，但由于仁宗皇帝的庇护，张尧佐都得以开脱。后仁宗虽碍于包拯的坚决反对以及群臣的愤慨，解除了张尧佐的三司使之职，但同时又任命张尧佐为宣徽南院使、淮康军节度使、景灵宫使、群牧制置使四个要职。包拯不顾仁宗的窘迫与恼怒，又连续四次上疏弹劾，并直言仁宗的过错，迫使张尧佐不得不辞去宣徽南院使等职务。

不仅如此，包拯通过此案的查处，还建议有司，此后若官吏再犯有类似之罪过，应一律按其实际参与贩卖的全部禁榷物数量定罪。湖南转运使王逵，任职期间蠹政害民、滥杀无辜、冒功邀赏，当地百姓对其恨之入骨，"刻木作王逵之形，日夕笞挞"。就是这样一个祸国殃民的酷吏，因有张尧佐在朝廷做后台，竟又被授予江南西路转运使之职，而且在新的任所，变本加厉地鱼肉百姓，逼得人们逃入山林，聚众反抗。包拯对此义愤填膺，一连七次上书弹劾王逵，指出任用王逵是"一人之幸，一路之不幸也"，终使朝廷罢免了王逵。

皇祐四年（1052年）春，包拯出任河北都转运使。自庆历以来，包拯多次论及河北屯兵众而军食寡的问题，可是问题一直没有得到有效解决。这次他又一次建议朝廷："沿边及近里州军兵马，除合留防守外……诸军即分屯于河南兖、郓、齐、濮、曹、济等诸州。"诸处富实，粮储易筹，"遇有警急，即日起发，不旬日可到"，不会误事。他还上疏说，"议者若以戍兵不可全减，即有往年义勇强壮十八万余人以充其数"，"三时务农，一时教战"。这样，"驻泊就粮士兵一月之费，可充乡兵一岁之用，计其费则甚寡，校其利则至博"。同年八月，调知瀛洲，各州用官府的钱做买卖，年累计亏负十多万，包拯都上奏加以除去。不久因丧子请求任政务清简的郡职，知扬州，后调任庐州。知庐州时，包拯有个堂舅横行霸道，胡作非为。包拯根据朝廷法令，重重打了其一顿板子，并戴枷示众。至和二年（1055年）包拯因担保推荐的官员失职获罪，贬官授兵部员外郎，知池州。嘉靖《池州府志》卷六记载，包公守池州，"辨浮江尸，与瘗僧冤，时称神明"。尽管未叙详情，但从反响推断这也是一件了不起的成功案例。

包拯还亲自处理一些诉讼事件，昭雪冤狱，号为明察。《宋枢密副使赠礼部尚书孝肃包公墓志铭》中记载了一起"匿金案"。有两人一起喝酒，甲能饮，乙不能饮。甲将身上的几两金子交于乙，以防喝多遗失。甲酒醒后向乙索回金子，乙却矢口否认，于是状告到包拯那里。由于没有证人，乙拒不承认。包拯想了一个办法，将乙扣押在堂，再派公差到乙家中，称乙已承认金子藏于家中，快将金子交出带回衙门。乙的家人信以为真，交出了金子。在赃物面前，"匿金者大惊，乃伏"。京师百姓称赞说："关节不到,有阎罗包老。"

嘉祐六年(1061年)四月,包拯迁三司使,继改枢密副使,掌管国家军政,后迁礼部侍郎,包拯推辞不受。嘉祐七年(1062年)五月,包拯正处理公事,突然发病,退朝回家。仁宗很关心包拯病情,遣使赐良药,但包拯病势沉重而卒。仁宗为他停止视朝一天,赠礼部尚书,谥孝肃。

包拯有两个儿子,长子包繶英年早逝,其妻崔氏一直守节,至死未再嫁人。次子包绶(幼名包綖)。包拯以正直敢言、不畏强权、廉洁奉公闻名于世,晚年立下家训曰:"后世子孙仕宦,有犯赃者,不得放归本家,死不得葬大茔中。不从吾志,非吾子若孙也。"有人认为,此家训堪称古今第一家训。

包拯的行为对包氏家族产生了重大影响,其品质形成一种"孝肃之风"。包绶墓志铭中说:"孝肃以清白劲正光于青史,公可谓能克家者。孝肃之风,至于公而益炽也。"包公之孙包永年墓志铭中说:"公天资谨畏……而孝肃公之遗风余烈犹在也。"包拯留有《包孝肃公奏议》十五卷传世。包拯是深受民间大众推崇的官员典范,在后世被广为称颂,其事迹被后人改编为小说、戏剧,包公清官形象及"包青天"的故事家喻户晓,历久不衰。

在合肥,我选择在清晨和傍晚,在古街上走,在水边走。

那是个烈日炎炎的季节,山中漂浮着城市的倒影,一丝丝微弱的风,神奇地朝着水面涌动,像是在与水光对话。细步走进一条老街,街上隐约可见老人的背影,还有被时光洗涤过而拱起的青石。脚步匆匆地走过,内心竟油然而生着喜悦。

傍晚,远处合肥的上空亮起了一片红色的灯光,但天还没有完全黑下来,天空还是湛蓝,西边的天空上飘着几片白云,边缘镶着夕阳余晖。从远处望去,合肥像罩在一件玻璃器皿里,透明,诗意,远离了喧嚣,有了浪漫和梦幻的色彩。此时,坡上的树林是静止的,草坪是绿色的,上面开满了一片一片白色的野花,几块红色的巨石淹没在草丛中,像史前遗迹。

合肥的人和水都是有风骨的。一方山水养育一方人,长江所到之处,她用水的品质和性格铸就了不同的地方气质和人文现象。

合肥水意,意在透彻,意在绿色。

南京，南京

不同时间内去过两次南京。

一次是10年前，《长篇小说选刊》在江苏徐州办笔会，我受邀请去参加。从南昌坐火车到杭州，再从杭州转车到徐州。回来的时候经过南京，便在南京城留宿一晚。

那次，我住在长江边上，特意去长江大桥上走走。桥下是姜黄色的滚滚江水，有些船只游弋来往，桥头堡上的工农兵塑像与生活在这里的人们更显亲近。

到南京便想起六朝的兴废、王谢的风流、秦淮的艳迹。在南京吃一碗茶，看苍然蜿蜒的台城，望长江滚滚而过，便觉得这是一座值得留恋的城市。

> 南京古称"金陵"，地处长江下游平原，却又坐落在险峻而又秀丽的丘陵地带，北依号称"天堑"的长江，东南耸峙着以钟山为首的群峰，西边有石头山为屏障，南面秦淮河和太湖水系沟通并与长江三角洲相连。玄武湖、莫愁湖如两面镜子，镶嵌在古城的东北角和西南角。

山水形胜，必有名城。

据史料记载，从孙吴将国都建于南京开始，历经东晋、宋、齐、梁、陈共六个王朝，南京一直是南方政权的都城。

孙权建的建业城周长10千米，规模与当时的成都城相当。城内形成了秦淮河为主的居民区。东晋改建业为建康。到梁武帝时，南京城围达20千米，人口在100万左右，城市相当繁华。侯景之乱后，繁华的南京城受到影响。到明代初年设立南京为应天府,成为中国统一王朝的国都时,已建成了一座规模巨大的古城。府城内部还有皇城。明代的南京城修筑后,为清代所沿用。

虽然在唐以前,南京多次作为都城,但在全国的地位并不是太高。唐宋时期,长江下游的扬州、杭州、苏州等城市的地位和影响远在南京之上,到了明清时期南京的政治、文化地位才凸显出来。

两宋而元,金陵不断更名,先后被称建宁府、建康府、建康路、集庆路。至正十六年(1356年),朱元璋攻占集庆改名应天府,在谋士朱升的"高筑墙,广积粮,缓称王"进言之下,筑高大坚固城垣,21年乃成。洪武元年(1368年)朱元璋在应天府登帝位,称明太祖,是为洪武元年。永乐十八年(1420年),明成祖以北京为都城,称应天为"南京"。

南京城明代初年人口仅47万,但随后达到119万。商业和手工业繁盛,城内店铺达100多种。手工业方面的丝绸业、造船业、印刷业居全国领先地位。乾嘉年间,南京有缎机5万余张,匠户20余万,一度超过苏杭。吴敬梓的《儒林外史》记载,南京"城里九十条大路、四百条小巷都是人烟稠集,金粉楼台"。

秦淮河,又名"龙藏浦",相传是秦始皇三十六年(前211年)东巡至此为泄金陵王气而凿方山而来,因此得名,"秦始皇时,望气者言:五百年后金陵有天子气,于是东游,以厌当之,乃凿方山,断长垄为渎,入于江,故曰秦淮。"秦淮河是南京的母亲河,也是南京古老文化的摇篮。

十里秦淮也往往与挥霍奢华的"金粉"生活联系在一起,"金陵为帝王建都之地,公侯戚畹,甲第连云,宗室王孙,翩翩裘马,以及乌衣子弟,湖海宾游,靡不挟弹吹箫,经过赵李。每开筵宴,则传呼乐籍,罗绮芬芳,行酒纠觞,留髡送客,酒阑棋罢,堕珥遗簪,真欲界之仙都,升平之乐国也。"

唐代大诗人杜牧夜泊秦淮,闻岸上酒家女子在月下高歌陈后主的《玉树后庭花》,歌声凄婉,兼蕴南朝幽怨气韵,良夜宁静,益增遐思,于是作名诗《泊秦淮》："烟笼寒水月笼沙,夜泊秦淮近酒家。商女不知亡国恨,隔江犹唱后庭花。"

长江下游自古出美女。春秋时期,越王勾践"十年生聚,十年教训",在浙江的诸暨进行了中国第一次选美,选出了千古美女西施和郑旦。

西施的故事我们并不陌生。西施,又名夷光,是春秋时越国的美人,出生在浙江诸暨苎萝村,丽质天生,美貌出众。春秋时吴越两国虽都居长江下游,但一南一北,双方争霸不断。越国的势力最初不如吴国强大,只有称臣于吴,屈辱有加。越王勾践立志打败吴国,在范蠡等人的计谋下,玩起了美人计。将选出的西施和郑旦献给吴王为妃子。英雄难过美人关,西施施展绝色,将吴王迷得神魂颠倒,众叛亲离,国事顿衰。后来,吴国灭亡。

> 南京是国务院1982年公布的全国第一批24个历史文化名城之一。1952年起为江苏省省会,是全省政治、经济、交通和文化中心。南京横跨长江两岸,水陆交通便利,为江苏省东南地区交通枢纽之一,而且是中国历史的重要古都之一,其传统文化源远流长,自然条件得天独厚,素有"江南佳丽地,金陵帝王州。逶迤带绿水,迢递起朱楼"之美誉。

南京不但是值得流连观光的旅游胜地,还曾被孙中山先生列为"适宜"都市之一。

南京为中国古都,在北京之前,而其位置乃在一美善之地区。其地有高山,有深水,有平原,此三种天工,钟毓一处,在世界中之大都市,诚难觅如此佳境也。而又恰居长江下游两岸最丰富区域之中心。

数千年来,一直有中华民族的先民曾在此生息栖居,留下了无数壮丽的文明印迹。考古工作者曾在南京市内鼓楼岗西侧附近发掘的"北阴阳营"新石器时代和青铜时代遗址表明,距今5000多年前就已经有人类定居在南京城附近地区,并在距今3000多年前达到了较高的文明水平。一般认为,这更多受到由东而来的良渚文化的影响。如果从战国时期越国在今南京秦淮河南岸的筑城算起,今南京主城区的城建史有2500多年。

与纵贯南北的重要地理位置有关,南京城承载并见证了中国历史进程中的众多重要场景,并且始终保持着中华文化的固有姿态。春秋战国时期,诸侯割据时期,有楚越交锋、吴越争霸,是为吴文化之先声;后汉三国时期,孙吴划江而治,雄踞东南,三分天下居其一;两晋时期,晋室五马渡江,一马化龙,由东晋至南朝延续了汉民族的思想和文化,从而保存了完整的文明形态;到隋唐两宋时期,众多中原文化的注入并和南方本土文化相结合,使得华夏文明在此达到了一个高峰;此后经明清、民国,其长久深厚的文化积淀绵延至今。

> 逛南京像逛古董铺子,到处都有些时代侵蚀的遗痕。你可以摩挲,可以凭吊,可以悠然遐想;想到六朝的兴废,王谢的风流,秦淮的艳迹。这些也许只是老调子,不过经过自家一番体贴,便不同了。所以我劝你上鸡鸣寺去,最好选一个微雨天或月夜。在朦胧里,才酝酿出那一缕幽幽的古味。
>
> (朱自清《南京》)

千余年来,还有无数文人墨客流连于南京这虎踞龙盘之地,登临凭吊,俯察览古,李白、白居易、杜牧、刘禹锡、司空曙、许浑、王安石、周邦彦……都以徜徉游历于这座古都名城为盛事,并留下了大量脍炙人口的篇章以记忆在此城的空间体验。

> 苍苍金陵月,空悬帝王州。天文列宿在,霸业大江流。
> 绿水绝驰道,青松摧古丘。台倾鸤鹊观,宫没凤凰楼。

共饮长江水

◎ 南京秦淮河

汉代起称淮水，唐以后改称秦淮，大部分在南京市境内，是南京市最大的地区性河流，孕育了南京古老文明，被称为南京的母亲河，历史上极负盛名，被称为"中国第一历史文化名河"。

别殿悲清暑，芳园罢乐游。一闻歌玉树，萧瑟后庭秋。

（唐·李白《月夜金陵怀古》）

玉树歌残王气终，景阳兵合戍楼空。
松楸远近千官冢，禾黍高低六代宫。
石燕拂云晴亦雨，江豚吹浪夜还风。
英雄一去豪华尽，唯有青山似洛中。

（唐·许浑《金陵怀古》）

潮满冶城渚，日斜征虏亭。蔡洲新草绿，幕府旧烟青。
兴废由人事，山川空地形。后庭花一曲，幽怨不堪听。

（唐·刘禹锡《金陵怀古》）

> 南京风光极为秀丽。北临天堑长江，钟山三峰相连形成如巨龙，山、水、城浑然一体，古有"钟山龙蟠，石城虎踞"之称。

名都的恢宏经历赋予南京深厚的历史文化内涵。有人曾经做过探寻，发现走在南京城的任何一条街道上，几乎都可能找出一个悠久的典故或是一个美丽的传说，并与一段当时的城市或建筑历程发生对应，构建起一道古都南京的亘古绵长、灿烂辉煌的人文景观。

辛亥革命推翻封建帝制后，孙中山在古都南京宣誓就任中华民国临时大总统，南京迎来了城市发展的第三个高潮阶段。

孙中山先生在《建国方略》中说南京"其地有高山，有深水，有平原，此三种天工，钟毓一处，在世界中之大都市，诚难觅如此佳境也"。

一唱雄鸡天下白。1949年4月，中国人民解放军渡江战役的胜利，埋葬了蒋家王朝，南京这座六朝古都虽历经战乱，终于回到了人民手中。1949年上半年，长江中下游地区相继解放。

自1949年10月1日，中华人民共和国宣告成立的那天起，长江的除害兴利，成为治国平天下的要举。

长江，目睹了这一伟大的历史事件，是忠实的历史见证人。

一直以来，从上海起沿长江逆流向上到南京这一段，常熟、南通、无锡、苏州、江阴、镇江、扬州，这些是大一些的地方。还有小一些的地方，如周庄、同里、西塘、乌镇、南浔和甪直，每走一处，光影斑驳，美成了一个琉璃世界。南京和扬州等大一些的地方，宛如茉莉花束，周庄和西塘等小一些的去处则是茉莉花朵。其至瘦西湖、玄武湖和太湖等水域，也像晨露或小雨淋过的茉莉花，淡雅清清，远香徐徐。

它们都是用水滋生的。牡丹开花之处，天上地下差别不大。茉莉花开之后，人间世情各有千秋。若比美人，扬州是少女盈盈十五，又有那瘦西湖做成的小蛮腰。无锡是二十几待嫁的新娘，用一座太湖做镜子，忸怩是婉约还是盛装。苏州是初为人母的少妇，什么粉脂都上妆，什么衣着都风韵，无论什么人群站在其中都出色。镇江则像半老徐娘，因为成熟，风姿更胜，雅韵更深。

身为江南美艳之首，南京像什么呢？从中山码头上来，凭着望江楼的窗台眺望，洲滩秀逸，江涛浑厚，轻帆与巨轮，轻盈的格外轻盈，奔放的更加奔放。南京被称作江宁府时，赵明诚与李清照夫妻二人相亲相爱宛如天作之合，如果没有那场突如其来的兵变，谁也无法推测这段爱情童话会被诗词文章演绎到何种程度。歹徒恶霸横行，赵明诚一改平素的儒雅大方，带着两名部下，系上一根绳索，溜下几丈高的城墙独自逃命，全然不管平日里耳鬓厮磨的爱妻与嘴上总说生死与共的全城百姓性命。所幸兵变被他人平息，之后不久，赵明诚带着李清照离开江宁往湖州赴任。途经乌江，早已是婉约派代表人物的李清照，突然豪情喷薄，写下那首"生当作人杰，死亦为鬼雄。至今思项羽，不肯过江东"的千古名篇。大多数人不懂其中玄机，以为诗中文字一笔一画都可化作英雄宝剑，不知在英雄史诗之后，还藏着一部旷世的爱情悲剧。知情者说，赵明诚在湖州任上不到一年便一命呜呼，本质上是被这首诗活活郁闷死的。

从江宁到南京，时而京畿，时而废都，时而烟花数十里，时而血海几尺深。如此城楼城堡城池，婉约时如李清照，豪迈时如李清照，遇上寻寻觅觅冷冷清清凄凄惨惨戚戚的境地，不做河东狮吼，不以村妇疯癫，只引出项羽作为怀想，将痴情换成死心，直教懦夫明白，自己已没资格谈情说爱，可见李清照真的了不起。

> 悠谷位于南京江宁区上秦淮湿地。历史上的江宁曾是"六代豪华""十朝京畿"要地，素有"江宁之民善田，秣陵之民善织"的美誉。清代康熙南巡时，曾以江宁织造府为行宫，可知江宁之重。"上"即秦淮河中上游，悠悠千年，溪河湖塘纵贯百里。

时代急骤快速的节奏，在浓缩的时间中跳跃到21世纪。悠谷因悠湖得名，悠湖是个新地名，取U之谐音。U代表着微笑，寓意着未来（Future）、提升（Value），还有网络时代的U盘——这个大写的U字，成为"南京未来科技城——网络小镇"简洁鲜明的符号代称。

悠湖的前身叫作象鼻湖，原是江南水乡常见的河流湿地小湖，开发前已壅淤荒疏。如今，昔日的象鼻湖已变身悠湖：悠湖西岸堆积出一块上千平方米的浑圆绿地，两侧的弧度相等，悠悠然通往湖中央，在水中划出一个敦实的半圆形，形成一片三面环水、绿草如茵的半岛。满湖碧水犹如舒坦的臂弯，将小岛轻轻拢在怀里。小岛用它绿色的湖岸线，在水上勾勒出一个硕大的"U"字——原来U湖竟是一个会写字的湖。湖虽小，水质清澈，岸边芦苇摇曳，草滩舒缓，长脚鸬鹚于水边觅食，水鸟于湖心悠然游弋。环湖一圈是赭红色的健身步道，在路两侧的香樟树桂花树下若隐若现地穿行。春来柳丝拂面，樱花桃花竞相绽放。湖西的树林里，一列长长的绿皮火车停靠小站正待鸣笛出发……

悠谷，这一座富有象征意味的网络特色小镇，就此拔地而起，环湖而生。如今这里是一片水网湿地、网络小镇——科技撒网，生态打鱼，二网合一，使悠谷成为人与自然和谐共生的生态人文共同体。

在湿地的浅水处,有几只鸟正在休息。

几次到南京,对我来说都留下了深刻的印象。看到修水的茶馆时,我就会想起南京,脑海里就会浮现我去过的那个茶馆,和茶馆前的几棵老楝树。

也会想起南京的美食,盐水鸭、鸭血粉丝煲等等。想起那大大小小的街,大江落日的沉郁辉煌和钟山的虎踞龙盘。

记得第二次去南京时,我就住在老楝树的后面,无论去哪,我总喜欢寻着原来的地方住。在我印象中,那个地方相对隐秘,推开窗门,外面长满了树。到了黄昏,阳光从树叶间穿透进来,窗台上全是星星点点。声音就是从树叶的缝隙里传来的,那种烟火气息非常浓。

中山陵、明孝陵、梅花山都在这个巨大的林区里。这里构成一种奇特的对比:在冉冉的生活的对面,是碧绿的、延绵无尽的象征死亡的森然静寂。如果要选择在何处思考写作,我想再没有比这里更适合的地方了。

在玄武湖的阳光下喝咖啡或是看剧,阳光照在湖上,风光格外的美丽。在小西湖的街巷中与戏剧嬉戏,在天空美术馆探讨艺术与科学的边界,在陶谷公园重作六卷痴情书……与南京戏剧节一起,南京文化艺术节、南京青年戏剧节等一系列文艺活动,将艺术的养分像毛细血管一样,延伸到南京的大街小巷。

南京的美食还是得说一说的,南京人在历史上对吃太讲究了。大三元的红烧鲍鱼、陈皮鸭掌……这些食物既便宜又好吃。如果到南京,不尝尝南京的美食,实在是太遗憾了吧!

每当有人提到南京,我心中就会涌起一股异常温暖的感觉。南京似乎无意为我保留了一些最为鲜明的细节。听到这城市的名字,顷刻间又看到了那灰绿色调的、雾蒙蒙的城市,闻到了空气里那股淡淡的熟食香味……

美丽杭州

20岁那年,我去杭州,坐的是绿皮火车,兴奋得一晚上没有睡着。满心都是杭州的美景,美人。想着,就乐得开心。那时杭州给我的印象,不仅景色美,人也很美。杭州无疑是一座出美女的城市。

我再去杭州,时光过去了将近20年。

这次再去时,我对杭州的看法依然没有变:杭州是最美的。

  地有湖山美,东南第一州。
  剖符宣政化,持橐辍才流。

杭州建城历史上千年,底蕴深厚,文脉流长,素有"东南第一州"的称誉。

秦朝设县治,隋朝筑城郭,吴越建王城,南宋立国都,往事和传奇在数千年的日日夜夜中流转,层层叠叠积淀在这片土地上,累积在这座古城里。

杭州西湖、中国大运河、良渚古城遗址等世界遗产令其声名远扬;陶瓷文化、印刷文化、丝绸文化、茶文化、中医药文化、书画篆刻文化、宗教文化等中华文明标识在这里璀璨闪耀;湘湖·三江汇未来城市先行实践区、梦栖小镇、梦想小镇在这里诞生……现代化的杭州充满活力,被称为创新之城、数字之城、智慧之城、宜居之城,散发着创新魅力。创新的基因烙印在杭州城市血脉之中。

> 杭州被誉为"东南第一州",这个"名号"不是来自民间,而是宋仁宗赵祯的一首小诗——《赐梅挚知杭州》。

杭州秀甲天下。杭州女子美名远扬。

白居易，在他古稀之年，在他一生的终点——洛阳城里，以更胜一筹的款款深情一举写下三首《忆江南》。尽管《琵琶行》《长恨歌》《卖炭翁》《钱塘湖春行》等秀墨早已奠定他在文学史上的不朽，然这组小令之降世，再度令他诗名大增。其中第二首广为人知：

江南忆，最忆是杭州；
山寺月中寻桂子，
郡亭枕上看潮头。
何日更重游！

无论从地理还是文化角度看，杭州都是江南的中心，同样也是白居易在江南生涯的核心。此词如一定理，把杭州定义为江南之心脏，江南之美可凭由杭州之美替代。在朝圣的故事里，杭州——有无数个前世，却是唯一可以今夜枕梦的城市。在游子的梦呓中，杭州——人人尽说江南好，游人只合江南老，春水碧于天，画船听雨眠。

毋庸置疑，在中国城市化进程如火如荼的当今，杭州是一个独一无二的存在。它虽然不是各大功能中心，却堪称中国城市与社会领域的观念样本。

和西方诸多从工业化转型升级为后工业社会的名城相比，杭州几乎先天有一种后工业社会的属性，山水之美，人文之美，民风之纯，"存天然而去雕饰"。杭州城市的发展经验，已成为中国城镇化进程中一个不可多得的范例。

中国的城市大多依水而建，很多汉字除了表示地名，别无他意。《说文》中解释"杭"，只有简洁的一句话："杭，渡也。"

如果城市是人类聚居的一种文化存在，那么它的核心内涵，就不应该是物质而是精神。

如果城市的本质是生活，而生活的本身是好好活着。在这一点上，也许中国的任何一座城市都比不过杭州。

说杭州，一定离不开西湖。这不仅因为西湖在杭州之前早就有之，主要是杭州的闻名遐迩，在某种意义上可以说依西湖起。没有西湖，很难想象杭州在人们心目中会是什么样子。

杭州"城市性格"是由"人间佛风""人文西湖""偏安岁月""运河商流"四个元素构成。佛禅是灵魂，西湖是筋骨，偏安是个性，商流是皮肉，它们在不同时代以各自戏剧性的方式生成，从而塑造了每个生活在这世俗空间里的人。

> 李叔同，这位风流绝代的津门才子，在33岁的时候到杭州当音乐和绘画教师，38岁时（1918年）在虎跑寺剃度出家，法号弘一法师。

长亭外，古道边，芳草碧连天。晚风拂柳笛声残，夕阳山外山……

在中国的文学中有几个非常关键的空间意象，它们起到了指代的功能，比如天山、玉门关、长安、东海、泰山和西湖等，这些意象在文人的叙事文本中分别指向一种达成共识的知识概念，西天的尽头、边疆、都城、东方极限、天际线和美好的江南。这类似于基因的秘密语言，一旦出现，就会引起本能的文化共鸣。

前些日到杭州，沉下心来，小住几天，深切感受到杭州之美。它美在景，更美在人。如果说杭州处处胜景，倒不如说满城文化。

风物滋养文化，文化成为风景，人与自然的和谐互动使杭州的风景和文化更加璀璨。

杭州可谓是文化名城，自古人才辈出，又曾是南宋都城。宋代，文化输出空前，古典美学达到了高峰，宋画、宋词、宋瓷、宋明理学等登峰造极……

说起杭州的景可数西溪。这次住在杭州西溪湿地的一个客栈。西溪湿地是一个集城市湿地、农耕湿地、文化湿地于一体的国家级湿地公园，是杭州生态文化的一道亮丽风景线。看看这里的山水湖田草，小船沿溪流穿行，鸟儿在草木间嬉戏，人与自然相融相生。坐上小船行于溪流中，和风拂面，水上有鸭、船、波、影，船上有人声、笑声、歌声。尤其是那河渚街，融合了休闲、商贸集市、观光旅游，还原了旧时人们生活生产的格局，楼阁房屋临水而建，叶叶小舟穿桥而过，小桥、流水、人家，好一派"明月何曾是两乡"的水乡风情！

当然，文化味十足的，还数西湖，那是自然与人类共同的作品。四周山峦如黛，清澈的湖水波光潋滟。单看那西湖十景的名字，就足让人心荡神摇了：平湖秋月、三潭印月、断桥残雪、南屏晚钟……然而，若不是春夏秋冬，风霜雪雨，反复领略，细细玩味，难以体味西湖景致的妙处。也只有走到历史深处，跨越时空与古人对话，才能感受到这些景致背后的历史积淀和文化力量。

"上善若水，水利万物而不争。"逐水而居是人类发展演进的一个重要特征。中国人自古有尚水的传统，并把水上升到了哲学的高度，抽象为一种精神品质。在《最忆是杭州》中，水是唯美的底色。《春江花月夜》《采茶舞曲》《梁祝》《高山流水》《月光》《我和我的祖国》……杭州的城市内涵、自然山水、人文历史，在这里浓缩成一场美轮美奂的艺术盛宴。

我一直觉得长江行走着许多的灵魂，这些灵魂就穿行在两岸的城市中。灵魂与长江的关系，与长江两岸城市的关系若即若离。它们在不同的时间里出现，相互交谈，相互拥抱。有时候像幽灵，堆积在某一处；有时候像是灯光，到处都很耀眼。

其实，灵魂是有趣的。每个灵魂都是一个秘密，对于灵魂而言，它的存在或者出现，仿佛没有那么重要，但其实又是非常重要的。显贵与卑贱是人间的看法，灵魂向来没有这个意义，可它是会同情的，用卑微的眼睛看世界，不拒绝可怜的人。所以，当一个人茫然无知时，灵魂就会呈现出亮光。

想了解长江的城市，就得触摸更多的灵魂。只有把自己与灵魂融为一体，与灵魂交谈，听它们讲故事，看它们欢笑与落泪，你才可能获得一些认识。

在城市里的人，千奇百怪。有的显赫嚣张，有的穷困潦倒。其实，人在世间本无贵贱之分，可灵魂的出没，却让它们有了不同的叙述价值。

◎ 杭州西湖

又名钱塘湖，位于浙江省杭州市区西部，南、西、北三面环山，东邻城区，南部和钱塘江隔山相邻，湖中白堤、苏堤、杨公堤、赵公堤将湖面分割成若干水面，湖中有三岛。杭州西湖文化景观被列入《世界遗产名录》。

我对杭州的了解，除了本身的接触，还来源于一本书和一篇文章，书是吴晓波的《人间杭州》，文章是麦家的《最忆杭州》。其实，了解一座城市，身临其境，那是最好的办法。

人间的繁华，折射在不同人身上，景色也会各不相同。人间的模样，其实就是命运的倒影；人间的意义，其实就是活着的趣味。人活着，除了家事国事，还有不堪回首的琐事，这些杂乱无序的小事，在城市里张罗，呈现出个人的沉浮，以及世俗的束手无措。

每一座伟大的城市，都会有传奇般的爱情。它们肆意而委婉，或悄无声息，或轰轰烈烈。可由于充满无所顾忌，而被世人嫉恨。他们所吟唱的悲伤，没有被冰冷的桥梁、城堡、窗台染上人类的灵性。相反，它们见风就生长。

中国古代民间四大爱情故事，分别是孟姜女哭长城、牛郎织女、白蛇传、梁山伯与祝英台。其中，有两个发生在杭州西湖之畔。

在白蛇传的故事里，许仙胆小懦弱，而白娘子虽为妖精，却重情重义，敢作敢为。在重男轻女的中国社会里，白娘子极其鲜活的人格特征，投射出了万千女子内心的不甘。

千百年来，中国人的世俗感情被儒家礼教所束缚。在纯粹自然的呵护下，人们猛烈地释放内心的本能和欲望时，无论是人是妖，瞬间的爱情冲动，身份也就变得微不足道。然而，这又注定是一个悲伤的过程。

只有城市会忍耐，不动声色。无数的灵魂，在它的身体上留下烙印。"美景之美，在其忧伤。"

> 十七年梦想的西湖，
> 不能医治我的病，
> 反使我病得更厉害了。
> 然而西湖毕竟可爱。
> 轻雾笼着，月光照着，
> 我的心也跟着湖光微荡了。

这是胡适写的一首小诗。1923年的秋天，胡适与曹诚英在烟霞洞度过了一生最好的时光。胡适结婚时，10岁的曹诚英便是伴娘。曹诚英在杭州女校读书时，胡适来聚，在偏僻的烟霞洞租住了三间平屋，度过了难忘的3个月。

胡适从未承认过那段恋情，曹诚英此后一生未嫁，1973年去世，她把自己的坟修在安徽绩溪乡下的一座小桥旁，那是胡适回家必经之路。

其实，西湖的命运恰恰也是人的命运。很多人认为西湖好景，是从天而降的。实际上，西湖饱经风霜。苏东坡任职杭州时，西湖淤积严重，最深处也不足一米。因此，如果几年不加浚治，就会迅速被淤泥藻草侵占，周围农民趁机围湖造田，这种行为被称为"葑田"，湖面积越来越小。当时，几乎占据了半个西湖。

有人建议，索性顺其自然，把西湖填成农田。苏轼不同意，因为西湖就好比杭州的眉毛和眼睛，一旦没有了眉目，杭州靠什么传情？他专门给朝廷上了一份奏折，阐述西湖不可废，并申请财政支持，疏浚西湖。元祐五年（1090年）阴历四月二十八日梅雨到来之际，他发动治理西湖。

苏轼为此专门写下《南歌子·湖景》。

古岸开青葑，新渠走碧流。
会看光满万家楼。记取他年扶路入西州。
佳节连梅雨，余生寄叶舟。
只将菱角与鸡头。更有月明千顷一时留。

这一疏浚工程历时约4个月，费工20万，也就是平均每天约1600人在工地上。苏轼担心以后还会有人围湖造田，侵占湖面，便在湖中心立了三座瓶形石塔，以此为标，约束后世。后来，每当月圆，好事者点烛于塔心，水月交映，难分难解，成了"三潭印月"。

"偏安"，是南宋政权在中国史书中的一个定位，也似乎是一个专属于它的名词。在以"中华""中原"自居，讲究"正统""正朔"的中国文化里，"偏安"显然是一个贬大于褒的概念。

偏是一个选择，安是一种姿态，它提供一种小心翼翼的安全感，最终构成属于所有时代的集体无意识的生活方式。

一座乐于偏安的城市，如同一个内向而自得其乐的人，他缺乏攻击性，不善于拒绝，喜欢看得见的快乐和享受，分不清简单与肤浅的区别，把"活着"视为至高无上的生活准则。

1142年1月，著名的抗金将领岳飞被皇帝赵构和丞相秦桧处死。悲剧发生当夜，狱卒隗顺冒死将遗体偷出，埋在钱塘门外北山脚下水边。

"青山有幸埋忠骨，白铁无辜铸佞臣"。在岳飞的坟前，跪着四尊铁像，其中之首的便是秦桧。杭州人把油条叫"油炸桧儿"，表达对秦桧的愤怒。

就在岳飞被处死的那一年，武林门外住着一位操着济南口音的老妇人。当岳飞被杀的消息传到她的耳中时，很难想象她脸上的表情。

她便是中国文学史上最伟大的女词人李清照。西湖不照临水人，临水不写西湖词。李清照终其一生，也没为西湖写过一行诗词。

杭州注定是楚楚动人的。风烟俱净，天山共色。纵流飘荡，任意东西。奇山异水，天下独绝。

在杭州城西北，一片接一片的稻田和矮矮的桑树林，让整个夏天充满想象。

在稻田里，远远地，农人在忙着耕种。烈日下，他们扶着木犁，用鞭子赶着水牛，时间变得慵懒起来。

1936年11月3日，地质干事施昕在一个狭长形的干涸沟底，发掘出几片成形的黑色有光的陶片。这几块陶片，就是发现良渚文明的开始。

文明发端时的良渚比现在炎热，气候类似于华南的广州，同时期的河南还是大象出没的地方。

良渚人已经告别游牧，学会了在水田里种稻谷，把土地切分成不同面积的正方形耕种。为此，部落里最聪明的人发明了石犁、石镰和石刀。在食物上，他们最喜欢吃的是猪肉，良渚人也许是地球上最早驯化猪的人类之一。

每当日出的时候，男人们乘坐独木舟去捕捞河里的鱼。女人们则在家纺织，良渚人穿着的是麻织的衣服，他们发明了木质和石质的纺轮。到了夜晚，大家聚在一起喝酒。

人类之所以区别于其他生物，在于他们会做一些"无用的事情"，有审美和信仰的需求。

在中国古代的物质文明中，最为世界各国疯狂热爱的是陶瓷和丝绸。

> 杭州在中国陶瓷史、丝绸史上的地位都非常重要。宋代"五大名窑"——官、哥、汝、定、钧，排名之首的"官"即特指南宋临安的官窑。而杭州在丝绸中的地位则更加显赫，目前全国唯一的中国丝绸博物馆，便落户杭州。

在审美上，南宋官窑瓷一改北方的雄壮豪迈、气象万千，转而呈现为闲适淡雅、绵软柔弱，充分体现了中国文人的气质。

南宋以后数百年，杭州丝绸在海外的名气很大。杭州丝绸，质轻柔软，色彩美丽，在中国传统丝织业中占据重要地位。距今4700多年的良渚出土丝织物就已揭示了杭州丝绸的历史之久。唐代大诗人白居易"丝袖织绫夸柿蒂，青旗沽酒趁梨花"的诗句又道出了当时杭州丝绸的水准之高，旧时清河坊鳞次栉比的绸庄更见证了丝绸经济的繁荣。

悠悠五千多年，时光荏苒，服饰文化千变万化，而丝绸的记忆却从未因为岁月的流逝而褪色，苏绣、南京云锦、湘绣，每一种丝织技艺都在时光的消逝中行走着、传承着，历久弥新。

水之温润与山之清峻是江南风骨的品性坐标，而于山水掩映间的花草树木，也表现出江南韵味与灵性。春日的花港观鱼、夏日的曲院风荷、秋日的平湖秋月以及冬日的断桥残雪，可谓各有千秋，而茶人茶性更是凝聚了草木之灵。回望黄庭坚与晁补之、苏轼有关赠茶的唱和之作，茶被视为

超然出世的孤洁之物。再看作家苏沧桑笔下踏月而来的茶农茶客，无不氤氲着奇妙的茶香。茶是中国文人的心头好，苏东坡的"且将新火试新茶，诗酒趁年华"，道尽中国式的人文趣味。江南出绿茶，杭州最早出名的是径山寺的茶，唐时已传到日本。龙井一带产茶，在明代小有名气。

龙井出好茶，原因有二，一是土壤气候奇特，二是炒作工艺精妙。在气候上，龙井茶区被群山环绕，气温要比城里低三四摄氏度。

"南料北烹""口味交融"是杭州饮食文化的独特风格。中华饮食文化源远流长，我总觉得它从一个侧面体现着中国人的民族性格、审美特征、社会心理、交往方式。无论是圆桌还是方桌，中国人习惯于围坐在一起，团圆，团结，共享，其乐融融。杭州菜彰显江南鱼米之乡的优势，兼蓄北方烹饪技艺，清淡典雅、清香别致，咸中带甜、酸辣适度，淡而有味、醇而不腻。食在杭州，西湖醋鱼、龙井虾仁、定胜糕、猫耳朵、东坡肉，等等，让人啧啧不已。坐落在西泠桥畔的楼外楼是要去的。这个店有160多年历史，借着"山外青山楼外楼"的名句，更显出文化意境。点上宋嫂鱼羹、蒜泥熘鳝卷、油焖春笋、西湖莼菜汤几个小菜，佳肴与美景共品，历史与现实交融，别处是难以领略到的。

到了杭州，还应该看杭绣。杭州历来有"丝绸之府"之称，杭绣被评为非物质文化遗产。刺绣上升到文化的高度，是它对纺织工艺技术和物质文明作出的贡献。一件刺绣便是一幅作品、一处风景，正所谓"诗心入画绣，巧手夺天工"。实际上，在古汉语中，用青、红两色线绣称为"文"，用红、白两色线绣称为"章"，"文章"二字的古意为锦绣，后转义喻文。杭绣的图案设计，多取材于龙、凤、麒麟、孔雀、牡丹、西湖风景之类。当地人说，杭绣最有特色的是夸张和变形，工笔少而写意多。这次在杭州，买了把西湖绸伞，以竹作骨，以绸张面，轻巧悦目，美不胜收。撑着这把伞，想着发生在杭州西湖断桥边许仙借伞的传说，还是挺有滋味的。

运河在杭州是绕不过去的。

河通古今，脉传千年。南来北往，千帆竞流。

翻开《浙江通志·运河专志》，我们惊叹于杭城人民利用运河因地制宜、修地利补天时、道法自然、改造自然的历史。

> 京杭大运河的开凿，不是一朝一夕、一蹴而就的事情，运河杭州段同样经历了历史的沧桑巨变。京杭大运河长江以南的河段，地跨苏南、浙北，长323.8千米，称江南运河。其中杭州段北起塘栖，南至三堡，长约39千米。
>
> 江南运河的开凿，可追溯至春秋。据《越绝书·吴地传》记载，吴越争霸时期的"百尺渎"即为沟通太湖和钱塘江的人工水道。秦统一六国后，开通了从今嘉兴至杭州通钱塘江的水道。隋大业六年（610年），隋炀帝下令开凿南北大运河，拓浚江南河。至此，大运河杭州段基本成形。

今天，我们可乘运河水上巴士感受帝王南巡时的美景，巴士停泊大关、娑婆桥、江涨桥一带，上岸可观赏夹城夜月、陡门春涨、半道春红、西山晚翠、花圃啼莺、皋亭积雪、江桥暮雨和白荡烟村等"湖墅八景"，登上广济桥、拱宸桥等千年古桥，映入眼帘的是清晰可识的文物古迹、曲径通幽的寺庙庵堂、文化荟萃的博物馆群、古典又现代的历史街区、河上周而复始的一队队驳船……

千百年来，大运河日夜不息、奔涌向前，恰如中华文明生生不息、一往无前。大运河是杭州之"城之命脉"，滋养了杭州百姓，孕育了"钱塘繁华"。千年古运河，满目是新景，虽沧海桑田、物换星移，大运河却早已流动在杭州人民的生命之中。大运河体现出的实干、拼搏、开放、大气等伟大民族精神，将激励杭州人民继续在这条历史长河中续写当今时代的诗意与传奇。（《读懂运河，读懂杭州》）

你心中杭州的美丽之处是什么？这是个值得思考的问题。

每个人心中对于"美"的标准不同，我最爱的是整个城市都包容在随处可见的景致之中。"绿水青山就是金山银山"，生态环境是杭州独具魅力的优势和资源。

杭州在国际上的影响力越来越大，人们的生活质量也日益提高。在西湖景区中开民宿的俞小姐，2021年底选择来到杭州。她说，以前在其他城市生活，感觉都是钢筋水泥垒起的满目高楼，杭州就不一样了。现在她最爱早上去北高峰看日出，晚上去宝石山看夜景，"城中有景、景中有城，这是我觉得杭州最美的一点。"

除了景区的美景，美丽更在身边！俞小姐在上下班路上堵车时，常通过高架上一丛丛的月季花舒缓心情："除了车流和水泥路，更该看到春天盛放的鲜花。"

此外，杭州的"绿道""厕所革命""亮灯工程"也是市民朋友谈到"美丽杭州"时常说的关键词，点点滴滴，才组成了整个花园城市。

夏天的杭州早晨真舒服，空气凉爽，草尖上还挂着露水。红蜻蜓歇息在狗尾巴草的穗子上，对自然很有兴趣。

江南好，风景旧曾谙。
日出江花红胜火，春来江水绿如蓝。
能不忆江南？

千年间，白居易留下白堤，苏轼留下苏堤，古往今来一首首千古绝唱，镌刻着世人对杭州的挚爱。

今日的杭州，今日的中国，抖落风霜，扬鞭奋蹄，找回古老东方永远不老的情怀、永远不曾变凉的热血，找回这个世界回家的识路地图。

到杭州小住几天，你会深切感受到杭州之美。它美在景，更美在人。

大上海

上海是大器晚成者。

上海一直在创造自己的辉煌。

  如果能用形容词来说出上海在人们心中的印象，那就是"大"。近代以来，真正领导长江，乃至领导全国的现代城市风光的是繁华的上海市，这里是天造地设的中心。

  上海在长江流域重要地位的形成是从唐宋开始的。随着大运河的开掘，中国经济重心从黄河流域向长江流域转移。长江三角洲最重要的贸易港从唐代的扬州转移到宋元明时期的宁波及外港双屿港，近代开埠之前又转移到上海，大致呈现出自西北向东南，再自南向北转移的发展趋势。应该说，是长江造就了上海，上海也成了长江的骄傲。

  我曾数次到上海，每次都要去外滩，有时是半小时，有时是一个小时，时长不等。有位朋友从黑龙江来上海，我陪他玩。"嗨，上海真大啊！"我笑着说。外滩可能是上海最迷人的地方，我作为一个异乡人，可能更能深切地感受到这份气息。

> 春江潮水连海平，海上明月共潮生。
> 滟滟随波千万里，何处春江无月明。

  唐代诗人张若虚这首《春江花月夜》，其中的"连海平""海上明月共潮生"，其实并不是虚写，而是肉眼所见的真实景象。

  上海的城市历史并不太长，3000多年前，今浦东一带还是一片汪洋大海，到距今 2000 年左右，今上海的老城区才成陆地。唐宋以来，由于不断修筑海塘，使塘内土地免于涨潮侵蚀，农业经济因此发展起来，人口日增。唐宋时吴淞江通畅，江边青龙港为"海商之所凑集也"。北宋末设立舶提举司和榷货场。据明嘉靖《上海县志》记载，宋代末年上海一带已经有"人烟浩穰，海舶辐辏"之称，修建了 7 个城镇。宋代末年由于吴淞江淤塞，海船难入青龙镇，故在今上海城区设立上海镇。元代上海镇一带成为海路漕运要地，城镇经济发展较快。明清时期，由于棉纺业和海盐业发达，上海成为重要的海陆运输的港口城市，据弘治《上海县志》记载"人物之盛，财赋之伙，盖可当江北数郡，蔚然为江南名邑"，而周边兴起了 84 个城镇，城市的经济辐射能力已经显现。

先从"上海"这个地名说起吧。

在何建明的《浦东史诗》里，我找到了上海得名颇有权威的说法。

> 上海得名，归纳起来有两种：一是源于弘治《上海县志》，该志称"其地居海上之洋"。那么"居海上之洋"到底是什么意思，似乎难以解释。二是吴淞江（苏州河）南岸有两条支流，一为上海浦，一为下海浦。宋元时，在上海浦设"上海镇"，元朝据此设立上海县，由此一直沿袭到现在的上海市。

这两种说法，从史书和地理角度看，似乎没有什么争议。但审视一个地名的内涵，其实不能不考虑一个地方语意的真谛。"上海"二字，如果从上海方言来阐述，就会发现，它隐含着另外一层先人早已明了的大格局、大气魄和大高远……你看，"上海"，由"上"与"海"构成。"海"，当然是指大海。"上"字的意义广泛。一般情况下，把它作为方位来解释，比如中国的很多地名，常常以东南西北命名，如山东、山西，河南、河北等。而以"上""下"命名的地名也不少，如"上饶""下关"等。"上海"的"上"是否是这层意思呢？非也。

上海的祖先以苏州吴人居多，上海地域原也属苏州府管辖，脱离出来仅仅一两百年。即使后来大量的浙江等外埠人融入，但是有些方言其意仍然没变。比如出门，叫"上路"；比如烧饭，叫"上灶"；比如逛街，叫"上街"；比如乘船，叫"上船"。这样的动词和动作的"上"字，在苏州的母语中比比皆是。难道这就是"上海"二字之意？

海来啦，我们上海去吧！

海在前面，我们上海去看个光景吧！

海中有鱼等宝物，我们上海去捕捉充饥吧！

一代一代的语境和语义便是如此。他们面对大海，向着东方，向着渐渐露出沙滩的海之地，如此一百年、一千年地喊着"上海"去，于是"上海"这名字是否就这样被叫响并成"历史"和明确的一个"地名"了？！

这，难道不是一种可能吗？

"上海"，其实就是祖先面对大海的一种态度，一种乘风破浪而勇敢迎去的态度，就是祖先面对蔚蓝色的无垠大海的一种向往、一种需求、一种对美好和未来的志愿及理想……

虽然历史学家不会做这样的解释，然而世界上诸多历史的形成和事件的产生，皆是人文因素的积聚与凝练。任何一个古地名的形成，是长久生活在那块土地上的人们在日常生活中所形成的一种习惯的叫法而已。

上海的地名，难道不是先祖们在生活和社会实践中习惯性的一种叫法、一种语境吗？

这就是"上海"的真实本义。当然，这个定论可以有一百种反驳的意见。上海之所以叫"上海"，与本地人的语境和语义有着无法脱离的关系。而今天重新赋予"上海"另外一层含义，浦东开发开放、大上海成为今天这模样，我们需要重新出海、朝着世界舞台中心走去。

这才是浦东开发开放的精神实质、目的所在！

这才是邓小平同志生前甩向世界的最后一张"中国王牌"！

为了这，今天黄浦江两岸的人，正不遗余力地打造着准备出海的浦东这艘"大航母"，去远方咏叹新时代的诗篇。

大航母，是一块块船板拼起、一个个舱体组成的。

◎ 黄浦江畔

　　长江汇入东海前的最后一条支流，也是上海市最大的河流。黄浦江是上海的地标河流，流经上海市区，将上海分成浦西和浦东，是上海市居民主要生活用水及工业用水的水源，且具航运、排洪、灌溉、渔业、旅游、调节气候等综合功能。

人们都说，长江是条龙。

上海浦东是龙头。

我到上海有好几次都是住在浦东，那是一个比较旧的旅馆，坐南朝北，每天太阳升起来的时候先照到屋后齐檐的石榴树，石榴树的影子落在玻璃上，玻璃是无声的，偶尔听到楼下的人轻轻推门。住在这里的人，大概是最早搬来浦东的。我经过门口时，见着一个小孩在屋里看漫画。

我随便一打听，才知道是二手房主。到底是几手，他自己也说不清。反正他也是从别的地方来的，不是地道的上海人。旁边的一户是上海人，见着我，说这房子在上海值1000多万元。

"这么贵吗？"我问。

"你要看这是什么地方？浦东，现在是寸土寸金。"他严肃地说。

"我能进来坐会儿吗？"我问。

男人用犀利的眼神看着我。"我想和你聊聊老上海。"我说。

我得到允许，才跨进门去。原来屋里搭了一地铺。在黑乎乎的墙壁上，深红色的图案依次排着，就像山峦中常常见到的岩石、云彩的排列一样。

上海人一直很骄傲，甚至在外埠人看来上海人有些高傲，这无可非议。自从时代选择了浦东，这里就成了东方的一块热土。

这里是20世纪留给人们雕琢的一块宝地。洞察世纪风云、把握时代脉搏的邓小平高瞻远瞩，提出了"抓紧浦东开发，不要动摇，一直到建成"的要求，1990年4月，党中央、国务院发出了"开发开放浦东"的号召，这块沉睡多年的土地被唤醒，撩开了朦胧的面纱，带着泥土的芳香，迎来了拓荒的巨变。她以其短暂的百年历史，从一个小渔村迅速成为名扬天下的"东方巴黎"，仅此一点，便足以在全国甚至全亚洲都有了骄傲的资本。

建设速度之快，令人为之叫绝。1999年9月16日，浦东国际机场竣工通航。这使上海成为国内首先拥有两个民航国际机场的城市。她与虹桥国际机场东西呼应，使上海成为名副其实的国际航空港，也确立了上海亚太枢纽的空港地位。法国巴黎机场用了20年时间才实现的空中"大港"，浦东仅用了5年时间就实现了。开辟了"空中通道"，缩短了时空距离，让浦东快步走向世界。还有一件让世界所有临海城市羡慕的事：上海建了个如今又是"世界第一"的深水大码头——洋山港。

浦东的开放开发，给长江这条巨龙插上了翅膀，使之成为我国现代生产力的强大"生长点"，辐射和带动了周围地区经济开发的"发展极"。

捡起一片沉没于河堤的碎片，它记载着历史指纹，在它那细密的纹路里，浓缩着时光的密码。一点一滴地见证着时光，见证着浦东的日新月异。

可以说，黄浦江是上海的命脉。上海的繁华与耀眼，与长江紧密相关。它也是上海的缔造者。

> 南宋时期，黄浦江原先是苏州河下游的一条支流。元时，黄浦江很窄，宽50～70米。元中叶以后，两岸沙滩农民开荒耕地，使河道更加狭小。永乐二年（1404年）开范家浜接通大黄浦，淀泖之水自南而北通流入海，水量充沛江面渐宽，并吞了上海县城东面的上海浦，范家浜从此也不再重要。黄浦江成为太湖下游的主要泄水道，苏州河反而成其支流。黄浦江下游江面宽度超过600米。在苏州河淤塞日益严重之后，明正德十六年（1521年），李充嗣废弃苏州河下游故道——今上海虬江路一线，率领民工拓宽宋家港河道，引苏州河水在陆家嘴汇入黄浦江。

人类社会长期保持着两面性。也可以说是有两类人，一类人在不停地剥夺和残害自然，从内心燃烧一种膨胀的追求。另一类人固守一方水土，用睿智和自然共处，同时也在改造自然，征服自然。比如，黄浦江就是改造的辉煌，就是人类劳动创造的美。

黄浦江开浚后，上海的通海之利、水陆要津的地理优势，已经没有竞争者，在明代便成为全国最大的棉纺织手工业中心，松江、上海所织的布远销全国，有"衣被天下"之称。康熙二十四年（1685年），上海设江海关，黄浦江中樯桅林立，资本主义兴起的欧洲，为寻找市场，已经把资本的锐利而贪婪的目光瞄准了上海，当时上海已有20多万人口。1842年，英国强迫清政府签订《南京条约》，上海为五个通商口岸之一。美国、法国相继而入，从此西方列强在上海强占租界。到1915年，租界范围北至今虹口公园，南到十六铺、旧城及肇嘉浜，东临今复兴岛一带，西及徐家汇与中山公园一带，面积达46平方千米。在中国的国土上，殖民者霸占海关，驻扎军队，设立巡捕房，并获得领事裁判权。

炮舰与侵略的战火之下，中国的国门被轰毁。欧风美雨纷纷登陆上海，西方文化和东方文化开始了碰撞、摩擦和交汇的过程。

显然上海有筚路蓝缕的过程，这一过程始终是华夏先人在长江流域生存的一部分。

一个人的隐秘心思，从来不会记录在粗疏的历史中。在夜深人静的夜里，我小心翼翼地翻看着浦东的历史，徐光启这个名字，就这样弹跳了出来。

> 徐光启，生于1562年，上海人，明代著名科学家。43岁中进士，官至礼部尚书、文渊阁大学士，以毕生之力研究天文、历法、水利、数学、农学、测量。

其最重大的成就，是与西洋传教士利玛窦合作，把西洋的科学知识介绍到中国，实为西方文明传播到中国的大无畏的先行者，近代科学的伟大先驱。他与利玛窦等共同翻译的欧几里得的《几何原本》前六卷，是西方传教士来中国后翻译的第一部科学著作。徐光启还对利玛窦带来的第一张世界地图惊喜有加，并参照西方天文学理论重新修订历法，编写《崇祯历书》。1617年，徐光启因与外国传教士过从甚密，被政敌攻击后离开京城，到天津海河边带领农民种植水稻。晚年回到故里，编写60卷50多万字的《农政全书》，分农本、田制、农事、水利、农器、树艺、蚕桑、种植、牧养、制造等。其集我国古代农业科学之大成，其中6万字是徐启光自己的研究成果。

280

上海以前还流传着民谣：潘半城、徐一角。潘半城是指抗倭寇将领潘恩及其后人，潘家产业几乎占了上海城的一半，"豫园"即为其中之一。徐一角指徐光启家，为官四十年旧庐依然，只占城之一角。按惯例，以籍贯称呼名人为表尊敬，如康南海、李合肥等。上海名人多矣，以上海为称号的独独只有徐光启，因而老上海尽知徐上海却少有人说徐光启的。

徐一角残址位于上海大南门乔家路徐光启故居，称"九间楼"。故居大门原在太卿坊，明末毁于火灾，仅存九间。徐光启谢世后，葬于南丹路现光启公园，子孙世居周围。这里是肇嘉浜与法华泾的汇合处，遂名徐家汇。

我在徐家汇住过五天，那段时间，我就围着徐家汇四围走，左边走十里右边走十里，我仅是个过客，除了看几条街，看街上的行人，再想知道点徐家汇的来历却是非常难。徐家汇在上海的名气不小，时常在人们口中提起。有关徐家汇的真正来历，却是寥寥几人可知。

自清道光、咸丰至同治、光绪年间出现的上海画派，上承唐宋以来的传统，受扬州八怪之影响，并吸收了维新思想，融汇西洋画派的用色、投影、解剖技巧，画风清新，笔势豪放，他们多流寓上海，落款中常署"作于海上"，称为海派。

海派艺术中的佼佼者任伯年，少小时便从浙江到上海，在扇庄当学徒，后得任熊指授，画艺精进。任伯年在太平天国军队中司执军旗，战斗时冲在最前线。城隍庙茶馆是他常坐之地，五光十色及各种人物都到了他的画笔下，对山水、人物、花卉、翎毛、虫鱼、走兽、肖像画，均有极高造诣，从工笔到泼墨写意皆已出神入化。尤其是任伯年的人物画，选择民间传说题材，描画现实生活，是另辟蹊径的开创之作。

自1843年上海开埠，它的五光十色以及海洋气息吸引了众多的仁人志士。1882年，康有为途经上海小住，从租界这一西方大国掠城夺地强抢在手的窗口，看到了西方工业文明的欣欣向荣，遂求购新书，订阅上海出版的《万国公报》，"自是大讲西学，始尽释故见"，开始其向西方探究中国封建落后根源，寻求救国救民之策的路程。1896年《时务报》创刊于上海，梁启超出任该报主笔。青年梁启超以其昂扬激情、滚烫发热的文学揭露黑暗，呼唤变法，由此而创造时报新文体，影响了整整几代人。梁启超在《时务报》写的《变法通议》风传全国，痛快淋漓：

法者，天下之公器也；变者，天下之公理也。大地既通，万国蒸蒸，日趋于上。大势相迫，非可阏制。变亦变，不变亦变。

因为《时务报》，梁启超在上海滩声名鹊起，本是康门弟子，左右奔走，忽而康梁并称，平分秋色。

> 鲁迅，浙江绍兴人，生于1881年，1936年在上海辞世。鲁迅先生奔波流离，最后定居上海，以自己的文字，在十里洋场垒起了中华儿女可以引为自豪的丰碑。

在先生写于上海的著作中，有一篇短文正随着时代的演进，而越发显示出夺目光彩。这就是1930年5月，鲁迅在大陆新村寓所写的《〈进化和退化〉小引》。《进化和退化》是周建人的译著集，其中涉及人类破坏森林而导致沙漠南徙及当时国人普遍的营养不良问题。据此，鲁迅先生发出惊人预见，现今读来依然字字金玉掷地有声，他说："我们生息于自然中，而于此等自然大法的研究，大抵未尝加意。"世界和中国土地荒漠化并非始于今日，鲁迅先生以天才的目光看到了这一问题的严重性：

沙漠之逐渐南徙，营养之已难支持，都是中国人极重要，极切身的问题。倘不解决，所得的将是一个灭亡的结局。

极为省俭笔墨的鲁迅先生，这一次大约觉得意犹未尽，不吐不快，又写道：

林木伐尽，水泽湮枯，将来的一滴水，将和血液等价，倘这事能为现

在和将来的青年所记忆，那么，这书所得的酬报，也就非常之大了。

怎样解决沙漠化的问题？鲁迅说，在自然科学的范围，"那给与的解答，也只是治水和造林。这是看似简单，容易的事，其实却并不如此的"（《鲁迅全集》第四卷）。鲁迅先生已经指出：所有的环境问题都是社会问题。

上海日趋繁华的过程中，环境压力也在日益加重中。

首先是人口。近一百年来上海人口的增长速度一直位居中国乃至世界大城市的前列，除了自然增长因素外，来自全国各地的移民也是一个重要的因素。1855年上海的租界只有两万人口，至1885年租界人口增加到近15万人，这是上海作为移民城市的开端和第一次人口高峰期。此后，政局动荡，战火连天，灾害不断，以及上海经济发展对劳动力的需求，使外来人口源源涌入。1927年，国民政府在上海设特别市，辖区包括现在的市区及近郊一带。北至吴淞，南接当时的上海县，西连嘉定、青浦、松江三县，东至川沙和南汇，这就是1949年前的上海市范围，面积630平方千米。1948年的全市人口为520万，相当一部分市民住在闸北、南市、沪西及浦东的棚户陋舍中。

到1990年，开发开放浦东，上海市人口已经达到1200多万。几年时间上海便以蓬勃生机和历史性的巨变，吸引了中国和世界的目光。浦东地处中国黄金海岸的中腹，为辽东、山东、闽东、广东之中，正确的可持续的战略将使浦东牵动长江流域纵深的发展，改变中国西部经济相对落后的状况，形成沿海开放、沿江开发、东西互动、沿边渗透的态势，为21世纪中华民族的生存发展打下基础。

关键的是，上海对中国而言，还对中国的革命有特殊意义——中国共产党就是在这里诞生的。

1920年8月，中国共产党上海发起组在上海法租界老渔阳里2号《新青年》编辑部成立，推陈独秀担任书记。同年11月，拟订《中国共产党宣言》，系统阐述了共产主义者的理想、目的与阶级斗争的最近状态，明确提出要"组织一个革命的无产阶级的政党——共产党"，这份宣言一度还被作为吸纳新党员的标准。该组织实际上是中国共产党的发起组织，不仅在制定党的宣言、宣传马克思主义理论、推动马克思主义与工人运动相结合等方面作出了重要贡献，而且还通过写信联系、派人指导、具体组织等方式，积极帮助其他几个中心城市组建共产党早期组织和青年团，并与之长期保持着密切的组织联系，成为各地共产主义者进行建党活动的联络中心。

上海是共产国际"远东革命工作的中心"。1920年4月，维经斯基等人经共产国际批准来华考察，在北京、上海分别会见李大钊、陈独秀等人，认为中国已经具备建立共产党的条件，可以组织共产党。同年5月，共产国际在上海设立东亚书记处，下设有中国科，专门负责"在中国进行党的建设工作"。

党的一大召开的筹备工作主要是在上海完成的。1921年6月初，共产国际代表马林、共产国际远东书记处代表尼克尔斯基先后到达上海，与李达、李汉俊取得联系。李达回忆说："他们建议我们应当及早召开全国代表大会，宣告党的成立"。经与陈独秀、李大钊书信商议，李达、李汉俊确定在上海召开中国共产党第一次全国代表大会，随即写信给各地共产党组织，提出各派两名代表到上海开会。会址定为李汉俊胞兄李书城的寓所。

1921年7月23日晚，中国共产党第一次全国代表大会在上海法租界望志路106号（今兴业路76号）开幕。会议正式宣告了中国共产党的成立，一个以马克思列宁主义为行动指南的、完全新式的无产阶级政党从此诞生了。这是中华民族发展史上一个开天辟地的大事变。

> 中华人民共和国成立后，上海的骄傲更是无可非议：它是中国工业的主要基地，又是最大、最繁华的城市，对国家的贡献巨大，财政收入占全国六分之一。

上海就这么牛，这么傲。通常能牛、能傲者，皆有资本。

毫无疑问，让上海人最早看到浦东光芒的，应该是闪闪发光的"东方明珠"。这颗一直被上海人称为"大珠小珠落玉盘"的"珠子",具有特殊的风采。今天站在外滩往浦东看,尤其是晚上,第一个抢眼的景致,仍然是那颗"东方明珠",因为她在浦东的楼群中格外高挑,异常光艳,特别美丽,就像一群美女中的"模特",其姿其颜其神态,分外出众。468米的高度,既是20世纪90年代上海最高建筑,也是浦东最早扬名世界的一大奇景,在世界著名电视塔中一直占据重要地位。

"东方明珠"的开工时间是1991年7月30日。之前的时间连续下了近20天的雨。一直等到这一天,才雨过天晴,浦东大地呈现难得的清爽天气。

主办方在开工典礼上设计了一个独特的"奠基石":用红色绸布盖了一块红色的多面体花岗石,其石为三棱锥,每个边长90厘米,用金属圆球放置在顶端,每块三角面上都刻着字,意味着所有参加奠基的人都可以清晰地看到这座即将在浦东动工的宏伟建筑。在一片锣鼓与鞭炮声中,时任上海市广播电视局局长的龚学平激动地感慨道:"东方明珠"从提出到开工,历时八年,倾注了多少人的心血啊,我们异常珍惜今天终于踏上浦东这块土地的艰难历程和心头的这份喜悦……

"珠"梦浦东的时间不短。在有广播电台之后,上海人就开始做这梦了。最早的一个人叫邹凡扬,他是浦东人。曾任上海大光通讯社记者、采访主任,《新夜报》记者,中联通讯社总编辑,《新闻观察》周刊总编辑。中华人民共和国成立后,历任上海《新闻日报》副总编辑,上海市人民广播电台副总编辑、台长,上海电视台负责人,上海广播电视局局长,复旦大学兼职教授,著有《广播电视三十年的回顾》。历史给了这位浦东人一个特殊的机遇——1949年5月25日,邹凡扬跟着陈毅的部队,一起进了他的家乡大上海。也是这一天清晨,邹凡扬坐在车子上,迎着刚刚升起的东方旭日,写下了一个震惊世界和喜悦全中国人民的新闻稿:"中国人民解放军今日凌晨攻入上海市区,大上海解放了。"短短23个字,却比攻城的炮火还要响亮,并且迅速传遍了浦江两岸……从此这位浦东人深深地懂得了"传播力"和"影响力"。那个时候,要实现这两个"力",就靠线杆竖得高,越高越好。然而,国力不强,这线杆也永远竖不高。

弹指一挥间，时间过了30多年。还是邹凡扬，不过这位浦东人已经从小邹变成了老邹。他刚从加拿大回来，眉飞色舞地向同事介绍多伦多的电视第一塔，513米！"我们中国上海哪点比多伦多差，我们应该造一座555米的电视塔，超过他们的513米，世界第一……"

很快时任上海市市长汪道涵就成了这个想法的支持者，在汪道涵的指点下，邹凡扬给上海市政府和国家广电部部长写信陈述建上海广电塔的想法，很快得到了国家广电部的支持，发函上海市委、市政府：

上海是我国第一大城市，经济、文化、科技等在国内外都处于领先地位，工业和经济基础好，对全国的四化建设起了重要作用。但上海的广播和电视，长期以来处于落后状态，和上海的地位、四化建设的形势不适应。近年来有些省市广播电视发展很快，上海落后了。要下决心，加快步伐，科学地进行规划，把上海的广播电视事业搞上去。还要考虑成立以上海为中心的经济协作区的新形势，为长江三角洲经济文化建设服务。上海的广播电视应该搞得好一些，先进一些，这是考虑问题的出发点。

这个批示的核心意思非常清楚：支持上海搞广播电视高塔！

有了这个"国家意见"，上海立即着手选址，先是有人建议在人民广场，但马上被否了，理由是：在未来的市政府旁竖这么个"高高在上"的塔，显然不合适。又有人建议在南京西路、静安公园及黄浦江与苏州河交汇地的原英国驻华总领事馆所在地。考虑到"高塔"基座周边一定要有一块大绿地，而这些地方皆腾不出与高塔相配的绿地面积。

"浦东！干脆到浦东！那个地方有的是空地，而且发射的覆盖范围更远……"最早提出这个方案的仍然是邹凡扬。"其实我一开始就有在浦东盖高塔的愿望，但怕人家说我是浦东人，所以一直把心里话压在了肚子里不敢说。"邹凡扬后来说。

正在为选址苦恼的龚学平一听老邹的建议，顿时兴奋起来："我看可以！"

事后，龚学平在遇见市长汪道涵时，悄悄地汇报了"想去浦东"的想法，

汪道涵笑了笑，说道："去吧，先看看那边的地基怎样。"

第二天就带领一帮人乘轮渡穿过黄浦江，踏上了陆家嘴的田埂与小径……哎呀，这个地方真要建个高塔，看来难度还不小嘛！龚学平望着空旷的荒地上零星的厂房和民宅，心头有些惆怅。

那个时候的上海人中，有关"浦东开发"的概念，也只有在汪道涵等几位高层领导心中思考，多数上海人还不敢去展望这"宏伟蓝图"，龚学平也不例外。他此番察看浦东，只是为了建高塔，离"开发浦东"的思路还很遥远。然而，他这无心插柳却成了之后"浦东开发"史上的第一个特别优美而脆响的音符，"东方明珠"由此也在浦东大地上奏起了属于自己的独特旋律。

1994年9月20日，"东方明珠"亮了！

那一个夜晚，正好是中秋节。当明月高照时，屹立在浦东陆家嘴中心地带的上海人民盼望已久的"明珠"，闪亮登场——"几乎所有的市民都走出家门，跑到外滩，跑到弄堂口，站在马路上，朝浦东方向望去……那明珠太美太亮，照得我们心花怒放，仿佛迎来一个新世纪。"

对于上海人来说，这是一件满载荣光的事。他们的脸上金光闪闪，见着这么高的塔，想象着上海的未来，便骄傲起来。那份骄傲是在上海的历史和现在的时间里慢慢长大起来的。

站在"东方明珠"上极目远眺，上海景色尽收眼底，原来的高楼大厦，现在都显得矮小了许多，蜿蜒的黄浦江上，巨轮如梭，连绵入海。"东方明珠"的光亮给开放初期的浦东带来了更大的信心和勇气。

我和一个上海人站在东方明珠的底座上，风一阵一阵地吹过，天上的云飘荡着，我们谈论着城市所发生的一些经历，分析一条河到底有多大的用途，从中明白了人的天性一般的规则，那就是想要抓住那一瞬间，一辈子便会陶醉在其中。

任何历史都会有个阶段，任何书写也都会收尾。关于浦东开发开放史也是一样。如果从孙中山先生的《建国方略》算起，至少也有一百多年。其间，有多少有识之士为之倾注热情与精力，也有多少努力和心血付诸东流。所以这一切也说明，浦东开放非一日之功。它连着大上海的命运，同样也连着中华民族的命运。

  30多年的发展，我们看到今天的它，似乎有一种"完成使命"的感觉——因为它已经在一片农田和烂泥滩上，建起了一座可以与世界任何现代化城市媲美、比酷的城市。然而一座城市的扬名和不朽，并非以10年、20年的短期崛起和暂时的领先作为标志，尽管像英国城市学家彼得·霍尔先生曾提出过"城市黄金时期"（Urban Golden Age）的理论概念，他认为一些重要的著名城市在自己的发展中都有一段10~20年的高速崛起期，因而他把这个时间段称为这个城市的"黄金时期"。按此理论，浦东似乎也完成了"黄金时期"的使命。

  从上海的地图上，可见绵延数百里的苏州河、浩荡蜿蜒的黄浦江，以及惊涛拍岸的滔滔长江……这些与生俱来的通江达海、得天独厚的地理方位，让这个城市依水而生，伴水而兴，顺水而昌，从渔村小巷出发，孕育出海纳百川、追求卓越、开明睿智、大气谦和的东方城市的独特精神。

  正是这滚滚长江水，苏联共产党人才在一个世纪前的1920年后来到上海，建立了"共产国际东亚局"书记处。那个叫维经斯基的共产党人亲自出任执行局主席，并带来了马克思列宁主义以及《共产党宣言》；正是这浩浩长江水，年轻一代中国知识分子借着黄浦江的夜色，从十六铺码头，进入兴业路76号的石库门，缔建了中国共产党。是上海的水，凝成了红色的水——那是中华民族走向光明的血液！由此才使苦难的中华民族摆脱了"三座大山"的压迫，建立了中华人民共和国，才有了我们幸福而美好的今天。

  上海的水，自然有它的源与根。这源与根，来自堪称上海"老宅"和"后院"的浙北崇山峻岭间的西苕溪流，以及蓄纳苏南腹地太湖一带的清塘碧湖，再流经黄浦江和苏州河，然后"哗哗""潺潺""咚咚"地进入千家万户……这水是清涟的、淡泊的，甚至还有点湖草的腥味。这是真正的江南水，它带着泰伯和言子等先人之气，以及青山沟谷、江河塘浜所孕育的平和与宁静，又积淀了内涵生动丰富的苏浙地域传统文化的柔润和丰韵。这样的江南之水，是江南人才喜欢的那种隽永"味道"。这"味道"渗入每一条弄堂，飘进每一户灶头，甚至摇曳在女人的旗袍舞动之中……

一个城市的伟大和不朽，需要千年万年的打磨。未来的城市，则更需要多元文化的共同融合、浸染、勃兴、催力和发轫后的智慧与高远、多彩与丰富、宽广与纵深。

但是，如同上海迄今为止获得的所有成就均有赖于长江的支持和依托一样，未来岁月关于经济开发的全部蓝图，又怎么离得开长江自身的状态呢？

也就是说，假如长江中上游的沙化得不到控制，森林禁伐只是一纸空文；假如长江中下游河道的挖沙船仍然横行霸道；假如每天仍有5000多万吨废水排进长江；假如洞庭湖继续萎缩，太湖黑臭期不断延长；假如中央用于加固长江堤防的专款，还在被挪用侵占……那么，关于长江未来的各种可能中，就决不能排除长江生态环境全面恶化的可能，人类的宏伟设想将一一付诸东流。

我们还将向长江索取多少？索取多久？人啊，多少才算够？我们什么时候才能有一部《长江宣言》，向苍天大地报告中华民族呵护长江这条母亲河的精神和行动？

早在2000年3月，上海市政府批准建立了长江上游九段沙湿地自然保护区。九段沙已经变成较大面积的陆地，苍老燕雀像一阵风落在嫩绿的草地上，在求偶飞行时彼此追逐。在一眼看不到的漫漫水天处，长江与东海的区隔是长江水文观察五十号浮标。江海同体，水天一色，远方飞天而来的黑天鹅，比海洋还美丽。

长江从这里入海，我想这也是长江的繁华。

和平长江

长风破浪

　　我们不要过分陶醉于我们对自然界的胜利。对于每一次这样的胜利，自然界都会报复我们。

长风破浪

第四章

水经歌

中午的阳光有些火辣。图书馆全是黑乎乎的人头。她的头是昂着的，肩胛骨微耸，两手抱着一本又厚又破的书。见我走进来，她陡然转过头来。"你要的书我帮你找到了。"她是江西省图书馆的图书管理员。我不记得来过这里多少次了，有时候来借书，有时候是查阅资料。珍贵的图书是不允许借走的，怕借出去后遗失或者缺页损坏，所以只能带着本子和笔来，把自己想要的东西摘抄下来。

我在《水经注》里看到了河山青秀，也看到了人类与自然残酷搏斗的身影。

人类自进入农耕社会至今，经济发展突飞猛进。全球人口的快速增长、经济全球化、科学技术的飞速发展、全球气候变化，这些都对人类和大自然产生了很大的影响。人类的活动，对地球产生了极大的影响，比如全球气候变暖，生物种类急剧减少，等等。

我十几岁的时候，开始寻找自己的第一滴水。我见着一滴又一滴的水，落入小溪中，与溪水混合在一起，就形成了一条河流。我家乡的那条极小的河流入修河，修河流入鄱阳湖。慢慢地，我发现河流两岸的树木和花朵，都与那一滴水有关。

慢慢地，随着年龄长大，我发现那滴水一直留在自己的体内，在身体的内部沿着血脉到处跑。我总在想，那一滴水可能就是我的品性，它晶莹剔透，在某个角落里注视着我生活的每一天。我也会想，那滴水可能是从我母亲体内落到我的体内的，我生来便有那滴水的存在。决定一个人一生的，便是开始的那滴水，那滴水会决定你的人生，也会决定你的未来。

水是生命之源，也是国家之源。从大禹治水的远古传说，到时下的抗洪救灾，治水一直与中国相伴。习近平总书记指出："在我们五千多年中华文明史中，一些地方几度繁华、几度衰落。历史上很多兴和衰都是连着发生的。要想国泰民安、岁稔年丰，必须善于治水。"基于治水的内生性需求，形成的社会治水与中国治水活动，不但塑造着中国的社会性和国家性，还形塑着中国特有的社会治理和国家治理。

> 长江是一条不羁的河流，从远古传说至洪痕遗存，都证明它经受过无数次的洪水肆虐，每一次都造成动辄数十万顷良田尽成泽国，数百万生灵流离失所。大量的史籍记载证明，这里曾经赤地千里，人迹萧索。

那是一个冷雨凄风的春日，我到古城荆州采访，青灰色的老城墙在午后的细雨中静默着，远远看去显得安详又落寞。采访的路上，我们驾驶的车偶然驶上了距离古城不到一千米的荆江大堤。大堤两侧青草覆盖，一层一层的草蔓延在墙壁上，偶有几头黄牛在护坡上悠然地吃着草，放眼望去，宛若坝上草原般令人迷醉，若不经人提醒，你很难看出这是一座防洪的大堤。

1998年，荆江大堤牵动长江抗洪抢险大局。当时为了确保两岸的安全，是否动用荆江分洪区牵动着全国人民的神经。始建于东晋的荆江大堤，它束起荆江肆虐的河水，默默守护着江汉平原的土地。荆江大堤就是一部活的历史，向我们讲述着千百年来生活在这里的百姓和洪水抗争的历史。沿堤遍布的文物古迹，以及绵延不绝的祭祀文化，也让大堤的形象丰满起来。

李白在《渡荆门送别》中写道："渡远荆门外，来从楚国游。山随平野尽，江入大荒流。"

"当然，不是住在岸边的人们，是很难见着长江愤怒时的样子的。"荆州的一位大叔说。因为长江的流动是悄无声息的，但是很快，就会喧哗，发出断裂的声音，咆哮轰鸣。这时候，水面上就会漂着一些动物，还有一些棚子……

长江在孕育中华文明的同时，也给民族留下了有关水患的伤痛。洪水对人民生命财产、国民经济建设均造成严重威胁，影响社会、经济的稳定和发展。长江流域一直以来是我国政治、经济、文化、军事的重要地区。因此，江河防洪是古往今来关系人民安危和国家兴衰的大事。

传说早在尧舜时，神州大地发生过全国性的洪水。孟子说："当尧之时，洪水泛滥于天下。"

> 关于长江洪灾最早的文字记载是汉代。
> 《汉书·高后纪》记载汉高后吕雉三年（前185年）："夏，江水，汉水溢，流民四千余家。"
> 《汉书·高后纪》又记载五年后（前180年）："夏，江水、汉水溢，流万余家"。

据朱汝兰的《长江传》记载，隋唐宋时期，由于北方人口大量南移，与水争地加剧，逐渐在江湖围筑堤垸，因此洪灾渐多。在重庆忠县长江岸边石壁上有两处洪痕石刻，记述了"绍兴二十三年癸酉六月二十六日水泛涨"情况。这是目前已发现的最早的洪水题记，是不可多得的历史洪水记录。南宋理宗宝庆三年（1227年），长江上游又发生特大洪水。

从历史洪水事件来看，长江洪水面积大，水位高，持续时间长，造成的危害大。

1153年的洪水主要来自沱江、涪江和嘉陵江下游，属于流域性大水，长江中下游支流也有大水，中游主要在沅江一带，下游主要在水阳江和太湖流域。这次洪水使沱江上的金堂县被冲毁庐舍数千户，涪江上的潼川府（今四川三台县）城内外民舍全浸水中。

1227年洪水主要来自川江，属区域性洪水，推算宜昌最大洪峰流量为96300立方米每秒。

元明清时期，长江流域成为全国经济文化最发达的地区之一，与之俱来的洪水灾害也显著增多，荆州河段的洪水威胁严重。从1788年至1870年不到一百年中，就发生过1788年、1860年和1870年三次百年一遇的洪水。

1870年，嘉陵江流域洪水持续时间最长。推算宜昌最大洪峰流量10.5万立方米每秒。这次洪水荆江溃口，南岸的原松滋县、庞家湾、黄家浦因大堤溃决形成松滋河。

民国时期，长江中下游平原区的洪水灾害越演越烈。1931年洪水峰高量大，洪灾遍及湖北、湖南、江西、安徽、江苏、浙江、河南7省，共205个县。受灾面积15万余平方千米，淹没农田5000多万亩，灾民达2800多万，其中被洪水夺去生命的有14.5万余人，水灾后因饥饿、瘟疫而死的人更是不计其数。

在人类发展的过程中，在中华民族生生不息的漫长岁月里，人们依托着长江中下游这一片金色的土地，依托着长江这一黄金水道，依托着长江的滴滴甘泉，在这里繁衍生息。然而，长江似乎觉察到了人类的一些不纯举动，有时会暴怒，以此来报复和惩罚人类。

洞庭湖是个天意注定广阔而深邃的湖。

1977年，文物考古队在常德市北20千米的南坪岗棕黄色的泥土中发掘出三件石器，石器打造得较为精细，刃口有微弱的磨剥痕迹，很可能是旧石器晚期的遗物。一个合理的推测是，当更新世末期或者更早一些，华夏大地的古人类便已经在湖畔休养生息了。这里显然是理想的渔猎之地，湖周有山，山上草木茂盛，动物出没。

有文献资料记载，2500年间，荆江分洪入湖所带的泥沙，湘、资、沅、澧四水上游水土流失，人类在湖区寸土必争地围湖垦殖，使洞庭湖产生越来越多的沉积物，无不重重地打上环境恶化的烙印。

洞庭湖的出现，使长江有了吞吐洪水的容积，可伟大的洞庭湖却低估了人性的贪婪与自私。洞庭湖为此而加速隐退。但洞庭湖精心保存的已发现和未发现的古人类遗址，证明着湖与人曾经相亲相爱，人的历史因为水的历史而鲜活。

4000余年前尧舜时代的大洪水，震荡着洞庭湖，湖盆之内汪洋浩渺，水天一色。

东汉末年，洞庭湖似乎遇到了一次危机，西洞庭因长期淤积，加上围垦使湖面缩小，湖泊水位因之被壅而高出荆江。《水经》记载：油水下游改从孱陵以北"东北入于江"。

洞庭湖的危机到东晋、南朝时，更有增无减。湖高江低，江不入湖的江湖格局，到唐朝时依然如此。贾至任岳州司马时写深秋后的洞庭湖"月明湘水白，霜落洞庭干"。

元代时，人们对洞庭湖有了一些深刻的反思，对宋时"保民田以入官，筑江堤以防水"的"荆南留屯之计"不乏批判。认为是"射小利，害大谋，急近功，遗远患。"

明清是洞庭湖围垦的高潮，也是洞庭湖泛滥日趋频繁深重的时代。

洞庭湖在此进入一个怪圈：围垦使土地增加了，可缓解人口增多、难民遍野所引起的粮食危机，也可充实国库，弥补度支。但随之而来的必定是因着湖区沦陷而导致的洪涝水患，民不聊生。

有人说，长江洪水是生态破坏造成的，这并不正确。原因是长江属雨洪河流，长江洪水由暴雨形成，高山融雪仅对局部地区形成威胁，大气环流活动是形成暴雨的主要因素，生态原因只能退居其次，但保护生态，搞好各支流上游的水土保持，提高植被覆盖率，对减轻和缓解长江的洪水灾害有着重要的作用。

1999年5月，国务院批准的《关于加强长江近期防洪建设的若干意见》强调指出：长江防洪建设关系国民经济和社会发展全局，关系人民生命财产安全。根据长江的特性及其洪水特点，长江防洪应采取综合措施，逐步建成以堤防为基础，三峡工程为骨干，干支流水库、蓄滞洪区、河道整治相配套，结合封山育林、退耕还林、平垸行洪、退田还湖、水土保持等措施以及其他非工程防洪措施构成的综合防洪体系。

文件再次指出长江流域防洪的重点是中下游地区，明确要求："该体系建成后可防御1954年洪水，荆江河段达到百年一遇防洪标准。"

这是一幅绚丽的长江安澜宏图。

长江流域由于地域辽阔，季风活动显著异常时有发生，造成长江流域初夏梅雨季节和盛夏集中降雨季节的长短及降雨量多寡差异甚大。在

地形条件、农作物生长和人类活动等因素影响下，形成不同程度的旱涝灾害。

汉惠帝五年（前190年）时有干旱记载："夏，大旱，江河水少，溪谷绝。"

大量史料记载，1671年、1679年、1778年、1835年，都是典型的旱灾年份。

清代，四川曾连续四年（1646—1649年）大旱。"全蜀大饥，人相食，逃亡殆尽，畜无遗种"。1785年，长江中下游各省都大旱，"草木树皮搜食殆尽，流民载道，饥殍盈野。"

1924—1925年，贵州干旱，"米珠薪桂，瘟疫流行，死者枕藉，开万人坑掩埋。"

1934年，鄂、湘、赣、皖、苏干旱，受灾农田约1亿亩，其中减产达80%左右。

太湖号称"江南水乡"，当时河道也已干枯。农田由于缺水，一片荒芜。农民扶老携幼，背井离乡，沿途乞食。

> 1949年前，长江流域上海、江苏、浙江、安徽、江西、湖南、湖北、四川、贵州、云南等10个省市约190个县流行血吸虫病。初步估计，直接受威胁1亿人以上，感染血吸虫病的有1000万人以上。

泛滥、枯水，我们不知道未来的长江还会发生什么。我们对于长江的认识，仍然局限于为人而用的今天，无论什么样的专家说的都是只言片语。

覆舟之水不见了，载舟之水也没有了。

谁也不敢肯定长江在未来的岁月中，还会发生怎样的灾难。

长江的清澈、美丽正在飘逝而去。我们在向长江索取的同时，应该清醒地认识到，保护长江是天下人之责。

1998年已成为历史。这年夏天，长江发生了1954年以来又一次流域性大洪水。

这场抗洪抢险战斗，是人类与自然的严酷斗争。其英雄气概，不朽业绩，惊天地，泣鬼神！被称为中国史上，乃至世界史上，人与自然最为罕见的战役。百万血肉之躯，砥柱中流，威武雄壮。

这一年，长江流域气候反常，出现大面积强降雨。先是下游强降雨，后是中下游暴雨，最后是上游暴雨。因此中下游水位先涨，呈顶托之势。上游洪峰下来后，呈峰连峰、峰叠峰之势，上下南北拉锯，酿成了长江流域严重的洪涝灾害。时隔多年，家住江西九江的张大婶回忆起当时的情形，依然心有余悸。那一夜暴雨在耳畔轰响，滔滔的洪水翻滚着，冲进了江边的屋子，家里的物什都漂浮在水面上。"市民的心里真像是在火上炙烤一样。"

科学家、气象学家、水文水利专家们认为：造成大洪灾的直接原因是气候异常。但人类对生态的破坏、围垦造田、乱砍滥伐等，无疑加剧了灾害的严重性。

7月初，长江干堤突破警戒水位的江段已达1452千米，湖北省已有100万以上的军民上堤。

长江流域九江境内，与鄱阳湖和赣、鄂、皖三省毗连的河流汇集，百川归海，水势浩渺。九江年降雨量1300~1600毫米，降雨集中，暴雨频繁，极易发生洪涝灾害。据府县志记载，从唐宪宗元和九年（814年）至清同治九年（1870年）的1000多年中，九江发生具有极大破坏性水灾就有24次。古浔阳城在隋开皇年间被洪水淹没，不得不弃城东迁，这是九江历史上规模最大的一次城池动迁。九江因江湖水位双重施压和洪水长时间浸泡，城区干堤出现决口，凶猛的洪水瞬间涌向九江城区。

中央领导心急如焚。长江，情牵中南海。7月4日，时任国务院总理朱镕基南下视察汛情最为危急的江西、湖北两省，明确指出："一定要确保长江大堤万无一失。"

此刻，国家防总已紧急从各方调运防汛物资。中央军委已紧急命令广州、济南、南京军区派军车昼夜兼程，奔赴抗洪抢险前线。

与洪水搏斗，已演化为和平年代人与自然的一场现代化战争。

"泥巴裹满裤腿，汗水湿透衣背，我不知道你是谁，我却知道你为了谁……"这首家喻户晓的歌曲《为了谁》，赞颂的正是在1998年特大洪水中奋不顾身的人民子弟兵。

在湖北嘉鱼簰洲湾九八抗洪纪念馆，陈列着橡皮艇、水壶、臂章、救生圈等展品。一件件实物、一帧帧影像、一幅幅照片，向人们诉说着当年人民子弟兵奋不顾身、抗洪抢险的事迹。

1998年8月1日，嘉鱼簰洲湾民垸决口，前去抢险的空军某高炮团一连被洪水冲散。生死关头，指导员高建成脱下救生衣给了不会水的新兵，自己又跳下水与战友一同救起一对60多岁的老夫妻。巨浪中，高建成奋力先后把两位战友推向大树，自己却因力尽而牺牲……

九江是一座水上的城市，地处长江中下游分界段、鄱阳湖湖口，自古便是重要的水运枢纽。江西152千米长江岸线全部在九江境内，构成了九江的生态基底、文化根基和经济形态。然而，也是洪灾易发地。

1998年8月7日，是长江九江大堤超过警戒水位的第45天。之前，因受第二号台风影响，九江水位陡然升至22.84米，超过警戒水位3.34米。

汹涌的洪水，粗暴蛮横地冲击着已经松软的长江大堤，一股股暗流化作泡泉涌出。

13时50分许，意外发生了！九江长江大堤四五号闸口处突发溃堤！

肆虐的洪水如脱缰的野马，汹涌而出，发出巨大的轰鸣声。情急之中，人们迅速将一辆载满货物的大卡车推向了决口，只听"轰隆"一声，激流中溅起一个浪花，卡车被冲得不见踪迹。很快又调来两条大型水泥趸船堵塞决口，但仍未能降住洪魔，防洪墙被撕开一道50多米的决口，沉重的趸船像一叶小舟顺流而下，一头冲进一家厂房。此刻，洪水以7米的落差扑向九江市区……

一夜之间，石破天惊，堤溃人淹！刹那间，江边繁荣的大街，成了可以行船的河床。街心漂着木盆、胶鞋、木板等杂物。有的市民拖儿带女，用三轮车、自行车拖着电视机、被褥、灶具等物件向市区高处转移。

当南京部队舟桥旅，江西省、九江市的武警、公安和省军区战士乘着冲锋舟闻讯赶来时，决堤口的波涛张牙舞爪朝着洲上万户人家猛扑过来。当地的群众这样告诉我们，那声音在锅底般的黑夜中听来好像火车轰隆隆滚动的声音。洪涛过处，屋倒树翻，洪水直逼村头村尾，不到几个小时，滚滚波涛就流遍了这座方圆40多平方千米的长江冲积洲。当晚，救援的武警打着手电，抢救趴在屋顶、树梢上的群众，那情景极像《泰坦尼克号》沉船时的情景："有人吗？有人没有？"江水冲倒房屋的声音如同放鞭炮似的劈劈啪啪大大盖过了救援者和呼救者的声音。站在决堤口，看着长江之水急速奔去，决口中的房屋转瞬即逝，只留下一堵摇摇晃晃的高墙。人们从堤上走过，都能隐隐感受到大地被江水掏空和撕裂后的震动。出事当日，许多难民跑到跳板上，踮起脚尖，抱头痛哭："我现在什么都没有了呀！"

"空军部队上！"驻浔空军某场站和航空兵某团主动请战。

"我们上！我们上！"官兵们群情振奋，冲向决口。

"站住！不要命了！往后撤，撤！"

决口处传来嘶哑的声音，一位胸前别着现场总指挥牌子的陆军大校挡在了空军官兵面前。

"为什么不穿救生衣？为什么不穿救生衣！"大校声音不大，火气很大，连续追问。

"我们接到命令就火速赶来，救生衣不够用！"带队的场站领导回答。

大校听罢，火气有所消减，紧锁眉头。片刻，他抬腕看眼手表，果断地对跟随的参谋道："命令红军团10分钟赶到决口，要全部穿上救生衣，一个都不能少！"说完，他转身指着前方不远处的大堤闸口，说："空军战友们，前面这段800米堤坝，就交给你们了，这是场硬仗、恶仗！"

那天晚上10时许，在九江长江大堤出现动人一幕，一对刚刚举行婚礼的新郎新娘来到空军某部守护的800米大堤，与战友们一道巡堤排险，在江堤上度过新婚之夜。

新郎叫徐建木，是驻九江空军某部汽车连副连长。新娘袁荼玉，系九江市华鹰寻呼台的寻呼员，他俩的婚期原定在7月初。由于长江发生特大

◎ '98抗洪

1998年夏，我国江南、华南大部分地区及北方局部发生了有史以来的特大洪水，在这场抗洪抢险斗争中，形成了"万众一心、众志成城，不怕困难、顽强拼搏，坚韧不拔、敢于胜利"的伟大抗洪精神。

洪水，徐建木主动推迟婚期，跟随部队抗洪抢险。后来，双方家人又把他俩的婚期改在了8月8日。8月7日晚，徐建木所在的部队奉命奔赴九江长江大堤抗洪抢险，他本想再次推迟婚期，追随部队上长江大堤。部队领导得知他俩举行婚礼的时间已通知亲友，没有批准他的请求。

徐建木已经打定主意。当晚，婚礼如期进行。在布置一新的洞房里，徐建木心神不安，面对新娘几次欲言又止。新娘袁茶玉理解新郎的心情，她默默地装了一大包香烟和糖果，善解人意地说："建木，我随你！走，我们一起上大堤！"徐建木脸上这才露出了笑容。新郎新娘蹚水来到大堤，给连续多日奋战在大堤上的战友们点上香烟，送上喜糖。

突然，大堤内侧发现泡泉，新郎徐建木立即和战友们跳入水中，紧急排险……

1998年，袁展满9岁。回忆起那个远去的场景，眼前就像是在播放一场电影。九江溃口，他被困在自家的屋顶上，脚下是三层楼高的滔滔洪水。"我记得消防战士乘着冲锋舟来救我们，那一刻起，我就想做他们那样的人。"

如今，袁展满已成长为九江市消防救援支队的一名消防员。2020年，当洪水再一次来袭时，他第一时间加入了抗洪抢险。他说："这一次，换我来保护父老乡亲。"2020年，九江市消防救援支队被授予"时代楷模"称号，支队负责人说："我们将坚持人民至上、生命至上的理念，弘扬抗洪精神，更好地服务人民。"

> 这是一场人与自然的生死对话，也是一场让世界惊叹的史无前例的大决战。九江胜利封堵长达60余米决口的成功，创造了人类抗洪史上的奇迹。九江抗洪应该说是血肉筑成的丰碑，这场斗争中形成的"万众一心、众志成城，不怕困难、顽强拼搏，坚韧不拔、敢于胜利"的伟大抗洪精神，更值得用光影永恒地镌刻下来，供后人重温和铭记。

1998年长江抗洪取得了伟大的胜利，也敲响了警钟。长江大洪水后，长江在未来可能会出现的生态灾变、环境状况，引起了中国乃至世界的关注。这场洪水对人类来说就是灾难，对长江而言何尝不是幸事？

　　一切证明长江时刻面临危机，人们随时饱受洪灾之苦。因为水患带来的灾难，人们对治水有功的人物崇拜，甚至将其拔高到神话高度，并对他们予以供养祭祀，到明清时期更成为风尚。

　　如今的九江，现代化的街道，汽车缓缓前行，长江水岸的琵琶亭上灯火透明，月光下，听到的是"浔阳江头夜送客"，看到的是天上的星辰和人间永不灭的灯火。虽然不如太阳那样辉煌，也不如月亮那样清澈，但它们把梦幻般的光洒在长江上。

中国三峡

> 长江是世界上最雄浑的河流，三峡是长江上最激荡的河段。千秋万代，不尽长江滚滚来，流至三峡，绝壁对峙，雄奇险峻，峡谷幽深，峰回路转，滩多流急，惊涛汹涌，呼啸东去，数山水世界之最；而名胜古迹，风土人情，文化遗产，源远流长，沉博绝丽，乃举世闻名。

华夏的名山大川何其多也，但如今最让人揪心、最让人关注的莫过于长江三峡。为什么？因为那条大江，在一个叫三斗坪的地方，被一道世界上最高的大坝拦腰截断，蓄积成茫茫的水库。

一条江奔流激荡了几千万年，也应该累了，也应该停下来思考了。一个民族走到一定的历史阶段，也应该有个宁静的沉思过程，中国人曾引以为豪的"历史悠久，地大物博"，如热血般奔流激荡了一代代的精神河流，似乎也应该来一汪湖水般沉静的实用美学，给自己精神之外的家园以思考，给走过的风雨阳光以映照。

在去三峡的路上，我遇到一个无话不谈的朋友。他家就住湖北荆州城内，平常的职业是老师，他经常会一个人出门，不透一点口风，突然开始一场无人可知的旅行。当然，家人知道他的目的，总是希望他能够结伴而行，这样会免除一些家人的担心。他结识的伙伴多是陌生人，大可夸夸其谈。一路上，他一直在跟我谈风水，说风水是一门历史悠久的玄术。我开玩笑地说："你不会把你信以为真的风水传授给你的学生吧！""这是我个人的兴趣，完全而彻底的兴趣。"他说。

我至今记得第一次和他见面时的那个下午，他戴着一副暗黑色的眼镜，背着一个硕大的背包，身上散发着一股奇怪的汗味。一头卷发，掩盖着半边脸。下巴上粗糙的胡子，像是几天没有刮过。他笑着说："我过的是野外的生活。"我知道他夜晚就住在野外，背包里有帐篷，还有一些生活的设施。他开始并不信任我，和我说话时总是带着嘲讽。在三峡的堤坝上，他住了两晚。这还不算什么，在一处山坳处，他住了几个晚上。他说，有些时候半夜醒来，居然忘记了是在野外，以为在做梦，差点就跌入大江。这种惊险的经历，恐怕一般人是不敢去体验的。可是他喜欢，可能遇上自己喜欢的事情，就不会有畏惧的心理。

我问他为什么要有这样的体验，他说，这完全是个人的兴趣。可他并不想把这种体验传递给别人。我想，这也不算是孤独吧，因为他在行走的时候，还是会结交一些路人作为同行的伙伴，有时候是短暂的行程和短暂的交流，有时候会持续好几天。

他问我去三峡干什么，我说，自己也不知道是干什么的。我想对长江有更深刻的了解，可我只能是走马观花地看看。很多的东西就这样从身边遗落了。"你可以像我这样，在野外住一晚上，明天早上起来，你就会有不同的感受。"我嫌热，又害怕蛇，还有其他的动物，生怕半夜发生意外，那样的话就得不偿失了。他大概理解我的顾虑，能从我胆怯的神情里感到我对陌生环境的害怕。不过，我的直白反而赢得了他的好感。"你要是不害怕，晚上去我那喝一杯。""你打算住哪呢？""你看，那一片地。你可以放心的。"他指着一片较宽阔的地方说。我住的地方离他搭帐篷的地方有点远，本不打算去的，早早躺在床上翻来覆去睡不着觉。我是一个人出来的，连个说话的人都没有。所以，还是决定去看看，就当是看看这夜晚的三峡。

夜晚眺望三峡，近处灯火通明，更远点的地方黑漆漆的。帐篷里不见光，走近点，看见他就坐在帐篷边上不远的地方。屁股下是一条简易的凳子，看起来很简易，承重力很强。他见我走近，站了起来。"我有下酒的料。"一边说着，一边走进帐篷。帐篷四周系着钢丝，遇上大风也不会被轻易刮走。

帐篷的材质也很好。"一个人住在这不害怕吗？"我问。"没有什么害怕的。"他说。当然，夜宿在外要学会观天气，天气实在不好的时候，帐篷就只能搭在室内了。"来，喝一杯。"我正打算拒绝，但他那小得不能再小的酒杯让我没有了拒绝的理由，两个拇指大的酒杯，一瓶二两装的酒，下酒的是小半包花生。这和我爷爷喝酒摆的阵势一样。我小的时候，爷爷也是一小杯酒，几粒花生米，大概就是充满幸福的一种生活。"你慢点。"他的话只说了一半。我端起酒杯，一饮而尽。好辣，辣得呛鼻。酒是好酒，酒劲很足。

我们又开始聊风水，他说，风水的核心思想是人与大自然的和谐，达到"天人合一"。"风水，从好的方面说，具有最高影响力，使人与土地保持和谐的关系，有如鸟与空气、鱼与水的关系一样，建筑物都与环境协调。城墙顺着高山低谷的走势蜿蜒起伏，并未显出与自然风貌相冲突的痕迹，而鲁莽的西方风格则疏于此道……"其实，早在1883年的时候，一个欧洲人来到中国，见到三峡后，曾经发出这样的感想：在欧洲，特别是在美洲，当你凝视最美丽的风景时，那些生硬的人造工程，常常让你兴致大减……但是在这里，在中国偏远的西南，人类与自然的和谐没有遭到人为的破坏。"也就是说，这个地方的风水好，好风水是能够造福人类的。"他的这句话，让我对风水有了新的认识。我以前认为，风水可能是单一指环境好。

从古至今，人类对未知的世界始终怀有猎奇之欲。层出不穷的新发现为我们揭示了宇宙和大地的秘密，更为科学研究提供了真实的凭证。当时代前行到今天，世界的变化已经是天翻地覆，现代科技突飞猛进，一点一点地改变着人类的生活方式。然而，我们在享受财富和便捷的同时，也开始品尝着日益严重的生态危机带来的后果。这迫使人类不得不重新认识自然，与自然和平相处。

和平并不意味着不发生战争，在人类文明史上，或者说在观察大自然的生存法则时，和平的意义其实是道法自然。

三峡工程的建设改造了人类未来的生活。应该说，这是人类劳动和智慧的双重结晶。

1919年孙中山在《实业计划》中提出："以闸堰其水，使舟得以溯流而行，而又可资其水力"，他的这一设想着重改善河道、发展水运和利用水能。1924年，他在《民生主义》一文中进一步阐述了开发三峡水力资源的重要性，他说："像扬子江上游夔峡的水力，更是很大。有人考察由宜昌到万县一带的水力，可以发生3000余万匹马力的电力，像这样大的电力，比现在各国发生的电力都要大得多。"

　　这个构想，直到1994年12月14日三峡工程正式开工，中间跨越了75年的时间。"其实这个时间不算久远，大事不是一代人能够完成的。"朋友说。我们一边喝酒一边想象着，其实时间就在一明一暗间一天又过一天。人就在这一天又一天中不断地创造和改造，谁也不会想到，未来还有着怎样的巨变。

　　朋友说，他每年都会利用假期到三峡库区住上几天。做一些调查，所以对于"三峡大坝"的建设情况也是熟悉的。"长江三峡河段水能丰富，又是沟通西南与华中、华东地区的重要通道，因此开发三峡河段水能、改善川江航运条件早为人们所瞩目。"

> 　　长江水利委员会相关资料和朱汝兰的《长江传》记载，真正对三峡工程进行初步研究，始于20世纪30年代初期。1930年，国民政府工商部曾有一个在长江上游筹设水电厂的计划，但对坝区的勘测工作始终未能进行。

　　1932年10月，国民政府建设委员会组织了长江上游水力发电勘测队，经过两个月的考察，从供电范围、技术条件考虑，又比较了几处方案，推荐在湖北省宜昌上游的葛洲坝或黄陵庙，拟建一座水头12.8米，装机容量30万千瓦，设有通航船闸的枢纽，编写了《扬子江上游水力发电勘测报告》，国民政府交通部1933年5月批复"所呈计划尚属详明，应予存案备查"。到1936年，扬子江水利委员会顾问、奥地利籍工程师白郎都在研究改良三峡航道、开发三峡水力资源问题后说了实话，当时"社会经济状况凋敝，是项巨大工程，殊难举办，即或成功，而是项巨量电力亦不易推销"，问题又搁置。

1944年，美国经济学家潘绥建议在三峡建一座装机容量为1050万千瓦的水力发电厂，利用廉价的水电兴办肥料厂。当时正值美国存在农业肥料不足的严重情况，建议由美国投资并提供器材设备，以生产的肥料偿还债务，计划15年还清全部贷款，建一座落差为120米的坝。

这一年5月，江南大地到处是浓浓绿意。国民政府资源委员会邀请美国垦务局设计总工程师、世界著名坝工专家萨凡奇来华。萨凡奇被誉为美国内务部负责水利工程的联邦政府机构垦务局技术上的"五大臣"之一。他胆略超人，提出要在美国西北部哥伦比亚河上建造当时世界上最大的大古力水坝，发电量197千瓦，耗3亿美元。这一计划曾招来一片反对声，有些人认为这如同天方夜谭，跑到那个不毛之地丢那么多钱，近于痴人说梦话。然而，总统罗斯福果断地支持了萨凡奇。大古力水坝以美国历史上前所未有的规模与速度建成，为美国西北部带来了繁荣。二战期间，为美国战时生产提供巨大电力，为二战胜利作出了贡献。到20世纪40年代，萨氏已经建造了60座大坝，当时世界上最大的4座大坝都是他设计的。

1944年春，萨凡奇已经退休。印度当局邀请他审议某个规划，他把这个事情写信告诉了中国的好友张光斗。张光斗对他说，去印度，何不顺道来中国看看。萨氏回信说，此事你说不算数，要去，也得政府出面。于是，张光斗把这件事情告诉了国民政府资源委员会副主任钱昌照，钱昌照立即电邀萨凡奇来华。萨凡奇来华后，提出要到三峡看看。

当时，宜昌已落入日军之手。中国军队凭借三峡天险扼守关隘，相持已达四年。南津关已是日军的前哨阵地，日军飞机不时在峡江巡逻轰炸。政府要员竭力劝阻，萨凡奇却说："生死在所不惜，三峡一定要去。"他还说万一回不来，把他的遗嘱寄给他妹妹就是了。萨凡奇的夫人早已过世，他没有后嗣，唯一亲人是妹妹。无奈，国民政府只好令江防司令吴奇伟保护萨凡奇三峡之行的安全。

> 1944年9月，当萨凡奇花了十天时间实地察看三峡后，已经认定自己看到的是世界上最好的高坝坝址。随后，他苦干了40个昼夜，提出了《扬子江三峡计划初步报告》，即著名的《萨凡奇计划》。

萨凡奇建议在宜昌上游5～15千米范围内的南津关至石牌间选定坝址，建坝壅高长江水位至200米高程，发电1056万千瓦，同时有防洪、灌溉、航运之利。他曾做了5个枢纽布置的比较方案，估计投资都在10亿美元左右，并提出了进一步勘测设计的工作计划。萨凡奇报告的结论认为，"三峡工程关系中国前途至关重要，将鼓舞华中、华西工业之长足进步，将有广泛的职业机会，将提高人民之生活标准，将使中国转弱为强。为中国计，为全球计，建设扬子江三峡计划，实属必要之图也。"同时还计划三峡工程由美国投资，建成后用二分之一电力制造化肥，每年可出产500万吨，售予美国，作为偿还借款之用，不足15年即可还清全部本利。

萨凡奇的方案是以发电为主的综合利用方案，即"多目标开发"，在当时堪称首创。

萨凡奇曾与资源委员会副主任钱昌照讨论了与美国垦务局和田纳西流域管理局技术协作的办法和训练中国技术人员的计划。

1945年，资源委员会邀集有关单位组成三峡水力发电计划技术研究委员会，钱昌照任主任委员，讨论三峡计划。在这期间，《萨凡奇计划》辗转被推荐给罗斯福，罗斯福将其透露给新闻界——等于将这项世界上最大的水利工程介绍给了全世界，中国、美国，乃至世界上许多国家曾为之关注。

1946年3月，67岁高龄的萨凡奇再次来华，对南津关以上各个坝址进行复勘。回国前，他动情地说："三峡计划是我一生中的得意杰作，如果上帝给我以时日，让我看到三峡工程变为现实，那么，我死后的灵魂一定会在三峡上得到安息！"

在萨凡奇的推动下，三峡工程的勘测加快了步子。

1946年，中国与美国垦务局签订了由该局进行设计的合约。根据萨凡奇的建议，中国派遣了工程技术人员46人前往美国参加三峡工程设计。

1947年，由于众所周知的原因，国民党当局决定停止三峡工程的设计工作。当中国在美国的工程技术人员接到停止三峡工程工作返国的通知时，萨凡奇潸然泪下。

"到了正在建设三峡的时候，这个美国老人已经去世了。"他说。可以说，萨凡奇与三峡工程是存在着实际关联的。一个人对一件事情的热爱，可能不会受到任何客观条件的局限，在他看来，三峡工程可能是赋予人类的一个机遇，这个机遇只有把它创造出来，才会美好。他的个人建树，实际上一直在潜移默化地影响着志同道合之人。

长江流域是中国洪灾最严重的地区之一。中华人民共和国成立后，长江水利委员会一成立，就制订了以防洪为重点的治理长江三阶段的战略规划：第一阶段，增修加固堤防；第二阶段，蓄洪垦殖区建设；第三阶段，兴建山谷水库拦洪。

在漫长的岁月里，三峡工程始终处在孕育的过程中。

1970年底，党中央决定先建葛洲坝水利枢纽，一方面为缓和华中用电紧张的问题，另一方面为三峡工程作"实战准备"。

葛洲坝工程的实践，为三峡工程的设计施工积累了丰富的经验，并成功地解决了主要技术问题，也培养锻炼了一支具有相当水平的大型水利枢纽的设计、施工和科研队伍，为三峡工程作了切实的实战准备。葛洲坝工程曾被誉为"中国的新长城"。

从20世纪80年代初开始，党中央从国家实现四个现代化必须建设一批有后劲的骨干工程的战略出发，又开始重视三峡工程问题。

1980年7月，中国改革开放的总设计师邓小平视察了三峡地区，视察了葛洲坝工程。当听取了时任长江流域规划办公室主任魏廷铮关于三峡工程的设计研究情况后，指示国务院要研究三峡工程问题。对此，国务院组织专家进行了论证。

1984年国务院批准了正常蓄水位150米的三峡工程方案，本来是争取 1986 年正式开工的。正当筹建工作紧锣密鼓地进行时，国内和国际上有些人士提出了一些反对兴建三峡工程的意见，重庆市、当时的交通部对 150 米这个蓄水位也提出异议。

党中央十分重视这些不同意见，决定停止正在进行的三峡工程筹建工作。

1986 年 6 月，中共中央、国务院发出通知，内容是这样的："长江三峡工程是一项举世瞩目、全国人民关心的巨大工程，它的建设对我国四化大业具有深远的影响。中央和国务院对三峡工程采取积极而又十分慎重的态度。30 多年来，我国的有关部门和科学技术人员对三峡工程做了大量的勘测、科研、设计工作，积累了丰富的资料，国务院也曾多次组织专家讨论并原则批准过三峡工程可行性研究报告。但是，这一工程还有一些问题和新的建议需要从经济上、技术上深入研究，整个工程的可行性研究报告尚待进一步论证补充，以求更加细致、精确和稳妥。"

1986 年，邓小平在会见外国记者时说，建设三峡工程总的来说是利大于弊，这是一件造福中华民族子孙后代的大好事。在各种艰难环境和挑战面前，表现出领导人的勇气、胆略、智慧和情感。

水利电力部根据中央指示组织重新论证，聘请各行各业的 412 位专家、学者，其中水利电力系统以外的占一半以上，具有高级技术职称的达 90% 以上，组织了 14 个专题论证组，聘请了 21 名特邀顾问，汇编了 30 万字的《对三峡工程不同意见文章选编》，供论证专家参考。论证的同时，在有关勘测设计、科研部门和高等院校的配合下，进行了大量的补充工作，最后形成 14 个专题报告，其中 9 个报告全体专家一致通过，5 个专题报告有 9 位专家有不同意见，未予签字，并提出了各自的书面意见。

重新论证从 1986 年 6 月开始，至 1989 年 2 月结束，历时两年零八个月。主要结论是："三峡工程对我国四化建设是必要的，工程在技术上可行，经济上合理，建比不建好，早建比晚建有利，建议早作决策。"并据此重编了可行性研究报告，上报国务院。可行性研究报告审查结束后，为了使各界人士对三峡工程有更多的了解，国家组织了多批考察团，赴三峡和有关地区考察，听取有关方面对三峡工程情况的汇报及各方面的意见。

1992年4月3日下午，在北京庄严的人民大会堂，第七届全国人大五次会议最后一次全体会议对《关于兴建长江三峡工程的决议》进行表决。

表决结束后，主持会议的全国人大常委会委员长万里朗声宣布：赞成票超过半数，《关于兴建长江三峡工程的决议》，通过！

话音刚落，掌声骤起。

不少知情代表流下了激动的泪水。

这是中国人民的选择！

1992年的春天，三峡工程上马了。从提出到最后通过兴建的决议，跨越了70余年，几代人付出了大量的精力和心血，还有苏联、美国、加拿大等国家的专家，也参与到了工程的规划、设计和研究当中。投入的人力雄厚、工作量浩繁、决策民主科学。

我们寻找历史的足迹，古今中外，一项伟大的水利工程的兴建，往往带来了地区和国家的经济繁荣，泽及后世，屡见不鲜。

中国的都江堰工程已功垂青史，美国的胡佛大坝日显威力。人们对三峡大坝的兴建，萌生渴求之心。

> 1994年12月14日，世界把目光聚焦到这个亿万年云水激荡的峡谷上。10时整，开工典礼正式开始，军乐队高奏国歌，鲜艳的五星红旗在会场冉冉升起。10时45分，"三峡工程开工！"

顿时，鼓乐齐奏，21响礼炮连续轰鸣，绛红色烟云腾空而起，江上停泊的船只一齐发出欢庆的汽笛声，一串串五彩的气球随风飘起，一群群放飞的鸽子回旋在工地的上空⋯⋯

江泽民在大江截流仪式上讲道：

自古以来，中华民族就进行了征服、开发和利用自然的壮阔历史活动。精卫填海、愚公移山的传说，大禹治水的故事，表达了远古时代中国人民

◎ 投票表决现场

　　1992年4月3日，全国人民代表大会七届五次会议上，一场具有历史性纪念意义的民主决策如期展开。以1767票赞成、177票反对、664票弃权的结果，长江三峡工程的建设方案获得了通过。

改造自然、人定胜天的顽强奋斗精神。2000多年前建成的都江堰和隋代开凿的大运河等水利工程对当时的经济和社会发展起到了重要作用。今天，我们在长江三峡兴建的这一世界上规模最大、综合效益最广泛的水利水电工程，将对我国国民经济的发展起到重大促进作用。它是一项造福今人、泽被子孙的千秋功业。它体现了中华民族艰苦创业、自强不息的伟大精神，展示了中国人民在改革开放中改天换地、创造未来的宏伟气魄。

1997年11月8日下午3时30分，随着最后一车石料倾入江中，伟大的三峡工程实现大江截流。许多人对这条大江、这方三峡心有不舍，这份情愫是完全可以理解的。毕竟自三峡蓄水后，作为"峡江"的三峡已经不复存在，三峡成为一个巨大的人工湖，从江到湖的巨变，也会改变许多关于河流、关于三峡的东西。

2002年，三峡工程导流明渠截流。

2003年，工程实现蓄水、永久船闸通航、首台机组发电三大目标，高峡出平湖已成为现实。

> 2020年11月1日，三峡工程迎来了其百年逐梦历程中的高光时刻：完成竣工验收！这一天，国家发改委、水利部公布，三峡工程日前完成整体竣工验收全部程序。根据验收结论，三峡工程建设任务全面完成，工程质量满足规程规范和设计要求，总体优良，运行持续保持良好状态，防洪、发电、航运、水资源利用等综合效益全面发挥。

至此，百年逐梦今朝圆。巍巍大坝，岿然矗立，成为万里长江上新的坐标，印记着中华民族百年来的强国之梦、复兴之路。

平湖之上，水天一色，流光溢彩，江清岸洁，百鸟翱翔。

从提出设想到科学论证，再到正式开工和建成运行，三峡工程悄然走过了百年岁月。

这是几代中国人梦寐以求的时刻，中华民族追寻了百年的"三峡梦"终于画上了圆满的句号。

"神女应无恙，当惊世界殊。"今天，三峡工程已全面发挥防洪、发电、航运、灌溉、养殖等巨大综合效益，成为中华民族伟大复兴的重要标志。

站在巨大得令人震惊的大坝坝顶！

站在亿万年沉潜江底的岩石旁！

看着大江流水，高山流云，一切都在蓝天朗日之下。

可我还是四处寻找，关于三峡被淹前的图片。对于爱好摄影的我来说，知道照片与现实是有差异的。在没有被淹没前，有太多的沿江小镇，与河形成斜坡的石板路，以及聚集着人群的码头。长江三峡山川秀丽，古迹众多，许多风景名胜被江水淹没，永远留在水底，人们的回忆也留在水中。

听说三峡大坝蓄水前，许多人来这里淘宝，背枕大宁河、长江，巫山出土了数量庞大的大溪文化石器。川渝两地的考古队来了又走，村民尾随其后，捡遗留的宝贝。"昨夜巫山下，猿声梦里长。"大量的传说盘旋在山峡奇峰间，绸带般的天空里回荡着绵绵无际的古谣。这地方就是让人来做梦的，这一点，像朋友幼时居住的歌乐山。"仙乐飘飘，众仙多聚于此。"只是，巫山把梦变成了真实……每一次他都能收到货真价实的古玩。商周时期的陶片、鼎、钵、簋、石斧、石碓、石锄……古老的大溪，森林密布，江河汇流，入峡可通巴蜀，顺江可下东海，长江流域的原始文化就隐藏在巫峡的岩石缝隙里。

随便找个地方坐下来，扒开周围的石块、沙砾，几乎都能发现石器。大宁河边重峦叠嶂，叫"石"的地名很多，碚石、硖石、砾石……其中又数跳石的河岸线最长。大量的石器，层层叠叠，大石护小石，小石拥大石，黑灰灰一大片。这些石器基本上都是用鹅卵石制作的，以打制器居多，还有很多制作石器时敲击下来的碎片，也有磨制的，只是数量要少得多。

我本来还想去巫山看看。第三天早晨，他就像是人间蒸发般失踪了。这是我始料未及的。我原本以为他还可以陪伴我走几天，没想到他却不告而别。我能够理解他，但这丝毫不会影响我们认识过程中短暂的友谊。当然，我的内心或多或少还是有些落魄。接下来，我还得在三峡库区走走。

我打听到，三峡库区第一位移民在湖北秭归县茅坪镇的兰陵溪村。

我得去这个地方找人。问几个路人，这个地方坐车得一个多小时。我到兰陵溪村已经是傍晚，一群小伙伴在江边凫水，大人和小孩，男人和女人各自自然分区。约定俗成，东边是男的，西边是女的，偶有坏小子，在水里乱窜，经常被一群女人打得抱头鼠窜。

那时候，有鸭子在上面游来游去，有鱼在水中游动，有人在洗衣服，还有鳝鱼在泥里钻来钻去，水却是清澈的，一点儿也不脏。集镇的峡口视野开阔，岸坡上种满了脐橙树。

这块地的主人姓彭，说起移民，她说老家的房屋淹没在水底，现在住的是政府盖的新房。以前主要是以捕鱼为生，现在还分得自留地。乡亲们有种辣椒、茄子、萝卜等蔬菜自给的，也有种桑树的。每到春末夏初，紫红的桑葚结满一树，女人用土块、棍子打，桑葚落下来，砸进土里，浸满灰尘，根本无法吃。那些男人直接爬上树，摘满一兜，一溜烟就跑。她家选择种上了脐橙，一斤可以卖到5元，每年的纯收入有20多万元。

有几户人家是养蜂的，把蜂箱搁在阳台上，没有雨水淋，又可以看见蜜蜂成天忙忙碌碌，也就不觉得生活有多难。

村子中间有一条大路，这是村庄的主路，左右盖着一排排楼房。我与路旁的一位老人攀谈起来，"人在哪儿，家就在哪儿！还是国家的政策好，为人民干好事！"

我想知道，三峡工程到底改变了村民什么？拿移民来说，虽然是离开了库区，可生活的面貌得到了很大的改变。在绚丽的长江三峡文明史中，三峡工程不仅是治理长江水患、航运畅达、绿色发电、抗旱补水的综合水利枢纽工程，更是人水和谐的民生工程。

几十年前，三峡农民的房子经常被刷上各类标语口号，如今这些房子的外墙租给商家做广告，内容从洗发水、瓷砖、金首饰到冠名维也纳、曼哈顿的婚纱影楼，应有尽有。

山洼里农家小院门口，盛开着一簇簇或金黄或紫红的菊花，灯笼似的点缀着山谷。

在三峡重庆库区，巫山新县城是唯一在原址向上移建的，它依然保持着面向长江巫峡的最佳位置。

从湖北巴东至重庆奉节，在地质学上被称"巴东破碎带"，因此，在这里到处可见为防治地质灾害而浇筑的钢筋水泥大网格，把整座县城钉在陡峭的山坡上。

"三峡移民绝对不是人口简单地重组，它紧紧地联系着广大老百姓的切身利益。"

三峡浩大的移民工程，世界水利史上亘古未有。

> "截断巫山云雨，高峡出平湖"。20世纪90年代起，百万三峡儿女响应国家兴建长江三峡水利枢纽工程的号召，叩别故土，举家搬迁。

2001年8月，重庆市巫山县大昌镇7000多名群众陆续搬迁至广东的肇庆四会、高要，惠州博罗、惠阳以及佛山三水等地。

但对于移民来说，必须承认的是，这些年来经常会处在回忆中，想着那些亲切的脸，和善的微笑，内心就会难受。但是看到今天的村庄时，内心又会洋溢出甜蜜。

在湖北省宜昌市夷陵区许家冲村村委会前有一个观景台，从这里放眼南望，三峡坝区坛子岭下江水滔滔，巍巍大坝、高峡平湖近在咫尺。除了游人在这里看风景，村民想念过去生活的时候，便也站在这个地方朝着远方看，老家在水里的某一处地方，随着水的波浪此起彼伏。

被誉为"坝头库首第一村"的许家冲村，位于三峡大坝北岸的许家冲，由原许家冲村、西湾村、覃家沱村合并而成。我用电话预约村委会，到村部去了解些情况。李文洪于2005年成为移民新村许家冲村第一任村支部书记，他出去办事了，要晚些时间才能回来。我只好先找户人家等。那天下午，我去的是一个大院，太阳已经斜向一边，树木光影斑驳，让灰色的三层楼房看上去有一种摇摇欲坠的感觉。一只叫不上名的大鸟蹲在树上，发出"啊啊"的声音，叫声比乌鸦的还大。我听见门外有人走动的声响，正起身见着一人拿着毛刀走了进来。他有些老态龙钟，粗粗的手伸出来和我握手，我这才明白过来，他就是李文洪。

李文洪让我坐下，向我介绍情况。搬迁之初，由于土地缺失、经济来源不稳定，村里矛盾纠纷突出。如何让大家尽快相识、相知，让合村变成合心，搭建村民相互融合的平台，吸引移民们主动开展文化活动，主动结交新朋友，融入移民大家庭，是村委班子的工作重心。

李文洪说，以前大多村民放下碗筷，就约几个麻友"上桌"去了，一直玩到深更半夜。为让村民远离牌桌，走出家门，来到广场上跳舞谈心。村里专门把一些村民拉到城里，让他们自己去感受城市里的生活。文化员定时调试音响，干部们轮流值班，为跳广场舞的村民烧水泡茶，一天要泡一两斤茶叶。时间长了，村民们对此形成共识。

黄昏时，广场上歌声响起，大家就聚在一块儿，彼此交流，感情融洽，连矛盾都少了。村干部又能插空宣传新政策，一举多得。以跳舞为起点，推动乡村文化活动多元化，提振许家冲村民精气神的路子由此铺开。

如今，许家冲村逢节日必有活动。交谊舞、腰鼓舞、地花鼓、采莲船、龙灯、舞狮等精彩纷呈。唱歌、健身运动会、送戏下乡等多姿多彩的文体活动，让移民们的精神生活丰富了起来，干事创业的劲头足了起来。

在村子里走，我发现几乎到处是悠闲自得的画面。大黄狗摇摆着尾巴，老妇人在谷场晒太阳纳鞋垫，周围半白的祠堂，和青苗灵动的菜地，显得处处是春色。

以前的村民很多都是渔民，江上的渔船无序而息，有的打着缆绳停泊，有的老远隔水泊锚。上渔船走一趟得三个小时。危险也是有的，有些人被毒虫咬伤，有些人腿被划破，还有些人落水淹死，渔民们对这些都习以为常，见怪不怪了。

倒是现在村民们下了渔船，丢了锄把，如何生活成了他们焦心的问题。

"任职一届，就要稳定一村、致富一村。"李文洪带领村民，复垦一批土地，发展一批产业，千方百计寻找美好生活的出路。许家冲村兑付还清了银行贷款、单位借款、老百姓欠款 200 余万元。

许家冲村作为移民村，土地面积小，每家平均下来只有一小块菜地，要想在上面做文章，着实让人发愁。但只要动脑子，门路一定会有的。发力三产融合，特别是发展文化旅游服务业，成为许家冲村的必由之路。

原先村里的大姑娘和老小伙儿活一辈子都没有婚嫁，也没见过什么大世面，现在男女都见不着这种现象，老早就把婚事给办了。

"在家没有什么事，绣绣十字绣，消磨一下时间。"在宜昌市秭归三峡移民村有一个号称"峡江绣女"的女人叫谢蓉。她成立了宜昌市沁邑民俗文化产业发展有限公司，用"手绣艾草"理念发展特色文化手工旅游产品，带动坝区 300 多名移民妇女灵活就业。"中华鲟"艾草挂件，荣获"湖北礼道"旅游商品创意设计金奖。其实，像这样的灵活就业者还有很多，他们无意于名声，如有可能，希望低调走完一生，他们有一个自己的群体，在这样的群体里彼此活跃，谈古论今，探索一些活色生香的故事。

沁邑公司阿卡手工基地主管高迎艳介绍，手工基地有固定职工 58 人，以"基地 + 农户"的形式，带动绣娘灵活就业近百人。职工们在家门口就业，早上八点上班，下午五点下班，不仅可以照顾小孩老人，每个月还有 2500 元左右的工资。

"村里按照黑瓦白墙、飞檐翘角马头墙的峡江风格，改造了 300 多栋房屋，引导村民发展民宿。村里成立宜昌市圣至星园旅游专业合作社，开始推动民宿评档定级，对达到一定标准的民宿给予奖补。"许家冲村的村干部说。

许家冲村紧抓"三峡茶谷"东大门、三峡旅游度假区服务中心等区位优势，大力推动产业转型升级。萧氏穴盘育苗基地领衔的现代化农业、以民宿为代表的旅游服务业、楚旺农机有限公司牵引的农机制造业，呈现交叉融合发展态势。

"坝头库首第一村，三峡茶谷东大门。党章党规是根本，明示党员亮身份……"用三峡渔鼓调谱曲的《许家冲村党员公约》，不但上墙、上口，更上心。

许家冲村党支部书记、村委会主任望作战是个埋头干事的人，可他也是一名老党员。过去村里的一些党员习惯"隐身"，有点好处的时候，党员会站出来，没有好处时，党员看不着踪迹。望作战很是恼火，所以他想出"党员公约"亮明党员身份的法子，通过这招，果真奏效，增强了党员主动作为的意识。尤其农村作为熟人社会，公开亮诺践诺对党员的监督更加有效。

不只是"党员公约"，许家冲村探索创新了"三约三引"组织工作法："党员公约"引领全体党员忠心为民、担当有为；"村规民约"引领广大村民同心同德、崇法向善；"共富合约"引领各类组织共建共治、兴业富民。

现在的许家冲建成村级便民服务室，推行一站式、全天候服务，引入电子党务、电子村务、电子服务、电子商务"四务通"和"夷陵一家亲"等新型农村网格化信息管理平台，更新信息3000余条。因为多年没有发生重大矛盾与案件，许家冲村部的墙壁上挂着"全国民主法治示范村""全国模范人民调解委员会""湖北省安全社区"等荣誉标牌。村民自我管理、自我提升、自我服务的热情空前高涨，获得感、幸福感、安全感越来越强。

"老百姓的小事，要当作大事去做。耕田赶耖打田埂，栽秧割谷担草头。在生产生活中，党员干部带个好头。给留守老人换个灯泡、修个水龙头，党员干部费不了什么工夫，但给乡亲们带来的是实实在在的方便。"村干部的话里，汇聚了三峡的气象和筋骨。那里的豁达叫唯见长江天际流，那里的欢歌叫太阳出来喜洋洋，那里的奉献叫告别故土再造家园，那里的力量叫不尽长江滚滚来……

移民村曾经崭新的房子，在风吹雨淋后开始破旧，陆续开始重建改造。岁月变迁，永远见证着三峡百万移民"舍小家，为大家"的奉献精神。

"他们很朴实很可爱，没有特别兴奋，但也没有悲悲戚戚。"回忆起当年的场景，《南方日报》原摄影记者钟荣健仍记忆犹新，他用镜头记录下三峡移民拖家带口抵达肇庆四会市的情景，他们还带上了老家的家具、植物，甚至小狗，而当地群众敲锣打鼓，夹道欢迎，十分热闹。

◎ 三峡移民

1992年国务院办公厅发出了《关于开展对三峡工程库区移民工作对口支援的通知》。1993年三峡百万移民工程正式实施。三峡移民被称为中外水利建设史和工程移民史上前所未有的壮举，其中饱含着库区人民舍小家顾大家的决心，是一段值得学习和铭记的历史。

20年转瞬即逝，肇庆四会市的三峡移民村，当年的移民中，少年已为人父母，中年人已步入暮年。老一辈乡音不改，念念不忘家乡的山水。

2021年，刘廷雄已60岁了，他从重庆市巫山县大昌镇搬迁到广东省肇庆市四会市西合村已有20年，由于路途遥远，故乡没有了亲人，20年间他只回过一次大昌镇。即便是没有回去，可故乡陡峭的山峰和清澈的大宁河水总让他魂牵梦萦，"毕竟是自己的故土，始终还是很想念……那里的一山一水，一草一木，就像是一面镜子，一直印记在自己的脑海里。"

当年从老家搬来的旧物，刘廷雄一件也没舍得丢，完完整整地保存起来。当时来的时候，几乎所有的人都带来了家乡的植物，现在只有鱼腥草还活着，别的植物不适应异乡的气候，没能存活下来。鱼腥草只播种一次，便在村里的角落蔓延生长。

刘廷雄的小儿子刘芸华，刚来的时候还不满10岁。转学后，起初因文化不通，经常和一些本地的调皮同学打架。后来刘廷雄参加家长会，他那浓重的四川话引人注意，老师问他，你的孩子是哪个？刘廷雄才发现，原来儿子已经学会粤语，融入同学当中。他倒是有些吃惊，说不定哪天儿子就忘记了自己是哪里人。

刘元祥和刘廷雄一样，也是从重庆市巫山县大昌镇搬迁到西合村来的。到西合村以后，刘元祥和妻子纪万军经营着一家面条作坊，手艺是父亲从老家带过来的，由于思念家乡，他们给作坊取名"三峡挂面"。

吴璜阳是第三期三峡移民，他也是重庆奉节人，身材矮小，瘦削，皮肤黝黑，像是一个饱经风霜的老人，说话时不习惯和人对视，到一句话结尾处才会抬起眼询问似的笑一下，额头和眼角顿时会出现粗线条的皱纹。

由于经常代表移民办事，反映一些问题，所以他在上海的三峡移民群体中有着不小的威望，说起他没有人不知道。

"外迁安置"是指移民离开三峡库区，出县、出省(市)进行异地安置的方式。吴璜阳一家属于"外迁安置"对象。

> 据《重庆地方志》记载，三峡工程采取"一级开发、一次建成、分期蓄水、连续移民"的建设方案，根据三峡移民安置规划，三峡移民搬迁安置分四期完成，即蓄水位一期90米、二期135米、三期156米、四期175米；按时间顺序是：1993—1997年为一期，1998—2003年为二期，2004—2006年为三期，2007—2009年为四期。

1996年6月前，就近安置是三峡库区移民搬迁安置的主要方式，这种安置方式占规划安置人口的近65%。但由于三峡库区山高坡陡，耕地不足，人多地少的基础性矛盾长期存在，对农村移民实行外迁安置成为必要。

2000年7月17日，150户639名重庆市云阳县农村移民外迁到上海市崇明区落户，拉开了外迁安置的序幕。

2000年7月17日，对于吴瑾阳来说是一辈子都不能忘记的。那天，是他与重庆市云阳县移民一道离开家乡的日子。头天，他把屋子里能带走的东西，都收拾好装进包里。不能带走的，也都整理好，放在柜子里。房子收拾得干干净净，像是往常过节一样。锁上房门，他却打开了狗洞，那时狗已经不知去向。他和家人准备离开这里，离开祖先遗留下来的家，和祖辈繁衍生息的地方。

虽然这个日子，在之前做了思想准备，可真正来临的时候，内心却是五味杂陈。这毕竟是自己出生的地方啊！哪有舍得就这么走了呢？

这里的水滋养着草木、庄稼，人的知识和智慧。虽然有万千的不舍，虽然对长江有着万般的依赖，可还得响应了国家的号召。他挺了挺胸膛对自己说，走吧！这次离别还会不会回来呢？或者什么时候回来？他这样问自己的时候，那只大黄狗不知道什么时候在他的脚下转来转去，想通过这种方式把他留下来。大黄狗没有走，它留守在老家慢慢老去。

离乡的情愁，百感交集，心头酸酸的。出门的那刻，吴瑾阳只差没流出泪来。可他还得装着若无其事的样子，得做好表率，他倒是担心，怕父母触景生情就真的不愿意走。

那天早晨，一大群人簇拥着朝着码头赶路，像是走在一条绵延不绝的路上。他们的移民目的地是上海。上海，是一个令人向往的大都市。换做是谁不向往呢？何况这些移民中没有几个是去过上海的。上海有很多的传说，一直在他们中间流传。有浪漫的伟大爱情，也有都市的靓丽风景。

当时国家提出要实现"搬得出、稳得住、逐步能致富"的移民目标，将上海列为移民城市之一。这让许多移民的平静内心泛起了波澜，着眼长远，上海肯定是个不错的选择。当然，这个选择也是充满挑战的。

从重庆到上海，得坐得五天五夜的船。上船后，大黄狗在岸上不停地朝着他汪汪地叫。船刚刚启动的时候，一些老人放声哭了起来，故土难离，一辈子没有离开过故土，甚至没有出过远门，想着这一别，可能一辈子都不会再回来时就老泪纵横。

那只大黄狗与吴璜阳算是永别了。接下来好多个夜晚，他还梦见大黄狗送他时的情形，他甚至有些后悔，该将它一起带来。

"没有经历过与故土的分离，是体会不到这种辛酸的。"吴璜阳说。

那年，吴璜阳只有33岁，这个年龄对于他来说，充满了许多奇幻的梦想，还有敢于搏斗的勇气。

黄桷树，不仅是重庆的市树，而且还是山城最普通、最常见的一种树。一种出身平凡、不计生长场所、生命顽强、几乎可以称作四季长青之树，是重庆人最喜爱的树。在重庆随处可见，马路两旁、街道、路口、公园、广场、小区、破岩、不为人知的角落，处处都有它们的身影。

离开云阳县时，吴璜阳特地在家门前挖了棵黄桷树苗装进塑料袋里。他计划着，将黄桷树栽在上海安置点家中的屋檐下。想着到明年春天，树就会露出新芽。再过几年，树就会长得老高了，一家人坐在树下聊天，说着一些难忘的往事，怀念老家的时光。

吴璜阳被安置在上海市金山区亭林镇，这个地方距上海市中心50千米。到达新家后，吴璜阳想到的是将黄桷树栽在泥土里，可让他万万没有想到的是，黄桷树栽下去没几天就枯死了。也许是上海的天气太冷，也许是水土不服。

这似乎是某种特别的暗示，一棵树都因生存环境的急剧变化，很难适应异地的水土，何况是从不出远门的移民呢？祖辈的生存经验是傍水而居，捕鱼为生。现在不仅生活的方式需要重建，就连社会关系、文化习俗、饮食习惯也都变了。

黄桷树的死让吴璜阳伤心了好一阵子，也让他清醒地认识到，只有不断地挑战生活，才能打拼出新天地。他决心不向命运低头。"只有靠自己的双手，才可能创造出美好的生活。"吴璜阳说。

> 截至2004年9月，历时5年的三峡移民外迁安置工作结束，三峡移民被安置到上海、江西等地11个省（直辖市）的249个县、1062个乡镇、2000多个安置点。

吴璜阳到上海后，一直做着两份工作。一般是白天在工厂打工，下班又去跑保险。"有些时候，一天只能睡三四个小时。"这种高强度的工作，不仅没有让吴璜阳感到畏惧，反而内心很充实。"上海就是这样的节奏，不光是我，长期在上海生活的人也都是忙碌的。"吴璜阳说。

当然，让吴璜阳不觉得有多累的还有一个原因，那时，女儿已经上初中，他想着自己这代人吃点苦，下代人就可以有更好的生活条件和前途了。想到这，他干活就特别带劲。没过几年，他在上海的生活就稳定了下来。日子不算太好，可比上不足，比下有余。

吴璜阳说，老家的一些亲戚都以为他搬到了大城市就发达了，但现实没有他们想得那么好，虽然上海有很多赚钱的机会，但房价和生活成本都要比老家高得多。

身在异乡，思乡是最大的隐痛。"刚刚来的时候，特别忙，累了倒头就睡。现在不一样了，日子稍微清闲了一点，晚上就会坐在门口，眺望着城市的灯火。"也就是这时吴璜阳特别想念家乡，想着那里的山山水水，想着儿时的伙伴，还有那只大黄狗，多年没有回去的老屋。

2004年春节，是吴璜阳一家来到上海过的第一个春节。各种彩灯五彩斑斓，大街上散发出异常璀璨的光芒，像是一个火树银花不夜天。

对于吴璜阳来说，这种景观却是冷寂的。他的心里想的全是老家的传统风俗，吃完年夜饭就会去扫墓，给祖先磕头、烧纸、放鞭炮。上海不一样，倡导文明祭扫，不准放鞭炮。但是，一想到爷爷、奶奶、外公、外婆的坟茔远在千里之外无人祭扫，吴璜阳一点也高兴不起来。

煎熬的还有那些大半辈子深深扎根在家乡的老人，离开家乡后，心却一直环绕在故土上。

吴璜阳的父母，来时年近半百，对家乡有着特别的情感，所以时常念念叨叨，总想着回去看看。现在，吴璜阳的母亲已经80多岁了，她很担心，说不定哪天也就走了，要是那样，一辈子都不能回老家了。所以，她总是蜗居在家里，不愿意出门，偶尔天气好的时候，就搬个小凳子呆呆地坐在屋前，眼睛定格着一个方向。她看的那个方向空空的，可在她的心里，却是熟悉的故乡。有时候，本地老人和她见个面，她也只是象征性地点个头，算是打招呼了，她们彼此都听不懂对方的方言，没有办法交流，最主要的还是不愿意交流。

和后辈人在一起的时候，老人口里念叨着的都是自己小时候的故事，不厌其烦地回忆着，如数家珍地说着在老家时的那些日子，那些话滔滔不绝，就像是长江之水滚滚而来。在离开故土后的余生中，老人的时间就像是日复一日无限漫长的重复。她只觉得活在故土上，那块土地才是自己的。

吴璜阳看着母亲心不在焉的样子，也会劝说，儿子在哪，家就在哪！

一代人带着遗憾老去的时候，另一代人在回归，也在重建新的故乡。

实际上，在这一批移民中，故乡的情感始终绕不过他们的内心。

面对移民后失去的文化习俗和断裂的社会关系网，移民们一直以自身的韧性，竭尽全力地去恢复和重建。

在长江水边泡大的江小鱼，他的做法让远离长江的故乡人又有了另一种对故土的认识。三峡库区的建设和变化，让江小鱼有了回报家乡的愿望，他高考时填报的志愿是广电专业，他想成为一名记者，用镜头记录三峡移民。他如愿实现了自己的理想，毕业后，他做过记者、导演。在过去的 10 年里，他跑遍了上海、安徽、湖南、湖北等地，拍摄三峡移民全国各地的生活，积累的素材达 200TB。

江小鱼将部分素材剪辑成短视频，发布在自媒体公众号上，引起了广泛关注。江小鱼说，他希望通过自己的点滴记录，让大家重新认识三峡移民，认识移民的重要性，同时希望能够用这种方式记录三峡移民的文化习俗，并传承下去。

我在江小鱼拍摄的三峡移民视频中，看到了逢年过节时饭桌上的腊肉和香肠，听到了离家几十年的移民始终未改的乡音。

吴璜阳也关注到江小鱼的视频，这像是连接移民与故乡间的纽带。

对于移民们来说，心有所系终是一件幸福的事情，哪怕只是一间残破的老屋，或是一只消失的大黄狗。不论它是存在于现实中，还是记忆中，也不论在别人的眼里是多么的寒碜和简陋，对于移民来说，那是心灵的全部。

对吴璜阳来说，平日里最轻松愉快的时刻，就是休息日的晚饭时间，附近的几家移民会像在老家一样，端着自己的碗到房子外面的空地上。不论老人、小孩还是年轻人，大家不自觉地聚在一起，用最熟悉的家乡话，随心所欲地谈天说地，聊聊厂里发生的事、聊聊哪家最近发生了什么……

那一刻，就好像所有人都回到了老家的某个悠闲的傍晚，乡里的老老少少聚在黄桷树下"摆龙门阵"，只有时间在缓慢流淌。

或许正如蔡崇达在《命运》中所说："我们终将生下自己的命运，我们终将是自己命运的父亲母亲。"

"三峡移民在异地他乡生根是一个漫长的过程，要实现真正的融入，至少也是第二代、第三代的事情了。"谈及移民何时才能实现真正的融入，几乎所有的三峡移民都表达了相似的观点。

移民的外迁，就像一棵黄桷树被连根拔起，移栽到千里之外的土壤。那些年老的移民，被斩断了半生的根系，在他乡难免感到漂泊；而年纪较小的移民二代正值对新事物感到好奇的快速学习期，往往更容易接纳和适应新的环境。

吴璜阳的女儿吴青青离开家乡时刚刚7岁，在她的记忆中，小时候在老家的事情都已经变得很模糊。与父母以及爷爷奶奶对故乡浓烈的感情不同，吴青青坦承，比起老家重庆，自己对于上海更加有归属感："刚开始来可能会有点陌生，但是过了一年多就慢慢适应了上海的生活和环境，一直到现在我对这里的生活都挺满意的。可能因为当时年纪还小，适应环境的能力比大人强一点。"

从小到大，吴青青常常从父亲那里听到关于故乡、关于三峡移民的故事，她很理解父亲对故土的感情，但她从不会像父亲那样主动去了解和关注三峡移民相关的事，自7岁那年离开后，她也没有再回过一次故乡。对于现在26岁的吴青青而言，老家重庆只是一个自己出生和生活过的地方，会让人感到亲切，但并不会有太多思念。而见证了她从小学到大学、从读书到工作等所有人生历程的上海，已经变成了她心里实实在在的家。

不过，在夜深人静的时候，吴青青喜欢上了看月亮。她也会借着月光给故乡写信，文字里透露出回归者内心的安宁。每个人都有自己灵魂的故乡，人的故乡可能不仅局限于一块土地，也是"生于斯长于斯"的地方。地理意义上的故乡可能千差万别，而精神意义上的故乡却都是一样的。与那些在故土生活了几十年的大人不同，移民二代往往能够快速地适应第二故乡的生活，尽管在融入的过程中也会存在磨合的疼痛，但是他们新鲜的根系已经在二三十年间深深扎进新的土壤。

中国人的根，是所有美好情愫的源泉。湖南作家刘鸿伏说："这根可以发出叶芽，长成藤萝，向远方伸去。可不管伸向何方，离得多远，如血的乡愁，总自根系流遍青青叶掌。家、家族、故地，永远忧伤地散发出生命最初的气息，成为生死不移的眷恋与诱惑。"

在上海生活了几十年，颇有地方风味的煮鱼手艺就像是不变的乡音，独具一格。吴璜阳的手艺还是那样的炉火纯青。如果有些朋友来家中做客，他必定会好客款待。草鱼、鳙鱼、鲫鱼……烧红铁锅，瞬间煮沸，浓浓的香味扑鼻而来。客人都给他竖起拇指，夸赞他不错的手艺。

时间如梦，世异时移，年老的移民或已归于尘土，当初正值壮年的移民垂垂老去，最初的孩童也已长大成人。从老家离开时，与亲人分别时，没有人知道改变命运的船会驶向何方，他们只是像家乡的黄桷树，被连根拔起，又在余下的人生中拼尽全力落地生根。

如今，以黄桷树自比的吴璜阳已经到了父母来上海时的年龄，但他仍旧没有停下打拼的脚步。这些年，吴璜阳又承包了100多亩田搞农业，还兼着到附近的厂里做临时工，跟着别人卸货。"我们到这里时一穷二白，所以总想着多增加点收入。希望以后的日子，能够蒸蒸日上。"通过自己的勤奋，移民们实现着"逐步能致富"的目标。

今天，回眸百万三峡移民扶老携幼外迁他乡开创新的生活。水在哪里，路便在哪里。山在哪里，身便在哪里。人在哪里，情便在哪里。我们怎能不为今日三峡人开拓、闯关、探索的激情与智慧叫好。

显然，三峡这个伟大的事业是造福人类的。移民们在不断怀念故土的同时，也渐渐地理解和认识建设三峡工程的意义。

三峡一带四季分明，我去的时候天气晴朗。湛蓝的天空像扫帚扫过一样，没有一丝云彩。天气很热，可从西边刮来的风凉飕飕的。树木依然浓绿成荫，枝叶摆动着，好像在显示着它倔强的生命。

三峡充满迷惑，叩问和寻觅像是刚刚开始。我走出三峡，背后就是无数的村庄，继续流传着一些新鲜的故事。

南水北调

一项史无前例的水利工程，改变了 1.4 亿人的生活，优化了 40 多座大中城市的经济发展格局。

大坝高耸，清水奔流。提起南水北调，绝大多数人都已耳熟能详。

> 中国是极度贫水国家，人均水资源量仅为 2000 立方米，是世界人均水量的 1/4，相当于美国的 1/4，日本的 1/2，加拿大的 1/44，在世界排名第 110 位以后，被联合国列为世界 13 个贫水国家之一。

联合国审议人均水资源短缺标准为：人均水量在 2000 立方米以下就是缺水国家，人均水量不足 1000 立方米，即为严重缺水国，人均等于或小于 500 立方米，为生存极限缺水。以此标准，包括京、津、冀在内的 16 个省（直辖市），人均水资源全部不足几百立方米，已是生存极限缺水。我们，就像一群搁浅在沙滩上的鱼……

中国北方因缺水，3 亿多人用不上健康、卫生的饮用水。中国每年发生成千上万起环境污染纠纷，因环境和水污染问题引起的群体性事件年年递增。

没有水怎么办？打井超采地下水。从 20 世纪七八十年代开始打井，年年打，年年超采。眼下，240 万眼机井已将华北地下水几近抽干，大地已被打成筛子眼。全民打井，最终使黄淮海三片出现 9 万平方千米的漏斗区。漏斗中心区地下水最大埋深已达二三百米，地面沉降最大已达 2.6 米。

我们脚下的土地在沉陷，房屋在开裂，建筑物在倾斜倒塌，海水在倒灌，土壤在污染，庄稼在枯死！

大禹治水是开凿运河，用自流的办法导水入海，由此将各部落连为一体。《汉书·沟洫志》记载，齐人延年上书汉武帝，在中国历史上第一次提出让黄河改道，从而"关东长无水灾，北边不忧匈奴"。隋朝建大运河，全国成一水网，跨流域航运漕运，强化了华夏东西南北中的联系，也拓展了中国与世界的交往，造就了隋唐的繁荣，中国封建社会发展到顶峰。

到了近代中国，著名地理学者翁文灏提出"三弯理论"（雅鲁藏布江大拐弯、黄河大拐弯和托克黄河大拐弯），治水者若不能把握大自然赋予中华的三弯地理优势，水患难除，水利难兴。孙中山先生依此提出：建北方大港，开腹地川渠为运河，必富邦国。（《大国重器知多少：南水北调的历史由来》）

"南方水多，北方水少，如有可能，借点水来也是可以的。"1952年10月30日，在河南视察黄河的毛泽东主席，在和当时的黄河水利委员会（以下简称"黄委"）主任王化云谈话时，一个宏伟设想横空出世。

这一伟大构想，开启了改变我国水资源空间分布的新课题，这是水利专家们之前未曾想象的领域，也是水利专家们之后潜心谋划的事业。1952年8月，水利部黄河水利委员会组成了新中国历史上第一支河源查勘队，这也是中央政府直属机构第一次组成科考队，新中国历史上第一次对黄河源区进行全面查勘。这么多的第一叠加在一起，突显了这是人类探寻河源的又一个划时代的历史开端。这次查勘，由黄委办公室主任项立志担任队长，主要队员有董在华、周鸿石、史宗浚等专业技术人员。这次查勘的大背景和大目标，是为了全面收集黄河全流域基本情况，为从根本上治理黄河做准备。有两个具体任务：一是查勘黄河源河势，看有无发电筑坝地址；二是黄委首任主任王化云提出的，在查勘黄河源的同时，查勘从长江上游通天河调水入黄河上游的引水线路（即南水北调西线工程）。因此，这也是历史上第一次进行南水北调工程的查勘。

1958年，中共中央发布《关于水利工作的指示》，提出全国范围较长远的水利规划，首先是以南水北调为主要目的，即将江、淮、黄、汉、海河各流域联系为统一的水利系统的规划应加速制订,"南水北调"一词第一次正式见诸中央文件。

此后,南水北调这一伟大构想的实现路径一步步清晰。1978年的政府工作报告提出,兴建把长江水引到黄河以北的南水北调工程;1992年,党的十四大把"南水北调"列入我国跨世纪的骨干工程之一;1995年,南水北调工程开始全面论证……

原淮委规划设计研究院总工程师王先达回忆起1997年国务院召开会议讨论《南水北调工程审查报告(送审稿)》的场景时说:"关于南水北调走哪条线路,大家意见不一。上东线,还是上中线,会场上争论不休。经过激烈讨论,规划布局得到彻底调整:东、中、西三条线并非你存我亡,而是实行统筹兼顾、全面规划、分步实施。"

2002年12月,国务院正式批复《南水北调工程总体规划》,提出先期实施东线和中线一期工程,西线工程继续做好前期工作。规划中涉及的建设项目,要按照基本建设程序审批。

至此,经50年岁月、6000人次知名专家献计献策、100多次研讨会、50多种规划方案比选,凝聚新中国无数技术人员心血和智慧的南水北调线路,在历史的长河中走向清晰。

2002年12月27日上午,南水北调工程开工典礼在北京人民大会堂和江苏省、山东省施工现场同时举行,随着"南水北调工程开工!"一声令下,北京人民大会堂内掌声雷动,江苏、山东施工现场马达轰鸣……南水北调这一伟大工程终于从构想开始变为现实。

> 南水北调是迄今为止世界上规模最大的调水工程,规模及难度国内外均无先例。东、中、西三线,与长江、淮河、黄河、海河相互连接,构成"四横三纵、南北调配、东西互济"的水资源总体格局。

东线从扬州江都抽引长江水，利用京杭大运河及其平行水道逐级提水北送，做到了让水往高处流，至山东境内兵分两路，一路继续向北，最终入天津；一路向东，进抵烟台、威海，浇灌了东部这片地势平坦、资源丰富，具有巨大经济增长潜力的"宝地"。

中线水源从汉江流域汇聚至丹江口水库，由丹江口大坝加高后扩容的丹江口水库调水，从河南南阳的淅川陶岔渠首闸出水，沿豫西南唐白河流域西侧过长江流域与淮河流域的分水岭方城垭口后，经黄淮海平原西部边缘，在郑州以西孤柏嘴处穿过黄河，继续沿京广铁路西侧北上，可基本自流到终点北京。

而西线，尚处于前期论证阶段，计划在长江上游通天河、支流雅砻江和大渡河上游筑坝建库，开凿穿过巴颜喀拉山的输水隧洞，调长江水入黄河上游。

从1952年到2002年，50年的构想策划，经数十年研究与可行性论证，总体格局定为西、中、东三条线路，分别从长江流域上、中、下游调水。2002年正式开工，穿黄河，固大坝，迁移民。短短12年，中线一期工程通过全线通水验收，具备通水条件。不可谓不震撼，不可谓不惊世骇俗。

那是一个初夏，岸柳翩跹，波光摇金。我行走在丹江口水库，在那东风荡漾的江岸，我见到了一条北流的河与生活的意义。我沉醉在那条河里，我在想着它的存在恰恰与自然相反，可当另一半土地干旱时，人却给了大地无比的生机。人的确是会破坏自然的，从人改造自然的效果可以反衬出来。可见，河流有自然风貌的，也有人工的。人可以赋予贫困的自然丰富的生命，也可以给地球新的光景。这点河流是可以做到的，除了河流我想再没有谁有如此大的神力。因为水的性质是一样的，只是赋予的方式不属于自然。这也可能是自然的和平理想，也是人与自然的和谐象征。

那天，我随着科研队去江上寻找一种古老的生物——桃花水母，一种体形不到两厘米，被称为"水中大熊猫"的珍稀物种。夏季只有十几天的时间才能目睹它们的真容。桃花水母已经在地球上生活了5.5亿年，只有在水温28℃左右、微生物丰富的水域才会看到它们神秘的身影。桃花水母成为丹江水区的晴雨表、质检员。由于这里的水生态平衡，常年在这里生活的鸟类有 400 多种。

　　2022 年，我第一次来到丹江口水库大坝脚下。坝上和坝下跟下游全然不同，这里是一片人与自然搏斗的激越景象。

　　面对平静的水面，可能很少有人会想水底部的暗流。在坝底，肉眼可到之处，便见鱼在水中生活，处处透露着历史的幽光。袁凌在《鱼的记忆》中写道：汹涌的波浪翻滚，坝上的水头穿过直径 7.5 米的钢管冲下，推动水轮机之后泻入坝底，其间有近百米高的落差，巨大的能量从水底翻涌上来，在水面形成蘑菇云一样鼓突又爆裂的水头，传出低沉又雄浑的轰鸣，令人失色……一条大鱼撞上了凌厉鱼钩，却不肯就范，反而用力一挣，使身处险地的钓者脚下打滑，仓皇脱手，大鱼拖着鱼竿消失在激流之下。垂钓者惊魂初定，憾恨不已，上下找寻之余，还请鸬鹚船上的捕鱼者帮他往下游查看，大鱼终究踪迹杳如。

　　岁月终究把一切美好的过往改变，人们的生活还在扎扎实实地推进。

　　身在湖北郧阳城，城东一处居民小区，居民区半旧，大概有 20 来年的光景。那天早晨，一辆电动轮椅车缓缓从小区里驶出。车上坐着一个年轻男子，穿着红色的马甲。电动车穿过马路，沿着江边驶去。他一边欣赏汉江的美景，一边用手机记录沿江几处重要观测点的水文情况。几年来，在这段江边，人们几乎可以随时看到他的身影。

　　他叫杨进举，是一名残疾人，也是郧阳小草义工协会的志愿者，汉江的"民间河长"。

　　杨进举沿着绿色的江岸走走停停，他来到一片沙滩前，老远就看见一个"C"形大弯。

　　那天是周末，沙滩上早早热闹起来，杨进举见着沙滩上有一个空饮料瓶，便从轮椅背篓里拿出一根长夹子和一个黑色的垃圾袋，吃力地用夹子把瓶子夹起来，放进垃圾袋。正当他想继续前行时，忽然看到旁边一个男子将刚刚抽完的烟头随手丢在沙滩上。"大哥，这里不能扔烟头，请把您的烟头捡起来扔到垃圾桶里。"男子捡起烟头，嘴里嘟囔着："这么大的江滩，扔个烟头坏啥事嘛！"杨进举笑着说："可别小看这烟头，被冲到江水里后，

产生的有害物质对水质影响很大。我们是南水北调水源地，如果大家你扔一个，他扔一个，还能保证一江清水向北流？"扔烟头的男子听了，讪讪地说："以后不扔了。"说完，逃也似的走开了。

　　杨进举抬眼望向一江碧水。风儿裹着汉江湿润的水汽，携着阳光，从人们脸上轻轻拂过。这水，这天，这些在沙滩上欢笑奔跑的人们，他每天都看，每天仍觉得新鲜欢喜。人群里，一位认识他的大爷冲他笑着点点头，然后跟旁边的人说道："轮椅上那娃，我每次来都能看到他。他为了保护这里的环境，可认真了。"杨进举受到小草义工协会志愿者无私守护汉江之举的感染，主动要求加入其中。他说："我虽行动不便，但有的是时间巡河，能为守护汉江尽绵薄之力！"

　　小草，看似弱小，却蕴含勃勃生机；义工，虽然平凡，但传递人间大爱。靠着一把电动轮椅、一部手机，杨进举拍下一张张监测点水文环境图，为守护汉江留下了重要资料。他也成了这一带的名人，人们见着他的时候，总会给他竖起大拇指。

　　"我爱自己的家园。"杨进举说。

　　这是我走近南水北调工程时记录下的一个小人物，我觉得他是河流的一个元素，所以迅速把他记录了下来。我在辨认他的时候，觉得他就荡漾在水上，他是活着的水的形象。

　　郧阳古城，现在已经被淹没了。

　　郧阳历史悠久，可远追100万年前的"郧县人"。20世纪60年代发掘的青龙泉与大寺文化遗址，又是汉江流域与仰韶文化同期的新石器文明标识。郧阳人深为自己家乡的悠久历史而骄傲。

　　人们开始思考，历史上的郧阳城已成为过去，未来的出路在哪里？千秋一瞬，转身之间，旷世工程南水北调来了，郧阳成为更大的水源区，汉水也开始为北方输送水源。

　　郧阳在发展，人口在增加。郧阳古城的人家以最快的速度在水位线上后靠迁建，在海拔更高的黄土坡上凿出小坪，盖上几排屋。房衔房，房接房，链条样地从岭上蔓延到岭下泥沟边。斜坡上，披挂着无数条房链，东岭、中岭、西岭，鱼鳞一般。

而今，人们欣喜地看到南水北调带来的机遇。作为坝上第一县，这机遇不可多得，必将带来大发展、好前景。

2012年，历时3年的南水北调中线工程外迁移民工作完满收官，新家园的建设者轰轰烈烈行动起来。架桥！有桥才有出路，再架一座桥，江南江北才能并肩发展。用了多年时间，郧阳人新建了汉江二桥——一座满载着发展愿景的希望桥！拼速度，抢发展，很快在子胥湖与柳陂新镇之间耸立起三桥……自此，天堑变通途。向西，打开通往子胥湖空间；向东，铺开通向安阳湖城市格局；向南，擘画柳陂、长岭滨江新区，牵引十堰中心城区北进……一百平方千米图景，一寸一寸地呈现。

这座小城鲜活了起来，淡青的颜色，和谐的色调，让小城多了几分悠长的情调。那天郧阳南水北调水源保护中心副主任刘斌带着我在城里跑了一圈，浓荫婆娑，江天悠悠……龙韵村、卧龙岗、月亮湖公园、子胥湖公园、解放军青年林公园、南水北调主题公园（中华水园）、香菇小镇……

为了守护一库清水永续北送，郧阳多措并举进行库区水源治理。推动入河垃圾源头整治，同时全力推进汉江、堵河水域退捕禁捕工作。

守住山头，护好源头，不让一滴污水流进汉江。这是郧阳百姓的共识和誓言。四季挖窝，三季栽树，专业植树，全民植树。百米见绿，五百米见园，林地、绿地、湿地、自然保护地、幸福生活地，到处是绿，这是郧阳人曾经的目标，如今的现实。人不怠草木，草木不负人，石漠化、水土流失、裸露山体都已不见。（《临水而起的城》）

号称"中国水都"的丹江口市，我不记得是第几次来了。

漫无边际的清流山野，花花绿绿眼花缭乱的彩带，让人陶醉。

汽车沿着汉水东岸行驶，一路向北，进入丹江口市腹地，筑在大坝两岸山岭上的彩色小城顿时惊现眼前。远处山色葱茏有致，山尽水出，水流山动，别有一番情趣。极目所眺，天蓝如洗，路如彩带飘舞，若隐若现，烂漫的山花簇拥在脚下。红色屋脊密集建筑在起伏错落的山岭之上，宛如朵朵红云从山坡蔓延至远方，安宁质朴的样貌，就像从山岭自然生长出来一般。

一座凌空飞跨的水都大桥，连接着城区的东西两岸。170多米高的大坝巍然高耸于汉江之上。

　　那天清晨，乳白色的雾霭在江面上似轻纱披拂，笼罩着高楼如林的城市，江水静静流过，安然地享受着晨雾和阳光轻柔的爱抚，犹如母亲怀中含乳酣睡的婴儿。随后，太阳从东山冉冉升起，金色的光焰浓浓地泼洒在幸福的城市。我从丹江口水库大坝启程，到南水北调工程渠首所在地陶岔，中间要走很长一段路，一路上贴着车窗的一边是一片青油油的玉米地，另外一边是亭亭玉立的芝麻。千千万万的玉米铺陈得宽阔，绵延的山丘上开着没完没了的碎碎密密的马铃薯花。

　　渠首之地四野安宁，烟波浩渺。

　　在见到那一泓清流之际，我的心情顷刻宏阔壮丽，襟怀坦荡。

　　汉水、丹江合为一泓清流，在蔚蓝的天空下，水显得更加的透彻。说起来，北流是一路逆袭，其实翻过那道不起眼的分水岭后，却是悠悠荡荡，款款闲闲。沿着中原大地上人工修造的明渠和渡槽，像是把几千年逐鹿沙场的人和事全越过了。古老的镇，新的街市，花的村舍，树的巷子，在轻风絮语中甩在涟漪摇晃的波光里。

　　我站在邙山上，望着明澈的云朵，它的模样非常漂亮。眺望远方，唯见水波浩瀚，像一条碧绿色的丝带朝着黄土山坡扑去。这条风光优美的河流，流到黄河北岸，依然还保持着南来的样子，依然滋润如常。

　　黄河很长，南水北调也很长，南水北调到这里最让人头疼，河面的宽度和河床的淤泥使得工程师们为穿黄工程而发愁。2000多年前，管仲就对倒虹吸做过精辟的描述。"倒虹吸这项技术在历史上多次用到，穿黄工程就是利用倒虹吸的原理。"南水北调的工程师说。在黄河以下30米进行施工，用盾构机挖出了两条直径7米的超级大水管，穿黄隧洞全长4250米，其中过黄河隧洞长3450米，穿黄工程是中国历史上第一次在黄河河床下方进行的水利工程。两条不一样的河流，在郑州城外用倒虹吸管方式穿越黄河，最终却完成了历史与现实的合纵连横，这简直就是理想的钢筋混凝土加盾构机的魔幻表达。

北流的水，在 1267 千米的路上，华北大平原十分苛刻地给了 100 米的落差。部分地区想要把水从低处移到高处，只有依靠外力才能完成这个任务。为此，中国工程师动用了水泵这个利器，在各地架起了水泵。泵站克服了地理位置的劣势，达到了输水的目的。

河南叶县是第一个受益城市。

20 世纪 80 年代，这里河水清澈，有人还在护城河里游泳。河边有老城墙，很多人在城墙上玩。

然而，从 2006 年开始，因为城市发展迅速，加上无序开发，护城河成了最大的排污通道，水质受到破坏。加之几年大旱，护城河接近干涸。

2018 年 4 月 9 日，一个平平常常的日子，南水北调生态补水，护城河得到了畅饮。

河水清清，微风习习，柳枝轻拂水面。

河北保定市徐水区瀑河沿线德山村村民说，以前虽说瀑河水库顶着个水库的名头，实际枯了好多年了。没想到，这两年开始又有了水，看着这哗啦啦淌的水，心里真敞亮。现在的水库、河道都和我小时候那会儿一样。

村民感受到的变化，离不开南水北调的贡献。除了北方居民喝上好水，越来越多"干渴"的河流也"喝"上了南水。南水北调东中线全面通水以来，有效增加了华北地区可利用的水资源，通过置换超采地下水、实施生态补水、限采地下水等措施，河湖、湿地面积显著扩大，有效遏制了地下水水位下降和水生态环境恶化的趋势。"三千里汉江第一城""中国天然氧吧"，是南水北调中线通水后被人们所熟知的。

安阳有举世闻名的殷墟甲骨，经过这里不去寻访，恐怕会有遗憾。当我走进安阳博物馆后，却惊奇地发现，这里还展出了很多南水北调的文物。

2022 年 10 月下旬，党的二十大闭幕不到一周，习近平总书记来到安阳，考察殷墟遗址，观摩青铜器、玉器、甲骨文等文物，习近平总书记点明此行的深意："更深地学习理解中华文明，古为今用，为更好建设中华民族

◎ 南水北调中线穿黄工程

　　人类历史上最宏大的穿越大江大河的水利工程，是南水北调中线工程的重要组成项目之一，是中线总干渠穿越黄河的关键性、控制性工程。其任务是将中线调水从黄河南岸输送到黄河北岸，向黄河以北地区供水，同时在水量丰沛时可向黄河补水。

现代文明提供借鉴。"

一路继续往北,夕阳西下时,我抵达了燕山脚下的漕河。漕河两岸是一片小村庄,这里的生态环境非常好,远近到处是苹果、葡萄、桃、梨、板栗等果树。此时的南水北调模样有了重大改变,从华北平原上的款款而行,变为穿越燕山山脉的逶迤向前。

在焦作,南水北调唯一一次穿城而过。总干渠在焦作境内,全长76千米,中心城区段长约10千米。

"以前吃的井水又苦又涩。"70岁的姜书河是焦作市怀州区的村民,这里的地下水苦咸,深层地下水高氟,百姓苦不堪言。"过去逢年过节,附近人家都送白糖,为的是喝水熬粥时遮苦味儿。"现在村民吃的都是南水北调水,实现了城乡供水一体化。"现在过节,大家送礼首选茶叶,用南水泡的茶水格外香甜!"姜书河笑逐颜开。

位于太行山南麓的沿江村是2011年从丹江口库区搬迁过来的,村庄还保留着原来的名字。对于辉县人来说,鱼以前只是过年的时候才可以吃的稀罕物,何大姐移民来到村子里后,开了家鱼店,以鱼为宴,这种吃法,很快在太行山下有了名声。可何大姐身上,始终背着外来人的标签,村民吃完饭后说,"那是南水北调过来的移民。"听着这句话,何大姐的内心很是辛酸。六岁和母亲一起移民过来的二旺,已经说着一口地道的辉县话。他难以理解母亲的乡愁,两代人的生活环境早已发生了翻天覆地的变化。何大姐说,刚刚移民过来的时候,根本就没有感觉那是自己的家,就去郑州打工了,孩子们就留在村里上学,后来孩子遇上叛逆期,只能回来照顾孩子。村里的人都种庄稼,何大姐一直是渔民,也不会种庄稼,为了维持生计,只好开了家鱼店。为了看管二旺,何大姐不得不改往日的柔情,用丹江鱼拉近与当地人的距离。每到捕鱼期,何大姐总是迫不及待地回到老家,这次回来她带上了二旺,"我小时候可喜欢来到江边玩了,喝一口丹江水,真甜啊!"因为南水北调工程,丹江口水位上升13米,这让何大姐曾经的家沉于水位之下,即便如此,只要能喝上一口丹江水,在渔船上走一走,都能让何大姐得到满足感。"这是咱们家,咱们就住在那里面。

你还记不记得？"何大姐指着一片水域问二旺。"不记得了。"二旺说。"让你重新选择，你希望是在辉县，还是在老家这呢？""辉县吧！"二旺回答。"为啥？"何大姐问。"老家太偏了。"二旺说。"风景这么好，又可以游山玩水。"何大姐说。"生活过好了，在哪里不是风景。"二旺抢着说。何大姐看着二旺，再没有说话。

一渠江水向北流，造就了两个地理位置截然不同的沿江村，一个是何大姐埋藏于心里的乡愁，一个是二旺接受的现实。回来后，以前不愿意干活的二旺主动下厨，何大姐帮二旺切鱼，叮嘱少放点盐。

每当思念故乡，何大姐总会带着二旺来到离家不远的南水北调渠边，南水夹杂着乡愁流经这里，北上之时，又化成了他们内心里无限的憧憬。"这水就是咱丹江河里的水，这水从这里流过，流到太行山，流到北京了。"此刻因为南水北调，一家人的感情在这里相融，恍惚间，故乡成了他乡，而他乡却变故乡。

与汉水、丹江分别的清流向北流淌 1267 千米抵达北京，我们一行人在离开中国水都丹江口市后，车程整整 2500 多千米才到达首都。不是水比人执着专一，也不怪人为水修筑了特殊捷径，是我们太想了解这天河一般流淌的大水，除了滋润数以千万计人口的生活之外，还会给京津冀豫地区的生态带来何种变化。

华北平原上无边无际的青纱帐正弥漫着收获前丰腴的成熟。阳光从东边照过来，东边的玉米高粱还是绿茵茵的，西边的万千阔叶已是金色如染。太阳划过中天之后，西边的植物看上去仍是盎然翠绿，东边的样样庄稼便迫不及待地摇曳种种秋色。得幸春雨夏露的北方大地，那表露心迹的意思早早写在天边。

向北流传的水到了北京，我们也到了北京。汉江水在千年古都地下潜行 80 千米后，终于在团城湖畔回到地面。

> 北京成为中国首都已有800多年历史。800多年来，北京已从一座普通城市发展成为全国政治、经济、文化的中心，一个庞大的现代化都市。

应该说，从20世纪80年代至今，干旱困扰了北京很长一段时间。

南水北调中线工程实现了汉水北上，极大地缓解北方四省市用水困境，沿线的环境、生态、人民生活等都将得到极大的改善。

在这个世界上罕见的引水工程背后，无数鲜活的生命为此而奉献着、奋斗着。

又是一个好天气。这天，暂居北京的我，要去颐和园团城湖看看来自汉江的"南水"。

团城湖已然一片初夏的葳蕤景象。800多米的南水北调明渠旁，柳树婀娜。团城湖调节池承担着南水北调来水分水、调蓄和河湖水系补水的重要功能，是京城水资源一个巨大的"仓储"和"调配中心"。

这些年，团城湖畔十几个公园陆续建成，30多千米的绿道连接着每个园子。近千亩京西稻田，因"南水"的到来而恢复。到了夏天，常常一片云就会带来一场雨，让这里有了江南的气候和景致。

我沿着团城湖"虎皮墙"外的金河岸边走着。经过一片茂密青翠的树林，林子中间的道路两边是缤纷的花海，个子高挑的锦带花、山梅花、蔷薇花，匍匐在地上的夏至草花、玻璃草花，把团城湖装点得分外艳丽。

湖里透明温柔的水母闪动着光芒，湖的上空布满了洁白的云朵，映得湖水碧蓝碧蓝的。

沿着林中小径一直向前，就到了高高的观景台。我遇到一位常来这里的观鸟人。他说，这几年这里的鸟儿越来越多了，经常可以见到红腹山雀、灰椋鸟、白头鹎、乌鸫、杂色山雀、银喉长尾山雀、燕雀、红嘴蓝鹊等。这天还发现了两只漂亮的金翅雀，刚刚它们还飞落在那棵百年老榆树上……

在流水的浅处，太阳光组成了一张金色的网。深蓝色的蜻蜓飞行在河边的芦苇和木贼的针叶中。每只蜻蜓都有自己常驻足的芦苇，从那里飞下来，又回到自己的针叶上去。

自南水北调中线工程通水以来，460多亿立方米的清水北上，润绿一路山川大地。滹沱河、南拒马河、大清河、白洋淀……纷纷复苏，焕发出新的生机，北京地下水位持续多年回升。这一切，来之不易。想到这里，我不禁拿出手机，将刚刚拍下的团城湖美景发给杨进举，并写道：谢谢你们！向咱们所有的志愿者、"民间河长"致敬！向所有的南水北调中线工程"守井人"致敬……

和平长江

一碧万顷

倘若世上真有魔法,它一定隐藏在水中。
——〔美〕洛伦·艾斯利

一碧万顷

第五章

植物志

植物是另一种生命的表达。

有一种植物长在水上,长在雾水中。水杉是一种追水的植物,在水中出现,在雾中隐退。水杉站立在水边的样子挺美的,它就适合这样的环境。

《植物志》记载,水杉是一种古老的植物,在地质史上中生代晚期的白垩纪就进化为参天乔木,蔚为大观。白垩纪开始于1.45亿年前,于6600万年前结束。这是在进化史上短暂的人类难以确切感知的漫长时间。那是恐龙称霸的时代,那个时代哺乳动物、鸟类和蜜蜂也已经出现。水杉就曾广布于那个遥远的世界,那是一个让人充满想象,却真实地穿越在时间里的世界。后来,听说是一颗小行星撞击地球造成了生物大灭绝,恐龙就是在那时遭遇了灭顶之灾。

人类第一次给水杉命名,不是因为发现了活的植株,而是在化石中发现了它的存在。发现者是日本的三木茂博士,他肯定这是一种与当时世界上所有已知杉树不同的杉树,并已经在地球上灭绝。这个时间是1938年。三木茂博士推断,水杉虽然在恐龙灭绝时得以幸存,但终究没有摆脱结束于两万年前的第四纪冰期的劫难。这是关于这种植物的前传。

任何关心自然、对自然界中植物生存与分布有兴趣的人都知道,水杉就活在我们身边,而且广布于这个世界。1941年中国植物学者在四川万县(今重庆市万州区)谋道溪(今称磨刀溪)首次发现这一闻名中外的古老珍稀孑遗树种。据近年调查,重庆万州、重庆石柱县、湖北利川和湖南龙山、湖南桑植均发现生存了300余年的巨树。灭绝了的树种,是如何在某个时间里长大的?自然界的很多存在或者复活,会有各种隐秘的偶然,这种偶然不是谁都能够猜想到的。

◎ 水杉

水杉是国家一级重点保护植物，古代遗留下来的珍贵、稀有的孑遗植物树种之一，被称为"活恐龙"。20世纪40年代，植物学工作者发现并证实了水杉的生存，推翻了"水杉早已灭绝"的定论。水杉的重现成为"20世纪植物学上的重大发现"。

在武汉东湖风景区有一片水杉。对于生活在这里的人们来说，见着水杉也就是见着平凡的自然。

我是专门为水杉而来的，所以观察起来会更加仔细。水杉舒展的枝叶互相交错，形成大片沁人的阴凉。梅和山茶傍着它们挺直的躯干。枝叶晃动时，投在池中的波光也在晃动，光影中有游鱼和可爱的杉叶藻。是的，杉叶藻，模仿了水杉羽状叶的杉叶藻。现在的水杉到处生长，不仅在我们的庭院，也在隔壁的庭院，在附近公园，在包围着我生活的这座城市的广阔乡野，在道旁、在渠边、在山野，随处可见。

除了水杉，在东湖我还见着一种矮小的云杉幼树。用亮绿的枝梢捧出新芽，相比于墨绿的主调，云杉几乎就是淡淡的。

一棵云杉犹如身穿及地长裙来听音乐会的贵妇，周围簇拥着光脚的小云杉。有些地方，矮小的枝梢，浅淡的绿，小云杉只勉强露出个头，高不及草莓，有些地方又长出了一人高。

长江的植物可以说是多如牛毛，就像是那种密密、绵绵、无声的细雨。当你在长江流域行走时，你会见着很多不知道的植物，有些植物甚至还是国宝。

植物是长江生态多样性的重要一环，代表着长江的生机和活力，是美丽长江的组成部分。碧水、绿树、蓝天，是长江为人类提供的极具魅力的风景，不仅给人带来视觉的享受，更给人走近自然、亲近自然提供了天然的平台。

长江流域的植物也都有着各自的命运。

湖北省宜昌市胭脂坝就是国家一级保护野生植物红豆杉的原生地之一。2022年秋天，我途经宜昌，特意去寻访过红豆杉。在山脚下，老远见着一个身形瘦削、精神矍铄的老者，手上提着毛刀，头顶蓝天白云，穿行山川之秀。我老远喊他陈老师，他笑着应承，又含笑自嘲说："我不是老师哩！"

红豆杉这种树会选择水土，不是常见的。已是黄昏时分，我和陈老师登上半山腰，在开阔的山腰平地上，蓦然见到一片树，一大片的红豆杉。

虽然它头上没有皇冠，但那巨大的树冠一下震撼了我——皇冠是人为戴在头上，而树冠不管多大，也是从自己的身体里长出来的。

20世纪60年代，陈老师来宜昌的林场工作，一干就是一辈子。林场是伐木造林的地方，陈老师见着遮天蔽日的树接二连三地轰然倒地，再被一截一截砍断，还要让他算公分，心里很不好受。一次，他惊见路边一棵熟悉的大树不翼而飞，树桩四周还在丝丝渗汁，像是泪水汪汪。那是一棵他乘过凉、亲亲热热抚摸和抱过的树啊，他想象着它被肢解的情景，只觉斫在心头，痛不欲生。觉得这树的命运，怎么就变得这么不足珍惜。陈老师小学时读法布尔的《昆虫记》，心里早早种下了爱护自然、敬畏生命的种子。他觉得树木不仅有生命，还会给包括人类在内的许多生灵提供庇护，岂可肆意践踏？他这样与山民、与同事、与周围的人理论，却每每"对牛弹琴"。见着人砍树，他触目伤心，毅然跑去制止，为此落得鼻青脸肿。那年头，有他这种意识的人实在凤毛麟角。此事传开，人皆笑称他"疯子"，说树就是用来卖钱的。听着这话，他的心里就会抵触。无论他表露出怎样的态度，没有人会在意，有些人甚至说他，你拿的也是卖树的工资。有一棵银杏，比房子还要高，几个人都合抱不过来，眼看要毁于跟前，他苦苦哀求，甚至不惜下跪。大山深处那些上百年的红豆杉、银杏遭殃在即，他几次干预，讲水土流失的恶果，人家只当耳边风。

现在红豆杉是国家一级保护野生植物，宜昌市胭脂坝也成了保护区。时代变了，陈老师的角色也转换了，他变成了红豆杉的守护人，被聘为专家。栉风沐雨走遍宜昌的山山水水，实地勘察，在山脚下弄了几间原来村民住的房子，说是办公场所，实际上就是他家，内部只有饭桌、床铺，还有一些就地取材制作的农具。

爱山爱树如爱命的他，老伴走了好几年，自己一个人奋战在护林第一线。成就当然有限，压力却如山大，常觉梦中有利斧的寒光闪过，白天见到的树木仿佛都在为朝不保夕的命运而瑟瑟发抖。"实际上谁敢砍伐红豆杉呢？"我说。他不这么觉得，还是会有些人心怀不轨。他是被那个伐木年代吓坏了，所以经常会在梦里见到有人砍树。当然，砍的树也不一定是红豆杉。在他的心里，长着一片茂密的树林。

荷叶铁线蕨主要生长在重庆市石柱县，湖北省巴东县、恩施市和三峡坝区四个地方。

> 相关资料记载，蕨类植物有一万余种，不仅是种子植物的姊妹谱系，也是维管植物的第二大类群。2021年9月公布的《国家重点保护野生植物名录》中，石松类和蕨类植物有11科120余种被列入，其中荷叶铁线蕨、光叶蕨以及水韭属所有种被列为国家一级重点保护野生植物。

铁线蕨为中小型蕨类，属于凤尾蕨科，不育叶和能育叶同型。叶柄细圆形，黑色或红棕色，有光泽，坚硬如铁丝线，意为"少女的头发"，故名铁线蕨。铁线蕨外形雅致，观赏价值高，《本草纲目》记载，荷叶铁线蕨的味道淡，微苦，有清热解毒、利尿通淋的效果。在重庆的万州区内流行着一些民间药方，其中就有一种以荷叶铁线蕨作治疗黄疸型肝炎的特效药。除此之外，它还可以缓解夏季暑热的病症，既清热又解暑，与白术、扁豆相配用，可以治疗暑热泄泻，也不失为一例上好的夏季养生药材。

进到石柱县的山里，我好似一下子被那绿色团团抱住。脚下的草地，身旁的竹林、松杉、香樟树，绿肥红瘦的都将人围绕着，还有山楂、猕猴桃、乌桕树和野葡萄等，挤挤擦擦在一起，蔓延在人的身边，放眼处，高低左右都是水灵灵的绿。

很多叫不出名字的植物，用手机一扫就知道名称，还有出生地、家族血缘关系等等。

作家叶梅在《广安笔记》里这样描述，比如粗叶悬钩子，就长在江西的山谷、沼泽里，以及路旁岩石间的落叶灌木下，大名之外还有一串别名：大叶蛇泡筠、大破布刺、虎掌筠、九月泡、大筠坛……这些稀奇古怪的名字，透着人对它的亲昵和喜爱，好比叫着村庄里的顽童：虎子、狗旦、黑娃、

小二……随口就来。

那开出一串串粉白花朵的叫米饭花，又叫江南越橘，并且也还有好些别名：夏菠、小三条筋子树、早禾酸、五桐子、马醉木、缑木、南烛……我端详着这花，也端详着它的这些说不完的名字，忍俊不禁。你看它真是风光得很，名字有洋有土，五光十色，就是过去那些爱给自己取上一些字、号、笔名的著名文人，也都没有几个能有这米饭花的名号多。是谁给了这山间的植物这么多的体贴和称谓呢？

初夏的一天，江西修水县黄港镇迎来两位客人：庐山植物园研究员王永高和华世嘉业医药技术有限公司商务总监柯平。他们来到黄港林站一位老人家里，寻找最新医学研究表明能治疗阿尔茨海默病的一种蕨类植物。身材矮小但挺硬朗的老人看了一眼他们带来的标本，立刻说出这株植物的学名、别名、年龄、药用价值及分布情况。王永高教授激动地叫道："我们从湖北找到江西，总算碰到了行家！"

这位被称为行家的人，名叫李立新，原本仅有小学文化，40年来，他以坚强的毅力、执着的精神三次编著《修水植物名录》，把修水野生植物的种类、分布、数量、药用价值以及生态环境完整地记录下来。《江西植物志》副主编、庐山植物园研究员赖书绅说：李立新是凭着一股为家乡、为祖国植物学献身的精神，从事着一个教授级研究人员的工作。修水是林业大县，野生植物种类占赣北90%以上，李立新编著的《修水植物名录》为修水、九江，甚至为江西和祖国植物学界提供了一份宝贵资料。

谈起编著植物名录的事，李立新说："现在注重生态环境，倡导绿色经济，我编植物名录，就为了给修水发展生态经济提供详尽的文字记录。而且，通过了解植物，还能陶冶人的情操，激发人们热爱大自然的热情。"

1959年，李立新被分配到黄港林站，从事木材检量和经营工作，不久便成了站里的树种识别第一人。父母常常讲述的民间草药知识和故事，吸引他爱上了平凡而又神奇的植物。他常挎着帆布包四处寻访草药师、中医师求教中医药知识，记录中草药民间验方，同时熟悉了纷繁的植物世界。

1974年夏，《中国林业》杂志上介绍了一位只读六年书的基层林业工作者绕洞庭湖一周寻访植物，编成《洞庭湖植物名录》的事迹，引起了他的强烈共鸣，编纂《修水植物名录》的念头悄悄钻进了心里。

"从事植物调查研究是很难出成果的，跋山涉水、忍饥挨饿、坐冷板凳，个中辛苦一般人难以想象。李立新以小学文化而达到这样的水平，是一个充满艰辛的自学过程。"赖书绅说。

1992年5月，李立新听说九岭山上有国家珍稀植物竹节人参、卷柏、獐牙菜，就独自进山调查，爬到米把宽的山脊上，一边是悬崖峭壁，一边是倾斜无底的茫茫草甸，且在浓雾中十米开外就看不清东西。埋头寻找中，李立新忘了时间，当晚要回到十多千米外的姑嫂桥已来不及，加上竹节人参、獐牙菜都没有找到，他干脆在山上住了一宿，渴了就喝口山泉水，饿了就嚼几瓣花。第二天，他终于在修水与武宁交界的蓑衣洞山窝里找到了这几种植物。

在李立新家门口左侧，堆放着一人多高的书稿，书稿已经泛黄了，一年年，一天天的，这是他一生的心血，他想将这本名为《修水植物志》的书出版。在他采集的3000多种标本中，国家级、省级珍稀的保护植物有54种。在增加发现的30种国家级、省级珍稀保护植物中，篦子三尖杉、瓶尔小草、朱兰、独花兰、竹节人参等10种是李立新单独发现的。李立新是一个爱植物的人，也毕生在保护着这些植物，他把自己的兴趣和生活都给了植物。对于珍稀的植物，他会给它们挂上"保护植物"的牌子。一个人，在发现自然之美时，可能会更加珍惜与这草木共荣的日子。

山河变了吗？我似乎明白，月亮还是月亮，星星还是星星。水还是长江水，无论流到哪里，无论走南闯北，河流始终是人的故乡。河流对故乡的情感不会变，故乡对河流的情感流淌在人的血脉中。我们所看到的变化，无非是影子的变化，河流的秉性始终没有变化。抬头仰望月亮时，你会发现那些陪伴你童年的植物，变成了你生命里的事物，变成了一棵高过你的树，它是你生命的亲人。

长江干流安徽段绵延416千米，被称为八百里皖江。这里水面宽阔，

草木葱茏繁茂，金银花、苦菜花、青蒿子、蒲公英攥着劲儿地生长。站在这条河道边，只能想象着从前的模样。多少年前，住在附近的人们，可以在浅水处捡回大闸蟹。

那些躲在杂草丛中的柴胡草、车前子、桔梗，不问世事，但求自己岁月静好。远志永远如君子般风姿清雅，就算置身庸碌的稗草之丛，也难掩骨子里的冷傲。最能死缠烂打的就是菟丝子了，无心扎根，也不生叶，花亦丑怪，所有的心思只用来痴缠。（《温凉的时光刀》）

人与自然的关系，某种程度也是人与人的关系。前几年多数长江岸线因水土保持、生态保护不允许开发，实际可开发利用的岸线资源十分稀缺。

自然是有法则的，如果不遵循自然法则，长江之水就会肆虐江岸。如何与长江沟通，针对性地解决问题？

自然讲究的是平衡。看花看树看鸟看水，听花听树听鸟叫听水。这些都是自然的平行线。只有人与生态和谐共处，长江才会赐予人类美好的家园。

一畦春韭绿，十里稻花香。感谢各地对浩浩荡荡的长江的保护，舟来船去，晓风柳岸，这条温暖又沧桑的大江，走着走着便遇上了阳光。

站在江苏省南京市燕子矶公园的观景台上，循着逶迤的江岸望去，鱼嘴湿地公园、绿博园、万景园等景点如同镶嵌在长江上的一颗颗"绿宝石"。"别看这里环境优美，过去却是人人绕着走的地方，变化是翻天覆地的。"

每天早晨，家住栖霞区燕子矶街道的李丽霞带着小孙子来燕子矶公园休憩，便是自己的"必打卡"项目。我朝着竹林中走去，直接就走进了竹的海洋。一个人越走越深，眼前只有竹子，竹子挤着竹子，我试图分辨，自然是再也无法找出竹子之间的差别，无边无际得让人心无着落……

夏天到了，苇子青了，荷花开了。水波晃荡，有了莲子，有了荷花，什么都有了。荷花是红的，苇叶是绿的，天空是蓝的。

不只是燕子矶公园，南京新晋"网红打卡胜地"鱼嘴湿地公园，曾经是一座清江油库，彼时的江滩油污遍地、杂乱无章。因此当时流传着这样一句话:"临江不见江,邻水不亲水"。后经改造,这里面貌焕然一新。油库拆除后,本着影响最小的原则,原有地形、建筑和栈桥被保留了下来,清江油库变成白鹭广场,油船接驳栈道变成了景观栈道,装卸货物的码头变成了观江平台。

纵观长江南京段,昔日黑臭岸线变成今朝绿色岸线,一批公园、绿道串点成线,"黄金带"镶上了更多的"绿宝石"。

湿地公园临江而建,分为江滩湿地、风情半岛、休闲体育和城市记忆等四个区域,景观节点包括青柳绿滩、花海草甸、林荫停车等,市民来此既可以打篮球、踢足球,又能漫步江边赏江景。

人类要生存、发展,免不了要向自然界、向动物植物索取价值。全国多地大面积栽种银杏,自然也是"价值"取向。银杏果可吃有营养;银杏叶可以提取相关成分制药,有药用价值;成材后可以提供高质量的木材;它还有观赏价值,用作行道树和庭院绿化,树形端庄,兼具优美,而且耐寒,不生病虫害……这一切最后都可以产生经济价值,所以有用。

大概很少有人想过,银杏还可以提供看似无用的精神价值。我想,只要静下心来面对古银杏,每个人都会有心理情感上的触动,只是很少有人会去思考。

> 银杏是产自中国的最古老的树种之一,被称为树的活化石。和它同纲的其他所有植物没能承受岁月的风霜,灭绝殆尽。银杏是仅存的老寿星,它出现在几亿年之前,是第四纪冰川运动后遗留下的裸子植物的最古老品种。

临江不见江,是铜陵人曾经的尴尬。近年来,铜陵启动滨江生态岸线整治工程,清理遗留的废弃船厂,拆除杂乱无章的小码头、堆砂场,科学、合理地布置滨江生态岸线,进行土壤改良,栽植了大量的乔木、开花的亚乔木,以及灌木草皮、花卉等,打造观江亲水平台,铜陵新江景徐徐展开。

滨江生态岸线整治，有效改善了铜陵生态环境，提升了城市品位，吸引了众多游客前来观光游玩，感受江天一色的"铜陵外滩"。坐在"铜陵外滩"的一方石阶上，眼前是清澈的江水。对面的山遥远，始终看不清山峰的容貌，烟云罩着那里，有时是炫目阳光。山脊上长着茂密的草木，几户庄廓伏于树木之中，路旁种植菊芋和高秆蜀葵。

森林有无可替代的水文价值，森林是绿色天然水库，能吞能吐。一万亩的森林蓄水能力，相当于一座库容100万立方米的水库。

森林作为陆上生态系统的中枢，维系着大地的完整集合。从这个意义上说，森林之根便是大地之根，也是一切生命的生存之根。林中的水在傍树干而生的一丛丛密匝匝的灌木间往来周折，这样日积月累，林地边缘的细流汇成圆圆的水坑，两棵小树顾看着如镜的水面。

森林以及各种植物，根系在地下游走固定植株，并使地球的土石圈处在一个错综复杂的网络之中，从而互相连接互通声气。大地的完整性不仅在大地之上，而且在大地之下，大地之上为美妙的显现，大地之下是神奇的蛰伏。

在森林里，到处都是无穷无尽的源泉。有森林的地方，不仅有好的空气，还能休养身体，心平气和的人会觉得神清气爽。

我突然想起还没出生前，先人栽下一棵树，那棵树便是先人等着你，用这种存在的方式关心你。一棵树的命比人要顽强得多，风暴、雷电、害虫，都不易破坏。它的根扎在泥土里，泥土帮它逃过劫难与凶险。

从汹涌澎湃的金沙江，到波翻浪卷的入海口，诸如这样重塑长江岸线、修复长江生态的案例比比皆是。

若春风拂过，满目葱茏，染绿了江岸。

一些树特立独行，招呼风的手掌，居然不是叶子，是花：茉莉、迎春、玉兰、结香、山桃、海棠、金钟、连翘、紫荆、榆叶梅……黄白红粉紫，每样看起来都很好吃的样子。蜀葵开起花来，有种咋咋呼呼的艳丽，不秀气，不雅致，也不懂节制。一株蜀葵，就像一柱劲爆的喷泉，花自下向上，由低至高喷出茎叶，喷向天空。

茉莉花依然保持着一种高贵的矜持，它们大多时候的角色，是在供花仪式上成为圣洁的供花，它们因此身份特殊，使命神圣。人们怀着崇敬的心情把它们采摘下来，串联成束，虔诚地摆放在佛前的供台上，这些行为看似隆重，却把它们束之高阁，成为"小众"。长江流域的茉莉花有一种柔韧的宽容度，在注重内在精神提升的同时，也在意世俗生活的丰美。

阳光直透湖底，碧波荡漾之下，一条一条水草摇晃……

湖在大地上的历史，是相对短暂的。湖要想长久存在，就必须得有无数个支泉水流入其中。人的生命就像江、河、湖、海，以至于行星、恒星，都会死去。这就是自然规律。但一想到死就会产生恐惧，闷闷不乐，所以总想着找个法子逃过去。有了这种对生的渴望，人们便想着湖光天影。

"你看……"那是我见过的武汉东湖最美的样子，整个天宇，连同一座城市和村庄、草地，以及普普通通像白浪似的浮云，都映照在如镜的湖面上。

我去武汉东湖的路上，中国水利作家协会秘书长易文利谈到东湖"水下森林"的建设。

由金鱼藻、狐尾藻、苦草等多种沉水植物组成的"水下森林"，让大批的武汉市民和游客经常到此休闲"打卡"。这片摇曳生姿的"水下森林"，除了是一处美不胜收的新景点外，其更大的作用在于净化水质，修复东湖水环境。

20世纪60年代，东湖水草丰盈，有"草湖"之称。之后由于受到污染，水生植物覆盖率由高峰期的70%降至3.3%，"草湖"之名不复存在。

2020年4月底，武汉市启动东湖水生态修复工程，划定郭郑湖鹅咀至磨山沿岸的一片水域为示范区。"蒲扇形状的是金鱼藻，像羽毛一般的叫狐尾藻，这个条状的植物叫作苦草，是草鱼爱吃的植物。"工作人员介绍说。

在开阔水域进行大面积水生植物修复，当时国内尚缺成功经验和实施案例。长江设计集团环境公司工程师王中正介绍，为了最大限度地覆盖修复过程中可能出现的各种情况，示范区被划分为四个区块，按照不同配比

种下了5类共计46万丛沉水植物，通过对底质改良、围挡方式、种植方式等不同措施的对比实验，优化实施措施和技术参数，保障后续水生植物的修复成效。

如今，临湖而观，一池碧水格外清澈，水草摇曳生姿，鱼虾穿行其中，相映成趣。

武汉东湖水生态修复是近年来长江水生态修复的一个缩影。长江大保护，碧水向东流，非一蹴而就，需要持之以恒，需久久为功。

"你看，那儿有一只黑黢黢的野鸭。"野鸭在蓼草丛里生活。我对蓼草很熟悉，早些年在散文里就写过，称之为辣蓼——我曾以为只有我们本地方言这样称呼，后来才知它在《本草纲目》里也是这个名字。

不是所有的蓼草都叫辣蓼。辣蓼只是蓼草的一种。走到它们中间，仔细看就会发现，同是蓼草，仅从颜色上就能分出五六款来，粉红、紫红、朱红、粉白、青白，还有几种颜色相杂的。

要分清植物的名字是很麻烦的事。对于蓼草，我有自己的区分法——生在田间的就叫田蓼，生在河滩的就叫水蓼，朱红的叫红蓼，白色的叫白蓼，采下来时在指尖留下辛辣味的叫辣蓼，留下辛香味的叫香蓼。

在武汉，我还结识了一棵树：榄仁树。树不高，树干散射开来，几乎覆盖半个湖面，红褐色叶子大如人脸，可以仔细描上五官。朋友叫它懒人树，觉得它不朝高空挺直，只向四周延伸的懒散模样，对得起这个称呼。

当年苏东坡在海南，闲暇之时，会到乡野采药。他的医学笔记曾记载，荨麻可以用来治疗风湿：将荨麻敷在风湿初起的关节上，身体其他关节的疼痛便会停止。荨麻长在青藏高原，更多时候是用来做一种名叫背口袋的小吃：将荨麻晒干，研细，和水，加入青蒜与盐做馅，烙饼，卷来吃，有点像春饼。荨麻的毒并不厉害，细刺蜇了人之后，抹点唾液即可。东坡的医学笔记上还说，苍耳制成白色粉末，内服，皮肤会白嫩如玉。护肤品我并不陌生，但未见有苍耳成分的产品。东坡也提到芜菁、芦菔、苦荞。这些植物，也都在高原生长。

那是春天里的一天，阳光斑驳中，我们见到了一些鲜活的影子，我抬起头，猜测到那是老鹰在林间飞来飞去。鸟儿拼命地叫着，喜气洋洋的，像是在准备着一个盛大的节日。

对于一个作家来说，内心是细腻的，我很快就遗忘了世俗的种种烦恼，沉浸在对大自然的注视之中。远远地看去，那些毛茸茸的、广大的、均匀的嫩绿，显示着自然的生机，这种预言似的植物像是一夜间冒出来的。

谷雨时分，洋槐花率先从枝干里挤了出来。灿若繁星的光芒，汇聚成葡萄串的形状，开始在枝头闪烁。恍若烟花从粗粝的大地深处猛然炸裂。这个时候，洋槐的叶子尚在赶往春天的路上。

麦子拔节，鸟雀啾啁。空气里一夜间弥漫着甜香，丝丝缕缕，院子香起来了，村子香起来了。这是乡村最动听的乐章，也是最让人惦念的味道。

星光愈发明亮。那明亮，似在一天天鼓胀，好像即将要变成爆米花一样，花香也越来越浓。过了一些时日，参横斗转，银河沉降，时光开始走得急促，一阵风过，满地落花如雪。

在江南大地，有一种形状别致的花草，金银花。听着这名字，似带珠光宝气，像是一贵妇人，而真正看到花朵，初开则色白，经一二日则色黄，极其高雅纯洁，如豆蔻少女。"金银花"一名出自《本草纲目》，它正名为忍冬，一"忍"字，花之精神蕴含其中。

> 金银花微香，蒂带红色，一蒂二花，两条花蕊探在外，成双成对，形影不离，状如雄雌相伴，又似鸳鸯对舞，故有鸳鸯藤之称。

早春时节，残雪消逝，大地刚刚睡醒，天空划过燕子的痕迹，一切都待机而动。转瞬间，春雷吹响了季节的冲锋号，鸭子撕裂了河水的帷幕，村落间桃红柳绿梨花白，蝴蝶蜜蜂穿梭而来，老牛迈着矫健的步子检阅田野，农人们扛着锄头走向又一个充满希望的年岁。却没有谁关注过金银花，不知道它是在什么时候，绽放出第一束花蕊。

在故乡的山野、沟渠，金银花到处都是，并不招摇夺目，然而又热烈恣肆，密密麻麻的，紧挨着的，团团簇簇的，盘踞在一块块领地，从春天蔓延至夏天。看着那燕子搭巢，看着那桃花落、梨花谢，田间翻绿。日子像彩色的书卷，被一页页翻过，金银花的清香飘散在初夏的风里。

金银花风华别样。在花之大家族中，并不占有显赫位置，虽幽香扑鼻，但不如兰花那么享负盛名，进入与"梅、竹、菊"并列的"君子"之列。虽婀娜多姿，却未得到太多的赞誉，文人墨客似乎疏忽了它的存在。金银花似乎不只是要"忍"受冬天的挑战，还得"忍"受世人的偏见。不过自是有人发现了它的特别。南宋有"田园诗人"之称的范成大，就写下了"忍冬清馥蔷薇酽，薰满千村万落香"的清新诗句。"不惭高士韵，赖有暗香来"，则是把金银花擢升到了一个新的高度。张恨水曾写道："金银花之字甚俗，而花则雅……每当疏帘高卷，山月清寒，案头数茎，夜散幽芳。泡苦茗一瓯，移椅案前，灭烛坐月光中，亦自有其情趣也。"其实，朴素的金银花也有属于它的那份雅，是不慕名利的雅，是返璞归真的雅，是白云千载空悠悠的雅。大雅大俗，似雅似俗，说的就是金银花吧。

树高人影小，水清鱼儿肥，江南山峦连绵，河水如影随形。

我放慢脚步，沉浸在金银花任性地盛开里，内心自由奔放。

金银花自古就是清热解毒的良药。它性甘寒气芳香，清热而不伤胃，芳香透达又可祛邪。金银花既能宣散风热，还善清解血毒，用于各种热性病，如身热、发疹、热毒疮痈、咽喉肿痛等症，均效果显著。

江南有很多种类的药材，这些药材对居住在那里的动物有着治疗的作用，这种来源于植物与动物之间的关系，人可能不会觉察出来。但有一点必须承认，那些不知名的植物，一定对人类的生存有帮助。由此，我们在采摘那些植物时，一定要考虑它是依靠根须还是种子延续生命的，从而让它们能够延续生存下来。

对了，那里还有一些植物，无穷无尽地镶嵌在石头的缝隙里，在那里洒脱地过着微小空间的生活。里面干燥，气温不低，鸟和野兽都进不去，石壁上偶尔会有虫蚁爬，但它们相安无事。雨水和雪都进不去，只有风能在里面穿梭往来。树叶见着风，你会感受到它的生命力。

在与人的交往中，有些植物是有毒的，可以制成毒品。实际上这种可制成毒品的植物，也是良药，用法取决于人心。植物将果实、花朵、叶和根茎，它所有的一切都奉献给了人们，它们在地球上没有任何意图，也从来不去剥夺，争斗。即便是误食中毒，也与它们的存在无关。

现在我只想听到好消息，在所有人工栽植的地方，在公园，在花园，植物不仅自我生长，还有人为它们服务，为它们净化空气，为它们提供休憩之地。这里的人能够惬意地呼吸，能够好好地思考。我们在城市里生活，不仅可以呼吸新鲜的空气，还可以欣赏植物，向植物学习。这些植物在传递着长江精神的同时，也为沿江的城市添加色彩，植物也就成了区别城市的特征。市有市花，这些花花草草，标志着城市的气息。实际上，但凡有生命的东西，无论是植物还是动物，都是有性格有脾气的，温柔或强悍，内敛或外向，与它们脚下的泥土有关系，喜欢离群索居还是抱团取暖？一方水土养育而成。其实，人和动物、植物是一样的，都需要相互理会，相互照应，才会有生命的色彩。

比如在重庆市，临江河岸椴树开花了，空气中流散着椴树蜜的味道。在椴树之间的一片光中，那些熟悉的金色小蜜蜂，正张着翅膀，悬在空中。一切没有翅膀的都渴望飞翔，而拥有翅膀的，大概向往着寻找一处可停留的空间。

走在江边的林子里，越往低处走，树林就长得越稠密，也越凉快。树林之所以更幽暗，是因为太阳望进去就像朝小窗里望一样，不是所有的东西都能望到，一些小动物就躲藏在这里面。比如林子里有猫头鹰，它们随时会扑下来。

临近夜晚，江的一边阳光清艳，另外一边却是乌云密布，雷声滚滚。谁也猜测不到，一条河流的两岸会出现两种天气。我忽然意识到，人的迁徙是根据情感而转移的。一个女人看对了一个男人，就可能离开父辈生活的土地。而动物的迁徙却是根据气候形成的，寻找适合自己的生活去处。河流的情感，与人的情感是紧密相连的，人可以改变河流。

清晨，一片宁静。我来到公园，呼吸着这里的空气，闻着草树的清香。柳树还没有撒尽种子，花楸却已盛开。树木、蒿草，披上了华丽的衣裳。太阳从白云里落到森林的后面，好像一个不发光的毛茸茸的大球。

　　那些大树，仿佛还年轻。仿佛，所有的日子，都齐聚在水里。水面如此的辽阔……

江豚记

  我对鄱阳湖水系越来越熟悉。我小时候在修河上游的一个小村庄里，奋不顾身地朝着小河里扎，那是一条干净的河流。现在回想起来，那还是一条有灵魂的河流。那条河流里有太多的美学资源，有充满诗意的智慧。

  离开村庄以后，我经常注视着江河，思考人类的来源，思考河流从何时开始。孔子说，"君子见大水必观焉"。我始终觉得，河流是滋养人的审美、艺术、哲学的思考源泉。

  在许多的古典诗词里，河流像是一座纪念碑，雕刻了许多古代的自然风物和景象。

  每到阳春三月、风和日丽时，我必定会纪念一条河流。从古代的屈原、杜十娘到现代的老舍，都选择了投水自尽，因为水是清白干净的，借助水来洗刷自己的冤屈，证明自己的清白。

  "走吧，人间的孩子！与一个精灵手拉手，走向荒野和河流，这个世界哭声太多了，你不懂。"威廉·巴特勒·叶芝在《被偷走的孩子》中这样说。

  我对大自然的爱是与生俱来的，我觉得我与大自然的关系不是母子，而是宗教和信仰者。大自然中有太多神奇的生灵，它们的存在给自然创造了财富。它们是自然大家庭中的成员，人也是自然家庭里的成员。在阅读古典文学时，你会发现，古典文学几乎都在写大自然的风物与人心灵的关系，某种意义上说，古典诗词，几乎就是大自然的纪念碑。

  乳白雪亮的阳光，照在鄱阳湖上，意趣盎然，从余干县锣鼓山码头乘快艇到都昌县蛇山岛，大约 40 分钟的行程。在蛇山岛上张望，可见"鄱阳湖水文生态监测研究基地"和不远处一栋老式建筑大门上挂着的"江西省鄱阳湖区联合巡逻执法队"的牌子。

蛇山岛并不大，步行半小时，就能绕岛一周。岛上的植被也不茂盛。下田菊、铁线莲、红蓼在路旁寂寞地开着小花。全岛没有一棵果树，更没有沃土种植粮食。只有芦苇在夕照下迎风摇曳，多少给孤寂的蛇山岛增添了些许诗意。

蛇山岛四面环湖，周围除了相邻的棠荫岛和稍远一些的长山岛，就是一望无际平静的湖面。

看似平静，却不时有暗流汹涌。

之前作为江西省水利厅水文监测点，蛇山岛上有水利厅负责水文监测的一两个人值守。从2016年开始，江西省政法委组织省水警总队、省渔政局、省水政监察总队、省地方海事局、省林业厅五部门派出执法人员驻扎在蛇山岛，开展联合巡逻，推动执法力量前移。

打开鄱阳湖区联谊联防社会治安防控图，鄱阳湖像一只昂首展翅的天鹅。都昌棠荫、鄱阳龙口、余干锣鼓山、新建朱港、永修吴城等联合巡逻执法点，围绕着蛇山岛，如钢钉般扎入鄱阳湖区，水上公安局、水上派出所如坚强的后盾，挺立在执法点身后，织就了一张湖区动态巡逻防控网。

"这里是江豚的家园，我们是江豚的守护者。"执法队员说。

给我们带路的是鄱阳湖江豚保护协会的老朱。他熟悉江豚的水性，能辨析出江豚的声音。江豚呼吸的时候，嗞咚嗞咚，放松而迟钝，噗哼噗哼，有时也会变得粗重而急促。从鼻孔喷出的水流，像是一支支箭镞。他也大致知道江豚在哪儿捕食，在哪儿歇息。老朱说：很多生灵都是见着人类就跑的，所以我们要尽量在隐蔽的地方观察，不能影响它们的生活。

> 江豚是生长于长江中下游的淡水水生哺乳动物，俗名"江猪"，有"水中大熊猫"之称，被誉为长江生态的晴雨表。

过去，长江是江豚的家，那绵延数千里的长江里到底生活着多少江豚，谁也数不清楚，到了20世纪80年代，长江大开发，航运使水体破坏严重，"饥饿的江豚""江豚被螺旋桨打死打伤""江豚困于采砂石的大坑中"，等等，各种悲惨的呼声悄然埋没了许多江豚的身影。

2021年2月，江豚由国家二级保护野生动物升为国家一级。由于沿江水生态的破坏，江豚在长江中出没的次数越来越少。

江豚比人更早地生活在长江之上，是长江上最古老的定居者之一，给人留下了模糊的背影。

古代关于江豚记载最早的是在东汉许慎的《说文解字》中出现的："鰤，鱼名，出乐浪潘国（今朝鲜沿海）。从鱼，匊声。一曰鰤鱼，出江东，有两乳。"说的是江豚出产于朝鲜沿海和长江流域鄱阳湖至洞庭湖一带。在《魏武四时食制》中，江豚"常见首出淮及五湖"，可见曹魏时除长江流域几大湖泊外，淮河中亦有江豚。江豚对大风感觉敏锐，每当刮大风前，江面顺风起浪时，它们会朝着起风方向"顶风"出水，"江豚拜风"曾是渔民最重要的水上预警标志，渔民据此就知道，大风要来了，不能出湖捕鱼，以免发生意外。

实际上，影响江豚生活的不仅是人。江河湖泊的格局，在地理演变中发生腾挪，以及自然气候的变化，都是江河发生变化的重要因素，而这些因素直接影响了江豚的命运。如地理的演变，导致许多河湖与长江干流隔离，最直接的结果是江豚仅分布在长江下游干流及仍然通江的洞庭湖和鄱阳湖中。江河水文多变，江豚的命运无法改写。

中央电视台曾拍摄过一个纪录片叫《最后的白鱀豚》，地球上最后一只白鱀豚，孤独地游了差不多20年，是中国科学院水生生物研究所救治的，科学家想尽一切办法，也无法令其繁衍，最后死掉了。怎么死的？在我看来是孤独而死的，那是人类唯一看到的真实活着的白鱀豚。

科考和研究成果表明：白鱀豚是长江中下游独有的古老物种，早在2500多万年前就生活在辽阔的长江里。最早记载白鱀豚的古代典籍，是2000多年前被誉为中国"辞书之祖"的《尔雅》。该书命名这种水中动物为"鱀"，误作了鱼类。晋代学者郭璞则在《尔雅注》里，将"鱀"与鱼区别开来，并对鱀的外形特征、生活和行为习性做了较为准确的描述。宋代诗人孔武仲有一首《江豚诗》，把江豚与白鱀豚做了简单的区别："黑

者江豚，白者白鱀。状异名殊，同宅大水。"蒲松龄的小说《白秋练》里写到的美丽少女白秋练，就是白鱀豚幻化的。因为珍贵和罕见，白鱀豚又拥有"长江女神""水中国宝""长江里的'大熊猫'"等美誉。白鱀豚主要栖息在长江干流中下游（上至湖北宜昌的黄陵庙，下至长江口）。涨水季节，少量白鱀豚也会进入洞庭湖、鄱阳湖等与长江连通的湖泊里。

1986年，世界自然保护联盟把白鱀豚列为世界最濒危的12种动物之一。1986年中国科考估计白鱀豚数量约为300头；1990年科考估计约为200头；1997—1999年连续三年野外同步考察，只记录到13头；2006年以后，再也没有确认的白鱀豚野外观察记录。

> 2007年8月8日，世界自然保护联盟组织正式宣告，长江白鱀豚"功能性灭绝"。所谓功能性灭绝，一是指该物种已经失去自我繁衍能力；二是虽然不排除尚有在野外发现其零星个体踪影的可能，但该物种已经失去其所在生态系统中的地位和功能。美国《时代》周刊将其列为当年全球十大灾难之一："这是人类历史上第一种因人类活动而消亡的脊椎动物，也是近五十年来第一种灭绝的动物。"

白鱀豚的命运已经如此，目前生活在长江里江豚的生存现状，同样令人忧虑，其数量正在急剧减少。接下来江豚会不会消失？这种在长江生活了2500余万年的唯一淡水豚幸存物种，已经被列为极危等级，说不定哪天真的会灭绝。白鱀豚的前车之鉴，使得人们空前重视江豚的境遇。没有了白鱀豚，国家重点保护它的姊妹动物——"江豚"，让人感到不祥的是保护什么就是什么快没了，几乎无一例外。

生态的恶化带来的不仅是环境的改变，还可能导致精神文明的消逝。

我们中的一些人似乎过于看重自己的成就了，而且这些成就可能就建立在对大自然的掠夺上。

近20年来，生活在鄱阳湖及周边水系的居民，渐渐感受到环境问题

◎ 江豚

哺乳纲、鲸目、鼠海豚科的江豚，俗称"江猪"，曾经是窄脊江豚的指名亚种，2018年4月11日被升级为独立物种。全身铅灰色或灰白色，寿命约20年。

的严峻性——水域面积悄然变小、最高水位线急速耸起、险情预警更高频地响起……他们依水而生的生活，好像有一些东西消失了：是安全感。

望着逐渐缩小的湖面，鄱阳县江豚协助巡护队队长蒋礼义的内心十分焦急。

江豚对水温的适应范围在 4~30℃ 区间。夏天，当长江水温超过30℃，江豚会向深水区游动。但此时的鄱阳湖由于干旱，被分割成若干碎片般的小水域及湿地，适合江豚迁移的深水区越来越少，江豚搁浅的风险与日俱增。这与冰川融化后，北极熊难觅容身之所，是如出一辙的。

水位急剧下降时，是江豚保护的关键时期。作为土生土长的鄱阳人，蒋礼义对鄱阳湖和周边湿地的感情很深，江豚在他眼里，就像需要保护的孩子。"江豚没法预知水位下降的情况，此时最有可能发生的是搁浅。平时我们还需要注意航道中可能出现的风险，我们在巡护中需要注意江豚可能被船舶的螺旋桨打伤，这些风险的概率不大，但江豚总数很少，发生任何一起事故都令人心痛。"

面对种种危机，政府采取江豚迁地保护计划，挑选性别、年龄及亲缘关系均合适的江豚，分别运送到安徽安庆西江长江江豚迁地保护基地、湖北长江天鹅洲白鱀豚国家级自然保护区和江西湖口南北港网箱暂养基地，补充这三个迁地保护区自然种群数量，优化其种群遗传结构。

对于保护江豚来说，的确是一种非常不错的办法，但我依然担心那些生活在鄱阳湖中的江豚，如何面对枯水季节。

我去的时候，湖面一片深邃，没有尽头，船摇摇晃晃，仿佛行进在一条狭长黑暗的甬道。"要是运气好，今天可以看见江豚黑溜发光的脊背拱出水面，追逐船只。"我不禁感叹，假如没有枯水季节，鄱阳湖一年四季水量丰沛，那该有多好。

我们的船在行进，不远处一艘硕大的被废弃的沙船停靠在岸边，船上的人说，湖底的沙子能卖钱，运到城市里盖高楼大厦铺桥梁马路。以前，在湖面上经常可以看到采砂船，后来政府铁腕整治，现在这些船都成了废铁。

这湖底，恐怕早已经千疮百孔了。"千疮百孔"的湖床会是一副什么模样？像吊挂在老松树上的大蜂窝。湖就像人的肌肤一样，一旦划破就会留下疤痕。

我们到了一处小岛上，一眼望不到尽头的芦苇，白茫茫的，在风中起起伏伏，那是多么壮观的场面。

从蛇山岛返回锣鼓山码头的时候，我们站在船上朝江面梭巡。突然，远处平静的江面出现了一片水花，像是小鱼群猛然聚集时形成的水花。撑船的船主脸上有一种夸张而神秘的表情，他用一根食指抵住自己的嘴唇说，快了，快了，可能是江豚在赶鱼。我们屏住呼吸，紧张得连眼睛都不敢眨，似有什么亮晶晶的东西，在眼里四处纷飞。五六只江豚忽然跃出湖面。同行的渔政局的小伙子得意地告诉我，鄱阳湖的江豚数量越来越多，前几年统计是400多只，今年可能增加了近百只，大家都喜欢叫江豚"微笑天使"了。

生态决定了历史，历史决定了文化，文化又决定思维。我们应该对大自然充满热爱、尊重，应当把大自然当作生命的主角。我觉得今天人类社会属性太强，自然属性太少。我们的生活话题里几乎听不到人们谈论自然。水中植物不能正常生长，水中的动物不能自由生存，这样的长江，美怎么诞生？这样的长江，如何与中华文化浸润下的灵魂相呼应？

大江巨变的背后，是理念的嬗变。从靠江吃江到靠江护江，鄱阳湖儿女重塑"湖"与"人"的关系，复现一江春水绿如蓝。

"生态优先，绿色发展"成为全社会共识。如今，鄱阳湖岸的渔民全部上岸，身份也从"捕鱼人"变身"护豚员"。

修复长江生态、治理长江水体，务必拔除围网。现在的鄱阳湖，清凌凌的水，绿油油的山，宛若世外桃源。我是真心希望，在漫长的修复中，鄱阳湖能够结束那个让人焦心的枯水期。

对了，在赣江、信江、抚河交会处——江西省南昌市扬子洲镇渔业村的一处江湾，那里的水质、水深、食料条件适宜，是江豚往来鄱阳湖的必经之地，最多时有200多头江豚聚集，因而被命名为"江豚湾"。附近的村民都来拍照，在他们心里，江豚是神圣的动物。

> 相关科研机构调查后推测，长江江豚数量有1000多头，其中，干流为400多头，洞庭湖为100多头，鄱阳湖为400多头。可见，鄱阳湖被称为江豚的最后避难所，这话说得并没有错。

美是个性的见证。江豚是长江的财富，失去江豚对于长江来说是创痛。江豚与长江的关系，就像我们与故乡的关系一样，保持着某种难以言说的亲缘，一直以生活的方式证明着。

"拍到江豚了，拍到江豚了。"头部钝圆钝圆的，上下颌几乎一样长的弧线天然上扬，小牙齿密密排着，两只小眼睛被肥嘟嘟的肉一挤，挂在大脸边缘两侧，每分每秒都保持着微笑的样子。

西塞山水域，江山形胜，景色壮丽，自古以来便是文人墨客游历的地方，李白、刘禹锡、韦庄、陆游、黄庭坚等，均在此吟诗赋词，抒发情怀，留下了不少诗文。唐代诗人张志和的《渔歌子》中，那句广为人知、脍炙人口的"西塞山前白鹭飞，桃花流水鳜鱼肥"，更是将古代西塞山良好的水生态环境，描绘得淋漓尽致。通过对自然风光和渔人垂钓的赞美，表现了作者向往自由生活的心情。然而，粗放的经济发展，破坏了长江的生态。

资料记载，江豚曾从水中爬上陆地，变成四条腿的哺乳动物，后因难以适应，重新回到水中。这令人想到人类的过去与未来。我们所做的一切，与其说是保护江豚，不如说是保护人类自己。与其说是研究江豚的来龙去脉，不如说是意图从中探寻人类自己的命运。

江豚戏水的画面很快就在网络上传播。

现在，在黄石、荆州、岳阳、武汉、九江、铜陵、芜湖、镇江、南京等地的各个江段，一度难觅踪迹的江豚也频频现身。它们面带微笑、顽皮活泼的形象，"萌化"了人心，也印证着长江水生态修复带来的变化。

长江蕴藏着巨大的财富和生产力，也承载着文化和文明，更关乎我们子孙后代的幸福。习近平总书记指出，"对人的生存来说，金山银山固然重要，但绿水青山是人民幸福生活的重要内容"。近年来，长江经济带建设与生态建设相结合上，已经取得了诸多成就。时有媒体报道沿江生态令人欣喜的变化，为我们展现了生产和生态双赢的可能。

  随着国家对生态文明建设越来越重视，长江也开始焕发新的容颜。三峡工程的建设，不仅改善了长江上游的水域条件，减少了洪水灾害，每年还提供大量清洁能源，提高了长江中下游的通航能力，为沿江地区的经济发展和流域内群众安居乐业提供了切实保障。三峡工程，就是人类与自然共赢的最好例证。另外，动物也在检验着我们的生态修复成果。沿江生态令人欣喜的变化："鄱湖浩渺，风光旖旎，水落滩出处，白鹤嬉戏玩乐、展翅飞翔。"白鹤重新出现的背后凝结着广大干部群众修复长江生态的不懈努力。

  长江干流水生态在快速修复，重要通江湖泊也不甘落后，水生态、水环境都在持续向好。

  那天我们沿着一条泥泞小道返回，皮卡汽车颠簸得厉害。一个瘦高的老人拦车说要搭一程，车里头只有我和司机两个，我们打开车门让他上来，突然不见了人，他抓着扶栏半蹲上了车斗。"我就坐这。"他神情淡然地说。我们一直将老人带到县城，下车后，他指着一个低矮的店铺说："这是我家，你们在这稍作歇息，喝杯茶再走。"天气实在炎热，我们喝茶，聊天。就在我们喝茶聊天时，一个拄着拐杖的老人从屋里走了出来，"他是我哥哥，也是店里的剃头师傅"。老人介绍说，他哥哥以前是江豚保护协会的。几年前，盗鱼贼将江豚捕了上来，打算运走时，他哥哥发现了，并与盗鱼贼进行搏斗。江豚没被运走，可他的腿在搏斗中被折断，落下了终身残疾。

  "江豚肉不是带有恶腥味吗？"我说。"有药用价值，江豚的油治疗烧伤烫伤的效果很好。"老人说。所以，非法捕捞江豚交易的现象时有发生。江豚是靠声呐定位的，跑的船太多了，遇上两三艘渔船并行时，江豚就会迷失方向感，很容易被螺旋桨的大铁叶片刮伤。

  他哥哥自从腿折断后，就学了门剃头的手艺。我看见前面挂着一块剃头店的牌子，玻璃门上贴着剃头10元的字样。"剃头只要10元吗？"我问。"对，就是10元。"我最近十年都没有剃过10元的头了，贵的60

元,便宜的也不低于 20 元。他笑着说:"10 元够了,一天能剃 20 几个头,收入不少了。"

腿不好使,可他还是隔三岔五到湖边看看,因此还要耽搁不少的时间,可他心里是乐意的。他眺望着长江,看着湖水,思绪就会飞得很远。见到江豚嬉戏时,回来睡个觉心里都是美滋滋的。可以说是因保护江豚使他变成了残疾人,可他心里还是装着江豚。他变成残疾后,老人接着把哥哥的活给干了下去。

作为保护江豚的志愿者,兄弟俩的行为让我由衷地产生了敬意。但我还是希望他们能够为自己想想,希望他们能过好自己的生活。我知道,要把这件看似平凡的事干下去,还得吃不少的苦头。可老人没有想那么多,觉得守护江豚就是他的责任,不需要理由,这是他的义务。

"江豚在,这片水就有了生命。"长江故道望江豚、观候鸟、看麋鹿、览长江、游湿地,已经成为生态旅游品牌。

保护江豚,既是保护这个可爱的物种,更是保护人类赖以生存的环境。游人从长江和江豚那自信的光芒里,看到了现实和未来。

泥土消息

人们说故乡是泥土做成的。是啊,世间的一切都在泥土上。即便是不识字的人,也知道大地上的一切都是泥土给的。从空气,到河流,到草木。河流是大地的血脉,它在泥土上千回百转,是泥土的重要组成部分。

中国有几千年的文明史,静闻泥土芬芳。

殷墟出土的商代马车皆为木质,长期埋在地下,早已腐朽,与泥土融在了一起,需要不同寻常的技术才能清理出来。

自古以来,关于"人对环境的能动作用与环境对人的制约"问题,先人们就有过十分客观的论述。那就是人类必须尊重、顺应自然规律,维持生态平衡。

《逸周书》就记载了保护山林的思想。作家耿立在《向泥土敬礼》中,对泥土有了更为广阔的理解。

> 公元前3世纪,荀况就从哲学高度论述了尊重自然规律的重要性。"天有其时,地有其财,人有其治,夫是谓之能参。舍其所以参,而愿其所参,则惑矣!"说的是如果人放弃与天地配合的本分,却去与天地争职责,那真是糊涂。

不能违背自然规律,是古代哲人的一贯主张。

人与自然和谐发展,是人类生命的主题。

我们要的是绿水青山。青山即是干净的泥土,以及泥土上绿色的肌肤。我们拨开绿色的玉米地,一头扎进泥土中,狭长的玉米叶片会划破你的肌肤,血液迅速朝外喷出来。没有刨掉的麦茬,时不时会扎痛你的脚踝。在天地更深处，一切的声音都被隔绝，整个世界就只剩下庄稼和泥土。庄稼就立在泥土上，悠闲地迎着风。风给泥土带来消息，什么季节水流进了泥土里，庄稼就发芽，什么季节水量减少时，庄稼就长身子，什么季节河里干水了，庄稼把身子里的能量都给了麦穗。

月亮挂在天边上，农家的炊烟还没有升起。遍地抽穗授粉的玉米，正从泥土里咕咚咕咚汲取着生命的乳汁。

河流是大地的血液，会通过声音传递泥土的消息。

污染河流会不会对泥土产生影响？一个人的血液如果变了颜色，就会生病。河流也是一样，污染河流里的生灵，直接影响人类的生存。

儿时是怎样的湖？如宋代诗人胡仲弓笔下所描写的："独坐过湖船，凉生欲暮天。鸥眠汀草乱，鱼跃浪花圆。足迹烟霞外，吟声风月边。"姑娘就站在窗口，年轻漂亮，额头有点高，看上去很睿智。她不时仰起头，注视着天空，然后又专心注视河流。

河流在我们这一代人的童年印象里是清澈的，总是带着无限的憧憬和色彩。流水的喧闹和水滴的清脆声，会让人俯下身子朝着水里寻找自己。

鸟是调皮的，飞到窗口，朝着里面叽叽喳喳地叫着，姑娘的脸颊顿时烧得红红的。

在四川省宜宾市叙州区、安徽省芜湖市等地考察时，我听到一些村民说到过去和现在的环境变化时，满脸洋溢着笑容。

自然气候的变化，人类发展带来的压力，使得河流疲惫不堪。四川省宜宾市叙州区大塔滩村村民李其红说。河流的水受到污染，不要说人不敢走近，就连河岸的植物都不见生机。生态是一定要保护的，河水清澈起来，空气也是甜的，河岸的植物生命力更加旺盛，鸟也跟着飞了起来。

"臭水河又变回清水湾，多亏有了河长。"安徽省芜湖市李家村村民齐水瞻欣喜地发现家门口的小河又可以淘米洗菜了。以前的水也是可以洗菜的，齐水瞻记得小时候，爷爷挑着菜到河边洗，河流是那么的亲切。这过程需要长时间的治理和净化，河长花费了大力气。

河长是干什么的？河长又是怎样产生的？他的职责是什么？大家都不

甚了了。

随着时间的推移，河长这个称谓，在各种媒体上的曝光度越来越高：这里召开河长会议，那里对某某河长实行问责，甚至在中央文件上也出现了"河长制"三个字……

河长说到底就是看护河流的人。河长绝对不是一个挂名的官儿，更不是一个空头衔，而是"责任到人，完不成任务追责"。这一招对治理河道，起到了关键作用。

无论是啥，都要有人看护，有人看护就不会被破坏。一栋旧房子漏水，及时补漏，房子就不会倒。无人看管，水漏进屋里，日积月累破坏，房子自然就会坍塌，再也不能住人了。河流也是一样。

"有了河长和湖长，变化很大，湖边好多违法建筑拆除了，听说还要建环湖水系公园。"上海市青浦区淀山湖周边居民刘连芳由衷地感叹。

守护长江的，都是一些朴实的名字。这些名字我们很难记住，也不会去统计，可长江会记得他们的表情，记得他们的样子。他们是保护长江的功臣。他们倒是不觉得自己是在保护长江，而是在过一种生活，这是一种习以为常的生活，他们觉得这是一种既美好又有追求的生活。

我沉醉于美丽的朝霞，朝着河张望，那的确是一幅让人羡慕的图画。鸥鸟翔集，水天一色。

在湖北省潜江市返湾湖生活着一群青头潜鸭，那里是名副其实的鸟的天堂。这里通过退田还湖、渔民搬迁、水上拆围以及水系连通等建设，水体改善效果立竿见影。让全球仅剩500余只的极危物种——青头潜鸭也成了常客。它们奇怪的沙哑叫声，在湖面上此起彼伏。居住于附近的人们感慨不已。青头潜鸭的生存姿态，它与返湾湖的深情对白，将生命的尊严体现得淋漓尽致。

与湖长制擦亮湖泊名片一样，河长制也带来河清水畅。

"巨海一边静，长江万里清。"江海之间，蕴含着太多的奥秘，在不经意间让人浮想联翩。

万里长江入海口。南通，从沙洲罗列到江海平原，从偏僻小县到近代

◎ 生态清洁小流域"治"出美丽乡村新画卷

依据"绿水青山就是金山银山"的理念，走好"生态优先，绿色发展"之路，促进人与自然和谐共生。

模范城,从改革开放后第一批沿海开放城市到新时代经济总量跨进"万亿俱乐部"的城市,每一个历史时期,都承载着江海儿女的奋斗。

濠河,中国保存最完好的护城河之一,让古城端坐在水上。城外滔滔长江,城内千年濠河,通江达海,让人没想到的是,水网密布的濠河竟然变成了一潭死水。河道淤积、水体破坏,过水不畅、水质下降等问题凸显。"再加上107条黑臭河道,治理各自为政,缺少系统方案和有效推进机制是症结所在。"时任南通市水利局副局长蔡莉在陪同我采访时说,南通水网密布,水位落差小,水流顺逆不定,水环境治理不能像过去那样就河论河,一定要一个片区一个片区地治。

行走在南通街头,在文峰河岸旁,一个神奇的景象让人大开眼界:一道500多米长且种满绿植的水中挡墙,看似平平无奇,却将被分割成两半的断头河连通循环了起来。这种在河道中央建成的拓扑导流墙,是在濠河及周边区域水环境提升工程中,南通市首次引入使用的水利"黑科技"。如今的文峰河畔花香阵阵,景观栈道修葺一新;濠东河水质清澈,岸边少儿嬉戏玩耍,老人散步健身。种种景象让你很难想象:仅仅两年前,这两条河还都是断头河,是拓扑导流墙让片区水系贯通,死水变"活"了!曾经的工业废水、生活污水不见了,变成了海鸥等鸟儿贴着水面飞翔,鲜活的鱼儿在水中跳跃,游船在河面上来往穿梭。

三元桥的文峰塔,在作家陈世旭的笔下是半村半廓倒映在云霞中的。他曾在散文中描写过垂杨,描写过柳岸,描写过诗意的黄昏,等等。这些都是富有诗意的,水在人的生命中,在文学里,命运又是一种姿态。

像潜江、南通这样,通过湖长制、河长制的实践,推动一汪清水还复来,在长江两岸还有不少。

在四川遂宁,河湖专员截污治污负责到底;在湖北咸宁,打造一湖一景,亮点纷呈;在江西新余,市县乡村四级河湖库长挂牌上任;在江苏扬州,河长警长惩治河道违法联手出击……大江两岸越来越多的地区先行先试,实行河长制、湖长制,积极探索以水污染防治为主要内容的河湖管护体制机制创新,让当地的每一条河流、每一个湖泊,在健康畅流中创造出更大的绿色收益，成为惠及百姓的最大民生。

在江苏镇江市，从蓝色的"河长公示牌"走过去，生动的风景就隐藏在那些蜿蜒的九曲河中，阳光下闪烁着不可思议般的光泽。当我走近时，那种金属似的亮光不见了，河里呈现着一种青绿。两面草皮护坡伸向远方，干净的水面上倒映着远处河道管护员正在工作的身影。

镇江市围绕河湖流域水环境综合治理，成立了由县长担任组长的清水入湖行动领导小组，副县长分别担任主要河流及其支流的河长，相关部门和属地乡镇政府为责任单位。相关部门设立了镇级河长、村级河长，由各级组织的一把手担任治水的直接负责人。

展板上展示着各种规章制度：《镇江市基层河长巡查工作细则》《镇江市河长制工作制度》《关于全面深化落实河长制实施意见》，负责解说的工作人员告诉我，镇江初步构建起了县、镇、村三级河长架构，形成了一整套的办法和制度，这时才正式形成了河长制。这也标志着，镇江市以壮士断腕的决心和坚韧不拔的恒心，大刀阔斧进行产业整治。

与镇江市的九曲河一样，江苏省所有河流都在交通桥和河岸交叉处显要位置设立"河长公示牌"，公示河长姓名、管理单位、河道起止、管护标准、监督举报电话等。

不仅是江苏，在长江流域各省市我们可以看到各种各样的"河长"——"县长河长""局长河长""镇长河长"和"党员河长""青年河长""巾帼河长""红领巾河长""企业河长"等一批民间"河长"，他们每个人身上都有一串串的故事。描写他们治水事迹的作品上了报纸，登了刊物，都赫然陈列在这里。"河水流到哪里，哪里就会有人对其负责，这是推行河长制的初衷。这些对河流'负责'的人，就是从省到市、县、乡、村的各级河长。"长江水利委员会河湖管理局副局长谢作涛说。

长兴县提出口号——"把锦绣写在长兴大地上"！他们开展的"让长兴的水秀起来"的水环境综合治理专项行动，对全县所有河道全面实行"河长制"，全面构建县、镇、村三级河长管理体系，开始走一条"凡水必治，凡治必清"的秀水之路。按照"洁、清、净"的目标，积极推进"五水共治"

工程——重污染行业整治提升、农业水源污染治理、农村生活污水治理、河道综合整治和治污基础设施建设。

"青山不墨千秋画，绿水无弦万古琴"。绿水青山，在中国绘画史上一直是一个诗意的存在。我国生态文明建设成效显著，"人与自然和谐共生"的美丽画卷正在徐徐展开。

这天，我再次来到位于江西九江段的长江。江面在阳光映照下泛着光，江岸上长着绿绿的石菖蒲、牛毛草、鹿角苔，石龙芮开着淡淡的小黄花。两岸树木林立，藤蔓从树梢垂下，在风中轻摇轻晃。

"明天凌晨有小雪，咱们早上得加把劲，提前半小时到岗，把江岸上的垃圾清扫干净。"2022年12月15日晚，在家休息的环卫工人杜白雪接到通知，二话不说就把起床的闹钟调早了半小时。

第二天凌晨四点，当这座城市的大多数人还沉浸在梦乡时，老杜就背着背篓，轻手轻脚走出家门。早上的天气很冷，风声和他的自言自语声混合在一起。他把挂在江边石头、树枝上的白色垃圾捡起来收好。见我注视着他，老杜笑笑说："看到白色垃圾覆在这山水上，就觉得浑身难受。几年河长干下来，我最自豪的就是捡走了这些白色垃圾。"这是一种生活的姿态，令人愉悦又充满希望。

老查是鄱阳县的村级河长。往"上"，有乡级河长、县级河长、市级河长……各有明确的工作内容和职责，在当地标准《河长制工作规范》里写得清楚明白。他联络上级河长，一块儿使力，完善镇上的垃圾房配置、改建公共厕所、及时清理，便利大伙儿的生活条件，又借着小镇搞截污纳管，挨家挨户排查、设计，把居民生活污水彻底纳入排污管网。

每天早晨，老查都要骑车巡查村中的一些小河，隔一两天还要巡查长江，一次巡查就是六七千米。从2017年9月起，他有了一个新身份——村级河长，也担起了一份新的责任。老查有两本河长巡查记录本，其中一本记录长江。"湖面清澈，整体情况良好，未见任何垃圾。"

种莲藕是当地的传统产业。藕熟时，许多村民会在江边洗藕、搓藕。洗藕的泥水、过滤的淀粉水、藕渣都直排长江。一过冬天，到了春季，气温上升，就会发出恶臭。老查知道，直接劝大伙不干，不现实，也不妥，于是带着村民想方设法寻找场地，建设专门的洗藕和沉淀场地，统一处理，减少污染。虽然，村民们早已不喝江水，也很少有人去江边游泳，但水里的小鱼小虾敏感，人对空气敏感。老查沿着江岸转悠时，觉得自己这个"村级"河长，当得有些面子了。

江西省修水县退休干部章成对河流有着深厚的感情，他说，"改善不能单单靠国家层面的扶持。"所以退休后发挥余热，主动成了修河水源的"民间河长"。

"爱水护水，没有旁观者，人人都是参与者。"章成说。河长上岗激发了全民护水热情。不只是水网密布的江西，在各级河长的带动下，大江南北"民间河长""党员河长""团员河长""小小河长"不断涌现，河长队伍逐渐壮大，共治共享氛围浓厚。

"记者河长"这个称谓源自我在新华网上看到的一则报道：

华西都市报社南充分社社长汪洪仁等11位记者，在2017年共同有了一个新头衔——"记者河长"。

汪洪仁亲眼见证了河长制给四川南充带来的变化："2016年9月，我在实地暗访后撰写了一篇反映河道采砂乱象的内参稿件，市、区委领导看后非常重视，对河道非法采砂进行了严肃整治，现在已经关停了多家采砂场，河道周边环境明显改善。"

扬州，南邻长江，京杭大运河穿城而过，又得高邮湖、宝应湖、邵伯湖等大小湖泊浸润，自古就是一座与水结缘的城市。城市有了水，便有了灵性，尤其是到了春天，嫩柳吐芽，万花竞放，岸边的柔枝倒映在水中，风一吹，水面荡起涟漪，那光景正与扬州的精致典雅相得益彰。

进入烟花三月，扬州春意渐浓，在高旻寺大桥上下游处，一群头戴小红帽、身穿红马甲的"巾帼河长"正在河道旁忙碌着。她们有的正在对河道进行巡查，用竹竿、火钳捡拾河面和岸坡垃圾；有的在进行河长制工作人员问卷调查，向居民征求河长制和河道治理方面的建议。这场结合学雷锋纪念日和三八妇女节的志愿者活动，是扬州多样化开展河长制宣传的缩影。"巾帼河长"成了扬州河湖边一道亮丽风景线。

从市级女河长到村级女河长,她们在巡河的过程中发现问题,开展治河护河行动,积极践行"绿水青山就是金山银山"的理念。

雨丝蒙蒙,在扬州河边散步。河岸的小草也长出了颜色,远远看去一片渺茫的、毛茸茸的、广大的、均匀的嫩绿——它显示着自然的生机,这些小芽一夜间在细雨润泽之下就冒了出来。"巾帼河长"定期打捞水草,捡拾岸边垃圾。你站在远处欣赏它,感受它的无限之美,就会想起古代诗人韩愈对水的描述,就会看到水和草的和谐画面,烟柳垂丝、行人如织、亭台楼榭,这该是何等的惬意。

大自然中有一面不朽的铜镜,它在隐秘之处闪光,并一直对准那些试图追寻自己的人。

当我路过扬州的村庄小镇时,晨风微荡,宛如仙来之气。几株细辛散在空中。也有当地人叫它烟袋锅花,因为它的叶子还真像烟袋锅,中间还有个漏斗。几棵橡树、几棵桦树,间或还有一片落叶灌木紫花槐,迎风摇曳。

"水清了,鱼多了,景美了。"当地村民纷纷在朋友圈"晒"临水美景,引来无数"艳羡"。

很长一段时间没有见到白鹤的影子了。第二年秋天的一个黄昏,村民听见几声清悦的鹤鸣。不过,飞回来的白鹤像是受伤了。这让居民想起了人与自然相处的问题,只要人停止杀戮动物,给它们自由安定的空间,它们就可以与人和平相处。

"巾帼河长"在护河的同时,村民们自发成立了保护协会。也就是那一年,一名小女孩在水边玩耍,不小心掉进水里,因一只白天鹅咬着她的裤腿,才没有淹死。"多亏了这只白天鹅,孩子才得救了。动物通灵,有时候你还真不能不信。"

河长制推行后,坐拥绝版山水的张家界,打响了一场"河长治"战役,率先在湖南省建立并推行河流河段"河长+警长"工作机制,加大对涉河、涉水等环境犯罪的打击。通过一河一河长、一河一档案、一河一策略、一河一亮点等常态化的工作制度,让曾经垃圾成片、鱼虾绝迹的"澧水之源",

重归碧水长流，鱼游虾跃。

山水林田湖草沙是一个生命共同体，水环境治理不可能一蹴而就，而是一项长期而艰巨的任务。治理只是走好生活的第一步，让人们望得见山，看得见水，记得住乡愁，才是生态文明的核心意义，才是每条河流存在的价值。

> 远古时期，鲧因治水九年"功用不成"，而被舜帝放逐羽山；禹因治水三过家门而不入，十三年终克水患，被民众拥戴为领袖。一奖一惩，问责分明。

古代治水执行简单朴素的规则，现代河长制能否收到实效，关键要看责任是否落实。长江流域各地在推行河长制、湖长制工作方案提出的保障措施中，都将强化考核问责和社会监督列为核心措施。其目的就是为了提升执行力，使河湖长制落到实处、收到实效，从而形成河湖治理常态化。

长江是一条自带光环的河流，是天造之物，它是上苍所赐，任何破坏它、改变它的举动都将遭受惩罚。唯有尊重它和呵护它，才可能获得丰厚的馈赠。

"去复去兮如长河"是白居易感叹时间流逝的句子。这句诗是比较温和的提醒，不像庄子"人生天地之间，若白驹之过隙，忽然而已"那样森然尖刻、刀锋锐利。其实，一个人对待生活的态度，就是对待时间的态度。毫无疑问，生活在长江边，应该治理好身边的水，应该自觉地与水处好关系。

当然，河湖治理非一日之功，河湖长制重在建立水清岸绿的长效机制，各地都将根据党中央和各省最新部署要求，加大河湖治理与保护力度，严格河湖管理监督考核，变集中式治理为常态化治理。若如此，河湖也就变成了幸运儿，实际上幸运的还是我们自己。

我在上海崇明岛的江岸边，遇见一处青砖瓦房，里面有一个稍稍开阔的院落，一圈泥墙上披着发白的海草，每当太阳西沉时便会照亮院内一片茂盛的菊芋花。居住在这里的是一位退休的河长，任由在这里住了半个月时间的我进进出出，成了我真诚的朋友。我喜欢这一带的景色，思考着崇明岛为何如此的美。

居民是检验河湖长制成效的试金石。河湖治理成效如何，有一个"软指标"最为鲜明：其是否能成为当地居民休闲、运动、纳凉、赏景的好去处。河湖的水是清还是臭，岸道是舒适还是难行，景色是雅致还是粗俗，卫生是清洁还是肮脏……这些考验水体保护、岸道维护、景观设计、卫生清理等各项指标，都能通过居民是否愿来得到印证。居民来得越多越密，甚至稍远的居民也慕名而来，就证明这里河湖长制做得是不错的。

"天堂"为何物？杭州、苏州，那是古时的中国人追求美好与幸福的生活之地，是理想生活的参照物，是精神家园的存放地。春秋时，吴王夫差在用直古镇枫村，建了一个梧桐园。凤凰栖枝乃吉兆，但传说中的金凤凰最终没有降临。遥想那潇潇秋雨，落叶满庭，正是悲秋时节。"梧宫秋，吴王愁。"这首收录在《汉乐府》中的古代童谣，便是此园秋时的生动写照。它与西晋时的顾辟疆园，堪称苏州园林的开山之作。

苏州后来成为举世公认的"园林之城"，主要靠的还是文人，因此有人把它称为文人园林。想想也是，唐代诗人韦应物、白居易、刘禹锡先后在此为官，政声虽不显赫，但留下了许多传世的诗文，开创了一代文风；到宋代，范仲淹、苏轼、欧阳修、陆游、范成大等，都有诗文赞美苏州；明代苏州出了唐寅、祝允明、沈周、文徵明等大画家，所以苏州园林的出名，诗歌与书画的作用功不可没。

每一座园林，都是自然山水与人文内涵的结晶。今天的人们，还沉浸在美好与幸福中。渴望居住在水岸，看夕阳下鱼儿戏水，看鸟雀夜归。满目是水墨淋漓，理应是"小桥流水人家"。一幅美丽和谐的图景栩栩如生。

我走进长江时，仿佛在瞬间走进了时光的隧道。长江呈现出一片祥和，倒映着河岸的树荫，就连水苔也是青幽的颜色。

夜晚笼罩的时候，有人在水里洗澡。听得见水发出的异样声响和偶尔的说笑，迷离的光影中，或是男人，或是女人。这是一种自由的人生状态，在夏季对水的利用率尤其高。一个小女孩或站或蹲在水边，打理着好看又

难以规整的长发。最难编的是小辫子，那个工夫，足足费了月亮爬上杆子的时间。但谁不乐意呢，这样的操忙，也许一个晚上都是高兴的。

长江两岸的乡村里灯盏光亮，两岸的树木深处黄腰柳莺在唱歌。从声音的强弱分析，它至少离我有一段距离。黄腰柳莺的歌声确实太完美了，我说的完美是以鸟儿自身条件而言。它的声音嘹亮中还富于变化，就连独立生活不久的幼鸟，其唱功也不错。基因是个奇妙的东西，它可以遗传，我说的不仅是生理性的遗传，还有生命意识的遗传。

"长江的确发生了大变化。"住在江西湖口长江河岸的老奶奶抬着手中的拐棍指着河岸说。在湖口有一处一平方米的江岸，居然长着两万多朵薇甘菊，薇甘菊瘦果细小椭圆形，亮黑色，底部一圈冠毛。薇甘菊同人一样，也是可以偷渡、外逃和潜行的。它把自己的种子挂到轮船上，或者包装箱上，轮船到哪里它就到哪里。货物或包装箱在哪里上岸，它就在哪里上岸。只要有阳光、土壤和水，它的生根、开花和蔓延就不是问题。

这真是长江本身的变化吗？我在想。长江本身是一条生态之河，人类在伤害她的同时，现在又对其进行了保护。这可能是人类与长江注定的搏斗，也可能人的存在就必然会对长江产生危害，现在觉醒了，人类明白地球上的长江不是对手，而是陪伴自己的亲人，明白这一点，人与长江应该是和平共处的。

2022年的秋天，从早到晚下着雨，刮着风，我站在长江中游重镇武汉的江滩上。雨水将满世界弄得湿淋淋的，有些树木的树冠就像火焰一般发亮，仿佛树木自身会发光似的，菩提树自上而下全变黄了，树叶到处飘落。

年过七旬的田曙光是长江航运管理局的退休干部，一脸的皱纹，头顶着灰白的头发，好像戴着一顶小毡帽。笑起来下巴颏高高地翘起，嘴唇深深地瘪了进去。田曙光的家在武汉长江北岸边上的三阳金城。退休后，只要不是遇上恶劣的天气，他每天都会习惯到长江边上走走。每走几步，就会停歇下来，默默地注视着。白杨树叶颤动着，发出簌簌声。微风吹了一阵突然静止时，是松鸡在扯树枝，够不着好树叶时，它就试着跳到下面的树枝上，但树枝太细，折断了，松鸡就往下坠，并用翅膀维持自己而不掉下去。田曙光说，松鸡大概是捕捉昆虫，吞食些助消化所需要的小石子，夜里就飞上附近的白杨树。长江两岸的生态越来越好，夜里能听见白杨树叶轻微颤动的声音。白杨树下长满了水藻，到处是泥泞，放下脚去，就像是芭蕾舞演员那样，泥泞里发出吧嗒的响声来。这时，小老鼠会跑到树下来，叶丛的声音越来越响亮。

一艘名叫"荆长净"的中型清污船静立在建华管材码头，阳光将绿色的船身勾出金色的轮廓。上了船，我才发现陈景旭的妻子孙红艳早已在船上忙碌了，她和两三个工人师傅一起收集着昨夜靠岸泊船积攒下来的生活垃圾，汗水让每个人身上都湿漉漉的。孙红艳说道："现在工作环境比过去好多了，船主也比先前配合。"

说到"荆州一号"，荆州人民可能都知道。这艘船的名声虽大，却是一艘收集荆州港垃圾的船。可能没有人知道，这艘船是荆州市民孙艳红夫妇卖掉乡下的老屋买的。"我们都在江边长大，童年的记忆里都是清澈的江水。现在看见油污、垃圾、死鱼污染着江面，就特别渴望有一天能让环境回到过去。"孙艳红说。

想要荆州长江洁净，自己就先要吃得苦中苦。船笛声鸣响，"荆长净"身披金光出发了。刚刚下江做清运工时，孙艳红夫妇的日子苦极了：只要天气允许，夫妻俩就从建华管材码头起航逆流而上，驾船行驶十余千米，沿江收集船舶垃圾，直到荆州旅游码头为止。一直忙到下午再返回，把垃圾提上岸，装上皮卡车，运到最近的锅底渊垃圾站。如果天气不适合出船，夫妻俩就开车顺着沿江码头，挨个上船收。

"辛苦没有白费。"孙艳红夫妇在这里干了 20 个春秋。陈景旭说道："现在江边上砂厂已经拆了，拆了后全部都绿化了。在没有涨水的情况下，这水清澈得在江面上可以看到水下的草。"长江两岸草青树绿、花朵缤纷，微风徐来、浪花拍岸，令人心旷神怡。

长江倒映着蓝天白云，风吹起阵阵波纹，江水浩荡向东流去。"荆长净"逆水前行，激起白色浪花。船两侧，一群水鸟逆风飞翔，不时掠过辽阔的江面。江豚成群地伴着"荆长净"来回游玩。

当你久住在长江岸边,看着碧绿碧绿的水草渐渐被过往的船只侵蚀的时候,你的内心就会恐惧。长江是水路,这已经是不能回避的现实,孙艳红夫妇等人对长江的真挚情感就像是水滴一样,渐渐地汇成一片江河。

小船在静悄悄的微山湖上徜徉。我的心宛如在绸带上行走,乐然而行,欣然而行,一只鹳鸰像是戴着黑头巾,穿着黑围裙,在湖岸上奔跑着,沾湿了双脚。鹳摇摇摆摆迈着步。

一个人走到襄阳城边。一部大书在城前展开,写满汉字的汉水,如此丰润丰富。天上银河,人间汉水。

汉水,同样也是湖北人民的母亲河。

她纯净自然,接近原生态般圣洁;她幽远古朴,桃花源般诗意盎然;她秀美端庄,女神般典雅、高贵。

她从远古走来,穿越《诗经》的四季,携汉风、沐唐雨,走成华夏文明的瑰丽与沧桑。

古老的村落,炊烟袅袅,阡陌纵横,田园牧歌。渔火点燃的夜晚,先民们踏歌而起。

关关雎鸠,在河之洲……

汉水打开的是一部壮美的自然画卷,也是一部诗歌的人文画卷,一条汉水,处处流溢着诗歌的情韵。她的每一滴晶莹,每一处闪回,每一声波涛,都蕴含着春秋雄阔的韵脚,风雅颂婉转的格调。(《梦萦故乡那条河》)

我荣幸地走近汉水,在夜空晴朗、星月辉映、严寒酷冻的早晨,一群野雁排着整齐的队形,朝着湖泊的田园飞去。老猎人抽起烟,非常小心地吐着烟,烟雾缭绕在嘴边,就用手去驱散它。"我现在安顿好了,有了新的收获。"他见着一只野雁吱吱地落在稻田边,迅速跑过去,"腿受伤了,我得帮它处理好。"世界是无穷无尽的,也是多样化的。老猎人改掉了过去的邪念,不再捕猎,不再杀生。

打开十堰的绿色版图,你会看到,一条是长江最大的支流——汉江,

◎ 汉江

又称汉水、汉江河，长江最大的支流，在历史上占据重要地位，常与长江、淮河、黄河并列，合称"江淮河汉"。汉江流经陕西、湖北两省，在武汉市汉口龙王庙汇入长江。汉江多滩险峡谷、径流量大、水力资源丰富，航运条件好。

自西向东穿越全境；一条是汉江水量最大的支流——堵河，发源于南部山区，在十堰城区上游不远处汇入汉江。十堰何其有幸，两条大河浩浩汤汤流经这片古老而美丽的土地，泽被和化育着这一方淳朴善良的子民。

三千里汉江，精要在襄阳，其中包含近200千米的壮阔波澜。唐白河的水、檀溪的水，都化作汉江的力量。

我乘船沿着唐白河前进，在一个偏僻狭窄的河道上头的小村庄，遇到了一个早些年住在这里的护林员，他在此生息繁衍，开凿沟渠，种田种地，用毕生的时间守护着这一方山水。

"不准朝河里倒垃圾，不准烧田埂、秸秆、杂草……"大山深处，除了鸟叫兽鸣，护林员的喇叭声唤醒着新的一天。

山林密集，景色秀美。美景背后，是奔走的护林人，日复一日用脚步丈量山林，走出"巡护路"。

长江治理与保护，是中华民族伟大复兴历史征程上一朵耀眼的浪花。在中国共产党领导下，长江流域发生了亘古未有的巨变，长江两岸的村庄发生了很大的变化。千千万万干部群众的生产生活，也在突飞猛进地变化。

江还是那条江，但她已从灾难之河，变成造福民生、支撑中国经济社会高质量发展的安澜巨川。

江还是那条江，但她比任何时候都流得欢畅，浩荡江水化作耀眼的电光照亮大半个中国，万吨江轮编组可直上重庆、通江达海。

江还是那条江，但她滋润的不只是大江两岸，南水北调构建的大水网，让清洁的江水千里迢迢奔流北上，滋润祖国的北方。

江还是那条江，但她的战略地位已今非昔比，"生态优先、绿色发展"的共识，正转变为"共抓大保护"的生动实践，长江经济带已成为我国经济社会发展重要的增长极。那些饱含深情和深意的禁忌，不仅使人们生活得有操守，有敬畏，有生命意境，而且保护了生灵的繁育和山河的完好。

保护长江，面向未来。不容许长江生态环境在我们这一代人手上继续恶化下去。修复长江生态环境，是新时代赋予我们的艰巨任务，也是人民群众的热切期盼。谱写生态优先绿色发展新篇章，打造区域协调发展新样板，构筑高水平对外开放新高地，塑造创新驱动发展新优势，绘就山水人城和谐相融新画卷，给子孙后代留下一条清洁美丽的万里长江，是我们的责任，也是我们的使命。

长江给了大地灵性、厚重和名声，也给了人刁难、悲痛和漂泊。我们在注视着长江的同时，也在注视着自己的行走。这也许就是保护长江的真正意义，人如果少一点索取，长江就会多一分安宁。

风暖了，花香了，春天又来了。晴空万里，白云朵朵，水天相接，青山隐隐。长江两岸绿树婆娑，百草随风起舞。秋意正浓，收获如金。水上水下清辉荡漾，舟船如梭。

在长江的灵魂深处，埋藏着6000多万年的时光。这条因水而生的大江，最终成为水的故乡。

这是一个寒冷的早晨，我和几名志愿者在长江的芦苇丛中穿行，走着走着就下起了雨，雨过后太阳随即跳了出来。在那蜿蜒湿漉漉的小道上，泛着幽幽的时光，泥土的气味令人神清气爽。

我的脚步太慢，一抬头，发现走在前面的都是高大魁梧的英雄。他们习惯寒冷，习惯风从四面伸出刀子，割的都是肉，打的都是骨。每天重复一系列动作，一些青年人变成了老人。

也许，包围着我的整个大自然是一个梦。它无处不在：在长江的朝霞和晚霞里。当然，包围着我的也并不是完全和谐无忧的长江，长江边的人类也不是完美无缺的物种。我看到的是一个真实残缺的长江，这里有自然灾害，也有不幸的人祸。正因为如此，我们可以对照百余年前的长江与自然，长江与人，反思当下的长江与自然，长江与人。

从猎杀到守护

我一向认为，天下最牢固的关系是澄明的，透彻的，肝胆相照，没有纷争，没有利益纠葛的。有天地之心者，真情真意不会稍纵即逝，而是生生不已。这是我们与长江之间应该有的关系。

良好的生态环境是社会经济可持续发展的重要条件，也是人类生存和发展的重要基础。我希望有更多人，尤其是青年人，走进自然，走近长江，去倾听长江的呼吸，培养真正热爱长江、尊重长江、顺应自然、保护自然的感情。

例如山里的狐狸，它残害鸡，但同时也在田野上消灭老鼠，所以一定程度上狐狸虽是猛兽，但也是有益的。

坐在独舟里，草会从水里冒出来，水面上漂浮着生长在沟渠里的白色百合花，头顶上飘荡着如马刀一般长的芦苇叶，像炮弹一样的黑青色的芦苇花，风一吹，大片的芦苇荡就会发出哨声，真是无奇不有。

一对灰白色水鹬嘎嘎地在水面上上下翻腾。纵横交错的、宽大的田埂两边，小麦正在灌浆。一丛丛肥大的猪耳菜，斑驳陆离，五彩缤纷，比田里的麦苗还高。田埂修得就像一条条细长的金属管道，埋在茂密的麦苗底下。到处是光泽的景色。

于是我们可以明白，在能量守恒定律外还有一个守恒的定律，那就是我们珍惜的，也一定是珍惜我们的。

升金湖，位于长江下游南岸安徽省池州市，属通江浅水性湖泊，水生动植物资源极为丰富，因湖中日产鱼货价值"升金"而得名，同时又有"中国鹤湖"之称。

据统计，升金湖共有鸟类 142 种，其中越冬候鸟 66 种。属于国家一级保护的鸟类有白头鹤、白鹤、黑鹳等 5 种，属于国家二级保护的鸟类有白枕鹤、小天鹅等16种。

1986年,升金湖被列为国家重点水禽自然保护区;1988年,被编入《亚洲重要湿地名录》;2015年12月25日,升金湖入编《国际重要湿地名录》,是安徽省首个荣获国际级称号的自然保护区。

此前由于发展模式粗放,沿湖群众靠湖吃湖,在湖中大面积围网养鱼、养蟹,沿湖圈地养殖家禽、牲畜,导致湖区水草面积减少,水体富营养化,湿地生态环境退化,破坏了野生鱼类的正常洄游繁衍和候鸟的食物源。2017年后,这种情况大有好转。

2022年深秋时节,我来到升金湖畔。当日天气明朗,举目远眺,但见上下天光、一碧万顷,鱼跃浪翻、百鸟翔集……升金湖国家级自然保护区管理局科研救护中心工作人员丁浩指着远处芦苇丛和湖面上成群飞掠的白额雁,和我说起保护区内的珍稀鸟类,如数家珍、满怀自豪:"现在湖里已有不少雁鸭类、鹤类水鸟,再过半个月,从西伯利亚来此越冬的候鸟就更多了,还有白头鹤、东方白鹳、大鸨等国家一级保护鸟类,不少国内外爱鸟人士也慕名而来。"

夜宿在附近的小镇,晚上下起小雨。由于窗户是单扇的,屋子旁边就是树林,像是在林中的窝棚里,很容易做梦,突然间就听见白鹤的叫声,它们拍打着翅膀,在林间寻找食物。一次,我去拍摄白鹤的生活轨迹,在蓝色的云朵下见着一对白鹤追逐着,比着嗓门,很快就交配了。

对于生态,巴东人有着不可磨灭的记忆。

> 巴东,地处长江三峡中巫峡和西陵峡之间,是长江进入湖北的最上游,自古就有"万峰磅礴一江通,锁钥荆襄气势雄""楚西厄塞,巴东为首"的说法。

"大船之桡三十六,小船之桡二十四……上峡歌起丰都旁,下峡声激穷荆湘。推舵声悠喷声力,千声如咽三声长。上滩牵船纷聚蚁,万声噪杀鸟噪水。"清代诗人张向安的这首《桡歌行》从一艘艘木船上分工明确的船工起笔，画卷倏忽延展到长长的江面，密集险峻的峡谷与清越激昂的歌声通过视觉和听觉相呼应，极力状写出川江航运的热闹繁华。

然而，在历史记载中，这个有着千年历史、不设城防的县城，几乎每两年都要发生一次泥石流。

1979年3月，随着葛洲坝工程的建设，巴东启动了县城的搬迁。但由于地质环境原因，在长达十多年的搬迁过程中，新县城三次易址，直到1996年选定西壤坡，大规模的搬迁建设才算真正开始。在这场漫长而艰难的搬迁过程中，所有人都意识到一个严重的问题，那就是生态问题。

2011年，巴东县第十四次党代会确定"生态优先、文化引领、产业兴县、开放包容"的发展战略，确立"绿色巴东、文化巴东、富裕巴东、和谐巴东"的发展定位，在短短七八年，走出了一条绿色发展之路：护岸林建设，库岸综合整治，城镇、村庄道路绿化，启动黄土坡滑坡体治理区域"生态植物园、观光农业园、地质生态公园"绿化建设……

可不管怎样，有河流的地方，就是美的。

今天的水面是平静的，水面上方的鹬和它在水中的倒影完全是一样的。几只鸟儿在被挖得七零八落的沙堆上寻找食物，有一只小鸟飞不起来，拍打了几下翅膀直接落在水里。

长江边到处是郁郁葱葱的新绿。洁白的路蜿蜒起伏，在树林中延伸，紧邻长江的是一丛丛巨大的芦苇，一个个挖沙遗留下来的大型不规则沙窝，大部分浸满了水，和河流两岸白色的鹅卵石、沙滩映衬在一起。

一艘废弃的采砂船被分割成两半停靠在芦苇丛中，挖砂机横在水里，吊机悬在空中，黝黑，有立体感，从远处看，是不错的风景。

闭上眼睛，还能听见卡车"隆隆"的声音。那声音就像是一把切割刀，听得耳朵怪难受的。

大约几里的路程，见着许多堆放的设备。平静的河水暗藏着凶险，随时都可能吞噬人的性命。虽然天空干净，有鸟飞过，清流缓缓，但河边玩耍，却成为不可能的事情。

采砂对建筑业是有贡献的，现在国家大力搞建设，哪一个建设项目，民用的，公用的，不需要沙子、混凝土？烧砖也需要，土，国家不让挖了，只能烧石灰砖，必须得挖沙挖石子。这些从哪里来，只有河里产这些东西。采砂对河的生态会有影响，如果挖得深，就有可能形成漩涡。

实际上，挖砂与生态之间，是与人有着本质的关系的，有些地方可以挖，有些地方不能挖。

我曾经读到过一篇文章，说采砂对河流的影响不大，只要管理好就行。譬如，水利法规定，主汛期就不允许采砂。汛期采砂船一定要上岸，不得采砂。

我又读过另一篇文章，写的是一个"砂耗子"，因为禁令让他失去了正常的生活。我便会想，文学是帮弱者说话的。这之间的矛盾，就慢慢地像火焰一样燃烧了起来。

我在长江边夜宿，浑厚的呜呜声，听上去就像是一只巨兽的吼叫。那时我正在睡梦中，仿佛是被那巨兽惊醒的。我将脸贴在窗户上向外窥视，可外面几乎看不到任何事物，除了黑暗仍是黑暗。我在想，自己的周围肯定有一个巨大的东西存在，不然怎么会听到那悲伤的声音呢？是的，那巨大的村庄似乎有着生命的属性，那肯定是一种无时无刻不在运动的事物。

与我同行的张师傅说，十几年前，他总是在那个漫长的长夜里听到这种声音，感觉那是一种无边无际的声音。

他想看清楚到底是什么，可黑暗一直笼罩着。

"自然对长江的破坏大，还是人的破坏大？"我问。

"如果没有较大的洪水，我认为还是人的破坏大。"张师傅说。

在长江水域，"猎人"曾经是最大的杀手。他们居住在长江边，得益于祖先的传承，从小就学会了打猎的手艺，这是得天独厚的优势，也是他们谋生的手段，但许多人贪婪地使用着这种方法，只想多捕一些水中的"猎物"，而这些"猎物"是水中的各种生灵。

长江上的"护砂猎人"，没有皮弹弓，他们捕猎的方式不一样。我第一次对"猎人"有了另外的理解。

我一直单方面地以为，长江上的那些"砂耗子"多是生活所迫，而当我真正去了解时，却发现并非全然如此，许多人从事采砂，是出于强烈的占有欲。

现在早已明令禁止采砂了。采砂船上再也没有人的踪迹，铁锈色的三角形桅杆高高竖着，密密麻麻。一个三角形桅杆下面便是一艘船，每艘船上有一整套采砂设备——柴油机、管道、抽砂泵机。

曾几何时，这里是一片繁忙的大工地。

"桅杆越高，表明吸砂管道钻得越深，吸砂能力越强。"为我开船的张师傅说，钻头深入到水下几十米，把地下的黄沙吸出，然后通过水洗，污水流回江中，黄沙装进船里。"白天不让采砂，只有少数有'保护伞'的敢采。"这大概就是一些采砂的流程。采砂船是有选择性地找时间作业的，长江却要忍受着疼痛的折磨。

> 长江砂石，是重要而宝贵的自然资源，被誉为"水中软黄金"。20世纪80年代以来，随着长江流域经济社会的快速发展，推动了对砂石资源的需求，各类采砂船只遍布江面。

一度形成无序的、掠夺式的乱采滥挖局面，严重危及堤防安全，堵塞长江航道，破坏水生态与水环境，损毁涉水工程设施。

这些人为了自己的利益，不停地向长江索取。这怎么行呢？

在"护砂猎人"眼里，砂石是长江河势河床稳定的"平衡器"，是保证长江防洪与通航安全、维护长江优良生态的基石。

一方要守卫砂石保护长江，一方要盗采砂石变现牟利。故事在长江上的双方斗智斗勇中上演。

我突然听到了一种声音，它像是丘鹬飞翔出来时发出的咕咕声，于是朝那个方向走去。但只要我挪一步，那声音就消失了。我折回原处，那声音又出现了。

现在，我们能听见和看见的东西都符合某种节奏。人们与这种节奏保持和谐,"人们的胸怀,仿佛极其的辽阔。"我只能认出一些鹤来,那些长着不同寻常的长喙和红黑相间的眼睛的鸟儿,只有猎人才能辨认出来。

　　我坐在河岸枯树干旁休息时,吃惊地发现,停靠在河岸的船舶旁有一个轻软的、毛茸茸的绿色靠垫,它是用绿油油的草做成的。我的双脚已经陷进了冰凉的泥坑里,看来,这个坑是掏出来的。河岸的沙土坑,好久都没有水了,我的心中不禁涌现出一股疼痛,那些草木干枯而死,有些腐烂后就变成了黑土层。

　　人是有行为意识的。

　　为了延续生命,动物不会把食物一次性吃光,还会留一部分保障明天。如狗会把自己吃剩的食物埋在地下储存起来。

　　拯救长江。给长江出路,就是给人类自己出路。

　　千百年来,鄱阳湖一直流淌在人们的生命里,以水道、篷船、鱼虾、芦苇、稻麦、藜蒿为符号文字,向历史作了属于它的自我陈述。

　　它原先是渔民的领地,鱼腥味很浓,如今却有了新的繁华。

　　水岸至今还散布着零星的渔村,那是商埠的前哨;水道上帆船来回穿梭,那是繁忙的音符;有人长须拂面,临风把盏,然后,歌舞声声;有人长衫飘逸,邀月吟哦。"鄱阳湖上都昌县,灯火楼台一万家。"

　　在历史吻别往前翻去的册页时,谁也不知道从此往后是怎样书写。

　　在鄱阳湖人们的记忆中,还有一张被湖水浸泡的画面,到现在只剩下一句话:"朱元璋和陈友谅在鄱湖大战18年。"一段原本鲜活的争雄,战船对峙、戟箭穿飞、鲜血喷溅、尸横满目,应当是这场搏杀的细节,现在统统埋伏在这句话里。实际上这次战争只有18天,人们依然生性倔强地说成18年。

　　一片湖水上,如果用实物来参照,星星点点的渔篷船,一头有点篙的渔姑,一头有撒网的老爹,他们头罩斗笠,身缚蓑衣,偶尔有渔歌荡起。

　　春天芦芽吐翠,夏日红莲绿苇,秋时芦花飞舞,冬至坚冰如玉。

　　一切美景皆在长江上,在晃荡的水波里。

　　春节开河后、冬季冻河前,选水流小的苇地、苲草多的浅水域作业。

草多的地方，鱼逃跑的机会更大。

一人一船。长江岸边的渔民懂得很多种捕鱼法。有些时候，却需要群体作业，声势浩大，收获良多。

捕鱼这种传统的手艺，其实并没有给长江生态造成伤害。"我们一天捕不到多少鱼，其实很辛苦。"

渔民主要依靠的还是苇箔，苇箔是用麻绳将芦苇秆编在一起的苇帘子，每片苇箔长5米左右，宽度有两米、三米不等，根据水势深浅，把箔立扎在水底再露出水面3尺为宜。大密封用棉麻线编织竹篾而成，就是个鱼能进不能出的篓子。网片是用棉线或合成纤维织的，宽约丈许，网眼能伸进两个手指头。

这种捕鱼方法对生态的伤害是有限的，渔民们说。

但是现在，很多人只顾自己的利益，不仅对鱼造成了伤害，对长江生态也造成了极大的危害。

"不是所有的渔民都胡搅蛮缠，他们活得很难。"渔民说。

长江生灵的存亡，一方面与自然的变化有密切的关系，另外一方面人类的保护与破坏也是重要原因之一。

2022年2月，我驱车来到湖北省枝江市百里洲。这里的人们以捕鱼织席为生。祖宗的遗骸就埋在自家田里，微微隆起的小土丘，没有标志性墓碑，哪一年江水漫上一点，便抹去一点。

不用说，这里人们的出行工具便是船，若一家人只有一艘船，这船又恰巧出门，便要等。可能一等便是一两天。这些居住在岛上的人，很小就会划船，划船就像吃饭一样稀松平常。

不过，从世代居住在长江边的渔民生活中总结、沉淀下来的还有渔猎文化，捕捞方法携带着当地人生活的温度和情感，也浓缩了劳动人民聪明才干与生存智慧。人类在长期的生活中形成的技艺与生活的方式，就是一地文化。细细寻访，盘点，整理这些珍贵的文化，乃是一件极有意义的事。

> 蓝天碧水，鱼畅人欢，历来是长江最美的名片。渔歌唱晚，舟楫往来，依然保留着最美最真的图景。

它是长江的艺术作品中，最伟大的艺术。

毋庸讳言的是，随着城市化与工业化的推进，不合理的开发导致沿江排污量增大，以及过度捕捞等行为导致长江流域生物多样性遭到破坏，水生生物的种类和种群急剧减少。

对于鱼来说，有时最大的伤害不是捕捞，而是垂钓。非法捕捞的情况在政府的大力打击下得到了很大改善，但垂钓由于点位散、规模小，需要不断巡逻。一些志愿者分两队轮班，24小时吃住在船上。有些渔民主动参与巡护，利用经验，给巡护带来了有力的帮助。身为渔民，可以高效、准确地判断出什么地方有鱼群，什么地方会出现江豚，另外，什么地方可能出现非法捕捞、非法垂钓，他们也都了解。

在长江边，我见到一只不知名的鸟，不停地扇着翅膀，想把被猎人打死的另一只鸟救上来，却无能为力。人孤一时，鸟孤一世。最终，两只鸟消失在茫茫的激流中。此刻，长江深邃的内心涌动着难以言说的忧伤。鸟对生命的理解，比我们要深刻得多。古往今来，一条河流不知道救活了多少生灵草木，接济过多少贫苦的人民，却也让那些焦渴的思念卷进了滔滔不绝的流水中。这就是生命的结束吗？天空中传来了清声，引人注目。我抬起头，有鸟排成一字，叫着飞着，叫着飞着，叫声凄怆。

谁又能懂得鸟的世界，有些鸟成熟了，就选择离开种群，去寻觅自己的栖息地，繁衍自己的后代。飞走后，再也没有回来。来年春暖，还能听得脆亮悠远的声音。人本是奇怪的，看看天，看看地，便能够启迪内心，相望一眼便能诞生情感，和衷共济。

太阳下山了，我回头看见鸟儿安静地在树干的窝上蹲了下来。在夜幕降临的一片漆黑中，我的心中升起了圆圆的太阳。

鱼类资源的衰退，是整个长江水生生物系统和生态环境退化的晴雨表。

没有生命长江，何来美丽中国？

为了母亲河水长绿、鱼长欢，除了连续多年实施增殖放流外，水利部门持续开展水工程生态调度，农业部门设置水生生物保护区，实施"十年禁渔"。把水生生物保护、渔业资源保护付诸行动。

鱼翔浅底，生生不息。人、水、鱼和谐共生，才能构建协同发展的生态文明蓝图。

在岸边的一个小村子，我遇到一位叫夏天的老人，他说，原先这里栖息着几十种鸟，现在越来越少了。可是他还记得那些鸟的名字，仙鹤、鱼鹰、鱼狗、灰鹤、灰沙燕，等等。

早春的万州，还是一片寂静的水域，万物正在持续缓慢地复苏中。

万州充分发挥渔民熟悉水域环境的优势，引导退捕渔民参与到生态保护和渔业资源保护工作中来。区农业综合行政执法支队牵头组建成立了护渔队，16名退捕渔民变成"护渔人"。他们每天24小时蹲守在长江上，变成了渔政执法队伍里的移动监控点，同时也是"千里眼""顺风耳"，共同守护长江万州段80多千米水域，保护渔业资源。

"黄鱼没了，刀鱼没了，鳜鱼没了，连红鳃鱼也没了。那种鱼肉厚，鳃上有半圈红，长不大，像浪里白条一样。"

"以前吃鱼有讲究，什么季节吃什么鱼，春鲂夏刀迎霜鳙，打了春的鲫鱼赛猪肉。"

村民回忆起小时候打鱼的经历，脸上的皱纹慢慢地舒展开来。

"那时候鲜鱼活虾多的是。四五月间，出太阳的日子，江上晒得暖洋洋的，鱼浮出来，用叉都可以叉到，大的有几十斤重。"

现在没有了渔民，村民也不再捕鱼，见着鱼就敲击船板，朝着有鱼的方向赶，鱼就朝着深水区游。

在孙犁的作品《芦花荡》里有一段描写夜晚的大苇塘：天空的星星也像浸在水里，而且要滴落下来的样子。到这样的深夜，苇塘里才有水鸟飞动和唱歌的声音，白天它们是紧紧藏到窝里躲避炮火去了。苇子还是那么狠狠地往上钻，目标好像就是天上。

作者塑造的是一位老英雄的形象，那位老英雄，让我想起《老人与海》中的圣地亚哥。同是渔夫，骨子里有同样的倔强，不服输的风骨。在万州我还见过一位以捕鱼为生的老人，黝黑沧桑的脸庞，脸上的皱纹纵横交错，双手因长期浸泡在水中，骨节已经扭曲变了形。他的年龄看上去比实际年龄更老。

　　他抽着烟，眺望着长江说："我的腰坏了，老了，不中用了！"烟雾笼罩着他的脸，长期水中作业，对职业有一种发自内心的满足感，当他割断渔网的那一刻，脸上尽是温和、坚毅与孩童般的羞涩。

　　护渔员的工作看上去挺简单，就是每天在这段五千米的江段走来走去。看到有人下网，就上去制止。若别人不理，就调整一下神情，庄严地拿出护渔证晃几晃。没人敢和政府对着干，只好鼓起腮帮子悻悻地收网。看到没主的布围子、地笼子，就割个大口子，将里面的鱼放生。钓鱼可以，但不能用锚竿、海竿、路亚，只能一人一竿，一线一钩。若有人在市场贩卖野生江鲜，也要向上面报告。水上巡、岸上看、市场查，这是护渔三部曲。

　　在渔政干了大半辈子的老孟，这几天算是摸准了路数，刚开始还掂个电喇叭，戴个红袖章，后来只揣个护渔工作证就上岗了。有时他也在江边钓鱼，暗地里却观察有人用了爆炸钩没有。工作一入正轨，日子就变快了。一晃三个月过去了。老孟心里一直埋着一颗雷，那就是怕碰到同行的熟人捕捞。不制止吧，失责；制止吧，面子拉不下。最怕别人呛他，说以前捕鱼比谁都能，现在禁渔比谁都积极，翻脸比翻书还快。真是越担心什么，就越会发生什么。

　　那天老孟用望远镜看到江中隐约有几个浮萍，辨出那是深水张网的泡沫浮子。目测这是一条网身近百米的大网。张网的孔眼很小，网口沉到了江底，顺流入网的大小鱼虾无路可逃，只有专业捕捞的渔民才会使用，想必是碰上了同行。江面平静，铺满了闪着银光的鳞片。老孟猜想附近一定有渔船在等着收网。他拿着望远镜绕了一圈，果然看到不远处有一艘拖驳装了半舱沙，泊在江面。好似突然从记忆里扯出了一根线头，他以前也租过拖沙船下深网。可以想象，等下网时间差不多了，船会慢慢靠过去拉网，绞锚链一样往船舱里拖。现在人都躲在舱里休息，间或观察周边可疑迹象，得时刻防备执法巡逻艇靠近。镜头里突然走进一个人，瘦高个儿，红脸驼背，长脖颈弹簧般一探一缩、一缩一探，四处张望。这人是刘远洋？老孟大吃一惊，真是冤家路窄呀。想不到的事情，就这样发生了。骄阳似火，心急如焚。老孟紧张地放下望远镜，好像是担心被刘远洋发现了。

刘远洋和他是发小，一起光腚下水摸鱼，一起学下网。本该成为好朋友，但性格不一样，爱好也不一样。刘远洋好唱戏，话多，爱动。老孟爱画画，话少，喜静。刘远洋不唱戏时，每天嘴里也嘀咕不停，有事没事找老孟说一通。常常一席话下来，老孟还没听明白，他自己倒说到了趣处，像被谁抠了胳肢窝，笑得打战。老孟只有苦笑应付。时间一长，老孟见他就想躲。刘远洋性子急，见他躲，就骂人："啥子兄弟？陪我说几句话，还怕把你的舌头割了？"比骂人更烦的是，还常要拉着他唱戏。刘远洋摇头晃脑，自个儿用嘴巴敲一阵锣鼓，开了腔。一边咿咿呀呀地唱，一边歪着肩膀小碎步转圈儿，还不忘用目光示意老孟配合着作揖施礼，跟着绕圈儿。一阵圈儿转下来，老孟只需尖着嗓子说一句台词："小姐，说得极是也！"要等刘远洋的兰花指无限柔媚地翘在那儿，戏才结束。老孟心思不在戏里，常把握不住火候，或提前，或该说的时候忘了说。刘远洋就把戏停下来，教他一番。也不接着演，而是从头再来一遍。一场戏演下来，刘远洋兴高采烈，看老孟蠢笨的样子，还不免嘲笑他一番，借机给他讲一个故事：从前，有个衙役押送一个发配充军的和尚。半夜里，和尚跑了。临走前他给衙役剃了个光头。等天亮后，衙役醒来，看到棍棒牒文都在，寻思押送的和尚呢？一摸脑袋，原来和尚在这里。又一琢磨，不对，和尚在这里，那"我"去哪儿了？自个儿在那纳闷了半天。你说那个衙役笨不笨？你莫不就是那个衙役投胎转的世哦。当面嘲弄他一顿也就算了。但到了第二天，刘远洋又把老孟唱戏走神、用笨衙役调笑他的情形，当作笑话，眉飞色舞地讲给别的渔民听，这就不厚道了。

老孟听说后，气得抱头蹲在舢板上，半天没有说话。他要作一幅画儿。一只蛤蟆，嘴张得碗口那么大，舌头上悬停着一只苍蝇。蛤蟆的眉眼却是比着刘远洋画的。传话的人是个豁子嘴，话再传回去，特别铺垫一句，那可不是一只苍蝇哦,是粪蝇,绿头的。刘远洋黑着脸去找老孟,人没寻着,一脚将搁在舢板上的桨片踹了个齐头断。临走还扔下一句话:"再陪你玩,我喊你大爷!"两人自此绝交。江面上打鱼,市场上卖鱼,两个人脚上就像长了眼,老远就各自调整方向。

  护渔员和渔政指挥中心设有虚拟短号,三个数字就能拨通。老孟摸出手机,只摁了两个数字,就放进兜里。再掏出来,对着屏幕叹了一口气,又放进兜里。若是别人都好办,偏偏是刘远洋。拨,还是不拨?他犯了难,左右都为难。如果看见不报告,不制止,是严重失职,上面追查下来,这饭碗十有八九保不住。如果刘远洋得知是他老孟举报的,新仇旧怨绞在一起,恐怕杀人的心都有。这样一想,又惊出一身冷汗,仿佛是自己闯了大祸。老孟决定离开这里,身体却像钉在了地上,哪只脚都迈不出去。他最终还是把自己的双脚拔出来了,像从泥潭里拔出来一样费劲。他一边走还一边朝江面张望,连余光都用上了,生怕留下什么痕迹来。

  正午的阳光照得老孟恍恍惚惚的。没走多远,碰到了同事艾大明。他并没有发现艾大明,是艾大明拍了他一巴掌,才把他惊醒。但心思并没有来得及收回,他冒出一句四面不靠的话来:"这可麻烦呢,两头作难哪。"又说,"这事闹的。"艾大明瞪大眼珠看着老孟,语气有点急:"摊上啥事了?"老孟警惕地看看周边,才捂着嘴巴给他细细讲了一遍苦衷,连隐藏的枝枝叶叶都抖露了。艾大明说:"两头作难个屁,不正好趁机报仇嘛。"老孟说:"这事做绝了,恐怕要缠上大麻烦。"艾大明想想也是,说:"生死冤家做不得。"艾大明挠挠头,仿佛想起什么,说:"最好把他撵走,只扯网,不抓人。"又说,"这叫捉赃不拿贼,也算放他一马了。"此情此景,似乎也没有更合适的办法了。老孟感觉头有些蒙,仿佛站在悬崖边上,再回头打量一条退路。老孟手机里有刘远洋的号码,还保存着。艾大明用自己的手机接通了刘远洋,刘远洋有些纳闷,本地号码却是个外地人口音。他一时吃不准对方来路,只喂了一声,不再说话。他只听到艾大明在电话里急促地说了一句:"快跑!渔政的马上要过来!"再就剩嘟嘟的忙音。艾大明已经挂了电话。在甲板上发了一会儿呆,刘远洋一时摸不清头绪,迟疑了一下，看看远处的深网，浮漂还在。再看江面，几艘货轮正从葛洲坝船闸缓缓而出，一艘游轮停靠在九码头等上下客，并没什么异常。

看拖驳船还不走，岸上的老孟倒慌了神。船不走，该咋办？艾大明看在眼里，心里一躁，操着河南口音对着电话又是一通骂："非得等着上面来拾掇你？恁下深水张网，莫违法不是？你胡性得狠哩！"说得驴唇不对马嘴，但刘远洋还是听懂了深水张网、违法这两个词，心里头也就明白了七八分。刘远洋不再犹豫，赶紧跑到舱里对同伙们说："快撤，往下走，渔政的恐怕真的要来了。"一个胖子趴在船舷看了一下，平静地说，"没什么情况嘛。"刘远洋没理他，直接命令瘦子去起锚。拖驳摇摇晃晃顺江而下。太阳烤得人发烫，老孟的心也跟着晴朗起来。他抽完一支烟，给陈树声打了个电话，又给渔政指挥中心报告了发现疑似有人下深水张网的情况。渔政巡逻艇赶到的时候，拖驳早已拐了两道弯，看不到踪影了。刘远洋只是受了一场惊吓，侥幸逃脱了渔政部门的查处。不过，从这以后刘远洋像是变了一个人。

> 捕鱼实际上是个高风险行业，远古时期，以打鱼捕捞为生的渔民们，每次出门都会祈祷平安归来。现实经验告诉他们，有"风"意味着有"险"，这便是"风险"一词的来历。

去宜昌市的路上，车行至大桥前，堵住了。司机扭过头，对着异乡的乘客解释，前面在维护，要等一会儿。"趁这个工夫，去感受感受母亲河吧。"

长江就在山路一旁。她奏着古老的涛声谱出前进的旋律，湍急而汹涌。不过，在长江西陵峡畔，有一个美得让母亲河驻足的地方——诗人屈原的故乡，秭归。

这个美丽的名字源于同样美丽的故事："屈原有贤姊，闻原放逐，亦来归……因名曰秭归。"秭归人会自豪地告诉来客，这儿是三峡工程所在地，汉代王昭君从这里出塞。也有人会伸出满是老茧的手，指向高处山顶上站着的航标灯，忆起曾经风波里的生活。

宜昌市秭归县，曾有着968名兼职渔民和512艘渔船。长江十年禁捕后，渔民上岸、渔船拆解。但航标灯在远处的山顶上站着，坚定如磐，尽心为长江的过客护航。

秭归县郭家坝镇擂鼓台村，《中华人民共和国长江保护法》摘要贴在了村子的显眼位置。渔民刘卫国把来客热情地迎进屋子，妻子局促地拿出杯子，泡好了茶水。不起眼的墙角，生锈的船锚和渔网钢圈提示着主人曾经的营生。

刘卫国是个精瘦的汉子，皮肤黝黑，穿着一件印有"中国武警"标识的白色汗衫。这是他人生最为骄傲的一段经历——1984年入伍，当了5年兵。

目光所及的长江支流里，看不见一条渔船，只有数艘采砂船慢悠悠行驶着。干燥的空气里，嗅不到一丝鱼腥味。随着"长江十年禁渔计划"正式施行，"江烟淡淡雨疏疏，老翁破浪行捕鱼"的画面已成历史。2020年7月，长江流域秭归段全面禁捕。全县近千名渔民洗脚上岸，另谋生计。

刘卫国选择专心侍弄家里不大的责任田，相比专业渔民，曾经"半渔半农"的经历让他们更快适应起现在的生活。他也曾想找个好点的工作，但无奈对方需要年轻力壮的，自己已有心无力。

老刘翻开手机里此前打鱼时的记录，咧着嘴笑了。视频里，他站在船头，将渔网一张张拉上船，再抛下地笼。妻子在船尾分拣渔网上的鱼，鱼鳞在阳光下闪光。"沉水鱼价格高点。"回忆起过往的日子，他滔滔不绝起来，"今年照理是个'大年'，按理说能够大丰收哩！"

敞开的大门外，突然冒出几个小脑袋。"出来玩呀！"屋子里跑出一个"小西瓜头"，一溜烟就蹿没影了，只留下一句"爷爷，玩一会儿我就回家"。对这些娃娃的生活，长辈们无疑是羡慕的——自己的童年，很长时间是待在船舱里看电视、发呆，出舱找小伙伴玩要得到父母的允许，还要被唠叨半天"注意安全"。不一会儿，村子里飘荡起孩童的嬉闹笑声，夹杂着大黄狗的欢叫，一下子有了生机。

刘卫国听得出了神,眼里满是溺爱。好一会儿,才接着讲起捕鱼的日子。这个有着快 20 年经验的渔民,也是村里的高手了。过去,他一年有 7 个月要跟妻子在风波里度过。"有时一天得放三四次网,最好的时候一天能打上千斤。"刨去成本,寻常年景也能挣上个四五万元。那大半年,对他和妻子而言,游离于陆地之外的江上生活也能自给自足,三餐有江鲜,一个月只需偶尔靠岸几次,囤一些大米、蔬菜和猪肉。剩下五个月,打理家里的责任田,也能有个一两万元的收入。拿出账本,他无奈说起当下生活的紧巴:农业肥料价格涨了,老人要赡养,偶尔还得出份子钱……而原本的计划里,老刘和妻子还会在渔船上干个若干年,也好帮儿子减轻点还房贷的压力。

　　禁渔打破了他的规划。"长江禁渔我们也理解,上岸了就要过好现在的日子,努力挣钱。等长江解禁了,江里的鱼种类和数量又多了,我再回来打鱼。"说话间,小孙子玩累了,跑回了家。儿媳妇拿出冰镇的西瓜,帮孩子擦去汗水,拿出有些破旧的绘本,给他念起了诗歌。

　　李华铭是秭归县归州镇香溪村的村干部,曾经也是位渔民。香溪河是长江支流,自然也囊括进"十年禁捕"范围内。"相传昭君请嫁匈奴,行至香溪河畔,感慨远嫁异域,归期遥遥,忍不住泪湿巾纱,浣纱染香了这一湾碧水。"李华铭说。如今,幽幽暗香依旧,佳人的传说却在时间的流转里慢慢淡漠,如同这片土地打鱼的过去。

　　"70 后"的李华铭,是退捕前最后一批渔民了。"最值钱的叫长江肥鱼,是这儿的特产。肉质细嫩,入口即化,尤其是炖鱼汤,那是人间美味。"这位中年汉子也承认,鱼越捕越少,好几种鱼好多年没看到过了。

　　他记得,前几年秭归县严查电捕鱼、毒鱼、炸鱼等非法捕捞行为后,岸边就挂出标语,鼓励渔民上岸转产转业。"那会儿我就在想,我们这样的传统捕鱼方式迟早要退出的。其实现在年轻一代打鱼的越来越少,渔民都不想让孩子继续打鱼。"

> 2019年初，禁渔的消息得到证实：1月，农业农村部等三部委联合印发《长江流域重点水域禁捕和建立补偿制度实施方案》，明确2019年底前，长江水生生物保护区要完成全面禁捕，停止所有生产性捕捞；2020年底以前，长江干流和重要支流除保护区以外水域要实现全面禁捕。

室外温度早已突破36℃，屋中的吊扇无力地嗡嗡转着，客厅的布置极为简陋，一张桌子，几把椅子已是全部。墙角的矮桌上，堆着几辆廉价的玩具车。曲红拼命摇着手里的扇子，可在暑气面前仍是无济于事。她跷着二郎腿，用一口土话讲起了家庭的不如意。

在长江支流里忙活了大半辈子的曲红，在船上生、船上长，靠打鱼养活了两个儿子。她和老伴也曾有一大一小两条船，夫妻搭档，日子虽不富裕，却也能满足温饱。"我们这里也出现过专业渔民，那是20世纪60年代了，在九畹溪那儿。当时是按出勤率计工分，分粮食。后来改革开放了，秭归县实行了家庭联产承包责任制，专业渔民也都变'半渔半农'了。"讲起这段历史，坐在一旁的儿媳也听得津津有味。

只是她怀里的孩子很是怕生，蜷缩在妈妈怀里不肯露头。说话间隙，他拿起玩具车，跌跌撞撞跑进了卧室，再没出来。老人叹了口气，脸上刻满了心疼和无奈，"孩子脑子发育不好"。又一次戳到伤心处，儿媳低头抹起了泪。

两个儿子在外打零工，照顾孙辈的重担落在了吃低保的曲红肩上。去年，船和渔具补了24万多元，可小孙子要看病吃药，坐吃山空并非长久之计。"家里的两三亩地养不活人啊。"她的声音里带着哭腔。曲红心里还有点怨气，当时签交船协议的时候，上门的村干部答应给她家几亩良田，可至今仍是一张空头支票。她现在的要求也不高，"村里给我安排个扫地的活就好！权当可怜可怜我的孩子了。"

对曲红一家来说雪中送炭的是，根据湖北省和宜昌市的最新要求，秭归县对退捕渔民又发了一笔两万余元的补助款，每月150元的过渡期补助资金也延长了一年。

在香溪村，每一位退捕上岸的渔民，对未来都抱着不同的期待。

"吃点解解暑吧！"李华铭又走过来，递过几个卖相还不错的橙子。秭归，总给远方来客意想不到的惊喜——这儿不仅是屈原故里，还有"脐橙之乡"的美誉。

秭归与橙子的缘分，最早可以追溯到屈原的《橘颂》。这里特殊的河谷气候和红土土质，让橙子肉脆汁多、酸甜可口。20世纪70年代起，秭归县大规模推广种植脐橙，形成了依山种橙的产业生态。"不让打鱼了，那全部精力都花在种橙子上了。"李华铭笑着说，他还年轻，脑子活络，在微信里打起了广告。

秭归县属长江三峡山地地貌，山冈丘陵起伏，河谷纵横交错。长期以来，长江和香溪河阻断了脐橙的运输。李华铭描述着从前的不便：橙子丰收后，自己得驾着渔船，将橙子运过河，交给前来收购的老板。村民们的生活悄然地发生变化，收益比以前捕鱼更高。

如今，大小村庄修补渔船的声音不复存在，迎着阳光挂在墙壁上的各色丝网也不见了。"每当黄昏，家里的人，站在明净的窗前眺望着从烟雾里摇船回来的打鱼人。"这一幅渔民晚归图，荡漾在烟波里的生活，给人一种和谐的美感。渐渐地，长江恢复了往日的平静，渔民已成为一阕清亮的挽歌。

"刀鱼回来了！"2022年3月，刀鱼洄游的汛季，位于长江边的江苏张家港，科研人员有了惊喜的发现。

刀鱼洄游，离不开长江生态环境的修复。而这，又与渔民上岸息息相关。

清晨，张家港小城北侧的补口圩，夹杂着草木香气的晨风，丝丝缕缕地从滩头吹来，缓慢地将河面上的雾推向岸边。雾散处，芳草青碧，林木茂盛。

60岁的红闸村村民陈士明泛舟水上。他用力一撑竹篙，小船推开芦苇剑一般的叶子，漂在粼粼水面上。

只要过了前面的弯道，脚下这条恬静的三干河便匆匆奔涌入江。远眺水天相接处，河水欢脱地拥抱着开阔的江面，激起一片波涛荡漾。

这是独属于陈士明的美好光景，笑容绽放在他黝黑的脸上。

陈士明自幼依江生活，当了近半个世纪的渔民，如今却已退渔三年。

2023年初，三位老伙计陆续到龄退出岗位。短短三年时间里，陈士明和同事们捞出的"地笼""刺网"等工具能装满一间物证室，还协助侦破了20余起刑事案件。

离职不离江。陈士明现在是"临江护卫队"的一名志愿者。"临江护卫队"，最初是吸纳十余名退捕渔民组成的志愿者队伍"沿江党建联盟"。陈士明想着，江就是他的故乡，他不想背着一个"罪名"离开。以前愧对江，现在得补回来。有渔民开始对他不理解，说他世代是渔民，现在洗脚上岸就是要断了渔民的生路。一开始他也是不能理解的，当他理解的时候，却发现这是一件功德无量的事情。他开始与渔民讲道理，一些道理讲通了，人的观念也就自然变了。随着长江大保护的观念逐步深入人心，这支队伍得到了多个政府部门的鼎力支持，并吸引着社会各界环保力量的不断加入。

从自家渔船到执法巡逻艇，再到这一叶扁舟，陈士明始终与江水为伴。

水养活所有的渔民，也养成了渔民豪爽的性情，天不怕地不怕，水是他们的土地，水上有他们的希望，"禁渔势在必行"。江面上再也看不见渔民的踪影。水和浪互相追逐、变形，风中传来它们的唱吟。

半生出没长江风浪里，陈士明懂得敬畏这条大江。他知道，要守护好这条母亲河，因为这是属于子子孙孙的财富。

聊起过去，渔民们依然会眉飞色舞地讲述那些舷歌帆影的日子，然而却没有几个人愿意重返那风里雨里的漂泊生活。"那时候，渔民出门看月亮，跟着潮汐讨生计。现在作息规律了，生活安稳了。"陈士明说。

渔村就是捕鱼的。我到山东的一个渔村所见到的却是另一种景象，渔村并不富裕，可怕的贫穷景象令人压抑。

那天，一场急雨把我带到渔民的屋檐下，无意间的一个转身，和一列玻璃柜子照了面。这是一家黯然陈旧的烟纸店。晦暗柜子里躺着一包包纸烟和本地产牙膏肥皂蚊香电池风油精之类日用品。凑近一看，小时候那些用过的物品竟然都在里面。店主光着膀子在里屋一台黑白颜色的电视机前看《雪山飞狐》。时间在这个小店里突然停下，记忆被唤醒。我记得播放这部电视剧时，我们村子里还只有一台黑白电视机。有这电视机的人家是一户邮递员，当时黑白电视机是体现家庭富裕的标志。有电视机的人家，门前高举着一个高过屋檐的天线架。顿时，我仿佛回到了童年。

村民说，村里这样的小店还有几家，开小店的都是以前的捕鱼大户。以前村子里所有的人家都捕鱼，捕鱼是他们的基本活计。这里很少见到树林，只有石头和水，岸边可以看到一堆小船，叉形支架上晾着渔网。普通人即便是捕鱼，也富裕不起来，现在鱼很少落入网内，无论怎么想办法，都捕不到更多的鱼。有时候捕到一点鱼，自己也不能吃，得拿到集市上去卖。

早春时，河水泛滥。这时还很冷，渔民就把网撒到江里。他们浑身湿漉漉的，甚至浸泡在刺骨、刚刚融化的水中。到了晚上，才回家坐在火前烤干。有钱人会收购村里所有的鱼，把鱼晒干，以后再卖，价格是现在的两倍。

有些人不捕鱼，真的寂寞死了。在寒冷的天气，只要江水没有结冰，一些渔民一直到晚上八九点钟才会回家。疲惫不堪的躯体，又冷又湿，捕到几条鱼会冒出令人高兴的情绪，如果没有捕到，鱼竿抛在门外发着牢骚。这说明，捕鱼不是一门好职业。可是依靠捕鱼生活了一辈子的渔民，如果真的放下鱼竿，还真不会干其他的事情，还得想其他的谋生出路。

择业对于一个人来说是最难的，一般确定了一辈子都不会去改变，除非遇到了无奈的事。

"十年禁渔"的政策，一开始渔民不乐意，转变思想一是需要时间，二是需要重新认识。这个认识，是别人教化不了的。挣扎了一段时间后，他们慢慢地选择了新的生活。

那些连着生活的渔网，收起来后就成了旧手艺。那是一种过去式的生活，在现代生活中不完全吻合。渔歌没有失传，一些村民还是会教孩子哼渔歌，主要是想让孩子们记住渔民的生活，记住时间深处的村子面貌。

村子里必然会发生变化，换过另外一种生活，人也变成了另外一种人。新旧斗争，老少斗争，都是为了鱼争斗，几十年恩恩怨怨的。现在没有了这条纽带，大家在一块儿倒是挺怀念过去的日子，慢慢地村子一改往日的模样。有些村民盖起了小洋楼，装上了空调，过上了时尚的生活。

我见着，一些白鸥停在门前的竹竿子上，孩子们在旁边奔跑，倒没有让它们受惊。渔村的大人告诫着半野蛮的孩子，要保护这些鸟儿，不要用石头去打它们。

渔村的泥土是厚实的，是有呼吸和灵魂的。村里的泥土也是烂泥，下大雨的时候，村民在自家的地里都能捡到鱼，鲫鱼有一种逆水而上的习惯，而且在冲浪时会飞跳起来。在水面至河坎的斜坡上，贴坎面向上，用手扒上四五个坑。农田里的水顺坑流下，鱼儿就过"狂欢节"，纷纷逆水"跳龙门"进坑，完全不知道已经进入陷阱。好久没有吃上鱼的村民，这时也能喝上新鲜的鱼汤。

农民的职业离不开泥土，一旦与泥土碰撞就会硕果累累，收获满满。在写满自然和谐的人间，便能得到理想的答案。

清晨，我站在修水的宁州，眺望着缓缓前行的修河，那一片水，盛大又温婉，像是天然圣洁的床。雨与大地的毛孔亲近，丝一般，温润如玉。细细的雨丝渗入泥土，很多草从石缝里钻出来，人似乎能听见田野的呼吸、种子的萌芽和生命拔节的动静。

万古长流

2022年初夏的一个傍晚，我去武汉采访，从九江往北，决定顺路去小池看看，汽车穿梭在落日的晚霞之中，许多的鸟在上空绕着飞来飞去，似乎是幻化的精灵。落日把长江映红，水天一色，除了在高海拔之地，再也没有一个地方的日暮能够给人如此清晰的观感。

那天，我乘坐的车厢里有数十号人，每个人的坐姿不一，歪着脖子的，倒头大睡的，还有相互交谈的。汽车发动机的声音，在逐渐寂静和空旷的夜晚轰鸣，过长江大桥，汽车灯光所到之处是一个巨大的村庄。坐在我后面的三个人，看不清脸的样子，他们说的话我大致能听懂。

坐在我后排的三个人是一路的，他们家在黄梅县小池镇，从他们的谈话中，我听出一人是长江生态保护的志愿者。他们聊的话题好像与身边的人一点关系都没有，渐渐地车内响起了呼噜声。

小池镇散落着一大片一大片的房屋，一家一个小院子，这与北京的四合院没有两样。只不过，一个在田野，一个在城市。"可我们那里到处是宅园、菜园，田野像桌布似的伸展十里左右，篱笆是直的。这是什么！"一个小姑娘指着岸，轻蔑喊起来，"灌木、坑洼、小丘、石头……"河岸确实看起来有点令人不快。过去大概很好，因为那时河岸上有古老的森林。现在这里也到处有树林，只不过你听到"树林"这个词的时候是带形容词的：锯过的、建筑用的、高而直的、劈柴用的，等等。拖轮载着这些木材，生意人围着转的也是这些木材。与此同时，随着人口增长，工业化、城镇化进程加速，长江生态系统逐渐不堪重负，警钟频频响起。一些濒危物种在慢慢地灭绝。

如何才能使一江水长流？如何才能持之以恒地保护长江生态？如何让横贯神州大地东、中、西三大经济区的万里长江永葆生机活力，不重蹈泰晤士河、莱茵河等世界著名河流"先污染、后治理"的覆辙，这是值得深思的问题。

> 长江是中华民族的母亲河，也是中华民族发展的重要支撑。推动长江经济带发展必须从中华民族长远利益考虑，走生态优先、绿色发展之路，使绿水青山产生巨大生态效益、经济效益、社会效益，使母亲河永葆生机活力。习近平总书记指出："当前和今后相当长一段时间，要把修复长江生态环境摆在压倒性位置，共抓大保护，不搞大开发。"全新的绿色发展基调，将保护母亲河提高到新的战略高度。

对于此，在长江沿线有两座我非常熟悉的城市——武宁和湖口，给我很多的启示。

这两座小城的情况差不多，而且没有什么特点。我记得在武宁读书的时候，这座城市就很干净，而且仿佛不是在运动，而是静寂不动的。我并不想用这句话来得罪武宁。武宁的夜晚是寂静的。武宁城边是庐山西海，也就是著名的柘林水库。假如在这么美丽的水岸上，山岗间，有密集的人大声喧闹着，那这就不美好了。好在这小城在静谧的环境中沉寂。只是偶尔有某种沉重的铿锵声、撞击声或是城市中部的凹地中发出的轰鸣声。这里以前是一些小型工厂，有可能是经营不善，也可能是整体搬迁到了工业园，总之能利用的都利用了，只有少数的几家还撂在那里，像是个失败者，再也见不着丝毫朝气。厂是无辜的，它丝毫没有破坏小城宁静的意思，也与那些古迹丝毫没有关系。

在武宁的城中间有一个小广场，我经常会去那里玩，旁边有一家照相馆，还记得在里面拍过照片。当然，建筑是没什么好说的，和其他地方都没有差别。只是武宁城里的树木稍微多了点，可能与西海靠得近的缘故，所以山和水都是美景。

关于湖口，我熟悉但去的次数不多。第一次去就是去石钟山看长江，当时长江正在涨水，站在石钟山朝下望，见着那滚滚的江水朝着石壁上撞击，内心感觉就是那石壁，撞得心里发出嚓嚓声，内心多少有些恐惧。

在完全风平浪静的时候去湖口，长江仿佛隐藏着什么，映入眼帘的是另一幅图景。

湖口也是候鸟的王国，那里所有的候鸟——各种野鸭和天鹅——几乎都不怕人，人们也不猎杀它们。"鸟没有惹我们，何必去猎杀它们。"谈论起来，这里的人还是尊重鸟的。所以人们在水边游玩的时候，野鸭就在旁边不远处。

有一次我和朋友在水边玩，见着一只天鹅浮在水面上，朋友朝着天鹅跑去，想把它抓起来，旁边的人群里有人怒斥，"你想干什么？"

一个地方的生态一半是自然长成的，另外一半是人养成的。好的生态需要人们共同来保护。

沿江的城市，都以壮士断腕的决心、雷霆万钧的力度，向破坏长江生态的行为宣战，治污染、保水土、复岸线、护砂石、禁捕捞、设河长……促进流域经济社会发展全面绿色转型，江水滚滚东逝，江岸黄了又绿，长江的模样也在日复一日的努力中悄然发生着变化，一幅幅生态的图景正在徐徐展开。水在大地内部滋养着春风又绿的江南，一簇簇、一排排新植的杨树或柳树，将凌乱的沙石码头、废渣垃圾侵袭的岸线披上了绿装；此时田野的宁静与丰美，是人们最为幸福的时刻，也是牲畜们安享自然的理想之境。江面上，客船、货轮穿梭往来有序，往日猖獗的非法采砂船已不见踪迹。江中，清波流远。武汉、池州、镇江等水域再现了多年难见的江豚戏水，长江经济带生态环境保护发生转折性变化。

去过几次后，我感觉湖口这座小城就像是个小女人，简单、牢固。

武宁和湖口这两座小城，因为生态好，在全国都小有名气。来这两个地方旅游的人还真不少。

实际上，还有许多地方也在围绕保护生态、保护长江这个课题，大做文章，譬如十堰。

进入新时期，为了解救干涸的北方，国家实施南水北调中线工程，将丹江口水库正常蓄水位由 157 米上升到 170 米，原本浩瀚的水库更扩大为一望无际的"亚洲天池"和"小太平洋"。古老的汉江，一库碧波清流，就是从十堰启程，调头北上，为京津冀地区送去生命的乳汁。

为了一库清水北送，十堰成为南水北调核心水源区，丹江口水库成为京津冀地区最大的水井。十堰350多万人民自觉担起"守井人"的光荣职责和使命。全市18万移民满含热泪作别世世代代生活的故园，远迁到异地他乡重新开始生活创业；市委、市政府以壮士断腕的决心关停并转高污染高耗能企业300多家……南水北调中线一期工程正式通水时，千千万万汉江儿女坐在电视前面，看着江水一路向北奔流而去，心中满是感动。那奔腾的水流里，有乡音的呢喃，有对故土的眷恋，还有汉江儿女的付出与大义。

在保护一江清水向北输送的同时，十堰也因保护生态而获得了实实在在的收益，有一种打开十堰的方式叫"十堰蓝"，有一种畅饮十堰的方式叫"农夫山泉有点甜"，有一种向往的生活方式叫"来十堰我'氧'你"。在我的眼里，十堰是新鲜的。森林覆盖率远超全省平均水平，全年空气质量全省最优，丹江口库区水质总体保持在国家地表水二类标准……她的三张靓丽名片——汽车城、丹江水、武当山，享誉世界。

在为南水北调中线工程牺牲奉献的十堰人民中，有这样一支特别能吃苦，特别能战斗的队伍，那就是被誉为"特殊哨兵"的十堰市环境保护监测站的卫士们。

一天清晨，我们沿着百二河河道步行。新雨过后，河水轻涨，绿荫夹岸的百二河波光荡漾。河面明澈如镜，倒映着天光云影与楼宇草木。近岸，有宽展绵延的湿地或绿意漫溢的草坪。三两只白鹭在水面、湿地与岸边高树间起起落落。几尾小鱼搁浅在岸上。我把它们捧起来，慢慢放回到河里，不一会儿，那小小的身影在清澈的水流中，就再也寻不着了。一位老者左手提桶，右手持长夹，寻找着偶见踪迹的垃圾。老人说，这水是要送到北京的，一定要保持洁净。

长江大保护，就是要让天更蓝、水更清，我们的生态环境越来越好，就是践行"绿水青山就是金山银山"的发展观。而随着南水北调工程的实施，十堰作为核心水源区，生态功能十分特殊，水质保护责任重大，我们必须责无旁贷地当好守护蓝天碧水的"哨兵"。这是十堰市环境保护监测站站长杜勇、总工程师王建虹和他的队友们的铮铮誓言。

一阵电话铃急促地响起，一辆拉着危化品的大卡车在距离城区数十千米的高速路上倾覆，一河段突然水质异常，疑似上游地下污水管渗漏。电话要求他们必须火速赶往现场，在最短时间查找到网管破裂的准确位置。

每一件事都关系到人民生命财产安全，不管是午夜时分，还是晨曦初露；不管是电闪雷鸣、瓢泼大雨，还是大雪纷飞、道路结冰，像这样的紧张和忙碌，对于这群人，不过是工作的常态。像这样不分昼夜，一接到任务就满血复活，第一时间奔向战场，这群人，也都习以为常。

苦吗？累吗？脏吗？危险吗？我问。

是的，怎能不苦！怎能不累！怎能不脏！怎能不危险！

也许你还沉浸在香甜的睡梦中，他们却几天几夜蹲守在烟尘四起的矿区合不上眼。也许当你牵着爱人和孩子的手，漫步在开满鲜花的公园里的时候，他们就匍匐在你脚下的污水管道里采集样本。

真苦！真累！真脏！真危险！

他们曾冒着高温热浪的炙烤，爬上50多米高的烟囱，把检测探头伸进浓烟滚滚的烟囱里检测废气，一站就是两个多小时，头顶吱吱冒烟，浑身像着了火一样。他们曾冒着寒冬凛冽的风雪，走在前往采样点的山路上，汽车因为路面打滑险些冲下悬崖，接到家中老人的电话，却只能故作轻松地说：妈，一路很顺利，风景也很好啊！

他们从事大气现场检测，地表水、生活污水、工业废水检测，噪声检测，土壤检测，整天与污水、废气、噪声打交道，一日日带着满身疲惫，又脏又臭又累地回到家，看着家人关切的目光，歉疚得眼圈发红，喉咙发紧。

然而，他们说，谁让我们是环保人！

生态环境就是十堰发展的命根子。作为水源地，必须为全国生态文明建设提供"十堰样板"。这是十堰市原市委书记张维国代表十堰向首都北京作出的庄严承诺。用一句形象的话说，环境检测工作是上管天，下管地，中间管空气。守住生态红线，环境监测的责任大于天！

环境监测靠数据说话，数据的真实、准确是环境监测的生命线。而取得这些数据的第一步就是采样，到山川河流中去，到危难处去，到一个个突发事件地去。

2022年6月的一个上午，我在监测站遇见一个皮肤黝黑、身材壮实的汉子。他就是监测站监测科科长吴勇。

出生于1974年的吴勇，在监测站已干了大半辈子时光。见着我，他高兴地迎了上来。

是天天如此吗？是风雨无阻吗？是的。他说要不怎么叫现场科，做环境监测这项工作，一年300多天，有一多半是在路上。科里8位同事，分成4个监测小组，每月10号前，基本在外采样，每次回来，带回的几百斤样本，都是他们从车上搬到车下，然后扛进大楼。这些搞监测工作的同事，笑称自己是"技术民工"：既搞技术又当民工。

听到喊声，吴勇匆忙站起身来，抱歉地告诉我，他要出现场。我一听就满身带劲，连忙紧跟着他跳上一辆面包车。只见车的后备箱里带着一满箱瓶瓶罐罐，这是要采多少样啊，按我的想象，最多拿几根试管取点水回来化验化验。可他们说，今天只到一个采样点，采的样只有十几斤。多的时候七八个点，几百斤重，几大箱子。我不懂，听他们说着。

泗河位于十堰市城区东部，离市区20多千米。因为一多半是乡村小道，我们的车开不快，沿路尘土飞扬，上坡下坎，避让坑洼，但仍免不了时常会颠簸得蹦起来，又差点侧翻过去，把我吓得不轻，而他们却习以为常。算上今天，他们已经是连续49天风雨无阻地往返在这条泥泞不堪的道路上。

吴勇在环境监测岗位上干了大半辈子，说起他早年在房县水泥厂的一次检测采样，至今还心有余悸。那次，他身背几十斤重的铁箱子，从刚采样的水泥烟囱上下来。由于背负太重，身子失去平衡朝后一仰，差点一头栽下去，幸好被同伴一把抓住，否则脚下上千度的炉温，掉下去就成一缕青烟了。

杜勇是湖北省年纪最大、资历最老的市级监测站站长，他带领着这支队伍连年在全省各项考核中名列前茅，成为湖北乃至全国的典型。还有几年就要退休了，他说哪里都不去，就在这个单位干到退休，因为热爱，愿意一生相许。

让我感觉到欣慰的，还有近年来长江水生态的改善。

绿水青山就是金山银山。森林以根的方式存在，并作为陆上生态系统

的中枢，维系着大地的完整集合。1万亩森林的蓄水能力，相当于一个蓄水量100万立方米的水库。

森林与水的关系，在长江两岸到处都有实证。长江绿色工程的可行性及其保持水土、减少流失的生态效益，实际上已经从长江中上游防护林得到了证实。

我想，这可能是人们所看到的美好的生活画面之一。呼吸着明净凛冽的空气，观赏着花草虫鱼，必定是一种美好的享受。

长江的水面上容得下许多的信息，就在我静思的时候，一只灰蝴蝶坠落下来，呈三角形仰躺在江上。水是平稳的，它还活着，却用自己的翅膀钉在水面上。它不停地蠕动着，在水的斑斓里荡漾着，很快就不见了踪迹。

水面上方的鹬和它在水中的倒影完全是一样的，仿佛朝着我们飞来的是两只。飞得不紧不慢的，"亲爱的，你好！"

太阳落水前，一只鹅伸着脖子立在江边，用喙点水喝，又泼点水在自己的身上，梳理一下羽毛，灵活地摆动着尾巴，然后便把自己那银色的湿漉漉而闪光的喙高高地抬向太阳，嘎嘎叫了起来。

我住的小区阳台外是一片小树林，每天早晨醒来，在这片林子里，各种声音你方唱罢我登场，一年四季，接连不断。麻雀最是闹腾，叽叽喳喳，呼啦啦站满一棵黄叶半落的树，待不住，又惊乍乍飞离，在空中扯开一张灰的大网；蛐蛐儿金口一开，就仿佛被永动机控制了声带，金属的光芒颤颤闪烁；连微芥秋蚊也发出机群战斗时的嗡嗡声，攻击、驱逐我这个外来入侵者——这里是布谷鸟、画眉、麻雀、蚊子的领地，它们用声音昭示自己对这块林地的主权。

草已经长得不能再高，青翠、丰茂。我眼中的长江，不是河流，而是我的心灵，不是水面，而是我的快乐。当智与善在人的心中融为一体时，我们会对"愤怒"的长江生出恻隐之心。

35亿年前，生命在地球上起源，不知多少年后，生命与水结下了不解之缘。水使人类和地球上的一切生物得以生存和延续，水最终使人类"辟草昧而致文明"。

然而，曾几何时，人类文明与水发生了巨大的碰撞，孕育我们的河流

◎ "两山理论"发源地——浙江省湖州市安吉县余村

2005年8月15日,习近平同志在浙江省安吉县考察时,明确提出了"绿水青山就是金山银山"的科学论断。"两山理念"是习近平生态文明思想的科学内核和鲜明特色。

一条接一条地断流了，干涸了，污染了，消失了；大地已满目疮痍，许多地方病态地塌陷着、龟裂着、苍老着：让我们无处逃遁。

对于严重缺水的中国而言，哪有比长江、黄河以及所有支流更为珍贵的呢？如果我们还沉浸在眼花缭乱中，而不是倾全国、全民族的智慧和力量去拯救所有的河流，那将会铸成历史大错，我们自己便是不可拯救者！

中华民族有一个梦想：绿色中国梦。

生态恢复和保护是一条没有尽头的路，绿色中国才是富强中国。

新发展蓝图正稳步推进。纵使潮起潮落，任凭水丰水枯，长江正发挥出防洪、发电、供水、灌溉、航运、养殖、旅游的巨大效益。长江大桥、高速高铁纵横交错，空中航线、水上航线密集交织，隧道地铁、过江轮渡南北穿梭，一张纵贯东西、连通南北的立体交通网披挂长江。如何让区域协调、总体布局更科学、更合理、更有效率，长江正在考验我们的智慧。把长江经济带建成生态文明建设的先行示范带、引领全国转型发展的创新驱动带、具有全球影响力的内河经济带、东中西互动合作的协调发展带，是新时代赋予长江的新使命。"共抓大保护、不搞大开发"，同饮一江水，共唱一首歌，强劲的长江正发力。

作家刘汉俊的一篇文章《有一个故事，叫长江》，写出了一条河流的心声。呵护长江，必定是呵护我们自己。呵护长江，必定是呵护我们这个世界。

世界是谁的呢？当然不单是人类的。世界由人类的成就和自然自身的成就组成。人类的成就涵盖了国家、民族、政治、经济、文化、伦理等一切文明范畴，这项成就仅仅几千年。自然的成就，即原始地理和物种繁衍，诸如山岳、湖泽、沙漠、冰川、海洋、生物、矿藏、气候，其历史已达46亿年。即便如此，围绕在我们身边的几乎全是人类的成就，人只生活在自己的成就里。我们在篡改和毁灭自然的成就时，有没有想过人类就是自然的成就呢？

我常常想，长江的身体内蕴藏着无数奥秘，有些事情我无法说清楚，它会让我对所有的结论产生怀疑，同时更加自省与宽容。

两岸青山相对出，一江清水向东流。长江是有使命的，长江的使命决定了长江的方向和长江的性格。长江是华夏大地的播种者，是古老文明的酿造者，是中华民族的先行者——

后记

追故乡的人

我的血管里的血,其实就是长江水。
我的血脉是长江水的延伸,是最细小的长江支流。

修河,是我接近故乡长江最近的地方。
因为接近,我时常听见自己童年里的声音,听见故乡事物本质的声音。我在修河的溪流源头长大,与河流与水一直相依相伴,情感非常深刻,可谓"一日不见,如隔三秋"。看河景,看水景,成了我每日的功课。后来,我在县城工作生活,临水而居,背靠着修河。在我小区门前的窗台外长着一棵绿色的菩提树,春雨绵绵的时候,芽苞上都有明亮的水滴,就像芽苞那么大,水滴沿着细小的树枝从一个芽苞到另一个芽苞往下滴,最后落到地上。也有一些水滴顺着大树的枝干,犹如河流沿着河道,接连不断地流淌着。

在我小的时候,门前小溪水里还有小鱼。我记得伙伴们约我去捕鱼,小鱼在石头缝隙里游来游去。我们卷着裤腿,赤着脚,半裸着身子,一边捕鱼一边玩耍,自然没有捕到鱼。我们累了,就躲藏在溪流旁边的草丛里睡觉。那时,草丛里经常有蛇出没,也不担心被蛇咬伤,与蛇相遇过,也都相安无事。

离开一个地方,我始终不能理解。一个人背着故乡的名讳,跟着一条河流行走。我始终觉得自己是无意跟着太阳朝着某个方向走的，后来我渐渐发现，有些离开还能回来，有些离开却是一辈子都回不来了。即便是你心里装着故乡，你也无法与故乡那些人相见了。你在朝前走时，其实他们也在朝前走，走着走着，后面就不见了踪影。我在想，多少年后，那个走丢的人必定就是自己。

我们究竟为什么要离乡，究竟需要一种怎样的生活。现实到底给我们带来多少打压，而又逼迫着我们如何屈服生活？无论你怎么逃离，最终都没有逃过时间。我们在回望的时候，总想着那些过往让你讨厌的事情，却没有想过那可能是你生活的一切。在没有火药的年代，能够打死一只老虎的人可称为英雄。

现在的猎人可能是野兽，在他们的身上没有阳光，没有温暖。猎人这个称呼渐渐地消失了，再也见不着以捕猎为生的人。那些捕猎的故事，听起来也枯燥乏味，平庸无聊。

我们村里的那些猎人，几乎是被无尽的黑夜淹没的。望着漆黑深得无边的黑夜，猎人也会感觉到害怕。村子里几场山火，不仅焚烧死了魔鬼，也烧死了万物生灵，一连数年再没有见到鸟雀。

记得小的时候，鹰经常会在村子的上空盘旋，保持着平衡的翅膀，一眨眼工夫，地上的鸡就被鹰抓去了一只，这时也有猎人朝着天空放枪，鹰飞得太高，从来没有击中过，有时候鸡太重，被抓着飞上一会，从天上掉下来，还能喝上一碗鸡汤。那时，全村都穷，除了鹰偷鸡，还有一些偷鸡贼。不过，偷鸡可不是门好活儿，谁家少了一只鸡会闹得沸沸扬扬的。谁家吃了鸡，鸡从哪来的，得能说出来处。鸡的香味在村子里跑，如果是偷来的，想抵赖是抵赖不了的。做贼的人是可耻的，贼按理来说是隐形的，没有人知道，可我们村里那几个贼是无人不知，也非常可怜。偷了东西会留下一串证据。最可悲的是，做贼之人，都是身强力壮的，可没有头脑，所以后来都没有好下场。对于村庄来说，这让他们着实委屈。但村民没有回避，渐渐地村子里那些庸常甚至邋遢的名字，就在河流的岸边，长成了草木，河流边隐约可见闪烁着光的草。草上像是长着一串长长的名字，注视着你一步一步前行。那时的河流里也生长着骨血的基因，凝聚着一生不得改变的实情。

　　清晨打开房门，便能听见鸡的叫声，鸟的啼唱，让村子里又满是朝气。倒是一些村民还记得那几个人，讲述着他们的去处，在村子里没有受到处罚，在外面没有得到法律的宽容。

　　是的，河流会让一个人产生信仰，例如长江就让我内心产生了信仰。尽管它由自然孕育，简单，原始。天天流淌在我的眼前，我抬头就可以看到，但在我的心里，却收藏着这条大河。

　　有了这样的背景，意义也就不寻常起来。

　　一个人会在更长的时间尺度里，凸显自己的劳动价值，也会在故乡的时间里重新认识自己。

　　很多人对故乡的感情，是与他出生地方的景观密切相关的。

　　故乡始终给我力量，这种力量是内在的力量，隐藏在被生命摩挲过的细碎事物中。只有将那些湮没的事物和今天具体的生活连接，它们才能复活，像密码一样开启。一个真实存在过的世界，才能得以呈现。

　　人生活在故乡和天空之间，从无尽的星空到天地间万千的变幻、生灵的交织，一切都在等待着我们去重新认识和感受。人对故乡的感知能力是不可思议的，这种能力需要保护，也需要去发掘。

　　可以说，生命的某些遇见，是上天注定的。2021年10月，我在水利部长江水利委员会、水利作协的支持下，着手写作《和平长江》。我胆大妄为地写这部书的时候，总是担心自己的思想不能够与长江碰撞，不能真正理解长江的痛苦忧愁，不能走进长江的内心。我经常坐在长江的岸边，注视着长江的水，仰望着天上的白云。对于我来说，长江就是我要寻找的故乡，内心充满着像神明一样的敬畏和感恩之情。

　　我在长江两岸走着的时候，遇到了一场少见的大风，恰是这样的时刻，唤醒了我心底对长江的眷恋。风有些着急，试图吹散头顶上的云朵，风越大云朵越聚越紧。长江上的风是从哪儿来的呢？经过风浪的人，也不知道这风从哪儿来，风在江面上不知疲倦地吹，过去不愿意避风的小船，很容易被风吹翻。所以遇上翻船的事，多半是与风有关系的。有人说，风是从水底下升起来的，从那些发达的芦苇根须的空隙里吹出来的。因为芦苇的根须抱得紧，一团团的，盘根错节，枝繁叶茂，任由风再浩荡的力量，都拿它们没有办法。

我把自己缩小成为一棵植物，站立在长江边，沐浴着煦暖的、舒缓的太阳，也感受着这不知来处的风。倦怠的时候，就俯在岸边，偷偷地看着长江的水静静地流淌。在那安静的水面上，像是涌动着万千金色的麦浪，清甜的空气里弥漫着植物的芳香，感觉身心舒畅，灵魂饱满。

所以，我愿意为长江书写。我明白，长江作为一种自然存在的对象，她无所谓和平与战争。在她身边发生的许多人类争斗和反复破坏保护的情形，是人类加于长江的负担。要想写出长江造福人类的品质，就必须从人类以长江为对象而展开争斗及各种生态行为结合来叙述。把我们民族自然之"神"，通过个人的创作，转化成一个文学的形象。

因此，这本书的书名想了又想，改了又改，最后还是定为《和平长江》。我想，和平可以与战争联系在一起，也可以与战争无关。但人与长江应该构成和平关系。

对于不太喜欢争斗，又不太喜欢寻找乐趣的我来说，文学可能是一个自我的世界。我在写作长江的时候，时常会觉得有一件事情或者说一条大江触动着我最为沉静、沮丧、放浪的时光。在那段时光里，我坐在仅离长江一米处的水边，眺望着落叶、泥土、野草、江河，或者风雪，瞭望着接下来的生活。此后，我沉浸在其中，觉得人生寂静美好。

人对河流的初始记忆，来源于童年水流的声音。我在长江上漫游，从故乡出发，到长江的源头，然后在长江流域的广袤土地上行走，一直到长江入海。我一个人旅行，一个人探亲，没有任何目的，仅仅听从自己内心的召唤。我想，一个人来到这个世界，总得去自己想去的地方任意走走，见见世面也好，见见陌生人也好，哪怕只是见着一条河流，那也是幸运的。

长江是什么？其实她只是水。它的存在意义，源于人的记忆，人的感受，信仰，以及思想的表达。十里不同风，百里不同俗，于是千里万里的长河，便有了自己的文明和文化。

一个人如果有梦想，就该到长江边走走，看看本真的长江，渐渐地，长江就会成为你熟悉的故乡。

想想，一个人的一生能去多少个地方？我的内心是奔跑的，不愿意停下来。时间越跑越快，一点都不会由着自己的。不好计算一个人一生的长度，但过去的时间是可以看见的，如果再这么消耗下去，去的地方会更少。

我写过的很多作品，写出来之后，我就不愿意再读了。这是一种极不自信的表现，于是又想着写下一部，目的是想把接下来的事情写得更清楚。我的命运，可以说是文学的命运发生转折的时候，还是尝试着写这本书。这本书让我对世界和人有了重新的认识，对自己也有了重新的认识。

我发现时间一直在改变自己，也在改变着山川河流。

修河，是长江的支流。支流的定义是：它与主流并非同出一源，它有自己的流程及流向，无论偶然还是必然，它将和主流汇合。没有支流的长江是短江，长江，是集支流之大成者。

我意识到，我在长江的旅行还没有结束，某一天我会从源头重新再走，从唐朝到宋朝，走过杭州再去上海。不是为了一本又一本的书，只为在莽莽苍苍的人间行过。

我为什么要写长江？我一直在问自己。后来，我渐渐明白，我写的是乡愁。只要你的心里装着故乡，就会有一个可以应对一切的精神世界。除此之外，我不知道如何回答。

在完成《和平长江》创作之前，我决定再去看看最初写这部书的地方——修河岸边太阳升镇的一片千年古樟林。我觉得做任何一件事情，都是从开始走向结束的。开始在那里，结束也会在那里。只是那年我去的季节和最初写作的季节发生了变化，仿佛昨天的那个时间就在今天。一部书它能记录的，也都记录了下来。我有些时候会想，在那个时间的水流去了哪儿呢？我站在齐膝的水中，脚下的沼泽在晃动，周围的野鸭群飞、啼鸣，鸟在空中盘旋，一个女人在对面收起裙子割草。

硕大的樟树年岁不小，一半的树枝已枯死多年。蜘蛛喜欢在干枯的树上安身，在枯死的树上生活比较合适，可以捕捉到较多的东西。

在蜘蛛网下面长着一些植物，比如我熟悉的云杉，它躲在蜘蛛网下，这样树的叶子就不会落下来。

蜘蛛出来是为了抓住猎物，有些是织网，有些则修补损坏的网。我猜测，蜘蛛是在黎明时刻，在下露水前织网的。新网在阳光下闪出七彩的光芒。微风轻轻吹拂，摇晃着网。炎炎夏日，苍蝇、蚊子猖獗，蜘蛛网就像是个陷阱，猎物飞到网上还会挣扎好一阵子，直到蜘蛛迅速出击，不停地用丝将它们死死地缠紧。

在云杉脚下的空地里，全是蘑菇，采蘑菇也是一种喜悦。我全身心沉浸在此，再也不能发现大自然中的其他事物。

我来到附近的一户人家，那年大雪我来过，还吃过屋里老人炒的菜，此时的老人已经上了年纪，走路腿脚不太好使，所以经常窝在屋子里。她的孩子在外地打工，孙女在乡里教书，孙子在城里上学，只有在周末家里才热闹点。屋里极黑，我从外面观望时，听见屋背后布谷鸟咕咕的叫声，一只小小的鸟儿，也像来客似的降落在地场上。我发现田野上许多啼鸣的鸟，从四面八方飞到树上并歌唱着。一只狗蹲在屋檐下，见着陌生人汪汪地叫起来。

20世纪90年代，我的家乡山林遭遇毁灭性的山火，大火过后，溪流渐渐地断流了，天上飞的鸟、地上爬行的动物都不见了。以前经常可以看到松鼠在树上溜来溜去，现在好像也找不到了。那些烧毁的树木被砍光了，可地里再也见不着其他的植物长起来。让人讨厌的鹰消失在了村庄的上空，再也听不见乌鸦的叫声了，好些年不见白鹭在田埂上飞翔。偶尔在草丛里听见蝈蝈的声音，这是我们儿时最熟悉的旋律。那条以前我们游泳的小河，如今见底了。虽然，村里几乎没有人居住了，但想变成原来的样子，可能还需要更长的时间。我在怀念故乡的同时，总希望故人能够给故乡平静，希望那些远去的生灵还能回到这个地方来，这点比人的回乡更加重要。我的故乡，不仅是我的先人和乡邻的故乡，还是那片土地上万物生灵的故乡。

我在惶恐和不安中写完了这本书。直到今日，我才相信真的写完了，这必定是一部生命之书。因为在这期间，医生给过我一张必死无疑的诊断书。在这期间，我的亲人、我的老师相继离开了我。那种前所未有的伤痛，是我难以领受的。回想起，每一天中的每一个时间，每一分每一秒，我从未安详过，那种从未有过的焦虑和坠入谷底的孤单，深夜经常会在惊吓中醒来，我似乎一直在等待着一种危险的降临。后来一切又重新平息，《和平长江》成了我"逝去时代的见证"。我童年的时候去学校门前不远处的河里游泳，河水清澈见底，一眼看去，河底像是没不过膝盖，实际上有好几米深。有一次，我从高处朝着水里跳，感觉在水底滑了一下，脚腕陷在水底的岩缝里，怎么也拔不出来，我想，这回必死无疑了。但似乎并不慌张，想着既然能进去，必定就能出来，于是左右顺着岩缝试探着朝外拔，果真顺利地拔了出来，而且没有受伤。我懂得水性，那时能在水里憋两三分钟。岸上的朋友必定不知道我在水下的事情，就在那两三分钟时间内，我侥幸地从死神张大的口里逃了出来。那种风险，后来一直回旋在我的脑际。

现在回想起来，那是非常恐怖的。也许是那时领略过生命即逝的风险，所以医生给我出具那张诊断书时，我就像当时被陷在水底一样，平静地思考着如何上岸。虽然无事，从这个时候开始，我时刻提醒着身边的人，千万不要去挑战河流，不可狂妄地去藐视河流，更不可怀着恶意去糟蹋和伤害河流。我们应该像对待我们的先人一样，从内心去尊敬河流，对河流怀着敬畏和崇拜。

我真正害怕的不是这些突如其来的风险，而是我对人的质疑。人在构建世界的同时，也在毁灭着世界。自然的毁灭可能会重新带来希望，而人有时却会让你越来越感到害怕。我希望，人会坚守在理想主义道路上，即便是屡遭挫折，也要把信仰坚持下去。

人是很容易忘事的，忘记从前的故事，忘记你所熟悉的人，甚至是亲人。河流会让你记得你数百年前的家谱，让你将那些本该消失的名字倒背如流。云朵、岩石、树林、老屋里的那些斑斑点点所产生的纹线，也会让我们想起那些已被忘却的人、被忘却的形象，领悟人生的真谛。

因此，请你一定要对河流致以深切的敬意。我们离不开河流乳汁的养育，我们对它有与生俱来、出自生命本真的情感。这也是一个人，无论走多远，最终都要回到故乡的原因。我的先人就这样一代代坚守着这些久远的传统。我想，这也是对生命本源的精神信仰。我们应该遵从自然的法则，对天地宇宙产生敬畏，在心里荡漾着纯洁。只有如此，我们才会珍惜和爱护这人间之水，这浩浩荡荡的长江之水。

在写《和平长江》的时候，我把长江当作是一位百科全书式的学者，她凿通万山、培育万物、养活万民、灌溉万世，为人类创造了奇迹。例如，我随意捡起一块石头，在它身上那细微的纹路里，看到了浓缩着比《史记》更浩瀚更久远的时光密码。这让我觉得，我所写的这些文字与长江相比，实在算不了什么。长江以慈悲为怀，从不喜大忘小，她总是牵挂低处，庇护和养育着那些无名的小鱼小虾。她总是弯弯曲曲绕路而行，尽量多走一些地方，不计回报地救活了无数草木和生命，接济了无数贫苦的百姓，抚慰了无数焦渴的心灵。

修河从遥远的山中，从我人生的起点，流进我的生命里。她是我生命中的原血活水。水在运动，我在呼吸。

长江是我的故乡，向长江致敬！

2019 年 2 月 1 日构思创作
2021 年 4 月 11 日开始创作
2022 年 12 月 21 日完成初稿
2023 年 9 月 26 日改完

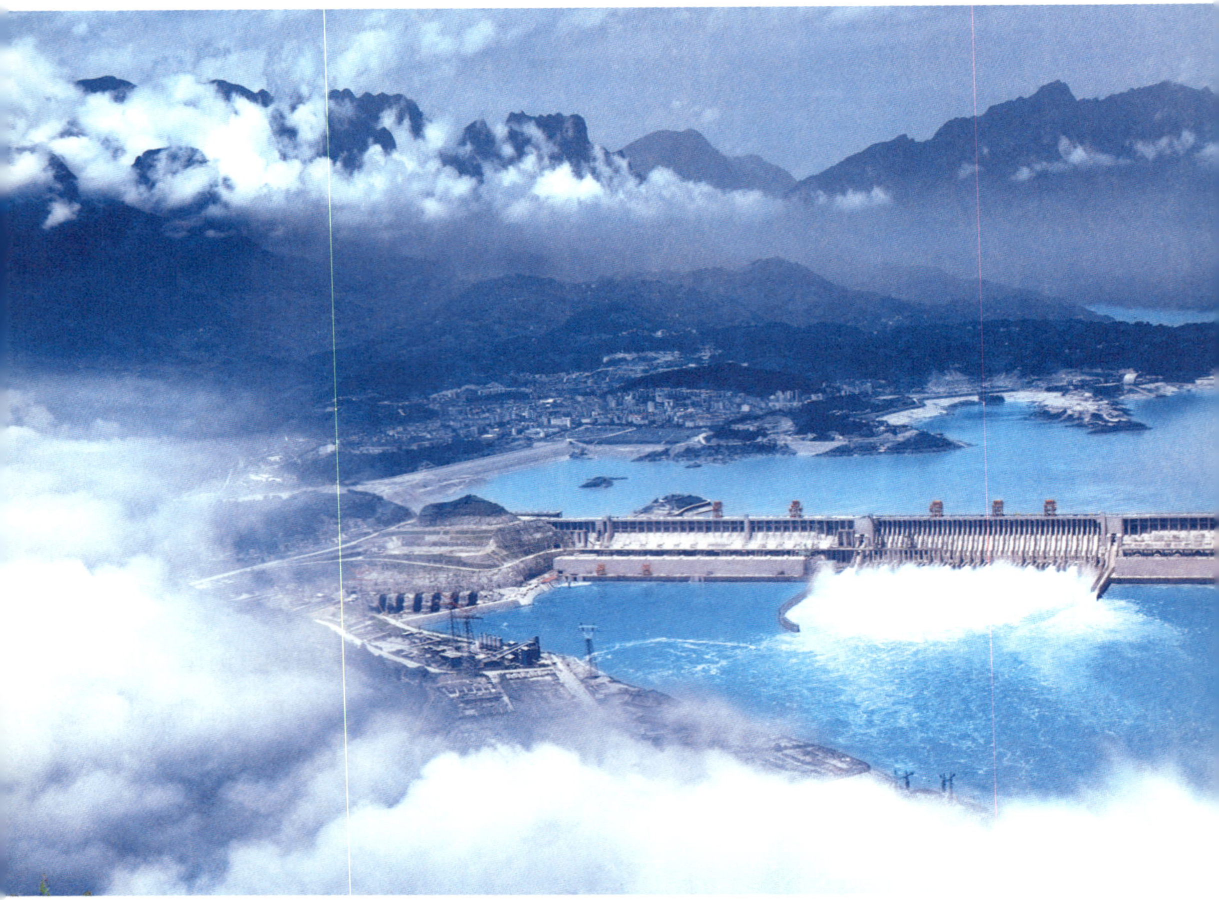

◎ 长江三峡水利枢纽工程

图书在版编目（CIP）数据

和平长江 / 徐春林著 . -- 武汉：长江出版社；
南昌：江西教育出版社，2024.1
　ISBN 978-7-5492-9155-7

Ⅰ . ①和… Ⅱ . ①徐… Ⅲ . ①报告文学－中国－当代 Ⅳ . ① I25

中国国家版本馆 CIP 数据核字（2023）第 202031 号

和平长江
HEPINGCHANGJIANG

徐春林　著

出版策划：	周长征　易文利　赵冕　熊炽
封面题字：	徐则臣
责任编辑：	冯曼曼　王谱声
装帧设计：	彭微
出版发行：	长江出版社
地　　址：	武汉市江岸区解放大道 1863 号
邮　　编：	430010
网　　址：	https://www.cjpress.cn
电　　话：	027-82926557（总编室）
	027-82926806（市场营销部）
出版发行：	江西教育出版社
地　　址：	江西省南昌市红谷滩区学府大道 299 号
邮　　编：	330038
网　　址：	www.jxeph.com
电　　话：	0791-86705643（总编室）
	0791-86710450（省外营销部）
经　　销：	各地新华书店
印　　刷：	湖北金港彩印有限公司
规　　格：	787mm×1092mm
开　　本：	16
印　　张：	28.25
字　　数：	400 千字
版　　次：	2024 年 1 月第 1 版
印　　次：	2024 年 4 月第 2 次
书　　号：	ISBN 978-7-5492-9155-7
定　　价：	88.00 元

（版权所有　翻版必究　印装有误　负责调换）